# 嗨，甜心

容无笺 著

上 册

青岛出版集团 | 青岛出版社

图书在版编目（CIP）数据

嗨，甜心 / 容无笺著. -- 青岛 : 青岛出版社, 2024. -- ISBN 978-7-5736-2776-6

Ⅰ．I247.5

中国国家版本馆CIP数据核字第202495MM18号

HAI, TIANXIN

| 书　　名 | 嗨，甜心 |
| --- | --- |
| 作　　者 | 容无笺 |
| 出版发行 | 青岛出版社（青岛市崂山区海尔路182号） |
| 本社网址 | http://www.qdpub.com |
| 邮购电话 | 18613853563 |
| 责任编辑 | 郭红霞 |
| 校　　对 | 李玮然 |
| 装帧设计 | 千　千 |
| 照　　排 | 梁　霞 |
| 印　　刷 | 三河市良远印务有限公司 |
| 出版日期 | 2024年11月第1版　2024年11月第1次印刷 |
| 开　　本 | 32开（880mm×1230mm） |
| 印　　张 | 17 |
| 字　　数 | 473 千 |
| 书　　号 | ISBN 978-7-5736-2776-6 |
| 定　　价 | 69.80元（全2册） |

编校印装质量、盗版监督服务电话 4006532017　0532-68068050

目 录

第一章　开学日，晴 —— 1

第二章　白衣少年 —— 30

第三章　希望你去 —— 50

第四章　喜欢就好 —— 81

第五章　月色真美 —— 119

第六章　月考排名 —— 149

第七章　早啊，江年 —— 175

第八章　江年晕倒 —— 197

第九章　你的礼物 —— 219

第十章　两个人自习 —— 237

上册

# 目录

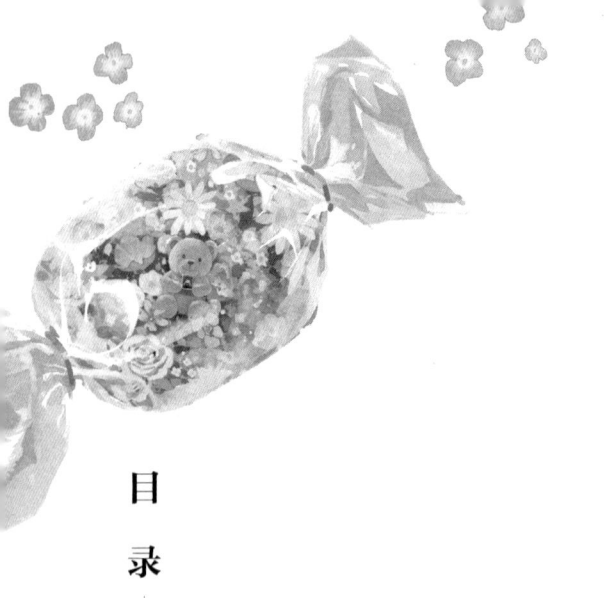

第十一章　美味甜点 ———— 253

第十二章　勇敢一些 ———— 278

第十三章　只看得见 ———— 297

第十四章　叫声"哥哥" ———— 317

第十五章　毕业快乐 ———— 335

第十六章　我的女朋友 ———— 355

第十七章　甜蜜糖果 ———— 387

第十八章　永远追光 ———— 422

第十九章　所有未来 ———— 454

第二十章　想你们啊 ———— 494

番　外　最好的礼物 ———— 528

下册

## 第一章
## 开学日，晴

九月一日，周日，晴。

远城酷暑未消，分明才是早上六七点的时间，太阳就已经炽热了，昭示着今天又是晴朗而炎热的天气。

江年把直直的中长发扎成了高高的马尾，清秀漂亮的脸上渗出一些汗珠。

她使劲吸完了杯子里的最后一口豆浆，接过姜诗蓝递给她的纸巾擦了擦嘴，而后把纸巾连同杯子一起扔进了路边的垃圾桶里。

"年年，"姜诗蓝叹了一口气，"不是我说，5班和19班离得实在是太远了，你们怎么就在四楼了呢？"

江年也跟着叹了一口气："我就说明礼的楼层布置很奇怪嘛，尤其是高二楼，整个四楼只有我们班和20班。你说说，学校安排一个理科重点班和一个文科重点班在一起，到底是何居心？"

明礼中学的主教学楼有三栋，分别是高一楼、高二楼和高三楼。

当然，虽然这听起来好像有点儿像废话……

也可能是为了不让写楼名的时候听起来像废话，明礼还特别用心良苦地给这三栋楼都起了别名——启航楼、持恒楼、腾飞楼。

不过大家还是高一楼、高二楼、高三楼这么叫就是了。

高二新开学,文理科一分班,江年就被分去了高二唯一一个理科重点班,也就是19班。

19班和20班分别为理科、文科的重点班,坐拥高二四楼的风水宝地,和其他班级就这么隔开来。

姜诗蓝转了转眼珠子,压低了声音说:"贺嘉阳好像也在你们班,年年。"

江年也配合地压低了声音说道:"你放心吧,有我在,绝对会天天给你汇报小道消息的。"

姜诗蓝有些不好意思地把耳旁的碎发别在了耳后,轻轻侧过头去说:"我也不是这个意思啦……"

"没问题的!"江年继续配合,"我知道你不是这个意思,是我闲得慌,主动想跟你汇报他的消息而已。"

见江年如此上道,姜诗蓝就没有再试图否认。

当然,其实姜诗蓝打从心底里就没想否认。

"那这么说来,那个传说中的陆泽也在你们班咯?"姜诗蓝突然想到了什么,又连忙问道。

江年"扑哧"一声笑了,没想到姜诗蓝会用"传说中的陆泽"来指代那位学神。

不过也是,江年自己都没怎么见过陆泽,在她的脑子里,陆泽也是"传说中"的级别,且只存在于年级榜的第一位那里。

"之前我去看贺嘉阳打球的时候,妈呀,年年,你都没看见陆泽的那群迷妹!陆泽就是随手擦一下汗,好几个女孩子都一副捂嘴想要尖叫的样子。"姜诗蓝回忆了一下那个状况,仍然止不住地感慨,"不过我也可以理解,因为就连我都觉得陆泽很帅。"

江年故意调侃闺密:"那是贺嘉阳帅还是陆泽帅?"

姜诗蓝竟然真的认真地思索了一下:"啊……嗯……"

左右为难的她抬头看见江年脸上的打趣表情,立马反应过来,追着江年就要打:"江年,你怎么这么坏!"

两个人一路到了高二楼下,姜诗蓝终于喘了一口气,脸红红地丢下一句"我等你一起回去",便率先跑进了在一楼的5班教室里。

江年弯着眼睛笑了笑,跟着人流的方向爬上了四楼。

不知怎么的,江年在就要踏进教室里的时候,竟然觉得自己有些紧张,又有些期待。

她忽视了这种久违的感觉,深吸一口气,抬腿迈进了教室的门。

教室最前方贴的是座位表,还有几个人在围着座位表看。

江年有些发愁,咬了咬牙正准备挤过去看看自己被老师安排在了哪里的时候,就听见了一个熟悉的声音:"江年!别看了,你的座位在这里!"

江年如获大赦,连忙转过头看向声音的来源。

说话的是段继鑫,江年的高一同班同学。

段继鑫正拼命地朝江年挥着手,颇为俊朗的脸上满是看到亲人一般的表情。

看到江年朝自己看了过来,他连忙指了指自己左前方的位子:"江年,这里!"

江年来得不算早,周围的人已经来得差不多了。

她扬声冲着段继鑫道了声谢,边往自己的座位走,边不着痕迹地打量了一下自己的座位周围的人。

嗯,同桌是个女孩子,正低头写着东西,江年看不太清楚她的脸;后桌是个男生,看上去有些眼熟,可能高一的时候他们见过几次;过道旁边的位子上坐着一个男生,那男生戴着大大的圆框眼镜,颇有儒雅和文质彬彬的味道;前桌……

江年眨了眨眼睛,有些意外。

她没看错的话,前桌好像是贺嘉阳?

可能是察觉到了江年的目光,贺嘉阳抬头看了过来,而后率先冲着江年做起了自我介绍:"你好,你叫江年,是吧?我知道你哟!很高兴认识你,以后我就是你的前桌了!我叫贺嘉阳。"

因为有闺密的介绍,江年倒是对贺嘉阳有几分了解的。

据说，贺嘉阳性格很阳光开朗，但是江年还真没想到……他竟然这么阳光开朗。

她弯眸笑了笑，边从校服裤子口袋里拿出卫生纸擦桌椅，边笑道："很高兴认识你，你以前……知道我？"

贺嘉阳说道："对啊，你的作文次次都被印出来当作范文，我怎么可能不知道你啊？"

哦，原来是这样。

今天虽然是开学日，但毕竟也是周日，所以按理来说应该没什么大事。

学生们报到一下，然后领了书开个班会应该就差不多了吧？

江年已经开始盘算今天中午和姜诗蓝去吃什么了，那丫头要是听见自己就坐在贺嘉阳后面，肯定会羡慕忌妒恨的吧？

还有，自己好像得跟同桌打声招呼，跟后桌的人打声招呼，再跟邻桌的人打声招呼。

江年有些发愁。

她倒也不是厌，主要是介绍完自己之后，该说什么呢？又该以什么结束呢？

这情况好像有点儿可怕。

江年正在心里努力盘算着要不要跟人打招呼的时候，思维却蓦地被一个很是好听，却透着些懒散意味的声音给打断了。

"嘉阳，等会儿去我家吗？谢明也去。"

周围挺安静的，这突然响起的声音就分外引人注目了。

这声音真的太好听了。

她有些好奇地抬头看了过去，却在看到来人的时候瞬间明白过来。来人正是姜诗蓝口中那个"传说中的陆泽"。

陆泽的存在感实在是太强了，明明江年没见过陆泽几面，却还是能第一时间认出他来，虽然对方完全不认识自己。

算起来……上次她见陆泽，应该是之前的期末表彰大会了吧？

陆泽再次不负众望地拿下了年级第一名，懒懒散散地走上台接过奖状和奖金，顶着一礼堂女孩子的目光随意地鞠了个躬，再次懒懒散散地走下了台。

江年那天忘记戴隐形眼镜了，所以她看不清楚陆泽那张帅到惊为天人的脸。

现在近距离看到陆泽，江年终于明白为什么当时礼堂里坐在前几排的女孩子都兴奋了。

因为陆泽真的帅。

他180厘米的身高，高高瘦瘦的，又黑又亮的头发不显凌乱。

他正跟贺嘉阳说着话，侧脸对着江年。

但是他的侧脸……依旧好看得让江年这个一向被夸文笔很好的人分分钟就词穷了。

江年这种自认为很克制的人都快要冒出星星眼的表情了。

她拼命按捺住激动的情绪，咽了口口水，再次抬头偷偷瞄了一眼陆泽。

没承想，她这次抬头直接被正主抓了个正着，就这么直接撞上了陆泽的目光。

一双颜色稍浅的眼眸，有些偏琉璃色的感觉，波光潋滟，光芒万丈。

陆泽顿了顿。还没等江年看清楚陆泽的正脸，他已经迅速地别过头，看向了贺嘉阳。

江年愣了一下。

等等……

她嘴角没流哈喇子吧？

别……别啊，自己才来这个班第一天，就偷看帅哥被正好抓到吗？！

一向有贼心没贼胆的江年飞快地低下头去，假装刚才无事发生。

虽然她手上已经"噼里啪啦"地按起了手机："姐妹怎么办哪？我偷看陆泽被他抓到了！啊啊啊，我死了，我以后的颜面往哪里放？"

姜诗蓝很快回复了江年的微信："不用在意！陆泽顶着那张脸，肯定早已经习惯被偷看了！"

这话好有道理。

江年分分钟回血,然后把手机塞到桌肚里,打算再偷瞄一眼陆泽。

陆泽似乎已经跟贺嘉阳商量好行程了,正准备转身离开。

江年理直气壮地抬起头来。

她怎么又被抓到了?!

江年刚一抬头,就再次撞上了陆泽的目光。

但是下一秒,江年甚至以为自己刚才看错了——陆泽以一种说不清道不明但是真的熟练无比的速度别过了头。

就好像……自己并没有被抓包。

"阿泽,怎么了?"看到已经转过身的陆泽并没有离开,贺嘉阳以为他还有什么事,便有些奇怪地问道。

陆泽懒散地摇了摇头,而后随意地冲着贺嘉阳摆了摆手,一句话也没说就离开了,全程没再给江年一个多余的眼神。

啊……

江年反思了一下自己。

果然刚才是自己看错了吧,陆泽怎么可能会看自己?

那就万幸地说明,自己偷看帅哥真的没有被抓包。

江年悄悄低头继续"噼里啪啦"地戳手机,给姜诗蓝发消息:"诗蓝,你说得太对了!陆泽顶着那张绝世大帅脸,果然早就习惯别人偷看他了!还有,诗蓝,你没夸张,陆泽真的……帅,啊啊啊。"

刚敲下"发送"键,江年就觉得自己的手肘被撞了一下。

"老师来了。"

江年条件反射性地再次把手机塞到桌肚里,而后冲着自己的新同桌感激地笑了笑,扭头便看见了刚好走进教室门的新班主任。

说实话,如果新同桌不说的话,江年可能并不会认为这个新班主任是位老师。

班主任出奇地年轻,高高瘦瘦的,穿着一件纯白色的T恤衫和一条浅蓝色的牛仔裤,走出去怎么看都像是个学生而已。

他拿着一张A4纸站在讲台上,推了推眼镜,开口时却有一种年纪与外表不相符的干练感:"大家好,我是你们接下来两年的班主任姚子杰,你们可以叫我……"姚子杰蓦地笑了笑,"杰哥。"

刚才还是安静的教室里瞬间吵闹起来,一群人开始起哄,几个玩得开的男生已经带头叫起来:"杰哥好!"

贺嘉阳就是其中之一。

姚子杰也很是开心的样子,压了压手示意大家安静:"好了,那我现在点个名,之后开始竞选班委,大家再去领一下教材就可以回家了。"

大家虽然闹,但是都挺配合地安静了下来。

姚子杰拿到的花名册是按照分班成绩排的序。

他再次推了推眼镜,开始点名:"陆泽。"

江年丝毫不奇怪,陆泽的名次肯定在最前面,所以班主任第一个点他的名也是理所当然的吧。

反倒是陆泽本人像是惊了一下,懒散地站起身来,就连声音都是懒洋洋的:"到。"

班里所有人都朝着陆泽的方向看了过去。

江年也不例外。

陆泽抿了抿唇,随意地点头笑了笑,就坐了下来。

江年好不容易平复了心头的那丝痒意,就忍不住在心里吐槽起了自己。

算了,当碰见陆泽这样的人时……不怪她不怪她,要怪只怪"敌方"太过强大。

姚子杰继续点起了名,江年默默数了一下自己的名次,差不多在第19名。

19班作为唯一的一个理科重点班,人数并不多,只有30个人,所以江年在班里的名次并不算特别靠前。

不过江年倒是没有特别在意。她上次期末考试几乎考出了读高中以来的最烂水平,发挥失常得厉害,还以为这次肯定进不了重点班了呢。

除此之外,江年默默地在心里记了一下周围人的名字。

嗯,同桌的女孩子叫赵心怡,后桌的男生,也就是段继鑫的同桌叫施宇，隔了一条过道的邻桌叫韩疏夜。

几个人的名字里面，江年对邻桌这个戴着大大圆圆的眼镜的男生的记忆最为深刻——明明三个字都是很好听的字，但是组合在一起就怎么听怎么奇怪了——"输液"。

在韩疏夜被老师点到的时候，江年就没忍住笑了出来，又迅速地意识到这是很不礼貌的行为，连忙转头对着韩疏夜道歉："不好意思，我不是故意笑的……"

韩疏夜倒是习以为常的样子："没事，我已经习惯了。"

这话怎么听怎么心酸哪。

点过名之后，出乎意料地，姚子杰并没有要求他们挨个儿做自我介绍。

第一排的一个长发女孩子已经按捺不住地举起手问了："老师，我们不用做自我介绍吗？"

姚子杰倒是一副很理所当然的样子："说得好像做了自我介绍你们就可以记住别人一样。"

这话让人完全无法反驳。

姚子杰挥了挥手："好了，现在开始竞选班委，有想竞选的同学就主动上来发言，超过两个人的职位就投票表决。"

江年倒是很快对姚子杰有了一番认知。

看来他真的是一个很年轻的老师，做事很是干脆利落，还格外自由。

最先从班长开始竞选，贺嘉阳第一个上去发言："大家好，我就是传说中什么都会、成绩很好、长相帅气……的陆泽的好朋友，贺嘉阳。"

江年快要笑死了。

说实话，贺嘉阳的确很惨，明明阳光开朗又帅气，但是一站在那位传说中的人物——陆泽旁边，就莫名其妙地成了陪衬。

在不知道姜诗蓝关注贺嘉阳之前，江年对他的印象也一直是陆泽同进同出的好朋友。

话虽如此，贺嘉阳在年级里的知名度和人气一向不低，他本来还是校学生会的成员，自然而然地高票当选了班长。

班委的数量还是挺多的，班长、文艺委员、体育委员、学习委员……再加上各科课代表，陆陆续续地竞选倒也花了不少时间。

竞选完数学课代表后，姚子杰扶了一下眼镜："好，下一个，英语课代表。"

江年深呼吸了一口气，起身走了上去。

老同学段继鑫已经率先虎虎地叫了出来："江年加油！"

他这么一嗓子吼下来，江年觉得自己之前集聚的勇气瞬间就没了。

显然这位老同学丝毫不觉得自己有多虎，还有些不好意思："哎哟，老同学嘛，别感谢我，应该的。"

周围不少人笑了出来，江年更是哭笑不得。

不过被这么打了岔，她之前的紧张情绪都平复了不少。

江年走到讲台上站定，露出了招牌笑容，弯了弯眼睛："大家好，我是江年——'江月何年初照人'的江年。我很喜欢英语，也很期待未来在19班的生活。如果我有幸当上英语课代表……"

清秀漂亮的女孩子、干净温柔的笑容，再加上明快清亮的声音，在场的师生瞬间就给江年加了好多印象分。

班主任姚子杰含笑开了口："好，谢谢我们的江年。我之前研究了一下，江年同学的英语成绩的确很不错啊，那现在支持江年做我们班英语课代表的同学举手。"

本来无所事事的谢明，就看见一直对竞选班委一副事不关己的态度，只在贺嘉阳竞选班长时被谢明拉着强行举了手的陆泽，这个时候竟然……举起了手。

尽管陆泽举得还是一副懒散又随意的样子，但是他的确没看错！

陆泽举手了！

谢明震惊地看向讲台上的女孩子。

女孩儿的确挺漂亮的，笑容也很温暖的样子，但是……阿泽竟然举手了啊！

姚子杰很快统计完人数："好的，总共29人，支持江年同学的有

25 票。"

陆泽这才懒洋洋地放下手。

谢明还在震惊地看着讲台上鞠躬道谢的江年,就听见陆泽并不是特别愉悦地开了口:"别看了,有什么好看的?"

谢明只觉得自己碰到了大型双标现场。

阿泽怎么回事啊?

凭什么他自己就能举手投人家妹子当英语课代表,别人看两眼就要被说"有什么好看的"?

谢明哼了两声,就看到陆泽斜着眼瞥了自己一下。

他立马识相地收声:"好,好,好,我不看了还不行吗?反正的确也没什么好看的。"

陆泽抿了抿唇,神色并没有多开心一点儿。

谢明不太清楚自己究竟哪句话说错了,反正眼前这位哥好像又不太开心了啊。

他摇头,叹气。

他当个好朋友真不容易,当个"男人心,海底针"的陆泽的好朋友那就更加不容易了。

托行事干脆利落的姚子杰的福,他们并没有被拖很久,只是把该走的流程都走了一遍之后,姚子杰就爽快地放他们回家了。

江年麻利地收拾了一下书包,就打算下楼去等姜诗蓝一起吃午饭。

江年刚才给姜诗蓝发过消息,姜诗蓝他们班还没结束,不过她早已经习惯了和姜诗蓝互相等来等去,所以丝毫不觉得有什么问题。

"要回家了吗?路上小心。"江年刚拎起书包,还没来得及溜走,就看到贺嘉阳抬头笑着跟自己说道。

贺嘉阳真的不愧是学生会副主席外加他们班班长,这交际能力太强了。

换作是她,怎么都不会跟一个还挺陌生的人这样说话的……

江年打从心底里感慨了一声,而后也笑着跟贺嘉阳说了声

"再见"。

可能是因为姚子杰真的太爽快了,所以江年从四楼一路下楼梯,都没几个班结束流程的。

在姜诗蓝的教室门口找了个合适的地方站着,江年就从裤子口袋里拿出了手机,戴上耳机听起了歌。

她在心里跟着哼唱着歌曲,时不时往5班的教室里瞥上一眼。

5班的班主任方寻翠还在滔滔不绝地讲着什么。

江年忍不住同情了一下姜诗蓝,自家闺密真的太惨了吧,怎么都高二了还是没能逃出方寻翠的"魔爪"?

方寻翠就是她们两个高一的班主任,一个行事作风有些……奇特的女老师。

方寻翠教语文,最喜欢让他们做的事就是抄写卷子上的阅读理解原文。

尤其是语文卷子的第一道大题,也就是根据原文来判断句意是否相符的三个选择题,江年以前经常做错,但是方寻翠规定说,如果三道题错了一道,那就得把阅读理解原文抄写一遍。

人的潜力真的是无穷的。

反正自从抄写过一次原文之后,江年第一道大题的三个选择题就再也没有做错过了。

她正在脑子里胡思乱想着,就听到楼梯上传来一阵骚动,似乎是上面有几个班级都差不多时间结束了今天的报到流程。

果然,有人陆陆续续地从楼梯上下来了,江年戴着耳机还能听到有男生在大声讨论着今天下午的行程。

江年人缘一向还不错,间或碰到以前班里的同学,还不停地有人跟她打着招呼:"江年,在等姜诗蓝哪?"

江年弯着眼眸点了点头,对方露出一副"果不其然"的表情,而后对着江年挥了挥手。

"那我先走啦,拜拜。"

江年也冲着对方摆了摆手。

因为这阵骚动，本来还能勉强静下心听方寻翠唠叨的5班的同学们瞬间就不安静了。

江年手里的手机更是接连振动了好多下，全都是姜诗蓝发来的微信。

"啊啊啊，怎么还不结束啊？

"我想吃饭了，好饿。我为什么吃过早餐了还是这么饿？！

"年年，你说我怎么这么惨？呜呜呜，我以后不考语文了，行吗？！我不想再抄阅读理解了！"

…………

江年"扑哧"一声笑了出来。

姜诗蓝可太惨了。

不知道为什么，姜诗蓝以前做那道阅读理解的准确率还挺高的，但自从方寻翠出台了那条规定之后，姜诗蓝……再也没全对过。

江年正试图安抚一下自家暴躁的闺密，就听见本来就热闹的楼梯上好像一瞬间更加热闹了。而且跟刚才很多男生吵闹的情况不一样，这次她总觉得是一些女孩子在吵。

她有些好奇地朝着楼梯看了过去，看到了并肩下楼的陆泽和贺嘉阳。

江年恍然大悟。

陆泽他们几个人经常在一起玩，而且每次一起出现的时候，一定会引起不少人关注。

因为姜诗蓝关注贺嘉阳，江年还被姜诗蓝强行拽着凑过几次热闹。

不过说来很有趣，明明陆泽他们每次出现的时候都会被不少人有意无意地围观，却压根儿不会有人凑到陆泽跟前去。

陆泽方圆几米之内，完全没有人敢靠近。

用江年听过的一句话说就是，陆泽和他们这些人自带的气场不一样，他们只能在远处欣赏一下就算了。

江年压下了心头的一丝痒意，看着随意地拎着书包、整个人看起来有些懒散却又分外潇洒的陆泽一级一级地下着楼梯。

明明是一样的蓝白色校裤，但是江年总觉得陆泽穿起来就是比别人好看。

她边目不转睛地盯着陆泽，边在脑子里思考——大概是因为陆泽脸好腿长？

除了江年，还有不少人在偷偷地瞄着陆泽一行人。

江年咬了咬下唇，盯着陆泽的侧脸。

他鼻梁真的好挺哪……

陆泽似乎正跟贺嘉阳说着什么，跳跃的阳光打在陆泽的脸上，江年甚至能看见陆泽脸上的绒毛。

江年甚至忍不住想：为什么会有人像陆泽一样这么得上天的偏爱？

陆泽聪明、帅气就不说了，江年最初开始注意到陆泽，其实是高一的元旦晚会。

陆泽穿着一身黑色的西装上台，表演了钢琴弹唱。

江年没学过音乐，自然听不出陆泽到底弹得怎么样，却完全能听出优美的旋律和低沉好听的男声。

礼堂两侧的大屏幕不知道为什么没怎么播放陆泽的脸，反倒是反反复复地特写陆泽的双手。

白皙纤长、骨节分明的手指就那么灵活地在黑白琴键上跳跃着，音符像是有魔力一样不断流出。

就连一直喜欢贺嘉阳的姜诗蓝，当时都忍不住打心底里感叹了一句："妈呀，这也太好看了吧！"

江年无意识地点了点头附和。

对啊，这也太好看了吧……

显然并不只有她们两个人这么认为，光是陆泽的表演结束时，礼堂里那铺天盖地的掌声就足以说明一切了。

这样的人，想让人不留意都难吧？

要是换别人，江年可能还要去打听打听的。

但是作为传说级别的人物，陆泽完全就不需要江年刻意打听，各种消息，多的是人讨论。

"陆泽好像从小就学习了好几种乐器吧，我觉得他真的是天才。"

"运动会的时候，陆泽三千米跑了第一名呢！腿长就是好，他冲过去撞终点线的时候我都没忍住叫出来了，太帅了！"

"我前两天去办公室，听到班主任好像在说陆泽的NOIP拿到了超级好的成绩，真的厉害。"

江年默不作声，特地去查了一下什么是"NOIP"——全国青少年信息学奥林匹克联赛。

换言之，那就是在江年的成长经历中，从来没有接触过的所谓"编程"。

江年一向自认为还算优秀。可是跟陆泽这种真正的上天宠儿比起来，她好像……也只能仰望他了。

江年回过神来，这才发现自己又在胡思乱想了。

江年手里的手机又是接二连三地振动，姜诗蓝发来微信。她看江年一直没有回复自己的消息才又不停地发消息过来。

而江年……

江年刚从自己的胡思乱想中回过神来，根本没有抓牢手机，手机这么一振动，她下意识地就松了手。

手机自然而然地滑落。

江年愣了愣，立马就想去抓，但是手机做自由落体的速度实在太快，她完全没能抓住。

江年觉得自己已经可以预见手机的下场了。

意料之内的摔在地上的声音没有出现，江年咽了咽口水，低下头看了过去，入目的是一只白皙纤长、骨节分明的手。那只手紧紧地抓着她的手机。

江年抿了抿唇，只觉得自己好像认识这只手。一只手就能好看到这个地步的人，好像就是……

她抬头一看就是陆泽。

俊朗的男生微皱着眉头，直起腰，随意地把手机放到了江年的手里。

"你怎么又差点儿把手机给扔出去?"

好听的嗓音就这么在江年的头顶上方响起,直直地传进她的耳朵里。

江年刚回过神,就觉得太多视线聚集在了自己身上。

说起来,江年生得好看,从小到大也没少被人夸漂亮,所以走在外面的时候,也经常会有人有意无意地盯着她。

江年总觉得自己已经习惯了别人的视线,但是吧……

直到现在她才惊觉,不是她习惯了,是视线还不够多。

比如现在,就在楼梯口的绝佳位置,又是放学的绝佳时间,再加上陆泽的人气和她自己那一点点吸引人注意的能力……江年觉得自己快被别人的视线给射穿了。

她还没来得及道谢,就看见贺嘉阳也朝着自己走了过来,他似乎是听见了陆泽刚才对她说的话。

"咯咯,"贺嘉阳出声,打断了江年和陆泽之间若有若无的尴尬气氛,非常好心地带着一点儿暧昧的语气问,"阿泽,什么叫'又'啊?"

陆泽抿了抿唇。

他瞥了一眼面前神情有些好奇的女孩子,略微不自在地转过身,不悦地看了一眼旁边一副看好戏态度的贺嘉阳:"还不走吗?"

贺嘉阳很懂什么叫见好就收:"走,走,走。"

陆泽已经率先向教学楼外走去,贺嘉阳倒是冲着江年摆了摆手:"那我们先走咯?"

江年连连点头,也冲着贺嘉阳挥了挥手。

她其实也不是挥了挥手,纯粹是机械性反应。

她满脑子都是"哇,陆泽跟我说话了!""哇,陆泽救了我的手机!""哇,陆泽真的好帅,声音好好听!"……

她理智全无。

直到被人猛地拍了一下肩膀,江年才如梦方醒,而后幽幽地盯着姜诗蓝。

姜诗蓝晃了晃肩上空荡荡的书包，一脸兴奋的表情："刚刚我在教室里全都看见了。年年，可以啊，你竟然这么快就跟陆泽说上话了！"

不要说姜诗蓝，就是江年自己也觉得很玄幻。

其实也不是那个意思，只不过陆泽在她心里一直都是传说中的人物，大概可以类比为一个自己挺膜拜的小说里的男主人公的形象，结果这个男主人公有一天突然出现在了自己的身边……

江年看着闺密脸上打趣的神情，"啧"了一声，故意转移话题："你不好奇贺嘉阳情况吗？"

果然，江年一提贺嘉阳，姜诗蓝的注意力立马全部移开了，姜诗蓝眼睛都亮了亮："快快，快，我的好江年，快给我讲讲。"

江年弯眸笑了笑。

姜诗蓝和江年家离得不算特别近，两个人一路走一路聊，又一起去了一家经常一起吃饭的餐馆解决了午餐。

今天是周日，明天才开始正式上课，所以今天下午她们还可以无所事事地娱乐。

午饭两个人吃的是商量了好久才决定的阳春面。

小小的一家面店，门面做得很是不起眼，却是她们两个人经常光顾的一家店。

这家店的面做得很好吃，面条筋道，面汤鲜美，喝一口就让人觉得舌头都要被鲜掉了。

"面来咯——"和她们很熟悉的老板娘笑着端来两碗热气腾腾的面，香气立马在她们两个人的鼻间萦绕。

"谢谢阿姨！"姜诗蓝脆生生地冲着老板娘道了声谢，然后拆开了一双一次性筷子，迫不及待地夹了一筷子面放进嘴里，这才满足地眯了眯眼。

江年不甘落后，刚拆开一双筷子准备开吃，就耳尖地听见了一声"喵"的猫叫声。

猫的叫声很小，如果不是江年的听力一直很好，她是根本发现不了这声猫叫的。

"年年，你怎么不吃啊？"姜诗蓝抽出一张纸巾，擦了擦额头上微冒的汗，有些纳闷儿地问江年。

江年没回答，只是直直地盯着门外。

姜诗蓝顺着江年的目光看过去，立马眼睛一亮："天，好可爱的猫啊！"

姜诗蓝饭也不吃了，放下筷子就小步往门口跑去，试图对这只可爱到爆炸的布偶猫上下其手一番。

也不怪姜诗蓝不够矜持，实在是这只突然出现的纯白色布偶猫真的太可爱了，而且一看就不是流浪猫，通体透亮干净的毛发、圆溜溜的眼睛、粉嫩嫩的耳朵，身后是摇摇晃晃的毛茸茸的尾巴，漂亮得不可思议。

不只是姜诗蓝，店里的人大多注意到了这只美丽而优雅的猫。

姜诗蓝兴冲冲地跑到猫面前，半蹲下来，努力拿出最温柔的表情和声音："乖猫猫，让姐姐摸摸……"

只是，姜诗蓝的手还没放下来，那只一直安安静静的猫就立马跑开了……

姜诗蓝的手僵在了半空中。

她这是被一只猫给拒绝了？！

姜诗蓝郁闷无比地看向跑开的猫，却更加郁闷地发现，那只对自己爱搭不理的布偶猫，竟然直直地朝着江年的方向跑了过去。

布偶猫是优雅无比的，只不过任谁都可以看出来，它好像只对江年特别亲切。

布偶猫跑到江年跟前停了下来，没有再往前走，而是蹲在了她面前，与她保持着一定的距离，冲着她"喵"地叫了一声。

姜诗蓝只觉得刚才的郁闷情绪瞬间消失——这也太可爱了吧！

自己的心都要化了！

但是……姜诗蓝想起什么，又抬头看了看江年。

如果自己没记错的话，年年好像……不是很喜欢触摸小动物来着。

果然，面对这么漂亮的猫，江年也丝毫没有伸手摸摸它的想法。

她只是很娴熟地放下筷子蹲下来，和猫保持着不近不远的距离，冲着它柔声说道："小乖吃饭了吗？我给你找点儿东西吃吧？"

刚才还对姜诗蓝高冷无比的布偶猫瞬间开心了起来，仰起头再次冲着江年"喵"了一声。

江年起身，走向柜台，笑着对一直注意着这边情况的老板娘说："阿姨，能不能卖给我一点儿小鱼干？"

慈眉善目的老板娘笑着应了一声，就转身走向后厨，捧了一大捧小鱼干走了出来："说什么卖不卖的，拿去，拿去。这只猫可真好看哪，不知道是哪里来的。"

"我也不知道。"江年有些困惑，伸手接住了小鱼干，"不过我之前经常在隔壁那条路上碰见它，它好像就认识我了。"

说完，江年又冲着老板娘道了声谢，这才走回了自己的位子。

她再次蹲了下来，耐心又温柔地把小鱼干喂给布偶猫。

姜诗蓝已经回到餐桌旁，边吃自己碗里的面边好奇地伸着脖子看布偶猫。

"年年，"姜诗蓝漫不经心地咀嚼着面，"你不是不喜欢猫吗？"

其实也不能说江年不喜欢，但是姜诗蓝知道，江年跟她一起走在路上的时候，碰见小猫小狗之类的小动物，江年都不会伸手去摸的。

但是更奇怪的是，江年似乎是吸引小动物的体质。

哪怕她就站在一旁，小猫小狗也经常围着她直转。

这个体质，真的让姜诗蓝羡慕死了。

江年笑着应了一声，把手里最后一个小鱼干喂给了布偶猫："没有了哟。小乖，不能再吃了，再吃就会不舒服的。"

布偶猫似乎有些委屈，睁着圆溜溜的眼睛瞅着江年："喵！"

江年坐回凳子上，继续吃自己碗里的面。

更神奇的是，布偶猫不吵不闹，也没有离开这家店，就这么蹲在江年跟前仰着头看她吃饭。

姜诗蓝"啧啧"称奇。

江年挑了一筷子面放进嘴里,而后有些含混不清地跟姜诗蓝继续八卦:"贺嘉阳人真的好好,怪不得在我们年级这么受女生欢迎,我今天……"

正说着,江年一抬头,却发现对面的姜诗蓝似乎一点儿都没有听进去,反而目光呆愣地盯着江年身后的方向。

江年飞快地咽下口中的食物,也回头看了过去。

她忍不住在心里爆了句粗口,而后赶忙冲着站在自己身后的两个人笑道:"那啥……班长、陆泽,好巧啊……"

巧个鬼,她正跟闺密八卦一个男生的时候,这个男生就正好在她身后出现,怎么会有这么尴尬的事情?!

而且……而且陆泽也在啊!

江年都忍不住想挖个洞把自己埋进去了。

陆泽略显倨傲,只是稍稍点了一下头回应。

反倒是被八卦的正主贺嘉阳兴致满满:"你们说我什么呢?"

江年:"……"

他真的不能当没听见吗?

不过显然,她有一个卖友求荣的闺密。

姜诗蓝立马毫不犹豫地出卖江年:"没说什么,没说什么,年年就是在夸你人好,说你很照顾她!"

说完,姜诗蓝还毫不吝啬地对着贺嘉阳附上了一个标准的微笑。

江年深沉无比地叹了一口气。

"是吗?"贺嘉阳更是无比感兴趣,笑着看了江年一眼,"不过其实也不算巧,我们是跟着布……唑……"

江年还正好奇地听着陆泽跟贺嘉阳为什么来这里,谁知贺嘉阳只说到一半,就猛地倒吸了一口气。

"阿泽,你踩我做什么?"任谁被这么突然踩一下,都会感到莫名其妙,连贺嘉阳脾气这么好的人都忍不住语气不好了。

陆泽懒懒散散地说:"没事,不小心踩到的,不好意思。"

贺嘉阳:"……"

到底是多年好友，贺嘉阳似乎猛地想到了什么，又打量了一下陆泽的神情，再看了看蹲在他们身边的布偶猫，蓦地笑起来。

陆泽继而回答道："的确不算巧，我们就是过来吃饭而已。"

江年恍然大悟。

怪不得，这家面店就开在明礼中学附近，价格实惠东西又好吃，很多明礼的学生会选择来这里吃饭。

江年刚在心里"明白"了过来，旁边的椅子就被拉了开来。

余光中，江年看见了一截清瘦有力的手臂和明礼浅蓝色的校裤，而后一股干净好闻的气息便这么萦绕在了江年的鼻间。

两个人近在咫尺。

那个刚刚还站在江年身后的俊朗的男生忽然就坐在了她的旁边。

江年一下子僵住了。

不只是江年，就连姜诗蓝似乎都有些措手不及。

姜诗蓝忍不住在江年和陆泽之间来来回回地看了几遍，几次张了张嘴，又似乎不知道该说什么。

年年和这位传说中的陆泽，应该……不太熟吧？

起码他们应该没熟到能坐在一起吃饭的地步吧？

贺嘉阳也忍不住打量了一下径自坐下来、一点儿都没觉得自己哪里有什么问题的陆泽，继而坐在了陆泽对面，也就是姜诗蓝旁边。

很好，这样一来，刚才还满脑子八卦心思的姜诗蓝同学，瞬间就什么都忘记了。

她的闺密真给力！

管陆泽和年年到底熟不熟悉呢，贺嘉阳可是坐在自己旁边了啊！

贺嘉阳很自来熟地冲着还保持着僵硬状态的江年笑道："快到饭点了，这家店等会儿人估计就很多了，我们都是一个班的同学，给店里省张桌子没什么问题吧？"

是……是这样子吗？

江年回头看了一眼店里的桌子，也是，现在就已经不剩几张空桌了。

好像也是呀。

江年似信非信地看了旁边的陆泽一眼，而后发现陆泽一副似乎并不怎么在意的状态。

他仍旧是懒散随性的样子，并没有出声附和贺嘉阳，也没有反驳，只是抬头盯着墙上的菜单，似乎在思索今天吃什么好。

江年忍不住松了一口气。

看来真的是这样没错了，虽然说她到现在都不敢相信自己有一天竟然也可以跟陆泽同桌吃饭，但是起码看起来，陆泽真的只是随意地走进这家店里，随意地决定跟自己坐在一起吃顿饭而已。

不过这样看，陆泽好像也没有传说中那么不可靠近呢。

也不是江年多想，实在是传说中的陆泽成绩好，总是自带一种外人不可靠近的高岭之花气质。

她食不知味地又吃了一筷子面，就吃不下了。

她刚放下筷子，准备示意姜诗蓝吃完就离开的时候，便听见那好听的嗓音在她耳边缓缓响起，带了一点点沙哑的感觉："午饭就吃这么一点点吗？"

江年："……"

陆泽是在跟自己说话吗？

看来传言真的误人，陆泽不但没有传说中那么难以靠近，反而还挺关心同学的啊。

她在心里胡乱猜测了一下……

应该是因为陆泽太懒散不爱说话了，所以才被很多人觉得难以接近？

在江年出声回答前，贺嘉阳先打趣道："哟，阿泽，你什么时候也知道关心女同学了？"

陆泽抬头，淡淡地看了贺嘉阳一眼。

贺嘉阳连忙捂嘴："行，行，行，你们说，我不打扰你们。"

陆泽就又扭过头来，看向了江年。

"不是的，"生怕被误解，江年连连摆手，"我早餐吃得比较多，上午又没做什么事,所以现在就不是特别饿。"

不知道为什么,江年觉得自己这么一解释过后,陆泽好像心情就变好了,就连嘴角都轻轻扬了起来。

她抿了抿唇,没敢再说话。

不对,她为什么要跟陆泽解释?

"那……我们就先走了,你们慢慢吃。"江年看见姜诗蓝喝了一口汤,放下了筷子,立马有一种得救了的感觉,连忙笑着跟陆泽和贺嘉阳说道。

姜诗蓝:"……"

她没想走啊!

她好不容易有机会跟贺嘉阳一起坐一会儿,还没能开口说句话呢,怎么就要被江年这个败家闺密给拉走了?

只不过,姜诗蓝完全没有开口的机会,就已经被江年拉了起来。

而那只蹲在地上、一直安静乖巧的布偶猫连忙抬头冲着江年"喵"地叫了一声。

江年也冲着布偶猫挥了挥手:"再见了,小乖,下次见到你再给你好吃的。"

直到从店里逃了出来,江年才彻底松了一口气。

姜诗蓝很蒙:"年年,你为什么这么怕陆泽?"

江年的这口气只松了一半,就又因为姜诗蓝的这句话而吊在了胸口。

对啊,她为什么这么怕陆泽?

她歪了歪头,思索了一下姜诗蓝的问题。

"嗯,其实也不是怕他吧……我就是觉得,陆泽真的太非同寻常了,跟他坐在一起吃饭总会有一种莫名其妙的不真实的感觉。"

而且今天短短半天之内她撞见陆泽的次数真的太多了,她还是很理智的。

这样高频率地和陆泽接触,她觉得自己的小心脏有点儿受不了。

尤其是刚才和陆泽坐在一起吃饭,江年直到现在都还觉得自己的心脏跳得有点儿快。

"你怎么这么没出息啊?"姜诗蓝有些恨铁不成钢。

两个人边说边往前走着,走到十字路口的位置,姜诗蓝冲着江年挥了挥手:"那我就先走了啊。年年,你路上小心。"

江年也笑着应了一声,而后一个人慢悠悠地向前走去。

说实话,虽说自己逃开了,但是陆泽可真好看哪。

就连明礼这套浅蓝色的校服穿在他身上都有一种说不出来的清俊味道,果然气质是很重要的东西……

每次见到陆泽,她都觉得那些小说里的男主人公好像有了脸一样。

江年突然间就有了灵感,连忙加快脚步向家里走去。

她的杂志投稿突然有方向了!


第二天就是周一,也是高二开始上课的第一天。

江年照例跟姜诗蓝一起走到教学楼里,然后一个人爬上四楼进教室。

进门的时候,江年正好看见贺嘉阳在教室门口贴课程表。

现在时间还挺早,所以教室里人并不多。

几个同学都围在贺嘉阳身边看这个学期的课程表,江年也颇为好奇地凑过去,看了一眼课程表。

只是一眼,江年就被这满屏的语、数、外、理、化、生给震撼到了。

分没分文理科,果然是不一样的。

以前他们虽然也没什么闲课,但好歹有江年喜欢的历史和地理可以调剂,而且江年也很喜欢语文和英语课。

这么一说,她还真是愧为一个理科生。

现在分科之后,政、史、地对他们而言,就只剩下了这学期期末的会考是有意义的,所以现在学校排课很少。

而且不知道是不是心理作用,江年总觉得课程表上的"物理"两

· 23 ·

个字出现的频率高得可怕。

她忍不住幽幽地叹了一口气。

贺嘉阳正好回过头来,就听见了江年的叹气声,瞬间笑了出来:"你怎么大清早的看起来就这么丧气啊?"

江年噘了噘嘴:"我也不想叹气,就是觉得物理课真的好多啊。"

"你很怕物理吗?"

"对啊,"江年点头,"我觉得全天下没有比物理更难的科目了。"

贺嘉阳抓了抓头发,似乎不太能理解江年的为难心情:"是吗?我觉得物理好有趣的,而且做物理题特别有成就感。"

江年哽了一下。

说起来也是,当初高一的时候班里很多男生会选理科,都是真心地喜欢理、化、生,觉得理科学起来有趣又轻松。

用他们的话来说就是"政、史、地背起来太让人头痛了,数、理、化做做题就行了,多开心哪"。

江年不一样——她学理科就只是因为将来报考大学的时候,理科的选择面更宽,而且竞争也远比文科小而已。

江年想起来什么,压低了声音,跟贺嘉阳打听道:"那啥……班长,陆泽的数、理、化是不是都超级好啊?"

问题一问出来,江年就觉得自己可能有些傻。

这都是什么问题啊?如果不是成绩超级好的话,陆泽能坐稳万年第一的位置吗?

那个清俊的男生不知道什么时候就出现在了她的旁边,眼眸里带着些淡淡的星光,边说话边抬手懒散地揉了揉眼睛,像是没太睡醒的样子。

江年不自觉地咬了咬下唇,而后试探着主动打招呼:"早啊,陆泽。"

男生抬眸看了一眼江年。

江年下意识地就有些紧张——虽然她自己也完全不知道她到底在紧张什么。

陆泽懒懒地点了点头："早。"

他果然惜字如金。

江年忍不住心想：陆泽虽然懒散了些，可还真的挺好接触的。

当然，江年完全没看见一旁的贺嘉阳那副见了鬼的神情。

我的天哪，他果然没有看错！

阿泽果然对这个女生很不一样，竟然还会回应她的招呼！

以前的阿泽，哪里像是会在意别人的感受的？班里的女孩子跟他问好，他能点个头都算不错了好吧？

贺嘉阳忍不住暗暗在心里猜测：难不成是因为这个女孩子很得布布喜欢，所以阿泽爱屋及乌，对这个女孩子都有了些耐心？

不过这就更让人惊奇了，陆泽养布布这一两年间，贺嘉阳可从没见过布布对谁那么热情的。就连经常去陆泽家里玩的贺嘉阳，布布都是一副爱搭不理的态度。有时候布布脾气上来了，连摸都不让贺嘉阳摸一下的。

这个江年，果然深藏不露啊。

江年自然没注意贺嘉阳的表情，得了陆泽的回应，就开开心心地回了座位上。

明明时间还挺早，但是江年的新同桌这个时候已经在位子上坐好了，正认认真真地默背着单词。

江年悄悄地伸头瞄了一眼，新同桌手里的单词书是按字母排序的，而新同桌已经背到了"h"。

她哽了哽，回想了一下自己每次都直接被第一个"abandon"劝退的经历，感觉自己真的太懒惰了！

凭借着自己良好的记忆力，江年很快想起了新同桌的名字。

昨天她没有跟新同桌打招呼，今天无论如何都得开个好头了。

江年在心里默默打了打气，就笑着跟赵心怡自我介绍道："你好，赵心怡，我是江年。"

赵心怡从厚厚的单词书中抬起头来看了一眼江年，点了点头："你好。"

说完，赵心怡又低下头来，继续背起了单词。

江年抿了抿唇，有一点点沮丧。

新同桌是不是不太喜欢自己啊？

其实江年知道自己这样想很不对，明明赵心怡对自己很有礼貌，但她有时候真的太过于敏感了——过于敏感地判断别人对自己的态度。

并且，她不可避免地很在意他人的想法。

不知道是不是感受到了江年的失落情绪，赵心怡又抬起头来看了旁边的女孩子一眼，而后推了推鼻梁上的眼镜，又开口道："以后请多关照。"

江年愣了愣，瞬间就又不可抑制地开心起来。

她笑弯了眼睛，连连点头："好的！好的！相互关照！"

赵心怡也忍不住觉得有些好笑。她其实不是不爱搭理人，只不过是觉得……自己比较无趣，不知道和人说什么话题，所以每次和别人做同桌的时候，都尽量不说话。

反正自己好好学习就行了，其他的也没必要在乎。

可是不知道为什么，赵心怡看着江年的反应，又一下子觉得自己是不是有些过分了——自己多打声招呼应该也没什么吧。

就这样，两个女生之间的氛围突然就好了很多。

正在江年也准备拿出昨天发的语文课本翻一翻这个学期的古诗文时，后背突然就被人猛地拍了一下，随后是那大大咧咧的男声："大清早的你笑什么呢？这么开心？"

江年："……"

她就这么被吓了一大跳！

江年回过头，边在桌肚里摸索着课本，边瞪了一眼笑得没心没肺的段继鑫："你吓死我了！"

段继鑫很是无辜："谁知道你这么不禁吓？"

江年撇了撇嘴。

其实虽然她高一的时候跟段继鑫在一个班，但是两个人并没怎么说过话，不算特别熟。

只不过在这个总共也不认识几个人的19班里,能有一个大大咧咧的老同学,她感觉还是很不错的。

江年就没有再跟他计较之前被吓到的事情,而是抽出自己的语文课本,摊开放在桌子上,又笑眯眯地跟他讲话:"我就是在想这个学期有什么古诗文,如果没记错的话,好像有《滕王阁序》跟《逍遥游》。"

果然,江年的话音刚落,她就满意地看到刚才还大大咧咧的段继鑫表情一秒惊恐起来。

江年在心底笑了几声。

段继鑫立马求饶:"姑奶奶,我错了。我刚才不该吓你的,咱能不能别大清早的,就提这么可怕的事情?"

对段继鑫这种有"记忆障碍"的人而言:让他做一百道数学题,他毫不在乎;让他背一大段古诗文,那还是杀了他更好一点儿。

江年瞅了瞅段继鑫的表情,也颇为不解地问道:"你真的这么害怕背古诗文吗?"

她拿起语文课本,"哗哗哗"地翻到《滕王阁序》那一页,而后给段继鑫看:"你不觉得王勃真的写得很绝吗?你看看这句——'落霞与孤鹜齐飞,秋水共长天一色。渔舟唱晚,响穷彭蠡之滨;雁阵惊寒,声断衡阳之浦。'真的写得太好了,我有时候都会想,怎么会有人写出这么好的句子……"

段继鑫似懂非懂:"原来这个字念wù(鹜),这个字念lǐ(蠡)啊……"

江年:"……"

不知道为什么,虽然这么说很不礼貌,但她好像突然间就懂了"对牛弹琴"到底是什么意思。

坐在江年后面的施宇没忍住就"扑哧"地笑了出来。

看到江年跟段继鑫同时朝自己看了过来,施宇连忙不好意思地摆手:"我真的不是有意听你们聊天的,就是……就是真的太有趣了,哈哈哈。"

他突然觉得,可能以后的日子都不会寂寞了。

段继鑫同学丝毫没有被当作笑料的不悦反应，反而稍显不好意思地摸了摸头："不要这么说，我会不好意思的。"

江年和施宇："……"

有人在夸你吗？！

跟施宇和段继鑫闲扯完，江年突然间就觉得这个传说中很可怕——会聚了整个明礼成绩最好的一帮人的班级，可能也没有那么可怕……

起码她到目前为止所接触的几个人，都是很好说话的样子。

今后的学习生活，她好像也是可以有所期待的呢。

早读的铃声准时响起，语文老师踩着铃声走进了教室里。

这也是语文老师第一次出现在大家面前。这是位女老师，不到30岁的年纪，穿着一袭白色长裙，长发卷成丸子头扎在脑后，高跟鞋"嗒嗒嗒"地敲击在地板上，特别有气质。

教室里瞬间鸦雀无声。

语文老师走到讲台上，冲着大家笑了笑，清朗温柔的声音在教室里响了起来："大家好，我是你们接下来这两年的语文老师崔向云，"她转身，在黑板上写下了自己的名字，一手娟秀的粉笔字，"希望大家可以喜欢我的课。"

教室里立马响起了一大片掌声，大家都分外给面子地鼓起掌来。

江年边鼓掌边在脑子里胡思乱想：按理来说，班里的老师们应该也是跟着他们从高一升上来的啊，可她怎么从没听过"崔向云"这个名字？

她刚想完，就听见崔向云继续笑道："大家可能都不认识我，我其实是从高三下来的老师，刚带完一届高三毕业班，就被调来带你们了。"

大家立马低声议论起来，都颇为好奇。

毕竟对刚进高二的学生而言，"高三毕业班"都还是一个他们完全不敢想的词。

第一排有个女孩子兴奋地举起手来。

崔向云点了点头:"同学,你有什么问题吗?"

女孩子"噌"地站了起来,语气八卦,又透着些不好意思和激动之意:"老师,您之前是带的高三重点班的语文吗?"

"是的。"

"那您岂不是带过徐临青?"女孩子语气更加兴奋了一点儿。

"徐临青"这个名字一出口,刚刚安静下来的教室立马又吵闹起来。

就连江年都忍不住好奇起来:徐临青——那个传说中清俊如青竹般的学长啊!

可以说,明礼有两大传奇人物。

一个就是这位徐临青学长,今年刚高考完,顺利地拿下了理科状元,第一时间被清华计算机系预录取了。江年远远地见过这位学长一面,他真的很帅,和陆泽的帅气不一样,更绝的是那身清冷疏离的气质。

而另外一个,就是他们班的陆泽了。

哦,对,自从徐临青毕业后,明礼就只剩下他们班这么一位传奇人物了。

江年想着,又好奇地回过头看向陆泽的方向。

陆泽单手支着头,懒懒散散地撑在桌子上,漫不经心地听着大家讲话。

他看上去和这个吵吵闹闹的教室有点格格不入,却又在一点点地相融,自成一道风景线。

而现在,这道风景线,似乎注意到了大家的目光。

显然,和江年一样回头看陆泽的人不在少数。

他仍旧懒懒散散地抬起眼眸来,只是直直地看向了江年。

他只看向了她一个人。

## 第二章
## 白衣少年

江年着实没想到,自己偷看陆泽竟然再次被抓了个正着。

她的第一反应就是赶紧逃离陆泽的眼神,躲闪不及地想移开视线。

不知道想到了什么,江年咬了咬下唇,再次抬眸看向了陆泽——那个仍旧懒散得可以用"闲适"来形容的俊朗的男生,就这么毫不避讳地盯着她,似乎是在等着她看回去。

江年有些猝不及防,接着就听见自己的心跳猛地加快了。

陆泽的眼睛真的很好看,是很深的黑色,像是看不到底一般,眼神清澈,还带着独属于少年的狡黠之感。

当他这么毫不避讳地盯着一个人的时候,任谁都觉得有些招架不住,何况是江年这种不折不扣的"颜控"。

她感觉自己心跳如擂鼓,甚至不由自主地伸手捂了捂心脏。

她心想:会不会心跳声太大,周围人都会发现我的花痴属性?

江年抿了抿唇,准备扭回头,不再盯着陆泽的时候,就发现一直没什么表情,甚至眉宇间稍显冷淡的陆泽,突然就勾起嘴角,朝着江年绽开了一个笑容——仍旧是懒懒散散的笑容,就连嘴角的弧度都不够大,但是这么一个浅笑突然出现在陆泽的脸上的时候……

江年迅速地转过头，把脸埋进了臂弯里。

啊啊啊，她不会承认的！

她竟然看一个男生笑，看脸红了！

江年的动作真的太明显了，旁边本来在认真地看着崔向云的赵心怡都注意到了她。

赵心怡有点儿摸不着头脑，思索了一下，还是低下头，压低了声音问："你不舒服吗？"

江年抬起头，一脸蒙地看向赵心怡。

赵心怡惊了一下："你的脸怎么这么红啊？是不是发烧了？"

稍微清醒了一点点的江年反应过来后，有些羞愧地低下了头。

当然，这个表情落到赵心怡眼里，就是江年可能真的病了，但是又不太好意思说。

赵心怡还是挺茫然的，早上来的时候江年不是还挺好的吗？

不过事关紧要，她还是继续低声说道："你如果真的不舒服也不用强撑，第一天也没什么课的，请假回家好好休息吧。"

误会好像越来越深了。

江年连忙摇头："我真的没事的，就是有点儿……有点儿热！"

是的，谁看陆泽看脸红了？她就是有点儿热！

赵心怡还是有些不放心的样子，正准备说什么的时候，就听见崔向云突然问道："陆泽同学，你突然站起来做什么？"

江年震惊地抬起了头——当然，震惊的原因不是崔向云为什么会知道陆泽的名字。

作为明礼最知名的几个学生之一，陆泽这种常年稳坐第一名位置，还拿了不少竞赛奖项的学生，老师们知道他并不奇怪。

江年震惊的是，陆泽怎么突然站起来了。

江年连忙回头看去，就发现陆泽真的站在了座位旁，而且似乎打算往窗边走的样子。

突然被语文老师点名，被班里所有同学集体注视着，陆泽也是不慌不忙的态度，就这么站在座位旁，没什么表情，却挺礼貌地回答语

· 31 ·

文老师:"我开一下窗,教室里有些闷。"

崔向云似乎没料到是这么个答案,一时间也有些蒙:"是……是吗?"

他这么一说,好像是有些闷的样子……

陆泽懒散地点头,依旧是懒得做表情的样子:"对,我看到一些同学的脸有些红,可能是有些闷热,透不过气。"

坐在第一排空调边的同学一脸震惊的表情。

啥?26摄氏度的空调温度,真的有些闷热吗?

不知道为什么,江年总觉得这话越听越不对劲。

更关键的是,她又真的说不出来哪里不对劲。

"一些同学的脸有些红"……他真的不是在说她吗?

崔向云显然也有些蒙:"那你稍稍开一下窗吧,也是,大家一直坐在空调房里对身体也不好,偶尔是应该开窗透气的。"说完,崔向云又顿了顿,笑着夸道:"大家应该多学学陆泽同学,对周围的同学尽量多关心和照顾。我们班的人很少,普通班的人数是我们班的两倍,所以我们班的同学关系更应该融洽一些,你们可是要做两年的同学呢。"

然后大家就这么眼睁睁地看着那个清瘦俊朗的男生一步步走向窗边,而后,在空调房里开窗透气。

坐在最后一排窗边,也就是作为陆泽同桌的谢明同学,就这么第一时间感受到了当窗户被打开后从外面涌进来的热浪。

透气个鬼——谋杀还差不多。

他都震惊了,九月的远城,开窗透气不得中暑啊!

偏偏看着陆泽那一脸理所当然,好像一点儿问题都没有的表情,谢明觉得自己一肚子的问号也只能放在肚子里了。

真的,就他一个人觉得……陆泽是有毛病吗?

谢明匪夷所思地盯着陆泽,陆泽倒好,一个眼神都懒得分给他。

崔向云自我介绍完,又跟大家聊了一下后,就开始布置今天早读的任务。

谢明赶忙趁着这个机会,低声问陆泽:"我的哥,你在想啥呢?怎么突然就开窗了？"

他今天早上没惹到陆泽吧？

真的不怪谢明多想，别看陆泽总是懒懒散散，好像对什么都不是特别在意的样子，其实最小肚鸡肠了！

谁如果惹到他了，他当下不会给什么反应。当然，谢明觉得可能就是陆泽懒得动嘴也懒得动手。

但是，之后指不定什么时候陆泽就报复回来了，还是那种让人打碎了牙也只能往肚子里咽的方式。

陆泽有些莫名其妙："我不是说了透气吗？"

谢明一脸问号。

哥，您这么做，我就怀疑您是来找事的了。

不过谢明想了想：就算陆泽真要找事，自己又能怎么样呢？他还不是得受着？

"哥，我的泽哥，我真的不能关上窗户吗？"谢明试图做最后的挣扎。

陆泽稍显不耐烦地转头看了一眼谢明。

谢明瞬间沉默。

唉声叹气的谢明没再继续思考这个问题，只是一边的身体吹着来自空调的凉风，另外一边的身体感受着来自远城九月热辣辣的爱，冷暖交加地听着讲台上的老师布置任务。

他好累。

他想回家找妈妈。

显然，感受到了远城九月的爱的不止谢明一个人。

因为这扇开着的窗，这个本来只有26摄氏度的教室，温度好像在一点点地攀升。

当然，别人的感受都没有坐在窗边的谢明深刻就是了。

江年边按照崔向云布置的任务读着今天会讲的第一篇《寡人之于国也》，边从书包里抽出一张纸巾，擦了擦额头上的小汗珠。

"寡人之于国也,尽心焉耳矣……心怡。"江年蓦地转过头。

赵心怡:"……"

她真的被吓了一跳。

"怎么了?"赵心怡有些迟疑。

"你热吗?"

赵心怡思索了一下:"好像还行。"

江年点了点头,继续读书:"寡人之于国也,尽心焉耳矣……你真的不热吗?"

赵心怡摇了摇头:"不热,我不太怕热。"

江年再点头,又读:"寡人之于国也,尽心焉耳矣……你真的觉得不用关窗户吗?"

赵心怡:"……"

其实她现在就是想知道,"尽心焉耳矣"后面那句到底是什么!

"河内凶。"江年边等着赵心怡回答"你真的觉得不用关窗户吗?"这个问题,边突然冒出来一句。

赵心怡愣了愣:"你怎么知道我……?"

江年摆了摆手。

她就是心思太敏感了,可能是从小就很在意别人的想法,所以难免养出了察言观色的本领。

赵心怡的疑问,江年自然是看得清清楚楚的。

虽然江年并不觉得这是个什么好习惯,就像她从不觉得自己习惯性地去在意别人对自己的看法,甚至养成了伪讨好型人格,是多好的习惯一样。

可是没办法,她甚至不知道怎么去改变。

大概就是,她得到一点儿正反馈就想继续下去吧。

江年咬了咬唇,收了收自己心里的想法,继续看着赵心怡。

赵心怡败给了江年。

"我觉得有点儿热,需要关窗户。"

施宇似乎听见了她们的对话,也附和道:"是有一点儿,远城现在真的是，大早上的就一点儿都不凉快了，不是已经立秋了吗？所以，下了早读后，就需要去关窗户了。"

"陆泽刚开了窗，我们就去关上，是不是不大好？"赵心怡有些迟疑。

江年和施宇对视一眼，也都有些犹豫起来。

要是别人就算了，那可是陆泽啊。

施宇提议："不然猜拳？输的人去跟陆泽商量一下关窗户？"

江年边往窗户的方向走，边不停地想：她究竟为什么要出"布"？出"石头"不行吗？！

心里忐忑不安，江年表面上还是强装淡定，走到陆泽旁边。

陆泽正低头看着书，江年犹疑了一下，还是说道："陆……陆泽？"

谢明飞速地给江年使眼色，而后故作凌厉地说："阿泽在看书呢！"

真的是，以往有女孩子来找陆泽，如果陆泽正在认认真真地做一件事，态度就会很差。

江年刚刚鼓起的勇气一秒就泄得干干净净。

而后，那个本来低头认真看书的男生，出乎意料地抬起了头，眼里甚至隐隐有意味不明的笑意，语调散漫地问："嗯？有事吗？"

江年看了看谢明，然后开始寻思：看起来懒散不爱搭理人的陆泽，脾气真的好好啊，反倒是陆泽的这个同桌，看起来好像脾气不大好的样子……

谢明："……"

他突然就明白了什么叫"里外不是人"。

他为什么觉得这个新学期伊始，是这么悲伤的呢？

不，准确地说，为什么好像事情涉及这个看起来漂亮的女孩子时，以往懒散又缺乏耐心的阿泽好像就……有点儿变化了一样？

如果他没记错的话，昨天阿泽投票选的英语课代表好像也是这个叫江年的女生吧。

谢明突然有了个很大胆的猜测。

不，他怎么想都觉得不太可能。

这可是陆泽啊！

谢明忍不住再次上下打量了一番这个站在陆泽面前的女孩子。

女孩子是漂亮的。谢明"啧啧"感慨了一声。

江年自然不知道谢明在想什么，有些犹豫地说："我们那边有点儿热，那个窗户可以关上吗？而且开空调再开着窗户，好像有点儿浪费电。"

"热吗？"陆泽抬眸看着江年。

女孩子不知道是因为紧张还是热，额头上的确有一些细小的汗珠。

她不自觉地抬手，想要拭去这些小汗珠。

看来她是热的。

陆泽点了点头："不好意思，没考虑到你的感受。请便。"

谢明："……"

真的不怪他今天心里脏话层出不穷，实在是泽哥的行为真的不是人干的啊！凭什么自己想关窗的时候，陆泽连个眼神都懒得给自己；人家妹子来问是否可以关窗户，陆泽就是"不好意思"，还"请便"？

他怎么不知道阿泽这么好说话了？

谢明只觉得自己的眼珠子都要掉出来了。

不过，他这些乱七八糟的想法在江年连忙道谢，然后走去窗前关上窗户后，就变成了感恩。

太凉快了，呜呜呜，他终于不用忍受那种冷暖交加的刺激感受了。

谢明忍不住朝着江年投去了感谢的眼神，很热情地说："江年同学，是吧？你好，你好，我叫谢明，谢谢的'谢'，明天的'明'。"

江年站定，点头说："你好，我知道你的。"

谢明惊喜："哇，真的吗？"

话刚一出口，谢明就觉得自己旁边这位哥好像不是特别开心的样子……

当然，谢明同学也没多想，反正陆泽开心的时候也不算太多。

江年认真地继续点头："是的，我一直知道你，你……嗯，"女孩子脸色有些纠结，实在是不太擅长说谎，"陆泽和贺嘉阳很有名呀……"

谢明："……"

其实他也不是特别懂为什么他要自取其辱，有意思吗？

陆泽歪了歪嘴，笑了出来，不忘附和："是的，谢明跟我们玩得很好。"

江年也笑了笑，而后朝着两个人点了点头，就往自己的座位走去。

顺利地达成关上窗户的目标，她觉得心情很好。

回到位子上后，江年觉得施宇和赵心怡看向自己的目光里都多了些……惊奇之意。

她被看得愣了愣，忍不住看了看自己的衣服，没怎么啊？

"怎么了吗？"江年小心翼翼地问。

施宇摇了摇头："没事，就是觉得你好厉害，竟然真的关上窗户回来了。"

赵心怡表示赞同地点头："对啊，而且看起来你好像和陆泽相谈甚欢的样子。"

"我觉得陆泽好像挺好说话的。"江年边把语文书塞回桌肚里，边回答两个人。

施宇和赵心怡对视了一眼。

真的吗？

施宇左右看了看，而后压低声音，谨小慎微地问："江年，你见过女孩子跟陆泽表示好感吗？"

江年准确而敏感地闻到了八卦的气息，立马来了兴致："什么？什么？给我讲讲呀。"

赵心怡也颇感兴趣地连忙凑了过来。

"高一的时候我和陆泽他们班一起上体育课，然后自由活动的时候，我就看到一个女生……"施宇故意停顿，满意地看到两个女孩子都好奇万分的样子，这才继续讲道，"当时陆泽正跟贺嘉阳他们几个人打篮球,那个女生买了冰水,等陆泽休息的时候去送水。结果陆泽根本没接水,就不太开心地看了那个女生一眼,然后径直走了。"

光是想想那个场景,江年都觉得自己的"尴尬癌"要犯了。

如果是体育课,而且是陆泽在打球的话,那周围肯定有不少人在看的。

也就是说,众目睽睽之下,女孩子就这么被直白且毫不留情地拒绝了。

江年真的是个很在乎别人的眼光的人,所以很怕在公开场合出头。

"所以我才说,陆泽哪里有那么好说话啊?"施宇摇了摇头。

江年抿了抿唇,没再说话。

正在三个人对视无言的时候,段继鑫突然从后门蹿了进来:"你们又背着我聊什么呢?!"

他嗓门很大,把三个正在专心致志地聊八卦的人同时吓了一跳。

"没有人肯背着你聊天,"江年缓了缓情绪,翻了个优雅的白眼,"你太重了。"

段继鑫摇了摇头,看起来还挺委屈:"我就出去上了个厕所,你们三个人就聊了这么多,唉,显得我真的格格不入。"

孩子,其实哪怕我们跟你聊天,你也是格格不入的。

江年忍不住想:自己高一跟段继鑫一个班一整年,怎么没有感觉到这孩子是个思维这么跳跃的人呢?

这人太异于常人了。

开始上课的第一天,其实课业并不算紧张。

准确地说,今天更像是各科老师的一个……见面会。

而且让江年无比震惊的是,语、数、外、理、化、生的六科老师,除了担任物理老师的班主任姚子杰,剩下的五个老师竟然都是女老师,并且都是挺年轻的老师,估计都没有30岁。

再加上现在是夏天,女老师们今天竟然无一例外地穿了裙子。

所以坐在教室里上课的时候,江年就觉得自己像是在看一场时装秀。

"嗒嗒嗒"的高跟鞋进来，穿着白色长裙的语文老师温婉动人；"嗒嗒嗒"的高跟鞋继续进来，穿着黑色短裙的英语老师明媚艳丽；"嗒嗒嗒"的高跟鞋再进来，穿着牛仔裙的化学老师帅气十足……

反正老师们都是穿着各式各样的裙子和各式各样的高跟鞋，江年简直要看花眼了。

而且江年发现，虽然老师们都穿了高跟鞋，但是显然不一样的老师，步频是完全不一样的。

比如语文老师很温柔，走进来的时候就是节奏缓慢的"嗒嗒嗒"的声音，而化学老师干脆利落，走进来的时候就是一阵密集紧凑的"鼓点"……特别有趣。

所以，等看过瘾时装秀后，再看到拎着物理课本、穿着长裤和白衬衫的姚子杰进来时，大家齐齐"噫"了一声。

姚子杰："……"

他哭笑不得地站在讲台上，在黑板上写下"1.1.1 静电场电荷及其守恒定律"的字样，然后转过头："怎么回事啊？我怎么觉得才开学第一天，你们就这么嫌弃我呢？"

姚子杰到底是年轻的，比班里这些学生也没有大多少，一点儿老师的架子都没有，时不时还能跟他们开几句玩笑。

班里的学生都但笑不语。

姚子杰故意拉下脸："贺嘉阳，站起来！"

贺嘉阳不慌不忙地起身，站得笔直。

"说，为什么刚才我进教室里的时候，大家要'噫'我？"姚子杰把刚才大家的那声音模仿得惟妙惟肖，班里不少人笑了出来。

贺嘉阳思索了一下，十分委婉地说："老师，大家就是觉得……您有些拉低了我们班任课老师的整体颜值水平。"

这好像也没有委婉到哪里去。

姚子杰哭笑不得。

贺嘉阳继续委婉地说道："当然，如果您像其他老师那样穿漂亮的裙子的话,我们也会很喜欢您的。"

一听班长这么说,教室里所有人都跟着起哄起来。

"穿裙子——穿裙子——穿裙子——"

姚子杰瞪了大家一眼:"你们天天都想什么呢?我告诉你们,别以为刚开学就可以玩了,月考很快就来了。如果你们在月考中考得没有普通班的学生好,丢不丢人?我都替你们觉得丢人。"

贺嘉阳飞快地接话:"那如果我们考得很好,您是不是就能穿裙子了?"

说实话,江年真的没想过竟然会有这么平易近人、会开玩笑的老师。

不知道能不能算她运气好,这还是她第一次遇到一个作风如此开放自由的老师。

而且她昨天也问过姜诗蓝了,才知道姚子杰之前就是贺嘉阳和陆泽他们班的班主任,所以他们看起来就格外熟悉的样子。

不得不说,有一个这样的老师当班主任,江年出乎意料地觉得放松,甚至连带着第一次觉得物理老师没那么可怕了。

要知道,对她这种真的学不透物理的人来说,她觉得自己遇到过的所有物理老师都好可怕……

所以她每次上物理课都觉得很紧张。

但是相反,江年知道有很多男生喜欢学物理。

怎么说呢,江年一直觉得自己成绩挺好的,毕竟从小就名列前茅,很多人觉得可怕的语、数、外,她都很擅长。

所以偶尔听到有大人讲"女生普遍没有同阶段的男生聪明,尤其是在理、化、生这种纯逻辑的学科上"时,江年都是很不屑一顾的。

她哪里没有同阶段的男生聪明了?

很多男生完全学不会的英语,她真的一点就透,而且成绩很好。

这种感觉,直到初三接触物理后,戛然而止。

江年直到那个时候才发现,她可能真的是不擅长物理这种学科的,也可能是真的在这种学科上不如同阶段的男生聪明。

说实话,她一点儿都不想承认这点。

她从小在同龄人的父母口中就是"别人家的孩子"。让她突然承认自己可能不如别人聪明,她真的无法接受这个事实。

所以江年在物理上比别人更努力。

她有时候会想:上次有这种明显不如别人的感觉,好像还是在小学一年级吧。

别人一点就透的借位减法,她好像无论如何都学不会。

老师布置了作业,别人也很快就做出来了,而她着急得都快要哭出来了,那些题目还是怎么都做不对。

还有同桌嘲笑她:"不就是借位减法吗?好简单的,你怎么这么笨,连这个都学不会?"

然后,年纪很小的江年回到家里,拿着习题册一道一道地做,边做边哭。

小学一年级的第一次考试,江年拿了第一名。

她的借位减法做得比谁都准确。

回到家里时,江年发现爸妈真的特别开心。

所以她就想:如果自己考得好,爸妈就开心的话,那她以后每次考试都努力考得好就可以啦。

没办法,她真的太在意别人的看法了,何况是爸妈呢?

但凡得到一丁点儿正反馈,她都想继续做下去,努力下去,哪怕是有些强迫自己。

时间太久远了,后来的努力换来的顺利的生活,都让江年忘记了,她好像一直都不是什么天赋型选手,或者说,起码在纯理科上,根本不是什么天赋型选手。

其实说起来,江年的物理成绩并不算太差,甚至比很多同学的物理成绩要好。

可她有时候还是觉得不甘心吧。满分110分的物理试卷,在她认真听课、不停做题、不停看书的情况下,考了95分,而她发现班里那个每天在物理课上睡觉的男同学，竟然毫不费力地就考了108分时，好像真的是有些不甘心的。

没错，她的综合排名远高于那个物理考108分的男同学的综合排名，可她还是觉得难受，说不出来的难受。

就连姜诗蓝都会觉得江年有些奇怪："年年，你难受什么呀？你一直都是年级前十名呀，不知道多少人羡慕你的成绩呢。"

听起来，她是有点儿矫情，而且还是自己明知道这根本不对的矫情，可是……

她完全按捺不住心里的难受感。

我太小气。江年边在心里反思自己，边看着物理卷子上的错题，而后压抑不住地继续想：可我要是有他那样的脑子，一定可以拿满分的，我的名次就可以更进一步了。

她也觉得自己有病。


"老师叫你呢！"江年猛地回过神来，赵心怡在不着痕迹地用手肘碰她，还不停地压低声音叫她。

她这才惊觉，自己竟然在班主任的物理课上走神儿了。

江年连忙站起身。

"江年同学，"姚子杰皱了皱眉头，不太满意的样子，"怎么第一天上课就走神儿呢？昨晚没休息好吗？"

姚子杰的确脾气好又随和，但这并不代表他可以容忍学生在他的课堂上发呆。

江年自知理亏："对不起，老师，我错了。我以后一定会认真听课的。"

姚子杰顿了顿，点了点头："行，这样吧，正好你上来做一道物理题。"

江年一惊……这才第一天上课，怎么就要上讲台做物理题了？

她慌了。

虽然她昨天在家里好好预习过这节课的内容，但是现在突然被老师要求上讲台去做题,还是很不擅长的物理题,难免心里没底。

就连贺嘉阳都转过身,有些担心地看了江年一眼。

她咬了咬唇,正准备往讲台走去的时候,蓦地听到了懒洋洋的声音:"老师,这道题我正好有简单的解题方法,想做一下让大家讨论讨论。"

少年语调散漫,却莫名其妙地就让江年想起了今天早上来学校的路上透过树叶映在路上的跳跃的阳光。

江年愣了愣,回过头,跟着大家一起看向了陆泽。

陆泽仍旧是懒懒散散地单手支着头,一副完全不在意的态度,就好像刚才出声的并不是他一样。

看到大家都看向了自己,陆泽才站了起来,仍旧看着姚子杰。

姚子杰应得爽快:"那正好,你上来做吧。"

然后他转过头看向江年:"江年同学,你坐下吧,下次好好听课。"

江年只觉得如蒙大赦,连忙道谢,而后乖巧地坐下。

说实话,这道题目就算她可能会做,在她这种突然被老师点名,而且是物理课上因为开小差而突然被点名,导致肾上腺素飙升的情况下,她都是不太可能解得出来的。

像她这种极度关注别人对自己的看法的人,通常还有一个缺点,那就是在公开场合很容易紧张,也很容易出错。

哪怕这个教室并不算公开场合,但到底有这么多同学,况且大部分同学她不认识。

所以刚才那一瞬间,她真的觉得自己的脑袋彻底空白了一下,连带着昨天到底预习了什么,也已经忘得一干二净了。

她抿了抿唇,再次感谢地看向了正闲庭信步地往讲台上走的陆泽。

她的确由衷地感恩突然"积极"的陆泽。

不管陆泽出于什么目的,是想帮她解围,还是真的想和大家讨论一下那道题目的解法,她都很感谢。

好不容易稳住了情绪,江年直直地注视着台上那个清俊的男生。

陆泽随意地从粉笔盒里抽出一根粉笔,而后下意识地皱了皱眉头,似乎不太喜欢粉尘沾在手上的感觉。

但他到底没说什么,站在那道题目前,随性地就做起了题目。

陆泽太淡定了,完全视别人的视线于无物。

江年忍不住有些羡慕。

果然,陆泽这种人才是真正天生优秀的人,完全已经习惯了别人的视线,在什么场合都能轻轻松松地保持无比淡定且最好的状态。

陆泽写粉笔字还挺好看,也很潇洒,和他本人一直懒洋洋又时常满不在乎的性格好像很不一样,但江年又忍不住觉得,好像这字迹也的确像是他写出来的。

毕竟只有他才潇洒得完全不像是一个普通的学生。

字母写得很飞扬,偶尔有的字最后一笔是竖的时候,陆泽都会把那一竖写得很长,像是字要飞出去了一样。

而且陆泽下笔很快,似乎完全不需要思考一样,"唰唰唰"地就往上写。

大家只是盯着陆泽一小会儿,他就已经解完了题目,而后再随意地把粉笔往盒子里扔去——粉笔正中盒子。

陆泽懒洋洋地笑了出来,抬头看向了姚子杰:"老师,我做完了。"

姚子杰缓缓地点了点头,很满意:"嗯,这个方法倒是挺有趣的,而且答案做得很对,步骤又很简洁。大家觉得怎么样?还有没有别的方法?"

教室里鸦雀无声。

江年甚至能听到后排的施宇跟段继鑫在讨论这个方法。

"我的妈,陆泽是怎么想出这个奇妙的方法的?这也太……太奇妙了吧!"

"对啊,他刚开始写第一步的时候,我还觉得他这样做肯定不行呢,结果人家三下五除二就做完了。唉,我一直觉得我物理挺好的,现在突然就感受到了我和学神的差距到底有多大。"

…………

江年很羡慕。如果她理想中一个最潇洒、最无视别人目光、最淡定的状态是怎么样的,她想:一定是……陆泽那样的。

陆泽可谓"一题成名"。

毕竟刚分了这么个理科重点班,班里的哪个人都是在年级里名次完全数得着,也从小优秀到大的,所以哪怕明知道陆泽的成绩很好,好到让人仰望的地步,还是有不少人暗暗地存了把自己跟陆泽比较的心思的。

比如班里不少男生,而且是很擅长数、理、化的男生,就会忍不住想:虽然陆泽很神,高一时数、理、化就经常考满分,但是他们的成绩离满分也没差多少啊。

陆泽数学考150分,他们也考了145分好吗?

5分而已,差距也没多大吧。

自己错的那道5分的题,也就是脑子一蒙,要不然不也就做对了?

那他们不就跟陆泽一样了?

今天上了一天课之后,大家才清醒地意识到,还是不一样的。

他们跟陆泽的差距,真的不只是那5分而已。

他们数学考145分,是因为他们只能考145分;而陆泽数学考了150分,那是因为满分只有150分。

虽然这么说让人很悲伤,可这好像是事实。

因为陆泽好像已经聪明得脱离了他们这个层次。

班里的学生就算再聪明,哪个不是认认真真努力的?反观人家陆泽,上课的时候连笔记都懒得做,两只手轮换着支着头,那就是最认真听课的状态了。

谢明以前就跟陆泽认识,所以完全习惯了陆泽上课的状态。

可是和陆泽隔了一个过道的邻桌男生丁献就有些震惊了。

数学课的时候,陆泽左手撑头,右手转笔;化学课的时候,陆泽右手撑头,左手转笔……

别的就不说了,这还是丁献第一次见到一个人左手转笔都能转得这么厉害的!

所以,一下化学课,丁献就转头看向了陆泽那边,争分夺秒地叫住了陆泽。

"阿泽！"

叫出口的一瞬间，丁献就忍不住忐忑了。

真是的，他好生生地叫"陆泽"不行吗？现在他突然叫了一声"阿泽"，好像就显得太过亲昵了……

这位看起来脾气并不怎么好的学神，不知道会不会理睬他。

心里正忐忑的时候，丁献就看到陆泽抬起了头。

似乎懒得回话，陆泽只是从喉咙里发出一声："嗯？"

有事说事。

丁献忍不住惊叹：怪不得受那么多女生欢迎，这人长得帅就算了，声音还这么好听。

啧啧，老天真是不公平。

不过他也没敢多想，连忙有事说事："没事，我就是好奇，你为什么左手转笔也这么厉害啊？"

陆泽歪了歪头，似乎有些意外丁献竟然问了这么一个问题。

在陆泽回答之前，谢明已经抢先回答了出来："因为阿泽其实是个左撇子！"

丁献愣了愣，连忙再次看向了陆泽。

陆泽点了点头："嗯，没错。"

"哦，"丁献疑惑，"我记得你刚才写字的时候，好像用的是右手啊？"

陆泽瞄了一眼时间，伸了个懒腰，点头道："对，因为以前用左手写字会被别人好奇地追问，所以就又练习了用右手写字，只不过还是左手写得更好而已。"

陆泽一口气说的话有点儿多，语调仍旧是散漫的。

丁献目瞪口呆。

这……这不是越前龙马（日本漫画《网球王子》的男主人公，被誉为天才少年）吗？！

更让丁献震惊的是，本来他还以为陆泽是个很不好说话的人呢，所以这一天下来，自己都没敢跟陆泽说话，结果现在说完话，出乎意料地觉得陆泽其实还挺好接触的。

· 46 ·

虽然陆泽还是一副能不说话就不说话的样子,但其实态度很"和蔼可亲"。

他果然应该再去学学语文了,要不然为什么竟用这种奇奇怪怪的词来形容别人?

新学期的第一节英语课,安排在了下午第三节。

和在物理课上的萎靡状态比起来,一上英语和语文这种课程,江年立马就精神饱满了。

她很擅长这种语言类的课程,所以英语很好。

能在理科班名次排得挺靠前,江年全靠这种偏文科一点儿的课程撑着了。

连赵心怡都觉得江年几乎一瞬间就像换了一个人一样,跟上物理课时谨小慎微的她一点儿都不一样。

兴致勃勃地上完了第一节英语课,临下课的时候,英语老师结束了今天的课程内容,而后站在讲台上说:"嗯,谁是我们的英语课代表?让老师认识一下吧。"

江年立马扣上笔帽,而后站了起来:"老师,我是,我叫江年。"

"江年,是吧?"英语老师很感兴趣的样子,"你高一的时候是不是拿过好几次我们年级的英语单科第一名?"

江年有些不太好意思地点了点头。

英语老师很是满意:"行,那你下课跟我来一趟,帮我把给大家印的听力练习题发一下。"

江年连忙应了一声。

江年不觉得有什么,而班里的其他同学都齐齐地叹了一口气。

"你们怎么回事?怎么一听练习题就这么不开心?"英语老师还明知故问,得到大家怨念的眼神后才笑了出来,"不要着急叹气,这个练习题是我找了很久才找到的,是你们这一个学期的听力练习题。期末前大家再交给我,平时自己做做就好了。你们都是重点班的学生,起码的自律性应该有的吧?我也不逼你们,你们自己按照自己的时间计划来做就行了。"

可能真的是因为这是重点班,江年发现,大部分的老师给予他们很多自由,只是适当地指导他们,而后具体的安排就随他们去了。

不得不说,她是第一次碰到这样的安排方式,但还真的挺喜欢的。

抱着厚厚一摞练习题回到教室的时候,江年已经累得喘不过气了。

她本来就很缺乏锻炼,还抱着练习题爬了四层楼,真的很不容易啊。

坐在最后一排的陆泽,在江年进教室的一瞬间,就敏感地抬起了头。而后,他就看到江年气喘吁吁地把习题放在了讲台桌子上。

女孩子那张白皙的脸因为热而透着粉色,挥着手拼命给自己扇着风,微微张着嘴喘着气,高高扎起的马尾落在脖子上,因为一些汗水而使几缕发丝贴在脖子上。

陆泽下意识地抿了抿唇,而后眼神一沉,又连忙低下头。

陆泽明显有些心不在焉,就连旁边的谢明都发现了陆泽的异样。

他起身站了起来。

谢明愣了愣:"你去干吗啊?"

陆泽除了上厕所、去跑步、打篮球,平时能不动就懒得动。

谢明看见陆泽直直地走到了教室前面,而后上了讲台。

江年正在拼命给自己降温,余光就瞥到了一个人。

她连忙让了让:"请过。"

没人动。

她有些纳闷儿地转过头,有些惊讶:"陆泽?"

陆泽点头:"需要我帮你发习题吗?"

"可……可以吗?"江年有些迟疑。虽然她一个人发的确有些吃力,还可能赶不上在下一个老师进教室前发完,但是……让陆泽帮忙,不知道为什么,她总觉得自己有些不好意思。

陆泽仍旧懒洋洋地点了点头,抬起手来,拿了一些习题册,而后不忘叫上贺嘉阳:"嘉阳,过来帮忙发习题。"

贺嘉阳抬头,看见讲台上的两个人,连忙站起身:"来了,来了。"

贺嘉阳走上讲台，看见脸红红的女孩子和一脸漫不经心的俊朗的男生，笑嘻嘻地出声调侃道："我们阿泽真的越来越有眼力见儿了。"

陆泽抬腕看了一眼时间："别废话了。"

然后，他们两个人，一人抱走一半的习题册。

江年有点儿蒙。

那么，她干什么？

贺嘉阳似乎看出了她的想法："没事，没事，江年，你回去休息就行，辛苦你了。下次这种体力活，你可以直接叫我……"他蓦地顿了一下，"跟阿泽帮你的！"

"是吗？"江年有些摸不着头脑，而后转头看了一下陆泽。

其实这种事，她若是叫人帮忙，是会有很多人愿意帮她的。

但是怎么说呢，她总觉得自己好像习惯了一个人做事情，所以从不觉得自己一个人做有什么问题。

蓦地被这么帮忙，江年还有些措手不及。

陆泽注意到了女孩子迟疑的目光，抿了抿唇，满不在意地点头："嗯，可以找我。"

男生拿着那一摞习题册，转身走下讲台，微微蓬松的黑发随着男生的动作而微微起伏。他脊背挺直，浅蓝色的校服上衣在他身上晃荡了一下……

江年大概第一次感受到什么叫如风的少年。

## 第三章
## 希望你去

江年稍稍恍惚了一下,就被旁边的贺嘉阳给"逮"到了。

"你在看什么呢?看得这么起劲?"贺嘉阳抱着剩下的一摞习题册,下讲台前瞄了江年一眼,就发现江年正盯着陆泽的背影。

江年猛地回过神来,而后连连摇头:"没有……没有……没有看什么。"

贺嘉阳又笑了一声,语气里带着明晃晃的打趣意味:"是不是我们阿泽太帅了?"

陆泽回过头,挑眉看了看贺嘉阳。

"你怎么话这么多啊?"少年声音里带着不耐烦的味道。

贺嘉阳撇了撇嘴。

行,行,行,你用得着我的时候就是"嘉阳,过来帮忙发习题";用不着我了,就是"你怎么话这么多啊"。

陆泽还真的是典型的过河拆桥啊。

江年咬了咬下唇,然后还是有些忐忑地回了座位,就看见了正长吁短叹的段继鑫。

她有些意外,看起来神经有点儿大条的段继鑫同学竟然也会长吁短叹?

那看来他真的是有天大的烦恼了。

"你的天大的烦恼是什么啊?"江年神色好奇。

段继鑫愣了愣:"你怎么知道我有天大的烦恼?"

江年:是个人都看得出来。

段继鑫摸了摸后脑勺儿:"江年,我想问你啊,你是不是很擅长做英语听力题啊?"

江年思索了一下,而后点头:"对,我觉得听力题蛮有趣的。当然,阅读理解和完形填空也很有趣,英语这门学科整体来说就很有趣。"

段继鑫同学蓦地觉得自己受到了一万点伤害。

他默默吞下这口老血,继续提问:"那你做英语听力题时是什么感觉啊?我之前听说,不是有学霸、普通人跟学渣三个做英语听力的版本嘛,你是哪个版本?"

江年一脸茫然的表情。

她好像还真的不知道段继鑫说的这三个版本是什么东西。

一直在旁边安静地听他们说话的施宇也凑了过来:"哦,是不是就是那个——学渣做英语听力:……;普通人做英语听力:The price of the shirt is 9 pounds 15;学霸做英语听力:衬衫的价格是九镑十五便士。就这个对不对?"

段继鑫连连点头:"对的,对的,就是这个。唉,我每次做英语听力,都觉得他们讲的英语和我学的英语可能不是同一个语种。江年,你这种英语好的人,听英语听力真的像听汉语一样容易吗?"

江年摇了摇头。

施宇也忍不住笑了出来:"我就说嘛,这就是个段子而已。是吧,江年?"

江年思索了一下:"嗯,如果非要说的话,其实我做英语听力是这样子的……"女孩子故意顿了顿,卖足了关子,而后才继续惟妙惟肖地模仿,"所以你应该选B。然后我就选了B,所以就拿到了分数。"

段继鑫和施宇："……"

不知道为什么，段继鑫感觉又给自己造成了一万点伤害呢。

下午最后一节课是自习课。

开学第一天，其实老师布置的课程任务并不算重，而且大家也明显地还没有完全把假期时的心思收回来。

所以最后一节自习课的时候，课堂上一直有些细细的说话声，好像是有不少人在小声聊天。

贺嘉阳也深知大家的心情，所以只在聊天的声音比较大的时候才开口组织一下纪律，其余的时候并没有多管。

江年则把今天物理课上老师讲的内容重新梳理了一遍，然后整理了一下自己的笔记，又认认真真地把课后习题做完。

等完成这一系列学习内容，江年抬头看了一下墙上的挂钟，立马就兴奋了——离下课只剩下不到五分钟的时间了！

她今天中午并没有吃太多东西，刚才在认真做题的时候还没有感觉，现在回过神来才觉得自己早已经饥肠辘辘了。

只剩最后几分钟，江年就心不在焉地看了几页数学课本，而后就开始盯着钟表默默倒数："5、4、3、2、1！"

一数到"1"，江年立马放下笔，抓起桌子上的饭卡就往外跑，颇有一往无前的劲头。

笑话，明礼的学生对待吃饭问题都无比认真，所以她跟姜诗蓝从一开始入学就养成了一个习惯——跑着去食堂。

现在，如果她没猜错的话，姜诗蓝肯定就在一楼的5班教室门口等着她。

因为江年冲得太快，现在楼梯上还没什么人。

江年一鼓作气地跑下楼梯，果然，姜诗蓝正在楼梯口翘首以盼。

一看见江年，姜诗蓝立马跳了起来："年年，快、快、快！今天周一，有我最爱的煎饼！"

明礼食堂晚餐的煎饼堪称一绝，但是只有周一跟周五供应，并且供不应求。如果学生去得晚了，那就一定买不到了。

想到食堂阿姨做的煎饼的味道，江年不争气地吞了一下口水，而后更是快步朝姜诗蓝跑去。

两个人顺利地碰面，继续一鼓作气地朝着食堂进发。

几乎是走在整个班级同学最后面的陆泽、贺嘉阳还有谢明，似乎并不太在意晚餐到底吃什么。

贺嘉阳跟陆泽并肩走着，而后想起什么，蓦地笑了出来："说起来，我还真的看不太出来江年在吃饭这件事上竟然这么积极。她跑得还真快啊，铃声刚一响，我就觉得一道风从我身边'唰'地就过去了，简直要笑死我。"

陆泽一只手插兜，另一只手拎着手机，似乎也想起了刚才江年蹿出去的场景，蓦地也笑了出来。

她真的太有意思了。

昨天跟她在面店一起吃饭的时候，陆泽看她挑了几筷子面就不再吃了，还以为她是不太喜欢吃饭的人呢。

结果现在看来……嗯，她喜欢吃饭好，喜欢吃饭健康，好养活。

他们上了高二之后，晚自习就从高一的两节课延长到了三节课。

可能是习惯了两节课的晚自习时间，所以江年觉得多加了一节课的晚自习漫长得让人难以忍耐。

尤其是在明礼中学这种堪称"放养"的模式下，除非有意外，晚自习就几乎全都是真的晚自习。

如果放在高一江年还会觉得，两节课的晚自习分外充实，而现在三节课的晚自习，尤其是刚开学，她觉得自己最后两节课都快要无聊地抠手了。

姚子杰时不时进教室里逛一圈看看大家都在做什么，然后江年立马紧张地拿起笔继续做题。

等到姚子杰一走，她就又放松了神经，继续抠手。

真的不怪她——明天的课程都预习完了,该做的课后习题也都做完了,该整理的笔记也已经整理得差不多了,所以她现在真的很闲。

正在继续翻看第四遍物理笔记的时候,江年感觉自己左边的胳膊被什么东西给戳了一下。

她转过头,看见韩疏夜正拿着一张卷子看着她。

江年左右看了一眼,压低声音问:"怎么了?"

韩疏夜指着一道题:"江年,你能给我做做这道题吗?"

"英语吗?"江年理所当然地问道,"让我看看吧。"

然后她就想伸手去接韩疏夜的题目。

韩疏夜摇了摇头:"不是,是数学。"

江年:"……"

您这个行为,就让我很蒙了啊。

班里这么多数学好的同学,她的数学虽然还算不错,但也不是那种随便拿到一道题就能做的人吧?

韩疏夜似乎看出了江年的疑惑,连忙低声解释道:"不是的,我其实问了不少人,大家都有不一样的答案,所以就想让你也做一做,看看究竟哪个答案是对的。而且这道题不难的,就是刚才我读初中的表弟突然在微信上问我的一道题目……只不过做起来有点儿绕。"

江年恍然大悟,边应了一声边接过卷子:"那大家做的都是什么答案?"

韩疏夜给江年看了看另外一张纸。

好的,他问了五个人,现在就有了五个不同的答案。

韩疏夜也觉得有些好笑:"所以我想让你看看,就当给这五个答案投个票吧。"

江年点了点头,埋头开做。

然后,这道题就有了第六个答案。

两个人大眼对小眼,更加蒙了。

不是,这道题到底是怎么回事啊?

江年皱了皱眉头,看向自己的解题步骤,一脸认真的表情,理直气壮地说:"我觉得我做得特别对!我每一步都是认认真真做的,而且做得很有道理!"

韩疏夜点了点头:"是的,每个人都是这么跟我说的。"

行吧。

江年也没了法子:"那要不然你下课再去问问别人?班里不是有好几个数学特别好的同学吗?嗯……"她突然拍了一下脑袋,而后用笔头捅了捅前排的贺嘉阳:"班长,做道题呗?"

真是的,她怎么就忘了还有贺嘉阳呢?

贺嘉阳十分爽快地应下了。

五分钟后,这道题成功地拥有了第七个答案。

最后,在江年不知道为什么的情况下,她就莫名其妙地被迫跟贺嘉阳一起去找陆泽解答这道数学题了。

江年真的觉得自己完全摸不着头脑,边跟在贺嘉阳后边问:"我能问一下,为什么我要跟你一起去找陆泽吗?"

贺嘉阳面不改色地睁眼说瞎话:"因为阿泽对女生的态度比较好。"

江年揪了揪自己的马尾。

是吗?

今天施宇不是还在跟自己说陆泽对女生的态度不太好吗?所以他态度到底是好还是不好?

陆泽正趴在桌上睡觉,睡得还挺熟的。

江年都想回去了,觉得扰人清梦是件很不好的事情。

至于让陆泽在七个答案里投票的事并不着急,什么时候都可以!

对,就是这样!

完美地打完了所有的退堂鼓后,江年刚准备出声叫贺嘉阳,就看见贺嘉阳直接上手摇起了陆泽:"阿泽,快起来!"

江年:"……"

很好,贺嘉阳完美地打退了她所有的退堂鼓。

陆泽慢慢直起身子，睡眼惺忪地抬手揉了揉眼睛。

江年在心里暗叹：陆泽的脾气可真的太好了！

想起贺嘉阳刚才的话，江年更是巩固了"陆泽脾气很好"这个概念。

陆泽也就是懒散了一点儿，以前别人说他不爱搭理人，都是误传吧？

贺嘉阳："阿泽，来给我们看看这道题吧，我们几个人做出了几个完全不同的答案，你看看哪个是对的。"

陆泽转过头，瞥了一眼乖巧地站在旁边的江年。

江年看陆泽看向了自己，也连忙点头："对的，麻烦你帮我们做一下。我觉得自己做得挺对的，一点儿问题都没有。"

陆泽漫不经心地点了点头，而后拿起笔，迅速地在手中转了两圈，开始"唰唰唰"地演算起来。

他做得很快，并没有让江年他们等多久，就做完了。

他随意地将笔扔到桌子上，而后拿起A4纸，指了指其中一个答案："这个。"

贺嘉阳跟江年连忙凑上去看。

江年蓦地一惊，这个……

贺嘉阳也愣了愣："啊，这不是江年做出来的答案吗？！"

江年自己都感觉很意外。

是的，这的确是她做出来的那个答案。

她惊疑不定地看向陆泽，发现男生正认真地盯着她。

陆泽正紧抿着唇，看着她。

"可以啊，江年，你数学竟然这么好！"贺嘉阳也颇为意外的样子。

江年晕晕乎乎的，脑子里的第一反应竟然是：所以大家就默认了，陆泽做出来的就是标准答案了吗？

虽然这么说好像也没什么问题……

更加出乎她意料的是，一直懒懒散散、能不说话就懒得说的陆泽，竟然缓缓开口，夸了她一句："做得不错。"

虽然这句夸奖的话也只有四个字，但仍旧让江年十分惊喜，并且让她有种受宠若惊的感觉。

甚至不知道为什么，江年觉得自己可能突然中邪了，要不然怎么会有"做题可真有成就感哪"这样奇奇怪怪的错觉？

晕晕乎乎地冲着陆泽道了声谢，再晕晕乎乎地跟着贺嘉阳一起回了座位，江年还是有一种被天上掉下来的馅饼给砸中的不真实感。

她刚回到座位上，韩疏夜就凑了上来："怎么样？怎么样？是不是我做对了？"

江年脚踩地板，双手掐腰，整个人得意得都快要飞起来了："不，做对的是我！"

她整个人身上都洋溢着一种志得意满的气息。

知道的人明白她是做对了一道题，不知道的人还以为她买彩票中了一百万元。

江年何止志得意满，简直想仰天大笑。

她怎么会这么棒？她简直就是全天下最厉害的人！

江年甚至觉得自己现在还可以再做一百道题！

只是她还没怎么嘚瑟够，就被身后的施宇给叫住了："江年，你的物理怎么样哪？既然你数学题都做对了，再来给我做一道物理题呗？"

江年："……"

喂？我在高速公路上，信号不太好，我们回头再说啊。

其实说起来，高二的生活，除了换了一个班级，有了一群陌生的同学和老师，变化并不算太大。

尤其是对江年这种勤奋好学的学生来说，除了刚进这个班的前几天有些不太适应，后面她就飞速地习惯了理科重点班的学习生活。

而且这些学霸，其实除了成绩好，跟普通人也没有太大的区别。

江年很快就从一开始的惶恐不安变成了后来的如鱼得水。

施宇、韩疏夜还有贺嘉阳都是很有趣，脾气也很好的人，同桌赵心怡虽然沉默寡言了一点儿,但是几乎是一个有求必应的人,何况还有神经粗成钢筋的段继鑫调剂着略微枯燥的生活。

江年觉得自己的高二生活实在是美滋滋的。

只不过,自从自己进了19班之后,她跟姜诗蓝一起吃饭时闲聊的话题就成了……

"年年,来跟我汇报一下今天贺嘉阳的行踪吧。"姜诗蓝边吃菜边对江年说。

江年绞尽脑汁:"啊,他今天……化学课被老师点名了,然后回答得很好,化学老师夸奖了他;再然后,语文老师问他能不能背一下今天早读时要求大家背的古文,他背了一小段,虽然有点儿不熟练,但是还是过关了……"

她真的服了,以前虽然知道闺密是贺嘉阳的忠实迷妹,但是不知道姜诗蓝竟然这么崇拜贺嘉阳,听一些贺嘉阳的日常行为都能听得津津有味的。

江年有时候觉得自己简直是个变态,每天负责记录前桌同学的行踪,然后口述给姜诗蓝听。

只不过今天……事情貌似出了点儿问题。

江年边做广播操边心不在焉地往贺嘉阳的方向看去,隔上一会儿就紧张不安地瞄上一眼,再隔一会儿就又瞄上一眼。

就连站在江年后边的赵心怡都发现了江年不对劲。

趁着做扩胸运动,赵心怡不着痕迹地往江年这边挪了挪,而后压低声音问:"你怎么了?"

江年心神不宁:"啊?我没事啊。"

赵心怡继续低声问:"别掩饰了,我都看见你一个劲儿地偷看贺嘉阳了,到底怎么了?"

江年惊了。

她偷看得这么明显吗?

她这一惊,赵心怡却更加嗅出味道来了:"你不会突然那啥我们班长了吧?"

江年:"……"

天大的误会啊!

只不过还没等江年有机会跟赵心怡解释清楚,体委就走了过来:"好好做操,不要说话!"

赵心怡和江年连忙低下头来,认真做操。

等到课间操结束,江年也只来得及跟赵心怡说了一句话:"心怡,你真的误解了……"

还没彻底解释清楚,江年就瞄到了已经跟陆泽一起并肩往教室走去的贺嘉阳。

她只来得及丢下这么一句话,就赶忙追了过去。

赵心怡:"……"


江年气喘吁吁地追上他们:"班长!"

贺嘉阳和陆泽同时回过头看向江年。

贺嘉阳有些意外:"你找我有什么事吗?"

实在不怪贺嘉阳会奇怪,主要是如果江年有什么事的话,完全可以等回到教室了再跟他说。

她这么急匆匆地叫住他……

江年有些纠结,而后咬了咬牙,狠了狠心:"班长,我有些事想单独跟你说一下。"

江年特别着重强调了"单独"这两个字。

贺嘉阳只觉得,"单独"这个词一出来,他旁边这位好像……

就连周遭的空气都像瞬间凝结了一样。

他咽了咽口水,小心翼翼地瞄了一眼陆泽,再小心翼翼地瞄了一眼江年,最后小心翼翼地开口:"你确定是……单独吗?"

"嗯,单独。"

刚下操,田径场上全都是刚解散正往教室走的人。

陆泽就在这里,那简直就是个疯狂的视线收集器。

贺嘉阳只觉得,如果再在这里站一会儿,再加上江年不知道是因为热还是因为不好意思而红红的脸蛋儿，还有那一副下定决心要说出什么话的表情，可能过不了多久，传闻就可以传遍整个高二年级了。

不，传闻是可以直接传遍整个明礼的……

虽然现在效果好像已经差不太多了，但是贺嘉阳同学飞快地在脑子里计算了一下，还是决定及时止损。

他痛快地无视了旁边陆泽那看似懒散实则暗藏杀机的眼神，点头道："没问题，你想去哪里说？"

江年琢磨了一下，有些迟疑："小树林？"

在小树林里，贺嘉阳无比忐忑地看着面前面色犹豫、似乎在纠结到底要不要开口的江年，心情波澜起伏。

虽说他没有如此自恋，但实在是……

江年的反应也太像了。以往那些把自己叫来小树林的女生，也是这样欲语还休的表情，没错啊！

正在心里纠结个不停，贺嘉阳就看见江年似乎终于下定了决心一般，缓缓地抬起了头："班长，我有事情想问你。今天做课间操前，是不是有个隔壁班的女生找你了？"

无论如何，她都得问清楚才行。

贺嘉阳心里"咯噔"了一下。

这个开头……怎么那么像……

他勉强维持冷静："嗯，是的。"

江年猛地瞪圆了眼睛："真的？你说真的？那你同意了吗？"

贺嘉阳被江年吓了一大跳，而后连忙摇头："没有，没有，我怎么可能会同意？"

江年似乎松了一口气："那就好。那也就是说，你现在……没有在意的人咯？"

这话越听越像哪……

贺嘉阳继续忐忑："对的。"

面前漂亮的女孩子瞬间喜上眉梢："好的，好的，那我没问题了，谢谢班长！"

说完,她就冲着贺嘉阳摆了摆手:"那我先回教室咯,真的很谢谢你!"

江年一溜小跑,人就没影了。

贺嘉阳:就这样?

不管怎么说,等到再回到教室的时候,贺嘉阳从正门进去,就看见了最后一排仍旧单手支着头且目光好像紧紧地锁定了自己的陆泽。

贺大班长头皮一紧。

他不自在地咳嗽了一声,终究没敢再回看过去。

贺嘉阳假装完全没有注意到陆泽的视线,不动声色地移开了目光,而后就看到了——坐在座位上,正在埋头写着什么,并且好像很快乐,甚至边写边晃着脚丫子的江年。

贺嘉阳已经忍不住在心里暗自猜测起来了:江年到底在开心什么?难不成她真的是开心自己没有喜欢的人?

而江年同学,倒是完全没有注意到来自贺嘉阳的凝视。

她是真的很快乐。

要是贺嘉阳真的有在意的人了,那她都可以想象到姜诗蓝得难过成什么样子了……

光想想那个场景,江年都忍不住觉得有点儿害怕。

所以,只要贺嘉阳没有在意的人,那她就真的很快乐!

写着写着,江年又忍不住停了下来,而后拿笔支着下巴,陷入了沉思之中。

要是贺嘉阳哪天真的有在意的人了,怎么办?

一眼看见正朝着座位走过来的贺嘉阳,江年眼睛一亮,而后等到他坐好后,拿着笔杆戳了戳他的后背。

贺嘉阳回过头,秀气的女孩子眉眼弯弯,表情里还带着一些不着痕迹的试探和讨好之意:"班长……我想问你,你读高中期间有……那什么的打算吗?"

贺嘉阳心底再次"咯噔"了一下。

他抿了抿唇,突然就明白了为什么阿泽会对这个女孩子这么特别。

实在是她就这么睁着圆溜溜的眼睛看着人时,眼底全是闪闪发亮的星光,让人拒绝都难以拒绝出口。

贺嘉阳微微侧过头,稍稍避开了江年的直视。

"没有。"他回答得斩钉截铁。

江年眼睛又亮了:"那就好!"

那她起码就不用担心姜诗蓝这两年会难过了!

江年喜滋滋地冲着贺嘉阳道谢,低下头,继续开心地边晃脚丫边整理着上课没写完的物理笔记。

江年边写边不忘在心里夸自己:你可真是个超级厉害的侦察人员,也真的是为闺密操碎了心哪。

一直懒懒散散地注视着江年这边的动静的陆泽:"啧。"

"怎么了?"谢明自然注意到了陆泽不太开心的神情,不过也没怎么在意,随口一问。

陆泽似乎有些生气,连一贯喜欢的撑头的姿势都维持不下去了。他微微向后翘起椅子,一双大长腿支着地,双手插在裤袋里。

他憋了半天,才憋出来一句:"下节是什么课?"

谢明这下就奇怪了。

这位哥竟然也会关心下节是什么课了?他一向不都是看哪个老师来拿什么书吗?

说起来,谢明一直觉得陆泽有个特别神奇的点。

陆泽的桌肚里永远都是乱糟糟的,当然,课桌上永远是干干净净的。

但是,不管上什么课、讲什么卷子、做什么习题,陆泽都能第一时间抽出想要的东西,并且保证桌肚里的书山不崩塌。

谢明真的太叹服了。

瞄了一眼前桌的课表,谢明随口回答道:"历史。"

这么答完,谢明自己都愣了。

他们竟然还有历史课?

他再仔细地看了一下课表,可不是嘛,政、史、地三门课都是一周一节。

今天周五，历史课被安排在了一周最后一天的上午。算起来，这还是他们第一次见历史老师。

上课铃声响了起来，历史老师准点走进教室里，教室里立马响起了齐刷刷的叹息声。

严肃的女老师一板一眼，站在讲台上："大家好，我是你们这个学期的历史老师。相信有不少同学知道我的名字，对，我叫王文雁。我知道你们是理科重点班，对政、史、地自然很不看重，但是我还是想跟你们说，我的课你们得好好上，我布置的任务你们也得保质保量地完成。我不希望我们班有同学在会考中拿到 A 以外的成绩，听到了吗？"

班里一片寂静。

没错，这个王文雁教出来的学生分高得厉害——她就是真的有铁血手段。

她还是隔壁文科重点班的历史老师，他们经常能听到隔壁班的同学说她多严厉。

常见的惩罚手段包括但不限于让学生抄历史年代表、让学生抄课本原文、让学生抄卷子题目和答案……

反正手段就是抄抄抄。

江年有个高一时一个班的同学就在隔壁文科重点班，偶尔见到她，对方都会郁闷地跟自己抱怨王文雁又给他们布置了多么可怕的任务。

反正笔芯的消耗速度是挺快的。

看到这样的老师来担任他们的历史老师，大家都忍不住心头发紧。

她……不会对他们也这么高标准、严要求吧？

应该不会吧，他们也就是参加会考而已……

大家刚在心里安慰完自己，就听见王文雁再次开口："好，现在翻开课本第一页。给你们讲课不用太细致，所以我速度会比较快，希望大家不要开小差。今天这节课，我会圈一些重点，下节课会找人回答问题。如果我点到你，你却没有回答正确，那就等着抄书吧。"

众人:"……"

他们好像放松得有点儿早了。

江年跟赵心怡对视一眼,同时露出了一脸苦笑的表情。

她哪里还敢再胡思乱想,只能匆匆地翻开课本,然后跟着王文雁的进度飞快地画重点。

王文雁讲课的速度的确飞快。

江年都觉得自己有些跟不上她的进度,只能匆匆忙忙地画着线。

一节历史课倒也过得飞快。

只是等到上午的最后一节课物理课的时候,姚子杰刚进来就神色严肃。

他双手撑在讲桌上,说出了一句让江年如雷贯耳的名言。

"刚才我来上课的路上,碰到了教历史的王老师。王老师跟我说,"他顿了顿,继续神色严肃地说,"你们是她带过的最差的一届学生。"

大家沉默不语。

行吧,谁还没当过最差的一届学生中的一员呢?

姚子杰双手环胸:"王老师跟我说,一周就这么一节历史课,她在上面讲课,我们班很多同学看似在认真地学习,但是她觉得你们压根儿没有听进去!"

江年默默深思了一下。

所以大家不但得听历史课,还得听进去才行吗?

一片寂静中,江年看见前桌的贺嘉阳举起了手。

姚子杰冲着他点了点头。

贺嘉阳站起身:"那么请问老师,您怎么看呢?"

姚子杰沉默了一下。

"我觉得她管得有点儿多。"

大家"扑哧"一声笑了。

刚才还一片死寂的气氛,一瞬间就活跃了起来。

大家纷纷畅所欲言——

· 64 ·

"是吧，老师，我也觉得她管得有点儿多。我就是不想学历史才来的理科班，会考的时候我好好考就行了嘛。"

"她还让我们抄书，真的太过分了吧！"

"对啊，王老师真的好严厉啊！"

………

姚子杰双手往下压了压，示意大家暂停一下，这才压低了声音说："刚才我说的话，你们听见了吗？"

大家都很上道："没有，没有，老师，你刚才说了什么？我们什么都不知道啊。"

江年跟着乐呵呵地直笑。

正笑着，江年就听见姚子杰突然叫道："陆泽！王老师特意点了你的名，说你上她的课时一点儿都不尊重她，一直在看漫画！"

江年也忍不住纳闷儿地朝着陆泽的方向看过去。

俊朗的男生站了起来，站得并不算很直，脸上仍旧没什么表情。

姚子杰皱了皱眉："你怎么不说话？"

男生声音仍旧是懒懒散散的，微微沙哑："没什么好说的，我的确看漫画了。"

"陆泽，我不管你跟王老师究竟有什么不愉快的经历，她毕竟是老师，你应该尊重她，不是吗？你也上不了几节历史课了，能不能尽量不要在她的课上开小差了？"姚子杰苦口婆心地劝道。

不愉快的经历？

江年愣了愣，压根儿没想到陆泽竟然还跟王文雁有过什么不愉快的经历。

陆泽抿了抿唇，抬起头看向姚子杰："老师，我认为我已经足够尊重她了。"

姚子杰没有再说什么，只是压了压手示意陆泽坐下，就这么忽视掉了一教室人好奇的眼神。

班主任究竟为什么要提那个所谓的"不愉快"，又不负责解答？

这不是纯粹让人好奇的吗？！

所以趁着姚子杰让大家讨论物理题目，江年就迫不及待地用笔杆戳了戳贺嘉阳。

贺嘉阳扭过头来。

"班长，历史老师跟陆泽有过什么……不愉快的经历啊？"江年真的特别好奇。

贺嘉阳迅速地瞥了一眼姚子杰，而后开始给江年解惑："她以前是我们班的历史老师，特别不喜欢阿泽，觉得阿泽太浑了，所以上历史课的时候就经常针对阿泽。但是阿泽的历史成绩又不差，她就说不出什么。"

江年听得认真，一双杏眼都因为听到了陆泽的八卦消息而闪闪发亮。

贺嘉阳摸了摸鼻子，再次不动声色地避开了一点儿江年的目光，继续说道："结果有一次，历史老师上课看到阿泽在发呆，就抽出阿泽的历史书看了一眼，发现上面干干净净的，什么重点也没画。所以她就很生气，非要罚阿泽抄十遍课文。"

江年皱了皱眉："这也太狠了吧？"

再说了，自己的书，想画就画，不想画重点，老师也干涉不了什么吧？

而且陆泽的历史成绩一向挺不错的，这她是知道的。

"对啊，她就是一个狠人。"贺嘉阳深表赞同，"再然后，阿泽肯定就没有抄课文。最后，这件事就被她告到了姚老师那里，在姚老师的斡旋下，双方勉强和解了。谁知道这学期历史老师还是她啊，真的太衰了。"

江年撇了撇嘴，觉得自己并不赞同王文雁的所作所为，甚至隐隐觉得王文雁对陆泽有点儿情绪。

尤其是他们这种理科重点班，政治和地理老师对他们都是睁一只眼闭一只眼的，只要他们不在课堂上闹腾就行。

王文雁非得让他们这些学理科的学生达到她的高标准、严要求，怎么说都有些过了吧？

66

江年摇了摇头,转过头看了一眼陆泽。

陆泽似乎正在和前桌的男生讨论着姚子杰布置的题目。

江年能看出来,陆泽是真的喜欢数、理、化这些学科,因为他现在看上去一点儿都不懒散。

他嘴巴一张一合的,好像是在据理力争。

陆泽前桌的男生一开始还有些不服气。结果听陆泽说下去,他神色慢慢变得有些迷惑,最后终于恍然大悟,然后一脸佩服地看着陆泽。

他好像完全被陆泽折服了。

陆泽真的……太帅了。

她咬了咬下唇,不知道为什么,竟然忍不住弯了弯嘴角。

好的,她坦承——

对一个忠实的"颜控"而言,班里有陆泽这样赏心悦目的男生,真的是让人愉悦无比了。

想着想着,江年又忍不住开始质疑:陆泽成绩这么好,长得又这么帅,历史老师到底是怎么刁难下去的?

周五下午,学校只给他们排了三节课,而且其中还有一节是体育课。

熬到周五下午,那也就说明,他们离期待已久的周末不远了!

江年跟姜诗蓝在食堂里吃了午饭,然后在教室里趴着睡了会儿午觉。

江年茫然地睁开眼,而后揉了揉眼睛。

一抬头,她就看到了站在贺嘉阳的座位旁边,正在跟他讨论问题的陆泽。

她所有的困意一瞬间都消失得无影无踪。

陆泽淡淡地瞥了她一眼。

江年有点儿蒙,而后就听见贺嘉阳还在说着什么:"我放心得很呢!我有什么好不放心的?到时候你一上场,肯定能拿个高分回来的。我很相信你!"

高分?

"班长,你们在说什么呢?"江年忍不住有些好奇。

贺嘉阳扭过头,兴致盎然:"等会儿你就知道了。"

他还挺神秘。

江年撇了撇嘴,伸出手揉了揉自己的脸蛋儿。

女孩子刚睡醒,可能是因为睡得比较熟,脸粉扑扑的。她白皙纤长的手指像是擀面团一样把自己的脸揉来揉去……

陆泽抿了抿唇。

而后,他出声问道:"有什么不会做的题目吗?"

江年愣了愣。

她伸出手指指了指自己:"你问我?"

陆泽点了点头。

江年第一百次在心里感慨:陆泽真的太好了!

她连忙拿出自己的物理练习册,然后指着一道题:"那能给我讲一下这道题吗?"

陆泽点头,而后从贺嘉阳的座位旁边走到了江年的座位这里。

男生身上清爽好闻的气息一瞬间扑面而来,江年觉得自己有点儿头晕眼花。

陆泽只是很快地瞄了一眼题目,而后就胸有成竹地讲了起来。

江年连忙收起自己的脑子里的杂念,跟上陆泽的思路。

她边听边点头,还时不时地指着陆泽写的其中一个步骤问:"这里为什么可以这样做啊?"

陆泽顿了顿,抿了抿唇,而后给江年讲得更加细致了一点儿。

江年恍然大悟,敬佩地看着陆泽:"你真的太厉害了!"

显然,女孩子的夸奖让陆泽很是受用。

陆泽随意地点了点头:"还行吧。"

江年继续夸奖:"还有,陆泽,你人真的太好了!"

陆泽的脸僵了僵。

这话就没有刚才那句话听起来让人舒服了啊,他怎么莫名其妙地就被发了"好人卡"?

江年喜滋滋地看着自己的题目。

幸好陆泽主动教她了,要不然就凭自己,她想弄清楚这道题还得花点儿时间才行。

午休时间结束,教室里陆陆续续又进来了不少人。

等到人差不多齐了的时候,贺嘉阳走到了讲台上。

"大家停一下,我有两件事想跟大家说一下。"他看到大家都看向了自己,这才继续说道,"第一件,体育老师今天中午通知我说要我们班和一起上体育课的11班在下午的体育课上举行一场男生篮球比赛。现在我和阿泽已经确定要参加比赛,还有谁要报名参加请一会儿找我。"

这个消息一出来,教室里的气氛立马沸腾起来。

哇,篮球比赛啊!

可以说,高中的男生就没有几个不喜欢打篮球的。江年就很纳闷儿:为什么大中午太阳那么晒,热得不得了的时候,篮球场上却依然有男生打得起劲呢?好像他们一身的精力完全没处释放一样。

现在一听有篮球比赛,教室里的男生一个个都亢奋极了。

贺嘉阳笑了笑,继续说道:"如果班里的女生有感兴趣的,也可以过来给我们加加油。虽然我们班女生不太多……"

大家齐齐笑了出来。

"还有第二件事,"贺嘉阳顿了顿,抽出一根粉笔,"马上就周末了,我建了一个我们班的QQ群。大家回家以后方便的话就加一下群,我把群号写在这里了。"

江年倒是随身带着手机,所以飞快地拿出手机搜索了一下群号,然后就果断地申请加群了。

群名不知道是谁起的,江年看到忍不住一阵好笑。

"十九班少年不朽",这么非主流的群名。

她刚申请,就显示有人通过了她的申请。

"星辰"已加入本群。

星辰:"大家好,我是江年。"

江年好奇地翻了翻群成员列表。

群主赫然是贺嘉阳,昵称特别可爱,叫"Σ+羊"。

她刚看到这个名字的时候还蒙了一下,然后按照字符每个读下来——"和加羊",贺嘉阳。

他这也太省事了吧!

目前的群成员,除了她,还有一个管理员,就是一个纯黑色的头像,昵称也特别简单,叫"ze"。

江年思索了一下,默默地猜测:难不成这就是陆泽?

她刚翻完列表退出群界面,就收到了一条添加好友的申请,是那个"ze"申请的。

"我是陆泽。"

她竟然真的猜对了!

而且不知道为什么,看到陆泽主动加自己好友,江年明知道他没什么别的意思,但还是忍不住从心底里泛出了一种……受宠若惊的喜悦感。

她笑眯眯地点了同意,然后主动跟陆泽打招呼:"我是江年。篮球比赛加油啊,陆泽!"

那边的人飞快地回复了,倒是和陆泽平时讲话时散漫的语调不太一样。

"你会来看吗?"

江年愣了一下。

实话说,她一开始没想去看的。

她对篮球一点儿都不了解,甚至连怎么样进球可以得几分这种事情都不清楚,所以……看球对她这种人而言,真的顶多只能说是看个热闹而已。

不过陆泽都这么问了……

江年有些犹豫,然后反反复复地在输入框里输入,又删掉,再输入,再删掉,最后将消息发过去。

"嗯,你觉得我们去看合适吗?"

将消息发过去后,江年满意地点了点头。

嗯,她这样说就没什么问题了。"你觉得"就很客观,"我们"又不单指她一个人,显得自己完全没有误解陆泽的意思。

对,陆泽这样的人,肯定最烦别人误以为他对自己有意思了。

江年刚在心里想完,就看见聊天界面上再次弹出来一句话。

"嗯,我希望你去。"

站在篮球场旁边,看着场上的几个男生和充当评委的体育老师时,江年还觉得整个世界都有点儿魔幻。

她——江年,一个重度不喜运动者,有一天竟然也会主动来看篮球比赛。

她如果告诉姜诗蓝这件事,姜诗蓝一定会说"见鬼了吧"。

总而言之,美色蛊惑人是真的。

想到这里,江年忍不住再次自我谴责了一下——她到底为什么一看见陆泽说"我希望你去",就脑子一昏,不管不顾地应了下来?

赵心怡也很蒙:"江年,你竟然喜欢看篮球赛呀?我还真没看出来啊。"

她本意是想跟江年一起打会儿羽毛球的,结果江年竟然提议来看两个班的篮球比赛。

江年有点儿心虚地摸了摸鼻子,试图说服赵心怡,也试图说服自己:"嗯,这是我们班男生第一次打篮球比赛啊,我们肯定得来加加油才行。你看11班那么多女生来加油,我们班在气势上也不能落后,对不对?"

这话很有道理。

赵心怡半信半疑地盯着江年。

江年清了清嗓子:"我们来都来了,就给他们加加油吧。下节体育课我再跟你一起打羽毛球。"

"行吧。"赵心怡撇了撇嘴,跟江年一起看向了篮球场。

两个班各有五个男生在场上，各自派了代表抽左右半场。

陆泽站在几个男生后面，微微弯着腰，双手插兜，脸上仍旧没什么表情。

他似乎突然想到了什么，转过头往篮球场旁边看了看，似乎在找什么人。

直到看到了站在篮球场边上的江年，他才微微弯了弯唇，笑了一下。只是笑容很淡，而且他很快就扭回头去了。

赵心怡愣了愣："陆泽刚刚在找谁吗？我怎么觉得他是看向我们这边了？"

江年心跳如擂鼓。

刚才跟陆泽目光相碰的那一刹那，她只觉得自己的心脏都快要跳出来了。

陆泽还冲自己笑了……

江年觉得自己不可控制地心花怒放了一下。

她是不是可以理解为，陆泽看到自己过来加油，挺开心的？

江年刚想完，就做贼心虚地摇了摇头。

不行，做人最不可取的就是自作多情！

她的脑子里现在混混沌沌的，各种念头都交织在一起。

听见赵心怡的话，江年不知道为什么，更是心虚地否认："不是啦，陆泽那样的人怎么可能会找人？而且他看见我们冲我们笑笑也是应该的吧，毕竟我们可是来给他加油的！"

赵心怡敏感地捕捉到了一个细节。

"给他加油？"赵心怡更是怀疑地看向了江年。

江年的舌头都差点儿被自己给咬破。

说得多错得多果然是真理，呜呜呜，她今天怎么净说蠢话？！

不过幸好，没等赵心怡再逼问什么，篮球赛就开始了。

她们旁边也站了几个他们班的同学，男女都有，这个时候大家都紧张得不得了。

陆泽抢到了球，后面几个11班的男生还在不放弃地对他围追堵截。

　　陆泽一改平时懒懒散散的状态,这个时候分外精神,灵活无比地左右手运球,然后还没等江年看清楚,他就已经冲到了篮板前面。

　　优越的身高这个时候格外有用,他似乎完全没把对手的堵截放在眼里,轻轻跃起,就无比精准地投进了一个球。

　　得分!

　　他们班的同学都激动不已,一个个都在欢呼。

　　江年也忍不住握拳开心,太棒了!

　　除此之外,江年还听见了几个11班的女生在高呼。

　　"陆泽加油!"

　　"加油啊,贺嘉阳!"

　　"陆泽,你太帅了吧!"

　　……


　　江年有点儿蒙。

　　她们几个人是过来给对手班的人加油的?

　　可想而知11班那几个在场男生的心情……

　　陆泽似乎真的很擅长打篮球。

　　其实准确地说,江年好像还没见过他有什么不擅长的项目。

　　陆泽简直就是无所不能,篮球打得好,钢琴弹得好,成绩稳居第一,还拿过那么多竞赛奖项……

　　他真的就是不给普通人活路。

　　她猛地想起自己今天午睡刚醒的时候,贺嘉阳说的话。

　　"到时候你一上场,肯定能拿个高分回来的。我很相信你!"

　　可不是嘛,贺嘉阳的确没有说错。

　　陆泽一上场,简直就是一个堪称控场的存在。

　　队友们拿到球以后,全都把球传给他,他再轻轻松松地跳起来投篮。

　　甚至在被对手们拦在三分线外后,他竟然眯了眯眼,然后淡定地

· 73 ·

站在三分线外，抬手、投篮——完美无比的三分球！

江年都惊呆了。

对她这种不喜欢也不擅长运动的人来说，陆泽这样的球技简直就是球星一样的存在。

陆泽太帅了吧……

赵心怡也目瞪口呆。

"江年，我怎么觉得陆泽完全用不着我们给他加油呢？"

江年表示认同地点了点头。

可不是嘛，陆泽哪里是来打篮球赛的，简直就是来秀球技的。

陆泽又得分后，体育老师吹响了中场休息的口哨。

江年这才分出心思去看了看比分板——28∶10。

陆泽用手擦了擦额头上的汗水，而后跟贺嘉阳说了什么，就在大家的注视中，信步往篮球场旁边走来。

旁边的几个女生一阵骚动，然后就开始互相推推搡搡。

最后，其中一个女生站了出来。

女生双颊通红，迎着陆泽走了过去，递上手中的冰水和湿巾："陆泽，你打球真的特别好！"

陆泽一下场，就又回到了平时懒懒散散的样子。

他瞥了女孩子一眼，而后随性地点了点头："谢谢。"

他一点儿伸手接过女孩子手中的东西的意思都没有，微微改变前进的方向，绕过了女孩子，继续往场边走去。

赵心怡跟江年嘀咕："陆泽也太冷心冷……"

话还没说完，赵心怡就觉得江年在拼命拽自己的袖子。

她不经意地抬头瞥了一眼，话就这么被吞在了嘴里。

陆泽怎么走到她们面前了？

陆泽完全没分给赵心怡眼神，只是径自对着江年说道："怎么样？"

简单的几个字，江年却立马悟出了陆泽的意思。

她连连点头，拼命夸奖："你打得特别好！真的，我都看呆了！"

明明她说的是跟刚才那个女孩子差不多的赞美话，这次陆泽却好像很满意的样子。

他点头："是吗？看来你……们过来给我们加油还是有用的。"

江年弯着眼眸冲着陆泽笑。

陆泽黑漆漆的眼眸里满是光芒。

他微微弯了弯唇，低头看向了江年紧握在手里，还没开封的矿泉水。

江年注意到了陆泽的眼神，跟着陆泽看向自己手里的东西，而后才像是猛地反应过来一样。

她连忙把手里的矿泉水递给他："我……我还没拆开，你要喝吗？"

她真懂事。

陆泽胡乱点了几下头，接过矿泉水："谢谢，正好我也渴了。"

江年咬了咬下唇。

陆泽拧开矿泉水的瓶盖，仰头"咕咚咕咚"灌了几口水，喉结随着他的吞咽动作而一下一下地滚动。

江年不知道为什么，蓦地觉得有点儿渴。

她也咽了咽口水，而后仗着胆子继续跟陆泽说道："你们下半场加油！"

陆泽一口气喝了半瓶水才停下来。

黑漆漆的眼眸就这么盯着江年，而后他又笑了笑，语气却又有点儿意味深长："我会加油的。"

陆泽留下一句意味深长的"我会加油的"，便随意地拎着那瓶喝了一半的矿泉水，转身又向场内走去。

对别人投来的目光，他完全不管不顾。

准确地说，陆泽可能早已经习惯了这种他一出场便是焦点的感觉。所以现在就是被一整个篮球场的人盯着，他也仍旧是随性潇洒的样子。

但江年就不太一样了。

她最害怕这种被所有人盯着的感觉了。

刚才陆泽跟她说话的时候,她脑子晕晕乎乎的,完全跟糨糊一样,还不觉得什么。

现在陆泽转身走了,那张让江年晕晕乎乎的脸一消失,她的理智就慢慢地恢复过来了。

江年努力强迫自己忽视大家好奇以及一些女孩子羡慕忌妒的目光,装作完全不在意这些视线一样,定定地看着场内的人。

"江年,这就是你跟我说的,过来给我们班男生加油?"赵心怡都开始怀疑江年了。

江年梗着脖子,强行点头,掷地有声:"对!"

"呵,"赵心怡冷笑了一声,"我以前怎么没发现你跟陆泽关系这么好呢?"

江年继续催眠自己:"那是因为我跟陆泽关系的确算不上太好啊。心怡,陆泽就是看我们是同学而已,说不定……"她胡乱找着借口,而后眼睛一亮,"说不定,陆泽就是想让刚才那个女生死心而已。"

越想江年越觉得自己解释得很正确。

刚才陆泽不是没要那个女生的水,结果转身就来问自己要水喝了嘛,肯定就是想委婉但是又不留余地地拒绝刚才那个女孩子而已。

唉,你看看,像陆泽这种高智商的人,就是利用人都可以利用得毫无痕迹。

不过江年觉得自己的确没什么出息。

明知道陆泽并没有别的意思,但她就是觉得美滋滋啊美滋滋。

虽然她自己都说不清楚究竟在美什么……

下半场陆泽依旧神勇,毫无悬念地带领19班的队员以高比分优势赢下了这次篮球比赛。

11班的主力队员打完球都颓了,然后走去跟体育老师抱怨:"老师,真不是我说,下次再有篮球比赛能不能别让我们跟19班打了?他们班这些人还是人吗?成绩好就算了,他们就连打球都这么厉害。要是还想让我们跟他们班打比赛也行,起码别让陆泽上了,行吗?我都觉得我们不是在打比赛,是在单方面被虐杀啊。"

体育老师也觉得很有趣:"行,那我下次争取让他们再以更大的比分虐杀你们。"

场上顿时响起了一片哀号声。

虽说不是自己打的球,但江年也觉得与有荣焉。

就是嘛,谁说他们班的人只擅长学习,不擅长文艺活动和体育运动了?

他们班不是还有陆泽这种人存在吗?


第一周的学习生活顺利地度过。

结束周五下午的课之后,江年照例跟姜诗蓝一起在学校附近的小吃街解决了晚餐,然后再一起走到那个十字路口互相告别。

江年从书包里拿出了耳机戴上,随手点开自己的歌单开始播放音乐。

她一个人走路的时候,就很喜欢戴着耳机。

怎么说呢……她很喜欢和姜诗蓝一起边走边聊天的感觉,但同时也很享受一个人听喜欢的歌慢悠悠地散步回家的感觉。

尤其是在繁忙的高中生活里,这种难得的一个人的休闲时光,对她而言几乎可以算是一种奢侈的享受了。

她不用像急着去上早自习那样步履匆匆,而是保持着自己喜欢的步频前行就可以了。

这个时间点,太阳快落山了,地面上还有一些被暴晒过的余温,但是也算不上很炎热。

远城好像也热不了太久了。

就快秋天了吧,江年想。

她真的很喜欢秋天,气温舒适,而且特别有气氛。

那是一种说不上来的气氛,但就是莫名其妙地可以激发她的创作灵感,让她有很多想写的东西。

耳机里结束了一段歌曲,江年觉得耳朵发痒,就摘下了右边的耳机,揉了揉耳朵。

一摘下耳机，江年就敏感无比地听到了一个声音，细微得让人很难注意到的"喵"声。

她循着声音的方向看了过去，而后就看见了从草丛里蹿出来的纯白布偶猫，正是她之前在面店里碰到的那只。

江年连忙快步走到布偶猫跟前，与它有点儿距离，并不出手摸它："小乖，好久不见。你都很久没有在这里出现了哟，我随身带着的鱼肠都快不能吃了。"

说着，江年摘下自己的书包，从书包里拿出一根鱼肠，撕开后喂布偶猫吃。

布偶猫就连吃东西也是优雅无比的样子。它不紧不慢地吃着鱼肠，吃得开心的时候还冲着江年"喵"一声。

江年仍旧保持着这样不近不远的距离，也不走开，就盯着布偶猫吃东西。

"小乖，你到底是谁家的猫啊？"江年歪着头好奇地问。

这只布偶猫一看就是被人养得很好的样子，甚至可能是花了大价钱才养成现在这个样子的，所以怎么看都不像是流浪猫。

江年在这半年多的时间里又经常在这一片草丛中看到这只猫，却从来没见过它的主人。

有时候布偶猫跟她玩的时间比较长，她也从来没见过有人来找它，真的是太奇怪了。

一开始的时候，布偶猫冲她叫，她权当没听见；后来见得多了，她就把自己随身带的小零食喂给布偶猫吃。江年还特意买了一点儿猫粮，随身带在包里，碰见布偶猫的话就喂给它吃。

这段时间一直没见到这只猫，江年还觉得有些不习惯。

小乖似乎听懂了江年的话，抬头冲着江年"喵"了一声，又转头冲着一个方向"喵"了一声。

江年有点儿蒙。

小乖……这是什么意思？

她顺着小乖刚才叫的方向看了过去，只看见了一堵墙。

江年摇了摇头,有些好笑。

也是她傻了,以往只是觉得小乖比较乖巧,有点儿通人性而已,现在竟然觉得它可以理解她的意思了。

江年倒也没在意,又蹲着跟布偶猫聊了会儿天,就起身跟它挥了挥手:"那下次再见咯。"

布偶猫乖巧地抬头,冲着江年叫了一声。

江年也忍不住笑了笑,而后塞上耳机,转身又往前走去。

江年的身影渐渐走远后,刚才江年看见的那堵墙的后面走出来一个高高瘦瘦的男生,竟然是陆泽。

布偶猫一看见陆泽,就撒欢似的向他跑了过去。

布偶猫跑到陆泽跟前,抬起爪子放到了陆泽的脚上,甚至还左踩右踩的,肆意得不得了。

陆泽单手拎着猫的后颈就把它提了起来,看着布偶猫圆溜溜的眼睛问:"布布,你现在胆子也太大了吧,还敢踩我?"

布偶猫别过头,不看他。

陆泽好笑地把它抱在怀里,另外一只手顺着毛撸着:"舒服了?"

布偶猫似乎很享受,喉咙里发出"咕噜咕噜"的声音。

陆泽就这么抱着它,边走边撸毛:"布布,真不是我说你,你怎么就这么好命?她之前天天喂东西给你吃就算了,你这么几天没出现,她就记挂着你。"

人不如猫啊,人不如猫。

布布伸出小舌头舔了舔嘴角,好像是在不停地回味刚才江年喂给自己的美味的鱼肠。

陆泽觉得好笑,伸出手指戳了一下猫头:"你说你,家里多少好吃的由着你吃,你不爱吃,天天记挂着她给你吃的东西,是不是见色起意?"

一人一猫,就这么边往回走边说着话,和谐得不得了。

陆泽又回头看了看刚才江年喂布布吃东西的地方。

他抿了抿唇,又扬了扬嘴角。

嗯，养布布果然是个正确无比的决定。

一到周五的晚上，本来没几个人的班级群里，迅速地进来了一堆人。

江年早早地洗完了澡，将头发吹了个半干，就坐在书桌前做起了作业。

手机放在一旁，时不时就弹出消息。

十九班少年不朽-贺嘉阳："大家记得把备注改成自己的姓名。"

十九班少年不朽-谢明："周末有人一起打篮球吗？"

十九班少年不朽-王让："谢明，你作业写完了吗？这么悠闲？"

……

江年被时不时弹出的消息给弄得无法专心做题，干脆把群消息设置成了不提示，这才专心做起了作业。

直到做完了一张数学卷子，江年这才心满意足地伸了伸懒腰，而后拿起手机，看了一下群聊的界面。

班级群的新消息已经99+条了。

大家可真能聊啊。

江年感慨了一句，就戳开消息看了看。

先是一群男生在商量周末去远城的一个体育馆里打篮球，然后大家就自然而然地聊到了下午体育课上那场篮球赛。

接着，几个男生开始拼命地@陆泽，夸他下午堪称一绝的球技。

陆泽不知道为什么，一直没有出现。

江年想起下午的比赛，也忍不住笑了出来。

她打开群成员列表，看见那个纯黑色的头像，没忍住戳了进去，随意地点进个人信息里看了看，漫不经心地瞥了一眼陆泽的昵称。

不知道什么时候他改了昵称，变成了"满眼星辰"。

## 第四章
## 喜欢就好

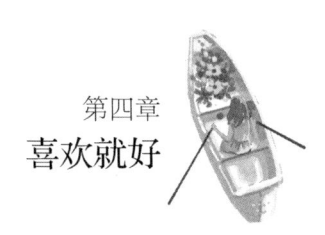

江年看到陆泽的这个昵称时,忍不住愣了愣。

满眼星辰……

她的心脏顿时快速地跳了几下。

她退出界面,又点开自己的头像,看了一眼自己的昵称。

没错,她的昵称的确就是"星辰"。

那陆泽的"满眼星辰"……是什么意思啊?

虽说明知道自己很可能想多了,但是江年仍旧忍不住觉得有一种说不出来的感觉,好像心头有些甜,又有点儿酸。

她咬了咬下唇,正准备强迫自己不去多想的时候,就看见企鹅消息闪动了一下,消息是那个纯黑色的头像发的。

江年差点儿被吓得手机都给扔出去。

她连忙强行稳了稳自己的心神,拍了拍胸脯安抚了一下自己,这才咽了咽口水,点开了消息。

陆泽:"我今天下午回家的时候看到你在街边喂一只猫,你喜欢猫吗?"

猫?!

江年又惊了。

她到底怎么回事啊？她怎么这么容易被吓到？呜呜呜。

感觉小心脏有点儿撑不住，江年过了一会儿才回复道："啊，也不是……说不上喜欢不喜欢吧，但是觉得它挺好看的。嗯，你好像也见过这只猫吧？之前我们在明礼门口那家面店里吃饭时，这只猫就在里面。"

陆泽看到自己喂猫了？

那她怎么没看见陆泽从附近经过？江年有点儿摸不着头脑。难道她喂小乖的时候太过于专心了，所以完全没有注意附近有什么人经过？

江年越想越觉得很有可能是这样，忍不住有些不好意思。

她有时候真的会完全注意不到周围的环境……

正在胡思乱想之际，江年就看见陆泽的消息过来了。

陆泽："嗯，我记得那只猫，它的确挺好看的。它好像很喜欢你，我两次见到它，它都在你旁边。"

江年又去看了看班级群的消息列表。

这么一小会儿的工夫，班级群的新消息就又99+条了。

大家的话题在不断切换，一会儿篮球，一会儿周末的作业，一会儿月考……

但是有个共同点，好像不管大家聊什么，总会有人提起陆泽，然后就会有人拼命地@陆泽让陆泽出来聊天，可陆泽从头到尾没有说过话。

十九班少年不朽 - 贺嘉阳："大家别@阿泽了，他周五晚上是雷打不动的撸猫和个人游戏时间，我跟谢明都没办法把他叫出来的，他更不会出现在群里跟大家聊天了。"

十九班少年不朽 - 谢明："对的，我可以做证。阿泽周五晚上真的完全沉浸在自己的世界里。不过说起撸猫，阿泽家里的那只布布真的太好看了！我好喜欢，可惜布布一点儿都不亲人，从来都不让我摸，只跟阿泽一个人亲近，唉。"

十九班少年不朽-孔蔓蔓："真的吗？！陆泽家里竟然有猫啊，好想让他给我们看看他的猫。可惜了，陆泽怎么就不出来聊天呢？他都不玩手机的吗？"

…………

江年："……"

那现在正跟她聊天的，是鬼吗？

被自己这个念头给吓了一跳，江年连忙瞟了一眼窗外灯火通明的景致，而后暗骂自己不争气。

她可是21世纪、接受过马克思主义教育的好少年，怎么可以相信有鬼神那种东西？！

再次拍了拍自己的胸脯，江年试探着问陆泽："那个……我看到班级群里大家在讨论你，你为什么不说话啊？"

陆泽这次隔了一小会儿才回复，是一段语音，而且只有一秒。

说实话，江年平时和别人在企鹅上说话，最讨厌别人发语音了。所以如果别人发语音，她要不然就转换成文字，要不然就直接跟对方说自己没戴耳机，基本上都不会听别人的语音的。

但是不知道为什么，现在猛地看到陆泽发过来语音，江年甚至忍不住心头一喜。

她真的很喜欢陆泽的声音……

有些人果然是双标的，没错！

江年一边为自己没原则的双标行为感到内疚，一边喜滋滋地点开了陆泽的语音。

点开前，江年还在忍不住暗暗猜测：一秒的语音能发些什么内容呀？

她深吸一口气，戳开了语音消息。

依旧是男生散漫而悠闲的语调，声音有些沙哑，经过电磁波处理后，和陆泽本人的声音并不算完全一致，但也格外好听。

一秒的语音的确很短，也只有短短的几个字。

"不喜欢。"

江年一下子没回过神来,好久才意识到陆泽是在回答自己之前的问题——为什么不在班级群里说话。

他不喜欢啊。

江年撑着下巴,看着窗外的夜色,呆呆愣愣地想:那她是不是可以理解为,这个时候跟她讲话,他是没有那么不喜欢?

也不知道是不是陆泽和江年聊天的原因,之后的两天时间她都过得很开心。

她也不知道为什么,反正有时候发着呆,就会想到陆泽。

然后,她就会去看看自己跟陆泽的聊天记录。

看着看着,江年就忍不住有想笑出来的冲动。

翻了翻聊天记录,江年开始猜测,陆泽会跟自己说话,应该是因为看到自己喂猫吧?

陆泽可能是因为自己也养猫,所以就顺口提了提?

嗯,肯定是这样的。

江年喜滋滋地想:小乖果然是个福星!

江年一般都会选择在周六的上午赖会儿床,睡个懒觉。

快中午的时候,她就会问问姜诗蓝要不要一起去自习或者逛街,然后再顺便出门解决午餐。

但是这个周末,姜诗蓝去了爷爷奶奶家里,所以就没办法和江年一起出门了。

今天爸妈又都在加班,不在家,江年也不太会做饭,思来想去,还是收拾了一下书包出了门,打算出去随便吃点儿东西然后去市图书馆学习。

随手戴上耳机,江年坐上地铁,然后开始看企鹅的消息。

班级群今天的消息没有那么多了,江年就随便翻了翻。

十九班少年不朽-段继鑫:"朋友们,我昨晚做了个噩梦。"

这么一段时间相处下来,大家显然都已经很是了解段继鑫夸大事实的风格。

所以这个时候,并没有人搭理他。

段继鑫委委屈屈地继续一个人说着。

十九班少年不朽-段继鑫:"我梦见了历史老师,抽我们班的一个人回答问题,然后那个人没有回答出来,最后历史老师就让我们全班的人都抄写一遍这两节课的课本内容。你们说,是噩梦吗?!"

这次终于有人搭腔了。

十九班少年不朽-张泽宇:"兄弟,你这也太杞人忧天了吧?不过她没有教过我……她真的能做出这么可怕的事情吗?我怎么不是特别信呢?竟然还连坐,你都做的什么鬼梦?!"

十九班少年不朽-谢明:"泽宇,这你就不知道了,她真的能做出这种事情!她真的比你想象中的还要可怕一万倍!但是我也觉得老段这个梦太夸张了,不会的,不会的。这才开学一两周她就做出这种事,不太可能。"

…………

江年翻着消息列表,心情也不由自主地跟着起伏。

她的确一点儿也不了解王文雁,所以完全猜不到王文雁会怎么给他们班上课。

但是她听他们这么讨论,觉得还蛮可怕的。

应该不会出现这种事情吧?

墨菲定律,诚不我欺。

在第二周周五上午的历史课上,江年满脑子都是这个念头。

不好的事真的发生了。

上课铃声一响,王文雁就准点走进了教室里,面色严肃,不苟言笑。

她扫视了一下教室里的同学,然后推了推架在鼻梁上的眼镜:"大家课下复习我上节课讲的内容了吗?"

教室里无人应答。

王文雁的神色顿时更加严肃了一点儿。

她再次用犀利的眼神扫视过每一个人，然后打开手里的花名册，瞟了一眼就直接点名："张泽宇！"

好的，上周末第一个站出来说段继鑫在瞎做梦的人，被历史老师点名了。

张泽宇同学表情愁苦地站了起来，声音颤巍巍地应道："是！"

王文雁双手环胸，直直地盯着张泽宇："把上节课我一开始讲的历史年代表背出来。"

张泽宇一瞬间面呈菜色。

他怎么可能背得出来啊？！呜呜呜。

他当时就是因为真的记不住那些历史年代，才在生物是弱势科目的情况下，还毅然决然地选择了理科的。

现在让他毫无准备地把历史年代表全都背出来，这真的不是强人所难吗？

张泽宇支支吾吾："最……最早是原始社会，大概是部落联盟首领，号称五帝……"

王文雁仍旧板着一张脸："五帝是谁？原始社会大概的年代是什么时候？"

"五帝……"张泽宇拼了命地回忆，"黄帝、颛顼、尧、舜、禹？"

他自己都不确定，最后干脆直接用的疑问语气。

王文雁一听见"禹"，脸色简直难看到了极点。

"你连这个都记不清楚，我倒要看看你会考能拿什么等级！"王文雁怒气冲冲地说道，"所有人把历史年代表给我完完整整地抄一遍，下周五上课前交给我！"

大家目瞪口呆，然后似乎都想起了周末时段继鑫在班级群里说的话，这个时候都忍不住齐齐扭头，朝着段继鑫的方向看了过去。

段继鑫一阵心虚，忍不住低下头，努力降低自己的存在感。

谁知道他就这么坐实了预言家身份？

唉，这年头，预言家也不好当。

看着大家的反应，王文雁的怒气更盛，她使劲地拍了一下桌子：

"你们都在给我看什么呢？！一个个背不出书，现在我给你们布置任务你们也不好好听！真是一群不成气候的学生！"

大家都沉默地低下头来，不再东张西望。

偶尔有互相接触到眼神的同学，也是全然敢怒不敢言的状态。

没办法，谁让她是老师，他们是学生呢？

除了接受被连坐惩罚，他们还有什么好说的呢？

一阵堪称与这剑拔弩张的气氛一点儿都不合拍的慢悠悠的声音，就在这个时候响了起来。

"老师，您这样做有点儿不大合适吧？"

王文雁愣了愣，然后看向了声音的来源。

陆泽懒懒散散地站了起来，似乎并不是特别在意王文雁的怒气。他甚至直直地盯着王文雁，然后毫不在意地笑了出来："您这样做，算不算是一种体罚？我觉得这样做不是特别合适呢，老师。"

王文雁双手撑在讲桌上，怒气到了顶点反而平静了一点儿，不答反问："那么陆泽同学，你又觉得什么方式比较好呢？还是说我放任你们继续这么散漫下去比较好？还有，我作为你们的任课老师，连给你们布置任务的权力都没有了，还被当成一种体罚？"

班里的气氛已经接近冰点。

一般的学生被老师这么盯着，早已经受不了了，陆泽却一点儿反应都没有，仍旧是一副无所谓的态度。

"那我们要做到什么程度，您才会满意呢？"陆泽笑道。

王文雁没有说话。

教室里寂静了好久，王文雁才开口道："如果有一个学生可以完整地把历史年代表背出来，我就免去这次的惩罚。如果有人想挑战，却挑战失败的话，那就要加倍惩罚，全班同学抄两遍历史年代表，下节历史课之前交上来。"

教室里一片寂静。

王文雁的这个要求，的确有点儿强人所难了。

她就是随便抓一个文科班的学生，也不一定能按照她的要求背出这个历史年代表,何况是他们理科班的学生呢?

王文雁站在讲台上,冷笑了一声。

大家你看看我,我看看你,沉默不语。

"怎么样?可不要说我没给你们机会啊!我已经竭尽所能地照顾你们了,但是你们的确没能完成我的要求。陆泽,你还有什么好说的?"

明知道王文雁这件事的确做得很过分,大家还是什么话都说不出来。

班里的确有很多记忆力超群的人,但平时的古诗文和单词就已经占用他们很多时间了,哪里会有人专门花大量时间去背历史年代表?

不少人在心里暗自掂量着自己的本领,让他们说出大致的时间段倒是可以,精确到起始年份,就的确不太行了。

"老师,我可以试试吗?"

一个女孩子的声音打破了这沉闷的氛围。

所有人都又惊又喜地看过去。

江年咬着下唇,面色纠结,又透着些紧张和不安,缓慢地举高了手。

王文雁眯了眯眼睛,似乎完全没想到竟然会有人想要试一试。她有点儿不敢相信:"你确定可以背吗,这位同学?"

江年咬了咬下唇,有些迟疑地站了起来。

说实话,她对自己的信心不是很足,鼓起所有的勇气站起来,就是想尝试一下而已。想着万一能够帮大家免去惩罚,她也会觉得很开心。

那个历史年代表,她之前因为对历史感兴趣所以背诵过。只是时间有点儿久了,加上她一紧张就脑子空白的坏毛病,她也不敢确定自己能否完整地背出来。

贺嘉阳扭头看了看江年的表情,不知道哪里来的冲动:"要不,江年,你试一下吧?"

江年愣了愣。

贺嘉阳站起身:"我身为班长,现在想统计一下大家的意愿。愿意让江年同学尝试一下的同学,请举手;不愿意承担多抄一遍年代表的风险的同学,就不举手。我们投票表决。"

说完,贺嘉阳又看向了讲台上的王文雁:"老师,我这么做您不介意吧?"

王文雁淡定地说:"随便你们。不过到底背不背诵,你们得尽快决定,别耽误我们上历史课。"

贺嘉阳礼貌地点了点头,然后冲着大家说道:"好了,大家现在可以投票表决了。"

江年蓦地感觉有些紧张。她下意识地看向了最后一排的陆泽。

贺嘉阳的话音刚落,陆泽就举起了手,毫不迟疑。

江年的脑子里一下子就什么都没了。

谢明举了手,韩疏夜举了手,施宇举了手,段继鑫举了手,赵心怡举了手……

后来,江年时常会想起那天的情景,实在是被人信任的感觉太美妙了。

那种大家愿意承担风险,然后信任她的感觉,真的太美妙了。

她真喜欢。

整个举手投票的过程其实并不算很长,但是江年站在那里,觉得度秒如年。

贺嘉阳飞快地查清楚了举手的人数,而后笑道:"支持江年同学的有16个人,我们愿意一起承担风险。"

其实说来也好笑,多抄一遍历史年代表可能是一件日后想不起来的小事,但是贺嘉阳这么说出来,就生生多了一种一往无前的悲壮感。

江年心头一沉。她深吸一口气,再次拿出了所有的勇气,缓缓开口:"谢谢大家愿意相信我,我一定会加油的。"

她闭了闭眼睛,努力告诉自己镇定下来,没什么难的,她一定可以做到。

江年冲着王文雁缓缓笑了笑,而后开口:"中国的社会可以追溯到原始社会，距今约400万年前，蝴蝶腊玛古猿已在云南元谋盆地生息……"

"所以呢？"姜诗蓝边戳了戳碗中的米饭边好奇地追问江年，"所以你就那么背了下来？"

江年得意地扬了扬眉："当然！我是谁啊——我可是江年！"

虽然她背得有些结结巴巴，一些地方甚至纠结了好几下才敢说出具体的年份，但确实背出来了！

江年想起自己今天的壮举，腰挺得更直了一点儿，眉眼间都是笑容："是我！我让我们班同学免去了抄写历史年代表的惩罚！"

姜诗蓝说道："真是厉害啊，我的年年！我就说你当时应该选文科的。你们历史老师是不是都惊呆了啊？"

江年头仰得更高了："何止是惊呆了，她简直觉得我是个天才！"

江年真的觉得，这节历史课她可以吹好久。

结结巴巴地背完了历史年代表之后，江年深吸了一口气，又朝着台上的王文雁看了过去："老师，我背完了。"

王文雁的脸上浮现出一丝欣喜的表情。她讲了一会儿新课，下课铃声响起。然后她合上书说道："下课。"

"那个历史年代表……"她走到门口，又转头看了看大家，"就不用抄了。"

王文雁走出去的那一刹那，教室里寂静了一秒钟，然后响起了欢呼声。

"啊啊啊，太棒了！我终于不用抄历史年代表了！"

"我太开心了，呜呜呜！我倒要看看她还能让我们做什么！"

…………

江年看着兴高采烈、仿若逃过一劫的同学们，也忍不住笑了出来。

她是真的挺开心的。

她坐了下来，胳膊肘子撑在桌子上，双手捧脸，然后安安静静地欣赏着教室里热火朝天的景象。

正在思索着什么的时候，江年就看到孔蔓蔓揪着校服 T 恤的衣角，有些别扭地走了过来，站到了自己面前。

江年抬头看着她问道："有事吗？"

孔蔓蔓的表情显得有点儿纠结。

"嗯……"江年也跟着纠结起来，"你有什么不会做的题目吗？或者有别的需要我帮忙的吗？"

她每次看到别人这么纠结迟疑地跟自己讲话的时候，就会忍不住跟着胡思乱想。

孔蔓蔓连忙摆了摆手："不是的，我是……"她深吸了一口气，这才又开口，"我是来跟你道歉的。刚才我因为觉得你不太可能背得出来，所以就没有举手，但你真的好厉害，我要跟你道歉，还要谢谢你今天帮助大家！"

在那种严肃的氛围中，还能够站出来的人，都是真的勇士。

江年看着孔蔓蔓郑重其事的样子，有些手足无措起来，犹豫了半天，才"扑哧"一声笑了出来。

孔蔓蔓有些疑惑。

江年抿抿唇，颊上小小的酒窝浅浅地显了出来。

她冲着孔蔓蔓弯眸笑了笑："没关系啊，能为大家做点儿事，我也很开心。"

而且，那么多人最后都选择了支持她，她真的还挺感动的。

孔蔓蔓抬头瞅了瞅笑得特别温暖的江年，心里想：江年可真好看哪，是一种特别有味道的好看，而且太让人想亲近了。

她以前也只是觉得江年长得不错，但是从来没有像现在这样有种惊艳感。怪不得她高一班里有男生崇拜江年。

江年似乎有些不好意思，又冲着孔蔓蔓笑了笑。

孔蔓蔓抿了抿唇："江年，你人真好。"

江年有些摸不着头脑，觉得孔蔓蔓有些怪怪的。

高二开学半个月了，时间就这么飞快地过去了。

这个周六，江年照例睡了个懒觉，下午倒是没约姜诗蓝出门。因为周五晚上，江年做作业时收到了一条企鹅消息。

书南："年，你明天下午有空出来吗？我好久没约你逛街了，发现了一家好吃的冰激凌店，约吗？"

江年看着这条消息，思索了一秒钟。

这是祁书南，也是她初中时关系最好的朋友，就像现在她和姜诗蓝的关系一样好。

但是祁书南高中并没有进明礼，而是去了远城一中，所以江年也就没办法经常跟祁书南见面了。

不过，周末或者寒暑假的时候，两个人倒是会经常一起出去逛街吃东西。

本来江年是计划周六下午去图书馆整理物理笔记来着。只犹豫了一秒钟，江年就果断地放弃了整理物理笔记的计划。

整理物理笔记的事哪里有闺密重要？

星辰："好的，没问题！那照例江道口地铁站 A 口见咯，两点半可以吗？"

江年很快就收到了祁书南的回复。

书南："好，到时候我再跟你说点儿事，嘿嘿嘿，超级有趣的哟。"

有趣？"

江年顿时来了兴趣，放下笔，双手捧着手机，手指在屏幕的键盘上飞快地打字。

星辰："什么事啊？先跟我透露一下呢？"

她读初中的时候就喜欢和祁书南一起聊八卦，准确来说是听祁书南说八卦。

祁书南简直就是一个八卦收集者，学校里各种奇奇怪怪的消息她都能知道，每次都让江年感到无比震惊。

而且按照祁书南的标准，她说有趣的事情，那就肯定很有趣。

书南："到时候再跟你细说嘛，提前剧透一下下吧，跟你们学校的一个男生有关系哟，嘿嘿嘿，真的很有趣，我还是无意间发现的！"

江年摸了摸下巴。

他们学校的一个男生哪……

星辰:"好的,那就到时候准时见面!"

江年放下手机,又继续认真地写起了作业。

她真的好喜欢和祁书南一起玩哪。

说起来,姜诗蓝和祁书南是完全不同的性格,但都跟她格外合拍。

人跟人之间的磁场,还真的是很奇妙。

第二天中午,江年吃完午饭后睡了一会儿午觉,就换了衣服出门。

她们约的时间是两点半,江年到约见地点的时候看了一眼手机,提前了五分钟。然后她就听见一个人叫她:"年,我在这里!"

江年连忙抬头看过去,就见祁书南正拼命地朝她挥着手。

她立马笑着收起手机,快步朝着祁书南走去。

江年刚走到祁书南身边,祁书南就迫不及待地伸手揉了揉江年的头发,然后发出一声满足的叹息声:"啊,还是我年的头发摸起来最舒服了。"

江年撇了撇嘴,而后挽住祁书南的胳膊就往前走。

两个人朝着冰激凌店走着,江年好奇地问道:"书南,你昨晚说的有趣的事是什么啊?"

祁书南习惯性地在讲八卦前左右环视,而后压低声音说:"我们学校有一个学妹,特别有名。她长得比较漂亮,家里条件也挺好的,所以我们学校蛮受欢迎的。"

"嗯,然后呢?"江年边听边点头。

"然后啊,这个学妹就放出话来,说她有在意的人,那个人是你们学校的,所以让大家不要再打扰她了。"

江年愣了愣。

不知道为什么,她隐隐猜到了那个人是谁。

祁书南还在继续说:"那个学妹说,那个男生是你们学校高二年级的,人帅成绩好,无所不能,说得就像天上有,地上无一样。不过我觉得吧,估计那个学妹也就是随便说说的吧,现实生活中哪里有她形容的这种人?"

江年抿了抿唇。

"是吧,年?"祁书南还不忘寻求江年的认同。

江年没有表态,反问道:"书南,你那个学妹说的人是不是叫……陆泽?"

祁书南匪夷所思地问江年:"哇,你怎么会知道的?"

江年幽幽地回答道:"因为现实生活中,的确存在这样的人。对,我就是在说陆泽。"

祁书南愣了愣。

她跟江年相熟已久,而且也自认为足够了解江年。

江年描述一件事的时候,从来不喜欢夸张,追求实事求是,是什么就说什么。

所以如果江年夸一个人帅并且无所不能的话,那从某种意义上来说,这就意味着这个人真的是帅并且无所不能。

祁书南瞠目结舌。

本来她觉得那个学妹肯定是为了拒绝别人才随便描述了一个人,但是……

谁知道竟然真的有这样的人存在啊!

她张了张嘴,一时间不知道该说什么。

江年叹了一口气:"而且如果不出意外,等到我们上高三之后,远城的所有高中都参加全市联考时,你就会频繁地见到这个名字。"

祁书南看向了江年。

"因为陆泽一定会坐稳全市第一的位置。"江年特别坚定地说。

祁书南难以置信地说:"不可能吧……我们一中也有好几个厉害的人,每次第一名的竞争都激烈着呢。你要说那个陆泽成绩好就算了,但是每次都考第一名,我觉得未必吧。而且,"祁书南继续说道,"那个陆泽真的很帅吗?连你这种实事求是的人都夸帅?"

江年再次叹了一口气:"说不定你以后会有机会见到他。到时候可能你就会感叹,上天真的太不公平了。"

祁书南说道:"我本来觉得我们学校的程初学长就够帅了。不过,说起程初学长,我又想起了时辰学姐。说实话,我都有点儿意难平了。谁能想到程初学长竟然会答应……江年,你有没有听我说话,你在看什么呢?"

江年转过头来,看向祁书南:"书南,不用以后了。"

祁书南一脸蒙的表情。

江年伸手指了指一个方向:"你今天就可以看到那个陆泽长什么样子了。"

江年也没想到,还真就是这么巧。

她甚至有些自恋地想:说不定她跟陆泽真的挺有缘分呢,出来逛街都能碰巧遇到。

陆泽今天是一个人出门的,没有像平常那样穿着明礼的校服,而是穿了一件几乎没什么图案的浅蓝色T恤衫,下身穿了一件颜色很浅的牛仔裤,少年感满满。他单手随意地拿着手机,耳朵里插着无线耳机。

在这条人来人往——几乎是远城最繁华的街上,江年就这么一眼看到了走在人群中的陆泽。

哪怕他穿着普通得不能再普通的衣服,一举一动都称不上张扬,甚至只是通过背影,江年还是准确无比地捕捉到了他的身影。

其实不只是江年注意到了他。

从陆泽身边路过的人,即使行色匆匆,也会有意无意地盯着陆泽几秒钟。

江年注意到原来和陆泽并排走的几个女孩子突然走到了他前面,还一直频繁地回头并且交头接耳。

就在江年跟祁书南说话的时候,其中一个女孩子竟快速地走回去,拦住了陆泽。

江年虽然没法听清楚女孩子究竟在说什么,但是从女孩子绯红的脸颊和略略不好意思的表情,还是可以猜出内容的。

江年抿了抿唇，看向祁书南。

祁书南都震惊了："不是，年，"祁书南愣愣地看着前面的人，"我真的没看见陆泽的脸，他真的有那么帅吗？走在路上他都能被女孩子搭讪？"

江年摸了摸下巴，思索了一下，而后回答道："其实吧，我觉得不单单是脸。"

祁书南有些疑惑。

江年肯定地点了点头，又指了指陆泽的背影："你不觉得陆泽这种懒散自信的气场也让人很难忽视吗？他身高腿长，穿什么衣服都好看……"

祁书南听着江年滔滔不绝地吹着关于陆泽的"彩虹屁"，忍不住一阵无语。

无语归无语，祁书南又认真地考虑了一下江年说的话。

行吧，她也不得不承认，江年说的好像的确是事实。

祁书南又抬头看了看陆泽的方向。

女孩子似乎被拒绝了，这个时候有些失落，却又有着一点点希望地继续盯着陆泽。

陆泽却已经戴上无线耳机，继续朝前走了，像是完全没有在意女孩子失落的表情一样。

"啧啧啧，"祁书南看得一阵感慨，"这个陆泽这么冷酷的吗？不知道他认不认识我们学校那个漂亮的学妹。"

八卦体质彻底显现，她拉着江年就跑："年，走，走，走，我太好奇这个陆泽到底长什么样子了，让我看看！"

江年甚至来不及说什么，就被祁书南拉着往前跑了。

"年，你不用劝我，我也不是想要什么微信号、企鹅号的，就是想看一眼他到底长什么样子而已！"祁书南打断了江年还没来得及说出口的话。

等江年反应过来的时候，祁书南已经拉着她跑到了陆泽旁边。

祁书南缓了一口气，便毫不胆怯地拍了陆泽的肩膀一下。

陆泽有些不耐烦地转过头来。

"你好,"祁书南露出微笑,说出一早准备好的说辞,"健身游泳了解一下吗,同学?"

祁书南边说边在心里拼命地夸自己。

她可真是个天才,竟然能想出这么一套万能的用词。

陆泽转过头的刹那,祁书南睁大了眼睛,力求看清楚陆泽到底长什么样子。

看清之后,祁书南"啊"地就在心里尖叫了一声。

这个陆泽真的太帅了吧!

果然,江年都会夸帅的人,无疑是真的帅了。

心满意足地看清楚帅哥长什么样子,大大地满足了自己的八卦心后,祁书南就开始等着陆泽毫不留情地说出拒绝自己的"不用了"。

只不过……她心中渐渐茫然起来。

面前这位超帅的小哥哥,在听完她的话之后,脸上的表情怎么就从不耐烦,一点点地变成了意味深长?

陆泽这反应,完全不在她的意料之中。

祁书南有点儿茫然地回头看了看江年,发现江年的头低得有些厉害,她像是恨不得钻进地缝里去。

正在搞不清楚状况的时候,祁书南就听见陆泽竟然开口了,他的声音真的很好听,干净中透着一些漫不经心和调侃意味。

他说:"你们现在还发展这种业务了吗,江年?"

祁书南难以置信地看了看江年,又看了看陆泽,再回头看了看江年。

江年强装淡定,抬头看向陆泽:"对不起,同学,是我们问错了。看您这身体素质,您应该也不需要办卡了。"

祁书南看着面前这位帅哥,就这么一点点地扬起了嘴角,盯着江年,刚才不耐烦的神色完全没有了,脸上满满的都是好笑的神色。

但是祁书南不知道为什么,觉得可能是自己快要眼瞎了,因为她竟然从陆泽的笑容里,看出了一点点的宠溺!

直到坐在冰激凌店里，吃着自己心心念念了很久的美味的蔓越莓冰激凌，祁书南还是有些回不过神来。

坐在她的对面的江年，手里捧着一杯圣代，正吃得欢快无比。

祁书南知道江年是一个忠实的圣代爱好者，尤其喜欢吃草莓口味的。

吃一口圣代，江年就忍不住满足地微微眯起眼睛，脚丫子也跟着不停地晃来晃去。

看着全身心都陶醉在圣代里的江年，祁书南忍不住恨铁不成钢。

她用脚踢了一下江年，提起这件事仍旧忍不住咬牙切齿："江年，你为什么不跟我说你认识陆泽啊？气死我了，刚才我真的丢死人了。"

祁书南一般都叫"年"，只有在极端愤怒的时候，才会脱口而出"江年"，比如现在。

江年撇撇嘴，放下了圣代，一脸无辜的表情："我说过我不认识他吗？再说了，你拉着我跑得那么快，我是想跟你说的来着，你完全没给我开口的机会好吗？我也好丢人的，你在我认识的人面前做出那么傻的事情，你没看陆泽都在笑我了吗？你知道你害我给我同学留下了什么样的印象吗？"

祁书南不提还好，一提起来，江年就忍不住想起刚才祁书南说出那句话时，陆泽那复杂的表情。

江年分分钟就想挖个洞钻进去。

这么一想，她连面前美味无比的圣代都没心情吃了。

祁书南和江年这么熟悉，看到江年对着面前的圣代唉声叹气，一下子就知道江年究竟在想什么了。

祁书南再次恨铁不成钢地一把抓过江年的圣代："你没心情吃了，我来吃！"

江年连忙护住自己的圣代："不，不，不，圣代我还是有心情吃的。"

再次慢悠悠地挖了一口圣代放进嘴里，江年又猛地想起了什么，而后忍不住好奇地问道:"你们学妹真的很漂亮吗?"

祁书南解决了自己的蔓越莓冰激凌,转向了放在一旁的加冰"肥宅快乐水",边吸了一口可乐边随意地点了点头:"对啊,真的很漂亮。"

她随口回答完之后,突然察觉到了哪里不太对劲,而后猛地抬头看向了江年。

江年被她吓了一跳:"怎么了?"

"年,你不对劲。"祁书南很是直白,"你真的很不对劲。"

江年一头的问号。

祁书南定定地说道:"你往常听我讲八卦,就是随便一听,然后就过去了。这次……"她顿了一下,才继续说,"你竟然会关心我学妹是不是真的在意陆泽?还有,刚才陆泽跟你讲话时的态度我就觉得很不对劲。说,你跟陆泽是不是有什么关系?!"

江年一阵无语。

不过不知道为什么,听祁书南这么说,江年总觉得自己莫名其妙地有些心虚。

她也完全说不出来自己究竟在心虚什么,反正就是不太对劲。

江年咳嗽了一声,强装淡定地说:"书南,你别开玩笑了。那可是陆泽啊,我们学校的传奇人物,能是我想有关系就可以有关系的吗?再说了,我能跟陆泽有什么关系?我们不就是一个班的同学嘛,他看见我的反应有什么不对劲的地方吗?"

祁书南再次直直地盯着江年,而后点了点头:"你说得也是。"

江年忍不住松了一口气,迫不及待地转移话题:"那啥……你刚才不是跟我说你的时辰学姐和程初学长的事情吗?我还没听完呢,到底怎么了?"

果然,一提起这个,祁书南立马就被转移了注意力。

她一口气吸光了杯子里的可乐,而后抬腕晃了晃杯子里的冰块:"对啊,他们的故事我觉得真的太神奇了……"

祁书南滔滔不绝地讲着那两个人的故事,江年听着,时不时点点头。

只是江年面上听得认真,甚至还能时不时地给出点儿反应,但是心思早已经不在祁书南的故事上了。

她忍不住想起了祁书南刚才的话。

也是,陆泽毕竟是真真正正的传奇人物,距离她挺远的,只不过这段时间她和陆泽一个班,陆泽又时不时表现得比较亲近,竟然让她渐渐生出了一种自己是特别的的错觉。

但其实,只不过是陆泽人比较好而已吧。

她低头苦笑了一声。

错觉要不得,尤其是这种觉得别人对自己有好感的错觉,更是要不得。

自作多情才是最傻的事。

江年深吸了一口气,在心里暗暗地提醒自己。

陆泽就是那天边的星,她仰望一下还是可以的,千万不要觉得自己是有机会接近陆泽的。

她可是最聪明的江年,千万不要做这种神志不清的傻事。

"年……"江年正想得认真,就被祁书南给叫回了神。

江年连忙抬头再次看向祁书南。

祁书南早已经停下了刚才神采飞扬的讲述,这个时候正担心不已地看着江年。

"你没事吧?"祁书南似乎有些忧心,"我怎么觉得你看起来不太开心的样子啊?你是不是有什么心事,是在新班级里不太顺利吗?从我们见面开始你就在听我说话,我还没听你讲你最近发生的事呢,你没事吧?"

祁书南一口气问了一连串问题,看来她确实担心江年。

也不怪祁书南会胡思乱想。她跟江年玩得这么好,从没见过江年这样时不时走神儿的状态,就好像真的有什么心事一样。

江年连连摇头:"没事的,我真的没事。我在新班级里也挺好的,我们班的同学人都特别好,刚才我就是想一道没解开的物理题想不明白，所以发了会儿呆。"

祁书南有些不太相信的样子。不过她也知道江年，要是江年真的有什么事不想说的话，谁也没办法从江年口中挖出半个字来。

祁书南叹了一口气："行吧，你如果有什么不开心的事情一定要跟我说哟。"

江年只觉得心头暖暖的。

她有时候真的很庆幸，自己有祁书南和姜诗蓝这样的好朋友。

努力忘却自己刚才心头的失落和难过的情绪，江年长出了一口气，放下圣代的空杯子，跟祁书南说道："走吧，我们去电玩城！我好久没去过那里了，想去看别人抓娃娃。"

祁书南也笑了出来："行，走吧。"

看别人抓娃娃可以说是江年的一个独特的爱好。

她从来不自己上手抓，但是看到别人在抓娃娃，那就一定要看。

她甚至比人家抓娃娃的人还投入——差一点点没抓上，她就会失落地长叹一口气；如果别人抓到了娃娃，她就会欢呼一声，简直比自己抓到了娃娃还开心。

到后来有了各种各样更加奇怪的机器，什么口红机之类的，江年更是围观得起劲。

一开始，祁书南真的很不理解江年的这个奇特的爱好，现在倒也慢慢习惯了，有时候甚至会主动提出陪江年一起看别人抓娃娃。

祁书南是这么跟江年说的："年，你可真是贤惠。"

江年一头雾水：什么贤惠不贤惠的？

祁书南解释道："别的女孩子出来约会，可能会想要去游乐园玩，想要看电影，想要吃烛光晚餐。你倒好，等你以后如果谈恋爱了，你男朋友跟你约会时，你唯一的爱好就是一分钱都不花地看别人抓娃娃。"

江年："……"

你懂什么？这叫更高层次的共情！

我已经跟每一个抓娃娃的人共情了,好吗?!

电玩城就在离这家冰激凌店不远的地方,两个人去奶茶店点了奶茶,就兴致勃勃地跑去了电玩城。

这家电玩城是新开不久的,所以各种设备更加齐全一点儿,光是抓娃娃机都有好几排。

祁书南象征性地跑去前台换了十块钱的游戏币,豪气地跟江年说道:"走,小爷带你吃香的喝辣的去!"

江年很上道:"谢爷恩宠!"

直到旁边传来"扑哧"声,两个人才如梦方醒地回过头,然后看到旁边站着的一个戴眼镜的男生,似乎听见了两个人的对话,这个时候正笑得不能自已。

江年:"……"

为什么每次她跟祁书南在一起都能做出一堆这么丢人的事情?

她连忙抓着祁书南往前跑,心想:下次再跟祁书南一起出来玩的时候,一定要戴上口罩,最起码保证熟人不要认出她来!

因为是周六,电玩城的人其实还挺多的。

这个电玩城的娃娃机里面的小娃娃都还挺有特色的,并不像很多抓娃娃机那样敷衍地随便放几个丑丑的娃娃。

江年很快就选定了一个目标——一台哆啦A梦的抓娃娃机。

这个机子里面是各种各样动作的哆啦A梦,一个个可可爱爱的"蓝胖子"就躺在抓娃娃机里面。

前面有一个男青年正在全神贯注地操作着手柄,看架势挺熟练的样子。

江年兴致勃勃地走上前围观。

男青年似乎没有注意到自己正被两个女孩子盯着,仍然认真地操作着手柄,而后左左右右地瞄了一下目标"蓝胖子"和钩子的位置。

嗯,很满意,他没有再犹豫,一把拍下了按钮。

钩子缓缓下落,江年屏住呼吸,一脸紧张的神色。

男青年抓得很准,钩子准确无误地落到了"蓝胖子"身上,而后张开、收缩，抓上来了！

江年双手握拳，激动得不得了。

钩子缓缓往上，一点点地带着"蓝胖子"上移。

江年只觉得已经快要成功了。

"蓝胖子"滑了下来。

就在最后关头，娃娃滚回了抓娃娃机里面。

男青年似乎也有些失落，正准备表示惋惜的时候，就听到了一声长长的叹息声。

他转头看了过去，这才发现站在一旁的两个女孩子，两个人头发一长一短，都挺漂亮的。

而发出长长的叹息声的就是那个长头发的女孩子。

长头发的女孩子又叹了一口气："真的好可惜哟，就差那么一点点了。"

她抬起头，看向男青年："兄弟，节哀。"

男青年："……"

这种莫名其妙的复杂的心情是怎么回事？

他还是点了点头："行，我会节哀的，不会因为这么一点儿挫折就去跳楼的。"

算了吧，他有些惋惜地看了一眼娃娃机里的"蓝胖子"。

本来他还挺想再试一把的，现在被人这么围观……

男青年默默地走了。

江年比他更惋惜。

她遗憾地对着祁书南说道："我觉得这个小哥哥技术还挺好的，他怎么不继续抓了？我觉得说不定下次他就成功了呢。"

祁书南心想：我的姐妹，人家究竟为什么不继续抓娃娃了，你心里真的一点儿数都没有吗？

"扑哧"，旁边再次传来笑声。

江年和祁书南一起扭头看了过去。

发出笑声的又是刚才那个笑她们的戴眼镜的男生。

男生推了推眼镜:"同学,你们好,我不是故意笑你们的,实在是……挺有趣的。"

他已经注意这两个女生很久了,她们的一举一动包括对话,实在是很有意思。

没等江年说话,男生又说道:"你们是想看别人抓娃娃吗?我觉得我技术还不错,如果你们不介意的话,我可以抓娃娃给你们看。喏,就这个哆啦A梦,你想看我抓哪个?我保证三次之内给你抓上来。"

他最后的两句话,是冲着江年说的。

江年和祁书南对视了一眼,都觉得有些摸不着头脑。

祁书南更是震惊无比。

这年头,有像江年这样喜欢看别人抓娃娃的人就算了,还有喜欢表演抓娃娃给别人看的人。

这都是什么怪癖啊!

江年也觉得很震惊。

她主要震惊的是,竟然有人对自己的抓娃娃技术这么自信,还跟她保证三次之内一定能将娃娃抓上来?

江年来了兴趣。

她直直地盯着男生,而后眨巴眨巴眼睛,冲着男生笑道:"行,我还真的挺想看看你能不能三次之内将娃娃抓上来的。"

男生又推了推眼镜,点头笑了笑:"不过我有个要求。"

他看了一眼江年:"如果我真的能将娃娃抓上来的话,你就给我你的联系方式。"

江年:"……"

祁书南:"……"

祁书南觉得自己如果不是在人来人往的公共场合,这个时候都想掐着腰朝着男生骂街了。

她还以为真有喜欢给别人表演抓娃娃这种怪癖的人呢,敢情这人只是为了跟女生搭讪?他竟然还敢提条件?!

说实话,读初中的时候,祁书南就没少被男生请求给江年转交小礼物。作为一个好闺密，祁书南自然是一点儿都没留情地全部回绝了。

可笑，她家江年那是要好好学习的。

祁书南是可以理解为什么会有不少男生对自家闺密有好感的——江年生得漂亮，尤其是笑起来的时候，那一双眼睛简直像在发光一样，小酒窝若隐若现，看着就让人赏心悦目。

何况还有江年那乖巧的性格和在写作方面的才华，这样的女孩子，哪里能让人不喜欢？

但是，这可不代表祁书南就会放任那些男生趁机接近江年！

她家江年值得最好的人！

祁书南朝着戴眼镜的男生怒目而视，直把男生看得一脸蒙。

他是对那个长头发的女孩子挺感兴趣的，所以才想趁着这个机会跟那个女孩子要一个微信。

但是……谁能告诉他，为什么这个短头发的女孩子看起来这么不开心？

江年拦住了祁书南即将脱口而出的话，冲着她使了个眼色，就朝着戴眼镜的男生摇了摇头："不用……"

只是还没说完，江年就听到了一个熟悉而又悦耳的男声蓦地出现在附近："三次？"

这是一句简简单单，几乎称得上没头没尾的话。

江年难以置信地朝着声音的来源看了过去，看到的就是刚才走在路上也被女孩子拦住搭讪的陆泽。

他随意地摘下了戴在左耳上的无线耳机，而后懒懒散散地拿在手里把玩，漫不经心地抬头看了那个戴眼镜的男生一眼。

戴眼镜的男生蒙了，同时有些蒙的，还有旁边的祁书南。

祁书南很是震惊地朝着江年投去疑问的眼神——陆泽怎么会突然出现在这里？！

江年比她还蒙。

而且……什么"三次"？

陆泽一步一步朝着这边走了过来，短短几步路，却硬生生地被他走出了走红毯的气势。

懒散的感觉还在,但是江年不知道为什么,总觉得陆泽身上好像多出了一种莫名其妙的……战斗的感觉。

陆泽仍旧是用那样懒散却带着些蔑视意味的语气,直直地盯着那个戴眼镜的男生说道:"三次才能保证自己抓到娃娃,兄弟,你技术不行哪。"他语气散漫,"就这样的技术,你也敢随便出来搭讪女生?"

直到这个时候,几个人才明白过来陆泽刚才说的"三次"到底是什么意思。

戴眼镜的男生率先领悟,而后羞怒地看着陆泽:"你是什么意思啊?!"

"看来你不单单是抓娃娃的技术不行,甚至听不太懂别人说话啊。"陆泽笑着调侃道。

明明是再漫不经心不过的语气,戴眼镜的男生却怎么听都觉得愤怒。

他瞥了一眼旁边的江年,而后深吸了一口气,生生地压住了自己的怒气,努力让自己心平气和。

他这才继续对着陆泽说道:"那你呢?你既然这么嘲笑我,倒是说说你几次能抓上来娃娃?"

陆泽别开视线,而后把自己的无线耳机往上抛了抛,看也不看地就又接在了手里。

随意的动作,江年却看得心惊胆战。

哥,我的泽哥,我知道您超级厉害,但是您能不能别把耳机当成一块钱的玩具来玩?

万一您一个没接住,耳机掉在地上,摔坏了怎么办?

这里人来人往的,您也不怕有人把您的耳机踩碎?

当然,江年忧心忡忡的心情,陆泽一丁点儿都没有感受到。

他仍旧把耳机当成一块钱的硬币玩得起劲。

甚至,他连跟戴眼镜的男生讲话的态度,都是不在意的。

"我啊,"陆泽又笑道,"那当然是一抓一个准,一点儿问题都没有的。"

江年和祁书南对视一眼。

江年在想：陆泽这个时候到底是在说大话，还是在说真的？

她知道陆泽真的很全才，堪称无所不能，但是不可能连抓娃娃这种事情都擅长吧？

但陆泽的表情好像一丁点儿开玩笑的样子都没有啊……

"喊——"戴眼镜的男生显然根本不相信，嘲笑了一声，"说大话谁不会啊？我说这位哥们儿，我就是想认识一下这位女生而已，你也不必打扰我们吧？再说了，你在这里逞什么英雄？说得好像你真的能抓到娃娃一样。"

他又上下打量了陆泽一番，而后心头就忍不住有些忌妒——那双看起来简简单单的鞋，是这个品牌最新出的限量版吧？他也只是在网上看到了图而已，这个男生就穿在脚上了？

他一个大学生，都没见过周围有几个人穿的。

而这个男生，看起来应该只是一个高中生吧？

他是真的不明白，这个男生干吗过来拆台啊？

这样有什么意思吗？

陆泽却丝毫没有在意对方在想什么。

"要不这位哥，我们比比？"他跟戴眼镜的男生说着话，眼睛却看向了江年。

戴眼镜的男生皱了皱眉头。

他是想要拒绝这场所谓的比试的。

他抓娃娃是挺厉害的，但也根本摸不准这个男生到底有多厉害。而且，他的确对这个长发的漂亮的女孩儿很有兴趣，只是……好像没必要因为这所谓的一点儿兴趣，参加这么一场比试吧？

陆泽一点儿都没有顾及戴眼镜的男生，只是朝着江年歪了歪唇，而后露出一个笑容来。

"你想要哪个娃娃？"他朝着江年问道，一字一顿地说，"我全都抓给你。"

说实话，江年真的不知道事情到底怎么发展成现在这个样子的。

明明刚才她还在无忧无虑地看别人抓娃娃，现在怎么突然就要见证一场不知道因为什么而开始的比赛了？

江年抬头，看了看陆泽，目光直接撞进了陆泽的眼中。陆泽正认真地盯着她，全神贯注，漆黑的眼眸中，情绪复杂。

江年觉得自己有些看不懂他的眼神。

她很想像往常那样告诉自己，只是因为陆泽人好，所以他才会在看到她被陌生人搭讪时挺身而出，替她解围。

但是江年抿了抿唇。

一次两次这么告诉自己勉强还行，次数多了，她自己都觉得哪里不太对劲了。

江年强行深吸了几口气，努力把那些奇奇怪怪的念头都压了下去，而后歪了歪头："真的哪个都可以吗？"

"嗯。"陆泽随意地点了几下头，眼神却显得很认真。

江年看了看旁边戴眼镜的男生，而后笑道："既然你们要比试，那当然公平一点儿比较好。这样吧，"她伸手指了指抓娃娃机里最上方的"蓝胖子"，"就这个哆啦A梦，看你们谁能最先抓上来，可以吗？"

祁书南一脸不解的表情。

她是真的搞不清楚现在的状况，两个男生突然开始比试就算了，年年怎么还掺和进去了，还给他们提了比试的要求？

陆泽耸了耸肩膀："行。"

而后他看向了一旁戴眼镜的男生。

戴眼镜的男生皱了皱眉头。

他哪里会看不懂这个男生的眼神——挑衅？

戴眼镜的男生心头蓦地就蹿上了一股火。他再次看向刚才江年指向的娃娃。

江年所指的那个"蓝胖子"，位置倒是真的挺好的，就在娃娃机的最上方，而且是竖着的，所以其实很好抓。

戴眼镜的男生心里一动，也点头应了下来："行，那就比比吧。"

祁书南适时地提问道:"那你们谁先来?"

"我先!"戴眼镜的男生立马迫不及待地举手道。

笑话,这么好抓的娃娃,他当然要第一个上了。

而且就这个位置,他真的是分分钟就能将娃娃抓上来。如果把这个机会让给对方,他还不知道什么时候才能抓上来一个呢。

陆泽倒是无所谓地耸了耸肩膀:"我都可以,那就你先上吧。"

戴眼镜的男生面上一喜,走到娃娃机跟前站好。

他似乎有些紧张,而后谨慎无比地投了币,这才深吸一口气,开始操控手柄。

看得出来,戴眼镜的男生应该是经常抓娃娃的。他一点点地移动着钩子,上上下下地瞄了一番,似乎有些不满意,又继续小幅度地操控手柄。

陆泽就站在一旁,调侃道:"兄弟,你这么紧张干吗?"

戴眼镜的男生瞪了陆泽一眼,而后又看了一眼钩子,觉得应该没什么大问题了,就按下了按钮,钩子缓缓下落。

江年和祁书南对视了一眼,都有些紧张起来。

全场唯一一个可能一点儿都不紧张的人,大概就是站在一旁像是在看戏的陆泽了。

他随意地把玩着手里的无线耳机,看起来仍旧是自信满满、胜券在握的样子:"不行,兄弟,你这样抓不上来的。"

戴眼镜的男生自然是不信的。这可是他瞄了半天才瞄准的,他怎么可能抓不上来?

钩子一点点地触碰到"蓝胖子",而后慢慢收紧,再稳稳地把玩偶抓了上来。

江年说不清自己为什么这么紧张。

在她看来,这个娃娃应该是可以抓上来的。

那陆泽不就输了?

她也不知道自己为什么这么不想看见陆泽输,可能是在她的潜意识里,陆泽这样的人,字典里就不应该有"输"这个字。

他可是无所不能的啊。

这么一想,江年忍不住担心地看向了陆泽。

陆泽懒懒地靠在后面的一台娃娃机上,漫不经心地看着戴眼镜的男生抓娃娃,嘴角仍有淡淡的笑容,一点儿都不紧张。

似乎注意到了江年的目光,陆泽朝江年看了过来。

在这样的目光里,江年只觉得自己无所遁形,躲闪不及。

陆泽笑了笑,笑容里似乎带了些安抚的意味,而后示意江年放心看就行。

不知道为什么,江年神奇般地觉得自己好像真的被安抚到了……

她朝着陆泽点了点头,而后再次看向了娃娃机。

钩子已经上移到了顶端,这个时候一点点地朝洞口挪动。

本来眼看着钩子就要把这个"蓝胖子"送出来了,没想到"蓝胖子"掉了下来。

只差一点点,真的只差一点点,戴眼镜的男生顿时懊恼不已,而后拍了一下自己的大腿,很是遗憾。

只是他一瞥,就看见了滑落下去的"蓝胖子",然后瞬间笑开了——它掉下去的角度很奇怪,整个大身子都掉落进了娃娃堆里。可以说,钩子很难再把它抓起来了,跟刚才抓它的难度简直有天壤之别。

呵,他抓不到,别人也休想抓到!

他得意地退开半步,示意陆泽来抓,还不忘"提醒":"刚才她说的可是这只哆啦A梦哟,你别抓错了。"

陆泽散漫地走了过来,应道:"嗯,那当然。她要哪只,我就抓哪只。"

江年心里顿时"咯噔"了一下。陆泽的语气,怎么有点儿宠溺啊?

哪怕明知道陆泽是在遵守比赛规则而已,江年仍旧觉得自己已经完全不受控制地胡思乱想起来。

她咬了咬下唇,暗示自己快点儿专心地看陆泽抓娃娃。

其实不要说身为当事人的江年,就是一旁的祁书南都觉得有些不对劲。真的不能怪她胡思乱想，但是，自家闺密跟陆泽真的没有什么关系吗？

她怎么越听越觉得哪里不对呢？

她虽然不太了解陆泽到底是个什么样的人，但作为一个旁观者，怎么觉得陆泽的每一句话都有些暧昧的意味呢？！

祁书南狐疑地再次在江年和陆泽之间来回看了几眼，发现自己好像什么都看不太出来。

祁书南暗暗打定主意，决定一会儿就去对江年"严刑逼供"，一定得让她说出点儿什么东西才行。

陆泽走到抓娃娃机前站定，然后从裤兜里掏出一枚游戏币塞进孔里，娃娃机就响起了熟悉的音乐。

他后退半步，看了那个姿势奇怪的哆啦A梦一眼，又走上前去，自信而大胆地操纵着手柄。

陆泽不像别的抓娃娃的人一样谨小慎微，就很……粗暴地操控着手柄，似乎一点儿都不担心自己究竟能不能抓到娃娃一样。

就连旁边看着的江年，都担心陆泽这样操作真的能抓到娃娃吗？

他再往后退开半步，而后颇为满意地点了点头，直接按下了按钮。

不行！江年皱了皱眉，习惯性地想要叫出来，而后才意识到不对，连忙捂住嘴。

钩子已经缓缓下落。

陆泽身后的那个戴眼镜的男生，这个时候露出了得意的笑容。

按照他多年抓娃娃的经验，陆泽这次是绝对抓不到娃娃的。

江年和祁书南也对视了一眼，都看出了对方眼里隐隐的担忧之色。实在是钩子这个角度真的太奇怪了。

但是陆泽直到这个时候都还自信满满，似乎一点儿都不觉得自己的操作有什么问题。

钩子一点点地下降，而后一点点地触碰到娃娃。

果然，就像那个戴眼镜的男生所预料的一样，钩子刚刚触碰到娃娃就被弹了起来，根本没有一点儿能抓到娃娃的迹象。

"不行，兄弟，你这技术真的太烂了。"戴眼镜的男生很得意。他就说嘛，这人还真当自己是什么天纵奇才，还敢保证一次就抓到娃娃？结果就是这么烂的技术吗？

只不过……他有些奇怪地看了陆泽一眼。

不知道为什么，他真的很纳闷儿为什么陆泽直到这个时候还是自信满满的样子。

陆泽双手插进裤兜里，潇洒得不得了。

他转过头，看向了戴眼镜的男生，说话间语气都是散漫而无畏的："那你继续看着不就知道了吗？"

"不是，你怎么到这个时候了还在说大话……"戴眼镜的男生说到一半的讥讽话语，却蓦地被一个女声给打断了。

祁书南惊呼道："天哪！"

简单有力的两个字，带着满满的震惊之意。

戴眼镜的男生皱了皱眉头，而后立马朝着娃娃机看了过去。

下一秒，他就难以置信地睁大了眼睛，手指着娃娃机："不……不可能……"

只不过，不管他信或者不信，刚才在他看来还一无所获的钩子，这个时候却稳稳当当地钩住了那只哆啦A梦头顶的线圈。

这样就算了，更让他震惊的是，那只钩子甚至同时钩起了旁边的一只哆啦A梦的线圈。

两只本来都无比难抓，怎么看都抓不上来的娃娃，这个时候被钩子牢牢地钩住，一点点地朝着出洞口移动着。

到了出洞口，钩子放松力度，两只哆啦A梦缓缓下滑。

在几个人震惊的时间里，那两只哆啦A梦被陆泽给抓了出来。

他满意地勾起一个笑容，而后弯腰，从出洞口那里拿出两只娃娃，走到江年跟前，递给了她。

那个俊朗的少年就这么站在她跟前，问她："江年，我多抓了一只，你喜欢吗？"

他的语气仍旧是漫不经心的，可江年总觉得他的语气里多了一些自己并不明白的味道。

江年咬了咬下唇，只觉得心里百味杂陈，什么都说不清楚。

在陆泽漆黑的眼眸中，江年看到自己点了点头："喜欢，很喜欢。"

她自己也不知道她到底在说什么。

陆泽再次满意地笑了笑："你喜欢就好。"

戴眼镜的男生似乎这个时候才回过神来，不敢相信地叫了出来："我不信！你肯定作弊了！"

就连祁书南都觉得这不太可能："陆……陆泽，"她也不知道自己为什么叫陆泽的名字时，会蓦地生出一种胆怯的意味来，"你是怎么做到的啊？那只钩子的角度，明明不可能抓到娃娃的！"

陆泽不在意地耸了耸肩："那个角度还挺好算的，其实我本来也不太可能一下子抓到两只娃娃的，但是……"他扭过头，看了那个戴眼镜的男生一眼，意味深长地说："谢谢兄弟。"

祁书南"扑哧"一声笑了出来。

作为一个旁观者，她都能感受到戴眼镜的男生肯定被气死了。

陆泽当然并不在意戴眼镜的男生的心情，又看向了江年："还想要哪只娃娃吗？"

"啊？"江年本来正端详着手里的娃娃，听到陆泽的话才猛地回过神来，明白过来陆泽是什么意思后，连连摇头，"不用了，真的不用了！"

她也没那么喜欢娃娃的，万一陆泽真的一时兴起给她抓了一堆娃娃，她等会儿怎么拿回家都是一个问题。

但是显然，陆大少爷对江年的这个回答并不满意。

江年心想：她是不是拒绝得太直接了？陆泽是不是还在兴头上，想继续抓娃娃？而自己这么拒绝的话，陆泽就没办法再抓娃娃了。

她深刻地反省了一下自己，艰难地抱着两只哆啦A梦，而后试探性地开口问道："要不，旁边那个娃娃机里最上面的那只小猪佩奇？"

陆泽有些意外地瞄了一眼那只丑萌丑萌的小猪佩奇，而后又打量了江年一下。

明明陆泽一句话都没说，江年竟然觉得自己好像看懂了陆泽的意思：你竟然还喜欢小猪佩奇？

江年："……"

她好冤枉。她就是看那只小猪佩奇比较好抓，才这么说的！

而后，陆泽转身朝着旁边的娃娃机走了过去。

祁书南看着江年和陆泽的眼神，凑到江年耳边，压低了声音问道："年，你怎么跟陆泽眉来眼去的？"

江年："……"

你会不会用成语？！祁书南，你的语文是体育老师教的吗？！

这只小猪佩奇比较好抓，陆泽抓娃娃的技术也真的很好。

他完全不需要像别人一样谨小慎微地操纵手柄，但就是一抓一个准。

江年都忍不住开始思考了，是不是多学点儿什么物理力学之类的知识，抓娃娃也能更厉害一点儿……

要不然，为什么陆泽就连抓娃娃都能这么厉害？

陆泽轻松无比地抓出了那只丑萌丑萌的小猪佩奇，走过来递给江年："还想要什么？"

祁书南震惊无比地看着陆泽按照江年随手指的娃娃，一个一个地将娃娃给江年抓了出来。

祁书南真的在很认真地思考一个问题——陆泽是准备把娃娃机里的娃娃都给抓出来吗？

很快，周围有不少人注意到了这里的动静，走过来围观。

大家就这么看着一个帅气俊朗的男生投币、移动手柄，轻松无比地抓上来一个又一个娃娃。

这么多游戏币，无一落空。

每当抓上来一个娃娃，那个男生就会走到旁边一个女生跟前，把娃娃递给她，而后再活动活动手腕，问道："还想要哪个？"

女生纠结无比地来回看着旁边的娃娃机，试探着指出一个"想要"

的娃娃。

男生再次把一个皮卡丘递给了女孩子，女孩子神色纠结地试探着跟男生商量："要不就这样吧？我觉得真的好多了。"

娃娃多得她跟祁书南两个人都要抱不住了。

而且江年总觉得再这么抓下去，他们可能会被电玩城的老板赶出去。

并且，江年已经开始深深地思考，等会儿她要怎么抱着这么多的娃娃坐地铁回家，要怎么跟她爸妈解释这些娃娃的来历。

啊，她光是想想就觉得头痛。

她正头痛的时候，感觉自己的衣角被拽了一下。

江年艰难地透过自己怀里的一堆娃娃朝着自己的衣角的方向看了过去。

拽她的衣角的是一个胖嘟嘟的小男孩儿，只到江年大腿的高度。

"姐姐，"小男孩儿嗓音稚嫩，软软的，又拽了江年的衣角一下，而后指了指旁边的一个抓娃娃机，"我想要那只吃西瓜的小猪佩奇，我妈妈抓不到，你可以让哥哥抓给我吗？"

小男孩儿刚说完，一个年轻的女人就从围观的人群中挤了出来，而后一把抱住他："你这孩子怎么乱跑啊？！"

而后她连忙不好意思地对着江年说道："没事，小姑娘，你跟你男朋友慢慢玩，不用理我儿子。"

江年觉得小男孩儿胖嘟嘟的特别可爱，而且说话也特别有意思，笑道："没关系的，他想要那只小猪佩奇也没什么，就是……"江年有些迟疑，然后瞥了一眼不远处的陆泽，还是开口解释道，"他是我同学，不是我男朋友。"

年轻女人连忙道歉："啊，这样子啊，那真是不好意思。"

江年抿了抿唇，跟陆泽说道："陆泽，能抓那个吃西瓜的小猪佩奇吗？"

陆泽站得并不远，所以完全可以听清楚江年他们刚才在说什么。

陆泽点了点头，走到那个抓娃娃机跟前，投币、操作手柄。

小男孩儿紧张无比地盯着陆泽的动作。

陆泽算好钩子的位置,轻松地拍下按钮,钩子缓缓下落。

江年看着小男孩儿紧张的神情,忍不住笑了笑,而后安慰他:"没事的小弟弟,这个哥哥抓娃娃特别厉害,肯定能让你把小猪佩奇带回家的。"

小男孩儿仰起头来,脆生生地道谢:"谢谢姐姐,我相信哥哥!"

陆泽拍下按钮后,就没再注意钩子的位置了。

他转过头看着跟小男孩儿柔声说话的江年。

漂漂亮亮的女孩子,手里抱着他刚才抓的一堆各式各样的玩偶,柔和的眉眼间满是善意和亲和之色,就连声音都是轻轻柔柔的。

他忍不住想起自己高一时见到江年的样子。

那段时间,布布经常偷跑出家门,过了几个小时之后,又自己回来。

陆泽那个时候就很不明白:布布偷跑出去做什么了?

那次,布布又悄悄地跑了出去,陆泽就骑着一辆自行车到处找它,最后在离明礼不远的一条街上看见了它,和蹲在它旁边的江年。

江年就是用这样的表情和声音,在和他的布布讲话。

女孩子看起来并不亲近猫,蹲在布布旁边,但是保持着一定的距离,偏偏不管声音还是表情,都是善良柔软的样子。

布布一向除了他谁也不亲近,可就那么乖巧地蹲在江年旁边听她讲话,时不时地"喵"上一声当作回应。

那个女孩子说:"小乖,你怎么又出现在这里了?今天吃东西了吗?要不要我给你点儿东西吃?"

她就是现在这样的表情。

当时陆泽就在想:到底是什么样的女孩子,可以拥有这么轻软的表情和声音?

陆泽渐渐飘远的思绪,是被小男孩儿惊喜的声音给打断的。

"哇,真的抓到了!哥哥,你真的太厉害了!"小男孩儿惊喜无比地看着那只小猪佩奇掉进了出洞口中,才欢呼雀跃地跳了起来,开心得像是得到了整个世界一样。

江年也满是惊喜地朝着陆泽看了过去。

陆泽朝着江年懒懒散散地笑了一下，这才转过头，弯下身子，取出那只小猪佩奇，朝着江年这边走了过来。

小男孩儿就这么眼巴巴地看着陆泽，准确地说，是眼巴巴地看着陆泽手里的小猪佩奇。

陆泽并没有直接把小猪佩奇交给小男孩儿，而是先塞给了江年，示意江年转交给小男孩儿。

江年只觉得一头雾水，就连旁边的祁书南都很是无奈："你怎么不直接给小弟弟啊？年抱着这么多娃娃，多不方便哪！"

陆泽抿了抿唇，而后朝着江年伸出胳膊。

江年蒙了一下，才迅速地反应过来，赶忙把自己怀里的娃娃都给了陆泽。

艰辛无比地完成了转交动作后，江年拿着那只小猪佩奇蹲下身来，柔声跟小男孩儿说道："喏，小弟弟，你的小猪佩奇。"

小男孩儿嘟了嘟嘴巴，看了自己的妈妈一眼，得到妈妈的许可之后，赶忙将娃娃接了过来："谢谢姐姐！"他又乖巧地转过头，对着陆泽也说道："谢谢哥哥，哥哥，你抓娃娃的技术真好！"

小男孩儿年纪还很小，所以说话仍旧有些吐字不清的样子，但仍旧尽最大努力地跟江年和陆泽道谢。

江年笑着伸出手来，揉了揉小男孩儿的头发："不客气哟。"

年轻的女人道谢后就拉着小男孩儿离开了。

看着周围的人群渐渐散开，江年这才松了一口气，只是转头看向陆泽和祁书南两个人怀里的玩偶时，刚才放松的表情，又瞬间转化成了浓浓的发愁的样子。

她眉头紧锁，摸了摸鼻子："我该怎么把这些娃娃带回家啊？"

祁书南回家跟她并不顺路，两个人坐地铁完全是反方向，如果祁书南送她回家，那坐地铁回去就得绕好远好远。

江年实在不忍心压榨祁书南这个劳动力，但是又觉得自己一个人，好像无论如何都没办法把这些娃娃成功地抱回家。

祁书南也看出了江年的为难,提议道:"要不然还是我送你回去吧。年,你一个人无论如何都没办法将这些娃娃带回家的,我就是绕得远一点儿,没事的。"

江年撇了撇嘴。

这好像是唯一的办法了。

她还是有点儿犹豫:"可你不是要去接你弟弟下兴趣班吗?你要是送我回家的话,还赶得上接你弟弟吗?"

这的确是个大问题,就连祁书南也忍不住犹豫起来,而后看了看时间:"我也不知道,应该……"

怎么想都觉得不太合适,江年还是摇了摇头,打断了祁书南的话:"算了吧,我还是一个人想办法回去吧,你别赶不上接书远,那就不好了。"

正在两个人讨论不出结果的时候,旁边蓦地插进来一个男声——

"我跟你应该顺路,而且等会儿我也没什么事。要不,我送你回家?"

陆泽。

## 第五章
## 月色真美

江年直到坐到地铁上,手里抱着不少玩偶,看着站在自己旁边,也抱着一堆玩偶的陆泽,还觉得有点儿恍惚。

陆泽竟然真的送她回家了?

因为是周末,再加上这个时间点,地铁上人还挺多的。

刚才他们两个人上地铁的时候,人还不算多,但是也只有一个空位了。

江年的本意是让陆泽坐的。她觉得陆泽能够抽空送她回家已经让她很心怀愧疚了,所以难得有位子,自然是要让给陆泽的。

但是陆泽不由分说地就让江年坐了下来,并且毫无商量的余地。

江年只能抱着那一堆玩偶,乖巧地坐了下来。

她看着就在自己跟前的男生浅蓝色的上衣,怔怔地发着呆。

地铁上的人越来越多,每到一站,江年都觉得似乎只有上的人没有下的人。

结果就是,陆泽离她越来越近,直到现在就在她跟前。

明明还没有彻底进入凉快的秋季,但是陆泽身上全然没有很多男生会有的汗味,反而满是清爽的味道。

江年深吸了一口气，努力地辨认了一下这近在咫尺的包围住她的气息，像是薄荷味，干净清爽，沁人心脾。江年只觉得闻了之后浑身舒适。

陆泽竟然喜欢薄荷味吗？

她以前觉得薄荷味的东西太凉了，所以就连牙膏都会尽量避免用薄荷味的。但是现在闻到陆泽身上的薄荷味，她竟然有种把自己的牙膏和沐浴露也换成这种味道的冲动……

不行，这样她也太没原则了！

陆泽就站在她面前，看着漂亮的女孩子歪着小脑袋，也不知道她在想什么。她脸上一会儿迷茫，一会儿又豁然，再过一会儿就停止思考的样子。

陆泽忍不住觉得好笑。

他真的觉得江年是一个特别有趣的人，属于那种一个人也可以玩得很开心的人。她的小脑袋里不知道都装了些什么乱七八糟的东西，他经常能看见江年一个人在那里想事情想得入神。

江年终于不乱想了，上移视线，偷瞄了一眼陆泽，发现陆泽正盯着自己，脸上还满是好笑的表情。

江年蓦地红了脸。

陆泽是不是发现她坐地铁也能走神儿啊？

她真的太丢人了，呜呜呜……

说实话，她也觉得自己太容易走神儿了。

她的思维特别容易发散。别人随意说的一句话，她都能发散出一堆奇奇怪怪的想法。

当然，别人并不会觉得她是在想一些奇奇怪怪的事情，只会觉得她在发呆。

江年是很想辩解的。她这不叫发呆，这叫思考人生好不好！就是她这么说可能没人信就是了。

她再次偷瞄了一下陆泽，而后强行装出一副淡定的样子，跟陆泽搭话："陆泽，你家真的跟我家顺路吗？你家在哪里呀？"

话刚一问出口，江年自己都觉得不太对劲了。

江年生怕陆泽误会，连忙摆手解释："不是，我不是想要知道你家的住址。就是……就是担心你不顺路，还要顾及同学情送我回家，我挺不好意思的。"

不怪江年多想，主要是刚才陆泽跟她一起出发坐地铁的时候，怎么看都不像是跟她顺路，经常坐这一趟地铁的样子……

小姑娘就这么盯着他，大眼睛扑闪扑闪的。他只能微微咳了一声，而后别开视线，看向一旁的地板，然后说道："没事，顺路的。"

不顺路他也得顺路。

好吧，既然陆泽都这么说了，江年就不再发问了。

但她又在心里纠结起来，她好像从来没有带男同学回过家……

其实江年的爸妈还是挺开明的，也没有三令五申地交代她不准和男生交朋友。

江年从小就比较乖，几乎所有的心思都放在了学习上。她也有玩得比较好的男同学，但是从来不会单独约出去玩，更没有把男同学带回家过。

等会儿爸妈见到陆泽，她该怎么说啊？

更关键的是，爸妈肯定会问这些玩偶是怎么来的，再看到陆泽送她回家，万一误会了他们的关系怎么办？

江年只觉得自己的心已经快要纠结成麻花了。

"怎么了？"陆泽调整了一下怀抱里玩偶的位置，开口问道。

江年连连摆手。

她哪里能把自己纠结的事跟陆泽说啊？

"快到了。"听到地铁的语音报站声，江年连忙说道，"下一站就到我家了。"

陆泽不着痕迹地皱了皱眉头。

明明懒懒散散的男生并没有太大的表情变化，江年就是敏感无比地察觉到了陆泽并不是特别开心。

他是太累了吗？

江年歪了歪脑袋，有些不好意思地说道："要不然你坐会儿？我站一会儿也没事的。"

陆泽直直地盯着江年,把江年看得浑身都不对劲了,这才漫不经心地摇了摇头:"不用。"

他就是觉得……这段路太近了,一眨眼的工夫就到了。

江年觉得自己并不能猜到陆泽到底在想什么,抱着对陆泽全然不好意思的心情,如坐针毡地熬到熟悉的报站声音响起来,这才松了一口气。

江年和陆泽先后刷卡出了地铁站,边往站外走,江年边继续纠结苦恼着,而后猛地听到那懒散好听的声音在她旁边响起:"跟我一起走路你很不开心吗?"

江年闻言一惊,连忙转头看向了陆泽,连连摇头:"不是,不是,我怎么会不开心呢?"

陆泽稍稍满意了几分,但是仍然不算太高兴:"那为什么刚才地铁一到站,你就迫不及待地松了一口气?"

江年觉得自己被深深地误解了。

她生怕陆泽多想,连忙解释道:"不是的,我只是觉得你在地铁里站着,人又那么多,这么拥挤会很累,所以才会希望地铁可以早点儿到站。"

陆泽这才高兴了。他随意地点了点头,然后不着痕迹地转移了话题:"你最近学习顺利吗?有什么不太会的题目或者知识点,可以跟我说,我们讨论一下。"

江年眼睛都亮了:"可以吗?不会太过于麻烦你吗?"

陆泽摇了摇头:"不会的,毕竟……我们是同学。"他转头看了江年一眼,继续说道,"也不仅仅是现在,如果以后你有什么学习上的问题,哪怕不是学习上的问题也都可以过来找我,我很开心能够帮到你。"

其实江年听过不少人说几乎一样的话,但是以往总觉得那是别人的客套话。

毕竟哪怕是同学,谁会愿意总被别人打扰和麻烦?

江年又是一贯不习惯打扰别人的性子——对她来说,如果一件事自己可以解决,哪怕多花一点儿时间和精力去摸索,甚至可能自己得走很多弯路，她也不会轻易去麻烦别人。

但是不知道为什么，明明是差不多的话，江年听陆泽这么说，就觉得陆泽可能是真心实意地这么想的。

她抬头看向陆泽。

少年比她要高上不少，她明明觉得自己165厘米的身高，在女生里面并不算矮的，甚至有一些发育得比较晚的男生比她还矮，但是她想看陆泽，还是得费力地抬起头来才行。

她脱口而出："你多高呀，陆泽？"

陆泽："……"

他只觉得自己难得也有了一丝无语的感觉。

倒不是因为别的，他就是再一次想感叹：江年的思维到底有多发散？

说实话，他真的特别好奇江年都在想些什么。

比如现在，明明刚才他们讨论的话题还是如果江年有什么麻烦，可以去找他，怎么突然就变成了现在的他有多高了？

不过无语了一下后，陆泽还是如实回答："181厘米。"

江年满意地点了点头："跟我猜的差不多。你真的好高啊。是不是喜欢打篮球的男生，通常都能长得比较高？"

她知道陆泽虽然经常看起来懒懒散散的，但是其实还挺喜欢运动的。她经常看到陆泽和贺嘉阳他们在篮球场上打篮球，而且陆泽的球技很好。

说起这个，江年特别佩服的一点就是，男生们好像都不怕热……

哪怕中午十二点，烈日炎炎，他们依然可以在篮球场上打球，并且完全不觉得有什么问题。

对江年这种人而言，在那种炎热的天气里，她是能不出门就绝对不出门的，即使迫不得已需要出门，也会把自己裹得严严实实，保证晒不到太阳。

江年又看了看好像从来不做任何防晒措施的陆泽……

为什么陆泽不防晒，还能这么白，甚至跟她完全不相上下？！

她好气!

看着好像有些生气的江年,陆泽今天第一万次思考起来——这个小姑娘每天究竟都在想什么?!

陆泽抿了抿唇,觉得自己真的完全猜不透江年的想法。

"江年,"陆泽有些好笑地开口问道,"你在气什么?说出来让我听听?"

江年嘟了嘟嘴巴,而后才不甘不愿地回答:"就是想,你为什么天天运动晒太阳,却还这么白?我觉得很不公平!"

原来她刚才一脸气呼呼的表情,就是在气这个啊。

陆泽更加觉得好笑了。

"嗯……"男生答得不在意,"我从小就晒不黑。"

江年:"……"

她觉得自己好像更气了。他成绩好、长得帅、聪明也就算了,她还勉强可以接受。现在好了,他还多了一个晒不黑!

这是多少女生梦想拥有的体质呀!结果人家陆泽轻飘飘的一句"晒不黑",就这么秒杀了她们这些人所有的防晒措施!

她生气!

从地铁站到江年家的距离并不远。

江年觉得自己一进小区的大门就开始没来由地紧张了。

虽然她也不知道自己究竟在瞎紧张什么。

江年有些结结巴巴地说:"那个……这是我们家小区,不算特别新,但我觉得还挺舒服的……"

陆泽随意地左看右看,而后点了点头:"嗯,看起来也的确挺舒服的。"

江年这才微微松了一口气。

只是这口气并没有松太久,她就听见了邻居家的老奶奶跟她打招呼的声音:"年年,出去玩回来了呀?"

江年连忙礼貌又不失亲近地打招呼:"是的,王奶奶!我朋友还给我抓了一堆玩偶,您要不要挑一个给小哲带回去?"

"不用了,不用了,你们这些小姑娘都喜欢这些玩偶的,我知道。"王奶奶摆了摆手,笑道。

他们继续往前走着,江年抬头对着陆泽笑了笑:"这一栋就是我们家住的楼了,我爸妈应该在家,你不介意吧……?"

"不介意。"陆泽随意地摇了摇头,率先走进了江年指着的楼里。

江年连忙跟上去,艰难地按了电梯按键,就开始跟陆泽一起无言地等着电梯。

周围好安静啊。

江年试图找个话题,却发现陆泽正稍稍歪着头,看着电梯显示屏上显示的楼层数字,于是就又默默地闭了嘴。

看来陆泽并没有太大的聊天欲望……

正在尴尬时,江年就听见陆泽突然开口了。

"你觉得我怎么样,江年?"

陆泽语调一如既往地散漫,声音也不算大,江年觉得,如果不是自己听得专心,并且听觉也比一般人灵敏的话,她可能完全听不清楚陆泽究竟在说什么。

只是等陆泽说完之后,江年一下子就愣在了原地。

他刚才那句话,是什么意思?

江年眨巴眨巴大眼睛,茫然地反问:"啊?"

"叮咚"一声,电梯到了一楼,门缓缓打开。

陆泽回过头,冲她勾唇笑了一下,走进电梯里:"没什么。"

江年迟疑了一下,也走了进去。

她刚才究竟听错没有?

但是看见陆泽一副无意再提的样子,江年很识时务地闭上了嘴巴,只字不提刚才的事。

只不过,陆泽那句话,还是在她心里一遍一遍地重复播放。

跟刚才一路上两个人不停交谈的状况相反,进了电梯里,两个人不约而同地沉默了下来。

江年也没再试图继续找话题,眼神直直地落在自己抱着的一堆娃娃上面,思绪早已不知道飞到了哪里。

但不管思绪怎么飞,好像都始终围绕着"陆泽"这两个字。

电梯再次"叮咚"地提示了一声,七楼到了,陆泽这才回过头来,冲着江年笑了笑。

寂静的电梯里,江年听见她特别喜欢的声音,在只有他们的空间里缓缓响起。

他说:"等高考后的暑假,再回答我吧。"

"年年!"江妈妈看了一眼坐在一旁发呆的江年,忍不住出声叫道,"你发什么呆呢?快去给同学倒杯水啊!"

这孩子……江妈妈摇了摇头,叹了一口气。

江年如梦方醒,连忙应了一声,然后站起身就匆忙地朝着厨房走去,忽然想起了什么,赶忙回头问陆泽:"你要喝什么?有茶水、牛奶,还有橙汁。"

此时的陆泽……跟平常的陆泽不太一样。她都忍不住怀疑这到底是陆泽,还是一个冒牌货。

他完全不像平常那样懒散和漫不经心,表现得特别温润有礼。

他冲着江年笑了笑,谦虚得体地回道:"不用那么麻烦了,白开水就行。"

话刚一出口,江爸爸、江妈妈就觉得江年的这个同学真的太懂礼貌了!

江妈妈连忙出口阻拦道:"别,别,别,小陆同学难得来我们家玩一次,快,年年,冰箱里不是还有你小姨寄来的鲜榨椰汁吗?去给小陆同学倒一杯。"

江年惊了。

小姨寄过来的鲜榨椰汁并不算多,妈妈又特别喜欢,所以还挺宝贝的。

这次妈妈竟然会主动提出给陆泽倒一杯?

陆泽继续保持着谦逊有礼的态度:"真是太谢谢阿姨了!"

江年也不知道陆泽怎么做到的,轻而易举地就把她爸妈给哄得乐个不停。

江年摇了摇头,再次感慨了一下陆泽的本事,然后就走去厨房给陆泽倒椰汁了。

"小陆同学……"江妈妈似乎想问什么,而后就被陆泽打断——

"您叫我阿泽就好,我家里的长辈都是这么叫我的。"

江妈妈点了点头,应了一声:"行,阿泽,我们年年在班里怎么样?"

陆泽笑道:"江年很好啊,语文和英语成绩一直名列前茅,就是……"

他稍稍皱了皱眉头,却停了下来,没再继续说话。

江爸爸、江妈妈对视了一眼,都有点儿紧张起来。

看到陆泽有些犹豫的样子,江妈妈连忙追问道:"阿泽,你尽管说,没事的。就是什么呀?你这说到一半,害得我跟江年她爸更担心了。"

陆泽回过头瞥了一眼厨房的位置,看到江年没有丝毫出来的迹象,这才压低了声音,继续跟江爸爸、江妈妈说道:"就是江年的物理成绩并不算太好,我的物理成绩比她的好一点儿,但是她好像比较内向,所以……不是特别喜欢找我问题目。"

陆泽说得很小心翼翼,生怕江爸爸、江妈妈听了误解什么一样,每一句都是斟酌出来的一般。

"所以……"陆泽又顿了顿,才往下说,"如果江年的总排名想更靠前的话,我觉得还是需要多攻一下物理。我是江年的同班同学,她有什么需要帮助的地方,随时可以找我。画重点、讲题目,包括押考试题,这些我都挺在行的。"

江年的爸妈觉得陆泽的话可信度很高。

他们当然知道他们家女儿,英语、语文是不错,但是物理的确有点儿拖后腿。

江妈妈叹了一口气:"唉,这丫头就是这样,有什么问题宁愿自己多花点儿力气去解决，也不想求助别人，也不知道这是好是坏。也幸好我们年年有你这么好的同学。阿泽，叔叔阿姨是知道你的成绩的，也知道你物理很好，所以真的希望你可以帮帮我们年年，回头叔叔阿姨请你吃饭！"

陆泽连忙摆手："不用，不用，这是我该做的。您放心，我回头一定多主动帮江年。"

江年正好倒了椰汁过来，看到客厅里其乐融融的气氛，忍不住歪了歪头，一阵茫然。

她去厨房倒了杯椰汁的工夫，陆泽又跟她爸妈说了什么，哄得她爸妈这么开心？

她以前怎么没觉得陆泽是个会哄人开心的主儿呢？

"年年，"江妈妈率先开口，"妈妈知道你不喜欢麻烦别人，但是物理还是要学好的是不是？阿泽的成绩这么好，你有什么不会的地方多向他请教。"

江爸爸接力说道："是的，小陆同学很乐于助人，你要多多向他学习。"

江年："……"

行吧。

她虽然不知道陆泽具体跟她爸妈说了什么，但是看现在的情况，也能猜个差不多了。

没等江年说什么，陆泽就又"诚惶诚恐"地开了口："叔叔阿姨，江年真的特别努力，每天都很早到教室，课堂上也很认真地听课。而且，我经常能看见她在很专心地学习物理。我相信江年以后的成绩肯定会越来越好的。"

他这段话更是说得江年的爸妈眉开眼笑。

总而言之，江年在回家之前所担心的尴尬的场面，根本没有出现。

也不能这么说，可能只有她一个人从头到尾如坐针毡，反而她爸妈跟陆泽聊得特别开心。

她爸妈顺理成章地留陆泽吃晚饭，陆泽也只是回绝了几下，看江年的爸妈特别热情,便应了下来,宾主尽欢。

吃完晚餐,陆泽还主动要帮江年的爸妈收拾餐桌,被他们连连拦了下来:"别,别,别,阿泽,你是客人,哪里能让你帮忙收拾?年年,去给阿泽切点儿水果。"

最后还得江年送陆泽离开小区。

两个人先后进了电梯里,江年心想:刚才那个礼貌懂事还有问必答的陆泽,果然不是真的,现在这个懒懒散散的人,才是真的陆泽!

"看什么?"陆泽没什么表情地问道。

江年连忙收回自己的目光,清了清嗓子,却不知道该怎么回答。

"是在想我刚才怎么那么不对劲吗?"陆泽盯着神色纠结的女孩子,语调里带了些笑意。

江年:"……"

这个人是会读心术吗?

看着江年的表情,陆泽抿唇笑了一下。

电梯"叮咚"的一声,到了一楼。

陆泽率先走了出去,而后回头看了一眼电梯里边呆呆愣愣的女孩子,歪了歪唇勾出了一个笑容。

"怎么?不是要送送我吗?"

江年连忙打断了心里的各种纠结的想法,跟了上去。

"江年,"陆泽漫不经心地说,"你的所有思绪全都写在了脸上,所以你的心思真的太好猜了。"

江年怔了怔,抬头看向了他。

已经九月中下旬,远城昨天刚下了一场雨,今天并不算太炎热,甚至有风吹来时透着微微的凉意。

微风拂动陆泽的发梢,在有些昏黄的路灯灯光下,江年只觉得陆泽的神情温柔到无法言说。

就在这无比缱绻的月色中,陆泽对她说:"江年,我不是对谁的父母都这么有耐心、有礼貌的。"

江年想：今晚的月色，可真美。

真的。

周一到学校的时候，江年明显地觉得班里的氛围较往常紧张了不少。

前两周虽说已经开学，学习步入正轨了，但江年能明显地感觉到，其实班里不少人的心还处在放假的状态中。

但是今天就不太一样了。

大早上的，早自习的铃声还没响，已经有不少同学坐在位子上，自觉地默背起了古诗文。

她坐下来，把书包塞进桌肚里，拿出语文课本，而后用笔杆戳了戳贺嘉阳的背。

贺嘉阳"噌"地就扭过了头。

江年："……"

对不起，虽说是她主动戳的贺嘉阳，但她还是被吓到了。

江年安抚了一下自己的小心脏，压低了声音问贺嘉阳："班长，今天班里的学习氛围怎么这么浓？"

贺嘉阳有些意外，而后伸手指了指讲台前方墙上贴着的一张纸，反问江年："你进来的时候没看那张纸上写的东西吗？"

江年眯着眼睛看过去，这才发现那里贴了一张纸。

她摇了摇头，一脸茫然的表情："那上面写了什么啊？"

贺嘉阳叹了一口气："下周的月考安排。"

江年："……"

好的，什么都不用说了，她明白了。

这种明明觉得刚刚开学而已，就被考试给安排得明明白白的心情，怎么就这么复杂呢？

周一下午例行开班会的时候，姚子杰也再次提起了月考的事。

"大家应该都看到了吧，"姚子杰指了指那张纸，"下周四和周五就是我们升入高二的第一次月考了，也是你们进入19班之后的第一次综合考试。"

教室里一片寂静。

姚子杰顿了顿，才继续说道：“大家也知道，作为年级里唯一一个理科重点班，我们班备受关注。不说别的，每次开教师会议的时候，校长和年级主任都会特别询问我和隔壁的吴老师，问我们教学进度怎么样。”

隔壁的吴老师，就是隔壁文科重点班的班主任。

江年和姜诗蓝吃饭的时候，姜诗蓝都会跟她说，他们普通班的同学都特别好奇他们这个重点班的事。

"你都不知道，年年，"姜诗蓝夹了一筷子手撕包菜放进嘴里，口齿不清地说，"我们班同学都称呼你们为……"

江年好奇地抬头看着姜诗蓝。

姜诗蓝咽下了嘴里的饭菜，这才眨巴眨巴眼睛，回答道：“叫你们'神兽班'。”

江年："……"

谁能告诉她，为什么他们班会被叫这么难听的名字？！

"尖子班""清北班"都不叫，真不行叫"19班"都行啊，叫什么"神兽班"？

"我觉得这个名字还挺适合你们的。"姜诗蓝点了点头，"我也觉得你们都是一群神兽，特别可怕，值得敬畏的那种。想想，全年级的一堆大佬聚在你们班，这还不可怕吗？"

江年一时间竟然找不到什么话来反驳姜诗蓝。

他们班的人的确特别受关注，年级老师都对他们有更高的期待。

所以对他们而言，这次的月考并不仅仅是月考，更是一种对这种所谓"更高期待"的检验吧。

姚子杰的话打断了江年的思绪，他说：“还有另外一件很重要的事，想必也有不少同学通过往届的重点班知道了。”

江年蓦地就猜到了姚子杰要说的话。

果然，姚子杰的语气里也多了一些沉重的味道。

"根据学校的政策，高二这一年，我们班都是实行流动机制的，直到高三班级成员才会彻底固定下来。因此,这次月考过后,如果你的成绩排在年级前三十名之外,就……"

他没再说下去,但是大家全都听明白了。

教室里本就寂静的氛围,现在几乎快凝结了。

虽然姚子杰并没有跟大家具体描述流动出去会有什么后果,但是大家随便想一想,就可以想到的——好不容易熟悉的同学和环境,都会因为流动而发生改变,就连授课老师也会全部改变,重点班的讲课进度和普通班的本来就不太一样,到时候流动出去的人还得再去适应普通班的讲课进程。

更重要的是,好不容易进来了重点班,因为自己考得不好而再被分进普通班,那会有一种巨大无比的心理落差。

大家真的是想一想就觉得窒息。

江年想到这个场景,和赵心怡对视了一眼,两个人眼神都有些恐惧。

说实话,江年的成绩其实还算是挺稳的,除了高一最后一次期末考试,整整一年没有掉出过年级前十名。

她高一最后一次期末考试,因为发挥失常再加上那段时间心态不好,直接掉出了年级前四十名,但是因为综合高一的所有排名,她才能进重点班。

而且这次还是他们分文理科后的第一次考试,江年难免担心。

姚子杰发表了总结陈词:"好了,这次考试的严峻性,相信大家也有了一定的认识。那接下来的这一周多时间,大家就好好上课,好好准备第一次月考,希望我们班没有一个同学被分出去,能够很好地守住年级前30名!"

班会过后,江年更加感觉到了班里的紧张氛围。

本来大家努力归努力,课间还是会好好休息的,也会有不少同学起来活动或者三三两两地聚在一起聊天。

但是班会后,江年就连课间去卫生间都是轻手轻脚的,生怕吵到大家学习。

实在是班里太安静了，所有人都在埋头学习。

哦，不，江年默默纠正了一下自己。

也不能说所有人，这是不准确的。她身为一个理科生，当然要追求准确性了。

班里依然有不拿这次月考当回事的人，比如陆泽。

江年有一次拿着物理题去请教陆泽，就发现陆泽一点儿都没有紧张的意识。

有时候大课间时间，江年在座位上认真地做题，陆泽就走到贺嘉阳的位子旁，语调散漫地问："篮球？"

贺嘉阳就急匆匆地放下笔："走，走，走。"

徒留下一脸羡慕神色的江年，坐在座位上惨兮兮地刷题。

当然，羡慕归羡慕，江年是一个心里很有数的人。

她知道陆泽能这么轻松，自然是有资本的。不管是很多男生担心的英语，还是她这种人会担心的物理，陆泽通通不用担心。

今天的大课间时间，江年正坐在位子上看物理笔记，陆泽单手插进校裤口袋里，走到贺嘉阳的座位旁边："走吧。"

江年抬头，撇着嘴看了陆泽一眼。

可能是江年的目光太过哀怨了，陆泽忍不住觉得有些好笑，没等贺嘉阳回答，就径直问江年："怎么了？"

江年没想到自己又被抓包了，连忙摇头："没事。"

她能说什么？！

难道她能说，她好忌妒为什么自己得做题，陆泽就能出去玩吗？！

究竟为什么，难道她不清楚吗？！

陆泽微微敛了敛眉，漫不经心地点头："今天是你做值日吗？"

江年没想到陆泽会突然提起这个，有些意外，不过还是应了一声："是的。"

"嗯。"陆泽再次随意地点头，转过头催促贺嘉阳："还不走吗？"

贺嘉阳心想：我都准备起身跟你走了，这不是你跟人家女孩子说话，我才好心等你的吗？

陆泽一点儿都没顾及贺嘉阳满脸的冤屈的神色，径直叫上了后面抱着球跃跃欲试的谢明，双手插兜，大长腿一迈，率先向前走去。

江年一脸莫名其妙的样子，完全搞不懂究竟发生了什么事。

看到陆泽他们已经走出了教室，江年摇了摇头，继续对着自己的物理笔记冥思苦想。

她皱着眉头，接受着来自物理的凌迟。

"江年。"江年听见门口有人叫自己。

教室里很安静，所以这突如其来的声音还是挺惹人注意的。

大家都看了过去。

江年也意外地看过去，而后发现叫她的竟然是去而复返的陆泽。

清俊的少年就那样懒散地站在门口，接受着全班同学的目光的洗礼，眼睛只盯着江年。

江年一时间有点儿慌："啊？怎么了？"

陆泽似乎察觉到了江年的紧张情绪，忍不住笑了笑。

"你妈妈托我拿给你的牛奶，我忘记给你了。"他打了个哈欠，"你自己去我的桌肚里拿一下吧。"

陆泽话音一落，江年就觉得大家满含八卦意味的目光"嗖"的一声就全都集中在了她身上。

不怪大家会多想，听听陆泽说的"你妈妈"？！

按理来说，陆泽跟江年在同班以前，都是根本不认识的吧？

现在……他怎么连她妈妈都认识了？

并且江年的妈妈竟然还会托陆泽给江年送牛奶……这关系，也太过密切了吧。

江年也有些怀疑。

她妈妈的确会叮嘱她多喝牛奶，但是也不至于让陆泽给她带牛奶吧？

而且，她妈妈怎么会在早上的时候碰见陆泽？

在全班人震惊和怀疑的目光中，陆泽懒懒散散地直起身子，而后冲着江年挥了挥手,什么都没再说,就径直往外面走去,好像完全不觉得这件事有什么值得震惊和怀疑的一样。

江年歪了歪脑袋。

然后所有人的目光都落在了她的身上。

因为当事人之一已经离开现场,所以大家都想看看当事人之二会有什么反应。

大家的眼睛中闪烁着的全都是八卦之光。

江年觉得自己应该去陆泽那里看看究竟有没有牛奶……但是被这么多人盯着,她完全不知如何是好。

施宇最先忍不住,戳了江年一下。

江年回过头去。

"你不去拿你的牛奶吗?"施宇似乎期待得不得了。

江年:"……"

大家都这么关心我的生活,我真是谢谢你们哟。

江年同学渐渐有了破罐子破摔的心情。

算了,算了,不就是被大家盯着嘛,姑娘我无所谓!

她咬了咬牙,顶着大家好奇的眼神,站了起来。

江年真的不太习惯被那么多人盯着。

她强行催眠自己忽视大家的目光,朝着陆泽的座位走了过去。

明明她和陆泽的座位离得并不算太远,但是她觉得好像走了很久才到。

江年深吸一口气,蹲下来看了看陆泽的桌肚。

确实有一瓶纯牛奶摆在陆泽的桌肚口。

江年心里"咯噔"了一下。

她妈妈真的让陆泽给她带牛奶了?

她妈妈怎么遇见陆泽的?

陆泽刚才在全班同学面前大大咧咧地说出这事来,就不怕大家误会吗?

一堆奇奇怪怪的问题萦绕在江年的心头,但完全没有人可以给她答案。

江年伸手将牛奶拿了出来，直起身子。

大家内心的想法：哇！竟然真的有牛奶！

江年："……"

不知道为什么，她觉得在大家看来，好像她跟陆泽有什么不可告人的关系一样……

江年同学在今天飞快地领悟到了流言传播的速度究竟可以有多快这件事情。

午饭的时候，江年照例飞快地跑下楼，直奔高二（5）班的方向，去找姜诗蓝一起吃午餐。

两个人一路小跑，到了食堂之后，食堂几乎还是空荡荡的。

江年美滋滋地打了自己最喜欢的炸蘑菇，就和姜诗蓝一起找了张桌子开始吃饭。

"我吃一口你的蘑菇啊，年年。"姜诗蓝冲着江年招呼了一声，而后就毫不客气地朝着江年餐盘里的蘑菇下了手。

江年咽下了嘴巴里的米饭，正准备抬头谴责一下姜诗蓝的行径，就发现有人站在她们两个旁边。

她被吓了一跳，差点儿噎着自己，连忙拍了拍自己的胸脯，抬头看了过去。

来人是一个女生，而且是她和姜诗蓝都认识的女生——高一班里的同学，叫严向雪。

严向雪拿着自己的托盘，朝着江年笑了一下："江年，你们这里有人吗？介意我在这里吃饭吗？"

江年和姜诗蓝对视了一眼，而后摇了摇头："没人，你坐吧。"

虽说她们两个人高一的时候和严向雪的私交并不算太多，但是毕竟曾经是同学，所以坐在一起吃个饭，还是没问题的。

江年瞪了一眼姜诗蓝。

行吧，看在有别人在的分上，我就暂时不谴责你刚才偷我的蘑菇的行径了。

严向雪听到江年的话,连忙朝着她们道了声谢,而后拉开椅子坐了下来。

"你在'神兽班'感觉怎么样啊?班里的同学是不是都特别厉害?"严向雪吃了一口菜,特别好奇地问江年。

好的,再次听见"神兽班"这个称呼,江年同学已经十分淡定了。

她歪了歪头:"嗯,学习上是都挺厉害的,不过大家人都很好。"

严向雪有些羡慕地看了她一眼:"唉,我也好想进你们班。"

其实严向雪成绩也不错,但是最后差了一点点还是没能进19班,所以心里到底是有些意难平的。

江年安慰她道:"没关系的,说不定这次考试你就能考进19班了呢。"

严向雪感谢地看了一眼江年,而后就左右看了一下,压低声音说:"欸,对了,江年,你在19班的话,是不是认识陆泽啊?"

怎么谁都问她是不是认识陆泽啊?

江年无奈地点头。

严向雪继续低声八卦:"那你能跟我讲讲今天到底发生了什么事情吗?"

江年这下倒是有些搞不清楚状况了。

今天……发生了什么事吗?

"哎呀,就是陆泽的事呀!"严向雪看到江年茫然的神情,连忙提示道。

陆泽怎么啦?

江年觉得自己完全没听懂,求救地看向了姜诗蓝。

姜诗蓝沉思了一下。

"嗯,年年,其实吧,我今天听到了一个传闻。"姜诗蓝说道,"但是因为我觉得这个传闻的可信度应该不太高,所以就没有问你。"

她这才继续解释道:"我今天听我们班的一个人说,陆泽主动给一个女生送了牛奶,两个人好像关系不一般,连对方的家长都已经见过了。"

137

江年："……"

她突然庆幸自己刚才听姜诗蓝讲话的时候没有吃饭，要不然这个时候，估计咳得肺管都要炸裂了吧……

难以说明自己现在的心情，江年就听见严向雪已经出声附和了："对，对，对！我听到的也是这个版本！"

江年再次心有余悸地把盛米饭的小碗移开了一点儿。

这太可怕了！

谁能告诉她，流言怎么就成了这个样子？！

严向雪和姜诗蓝交换完彼此的情报，而后一起看向了江年。

"这到底是怎么回事呀？"严向雪迫不及待地想得到确切的消息。

江年有些心虚地低头戳了戳自己碗里的米饭，一时间不知道该怎么回答。虽然"给她送了牛奶""见了自己爸妈"这两句话不假，但是江年总觉得这两句话放在一起……

清了一下嗓子，不太擅长说谎的江年正准备跟严向雪和姜诗蓝坦白实情，说一下那个传闻中的女主角就是她，但是事实并不是传闻中那样子，就听见严向雪再次开了口。

严向雪一提起八卦就兴致满满："而且不只是我，我觉得我们全班的女生，可能是全年级甚至全校的女生，都很想知道这个传闻中的女主角是谁。让陆泽给她送牛奶，这简直就是公敌啊！"

江年花了五分钟决定坦白，但是只花了一秒钟就打消了这个念头。

严向雪发表完言论，再次抬头看向江年，眨巴眨巴眼："你怎么不说话呀？"

江年心虚地低下头。

对不起，她实在是无话可说啊。

江年试图遮掩，支支吾吾地说道："嗯，我今天上午大课间的时候去办公室找老师问题目了，所以并不在教室里，也不知道究竟发生了什么事……"

话刚说完，江年就忍不住羞愧地捂了捂脸。

她不是故意说谎的。呜呜呜，她只是想"死"得稍微晚一点儿而已。

"这样啊,"严向雪有些失望地吃了一口米饭,"本来还觉得你一般是在教室里做题目,所以肯定会很清楚究竟发生了什么事情呢。"

是的,她很清楚,比谁都清楚。

她就是什么都不能说,呜呜呜。

本来很美味的炸蘑菇在江年的眼里也逐渐失去了吸引力。

到底撒了一个弥天大谎,江年有些坐立不安,胡乱吃了几口饭菜就准备拉着姜诗蓝开溜。

她妈妈究竟在想什么?!她妈妈为什么会让陆泽给她带牛奶?!

"诗蓝,走吧?"江年同学准备溜之大吉了。

姜诗蓝虽然不太清楚江年为什么看起来有些着急,但还是点了点头:"行。"

江年转过头,准备跟严向雪告别。

突然,江年听到一个熟悉的男声在她的右后方响起:"江年,你怎么只拿了纯牛奶啊?你没看到还有一盒酸奶吗?"

陆泽伸出手,把一盒酸奶放在了江年的位子上。

江年:"……"

江年咬了咬牙,看了一眼严向雪惊疑不定的目光,一时间竟然完全不知道该说什么好。

她真的完全没有料到陆泽会突然出现,而且一出现就毫不犹豫地拆了她的台。

严向雪在江年跟陆泽之间来回看了几眼:"你……江年……陆泽,你们……"

她第一次觉得自己的语言能力有些失控。

陆泽皱了皱眉,稍显不耐烦:"嗯?"

"这个酸奶……"江年实在想不到用什么方法来补救了,干脆破罐破摔。

她发现她最近在涉及陆泽的事情上,破罐破摔的次数好像越来越多了。

"这个酸奶也是我妈妈让你给我的吗?"江年咬牙,气哼哼地问陆泽。

严向雪只觉得,陆泽在跟江年说话的时候,身上的不耐烦好像顷刻间消失得无影无踪了。

啊,她好惨。

出乎意料地,陆泽竟然摇了摇头,矢口否认:"不,你拿走的那盒纯牛奶是你妈妈让我拿给你的,但是这盒酸奶……"他歪了歪唇,懒懒散散地笑了出来,"是我买给你的。"

不再等几个人说什么,陆泽冲着江年摆手:"我得去排队买饭了,嘉阳跟谢明还在等我。你记得把酸奶喝了。"

然后,当事人之一就溜走了。

再次接收到严向雪、姜诗蓝甚至周围一些人八卦的目光时,江年有点儿精神恍惚。

这个场景,怎么就让她觉得这么熟悉呢?

熟悉个鬼!

今天上午大课间时不就是这个样子的吗?陆泽留下一堆容易让人误解的话,然后自己就迅速地溜之大吉了,徒留她一个人接受大家八卦的目光。

江年拼命冲着姜诗蓝使眼色,示意快走。

姜诗蓝兴致勃勃地说道:"年年,原来今天那个传闻中的女主角就是你啊。"

江年:"……"

好了,她的闺密卖她比谁都快。

严向雪注视着陆泽离开的背影好半天,才愣愣地回过神来。

"所以我就跟女主角讨论了半天关于她的八卦消息?"

严格来说,是这样没错。

严向雪:"江年,恭喜你成了全校女生的公敌!"

对不起,我其实不是特别想这样。

"你跟陆泽是什么时候关系这么好的啊?"严向雪眨着大眼睛,试图从江年这里得到一些消息。

江年歪了歪头,冥思苦想着。

对啊,她是什么时候和陆泽的关系这么好的?

她自己也搞不清楚,只是记得半个月前,"陆泽"这两个字在她这里还是一个传说中的名字。

但是后来,似乎是这个人主动纡尊降贵地来接近她了……吧?

虽然这么说出去没人信,但江年始终觉得,自己在他们两个人关系变好的过程中,好像一直都是一个被动的角色。

思考半天,江年觉得自己根本得不出什么结果。

她看向一脸期待表情的严向雪,摇了摇头,发表自己思考后的总结陈词:"我也不知道。"

严向雪:"……"

江年耸了耸肩膀,跟姜诗蓝说道:"走吧,不早了,回教室里睡会儿午觉吧。"

姜诗蓝点头,而后端起餐盘,跟严向雪挥手告别。

姜诗蓝边跟江年一起往前走,边好奇地问道:"年年,陆泽是不是对你有点儿过于关心了?"

江年垂了垂眼睛:"我觉得没有。"

姜诗蓝盯着她。

江年笑了笑:"他可是陆泽啊,我可不自作多情。"

说完,江年加快了步伐,朝着回收餐盘那里走去。

姜诗蓝顿了顿,盯着江年的背影。

江年似乎特别害怕会自作多情,所以明明有几个男生摆明了对她有好感,但是只要对方不挑明,她就会觉得对方对自己并不存在这些好感。

这更像是一种自我保护机制吧。

可能这也跟江年的性格有关——她太过于强迫自己了,强迫自己趋于完美,强迫自己努力去得到很多人的喜欢。

江年的确做得很好。

她成绩好，又漂亮，性格乖巧，所以人缘很不错。

姜诗蓝几乎没见过江年跟别人争执什么。虽然姜诗蓝也知道，江年可能在心里并不认同对方的所作所为，但是江年太过注重别人的感受了。

姜诗蓝作为江年的闺密，真的由衷地希望江年可以改变一下这种伪讨好性格。

这种性格，很容易让一个人变优秀，但是更容易让一个人疲惫不堪。

正在思索这些事的时候，姜诗蓝听到江年叫她。

"诗蓝，快走啦，你在发什么呆？！"

姜诗蓝冲着江年笑了笑，应声："来了，来了。"

随即姜诗蓝快步朝着等在门口的江年走去。

慢慢来吧，不知道为什么，姜诗蓝就是相信，陆泽一定可以做到这点的。

她又笑了笑。

在陆续被很多人追问"你跟陆泽是什么关系""陆泽怎么会认识你妈妈""你妈妈怎么会托陆泽给你带牛奶"之后，江年终于结束了一天疲惫的校园生活。

她真的好想反问这些八卦者：凭什么只来问她？有本事去追问陆泽啊！

江年觉得太不容易了，自己这过的是什么惊险刺激的生活啊？

好不容易等到了下午下课，江年才想起来自己今天得做值日，而且还忘了跟姜诗蓝说清楚。

其实明礼这边值日生也不算太累，只不过可能赶不上吃晚餐而已。

一般都是趁着大家去吃晚饭的时候，值日生得擦一下黑板，然后打扫一下教室后面和讲台，再做一些其他的杂事。

江年赶忙冲下楼跟姜诗蓝说了自己要做值日，并且拜托她给自己带一个饼回来，这才慢悠悠地爬楼梯回教室。

这么一小会儿工夫,教室里已经没什么人了,大家都着急忙慌地赶去食堂吃饭。

"你怎么不去吃饭,陆泽?"江年迟疑了一下,还是叫了一声趴在桌子上不知道是不是在睡觉的陆泽。

陆泽抬起头,睡眼惺忪:"困。"

"啊,那你睡吧。"江年连忙说道。

陆泽这才伸手揉了揉眼睛,似乎有些委屈:"但是我又好饿。"

江年:"……"

行吧。

看着陆泽委屈巴巴的神情,江年预估了一下自己做值日的工作量,而后不争气地飞快做了个决定。

"那我去小超市给你买个面包?你要吃什么?"她看陆泽也不像是想去买东西吃的样子。

陆泽眼睛一亮:"肉松的吧。"

江年点了点头,放下了扫把,决定等会儿回来的时候再加快速度干活。

她快步朝着教室门口走去,准备下楼给陆泽买个面包。

她想着再给自己买盒果汁吧,不然等会儿吃饼的时候可能会有点儿干。

江年走了之后,那个本来看起来无比困的陆泽,飞快地抬起了头,脸上哪里还有一点儿睡意!

之后发生了什么事情,江年自然是不知道的。反正等她回到教室的时候,班里一些吃饭很迅速的同学已经回来了。

而江年,今天第三次接收到了大家八卦的目光。

她这次已经很有经验了,飞快地在教室里搜索陆泽的身影。然后她发现,那个本来应该趴在桌子上睡觉的男生,正拿着扫把打扫教室呢。

专心干活的陆泽似乎并没有注意到江年已经回来了。

一个刚吃完饭、从后门走进来的男生看到了扫地的陆泽，顺嘴就问道："呀，泽哥，今天是你值日啊？"

陆泽摇了摇头，说出了那句自己刚才说了好多遍的台词："不是，今天是江年值日。"

男生愣了愣："啊？江年值日，为什么你在扫地啊？她人呢？"

陆泽再次边扫地边回答："这是我该做的。她……看我饿，去给我买吃的东西了。"

江年："……"

江年在心里怒骂完，忍不住开始反思自己——认识陆泽这段时间以来，她好像在心里骂人的频率直线上升。

不行，不行，这样不好。

世界如此美妙，我却如此暴躁……

深呼吸了一口气，江年强行平复下心里的怒气，顶着大家八卦的目光，径直朝着陆泽走了过去。

陆泽跟刚才那个男生讲完话，就再次认真地低头扫着地。

江年出声叫他："陆泽。"

女孩子的声音有些沉。

陆泽似乎完全没有注意到江年走进教室里，猛地被女孩子叫了一声，却没有一点儿被吓到的感觉。

他优哉游哉地转过身子，回头看向江年。

"嗯？"懒散地从喉咙里发出一个省力无比的单音节，陆泽好像压根儿就没意识到自己做得有什么不妥当的。

江年抿了抿唇，皱眉道："你刚才跟别人说的话太容易让人误解了。"

"那你觉得我刚才哪句话说错了？你难道不是看我饿了，帮我买面包吗？我觉得过意不去，就帮你做做值日，不是这样吗？"陆泽笑着说道。

江年："……"

话是这么说的好像没错，但是，这两句话这么连在一起也太容易让人误解了吧!

尤其这话从陆泽这个当事人口中说出来,真的是想不让别人多想都难好吧?

陆泽盯着江年,眼里全是无辜和茫然之色。

江年被那双眼睛盯了一会儿,就毫无骨气地败下阵来,甚至开始主动在心里为陆泽开脱。

嗯,万一陆泽真的没有意识到这样做有什么不太好的地方呢?万一陆泽真的只是随口一说呢?

他都这么努力地帮自己值日了,自己再这样谴责他,好像也很不好。

江年忍不住越想越愧疚。

她好没志气。

江年叹了一口气,不再试图跟陆泽讲什么道理。

她把手里的肉松面包放到陆泽的桌子上,跟陆泽招呼了一声,就起身继续去打扫讲台了。

看着女孩子离开的背影,陆泽眼里闪过奸计得逞的笑意。

虽然他一直都知道自己生得好看,但是从来没有意识到,生得好看是一个如此有力的工具。

他以前甚至偶尔会觉得长得好看是一种麻烦——无论做什么事,好像都会被很多人盯着。陆泽生性懒散,只对自己喜欢的事情有兴趣,对别的事情都不想分过去一丁点儿注意力。

所以这种时刻被别人盯着的感觉,对陆泽而言,更多的是一种被别人打扰到的感觉。

但是在江年这里,他的脸还是有点儿用处的。

下了晚自习,江年跟姜诗蓝一起回家。两个人边走边聊,照例走到岔路口才各自挥手。

江年走到家门口,拿出钥匙开了门。

一进玄关,她就发现客厅的灯还亮着,江妈妈照例斜躺在沙发上,边看电视边等她回来,但是显然江妈妈已经很困了。

江年连忙走过去，坐到一旁的小沙发上，边放书包边跟江妈妈说："妈，我回来了，你快去睡觉吧。"

江妈妈坐起身子，打着哈欠应了一声。

"妈，我不是跟你说了，让你不用特地等我回来吗？你看看你都困成什么样子了？"江年皱了皱眉头，"而且我高三的时候放学会更晚的，你到时候还要等我吗？"

江妈妈无所谓地点头："对啊，等到时候每天晚上放学之后，我再给你做点儿夜宵补充能量。"

江年："……"

那她现在就可以预见等高考完的时候，她得胖成什么样子了。

江妈妈一眼就看穿了自家女儿在想什么。

"年年，你这么瘦，爸妈都担心你高中这么努力，身子会出什么问题。胖点儿多好。"

江年哽了哽，没敢再接话。

她发现家里人对把她养胖这件事，都有种莫名其妙的执念。

不仅爷爷奶奶是如此，每次她去看外公外婆，他们也都会追问她为什么这么瘦。

江妈妈继续开口，细心叮嘱："而且你不仅要多吃一点儿，也得好好搭配营养才行。尤其是早餐，一定得吃好，多补充蛋白质，多喝牛奶……"

这句"多喝牛奶"突然提醒了江年。

她打断了江妈妈的叮嘱，插话道："妈，我问你一件事呗。那个……今天早上……你遇见陆泽，让他给我带一盒牛奶了吗？"

江年问这个问题的时候，只觉得自己心跳如擂鼓。

她甚至在问出这个问题的时候，就有一点点后悔了。

她自己都不知道，她想听到的答案究竟是"有"还是"没有"。

回到房间里关上房门后，江年拼命拍胸脯安抚自己。

她现在的心跳声，大得好像客厅里的江妈妈都完全可以听见一样。

江年甚至不知道为什么，会有种做贼一样的奇怪的错觉。

她的脑子里全是刚才江妈妈的回答——

"阿泽？我怎么会碰见他？"江妈妈又打了个哈欠，"再说了，阿泽家不是很远吗？我上哪儿去碰见他？"

江年脑子"嗡嗡"作响，各种奇奇怪怪的念头交织在一起。

她一时之间完全不知道自己现在在想什么了。

她一会儿想：为什么陆泽上次跟她说顺路，送她回家？

她一会儿想：那今天早上的牛奶，究竟又是怎么回事？

一会儿又想：陆泽到底在想什么？

江年咬了咬牙，强行打断自己脑子里的胡思乱想。

她从校裤口袋里摸出手机，登录企鹅。

那个纯黑色的头像是暗着的。

江年思索了一下，这才发消息过去。

星辰："谢谢你今天早上买给我的酸奶和牛奶。"

那个纯黑色的头像飞快地亮了起来，回了消息。

满眼星辰："不客气。"

陆泽似乎毫不意外江年会知道那盒牛奶并不是江妈妈托他带给她的。

毕竟这么拙劣的谎言，她随便去求证一下，就能知道答案。

但是陆泽……要的就是这个效果。

很多时候，一些事情没办法用常理解释清楚时，人们才可能会联想到一些平时根本不敢想的东西，就像现在这个样子。

江年觉得，好像昨天才在教室前方看到月考安排，今天竟然就要开始他们这个学期的第一次月考了，太可怕了。

而且明礼中学为了让他们习惯高考的氛围，所以一向都是一升高二就不再考理、化、生的单科，而是改考理科综合。

这也是他们第一次尝试理综的考试，考试的时间安排也完全是按照高考来的。

今天早自习的时候,江年觉得大家背诵的声音明显地比往常大了不少。

大家都在争分夺秒地进行着最后的复习,万一背到等会儿语文考试中的默写原题,或者是作文需要的素材呢?

对他们而言,多考一分,他们从这个班出去的概率就会低不少。

第一场考试的时间是九点开始。

八点四十的铃声一响,大家就"哗啦啦"地齐齐动身,朝着各自的考场走去。

江年拿了一本《高考必背古诗词》,拎着自己的笔袋就准备去自己的考场。她刚起身,就被身后的段继鑫给叫住了。

"江年!"段继鑫嗓门不小,"我跟你一起走!"

江年愣了愣:"我们俩不在一个考场吧?"

段继鑫大大咧咧地点头:"对啊,不在一个考场,但我还是想跟你一起走!"

江年无所谓地应了一声。

要是这句话是别人说出来的,她还会误解一下;既然是段继鑫说出来的,那她就完全不用在意了。

段继鑫这种人,话里讲什么,那就是什么,一丁点儿言外之意都没有。

所以江年其实还挺喜欢和段继鑫一起玩的,因为压根儿什么都不用多想,不像跟那个谁说话。

她刚在心里想完那个谁,那个谁就飞快地出现了。

江年甚至不知道陆泽是什么时候突然出现在他们跟前的——

"老段,"陆泽问道,"你为什么要跟江年一起走?"

## 第六章
### 月考排名

江年和段继鑫完全想不到陆泽会突然说出这样的话，茫然地对视了一下。

他们一起走还需要什么理由吗？

行吧，江年和段继鑫在看到陆泽认真的表情后，齐齐败下阵来。

您说需要理由那就需要理由吧。

段继鑫这才回答道："我要赶在语文考试前，让江年给我输送英语和语文的能量！我只相信江年！"

段继鑫说得掷地有声，仿佛这件事充满了可行性一样。

江年一头雾水地看向段继鑫。

段继鑫回头看着江年，眼睛里写满了期待之意："那江年……我们开始吧！"

开始你个大头鬼。

江年没好气地摆了摆手，大步朝着教室外面走去。

段继鑫连忙跟了过去："等等我啊。江年，我告诉你，这个真的可有用了。我之前每次考试的时候都会找一个语文还不错的人给我输送能量！但我觉得他们都没有你强大！"

江年回过头，反问道："那要是你这次语文、英语没考好，是不是还要反过头来怪罪我？"

"这个嘛……"段继鑫皱眉思索了一下，"理论上来说，是这样的。"

江年希望自己手里现在有一支苍蝇拍，一拍子拍过去。

江年觉得自己就是太容易心软了，所以在段继鑫苦苦哀求之后，她还是忍住丢人的感觉，在人来人往的走廊里，按照段继鑫的要求，摆出了那个……输送能量的动作。

段继鑫很认真地讲解着："嗯，对，就是这样。双手直直地伸出去，胳膊伸直，然后掌心朝外，双手拍在我的后背上，嘴里念'让段继鑫的语文和英语考好吧！'就可以了，是不是特别简单？"

看着段继鑫一脸认真的表情，江年更感无力。

行吧，对段继鑫这种人，她按照他说的做就是最省时省力的办法。

再次深深地怀疑了一下"他和自己真的在一个频道上吗"这种高深的问题，江年按照段继鑫所说的那样直直地伸出手，抵在他的后背上："让段继鑫的语文和英语考好吧！"

江年觉得，周围同学的目光"唰"的一下就集中在了他们两个人身上。

江年丢不起这个人："怎么样？可以了吧？"

"勉强行吧，"段继鑫很为难，"就是你的语气不够认真，有点儿敷衍……"

"啪"的一声，拎在江年手里的《高考必背古诗词》被拍在了段继鑫的头上，段继鑫的评价也戛然而止。

段继鑫茫然地看向了突然出现的陆泽："泽哥，你打我做什么？"

"这也是给你输送能量。通过《高考必背古诗词》和你的脑袋接触，知识自然会从高浓度的地方往低浓度的地方渗透。这叫……"他懒懒散散地把那本小册子还给了江年，才勾着唇开了口，"渗透复习法。"

段继鑫："……"

为什么他觉得自己说歪理也说不过陆泽呢？

"走吧。"陆泽哪里还管段继鑫在想什么，转过头冲着江年说道。

江年连忙点点头，跟了上去，边走边寻思：说不定她也可以找陆泽给自己输送一下来自物理的能量呢？

高二的第一次月考，看得出来老师们都挺心慈手软的，并没怎么刻意刁难大家。

江年的语、数、外三门科目成绩本就不错，再加上这次并没有什么太难的题目，所以她觉得考试还挺顺利的。

就连一向怎么做怎么卡的物理，这次她都觉得顺利了不少。

当然，最后一道大题的最后一问她还是没有做出来就是了。

考完最后一门英语回到教室里，江年刚坐下来，就被段继鑫叫住了："江年！"

江年回头看向他。

段继鑫一脸兴奋的样子："我觉得你给我输送的能量好像真的有用，自我感觉这次英语考得特别好，怎么都能上120分了！"

江年有些心疼地看了段继鑫一眼。

果然他们两个对"英语考得特别好"的定义是完全不一样的。

不过刚在心里心疼完段继鑫，江年又想到了自己的物理，而后默默地叹了一口气。

算了吧，她对"物理考得特别好"的定义，显然跟段继鑫是一样的。

江年又摸了摸下巴，陷入了深思之中，说不定，段继鑫所说的"输送能量"真的是有用的呢？

她今天考理综之前，也特地找陆泽来给自己输送了物理能量，结果今天物理考得好像还不错。

作为一个从小接受马克思主义教育的21世纪少年，江年自然知道这种所谓玄学都是假的，但是就算作为一个心理暗示而已，也是很有用的嘛。

江年暗自给自己的胡思乱想开脱了一下。

刚胡思乱想结束,江年就看到姚子杰抱着一沓东西走进了教室里,连忙停下跟段继鑫的胡扯,动作迅速地坐好。

姚子杰笑眯眯地走上讲台:"大家这两天考得怎么样?"

无人应答。

不过显然,这也在姚子杰的意料之中。

他拍了拍讲台上厚厚的一沓纸张:"我知道大家肯定会跟我说'不知道考得怎么样',放心吧,年级组的老师给你们印了答案,大家拿着试卷纸来对对答案,给自己估个分数吧。"

班里立马响起了长长的叹息声。

江年也觉得崩溃无比。她一向对明礼的这种"直面现实作战法"表示深深的不理解。

大家都已经接受来自考试的深层折磨了,还要再自己对答案估分,那不是更痛苦吗?

她最不喜欢的事情之一就是对答案了!

偏偏她不对答案还不行,明礼一般都是在考试三天之后出成绩,老师们却都习惯在考完试第二天就开始讲卷子。

而且按照19班老师们的作风,他们还很可能只讲那些大家普遍有问题的题目。

所以如果他们不对答案,老师讲题目的时候,他们连自己做错了哪道题都不知道……

江年无奈地从桌肚里挖出自己刚刚藏起来的试卷纸——明礼为了方便他们对答案,很贴心地考完试不收回试卷纸,只收答题纸。

所以像英语这种科目,他们可以直接在试卷纸上写答案,再涂答题卡,连所谓"我记不清楚自己做了啥"的情况都可以有效地避免了。

江年深吸一口气,率先打开了自己最有把握的语文答案。

"耶!"江年看了一眼最前面的三道选择题,立马开心地笑了起来。

她这次最前面的三道选择题又全做对了!

刚在心里想完，江年就觉得自己的手机振动了一下。

她悄悄地瞄了一眼讲台上的姚子杰，看到他并没有注意自己这边，连忙从桌肚里摸出手机看了一眼。

手机上显示的是姜诗蓝发过来的消息。

诗蓝："啊啊啊，我这次语文最前面的三道选择题又没有全做对！我又得被罚抄写了！我怎么这么生气啊？！"

江年弯着眼眸笑了笑，而后迅速地回复消息。

星辰："我这次全做对了哟！"

拉完仇恨，江年迅速地把手机塞回桌肚里，继续对答案。

总体来说，语文、数学江年都是正常发挥，可能也是因为这次考试比较简单，所以她觉得自己应该还挺稳的，毕竟没有那种特别难的数学压轴题用来拉开学生之间的差距。

只不过这样一来，班里那些数、理、化很好的人显然就很吃亏了。

江年正准备打开英语答案的时候，就听到段继鑫跟施宇抱怨："我真的不敢对英语答案，太恐怖了。"

江年眼珠一转，扭过头跟段继鑫说："要不然我们两个互相改答案？"

段继鑫思索了一下，觉得这个方法好像很不错。

两个人交换了一下试卷，江年立马拿起红笔，兴致勃勃地开始给段继鑫改答案。

别说，这种给别人改卷子的感觉就是不一样！

这一改，段继鑫同学迅速地推翻了刚才所谓"这个方法好像很不错"的想法。

不错个鬼！

看着江年这英语的正确率，尤其是客观题的正确率，他一路改下来甚至觉得江年就是抄的答案吧！

选择题她是怎么做到一个都不错的？！

江年也迅速地把选择题给段继鑫改完了："嗯，扣得也不多，19分吧。"

段继鑫:"……"

他好气哟,这还叫不多?

这只是一卷而已,再加上二卷的那些作文等题目,估计他的英语成绩真的只能勉强上120分了。

对完了五门科目的答案,江年看着自己理综卷子的物理部分,暗自发愁。

她真不想对物理答案!

江年回头瞄了一眼陆泽的方向,陆泽正左手撑着头,右手拿着一支笔,很是悠闲地对着答案。

果然,真正的大佬就连对答案都是这么自信的。

江年忌妒得想流泪。

她拿着红笔,在第一道选择题那里犹豫了很久,才终于痛下决心开始对答案。

选择题做得好像还不错,她只错了一道多选题。

江年暗暗满意了一下,就又感觉到桌肚里的手机振动了一下。

想着应该还是姜诗蓝发来的消息,江年就又慢悠悠地摸出手机看了一眼消息——竟然是那个她特意没有加备注的纯黑色头像发来的。

满眼星辰:"偷瞄我做什么?"

满眼星辰:"是不是泽哥太帅了?"

满眼星辰:"行吧,允许你再偷看一眼。"

看到一连蹦出来的三条消息,江年很好地体会到了什么是"满脑子问号"。

她为什么会觉得,现在的泽哥每天都在颠覆他在她心里的形象呢……

以前她觉得泽哥是一个高冷的人。

在江年的心里,那大概就是一个世外高人的形象——不爱与人交往,不爱讲话,但是什么都会,江湖上满是他的传说。

现在……

算了,她实在没办法形容出陆泽在她心里的形象了。

江年无语地回头瞥了陆泽的方向一眼，感觉刚才给自己发消息的人根本不是这位哥。

他换了只手撑着头，仍旧懒懒散散地拿着笔对着答案。

他悠闲又安逸，对一会儿答案就停下来，拿笔的左手娴熟地转几圈笔，再继续对，跟刚才那个发消息给她的人判若两人。

这时，她又觉得桌肚里的手机连连振动。

不会又是陆泽发的消息吧？

果然，她看到的又是那个纯黑色的头像。

满眼星辰："还真是不客气啊，我准许你再偷瞄我一眼，你就真的又看了。"

满眼星辰："要不要夸夸泽哥？"

满眼星辰："夸我一句，教你一道物理题。"

江年："……"

好的，现在泽哥在她心里的形象已经完全和"高冷"不沾边了。

偏偏江年认真地思索了一下刚才陆泽所说的话——夸一句就教一道物理题。

江年瞄了一眼自己准备改的物理卷子，竟然忍不住在心里评估了一下这个交易是否划算——好像的确挺划算的啊。

不就是夸人嘛，她最会夸了。

江年开始"噼里啪啦"地按手机。

星辰："泽哥，你最帅了！"

星辰："而且泽哥你上天入地无所不能。你看看学校里那么多女生都是你的忠实迷妹！你打篮球也超级好！"

星辰："泽哥是我见过的最牛的人！"

她毫不心虚地把消息发了过去，心满意足地收起了手机。

这次，压根儿没等她拿起笔来，桌肚里的手机就再次振动起来。

满眼星辰："满三送一，准你下课后问我四道物理题。"

江年"扑哧"一声笑了出来，而后连忙捂住嘴，没再回复消息。她迅速地把手机塞回去，强行平复了嘴角压抑不住的笑容，拿起红笔继续批改起了题目。

赵心怡瞥了江年一眼，欲言又止，最后还是有些担心地凑过来问："年年，你网恋了吗？"

江年："啊？"

你在说什么？

看着江年一脸震惊的表情，赵心怡皱了皱眉头："难道不是吗？我看你的表情跟你刚才的动作，还以为你突然网恋了呢。"

江年连连摆手："没有，没有，我怎么可能会网恋？"

江年说着，也忍不住有点儿心虚。

难不成她刚才的表情有什么问题吗？

赵心怡这才点了点头："不是就行。那你在跟谁说话呢？这么开心？"

她也就是随口问一问，其实并没有指望江年会回答。

跟别人聊得开心也算是正常的事情，所以赵心怡完全没有在意。

江年低了低头，沉默了一下，心虚地回答："陆泽。"

"啊？"赵心怡猛地扭过头，问道，"你说谁？！"

江年莫名其妙地更加心虚了："陆……陆泽啊……怎么了？"

"可以啊，年年，不愧是能让陆泽送牛奶的女生，"赵心怡说道，"还能跟陆泽聊得这么开心，厉害，厉害。"

"这……这有什么厉害的？"

赵心怡直直地看着江年："我连陆泽的企鹅号都没加呢。"

江年心里再次"咯噔"了一声。

她明智无比地告诉自己，还是不要在这个时候告诉赵心怡，当时还是陆泽主动加自己好友的……

江年不自在地咳嗽一声清了清嗓子，假装什么事情都没有发生的样子："那个……我答案还没对完，先对答案了啊。"

然后，她终于开始对那道开始了三次都没能成功对完的物理大题。

这次的物理题目并不算太难，而且江年其实是个做题很谨慎的人。

谨慎的定义就是，江年允许自己有不会做的题目，绝对不允许自己有会做但是因为粗心大意等问题而做错了的题目。

所以,她这次的物理卷子,虽然仍旧有大题不会做,但是她做了的题目中,正确率倒是高得惊人。

江年迅速地对完了答案,给自己估了一个大概的物理分数,而后稍稍满意了一点儿。

看来这次她的物理成绩有望在班级平均分以上。

江年喜滋滋地扭过头问施宇:"你物理估了多少分?"

施宇翻了一下物理的试题卷,而后算了算,回答:"看老师给分吧,那道大题最后答案算错了,如果老师仁慈的话,估计有106分。老师如果不太仁慈的话,就只有100分了。"

江年一秒体会到了什么是差距。

她继续问段继鑫:"你呢?"

段继鑫大大咧咧地说:"差不多103分吧,这次的题目也太简单了,我觉得班里应该会有好几个物理满分的人。"

江年垂头丧气地扭过头来,深深地叹了一口气。

一旁隔着过道的韩疏夜都听到了来自江年的深沉的叹息声,忍不住笑了出来:"你怎么了,江年?怎么垂头丧气的啊?"

江年再次叹了一口气:"老韩,你的物理估了多少分?"

韩疏夜思索了一下,给了江年第三个沉重打击:"应该是满分。"

江年:"……"

好的,她的物理成绩上他们班的物理平均分这种事情,果然只是她的奢望而已。

这永远都是不可能的。

这么一想之后,江年反而看开了,继续开心地研究起了自己的物理答案。

她认认真真地在自己不会做的题目上做了标记,打开自己的物理错题本,开始抄题目,打算等下课就去找陆泽完成教四道题目的交易。

嗯,这么算起来,她用三句"彩虹屁"换了四道物理题目的讲解,还真的挺划算的啊。

准确地说，对答案只是月考考完后的第一个流程，大家陆续对完答案后，就到了第二个流程。

"你总分估了多少啊，江年？"

江年抬头看了一眼站在她旁边的孔蔓蔓，默默地在心里进行了"+1"的计算。

这已经是今天第五个来问她这个问题的人了，而且她看得出来，可能大家多多少少都被这样问了几次。

没办法，在自己已经估完分、月考成绩又没有出来的情况下，大家肯定都会这样互相打探一下别人的成绩来确定自己大致的年级排名的。

大家确定了自己在19班里的班级排名，年级排名其实差不多也可以预估出来了。

江年习以为常地回答："六百六十七分吧。"

"这么高啊？"孔蔓蔓有些震惊。

也不怪孔蔓蔓会震惊，江年进19班时的排名并不高，都快成擦边进来的了。

但是江年这个估分，怎么说也在班级第十名左右了吧。

江年抿唇笑了笑："可惜我的物理太差了。"

她其实除了物理，都不算特别偏科，而且还有语文和英语支撑。所以她算了算，这次的年级排名应该不算特别靠后。

"我们年年厉害了！"孔蔓蔓倒也没有多想，恭喜道，"唉，我只希望自己能够留在19班。"

"一定可以的！"江年眉眼弯弯，朝着孔蔓蔓笑了笑。

孔蔓蔓叹了一口气："不是我说，你们这些人一个比一个可怕。我刚才听丁献和谢明他们讨论说，陆泽这次估分也挺高的，不出意外的话又是年级第一名了。"

江年有些好奇："陆泽估了多少分？"

她还真的没问陆泽这个问题。

前排的贺嘉阳听到了她们两个人的话，扭过头来："你问阿泽？"

江年点了点头。

贺嘉阳也一副惊叹的模样:"他说六百九十多分吧。"

江年一脸震惊的表情。

她当然知道陆泽成绩好,但是没想到能这么好。

江年本来挺满意自己的成绩的,毕竟她这次擅长的科目依旧稳定发挥,不太擅长的科目也表现得不算太差,所以总分还是挺不错的。

但是她听到了陆泽的成绩之后,本来心里的一些志得意满的情绪,顷刻间就荡然无存。

就连陆泽都没有骄傲,她骄傲个什么劲?

江年跟姜诗蓝一起吃了晚饭,然后再一起往教学楼的方向走去。

到了一楼的时候,两个人挥手告别。

江年哼着歌,开开心心地爬着楼梯,正好看到对面拎着一瓶矿泉水下楼的陆泽。

她有些惊讶:"你怎么没去吃晚饭?"

陆泽晃了晃手里的矿泉水瓶:"刚跟嘉阳他们打了一小会儿球,我上去拿饭卡,现在去吃饭。"

江年恍然大悟,不忘在心里感慨了一下陆泽他们对打球实在热爱,连忙让路:"那你快去吃饭吧。"

陆泽随意地点了点头,往下走了几级楼梯,突然想起来什么,回头叫住了江年。

"江年,"陆泽微微撩了撩有些汗湿的刘海儿,"我听嘉阳说,你今天问我估了多少分?"

江年点了点头。

陆泽勾唇笑了笑:"这么关心我啊?"

不知道是不是自己的错觉,江年总觉得自己最近好像屡屡被这位不说话就算了,一说话全是深层含义的哥"调戏"……

当然,江年自己都忍不住开始怀疑自己的语文造诣。

她真的是一个发了不少杂志文章、有一些固定读者的作者吗?

虽然用"调戏"这个词看起来不怎么好,但是江年总觉得,这个词莫名其妙地能代表自己现在的心情。

所以问题来了——她被"调戏"了怎么办？

江年迅速地用她那颗不算很笨的脑袋思索了一番，而后很快地就得出了一个结论——当然是"调戏"回去啊。

江年是一个想清楚了问题就可以迅速行动的人。

"那当然了，"江年眨巴眨巴眼睛，冲着陆泽笑了笑，而后回答道，"关心泽哥，那不是我该做的事吗？"

很好，江年明显地能感觉到，自己这么"反调戏"，好像真的杀了陆泽一个措手不及。

因为陆泽显而易见地愣了一下。

当然，那是陆泽，所向披靡的陆泽。

陆泽也只是愣了一下而已，下一秒，就又懒懒散散地笑了起来，声音微哑，满是撩人的味道："这样啊。"他用手拨了一下自己的刘海儿，"那你以后一定要更加关心泽哥，最好可以当面关心。"

江年："……"

啧。

她感觉自己段位不够高啊。

明礼中学一向办事不拖沓，大家也只是对了个答案、听老师们讲了讲错题的两三天，最终的月考成绩就出来了。

周二这天，江年一早跟姜诗蓝一起去学校时，就听到姜诗蓝提起了这件事："年年，昨晚方寻翠说，今天可能就公布月考成绩了。"

一提起这件事情，姜诗蓝明显地就有点儿焦虑了。

江年连忙拍了拍姜诗蓝的背以示安慰，但是也实在说不出什么话来了。

姜诗蓝这次月考数学考砸了，本来数学也算是姜诗蓝比较拿手的科目，结果因为不够细心，她这次硬生生翻了车。

江年很能体会姜诗蓝的心情。

对江年而言，物理考得不太好那是常态，所以如果哪一次物理考好了，她觉得那简直是值得放鞭炮庆祝的事情。因此，如果只是物理考砸了，江年除了叹一口气，并不会很伤心。

但是如果是语文或者英语考砸了，那江年就会觉得内疚。

谁希望自己在一直擅长的科目上栽跟头呢？

江年再次叹了一口气，又拍了拍姜诗蓝的肩膀："没事的，下次月考好好考！"

姜诗蓝强撑着精神应了一声，突然想到了什么，又立马精神起来："年年，贺嘉阳考得怎么样啊？是不是挺好的？差不多能排年级多少名？"

江年："……"

女人哪。

你看看，你看看，本来姜诗蓝还在因为自己数学没考好暗自神伤呢，结果一提起贺嘉阳，瞬间就什么伤痛都能忘记了。

江年点了点头："对，我觉得贺嘉阳一直很稳，这次的名次应该也不会太低吧。听他自己说，数、理、化他都考得很好。"

江年再次叹了一口气："你说，贺嘉阳和陆泽他们一下课就跑出去打篮球，也不怎么学习，可就是成绩特别好，尤其是数学跟理综，真的太让人羡慕了。可能这就是真正聪明吧……"

"你不能这么想，年年。"姜诗蓝安慰她，"你看看你们班有些男生，被英语拖了后腿，但是你的英语一直很稳，经常考年级第一名，那些男生也会很羡慕你的。"

江年觉得，还是很不一样的。

英语光有语言天赋哪里够？更重要的是靠积累，她在背单词和看英语原版书这些方面的积累，比那些天天嚷嚷着自己英语差却不愿付出行动的人要多得多。

当然，这句话江年并没有说出口。

她朝着姜诗蓝笑了笑，点了点头，没有再提这茬。

江年迅速地换了个话题："你真的打算就这么默默地关注我们班长吗？"

姜诗蓝笑笑不语。

跟姜诗蓝挥手告别后，江年上楼一进教室里就明显地感觉到了今天班里的气氛有点儿紧张。

虽说大家都估过了分数，对自己这次考得怎么样有了一个大概的认知，但没见到具体的成绩之前，都是不会安心的。

只有确定的月考成绩和排名都出来了，大家才会有尘埃落定的真实感。

江年放下书包坐下来，就看到以往这个时候已经开始背书了的赵心怡，今天罕见地并没有开始学习，反而盯着自己的手在发呆。

江年有些担心地看了赵心怡一眼，正在纠结要不要说什么的时候，段继鑫就大摇大摆地从教室后门走了进来，坐到自己的位子上，嗓门依旧不小。

"江年，"他叫道，"今天就要出成绩了啊！"

段继鑫的话音一落，江年就看见刚才正发着呆的赵心怡似乎整个人都颤了一下。

江年瞪了一眼哪壶不开提哪壶的段继鑫，清了清嗓子："今天英语早读不知道会干什么。"

段继鑫一脸莫名其妙的表情。

"我跟你说话呢，江年，你干吗突然提英语早读？英语早读还能干吗？就是背单词、读课文呗。你说，这次会有多少人从我们班流动出去啊？"

段继鑫的话音一落，江年就敏感地发现赵心怡整个身子再次害怕地颤抖了一下。

江年："……"

她有的时候真的特别好奇直男的脑回路究竟是什么样子的，就比如现在的段继鑫。

赵心怡这次月考考得也不算好。她本来也是跟江年一样擦边进的19班，所以从对完答案后就开始忧虑自己会不会就此流动出去。

然后老段同学还非得一大清早就提这件事。

江年摆了摆手:"这我哪里知道?反正我希望我们班不要有人流动出去。"

这明显是一个焦灼无比的上午。

按照明礼的惯例,大家一吃过午饭,个人的成绩单就很可能已经发在自己的桌子上了。

所以大家上午上课的时候,明显都有点儿心不在焉的,就连老师们都察觉出来了。

"你们都这么担心出成绩单吗?"语文老师停下了对古诗词的讲解,朝着班里的同学笑了笑。

教室里一片沉默。

"那我就给你们剧透一下好了。"语文老师合上课本,似乎最后的十分钟并不打算继续讲课了,毕竟大家的心思明显都不在课堂上,"年级第一名这次在我们班,考了700多分。"

教室里顿时响起一片惊叹声,而后大家齐刷刷地扭头朝着陆泽看了过去。

语文老师继续说道:"除此之外,可能会有五个人从我们班流动出去。"

教室里顿时寂静得让人害怕。

"借着这个机会,我很想跟你们探讨一下,你们能说一下自己想要好好学习的原动力是什么吗?"语文老师换了个问题,"比如考个好大学?就是想学习,还是别的原因?

"这样吧,我先跟你们分享一个我觉得挺有意思的答案。"

语文老师并没有直接点人回答:"你们也知道我去年带的是刚刚毕业的高三理科重点班,当时我也问过他们这个问题。"

一提往届学生,大家瞬间都来了精神。

语文老师笑了笑:"嗯,对,我知道你们想问谁。是的,我当时点了徐临青回答这个问题。

"徐临青跟我说的是……"

语文老师看着下面暗自激动的学生,觉得有些好笑:"他想被一个人看到。"

"哇……"

教室里响起一片感慨声,大家似乎完全没想到徐临青竟然是这样回答的。

"我当时也很意外,觉得这个回答很有趣。"语文老师笑道,"那我现在想听听你们的答案。"

她扫视了教室一圈,而后随意地指了一下:"江年。"

江年站了起来。

语文老师温温柔柔地说:"首先,恭喜你又拿到了这次月考语文的年级最高分。"

江年迅速地感觉到有不少羡慕的视线朝着自己投了过来。

"你可以说一下,你为什么想好好学习,考得好一点儿吗?"

江年歪着头思索了一下,而后回答道:"因为我考得好,爸妈就会很开心。我一直都在很努力地去做很多事,很想成为我爸妈的骄傲,不想他们因为我而担心。"

这个回答,倒是有些出乎语文老师的意料。

她问过很多人这个问题,听到过各种各样的答案。

有一些人说,因为努力学习才可以去自己想去的大学,过更好的生活;或者是有一份自己想做的工作;再或者是从小优秀成了习惯,享受那种因为成绩而被人羡慕的感觉。

最有趣的答案也就是徐临青的那句"想被一个人看到"。

但几乎不出意外,她听到的全是来自内在的动力。

江年倒是她见过的第一个纯粹因为想让别人开心而努力学习的人。

江年抿了抿唇。

虽然很多人觉得意外,但这的的确确是她想要努力学习的原动力。

语文老师一时间有些不知道该说什么,而后就看见有人举起了手。

她点了点头:"陆泽,你想说什么?"

江年跟着大家一起回过头看向陆泽。

陆泽站了起来,好听的声音在教室里响起。

江年听见陆泽说:"我是想问江年,你想成为你父母的骄傲吗?"

江年张了张嘴,却发现自己什么都说不出来。

她点头。

"可是,"少年嗓音里,全是跳跃的温柔,"你开心幸福地生活就已经是他们最大的骄傲了。"

下了语文课之后,江年坐在座位上,学着陆泽的姿势,左手撑着头,右手拿着笔在自己的本子上乱画。

贺嘉阳扭过头,好奇地瞥了一眼江年的本子:"在写什么呢?"

江年摇了摇头:"没什么。"

她其实也不知道自己在想什么,反正脑子里现在全都是陆泽刚才的那句话。

江年说不出来自己心里的震撼感,但是事实就是,自打她听到这句话之后,脑子里就开始循环播放了。

她有时候会觉得,陆泽活得太纯粹了,跟她不一样。

她每天都活得很纠结,也不知道自己想要的东西究竟是什么。实话说,她挺痛苦的。

但是陆泽就很清楚他自己想要什么,清楚他的未来该是什么样子的。

而江年想的永远都是走一步看一步。

唯一拿得出手的成绩,也只是她为了满足父母的愿望而已,至于考得好能做什么,她并不关心。

就像祁书南曾经形容的一样:"年,你有没有发现,你好像永远都活在别人的期待中?"

可不是嘛,她永远都只知道别人期待她做什么,然后把自己最真实的想法全都藏起来。

成为父母的骄傲,一直都是江年在不停为之努力的一个目标,最大的目标。

但是突然有一天,有一个人跟她说,她的存在本来就是别人的骄傲。

江年有点儿说不出来自己的心情。

贺嘉阳说道:"其实这也是我第一次见阿泽这么主动地去……安慰一个人。"

在说"安慰"这个词语的时候,贺嘉阳明显有点儿迟疑。

因为他并不觉得陆泽是在安慰江年,陆泽只是从心里那样认为而已。

但是贺嘉阳一时之间又没有更加准确的词来形容陆泽刚才的行为,所以只能用"安慰"这个词了。

江年抬头看向贺嘉阳。

她沉了沉心思,把刚才一堆混乱的思绪全都放进心里,而后扯开话题:"班长,今天有人跟我打听你的成绩哟。"

看着女孩子一脸打趣的表情,贺嘉阳耸了耸肩膀,很是自恋:"有人打听我的事,那不是很正常吗?"

江年:"……"

她想打人。

贺嘉阳这才笑了起来:"好了,我开玩笑的。"

两个人正说话的工夫,江年就感觉有人走了过来。

"嘉阳,姚老师让你去一趟办公室。"

江年抬起头来,发现来人是陆泽。

他似乎刚从卫生间出来,并没有擦干手,纤长的指尖还在滴水,更是衬得那只手好看得让人惊叹。

她看得太专心了,就连贺嘉阳什么时候走开的都不知道。

陆泽看着女孩子专注的目光,也朝自己的手看了过去。

他勾唇笑了笑:"喜欢吗?"

江年呆呆愣愣地出声:"喜欢……"

话一出口,江年才意识到自己刚才说了什么。

她一秒清醒过来,两只耳朵瞬间红透。

江年抬头,见陆泽正笑得开怀,于是撇了撇嘴,使劲地瞪了陆泽一眼。

陆泽笑着安抚江年："没事的，喜欢泽哥的手，算你有眼光。"

江年："……"

听听，他说的是人话吗？！

江年强行按捺住心头的那一丝羞意，故作淡定。

"我也就是顺嘴夸一句而已，泽哥，你不要这么在意好吧？"江年摇了摇头，"我实在是太顾及同学情面了。唉，果然心软就是不好啊。"

江年悄悄地抬头瞥了一眼陆泽的表情，在看到陆泽同学微微僵硬了一秒的表情时，满意地点了点头。

嘿，他真当她是好欺负的吗？！

江年刚这么想完，就听见陆泽又淡淡地开了口，仍旧是一贯懒懒散散的语气。

"那看来你的意思是泽哥不帅？"

江年："……"

您听听，这说的真的是人话吗？！

你帅不帅，难不成你自己不清楚吗？！

江年很想说"对的，不帅"，但是抬头看了看陆泽那张脸，一时间有些哽住。

她有个很大的特点，就是不擅长说谎。她实在没办法说出"不帅"这种话。

她怎么可以这么没骨气！

陆泽抬起手来，轻轻敲了敲江年的桌子："没事的，泽哥懂你的心情。"

江年心想：现在的陆泽跟"清冷疏离"这四个字，有一点点的关系吗？

她正准备再说些什么，余光瞥见了抱着一沓东西走进教室里的贺嘉阳。

江年敏感地猜测到了那是什么，立马觉得自己的心跳骤停了一下，没再说话，直直地盯着贺嘉阳。

贺嘉阳大步走到讲台上，看着瞬间就安静下来的同学们："对的，今天的成绩单，来得格外早。"

江年只觉得贺嘉阳这话一出口，空气中都透出了一些紧张的味道。

赵心怡紧紧地抓住江年的胳膊，江年努力平复下自己的心跳，伸手拍了拍赵心怡的肩膀。

江年也好紧张，这个时候了还能一点儿都不紧张的，可能只有站在她旁边的陆泽了吧。

江年抬头瞥了一眼一旁气定神闲的陆泽，摇头叹气。

人比人果然只能气死人。

贺嘉阳说完之后，并没有再多说什么，就径直开始分发大家的成绩单。

明礼一向注重保护个人隐私，所以每次月考，都会打印出个人的成绩单，封面只会写姓名和学号，学生打开后才能看到具体成绩。

而且公告栏处也只会公开表扬年级前十名的同学，并不会张贴出所有人的成绩。

换句话说，如果学生自己不想透露成绩，那就不会有人知道的。

贺嘉阳按照姓名发了成绩单，发到韩疏夜这里的时候，先把成绩单递给了韩疏夜，而后转过头对江年说道："江年，你知道为什么今天发成绩单这么早吗？"

江年不解地摇头。

她怎么可能知道？她还在心里纳闷儿呢，往常不都是中午过后才发成绩单吗？今天怎么上午就发了？

贺嘉阳瞥了一眼陆泽："我去办公室的时候，姚老师告诉我，他并没有找我，但是既然我都去了，那就顺便把成绩单拿回教室发了吧。"

江年："啊？！"

她跟着贺嘉阳一起看向了陆泽。

陆泽似乎一点儿被人拆穿谎言的慌张感都没有，甚至悠闲地伸了个懒腰。

"阿泽！"贺嘉阳边把成绩单递给旁边的孔蔓蔓，边不满地问陆泽，"你干吗突然叫我去姚老师的办公室？"

陆泽面不改色地说："想早点儿看到成绩而已。"

江年恍然大悟。

那看来陆泽也不是真的一点儿都不关心成绩嘛。看来自己跟陆泽之间的差距，好像缩小了那么一点点。

贺嘉阳："……"

他看了一眼江年，再看了一眼淡定自若的陆泽，忍不住摇了摇头。

江年这姑娘，还真的是别人说什么她就信什么啊。

他跟陆泽相熟这么久，陆泽什么时候想早点儿看到成绩了？

反正陆泽一直都是年级第一名。

往常的陆泽，甚至是成绩单到手了，都不太着急打开看的。往往是身边的人等不及了，主动催陆泽看成绩，他才会无所谓地看一眼成绩，然后报出一个高得惊人的分数。

他还想早点儿看到成绩？呸，他骗鬼呢。

贺嘉阳瞥了一眼江年，默默地在心里纠正自己一下。

算了，陆泽骗不了鬼，骗一骗江年还是可以的……

贺嘉阳真的很奇怪：陆泽究竟为什么非要让自己去一趟办公室？

陆泽勾了勾唇，笑了出来，似乎一点儿解释的想法都没有。

算了，贺嘉阳摇了摇头。如果陆泽不想说，那谁都不可能从他那里挖出半个字的。

陆泽靠在贺嘉阳的桌子上，目光不明。

他之所以叫贺嘉阳去一趟办公室，当然是因为他从卫生间回来，就看到贺嘉阳正跟江年聊天，两个人都是开心得不得了的样子，江年甚至完全没有注意到他。

陆泽也不知道自己什么时候变得如此小肚鸡肠了。

反正，他就是觉得那一瞬间那个画面有点儿刺眼而已。

他偏过头，看到女孩子有些不好意思的样子，忍不住满意地笑了笑。

他小肚鸡肠就小肚鸡肠吧，目的达到就行了。

贺嘉阳不满地把陆泽的成绩单塞进他的怀里："别笑了，你的成绩单!"

陆泽懒懒地挑眉,没急着打开成绩单看,反而对江年说道:"打个商量吧?"

江年有些奇怪。

陆泽笑道:"你一直叫我陆泽,这也太陌生了。如果我这次考了年级第一名,你就改叫我'泽哥'怎么样?顺便再把备注给我改成……"他思索了一下,"改成'最帅的泽哥'吧,怎么样?"

江年目瞪口呆。

她怎么越听越觉得陆泽这段话的逻辑有问题呢?

那是陆泽,是从高一开学至今都稳坐第一把交椅的陆泽!

什么叫如果他这次考了年级第一名?他说得好像他还有不是年级第一名的可能性一样……

江年无力吐槽。

正常人是不会好意思说出这句话的,这么看来,陆泽的确不是正常人。

就连一旁正发着成绩单的贺嘉阳都被陆泽的不要脸行为给震撼到了。

"阿泽,"贺嘉阳思索了一下,为了保护好友的颜面,还是尽量委婉地开了口,"你不要搞得自己成绩不是很好一样,天天欺负人家江年有意思吗?"

江年猛点头,顺便在心里想:班长说话还真的是直接啊。她这种太过于委婉的人,果然就该跟班长学习一下怎么直截了当地说话。

陆泽却一点儿不好意思的意思都没有,仍旧靠在贺嘉阳的桌子上,盯着江年:"是吗?我倒是觉得这个赌注挺有意思的。而且我看江年好像也没有反对的意思,那就这样定了吧。"

江年:"……"

哥,您大概是做地主出身的吧?

虽说这么吐槽,但是江年倒没什么反对的意见。

也就是改个称呼和备注而已,她一直叫"陆泽"的确觉得怪怪的,又不可能跟着贺嘉阳他们一样叫"阿泽",所以"泽哥"这个称呼就很好,尺度适中。

江年美滋滋地在心里想着:虽然"最帅的泽哥"确实有点儿不要脸了,但这好像……还算符合事实。

陆泽已经随意地打开了成绩单,看了一眼总分和年级排名,不着痕迹地瞥了一眼小姑娘的表情。

在看到江年微微担心的样子时,陆泽更是扯出了一个意味不明的笑容,而后故作失望地叹气:"唉。"

江年更加紧张地看向了他。

"每次都是一成不变的名次呢,"陆泽语气很是遗憾,"709分,年级第一名。"

听到这句话的同学们:"……"

江年抽了抽嘴角,抬起头跟贺嘉阳对视一眼,齐齐开始盘算今天群殴陆泽的可能性。

陆泽语气更加欠扁了:"江年,你是不是很想揍我一顿?"

江年又抽了抽嘴角,心想:当然很想。

"要真想的话,"陆泽笑了笑,"用不着群殴,你一个人来揍我就够了。我绝对……"

他冲着江年挑了挑眉:"打不还手,骂不还口。"

贺嘉阳看向江年的目光中,敬佩的意味又深了几分。

他看了一下手里的下一张成绩单,而后伸手把成绩单递给了江年:"喏,你的成绩单。"

只见刚才还在轻松地跟陆泽聊天的江年,听完贺嘉阳的这句话,一瞬间就紧张了起来。

她甚至有些胆怯地瞄了一眼贺嘉阳手里的成绩单,犹豫再三,才伸出手去接。

贺嘉阳看着女孩子的小动作,忍不住觉得有些好笑,而后随口安慰道:"没事的,你肯定考得很好,不用紧张。"

贺嘉阳随口这么一说,就感觉到自己的好友身上的气压好像顿时低了不少。

他看到江年接下了成绩单,赶忙咳嗽了一声:"啊,下一份是谢明的啊。"

说完,贺大班长就朝着谢明的方向走去。

溜到一半,贺嘉阳才意识到好像哪里不太对——陆泽霸占的是他的座位好吗?

鹊巢鸠占的是陆泽!凭什么他这个座位的主人得这么小心翼翼地开溜?!

嗯,道理上讲是这样的没错,但是贺嘉阳又思索了一下——让他现在就走回去抢回自己的座位,他敢吗?

对不起,他不敢。

所以从某种意义上来说,陆泽就跟个霸王似的。

"陆霸王"这个时候盯着江年手里的成绩单,然后看着小姑娘一次、两次、三次地深呼吸,就是没有勇气打开成绩单看。

他抿了抿唇:"要不我帮你看?"

江年闻言瞬间眼睛一亮,迅速地把成绩单塞给陆泽:"快,快,快,你帮我看看。要是排名不算特别好,你就不要说了,我自己也就不看了,然后今晚回家的路上就找个地方挖个洞将成绩单埋起来。"

陆泽觉得好笑,脑子里莫名其妙地浮现一个场景。

小姑娘一个人委委屈屈、抽抽搭搭地拿着一个小铁锹,蹲在地上,边挖土边掉眼泪,嘴里还嘟嘟囔囔地抱怨着什么。等挖出一个洞来,小姑娘就赶忙把成绩单塞进去,然后再填上土,还顺带着用脚使劲地踩了几下,生怕成绩单还能被挖出来。

咳嗽一声清了清嗓子,陆泽面上还是毫无波澜的样子,懒懒地接过成绩单打开看。

"嗯……"陆泽故作纠结的样子,欣赏了一下小姑娘紧张的神情,这才好笑地报出成绩来,"总分670分,年级第六名。"

陆泽只觉得江年的眼睛都像是瞬间亮了起来。

江年自己也很惊喜,甚至有些不敢相信:"真的吗?!我竟然考了年级第六名吗？！"

实话说，年级第六名的名次并不能算江年高中以来的最好成绩，但是她依旧惊喜得不得了。

毕竟上次期末那个很烂的名次，着实给了江年不小的打击。

江年眼睛亮亮地拿过成绩单看了一眼。

真的！而且她物理竟然考了 91 分！

发挥得不算太拖后腿的物理，加上正常发挥的数学、生物和化学，再算上江年本就擅长的英语和语文，所以她这次能排在年级第六名，倒是一点儿都不意外。

等贺嘉阳发到施宇他们的成绩单时，江年扭头问道："班长，我们班这次的物理平均分是多少啊？"

贺嘉阳想了一下，不太确定地回答道："我记得好像不算特别高吧，大概是 94.3 来着。"

江年："……"

原来一个人从壮志满满到垂头丧气，真的只需要一秒不到的时间。

看到江年失落的表情，贺嘉阳似乎明白了她在想什么，忍不住好笑地安慰道："没事的，我们班这次的月考平均分都有些可怕，除了陆泽和年级第二名，没有人全部科目成绩都在班级平均分以上。"

这么说起来，班里真的能做到一点儿都不偏科的人，可能只有陆泽了吧。

升上高二之后的第一场月考，在大家各自拿到了成绩单之后，勉强算是尘埃落定了。

成绩刚公布的这天，江年明显地感觉到班里的氛围陷入了两个极端状态中。

考得好的人很轻松欢快，考得不好的人则一整天都难过得不行。

当然，其中最为难过的，还是班里得流动出去的那五个同学了吧。

赵心怡每每看到这样的场景，都忍不住朝着江年感慨："幸好我比较幸运，正好是年级第三十名，要不然……"

江年抿了抿唇,也有些后怕。

她刚跟赵心怡混熟没多久,要是真的第一次月考就得换一个同桌,并且是全然不认识的人,也挺可怕的。

不管班里同学怎样惶惶不可终日,班级流动这天,终于还是到了。

姚子杰踩着班会打铃的声音走进教室里,站在讲台上,环视教室一周:"今天是班级流动的日子。大家都知道,我们会有五个同学需要从这个班里出去,也会有五个普通班的同学进入19班。"

教室里一片寂静。

江年也忍不住有点儿难过。

她正在胡思乱想的时候,就感觉到自己的桌肚里的手机振动了一下。

她偷瞄了一眼姚子杰,而后动作迅速地拿出手机看了一眼消息,竟然是严向雪发过来的。

严向雪:"江年,我就站在你们教室后窗那里。我竟然发现陆泽总看你!"

## 第七章

## 早啊，江年

江年只觉得自己刚才心里的沉重和感伤情绪，瞬间消失了。

她很是无语地看着自己的手机上的这条消息，对自己以后的生活境况陷入了深深的思考之中。

她怎么觉得，以后严向雪会经常盯着她和陆泽……她还有安生的机会吗？

江年明智地把手机塞回桌肚里，没有回复严向雪的消息，又看向了站在讲台上的姚子杰。

姚子杰看了看大家，继续说道："我们老师一向认为这个流动机制让人不喜欢，但这的的确确是学校的规定，所以我们也没有办法。但是我很想告诉你们，千万不要因为一次月考就影响自己。另外，19班随时欢迎你们回来。"

姚子杰这番话说得很是真诚，就连江年都忍不住觉得有点儿感动，更不要说那些要转出这个班级的同学了。

江年甚至能看到有人偷偷抹了抹眼泪。

班级流动的过程其实很快。需要流动进19班的同学早就在教室外面等着了，就是等需要出去的人收拾好东西，然后就可以互换班级。

江年深深地叹了一口气，暗暗叮嘱自己以后一定要好好学习、好好考试，千万不能在哪次月考中被流动出去，那也真的太让人难受了。

迅速地换完教室后，整个班里好像更沉默了。

这个年纪的学生总是排外的，尤其是对这种突然流动进来的人而言，大家一时间都觉得有点儿无法接受。

姚子杰也在心里叹了一口气。

每次班级流动，都是一件特别让老师们为难的事情。

"希望大家可以好好相处。"姚子杰开口道，"新同学也是我们班级的一员，大家一定要多多帮忙。"

把能说的话都说了后，姚子杰才继续说道："好了，月考这件事差不多就算过去了。考得好的同学总结一下自己的经验，发挥失败的同学也要好好总结教训，争取下次月考可以考出自己满意的成绩。现在，我们来说一件新的事情。"

姚子杰的语气突然变得神神秘秘的。

大家闻言，都忍不住好奇地对视一眼，而后齐齐抬头看向了姚子杰。

看到大家的情绪终于从班级流动这件事中缓过来一点儿，姚子杰在心里微微松了一口气："马上就是国庆节长假了，大家知道十月末是什么日子吗？"

十月末？

贺嘉阳主动举手："听起来像是第二次月考的日子。"

姚子杰："……"

说实话，他也不知道自己班里的学生心中只有月考，究竟是好事还是坏事，反正让人觉得挺心酸的……

姚子杰无语地瞪了贺嘉阳一眼，贺嘉阳有点儿摸不着头脑地坐了下来。

"今年的校运会，安排在了10月31号和11月1号这两天。"姚子杰没有再卖关子，径直说道，"你们也不用去翻日历了，这两天正好是周四、周五，带上周六、周日，学校这次会很痛快地让你们休息四天。"

这个消息,真的太让人雀跃了!

一周只上三天课,这哪里是平常他们敢想的好事?!

刚才那种沉闷的气氛,真的太让人压抑了。

他压了压手示意大家安静一点儿:"你们小点儿声。还有啊,别光想着运动会可以玩,这是让你们好好运动的,每个人至少要给我报一个项目,听见没?"

"啊?!"刚才还欢乐无比的众人瞬间就失望了。

孔蔓蔓站了起来:"老师,您这是强权主义,是不行的!"

"我不管什么强权不强权的,"姚子杰丝毫不在乎,"反正让你们报你们就得报。我们班人这么少,要是再没有人参加项目,那不就落了一个只会学习不会运动的名声吗?这样不行。"

江年在心里想:老师,您为什么要否认现实呢?我这样的人,的确就是只会学习不会运动……

既会学习又会运动的人,那是陆泽。

但是显然,姚子杰就不想承认这点。

所以他大手一挥,说道:"体委,这周之内统计清楚大家要报的项目,务必保证每个人都有参加的项目,然后将结果交给我。国庆节期间你们正好开始练习自己的项目,这个时间安排我认为很合适。"

江年:我怎么觉得不太合适的样子?

江年打定主意去挑一个简单一点儿的项目,并没有太把这件事情放在心上。

下课的时候,陆泽来找贺嘉阳,他们两个人似乎在讨论要报什么项目。

"阿泽,你今年还要参加 5000 米长跑吗?"贺嘉阳好奇地问道。

江年忍不住咋舌。

天哪,5000 米,要是让她跑下来的话,她可能会死……

陆泽懒懒地点头:"对啊,参加。"

贺嘉阳似乎早已经料到了陆泽的答案,笑道:"行,那我等你再拿一个5000米的冠军回来。你还要参加别的什么项目吗?"

江年也好奇地抬头看向陆泽。

陆泽随意地说:"今年不想参加太多项目了,4×100的接力赛来一个吧,然后跳高、跳远各来一个,差不多就行了。"

江年:"……"

陆泽这样的存在真的是太可怕了。

这还叫"不想参加太多项目了"?!

真的不想参加太多项目的,那得是她这样的,干脆就只想窝在角落里当一条咸鱼的人才有资格说这句话!

江年在心里对陆泽表示了深切的谴责。

陆泽同学一眼看穿了江年的想法。他微微别过头看向江年,嘴角还挂着淡淡的笑意:"怎么?感觉江年同学对我不是很满意的样子?"

江年:"……"

这位哥,您是会读心术吗?

陆泽满不在意地笑了笑。

他当然不会读心术,只是自认为……对她还算了解而已。

江年叹了一口气,再次深深地苦恼起来。

她大部分时候是行动力很强的,想到什么就去做什么。

但是偶尔,她也有因为不想做什么事而极度拖延的时候,比如……报名参加运动会项目。

她足足拖了好几天,每天都告诉自己下课了一定去找体委报名,然后等到下课的时候又会告诉自己,要不还是算了吧,等下节课好像也不晚……

周五的大课间时间,江年照例边整理着笔记边听陆泽和贺嘉阳聊天。

江年就看见英俊潇洒的体委大人走到了她旁边,手里拿着一张表,叩了叩她的桌子。

"江年,"体委推了推眼镜,"你还没报运动会的项目呢,要参加哪个项目?"

178

江年感觉好可怕。

她试探着说:"嗯,垒球掷准吧。"

"没名额了。"体委应声。

"拾贝呢?"

"没名额了。"

…………

几次下来,江年干脆直接问道:"那现在还有什么项目可报?"

体委有些不好意思地回答道:"女子3000米。"

江年有些惊惶:"不是,体委,你该不是想让我报女子3000米吧?!"

"不是我想让你报啊,"体委也很无奈,"谁让你报得这么晚,现在真的只剩下这个项目了。"

那我可以不参加吗?

江年觉得自己好心累。

贺嘉阳看了看委屈巴巴的江年,又看了一眼一旁的陆泽,眼睛一亮:"没事,江年,你报了名,到时候让阿泽穿女装替你跑!"

这一瞬间,江年觉得贺嘉阳的提议挺好的,充满了新意、创意性和挑战性,当然,听起来可操作性好像也挺强的。

看看泽哥的这张脸,只要他戴上假发、穿上裙子,那绝对也是绝世美女,倾国倾城的级别。

江年满怀希冀地看向了陆泽:"泽哥,你……"

话还没说完,江年就被陆泽无情地打断了。

"想都别想。"

江年:"……"

行吧,看来当事人不太愿意……

陆泽闭着眼睛都能猜到小姑娘的脑子里在想什么,觉得自己都快被江年给气笑了。

什么叫当事人不是很愿意的样子?当事人要是能愿意那就奇怪了!

江年撇了撇嘴，再偷偷打量了一眼陆泽，目光中透着委屈之意，还有着那么一丁点儿的希望。

江年这种带着七分委屈、三分希望的目光，他简直无法拒绝。

但是扮女装这绝对不行！

他咳嗽了一声，而后从喉咙里含糊不清地挤出话来："要不然，我可以陪你锻炼一下。"

江年："啊？"

不，不，不，这绝对不是我想要的结果！

我不想提前锻炼，因为压根儿就不想去跑3000米！

对江年而言，每学年体测中的800米就足以要了她的小命。

她真的很讨厌跑步，跑步简直是她最讨厌的运动种类！

每次跑步，尤其是跑到第二圈的时候，从嘴巴里吸进去的风就像是割喉咙的刀一般，整个身体都开始处于一种极度缺氧的状态，两条小腿疲惫不已，却因为还没有到终点，她只得继续跑下去。

甚至周围会有很多人盯着江年，她每次都很累很累，但还是得迈开腿跑下去，生怕停下后就再也跑不动了。

她现在只要想起以蹲踞式姿势撑在地上、听裁判吹口哨的场景，整个人都会忍不住毛骨悚然，简直觉得下一秒就要窒息了。

想当年初三的时候，江年的跳绳、跳远甚至实心球的成绩都挺好的，只有跑步让她头痛不已，每天她都处于因为800米而要崩溃的边缘。

那个时候她每天安慰自己的方法只有一个——没事，快点儿练习吧，等到考上高中就再也不需要跑800米了！

现在……

自己不但得每年依旧将体测800米进行到底，竟然还需要跑3000米了！

陆泽竟然还让她去练习！

这怎么可能？！

江年气势汹汹地抬头看向陆泽，准备拒绝他的提议。

说辞她都想好了——你让我去练习跑步，那是一辈子都不可能的事情！

然后江年直直地看向了陆泽那张脸，说出口的话就变成了："你让我去练习跑步？"

陆泽理所应当地点头："不过也不能这么说，准确点儿说应该是我陪你一起练习跑步。"

江年无意识地点头："好。"

回过神来后的江年："……"

她刚才究竟答应了什么？

陆泽很满意："好，那就从明天开始吧，最好国庆节假期也不要间断，我会每天准时到你家楼下等你的。"

江年："……"

"阿泽，"贺嘉阳一副震惊的神情，"你竟然真的知道江年家在哪儿啊？这么说起来，难不成你真的见过江年的爸妈？！"

江年："……"

贺嘉阳你住口，这句话不要这样理解啊！

没等到江年开口解释，陆泽已经开了口："对呀，我见过她爸妈，而且她爸妈很喜欢我。"

江年："……"

算了吧，她已经连无语的力气都没有了。

她的心好累。

哥，您难道不觉得刚才贺嘉阳的问话已经够奇怪了，您的这个回答就更加让人误解了吗？！

似乎接收到了江年的眼神，陆泽别开视线，看向江年，眼里满是无辜和好奇之色。

"怎么了？我说错了吗？"

江年低头叹气。

行吧。

就话语的真实情况而言，您好像一句话都没说错。

陆泽的确去过她家，而且她爸妈也的确很喜欢陆泽。

但问题是，很多时候，话语的言外之意并不能简单地通过判断话语的真实情况来进行理解啊！

江年瞥了一眼贺嘉阳又惊又疑的表情，从心底里叹了一口气。

算了吧，她现在好像都快要习惯被别人误解了……

这种事情，她解释是解释不来的。

江年抬头看了一眼丝毫不觉得有什么不对劲的陆泽，继续破罐破摔："没错，我爸妈的确很喜欢泽哥，而且还一直问我泽哥下次什么时候再来我家里吃饭。"

对，哪怕解释不清楚了，她也要努力扳回一局！

话音一落，江年就看见贺嘉阳一副啥都了解了的眼神。

而对面的陆泽还是一副坦荡荡，并且"你丝毫没说错"的表情，甚至开口："这样子啊，那我国庆节就有时间去啊，帮我谢谢叔叔阿姨！"

江年仰起头看着天花板，从心底里发出一声长长的叹息声。

算了吧，她是斗不过泽哥的。


接下来的一段时间里，真的就像陆泽所说的那样，他开始每天早上都在江年家楼下等她早起下楼一起跑步。

跑完步之后，陆泽再骑车回家洗澡换衣服。

一次两次还好，次数多了，江年都忍不住有点儿不好意思了。

"泽哥，你天天这么陪我跑完步再赶回家，不觉得很赶吗？"

因为江年依稀记得，陆泽家离这里挺远的……

就连江年的爸妈都觉得这样不太好了。

"年年，快点儿，阿泽又在楼下等你呢！"江妈妈边敲了敲江年的房门，边开口催道，"真是的，你参加个运动会还得让阿泽陪你跑步，人家这么辛苦，真是太不好意思了。"

江年自己也觉得挺愧疚的。

她连忙应了一声，打开房门就准备冲到玄关处换鞋下楼，却被江妈妈叫住了。

"年年，阿泽家住得这么远，他陪你跑完步之后还得回家拿书包、换衣服然后去上课吗？"

"嗯，对。"江年抓了抓头发，"我也觉得这样做不太好，但是泽哥自己非说没什么关系……"

江妈妈也叹了一口气，突然说："要不然你今天就跟阿泽说，让他明天再来陪你跑步的时候就带着换洗的衣服和书包，反正我们家也可以洗澡啊，他换下来的衣服我上午上班之前正好也可以给他洗一洗，他第二天再拿走就可以了，这样也省得他来回跑。"

江年："……"

妈妈，我的妈妈，您不觉得您这个提议有点儿……太开明了吗？！

不管怎么说，您让您闺女的一个男同学在家里洗澡……这事怎么听好像都不太合适吧？

当然，江妈妈一点儿都没觉得自己的提议哪里有问题。

她只是觉得人家阿泽对自家闺女这么好，再让人家每天这么跑来跑去的，好像很不好。

而且，能让江年运动起来，江妈妈很感谢陆泽。

越想越觉得这个提议很不错，江妈妈拍了拍江年的肩膀："好，那就这么决定了，你一会儿下去跑步时跟阿泽提议一下，要是阿泽不同意就算了。"

也是，让陆泽在女同学家里洗澡换衣服这种事情，他肯定不会同意。

只要陆泽不同意，那江妈妈的这个提议就作废。

江年在心里想清楚后，就"嗒嗒嗒"地跑到玄关处换鞋下了楼。

在单元楼门口，她碰到了早起去买菜的隔壁王奶奶。

王奶奶看着脚步匆匆往外走的江年，主动打招呼："年年，今天也起得这么早去跑步啊？"

"是的！"江年露出了招牌的弯眸笑，"王奶奶早！"

王奶奶乐得合不拢嘴:"早,早,早,哎呀,你快去吧,我刚才进来的时候就看到你同学又在楼下等你呢,还非得帮我提东西。你王奶奶身体好着呢,不过年年,你这个同学可真不错!"

江年出门就看到了等在门口的陆泽,青葱少年一身白色运动服,俊朗得让人难以忽视。

进进出出的人,他却只看着江年。

江年蓦地生出了一种奇怪的虚荣感,而后朝着陆泽跑了过去:"泽哥,你来了!"

少年懒懒地笑了出来:"嗯,你的私人教练到位了。"

江年想起老妈今天早上的吩咐,觉得有点儿说不出口。

这实在是太让人尴尬了吧!

但问题是,如果她不能完成老妈的指示,回家一定会被骂的。

陆泽看着江年犹犹豫豫的样子,倒也没有催她,只是静静地等着她说。

江年垂头丧气,挣扎了一下,还是开口道:"那个……我妈妈跟我说你每天都跑来跑去的很辛苦……"

话还没说完,江年就看见陆泽好看的眉头瞬间就皱了起来,他似乎对这句话不满。

她连忙继续说:"我妈妈说你每天还得回家洗澡换衣服,然后说如果你不介意的话,可以带着衣服和书包过来,在我家洗澡,换了衣服再直接去上学。"

江年又在心里暗骂了一声。

"在我家洗澡"这几个字一说出去,怎么听怎么不合适!

她努力在心里安慰了自己一下——陆泽这样子的人,肯定会拒绝这个提议的,没错!

她现在所有的希望,都寄托在陆泽可以拒绝这个不好的提议上面。

说实话,刚听完江年说的话时,陆泽也觉得很意外。

虽然他早就知道江爸爸、江妈妈很喜欢自己,但是喜欢自己跟允许自己在他们家里洗澡换衣服完全是两码事。

陆泽甚至在心里想：江年的爸妈对自己的喜欢程度也有些过了吧。

其实，他虽然需要每天跑来跑去的，但是并不觉得多累。

换个衣服而已嘛，他没有必要一定得回家是吧。

他家在学校附近就有一套小公寓，就是为了他偶尔中午休息一下用的。

所以这几天早上他都是到公寓里洗澡换衣服再去学校，并不会花多少时间。

只不过这些事，陆泽是肯定不能跟江年说的。

陆泽迅速地在心里思考，而后摆出一副惊喜感谢脸："真的吗？叔叔阿姨考虑得也太周到了吧！"

江年："什么？"

她为什么觉得事态发展的方向好像跟自己的预期不是特别一样呢？

陆泽看着女孩子惶恐的脸，忍不住暗暗发笑，继续"感谢"道："如果叔叔阿姨真的允许我在你们家里洗澡换衣服的话，那对我而言真的是省了很多时间和精力……我真的太感谢了！"

江年："……"

她为什么压根儿没有料到，陆泽竟然会同意她妈妈的提议？

难道他不觉得这个提议不太好吗？！

江年心里所有的希望落空，她结结巴巴地说："啊，这……这样啊……你……你不会觉得不方便什么吗？"

俊朗的少年懒懒地摇了摇头："不会啊，我不会觉得不方便。"

他低头瞥了一眼女孩子的神情，而后继续神色自若地说道："当然，如果你觉得不方便的话就算了。我累点儿也无所谓啦。"

江年忍不住有些愧疚起来。

本来要参加女子3000米的就是她，人家陆泽也就是陪着她来跑跑步。结果她还要大量地耽误人家的时间，甚至导致他睡眠不足。

好像这怎么听怎么让人心里不好意思。

再说了，她妈妈都不介意，好像说起来，只有她一个人在胡思乱想。

不就是同学借一下自己家里的卫生间嘛。

江年本来就是一个很容易心软的人,这时候忍不住暗暗咬了咬牙,而后痛下决心,抬头看向陆泽:"那……那你还是按照我妈说的做吧……"

他咳嗽了一声,清了清嗓子,努力掩盖了一下自己的声音的变化,而后尽量显出一贯的慵懒潇洒的样子:"好的,谢谢你,江年。"

女孩子自然是一点儿都没有听出陆泽的声音的变化。

说到这里,江年像是解决了一件心头大事一样,蓦地轻松起来。

她抬头对着陆泽嫣然一笑:"好的,那陆教练,我们快点儿一起跑步吧!"

班里知道陆泽陪江年一起晨跑的人好像并不多,当然,江年也觉得这件事情没有丝毫说出去的必要。

最好可以一直不让别人知道,要不然,她真的不想解释……

但是,这天江年刚进教室里坐下来,赵心怡就凑了过来。

"江年,"赵心怡压低了声音说,"如果我没数错的话,今天是你跟陆泽一起走进教室里的第七天。我不太相信今天也是你恰好跟陆泽碰见然后一起走进来。"

江年:"……"

这的确不是巧合……

自从陆泽开始在她家洗澡之后,江妈妈自然而然地就会邀请陆泽一起吃早餐。

陆泽表面推拒了两下就答应了下来。

再然后,江年就成功地看到每天早上陆泽同学边吃早餐边把她爸妈哄得眉开眼笑的场景……

而且以前,她偶尔会不在家里吃早餐,跟姜诗蓝一起到外面买早餐在路上吃。

现在倒好,就因为陆泽在她家里吃饭了,所以她就必须老老实实地在家里把早餐吃完再去学校,耳边还要听着陆泽花式吹她爸妈的"彩虹屁"。

"叔叔,您今天的这条领带真是太好看了。说起来,我爸爸前不久听说我经常在你们家里吃早餐之后,就特地买了一条领带让我这几天给您带过来,我觉得还挺好看的,您戴上肯定很不错。"

"阿姨,您打的豆浆实在是太好喝了,我妈妈就没什么时间给我做早餐,所以我很少有机会喝到这么好喝的豆浆。我能在您家里吃早餐真的太幸福了!"

…………

江年的爸妈对这些话显然很受用。

"哎呀,阿泽,还是家里的早餐好啊。既然你妈妈没什么时间给你做早餐,那你就更应该来我们家吃了啊。"

…………

反正就是这个样子,既然他们都一起吃早餐了,江年的爸妈肯定会让他们一起去学校的。

江年从走进校门口开始,就已经在尽量避免跟陆泽走在一起了,但是显然逃不过赵心怡的火眼金睛。

江年犹犹豫豫,怎么想都觉得没法解释啊……

这件事,如果她老老实实地说出全部,那不就很容易让人误解吗?

但是不老老实实地说出来,江年压根儿不知道怎么解释她究竟是怎么做到连续七天跟陆泽一起来学校的……

正在纠结的时候,江年就听见陆泽的声音在自己身后响起。

"你问为什么我跟江年一起来学校?"陆泽懒懒地重复了一遍赵心怡刚才的问题,"难道江年没告诉你吗?那是因为我得在她家里洗澡换衣服然后吃早餐。"

江年同学竟然觉得自己已经慢慢习惯别人震惊的眼神了……

行吧,她也不知道自己为什么会出奇地淡定,好像觉得这么说话才是陆泽该有的风格一样,就是凡事只挑最容易让别人误解的部分说出来。

"洗澡换衣服然后吃早餐",啧啧啧,江年本就是一个文科很好、很会写文章的人,所以联想能力一向强大。

这几个词组合在一起,更是给了人无限的想象空间。

赵心怡惊疑不定地看着江年:"江……江年,陆泽是住在你家里吗?!"

陆泽手里还拿着一盒牛奶,而后随意地伸长胳膊,将牛奶放在江年的桌子上,直起身子,整个人都是懒懒散散的,似乎完全不觉得赵心怡有什么好吃惊的一样。

江年很自然而然地拿起牛奶,把吸管插进去吸了一口,满足地微微眯起眼睛,这才回答赵心怡的问题:"不是,陆泽只是去我家里吃个早餐而已。"

而后她回过头跟陆泽说道:"哦,对,我妈妈让我问你明天早上想吃什么。"

看着自然而然地交谈着"明天早上想吃什么"这个话题的陆泽跟江年,赵心怡陷入了无穷无尽的自我怀疑中。

难道,"去我家里吃个早餐"的交情,也是可以用"只是……而已"的句式来形容的吗?

简单地跟江年交流了几句,陆泽就回了自己的座位。

江年边吸着牛奶边翻看着今天英语早读需要读的课文。

贺嘉阳坐到位子上跟她打招呼:"早啊,江年。"

江年冲着贺嘉阳弯眸笑了笑:"早啊,班长。"

正准备低头继续看自己的课文,江年突然想起了什么,而后又戳了戳贺嘉阳,神秘兮兮地说:"班长,我问你个事呗。"

"嗯?"

"就是那个……"江年小心翼翼地求证,"陆泽的妈妈很忙,没时间给他做早餐吗?"

贺嘉阳有些震惊地看了江年一眼,直把江年看得愣了愣。

"怎……怎么了?"江年被吓了一跳,话都说得有点儿不利索了。

贺嘉阳还是很惊奇的样子："你跟阿泽关系应该挺好的吧，竟然不知道吗？阿泽没跟你提起过吗？他爸妈常年在外做生意，所以阿泽几乎是放养的状态。不过家里有做饭的阿姨，你别说，赵阿姨做饭真的太好吃了！我有时候甚至在猜赵阿姨是不是陆叔叔特地从哪个五星级酒店请过来的厨师。别的不说，就光赵阿姨榨的豆浆都是一绝，我每到假期都会特地早起去阿泽家里蹭早餐吃。"

江年："……"

说实话，她甚至有点儿想质疑自己刚才听错了没有。

看着江年呆呆傻傻的样子，贺嘉阳忍不住觉得一阵好笑："怎么了？为什么觉得你这么傻呢？"

他不就是说个早餐而已，她至于这么震惊吗？

江年不是为早餐震惊，是在为陆泽同学面不改色胡扯的能力感到震惊。

说好的家里没有人做早餐，连豆浆都喝不到呢？他骗鬼呢？！

她气势汹汹地扭过头，朝着陆泽的方向怒瞪了一眼。

陆泽正优哉游哉地趴在桌子上睡觉，根本没有接收到来自江年的怒视。

江年还是觉得气不过，双手撑在桌子上猛地站起身，把贺嘉阳都给吓了一大跳。

他一时间有些反应不过来江年怎么突然这么生气，挠了挠头，开始暗自反思——他刚才是不是说了什么不该说的话？

也没有啊……他不就说了一下阿泽家里的早餐好吃吗？

目瞪口呆地看着江年朝着陆泽的座位的方向走去，贺嘉阳猛地想到了一个词来形容现在的江年——黑化。

他赶忙咳嗽了一声，停下了脑子里的胡思乱想，继续紧张而期待地看着事情发展的动向。

江年直直地朝着陆泽的座位走了过去，而后在谢明和丁献两个人震惊的目光中，径直拍了拍陆泽的后背，试图叫醒陆泽。

谢明紧张兮兮的，虽然知道泽哥对江年有些不一样，但是泽哥的起床气……

谢明连忙把食指竖在嘴边,摆出了一个"嘘"的动作,示意江年现在不要吵到陆泽睡觉,要不然就泽哥那起床气……

谢明有点儿怕江年都不能阻挡陆泽的起床气,当然,更怕自己被殃及。

陆泽睡得还挺熟,所以江年第一次拍他的时候,他只是晃了晃身子,不满地哼了几声,而后换了个方向又睡了过去。

谢明跟丁献忍不住都松了一口气。

泽哥没醒就好,没醒就好。

江年:"……"

他睡得还挺熟。

但是江年想到这里,刚才心头的怒气忍不住减少了一点儿。

也是,陆泽是为了陪她晨跑,才会起得那么早,现在又这么困的吧?

要不然他也不会睡得这么熟。

她叹了一口气,拍陆泽的手到底是轻了点儿,只是心头仍然有怒气:"陆泽,别睡了,起来!"

陆泽缓缓地抬起头来,脸上写满了没有睡够的不耐烦:"吵什么……"

话还没说完,陆泽就转头看见了江年。

剩下的话就这么被吞进了嘴里,陆泽都有些没料到竟然是江年叫醒了他。

陆泽懒懒散散地直起身子,抬头看着江年,好看的眼睛里满是疑惑之色:"怎么了?"

谢明什么时候见过被吵醒了脾气还能这么好的泽哥了?!

以往如果陆泽课间睡觉的话,谢明跟丁献都会尽量让自己活动的声音小一点儿,避免吵到陆泽。

实在是因为陆泽平时脾气很好,一向都是懒懒散散的,完全不会跟人争辩什么,但是如果陆泽睡到一半被吵醒……太可怕了,呜呜呜。

再看看现在的陆泽,就连眉宇间一贯的不耐烦的神色都消失得无影无踪!

谢明顿时敬佩地看向了江年。

姑奶奶,您真的太厉害了,江年可是他见到的第一个能完全治住陆泽的人。

江年双手环胸:"泽哥,我觉得你去我家里吃早餐是应该的,但是……说谎话骗我爸妈就不太好了吧?"

看到江年的神情,陆泽第一时间就明白过来江年生气的原因是什么了。

他沉思了一下,而后什么都没说。

江年愣了愣,下一秒就皱起了眉头:"泽哥,你不要以为我什么都不知道。你家里有人给你做早餐!你干吗非得在我爸妈面前装出那么可怜的样子?"

陆泽仍旧低着头,什么都没说。

江年:"……"

"唉,"陆泽摇了摇头,"对不起。"

陆泽突然道歉倒是把江年给弄得措手不及。

少年抬起头来,好看的眼里全是失落的情绪。

"是的,赵阿姨的确做早餐做得很好吃,只是……"他又叹了一口气,"我很喜欢你们家吃早餐时那种一家人有说有笑的氛围,远比单单的一份早餐要好吃得多。"

江年怔了怔。

而后,江年猛地想起刚才贺嘉阳说陆泽的父母常年在外面,只剩下陆泽一个人在家里。

那就算是有阿姨照顾他,陆泽应该也很孤单吧?

想想陆泽打小就一个人孤零零地坐在餐桌边,没有人陪着吃饭,只能自己安安静静吃早餐的样子,江年就忍不住心软了。

她这种从小父母就陪在身边的人,可能真的无法想象那是一种什么样的场景。

所以……陆泽喜欢在他们家吃饭、喜欢他们家吃早餐的氛围，也是很正常的吧？

这么说起来，陆泽好像的确很惨。

江年只觉得自己心头的火气正在以肉眼可见的速度消失。

陆泽看着女孩子脸上的怒气已经散去不少，眼里飞快地闪过一丝笑意，再次摆出一副委屈的样子："如果你生气了的话……我下次就不在你家里吃早餐了。"

不知道为什么，江年觉得好像陆泽被自己给欺负了一样……

她沉默了一下，而后犹豫着开口道："算了，你还是继续在我家里吃早餐吧。没事了，我走了。"

然后，贺嘉阳同学就看到江年气势汹汹地走，再心平气和甚至脸上略带懊悔之色地回来了，而陆泽脸上哪里还有刚才的委屈样子，全都转成了浓浓的笑意。

什么情况？！

谢明有点儿摸不着头脑，挠了挠头发，还是凑在陆泽耳边嘀咕。

"泽哥……我如果没记错的话，当初你爸妈想让你跟着他们去国外，你觉得太烦了，一个人在家里比较清净，所以才留在家里的，而且……吃早餐的时候，好像是你不太愿意讲话，所以每次都让我们保持安静。"

那陆泽刚才卖的什么惨？

陆泽懒懒散散地趴回桌子上，似乎觉得谢明的问题没什么好回答的。

慵懒的声音闷闷地传了出来，他说："那能一样吗？"

国庆节假期过后，远城的天气终于渐渐转凉了。

就连之前中午的烈日，现在也温柔了不少，更不要说早晚的一阵阵凉爽的风了，让人感到舒适。

虽说作为一个不算太南的南方城市，远城一向是号称自己没有秋天的，但是江年还是很喜欢十月下旬的天气，起码比八九月份要舒服得多。

但是江年一向挺害怕远城的冬天。她很怕冷，远城的冬天虽说温度并不算太低，但是湿度高得令人发指，三天两头就是一场小雨，然后就会觉得冷入骨髓，感觉穿再多衣服也没有用。

更令人发指的是,明明天气这么冷,远城却一点儿供暖的意向都没有……

这真的是太让人难过了。

不过江年算是发现了,可能也就只有她这么怕冷了吧……

毕竟在她冬天被冻得瑟瑟发抖的时候,班里的男生还可以只在校服外套里面穿一件毛衣,校服外面顶多套一件大衣,连扣子都不扣。

男生打完球更是脱到只剩下毛衣,江年甚至能看到他们打完球后浑身上下冒热气的样子。

江年只能发自内心地羡慕。

不过现在嘛,这种稍微凉快一点儿的天气还是让江年感到开心。

国庆节假期,那位哥也没有让她休息,仍旧每天早上准时到她家楼下报到,然后带她去跑步……

江年深表痛恨。

不过痛恨归痛恨,这么跑了一段时间之后,江年发现自己竟然不再像刚开始那样跑两步就喘个不停了,也能勉强跟得上陆泽的步伐了,好像能跑得挺远的。

江年欣喜不已。

这天早上,跟着陆泽跑完步,江年发现自己跑完全程竟然毫不费力了。

她有些沾沾自喜:"泽哥!"

跑完步还在做着全身活动的陆泽扭头看了江年一眼。

江年继续说:"泽哥,你说我是不是一个天才啊?你看我才跑了没多久就可以跑完全程了,要是让我从小就接受这样的跑步训练,说不定我就是下一个博尔特呢!"

看着臭屁的女孩子,陆泽眼里忍不住闪过一丝笑意。他仍旧慵懒地舒展着自己的身体,缓缓发问:"那你愿意从小就接受这样的跑步训练吗?"

江年:"……"

算了,她跟陆泽说话的时候,总是可以深切地理解"一招制敌"是什么意思。

江年深深地叹了一口气,摇了摇头:"那世界上只能痛失一位博尔特了。"

陆泽更是觉得好笑。

不过说起来，他刚开始认识江年的时候，只觉得江年是一个特别温柔的女孩子。但是跟江年渐渐熟悉以后，他才发现江年也有很多特别有趣的言行举止，比如说像刚才那样。

当然，尽管江年同学认为自己可能有博尔特的潜质，但内心深处对即将到来的校运会还是感到无比惶恐。

要知道，虽然陆泽带她训练了这么久，她也只是能勉强跟着陆泽慢跑完全程而已。但是不管江年怎么在心底唉声叹气，该来的运动会还是逃不掉。

江年明明觉得才过完国庆节没多久，就已经到了十月的最后一周。

可能是生怕大家完全忘记学习，明礼竟然把第二次月考安排在了周二和周三……

所有人都感到有些措手不及。

饶是江年这种不太期待运动会的人，都觉得明礼的操作实在是太……可恶了。

不过第二次月考，大家明显都不像第一次那么紧张了。

度过了筋疲力尽的两天考试，一回到教室，大家还没来得及去对下发的答案，贺嘉阳就站在了讲台上。

"大家静一静。"贺嘉阳拍了拍手，看到大家都安静下来了，这才满意地继续开口道，"第二次月考已经结束，不管成绩如何，大家都辛苦了。接下来的两天，就是大家可以好好放松一下的校运会了！这也是我们19班成立以来举行的第一次校运会，希望大家可以好好努力，争取给我们班拿下一个更好的名次！"

大家纷纷鼓起掌来。

"接下来两天的日程安排，我一会儿会发给大家，大家可以仔细地看一下自己的项目比赛时间。别忘了我们还有几个集体项目，跳绳、拔河以及 $20 \times 50$ 米的接力跑。"贺嘉阳继续说道，"我们班的位置图也会发给大家的，明天早上就可以直接搬着凳子去我们的位置了，到时候大家坐在一起就行。嗯……大家也可以带点儿吃的喝的东西，扑克牌啊，《狼人杀》啊都可以。"

大家齐齐笑出了声。

气氛这么好，就连一直对校运动会感到恐慌的江年都忍不住稍稍期待了一下。

当然，如果没有她必须参加的女子3000米的话，她会更加期待的……

很快就拿到了贺嘉阳发下来的日程安排，江年看了一下，女子3000米的比赛是在第二天的下午。

除去拔河和班级接力跑之外，女子3000米几乎是压轴的项目了，足以看出学校体育部对这个长跑项目的重视程度。

除了看了看自己的项目比赛时间安排，江年还特地拿起笔勾了几个项目的比赛时间。

嗯，跳高是在第一天的上午，跳远和4×100米是在第一天的下午，男子5000米是在第二天的下午。

江年吐了吐舌头，一阵感慨：果然陆泽这种人就连运动强度也是跟自己不一样的。

看看这紧密到不行的日程安排，江年都觉得窒息了。

当然，她现在只有一个女子3000米已经觉得快要窒息了……

"天，江年！"段继鑫突然叫她，"你竟然真的报了女子3000米啦！你跑3000米的时候，哥去给你加油！"

江年：能不能不要说得好像报女子3000米是我多么主动的事情？我明明是被迫报了3000米啊！

段继鑫还在说："江年，你要是能在校运动会的女子3000米中跑个前五名，那我们班的积分就能直接蹿上一大截了。"

江年：为什么您就敢对我直接抱以"前五名"的信任呢？

不过江年唯一庆幸的就是，20×50米的班级接力赛，体委因为顾虑到她刚跑完3000米没多久，所以就没再给她安排接力赛的项目。

这样她就少跑了50米呢!

江年这样安慰自己。

正在看着自己的日程安排独自叹气的时候,江年就感觉到自己的手机振动了一下。

反正现在姚老师不在,江年大大咧咧地拿出手机看了一眼消息。

满眼星辰:"我的5000米就在你的3000米之前,可惜了,没有办法穿女装替你跑了。"

江年"扑哧"一声笑了出来,而后飞速地在屏幕上"噼里啪啦"地键入,回复了陆泽的消息。

星辰:"听你的语气觉得你好像很遗憾的样子,要不然你不用穿女装替我跑步,直接穿女装让我看看就行了。"

她笑眯眯地调侃完陆泽,只觉得自己微微松了一口气。

不就是3000米嘛,她跑就得了!

江年心中豪气冲天。

第二天一早,江年照例被江妈妈叫醒。

"年年,快点儿起床了,人家阿泽都在楼下等你了!"

江年一惊,猛地坐了起来,难以置信地问:"真的?!"

运动会都到了,陆泽还要拉着她跑步吗?!

她赶忙跑到窗边推开窗户向楼下看去。

可不是嘛,那个身形潇洒的少年就像往常一样,懒散地站在他们单元楼下等着她。

江年连忙起床洗漱,换衣服下楼。

刚出单元楼门,江年就犹犹豫豫地问:"那个……今天都开运动会了,我们还要跑步吗?"

陆泽挑了挑眉,而后笑道:"不跑了。"

江年再次愣了愣。

"我就是想做今天第一个跟你说'加油'的人。"陆泽认真地说道。

## 第八章
## 江年晕倒

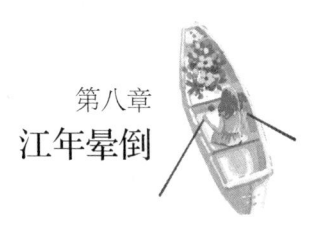

所以,今天又是江年和陆泽一起走进教室里的一天。

赵心怡已经快懒得怀疑江年和陆泽之间有问题了——习以为常了!

当然,江年同学本人也已经坦坦荡荡了。

算了,反正清者自清。

"江年!"严向雪说,"今天你跟陆泽一起进教室里的时候,他居然笑了!原来陆泽是会笑的人呀?!"

江年抽了抽嘴角。

你能不能不要把陆泽形容得像个面瘫一样?

因为运动会,教室里这个时候虽然来了不少人,但大家都在兴奋地三三两两聚在一起聊天,根本没有人在认真学习。

江年也坐在座位上,跟赵心怡、施宇还有段继鑫聊着天。

"你买了什么零食啊,江年?"施宇感兴趣地问道。

江年打开书包,给施宇他们看。

"我喜欢吃的薯片、饭团、锅巴,还有酸奶和果汁……"江年兴致勃勃。

段继鑫瞄了一眼,惊叹出声:"江年,你居然还带了巧克力!你是参加运动会还是去春游啊？"

江年也愣了愣，朝着自己的包看了过去。

她不记得自己带巧克力了啊……

赵心怡也很感兴趣："什么牌子的啊？"

江年摇了摇头，那是一个她完全不知道的巧克力牌子，但是一看就很贵。

江年歪了歪头："这不是我买的……"

几个人都兴致勃勃地盯着江年手里的巧克力。

江年把巧克力翻了过来，而后就看到了巧克力后面贴着的一张字条。

那不是便利贴，而是一张平平整整地贴在上面的字条，所以江年刚刚拿着巧克力的时候完全没有发现竟然有一张字条。

字条上面有一句话，没有署名，字迹潇洒帅气得不行。

江年一眼就认出了这是谁的字迹。

能把字写得这么不羁潇洒的，她也只知道陆泽了。

"记得来给我加油。"

就连最后的那个句号，在陆泽的笔下都显得格外有个性。

江年愣了愣，还好别人没看到上面的字。

"江年，你看到什么了啊？"施宇瞥了一眼江年，好奇地开口问道。

他凑过来，准备看看字条。

江年一把将字条收了起来，掩饰性地挥手："没什么。走了，走了，差不多该过去了。"

说完，她迅速地把巧克力塞进了自己的书包里，扭过头就去问贺嘉阳是不是该走了，好像刚才什么事都没发生一样。

施宇跟赵心怡对视了一眼，有点儿了然于心的意思，正准备相视一笑当作什么都不知道的时候，就听到段继鑫大大咧咧地说："江年，那你好歹把巧克力分给我们一点儿呗，我也想吃。"

施宇："……"

赵心怡："……"

赵心怡冲着段继鑫翻了一个不甚优雅的白眼,转过头去。

段继鑫有些摸不着头脑,问施宇:"同桌,她干吗瞪我?"

施宇叹了一口气。

他拍了拍段继鑫的肩膀,示意段继鑫安静,轻笑道:"没事,你什么都不知道也挺好的。"

段继鑫一头雾水。

他们都在卖什么关子呢?

很快,大家就都一只手拎着书包,另外一只手拎着椅子,一起朝着操场进发。

体委带队,把大家带到了他们班的位置,而后开始叮嘱一些需要注意的事项。

很快,运动会就正式开幕了。

大家被安排着进行了一系列运动员入场仪式,在"秋高气爽,我们又迎来了明礼中学第76届校运会"和"现在朝我们前进的是高二(19)班"的广播声后,上午的比赛项目终于开始了。

姜诗蓝很早就来找江年了,拉着江年在操场上到处看别人比赛。

江年倒是挺无所谓的。反正第一天上午除陆泽的跳高之外,她好像也没什么想看的项目了。

而且现在时间还早,陆泽的项目在十点才开始呢。

被姜诗蓝拉着去看了看拾贝,江年很喜欢看这种趣味比赛项目,也看得津津有味的。

她却听见姜诗蓝有些纳闷儿地问道:"年年,那里怎么围了那么多人?明明还没有项目啊。"

江年顺着姜诗蓝指着的方向看了过去,拜很不错的视力所赐,一眼就看见了被许多女生围在中间的跳高杆……

江年:"……"

不会吧?

她拿出手机,进了学校的论坛。

明礼的学校论坛平时的活跃度其实并不算太高,毕竟明礼怎么说都只是一个高中而已,还有很多学生并不玩手机,平时的学习任务也挺重的。

但是一到了节假日或者这种全校性的文体活动,那论坛一定热闹得不得了。

江年一点进去就看到了导致那么多女生围在那里的根源。

"陆泽参赛项目新鲜出炉,姐妹们都看过来!"

帖子高高地飘在第一页上,这个时候已经带上了"hot(热)"的标签。

江年戳进帖子里去看。

1楼:"据我'神兽班'同学的可靠消息,陆泽参加了跳高、跳远、4×100米,还有男子5000米!四个项目!"

2楼:"楼主的消息来源真的可靠吧!那我第一天上午就全程守在跳高杆前了,一定要近距离看到泽哥!"

3楼:"泽哥竟然参加了四个项目啊!顺便问一下楼主,你知道贺嘉阳参加的项目都有什么吗?"

…………

江年目瞪口呆地翻着帖子,看到了一群激动不已的人,一个个都在叫着要准点去看陆泽的项目。

大家可能是生怕去得晚了没位置,所以现在才会有这么多人早早地就围在了跳高杆前……

就这样,等到比赛正式开始时,场地周围更是围了一圈又一圈的人。

江年跟姜诗蓝也挤在人群中。

周围的女生声浪一阵更比一阵强,当陆泽终于在大家的注视中走上来的时候,江年忍不住捂了捂耳朵,生怕自己被声音震聋。

不过江年还是被周围的氛围感染,在陆泽走到中间时,跟着大家一起喊:"陆泽加油!"

明明是一群人都在拼命给陆泽加油,明明江年自己都觉得自己的声音已经被淹没在了声浪中,偏偏陆泽就像是能分辨出她的声音一般,朝着她的方向看了过来。

江年心里一虚，下意识地就想避开陆泽的目光。

下一秒，江年又忍不住觉得好笑。

她躲什么啊？她有什么好躲的？

她不就是来给陆泽加油的吗？

这么想完，江年不知道为什么，从心底里松了一口气，而后隔着人群，对着陆泽缓缓开口："加油。"

评委的声音适时地传了出来，评委："请19号选手陆泽做准备！"

陆泽漂亮得出奇的眼睛看了看高度，他径直报了出来："麻烦升到2米。"

这个数值一报出来，周围的人都议论纷纷。

就连担当评委的体育老师都有些犹豫："陆泽同学，你确定要一开始就挑战2米这样的高度吗？"

陆泽勾唇笑着点头，一点儿都不像是在开玩笑的样子："是的，谢谢老师了。"

评委冲一旁的工作人员点了点头，体育部的人连忙把杆子升到了2米的高度。

陆泽抿了抿唇，而后活动了一下手腕和脚踝，就往后退去。

在周围人还在议论纷纷的时候，陆泽已经毫不犹豫地确定了起始位置，而后迅速地开始助跑。还没等众人反应过来，他就以一个完美无比的背越式姿势翻过了栏杆，落在了软垫上。

杆子……一动不动。

陆泽从垫子上爬起来，而后朝着江年的方向笑了笑，这才冲着体育老师继续说道："老师，再升一点儿吧。"

下一秒，铺天盖地的掌声响了起来。

陆泽跳高第一跳就破了明礼中学校运动会这几年的跳高纪录，这件事飞快地成了论坛上的热门话题。

工作人员迅速地把跳高杆按照陆泽所说的高度升高，然后陆泽再次熟练地后退、助跑、背越！

他又稳稳当当地跳过去了！

"我的妈，太强了！"

"泽哥牛！"

"泽哥最帅了！"

…………

周围迅速地响起一大片欢呼声，而后大家齐齐鼓起掌来。

姜诗蓝悄悄地凑在江年耳边说："陆泽真的好厉害啊，就连运动都这么好！"

江年脱口而出："那当然！"然后江年继续高呼："泽哥加油！"

跳高杆一次一次地升高，陆泽也一次一次稳稳当当地跳了过去。

后面的选手都没有人能超过陆泽，他理所当然地拿下了这次校运会的跳高冠军。

除了跳高，陆泽通过这次校运动会，充分地向大家展示了什么叫能者无所不能。

但凡是陆泽报的项目，不管是跳高还是跳远，他都拿下了冠军，甚至是男子 $4\times100$ 米的接力赛，因为有了他参赛，他们班毫无悬念地得了第一名。

论坛都快炸开了，江年时不时地翻一下论坛，震惊关于陆泽的话题的盖楼速度。

江年兴致勃勃地刷着帖子，看着不停有人夸着陆泽以及他们班的男生，边刷边倍感得意。

她也觉得他们班的男生都特别优秀！

当然，女孩子也一点儿都不差！

刷到两百多楼的时候，江年突然觉得好像哪里不是特别对劲的样子……

238 楼："围观了泽哥比赛全程的人表示，你们有没有看见泽哥好像一直在看一个方向？"

239 楼："楼上你在说什么呢？我怎么觉得我不太听得懂你的

话啊？"

240楼："我知道！我知道！终于有人也这么觉得。我在前排，就看到陆泽每次跳高之前，都会朝着一个固定的方向笑一笑，但是人太多了，所以我也不知道陆泽到底是在冲着谁笑。"

241楼："我是一个字都不信。就算真的有这么一个人，我也不相信是女生。我以前跟陆泽在同一个初中，他那个时候就特别有名了，但是好像从来不和女孩子接触的。"

…………

江年越刷越心虚，连忙咳嗽了一声，装作自己什么都不知道的样子，收起了手机。

没事的，泽哥不是冲着她笑的，也没有人看到她！

江年同学把"掩耳盗铃"这个词用到了极致。


校运动会第二天下午还是到来了。

江年觉得自己死到临头了。

结束了上午的项目，江年跟姜诗蓝一起排队打完餐，然后坐下吃饭。

姜诗蓝递给江年一双筷子，不经意间碰到了江年的手，顿时一惊："年年，你的手怎么这么凉？！"

江年苦笑一声，接过筷子夹了一口菜吃进去，口齿不清地回答着姜诗蓝的问题："我一想到今天下午要跑3000米，何止手冰凉冰凉的，心里都是冰凉冰凉的。"

姜诗蓝不解地问江年："你对跑3000米这么恐惧，当时就应该直接跟你们的体委或者班主任说一下情况，拒绝跑3000米就行了呗，干吗非得这么折磨自己？"

江年哽了哽，又吃了一口茄子，含含糊糊地说："我怕别人觉得我娇气……"

果然。

姜诗蓝叹了一口气，拍了拍江年的肩膀："算了，那你中午记得吃好点儿，下午好上路。"

江年："……"

姐妹，你真的是我的好姐妹吗？！你这么一说，我就更害怕了，呜呜呜。

吃完午饭，大家在教室或者宿舍里休息了一下，就去了操场。

下午的项目其实并不多，只剩下男子 5000 米、女子 3000 米，还有一些班级的集体项目，除此之外就是闭幕式了。

男子 5000 米和女子 3000 米一向都是明礼运动会的两个看点，这次男子 5000 米又因为陆泽这种风云人物的参赛而让人特别期待。

姜诗蓝照例拉着江年早早地就在田径场周边等着，语气有些遗憾："唉，还是去年好。"

江年转过头，一脸疑问地看着姜诗蓝。

姜诗蓝笑道："去年的时候，校运动会还可以看到明礼两大风云人物同台竞赛，今年就只剩下陆泽了。"

江年恍然大悟。

的确是，去年的男子 5000 米，不只是陆泽报名参加了，就连那位传说中的徐临青学长也报名了。

江年摇了摇头："可惜了，去年的 5000 米，陆泽只拿了第二名。"

说起来也奇怪，本来陆泽一直是领先徐临青学长一点儿的，在大家都以为陆泽肯定稳稳拿到第一名的时候，那位传说中的学长不知道是看见了什么，突然就一阵发力，然后抢在陆泽之前冲过了终点线。

能在那种 5000 米的长跑中还有足够的力气在最后发力，江年当时都快佩服死徐临青学长了。

虽然她还是很遗憾没看见陆泽拿下第一名……

不过说不清楚究竟是为什么，她从心底里相信，陆泽这次肯定可以拿下第一名的！

正做着热身运动的陆泽边活动着手腕边朝着江年看了过来，冲着她挑了挑眉，眉宇间满是独属于少年的骄傲和自信。

一起做准备活动的韩疏夜注意到了陆泽的目光，朝着江年看了看，而后扭回头跟陆泽八卦："泽哥，你跟江年关系不错啊。"

陆泽点了点头，懒懒散散地笑答："对。"

明礼中学的田径场是一个正方形，形状跟普通的运动场不太一样。

一整圈这样跑下来，正好是500米，也就是说，5000米的长跑参赛选手需要跑整整十圈……

江年觉得，可能自己跑一圈就直接倒地不起了吧……

起点处的选手们都差不多已经做好了热身准备，站在自己的位置上静静地等着比赛开始。

体育老师一过来，田径场上的氛围就明显地紧张了起来。

体育老师站好，而后手里举着大喇叭："大家好，现在男子5000米比赛即将开始，不是参赛选手的同学们都往后退一退，退到白线后面去，不要打扰到我们选手比赛。"

田径场周围一阵骚动，围观的众人各自往后退了几步，体育老师这才满意地点了点头。

"好，那现在请各位选手做好准备。"体育老师顿了顿，"各就位，预备——跑！"

令人紧张的熟悉的口令一发出来，起点处的各个选手便齐齐跑了出去。

周围也瞬间响起了助威声。

"何朝加油！"

"冲啊，丁磊！"

…………

各种加油声中，最多的当然还是……

"泽哥加油！"

"泽哥牛！"

"陆泽学长加油！"

江年再一次看明白了陆泽在明礼中学的人气到底有多高……

陆泽的确很厉害。

他看起来跑得很轻松，这个时候并不在队伍的最前面，只是保持着一个比较靠前的位置。

除了陆泽，江年竟然发现平时不显山不露水的韩疏夜同学也特别强大。韩疏夜并没有冲在最前面，但是稳稳地保持在第二梯队当中。

5000米长跑到底是非常考验耐力的。

敢报名参加5000米长跑的人，多多少少是对自己的体力比较自信的。所以在前四圈的时候，基本上所有的选手都能保持住自己的位置不掉队。

但是到第五圈之后，渐渐有人开始体力不支了。

逐渐有人开始掉队，江年忍不住担心地看着陆泽的位置，直到看到陆泽仍然比较轻松时才稍稍放下心来。

一直跑在最前面的那个男生也很厉害，一直保持着第一名，甚至甩最后一名一整圈了。

陆泽跟第一名那个男生之间的距离也没有缩短，那个男生仍然遥遥领先。

江年皱了皱眉头，问姜诗蓝："第一名那个男生是谁啊？为什么看起来好厉害的样子？"

姜诗蓝有些无语地看了江年一眼。

江年："为什么你的眼神让我觉得我好像问了一个很傻的问题？"

姜诗蓝肯定地点了点头："对呀，我有时候甚至怀疑你到底是不是明礼人，为什么大家都知道的人，你却不知道呢？你是真的一心只读圣贤书啊。"

江年："……"

难不成那个第一名的男生是个很知名的人物？

姜诗蓝再次点头："他叫'何朝'，是体育特招生，挺高的，我觉得他都快一米九了吧。他腿是真的长，所以人气还不错。"

江年愣了愣。

体育特招生？

江年忧心忡忡地问:"那他的体育是不是特别好啊?"

这话一出口,江年自己都觉得自己的问题实在是太傻了。

他都是体育特招生了,体育还能不好吗?!

姜诗蓝朝江年翻了个优雅无比的白眼,显然不屑于回答江年的这个问题。

江年在心里默默祈祷陆泽最后可以超过何朝。当陆泽经过她们这个位置时,江年大声喊道:"泽哥加油!"

姜诗蓝被吓了一大跳。

显然,陆泽同学一点儿都没有感受到江年的担心情绪,在听见江年的加油声之后,甚至轻松无比地朝着江年看了一眼,勾唇笑了笑,而后继续向前跑去。

等跑到第八圈的时候,几乎大部分选手开始有些体力不支了。

就连一直保持第一名的何朝,这个时候都开始大口喘着粗气,但还是握紧了拳头努力向前跑着。

这个时候,江年却发现,陆泽好像突然开始提速。

他本来在第五名的位置,很快地就超过了离他很近的第四名选手,而后在第八圈中段的位置超过了第三名选手,又在第九圈中段的位置,超过了第二名选手。

陆泽竟然这么快就跑到了第二名!

周围不少学生已经开始拥抱欢呼了,而后发出更大的加油声:"泽哥加油!"

何朝咬了咬牙,尽自己所能地加速。

还有最后一圈半,他一定要稳住,一定要拿下这个第一名!

陆泽似乎不再像刚才那样加速了,只是稳稳当当地跟在何朝后面,保持着不远不近的距离。

何朝发现,好像不管自己怎么跑,陆泽都是跟在自己身后一定的位置。

何朝简直都快要被气吐血了。

就连迟钝如江年都明显地感受到了哪里不太对的样子,而后就听见姜诗蓝悄悄地在自己耳边问:"我为什么觉得陆泽好像打算在最后的时候再超过那个何朝呢?"

江年朝着姜诗蓝点了点头:"我也是这么觉得的。"

姜诗蓝更加好奇了:"陆泽跟何朝有什么私人恩怨吗?"

当然,这话问出口的那一瞬间,姜诗蓝就后悔了。

她跟谁八卦不好,非得跟江年八卦。

要知道,在此之前,江年甚至连何朝是谁都不知道……

已经是第十圈中段了,还有不到300米,这场男子5000米的冠军是谁就有结果了。

这么一想,何朝忍不住稍稍松了一口气,而后努力使出最后一点儿力气朝终点线跑去。

江年紧张兮兮地看着陆泽突然再次加速,他跟何朝之间本来就没有多远的距离迅速地被拉近。

在距离终点线只差150米时,陆泽超过了何朝,成了第一名!

江年只觉得周围瞬间爆发出一阵欢呼声,也忍不住被这个情绪感染,整个人都雀跃起来。

何朝是眼睁睁地看着陆泽超过自己的,很想再跑得快点儿,咬牙提速,但是明显有心无力。之前的那么多圈差不多已经把他的体力消耗殆尽,他只觉得现在自己的两条腿都像是没了知觉一样,只知道往前挪动。

陆泽甚至在跟他并肩的时候,转头朝他充满挑衅地挑了挑眉。

何朝心头恼怒,却什么都做不了,只能看着陆泽超过自己,而后飞快地跑过终点线。

体育老师吹响口哨,今天男子5000米的冠军——陆泽!

江年率先欢呼出声,而后看着没有停下来,开始在周围缓慢地走啊走的陆泽,叫了出来:"泽哥牛!"

她就知道陆泽一定能拿到第一名的!

当然,在看完一场堪称酣畅淋漓的男子5000米比赛之后,江年的女子3000米比赛要开始了……

江年听到主席台上的工作人员念"请参加女子3000米的运动员到检录处检录"时,心跳顿时就加快了很多。

姜诗蓝张开双手抱了抱她,而后一脸送亲友上战场的悲壮表情:"年年加油,一定要活着回来!"

江年:"……"

呜呜呜,妈妈我怕!

但是再怎么怕,这时候她也只能硬着头皮上了。

江年深深地叹了一口气,去检录处检录又拿了号码牌,便开始站在起跑线上认真地做热身运动。

明明十月底的天气还不算多凉,江年却觉得自己的手脚都是冰冷的。

她正做着热身运动,就听旁边的一个女孩子突然跟自己打招呼。

"你好,你就是江年吗?"

江年转过头,就看到了一个头发扎得高高的漂亮的女孩儿。

江年点了点头:"对的,你是……?"

漂亮的女孩儿露出一个和善的笑容:"我是陆秀华。"

江年更加疑惑了。

她还真的不知道陆秀华是谁,更不知道对方是怎么认识自己的。

陆秀华看见女孩子的神情,忍不住笑了开来,漂亮的眼睛总让江年觉得有些说不出来的熟悉感。

果然,江年就听见陆秀华再次自我介绍道:"我忘了说,我是陆泽的堂姐。"

江年:"哦,你好!"

陆秀华瞥了一眼站在起点处边喝水边盯着这里的自家堂弟,忍不住摇了摇头:"阿泽很关心这场比赛啊。"

江年条件反射性地顺着陆秀华看着的方向看过去,一眼就看见了跟贺嘉阳和谢明站在一起,即使在人群中也出类拔萃的陆泽。

陆泽似乎正在跟贺嘉阳说着什么,眼睛却是看向这边的……

江年扭过头才意识到自己条件反射性地做了什么。

她在心里默默地想：为什么3000米比赛还不开始？

想不到有朝一日，她江年也能成为一个希望跑步比赛快点儿开始的人。

江年在陆秀华的目光下，真希望自己马上消失……

还好，体育老师吹了一声口哨："请各位选手做好准备，我们的女子3000米比赛马上就要开始了！"

江年活动了一下手腕，便在起跑线前站定。

她觉得刚才还没那么紧张的神经，似乎瞬间就紧绷了起来。

她甚至能听到自己越来越大的心跳声。

咬了咬牙，江年全神贯注地听着来自体育老师那边的动静。

看到大家都准备得差不多了，体育老师再次举起喇叭："各就位，预备——"

江年屏住呼吸，心脏都快要跳出来了。

"跑！"体育老师一声令下，周围的女孩子全都争先恐后地跑了出去，生怕自己落在后面。

江年深知自己的体力并不好，所以一开始的时候并没有拼尽全力往前冲，只是跟在队伍的中部位置。

而陆秀华一开始就冲在了第一的位置。

得益于陆泽同学这段时间对江年的魔鬼训练，江年刚开始的时候并没有觉得自己吃不消，跑过一圈多一点儿的时候，甚至觉得还挺轻松的……

她按照陆泽教给自己的方法，努力调整呼吸节奏，不让自己用嘴巴呼吸。

显然，不少女生的体力不算太好，有的可能跟江年一样是被强行推出来参加这个项目的，也不太知道跑3000米的体力分配，在开始的时候就把自己的体力耗得差不多了。

所以跑到第三圈的时候，已经有不少女生跟不上队伍了。反倒是一直保持在中间位置的江年，因为这段时间耐力增长，渐渐到了中间靠前的位置。

而陆秀华同学还是在第一的位置,并且没有丝毫降速的迹象。

江年边跑边在脑子里胡思乱想:陆家的人基因都这么好吗?!

到底是不擅长跑步的,虽然这段时间的训练有点儿作用,但是跑到第四圈中间位置的时候,江年还是有些力不从心了。

已经快 2000 米了,这对以往的江年来说,已经是一个遥不可及的数字了。

她能感觉到因为开始使用嘴巴呼吸而变得干涩的嗓子,风像是不要钱一样拼命地往她的嘴巴里灌。江年抿了抿唇,甚至隐隐约约地感受到了铁锈的味道,而后铁锈味道不停地在嘴里蔓延。

江年努力忍住作呕的冲动,微微闭上嘴巴,试图用鼻子呼吸,但明显氧气不足。

她只觉得自己的双腿快要没有知觉了,酸胀得像是有千斤重,这个时候只能麻木而机械地双腿交替着往前跑。

江年觉得自己真的要撑不住了。

跑完第四圈,再次经过起点时,江年就听见了站在起点处的一群 19 班还有一些高一班级的同学在拼命冲她喊。

"江年加油!"

"江年撑住!"

"江年,你可以的!"

江年忍不住心头感动,而后咬了咬牙,只觉得自己好像莫名其妙地恢复了那么一点儿力气。

姜诗蓝有些担心,而后沿着田径场内圈,跑在江年的身侧:"年年,你还好吧?没事,我陪你跑!"

江年抿了抿唇,跟着姜诗蓝一起往前跑了大半圈,而后又超过了两个人。

姜诗蓝跑了大半圈后,贺嘉阳接替了姜诗蓝的位置,陪着江年往前跑了一整圈。

江年抬头望了望前方,而后微微握拳,只剩下最后 200 米了!

这个时候,第一名的陆秀华已经完成冲线,后面还跟着几个女生在最后冲刺。

江年排在第八名。

只要她冲到第五名,就能给班级拿到很多分!

江年默默在心里给自己加了加油,而后开始加速冲刺。

她先是超过了距离自己很近的第七名选手,继续加速朝前冲去。

第六名选手似乎感受到了有人在朝自己逼近,但是奈何有心无力,只能眼睁睁地看着江年一点点超过自己。

而后,江年冲线!

她是在最后5米处,超过了第五名选手,比第五名的女孩子先一步冲线了。

体育老师吹响口哨:"第五名,19号江年!"

江年顿时松了一口气,撑住自己的最后一点儿力量也消失殆尽,几乎是一个平地摔就倒在了草坪上。

"江年!"

"年年!"

..............

江年努力想要睁开眼睛,却只觉得昏天暗地,脑子里"嗡嗡"直叫,而后眼前一黑,便突然失去了意识。

失去意识的前两秒,江年想的是:她大概是明礼校运动会历史上第一个跑完3000米就晕倒的人吧……

失去意识的前一秒,江年想的是:这个拼命地向她冲过来的人是谁啊?是……陆泽吗?

江年再恢复意识的时候,睁开眼睛,看到的是一片白花花的天花板。

她有些蒙,思考了很久"我在哪儿?我是谁?我要干什么?"的终极哲学问题后,一转头,就看到了一个熟悉的屏风。

好的,不用继续思考了,她知道她在哪儿了——校医院。

江年挣扎着试图坐起来,外面的人似乎听到了这里的动静,女校医连忙把屏风挪开,走到她面前:"小姑娘,怎么样?还头晕吗?"

江年直起身,乖巧地摇了摇头,正准备说什么的时候,就看见了跟在女校医身后的陆泽。

陆泽的脸上满是紧张的神色。

江年咳嗽了一声,才感觉自己的喉咙特别疼。

女校医连忙递给江年一瓶水,江年"咕咚咕咚"地灌了下去,才觉得自己的喉咙好了一点儿。

她沙哑着声音开了口:"没事了,头不是特别晕了。"

陆泽这才松了一口气。

女校医说:"这位同学,你自己例假来了都不知道吗?竟然还去跑3000米,今天是第一天吧?平时痛经吗?"

江年愣了愣,下意识地朝着陆泽看了过去。

看到陆泽微微透出粉色的耳朵,江年才意识到女校医在男同学面前毫无顾忌地提"例假"和"痛经"这样的字眼,真的挺让人难为情。

江年顿时就红了脸颊:"啊?我……我不知道。"

这次可能是例假突然提前了吧……

陆泽咳嗽了一声:"那个……我先出去一趟,你们说你们的。"

陆泽说完后,就快步走了出去。

女校医又给江年做了一下检查,确定没什么大碍了,才起身拍了拍江年的肩膀:"以后可千万不要在经期第一天剧烈运动啊,你身体虽然没什么大碍,但是还是有点儿虚。平时要多运动锻炼身体,不要减肥,多吃点儿,你看你多瘦啊。"

女校医摇了摇头,收起自己的东西,转身走了出去。

女校医离开之后,陆泽才走了进来,站在床前,看了一眼江年,有些不自在地别开了视线。

"那个……江年……"陆泽想了想,还是开口问道,"现在觉得身体怎么样?好点儿了吗?"

江年小声说:"没……没事了。"

陆泽想到刚才的情况:"江年,你真的太瘦了。你是不是平时吃得太少啊?这样会引起低血糖症状的,今天午饭你好好吃了吗?"

江年一时间有些心虚,不敢说话。

她今天中午因为下午的3000米比赛而惶恐不安,都没什么胃口吃饭,随意地扒拉了两口米饭就放下了筷子。

她也没想到自己下午竟然会晕过去嘛。

这么一想,江年就更加心虚了,偷偷抬起头瞄了一眼陆泽,而后再心虚地低下头,什么也不敢说。

看着女孩子的反应,陆泽就知道她今天中午肯定没有好好吃饭。

陆泽一本正经地说:"你还在长身体,不好好吃饭怎么行?平时的学习任务那么重,你又那么努力,再不好好吃饭,身体哪里受得了啊?万一你再像今天这样子晕过去怎么办?你就这么让身边的人担心你吗?"

陆泽越说,江年的头就垂得越低。

陆泽看见女孩子可怜巴巴的,也不忍心再说了。

算了,以后他还是好好监督江年吃饭好了。

陆泽从校服口袋里拿出一袋牛奶,递给江年:"喏,把牛奶喝了。"

江年现在哪里敢不从,赶忙听话地接过牛奶喝了起来。

校医务室里突然就安静了下来。

江年也觉得有些不自在,抬起头瞄了几眼陆泽,正准备说什么的时候,就听到了自己的手机短信提示音。

她蓦地生出了一种"得救了"的错觉,连忙掏出手机看了看消息。

消息是姜诗蓝发来的,可能是发来的企鹅消息一直没得到回复,姜诗蓝干脆就发了短信。

姜诗蓝:"年年,陆泽今天真的帅呆我了!你突然晕过去,我都快被吓哭了,然后陆泽就跑了过来,你知道吗?!"

姜诗蓝:"啊,对了,年年,你等会儿还是上明礼论坛看看吧。我觉得你……一下子就彻彻底底地在明礼出名了,真的。"

江年咽了咽口水,想象了一下等会儿从校医务室出去之后的场景。

她可以在这里一直待下去吗？

不知道为什么，江年总觉得平静的生活好像离自己越来越远了。

就像是姜诗蓝所说的那样，"江年"这个名字以一种她自己从来没有想到过的方式，在明礼的论坛上一炮走红。

江年自己设想过不少在明礼小小出名的方式。

比如年级的前几名学生都发挥失常，只有她一个人超常发挥，然后爆冷门拿到了年级第一名；比如拿到了什么特别有含金量的作文比赛的第一名；比如英语演讲比赛得了第一名……

反正千千万万种可能，唯独现在这种走红的方式，是江年从来没有想过的……

她想到这里就忍不住想捂脸叹气。

而且江年发现，自从那天运动会之后，陆泽同学好像总以一种她吃不起饭的同情的目光看着她……

并且最过分的是，哪怕运动会都结束了，陆泽也丝毫没有停下早晨陪她跑步的日程！

运动会刚结束后的那个周一，江年一大早又被江妈妈给叫醒了。

"年年，你快点儿起来了，怎么又在睡懒觉？阿泽又在楼下等你了！"

江年很不解：运动会都结束了，自己不是不用跑步了吗？为什么陆泽还会叫她一起跑步？

江妈妈看着自家闺女的神情，一秒就看穿了她在想什么，于是说："阿泽之前已经跟我说过了，说你那天运动会突然晕倒，是体质太差的原因。所以尽管现在运动会已经结束了，他还是要把晨跑这件事情继续下去，帮你锻炼身体。"说到这里，江妈妈还忍不住感慨，"唉，阿泽可真是个懂事的好孩子，真是帮你太多了。你回头可一定要好好谢谢他。"

江年撇了撇嘴：那我可真是谢谢他了。

不管江年乐意不乐意，这件事情好像都没有商量的余地。

她被迫换上了衣服，下了楼。

215

刚一下楼,江年就忍不住打了个哆嗦。

一进入十一月,远城的天气好像突然就到了秋天一样。

这两天起风了,蓦地降温,温度倒也不算低,就是早晨的风让人觉得凉凉的。

江年摸了摸鼻子,而后抬头看向了在老地方等她的陆泽。

少年像是不怕冷一样,仍旧穿着单衣,连一件外套都没有拿。陆泽看到她后大步走向了她,问她:"怎么了?是不是感冒了?"

江年抿了抿嘴唇。

她好像只是摸了摸鼻子而已啊,连喷嚏都没打……

"天气凉了,你就多穿件外套。你的外套太薄了,明天会继续降温的,这几天起风了,你就换件厚的……"

听着本来话很少的男生对自己滔滔不绝,江年微微抬起头看了看陆泽的上衣,打断了陆泽的话:"你自己都还穿着一件单衣,连外套都没穿呢。"

哟,她还敢顶嘴了?

陆泽单手插进裤兜里,笑着说:"是吗?那个跑完3000米就直接晕倒的人是我吗?"

江年:"……"

这真是致命一击。

现在不管她跟陆泽讲什么,陆泽好像都有办法把话题拐到晕倒这件事上去,每次都让她无言以对。

行吧……反正她好像也说不过陆泽。

所以,江年甚至没来得及质问陆泽为什么运动会结束了还得每天晨跑,就被陆泽同学先发制人,夺走了所有的话语权。

然后她只能这么想:既然有人愿意陪着自己,那她多跑点儿步运动运动锻炼一下身体也是好的。

校运动会结束之后,大家的学习生活又重回正轨。

刚到学校,江年就突然惊醒了。

216

不对啊，今天是周一，而且运动会刚结束，学校为了让他们尽快收心，那就会在今天发成绩单。

放下书包，江年叹了一口气，照例在早读开始前和其他人聊天。

"今天中午又要发成绩单了，"江年忧愁满面，"我连答案都没来得及对。"

赵心怡叹了一口气："唉，我的数学没考好，最后一道大题基本上没怎么做，我一点儿都不想看见我的成绩单。这次的数学考试真的好难。"

段继鑫摆了摆手："算了吧你，你也就最后一道大题没做而已，我很多题不会做。"

赵心怡稍稍轻松了一点儿："真的吗？我还以为就我一个人觉得难呢，没想到你们这些数学好的人也会说难。"

施宇也点了点头："的确挺难的，我有很多不太确定的题。"

赵心怡更加放松了一点儿，转头看向江年："年年，你呢？"

"不行，"江年愁眉苦脸地说，"你没看我连答案都不敢对吗？'死'定了。"

赵心怡彻底轻松了。

没事，只要不是她一个人觉得数学难就好了。

施宇不忘再次调侃："也是，这次的数学考试啊，我觉得可能只有那位学神才觉得一点儿都不难吧。"

大家齐齐叹了一口气。

中午大家吃完饭刚回到教室里，成绩单就发下来了。

江年觉得自己快要消化不良了……

赵心怡比她先回到教室里，这个时候已经看了自己的成绩单，似乎正在唉声叹气。

看见江年走进来，赵心怡连忙招呼她："年年，成绩单发下来了，快来看看你的！"

江年应了一声，随口问道："你考得怎么样呀？"

217

"数学真的考砸了,只考了113分,"赵心怡很忧伤,"但幸好我其他科目还算发挥正常,年级第25名,保住了我在这里的一席之地。"

江年笑着拍了拍赵心怡的肩膀,而后看了看自己的成绩单。

总分679,排名年级第5名,好像在她的预估范围之内。

江年稍微放下心来。

也幸亏陆泽在考试前又给她恶补了物理,要不然她就真的跪了……

赵心怡好奇地问道:"你数学考了多少分?"

"142分。"

赵心怡:"……"

她不信邪地扭头问施宇:"施宇,你数学多少分?"

施宇随口答道:"148分。"

赵心怡:"段继鑫,你呢?"

段继鑫摇了摇头:"不太好,139分。"

赵心怡:"……"

能相信你们数学考得差,我真的是太聪明了呢。

## 第九章
## 你的礼物

十一月后,远城突然间就有了一些秋天的气息。

江年很喜欢这个季节,凉爽得让人舒适,而且明礼的校园里有很多桂花树,这个季节,整个学校都弥漫着桂花的香气。

不知道为什么,一到这个时候,江年就会生出一种时间过得很快的错觉。

天气飞快地转凉,在明礼进行了第三次月考之后,江年猛地发现,时间竟然已经迈入了十二月。

当然,江年在这期间觉得最让人开心的事情是,大家终于不再像之前那样频繁地调侃她了。

一次英语课,英语老师照例讲刚考完的卷子。

"对了,这次英语我们班考得特别好,我想夸夸大家。"英语老师笑了笑,"这次我们班平均分甩开普通班很多哟,而且两个英语最高分都在我们班。"

贺嘉阳举手问道:"老师,英语最高分是多少啊?"

英语老师有些惊讶:"你们不知道啊?144分,分别是江年和陆泽。"

大家就齐齐看向了江年。

江年:"……"

赵心怡还用手肘撞了撞江年,然后冲着江年挤眉弄眼:"可以哟。"江年已经快要麻木了。

以前她如果课间去找陆泽问题目,周围的人完全不会有什么反应。

但现在她去找陆泽,还没走到陆泽的座位跟前,谢明就会眼尖地发现她,然后隔着一段距离就开始招呼:"江年,来找泽哥问题哪?"

江年一般还来不及回答,陆泽周围的人就都听见了谢明的话,然后手里的事也不做了,就盯着她。

偏偏江年手里拿着物理资料,还不能装作自己只是路过,就只能无奈地点头:"啊,是的。"

谢明就"嘿嘿嘿"笑三声,然后故作正经地收住笑声,还特别有礼貌地说:"那你来我这里坐,不用客气!"

为什么陆泽可以毫无反应?后来她终于想明白了——没人敢打趣他,他还能有什么反应?

不过,这种过于频繁的调侃情况也没有持续太久。

可能大家发现,自从那次校运动会之后,陆泽和江年也没有太多交集,就是像正常同学那样子交流而已。

每到十二月末的时候,江年都会祈祷期末考试快点儿到来,早点儿放寒假,那样每天就可以窝在被窝里不用早起了。

以前天气不算冷的时候,起床好歹只是一个需要跟困意做斗争的工作,但是一进入冬季,起床就变成了一个需要同时和困意与寒冷一起做斗争的艰巨的任务……

江年每次都是在江妈妈的再三催促下才不得已起床的。

江年一边起床,一边嘟嘟囔囔:"真的太冷了,为什么这么冷的天气还得起床跑步?!"

江妈妈忍不住用手指戳了戳女儿的头:"人家阿泽比你起得更早,这么冷的天气还得在楼下等你,你还有什么好抱怨的?快起床吧,下去跑会儿步就暖和了。"

虽然有了心理准备，江年出单元楼门的时候，还是没忍住被扑面而来的冷风吹得哆嗦了一下。

她打了个寒战，而后快步朝着陆泽走去，熟练地接过陆泽递过来的热牛奶，边喝边口齿不清地问："今天几摄氏度啊？怎么这么冷？！"

陆泽打开手机，把屏幕递到她跟前："2~7℃，不算太低。"

江年继续嘟囔："那怎么这么冷？！泽哥，要不我们把晨跑暂停一下吧，等开春了再继续。"

陆泽皱了皱好看的眉头。

江年又哆嗦了一下："你看我每天都这么困，还得起床跑步。"

陆泽懒懒散散地说："江年，今天是晴天，有太阳，而且温度并不低。"

"人家都说了，南方的冷是魔法攻击，哪里是温度可以衡量的！"江年同学理直气壮地说道，"再说了，这太阳哪里是太阳，明明是冰箱里的灯！"

陆泽被女孩子的话逗笑了。

他知道江年怕冷，也觉得每天让女孩子这么早起床是有些残忍了，所以打算今天跑完步之后，就跟她说先暂停一段时间，等到春天再继续。

但是既然是江年先提出来的，那……

陆泽眯着眼睛笑了笑，而后循循善诱地问道："想休息一段时间？"

江年一看有商量的余地，立马眼睛发亮，猛地点头："对的！能休息一段时间吗？"

女孩子撇了撇嘴："最近真的太冷了！"

陆泽继续诱导："你知道今天几号了吗？"

江年不知道话题为什么转到了这里，但还是回答道："12月11号，怎么了？"

"嗯，"陆泽懒散地点头，"再过半个月，有个节日……"

陆泽只说了一半，就没再说下去了。

江年的脑子飞快地转动起来。

再过半个月，那就是新年了，陆泽会这么说，肯定是有原因的，而现在看来，她的回答关系着能不能休息一段时间再继续跑步了。

大脑飞快地运转后，江年小心翼翼地说："新年！我会送礼物给泽哥的，泽哥放心！"

陆泽挑了挑眉。

江年：看起来他好像不是特别满意啊……

江年迅速地反思："我会再送一份礼物给泽哥的，感谢泽哥带我跑步锻炼身体！"

陆泽又挑了挑眉。

江年：他还是不太满意吗？

江年愁眉苦脸地思索着。

这人怎么会这么难伺候！

陆泽问道："你会送别人礼物吗？"

江年茫然了一下，看了看陆泽的表情，猜测："不会？"

她很上道。

陆大少爷终于满意了，懒懒地点头："那从明天开始，晨跑就暂时取消吧。"

太好了！

江年忍不住欢呼了一声，明天早上终于可以晚起一会儿了！

看着面前的陆泽，江年眼里全是亮闪闪的感动的光："泽哥，你真是个大好人！你放心，就算我不跑步了，你也可以来我家里吃早餐的！"

不知道为什么，陆泽难得萌生了一种卖了面前的女孩子，结果她还替自己数钱的愧疚感……

他愧疚归愧疚，该有的福利还是一点儿都不能少。

陆泽故作不在意，随意地点了点头："好，那今天就不跑步了，走一走吧。"

江年已经快要跳起来了。

泽哥真的是个大好人！

江年忍不住思考了起来。

新年送礼物，她该送什么啊？陆泽喜欢什么东西啊？

江年歪了歪头，有些茫然。

她直接问本人是不是不太好？

江年试探着问："泽哥，你有没有什么喜欢的东西？"

陆泽调侃道："你送别人礼物还要问别人喜欢什么，是不是不太真诚？"

果然是这样……

江年失望地垂下了嘴角。

虽然自己也没指望陆泽会回答自己的问题，但是听到这个需要让自己动脑子想的答案，江年还是忍不住叹了一口气。

不过也是，要是泽哥真的回答了自己的问题，那才奇怪呢。

江年想到这里，迅速地摸出手机，而后点开支付宝看了看自己的账户余额。

下一秒，她就松了一口气。

陆泽有些奇怪地看了女孩子一眼："怎么了？"

江年摇了摇头。

她只是想起节日时的物价，再想起自己得送周围的朋友每人一个小礼品，还得去给陆泽买礼物，就觉得自己的小金库正在"哗啦啦"地往外倒钱。

但是也幸好她平时足够勤奋，投稿赚的稿费足够让她度过这个新年。

江年暗暗为之前勤奋的自己点了个赞。

新年之前的几天，江年去上学的路上，都能明显地感受到日益浓郁的节日气氛。

她经过一条商业街时，路旁的店家都已经在门店上布置了节日的装饰，周围全是一片红彤彤的颜色，看起来格外喜庆。

她时不时还能听到店家喇叭的声音。

"新年超值回馈，超值回馈，进店即送精美礼品一份，店内所有商品第二件半价，第二件半价……"

声音听起来热闹无比。

刚进教室里，江年就明显地感受到了班里和平时很不一样的气氛。

可能大家都被街上节日的氛围感染到了，所以这个时候都在三三两两地聚在一起聊天。

江年摘下围巾，而后搓了搓手，跟孔蔓蔓、贺嘉阳还有韩疏夜等人挨个儿打了招呼，这才坐在了座位上，然后跟赵心怡抱怨："早啊，同桌，这两天是寒流来了吗？我怎么觉得突然变冷了呢？"

赵心怡也点了点头："对啊，好像天气预报说今晚会下雨吧，我看温度也降了不少，刚才走在路上都觉得空气湿漉漉的。这种魔法攻击也太可怕了，没看我们班连空调制暖都打开了吗？"

"唉，"江年学着陆泽的姿势，单手撑着下巴，"我小的时候不上网，所以什么都不知道，就觉得北方人都过得好惨。结果现在能看到外面的世界了，我才知道原来人家有暖气这种东西……真正惨的是我们，呜呜呜。"

"别说了，让人悲痛。"赵心怡也低下了头，又好奇地问道，"不过不知道北方人的暖气都开多少摄氏度？我觉得我们的空调的温度也挺高的啊。"

江年摇了摇头："我也不知道。我以后一定要去北方读大学，然后感受一下有暖气是什么感觉，以及暖气究竟开多少摄氏度。"

贺嘉阳在前面听得忍不住好笑："你们说什么呢？我外婆家就是京市的，他们那里的暖气没有具体温度，就是通的暖气而已啊，不过真的整个屋子都是温暖的。"

江年正为自己的无知而默默羞愧，就眼尖地看到了什么东西。

刚才贺嘉阳脸朝前坐着，身子挡住了桌肚，江年就什么都没看见，但是现在贺嘉阳这么一转过身来，桌肚露出了一半，她就眼尖地发现了那东西。

她指着贺嘉阳的桌肚，低声问道："班长，那是你收到的礼物吗？"

贺嘉阳愣了愣。

他也是刚进教室里，然后就跟同桌说了会儿话，书包都没来得及放,所以完全没有注意到桌肚里的东西。

贺嘉阳低头看去,而后将东西拿了出来。

江年跟赵心怡都"哇"的一声感叹了出来:"真的是礼物呀!"

贺嘉阳本人都有些猝不及防。

赵心怡指了指礼物的顶部:"好像有便笺。"

贺嘉阳拿下便笺,而后看了看。

江年看到贺嘉阳蓦地变得很奇怪的神情,有些好奇:"上面写了什么啊?"

贺嘉阳深吸了一口气,把便笺递给了江年,示意她自己看。

江年边看边读。

"贺嘉阳,能帮我把这份礼物转送给陆泽吗?"

江年读着便笺上写的话,越读声音越小,读到最后已经快要成消音状态了……

她小心翼翼地抬头看了看贺嘉阳的神情,又别过头跟赵心怡对视了一眼,两个人的脸上满是同情之色。

得亏贺嘉阳脾气好,要是换成其他人,估计会很生气。

贺嘉阳觉得又好笑又好气,摇了摇头,长叹一声。

江年胆战心惊地安慰道:"班长,你想开点儿。"

贺嘉阳更是要被气笑了,瞪了一眼江年:"我像是那么容易想不开的人吗?"

再说了,这种事情他也不是没有经历过……

江年也很好奇:"为什么送礼物的人不直接给泽哥,非要通过你来给泽哥啊?"

贺嘉阳低头思索了一下,而后回答道:"其实原因挺多的。有的人就是想送礼物给阿泽,但是自己不好意思,也不想让阿泽知道那是她送的礼物;再者就是知道阿泽不收礼物,如果直接给阿泽,阿泽肯定接都不会接的。"

江年顿了顿,又问道:"那一般你把礼物转交给陆泽的话,陆泽就会收吗?"

贺嘉阳撇嘴："当然不会，阿泽跟我说，他一心只有学习，收人家的礼物像什么话！所以每次他都让我把礼物处理了。那种知道是谁送的礼物，我还能原路退回去，这种不知道是谁送的……"他仰天长叹，"全都在我家里堆着，盒子都没拆开。"

江年跟赵心怡都觉得很好笑。

江年又默默思索了一下。

原来……泽哥是不收女孩子的礼物的啊？

江年抿了抿唇，强行压抑住嘴角的笑容，低头拿出了课本。

节日氛围随着一天时间的流逝而越来越浓，等到吃晚餐的时候，江年觉得整个学校里都是压抑不住的节日气氛了。

江年照例跟姜诗蓝一路跑去食堂点了餐，然后两个人找了个角落的位置开始吃饭。

平时，江年晚餐喜欢吃小米粥，然后点一份百吃不腻的土豆丝。

但是最近降温太厉害了，空气中又满是湿漉漉的感觉，所以江年吃热汤面的次数倒是越来越多。

今天她又没忍住点了一份面条，还加了一大勺辣椒，热汤上面漂着一层红红的辣椒油，怎么看怎么好吃。

江年刚拿出筷子，就快要流口水了。

跟江年这种无辣不欢的人不一样，姜诗蓝几乎一点儿辣都吃不得。

她有些害怕地看着江年面前碗里的面，摇头："年年，你吃起辣真的太可怕了。"

江年笑得眉眼弯弯，而后拿起勺子喝了一口汤，只觉得整个人都被治愈了。

太暖和了！

果然这种湿冷的天气，就适合喝这种热辣辣的汤！

猛地想起什么，江年赶忙放下筷子和勺子，而后从包里拿出一个礼物递给姜诗蓝。

"节日快乐啊，诗蓝。"

姜诗蓝接过礼物,也从自己的包里拿出了两个礼物。

江年蒙了。

她怎么还双倍奉还了?

姜诗蓝一眼就看出了江年在想什么,瞪了她一眼,而后又有些不好意思地说:"节日快乐,年年。那个……这个礼物可以帮我给贺嘉阳吗?"

原来第二个礼物不是给自己的啊……江年撇了撇嘴,正准备一口答应下来,又突然想起今天贺嘉阳说的事情。

她有些迟疑。

"你真的不自己给他吗?"江年歪了歪脑袋,"我转交给他,他连是谁送的都不知道。"

姜诗蓝点了点头:"对,他知不知道是谁送的都无所谓。"

江年叹了一口气,接过礼物:"行吧……你自己知道就好。"

吃完晚餐回到教室里,江年就看到班里的同学明显没什么上晚自习的心思了。

一个个一点儿都没像平常那样埋头苦学,整个教室里都洋溢着浓浓的过节气氛。

江年回到座位上,而后拿出礼物开始给周围的人分发。

"心怡,节日快乐!"

"施宇,节日快乐!"

"老段,节日快乐!"

"韩同学,节日快乐呀!"

…………

贺嘉阳都忍不住好笑地吐槽道:"江年,你只会'节日快乐'这一句台词吗?"

江年白了他一眼:"那你还想听什么?"她笑着跟贺嘉阳调侃了几句,从书包里摸出两个礼物,"好了,不闹了。节日快乐,班长,你辛苦了!"

贺嘉阳看着江年手里的两个礼物,有些惊喜的样子:"哇,我有两个啊?"

他刚喜滋滋地从江年手里接过礼物,就听见女孩子笑道:"对啊,是不是很开心？一个是我送的，还有一个是我朋友送的。虽然我朋友不让我说她是谁，但是还是让我转告你，祝你节日快乐！"

贺嘉阳顿了顿，笑了出来："行吧，节日快乐。"

收到了好几个作为回礼的礼物，江年把几个礼物挨个儿摆在了桌子上，然后愁眉苦脸地看着它们。

她买礼物一时爽，现在真的发愁了。

它们还全都是精心包装过的礼盒装……

江年长叹了一口气。

江年正在发愁的时候，刚吃完晚餐过来班里转一圈的姚子杰就走到了她的座位旁，而后一眼就看到了女孩子的桌子上摆着的一排礼物。

他有些好笑："江年，你这是在班里摆摊卖礼物吗？"

江年认真地点头："老师，您要买礼物吗？"

姚子杰故意拉下脸："不买，快给我收起来！"

江年吐了吐舌头，而后迅速地把礼物收进了桌肚里。

姚子杰在教室里转了一圈，就出去了。

江年悄悄转过头，看了一眼陆泽的位置。

陆泽这个时候正跟谢明说着话。

准确地说，是谢明说着话，陆泽不知道有没有在认真地听……

江年把手伸进书包里，摸了摸自己的礼物盒，只觉得心脏都要跳出来了。

啊……她这个时候去给陆泽送礼物是不是不太好啊？

周围那么多人看着呢……

那她什么时候送礼物比较好？

江年正在苦思冥想的时候，就看见丁献从后门走了进来，边走边叫道："泽哥，门口有人找你。"

这已经是今天不知道第几次有人找陆泽了，显然，大家都已经见怪不怪了。

江年自以为没人会发现，小心翼翼地转过头看了看陆泽的位置，却不料，这次她的偷看行为突然就被陆泽给抓包了。

男生懒懒散散地撑着头,朝着江年勾了勾唇。

江年蓦地脸爆红,而后飞快地扭回头,装作什么都没发生的样子。

"泽哥?"丁献有些奇怪地看了陆泽一眼,"人在门口等着呢。"

"老丁,可以麻烦你帮我一件事吗?"

班里已经有不少人注意到了他们那边的动静,都在好奇地盯着陆泽他们。

丁献也有些纳闷儿:"啊?什么事?"

陆泽又勾了勾嘴角,而后伸了个懒腰,浅蓝色的校服外套衬得整个人清俊得出奇。

"帮我转告一下,说我想跟一位同学一起好好学习,所以,不收礼物。"

刚才还有些吵闹的教室,在陆泽说完这句话之后,一瞬间就变得安静下来。

大家都纷纷转头看向了陆泽,表情很震惊,好像陆泽刚才说了什么不得了的话一样。

陆泽表情是一贯的轻松模样,仿佛刚才那句话并不是从他口中说出的一般。

江年也有点儿不敢相信自己的耳朵。

刚才……陆泽说了什么?

他说他想跟一位同学一起好好学习,所以不收礼物是吗?

她没有听错吧?

整个教室的安静的气氛,是被丁献给打破的。

丁献同学茫然无比的声音响起——

"欸?"

显然,整个教室里,只有丁献同学是茫然的、不在状态的。

他抓了抓头发,再次茫然地看向陆泽:"泽哥,你在说什么?"

陆泽懒懒地抬眼,看了丁献一眼:"你是傻子吗?"

丁献撇了撇嘴,很是不服气:"泽哥,人家还在门口等着呢。刚才我进来的时候,她跟我说,在路上碰到了数学年级组组长,然后让你

229

过去。你快去吧,人家女孩子等着给你传话等了半天了。"

陆泽:"……"

江年:"……"

大家:"……"

丁献同学,您讲话为什么要大喘气?您一开始就说清楚不就行了?

陆泽生平第一次在这么多人面前做出这么丢人的事情,现在……

总而言之,不管那件事情到底怎么样了,陆泽那句一开始听起来很帅、后来听起来……很傻的话,依然被江年记住了。

当然,这话也被一众同学记住了。

当事人陆泽却全然没有自己刚才语出惊人的自觉。

实际上,他现在也算不上多么安逸自得。

他正在脑子里反思自己刚才做出来的丢人事情。

陆大少爷生平第一次觉得自己脑子有问题。

这种感受,在谢明同学的话里愈来愈深刻。

"泽哥,"谢明直到这个时候都还忍不住笑,"您刚才那句话真的太帅了,哈哈哈。"

当然,如果没有丁献后面的话,那这话就会显得更帅一点儿了!

陆泽懒懒地抬起眼眸,瞥了谢明一眼。

谢明立马噤声,当作自己刚才什么都没说。

陆泽继续低头懊恼。

正在这时,一个轻轻软软的嗓音在他旁边犹犹豫豫地响了起来。

"泽……泽哥……"女孩子声音有些迟疑,落在陆泽耳中却宛如天籁。

陆泽猛地抬起头来。

女孩儿有些羞涩地笑了笑,不好意思地抿了抿唇:"泽哥,节日快乐啊。"

陆泽都难得有些愣怔了。

他脑袋里空荡荡的,只知道机械地回应女孩子的话:"嗯,谢谢,节日快乐……"

江年又抿了抿唇,而后犹豫了一下,还是伸手把自己藏在后面的礼物盒拿了出来,恭恭敬敬地双手递给陆泽:"谢谢你经常给我讲物理题,还督促我跑步……"

饶是一向自认为文笔好、向来不会词穷的江年,这个时候也不知道该说些什么好了。

而且刚刚陆泽在教室里那么多人面前说过"不收礼物",自己这就送礼物……是不是不太好啊?

但是江年也确实没什么时间思考好不好了,再说了,可是陆泽主动让自己送礼物给他的!

他要是不要……那她也没什么办法。

江年同学很识时务,一向不是什么威武不能屈的人。

所以这个时候,江年略略忐忑地看着面前的陆泽,暗中思考着自己等会儿该怎么没那么丢脸地把礼物拿回去。

而后,她就看到陆泽抬起眼来,直直地盯着她。

江年一阵心虚,已经快要准备撤退了:"啊……泽哥,不好意思,你要是真的不收礼物……"

话没说完,江年手里的礼物就一下子被陆泽给夺走了。

他语速飞快,一点儿都没有往常懒散的样子:"不,我只是不收陌生人的礼物而已。"顿了顿,陆泽才继续说道,"你又不是陌生人。"

江年张了张嘴,竟然不知道自己该说什么。

陆泽甚至都没拆开礼物,便抬起头来,朝着江年露出了一个毫不吝啬的笑容:"谢谢。"

江年:"那……那我就先回去了……"

话还没说完,江年就快速地转身,小步跑开,徒留身后一群寂静无声、面面相觑的男生。

陆泽压根儿没管身边的人怎么想,正喜滋滋地看着江年给自己的礼物。

不知道江年精心准备的礼物是什么啊?

谢明再次凑过来,压低声音问:"泽哥,你刚说的不收礼物的原则，立马就推翻了啊？"

陆泽抬起长腿蹬了谢明的椅子一下，而后咧嘴笑骂："滚！"

谢明又凑过来："泽哥，你这心情也太好了吧？"

陆泽歪了歪唇："那必须的。"

谢明有些不明所以。

陆泽从礼物盒里拿出江年给自己的礼物，秀给谢明看。

谢明好奇地看过去。

下一秒，谢明就赞叹出声："竟然是手套啊，而且一看就很暖和。"

陆泽得意地挑了挑眉，而后把手套翻过来看，这才发现手腕的地方绣了一个字母，左手绣的是"L"，右手绣的是"Z"。

陆泽有点儿愣住。

这……是江年自己做的？

江年喜滋滋地收起了手机，嘴角全是压抑不住的笑容。

赵心怡靠过来，声音低低的，语气里却全是好奇和八卦的意味："怎么样？礼物送出去了吗？"

江年抿了抿唇，没说话。

"嘿，还不跟我说了？"赵心怡伸出一只手，搭在江年的肩膀上，语气里满是打趣之意。

贺嘉阳似乎听到了两个人的对话，也笑着转过头来："江年，你只给他准备了礼物吗？没有我的吗？"

赵心怡稍稍奇怪地瞥了贺嘉阳一眼。

不知道为什么，她总觉得贺嘉阳刚才的话，一半是打趣，另一半是认真。

到底是怕场面尴尬，赵心怡也连忙跟着问道："对啊，江年，这可不行，也没有我的礼物吗？"

江年撇了撇嘴："没有。"

这人这么直接的吗？！

江年也挑了挑眉，歪头："当然是因为泽哥成绩那么好才有礼物的，我这么热爱学习的人，不送泽哥送谁？"

贺嘉阳跟赵心怡都"喊"了一声。

只不过,赵心怡边跟江年开着玩笑,边不动声色地打量了几眼贺嘉阳的表情。

不知道怎么回事,她总觉得贺嘉阳的表情有那么一点点奇怪。

尽管贺嘉阳已经掩饰得很好了,但是她依然看出来了。

赵心怡微微皱了皱眉头,觉得自己好像在无意之间发现了什么不可告人的秘密……

她又看了看江年,发现女孩子早就不在意这件事情了,已经去桌肚里面摸习题册来做习题了。

赵心怡也微微收住了心思。

可能是她想多了吧……

正准备也继续做题的时候,赵心怡就听到江年"啊"了一声。

她转过头,看向江年。

江年从桌肚里摸出了一个小礼物盒,一脸茫然的表情:"这个是……?"

江年手里,是一个小小的、包装得很是精美的盒子。

还没等江年反应过来,后面的段继鑫已经眼尖地发现了这里的情况,大嗓门地叫了出来:"可以啊,江年,你竟然还收到了节日礼物?!"

江年:"……"

您的嗓门真的太大了,把我都给吓了一大跳好吧。

听见段继鑫这么一叫,施宇和韩疏夜也都好奇地看了过来,而后都起劲地盯着江年手里的礼物盒。

江年同学有点儿承受不住这突然的高光时刻。

她咳嗽了一下,清了清嗓子,小心翼翼地拆开了最外面的一层包装纸。

这的确是一个很小的盒子,但是她一眼就能看出包装得无比用心,而且外面的包装纸也是纯色的,很好看。

盒子也就江年的手掌那么大,呢绒材质的,方方正正,宝蓝色的,很漂亮。

猛一眼看上去，江年都忍不住有点儿想歪。

韩疏夜"啧啧"地感慨了几声："江年，这个形状看起来好像是……首饰啊。"

江年："……"

实不相瞒，她自己也是这么觉得的。

她都不敢拆开盒子了，生怕一拆开，就看到一枚戒指。

咽了咽口水，江年深吸了一口气，而后拆开了盒子。

幸好，盒子里的东西不是首饰，而是一个水晶球，很精致。

盒子里面还有一张卡片，但是卡片上面并不是手写的字迹，而是打印出来的："节日快乐，江年。"

好的，这就是送给她的没错。

江年一头雾水。这是谁送的礼物啊？

贺嘉阳也帮忙分析："我看是特意打印的卡片，应该是对方怕被认出字迹，而且连名字都没留，是不是说明是你认识而且还挺熟悉的人？"

江年歪了歪头："但是如果是我很熟悉的人，不至于连个名字都不敢留吧？毕竟朋友之间互送礼物多正常啊。"

这话好像也很有道理。

贺嘉阳张了张嘴，没有再说话。

施宇继续猜测："要不然就是想给你个惊喜？泽哥送的？"

嗯……

这个好像挺有可能的，但是不知道为什么，江年总觉得这不像是陆泽的做事风格。

陆泽才不会默默无声地送礼物，连名字都不敢留呢。

他要是送她礼物，那一定会让她明明白白地知道是他送的。

但是现在看来，江年觉得这是陆泽送的礼物的可能性最大。

江年想了想，还是低头发了消息给陆泽。

星辰："泽哥，你往我的桌肚里塞礼物了吗？"

那边的人堪称飞速一般回了消息。

满眼星辰："你收到礼物了？！"

那看来礼物真的不是他送的。

江年叹了一口气,而后收起手机,冲着几个人摇了摇头。

又不是啊,施宇也跟着叹了一口气,转过头看了一眼陆泽的位置。

陆泽不像以往那样懒懒散散的,正皱着眉头盯着江年这边。

几个人都看着江年手里的礼物,一时间一筹莫展。

江年也盯着礼物半天,而后把盒子扣了回去,塞回桌肚里。

赵心怡一脸蒙:"不猜了?"

江年同学很是佛系:"不猜了,有什么好猜的?人家送礼物的人都不想让我知道,那我就不去知道了吧。"

周围的几个人:可是我们好奇啊。

果然只有当事人最为佛系。

江年心安理得地放下礼物,拿起书开始学习。

今日的晚自习,总是显得格外特殊。哪怕大家都在做题,但也因为这个特别的节日而显得不一样起来。

姚子杰来班里转了几圈。

"你们哪,"姚子杰"啧啧"感慨了几声,"是不是每个人送了我一个礼物?我今天吃完晚餐回到办公室里都愣住了,哪里放得下啊?"

班里的同学都低声笑了起来。

姚子杰笑道:"祝大家节日快乐。明年就不要送了,没地方放!"

第一排一个女孩子接话:"老师,那您就拿回去给女朋友呗。"

教室里的人全都哄笑了起来。

姚子杰也哭笑不得,瞪了女孩子一眼。

谢明扬声说道:"你不要说得好像姚老师有女朋友一样!"

大家笑得更欢快了一点儿,一个个全都抬起头看着姚子杰。

姚子杰故作严肃地说:"你们都说什么呢?!给我好好学习,天天脑子里只有谈恋爱,谈恋爱能让你们考上清北吗?!"

大家都很给面子,纷纷噤声,继续低头写作业。

贺嘉阳举起手,姚子杰点了点头:"有什么事?"

男生温文尔雅，语气也很是礼貌懂事："老师，我就是想问一下，我们毕业的时候，有机会吃上您的喜酒吗？"

姚子杰：不知道为什么，感觉自己有被冒犯到。

大家再次哄笑，整个教室里都洋溢着一种欢乐无比的氛围。

姚子杰也没有真的生气。他这几年都被调侃习惯了，再加上今天又是节日，所以也就跟大家一起开了几句玩笑。

他正准备示意大家继续认真学习的时候，靠窗边的一个男生突然惊呼出声："下雪了！"

一听到这话，刚才好不容易稍微安静下来一点儿的学生们突然沸腾了。

而且不只他们一个班级沸腾了，整栋楼都显得吵闹起来。

大家都惊诧不已，纷纷问道："真的吗？真的下雪了吗？"

远城下雪的次数很少，所以大家真的很少能见到雪花，猛地听到"下雪了"，都觉得有点儿魔幻。

姚子杰也好奇地走到窗边，而后看着外面飘飞的雪花，点了点头："真的下雪了。"

闻言，大家更加沸腾了，一个个恨不得都挤到窗边去看雪花。

姚子杰看着躁动的众人，知道他们一时半会儿也没有心思学习了，笑道："你们去窗边看看吧，不要出去也不要吵就行。"

大家齐齐欢呼一声，而后纷纷挤到了窗边看外面飘落的雪花。

赵心怡也对江年小声说道："真的好美啊。"

江年点了点头。

可不是嘛，南方孩子真的太少看到雪了，而且，还是这种大家一起看雪的场景。

蓦地，江年觉得有人戳了一下自己。

她好奇地回头，便看见陆泽站在自己身后。

陆泽朝着她"嘘"了一下，把一个礼物袋递给了她。

"节日快乐。"

江年听到陆泽小声地说着祝福的话。

## 第十章
## 两个人自习

江年的爸妈照例在客厅里边看电视边等她下晚自习回家,一听见门口有声音,江妈妈就连忙端着一杯热水走了过去。

"你这孩子,我说让你爸爸开车去接你,你还不同意,外面下雪了,你回来的时候冷不冷?"

江年噘了噘嘴巴,接过热水喝了一口,只觉得自己浑身都暖和了不少。

下雪天虽然很好看,但是到底是降温了的,她走在路上觉得很冷。不过她听说下雪不冷,化雪更冷。

再想想等雪开始化的时候,走在路上都容易摔跤的场景,江年突然觉得下雪好像也没有那么好了……

打断了脑子里的胡思乱想,江年冲着江妈妈撒娇:"不是啦,我跟诗蓝一起走回来也觉得还好,而且外面下雪了,爸爸开车不安全。"

江妈妈摇了摇头:"你这孩子。"

她到底没再说什么。

想起礼物,江年又蓦地想起自己的书包里陆泽送的礼物。

她蓦地心跳加速,而后"咕咚咕咚"地喝了杯子里的水,换掉鞋子:"爸、妈,我突然想起来我有件事忘了做,先回房间啦!"

说完,也不等江爸爸、江妈妈说什么,江年就"啪嗒啪嗒"地踩着拖鞋回了自己的房间。

江妈妈一时语塞,看着江年的背影,对江爸爸摇了摇头:"也不知道这丫头天天风风火火地做什么。"

江年快速地跑回自己的房间,关上房门,坐在书桌前打开了书包。

她现在满脑子都是陆泽递给自己礼物的场景。

那一瞬间,江年真的很开心。

礼物盒不算很大,是用黑色的包装纸包住的,上面还用铅笔写了"节日快乐"的字样,是陆泽一贯的字迹,潇洒又帅气。

江年忍不住有点儿想笑,然后小心翼翼地拆开包装纸。

她在心里猜测着里面到底是什么礼物。

猜测了半天,江年都没得出结论,干脆打开了盒子。

然后,她就看到了一个纯色的保温杯。

保温杯是很浅很浅的粉色,上面并没有什么多余的图案,容量大概有400毫升的样子,看起来很精致漂亮。

江年心头一喜。

这个颜色和风格真的太让她心生好感了。

保温杯真的很漂亮,一眼看上去就让人喜欢。

而且还是这么实用的东西,江年很是满意。

江年拿出杯子看了看,稍微一动,就听见杯子内有什么东西晃荡的声音。

她有些奇怪,拧开了保温杯的盖子,往里面看了一眼。

里面好像有一个金属的小盒子……

江年好奇地把杯子里面的东西倒了出来,真的是一个盒子,盒子不大,刚好能放进保温杯里。

她打开盒子看了看,入目的是一大堆发饰。

出乎江年的意料,陆泽虽然是个大直男,但是显然挑东西的眼光很是不错,每个发卡都很好看,简单又大方,颜色和造型都很别致。

江年在盒子底部看到了一张小卡片,小卡片上面写着:"我知道你的发圈经常丢,那就干脆送你一大堆吧。一共有 25 个。"

江年歪了歪头,数了起来。

奇怪,为什么发圈只有 24 个?

节日一过,班里的学习氛围又突然浓郁了起来。

倒不是因为别的,而是节日过去后,就意味着期末考试要来了。

高二的期末考试还不是市联考,但是明礼会跟远城的几所高中一起出卷子。

等到高三的时候,远城才会开始频繁地市联考,明礼才会真正跟市一中一起考试。

所以,每次高三的第一次市联考,老师们都会格外重视,并且把第一次市联考戏称为"和一中的第一次兵戎相见"。

之所以这样,主要是因为明礼和市一中作为远城最好的两所高中,也是最出高考成绩的两所高中,一向是把对方视作自己的竞争对手的。

通常,不出意外的话,远城的高考第一名就会在明礼或者市一中里面出现。

去年的高考,明礼中学的那位徐临青学长狠狠地给明礼争了一口气,不仅是市第一名,甚至是去年的省第一名,让明礼很是光彩。

只不过今年,就不知道是什么情况了。

当然,这些事情,很多是姚子杰讲给他们听的。

姚子杰拍了拍桌子:"所以,这次的期末考试,市一中一定会探听我们班的成绩。就算不跟他们一起考,大家也得考出个好成绩,然后好好回家过年,听见没?!"

班里响起稀稀拉拉的回答声,学生们:"听见了……"

姚子杰皱了皱眉头,下了狠招:"校长告诉我,说我们班学风太轻松了,所以会盯着我们这次的期末考试成绩的。如果我们考得好,那就算了,如果考得不好……"姚子杰并没有继续说下去,反而停住了,只是意味深长地环视了大家一圈,再次强调,"听见了吗?"

这次是整齐而响亮的回答声,学生们:"听见了!"

毕竟，他们班身为一个重点班，老师们却对他们很宽松，真的很难得了。

"还有，陆泽！"姚子杰突然点名，"几个学校的联考，你必须给我拿个第一名回来，知道吗？"

姚子杰的语气太过郑重，大家都转过头，盯着陆泽。

在全班人的目光中，陆泽慢慢地伸了个懒腰，而后站起身，笑了笑："老师，您尽管放心，有我在，第一名哪里有他们的份？"

全班人都叫了起来。

怎么说呢？如果别人说这句话，他们可能还会觉得不服气，但是这句话从陆泽嘴里说出来，那就只会让人感慨和佩服。

可不是嘛，有陆泽在，第一名哪里有别人的份？

姚子杰也笑着摇了摇头："你也别太轻敌了。"

江年忍不住觉得好笑，然后端起杯子喝了一口水。

赵心怡突然像是发现了新大陆一样，凑到江年耳边，压低了声音好奇地问道："年年，你新买的杯子吗？好好看哪。"

江年有些心虚地放下杯子，随便应了几声。

赵心怡再次打量了几眼杯子："这是什么牌子的啊？有链接吗？我也想买个保温杯了。"

江年就更加心虚了："啊……就……就一个不知名的牌子。"

看江年好像不太想说的样子，赵心怡就没有继续问下去。

她又打量了几眼杯身，而后暗自疑惑：这种一看就很有设计感的线条，怎么看都不太像是一个不知名的牌子吧？

她有些奇怪地摇了摇头。

江年低下头来。

可能是陆泽送的这个保温杯真的挺好看的，这几天已经陆续有好几个人问江年这是什么牌子的杯子了，但是她都不太好意思说是陆泽送的，所以每次都是含糊着说不知道。

期末考试来得很快，结束得也很快。

和往常一样，两天的考试安排，语文、数学、理综、英语。

写完英语作文的最后一个标点符号后，江年终于从心底里松了一口气。

一门一门地考下来，江年只觉得浑身疲惫，尤其是每次考完数学和理综，都觉得自己浑身上下的力气被耗尽了……

不过现在，他们终于考完试了！

江年这么一想，就开心起来了。

明礼的寒假一向都是放四周，而且并不会安排补课，老师也就是象征性地布置一点儿作业。

不过也可能是因为现在他们只是高二而已，听说高三的寒假，就没那么轻松了。

江年想到这里，赶紧飞快地收住自己的脑子里那堆有的没的的想法，快速地把英语卷子翻了过来，开始检查自己的选项。

这次的考试难度算是中等，江年除了物理考得稍微有点儿差，其余的科目都觉得发挥得很正常。

尤其是这次的英语，江年竟然发现有两篇阅读理解自己在报纸上看过原文，更值得惊喜的是，这次的完形填空，她前两天刚刚看过一模一样的文章。

坚持英语课外阅读，真的给她带来了很大的惊喜。

所以江年这次英语考试题做得格外迅速。检查完卷子，确定自己没有什么好修改的地方后，她犹豫了一下，还是站起身交了卷子。

倒也不是因为别的，实在是中午她没怎么吃东西，现在很饿。她打算先去小卖铺买点儿东西吃。

刚出考场，江年就听见有人叫了自己的名字。

她愣了愣，然后抬起头来，就看到陆泽斜倚在对面的栏杆上。

江年揉了揉眼睛，以为自己出现幻觉了。

"泽哥？"江年很惊讶，"你怎么出来得这么早？"

她觉得自己已经出考场很早了，怎么陆泽出来得比她还早？

陆泽懒散地笑了笑："早早就写完了。"他冲着江年晃了晃自己手里的塑料袋,"我出校门晃了一圈,正好看到大爷出摊了,就买了两个烤红薯。我吃了一个,还剩下一个吃不下了,你要不要?"

江年的眼睛"噌"地就亮了起来。

在这种寒冷的天气里,有一个热气腾腾、香气扑鼻的烤红薯摆在自己面前,江年只觉得整个人都开朗了。

她连蹦带跳地到了陆泽面前,眼睛盯着陆泽手里的袋子:"当然要!谢谢泽哥!"

说完,江年就感受到了烤红薯的热意,摸一下,整个人都暖和了不少。

她连忙移开袋子,撕下最上面的红薯皮,咬了一大口。她正准备吃第二口的时候,突然看到监考老师走了出来,站在门口说:"两位同学,别在考场前面吃烤红薯呀,大家可都正做着题呢!"

江年反应过来后,迅速地低头道歉:"不好意思,老师,我现在就走。"

说完,她拎着那个自己只啃了一口的红薯和自己的包,往教学楼外跑去。

呜呜呜——太丢人了,她不是故意的!

江年快速地下了楼,到了没什么人的地方才重重地喘了一口气,不由分说地瞪了陆泽一眼:"都怪你,太丢人了!"

陆泽单手插进裤兜里,优哉游哉地说:"又怪我?"

江年跺了跺脚:"对!就怪你,要不是你的烤红薯,我怎么会被老师说?!"

陆泽点头:"行,那就怪我吧。"

江年张了张嘴:"啊,我这样说好像有点儿没良心了,哈哈。"

陆泽笑了笑:"你寒假有什么打算吗?"

江年抿了抿唇:"我也没有太详细的计划吧,估计就是每天睡到自然醒,然后年前几天去图书馆把寒假作业做完,过完年就好好休息休息、看看书。"

陆泽若有所思地点头:"市图书馆吗?"

"对啊,也没有其他特别适合的地方了。"江年随口回答道,"不过寒假可真令人期待啊,我都等寒假好久了。"

愉快的寒假就是这么开始的。

期末考试的成绩,学校会直接发到学生的邮箱里,到时候他们自己查收就行了。

再加上江年这次期末考试自我感觉良好,所以她并没有什么心理负担,整个人轻松无比地开始了寒假生活。

她就按照计划实施着,每天睡到自然醒,有时候会叫上姜诗蓝或者祁书南一起出去逛街、散步或者看电影。

不过大多数时候,江年还是会吃过午饭后去图书馆学习。

江年在做作业上一向是一个没有一点儿拖延症的人——倒不是多喜欢学习,实在是因为江年觉得在没有做完作业的时候就去玩,心理负担太重。所以她干脆就选择了每次假期都尽快把作业解决掉,然后开开心心地玩耍。

临近过年,江爸爸、江妈妈还没放假不说,最近还忙碌得不得了,一大早就出了门,江年倒是优哉地睡到快中午才起床。

被窝里真的太温暖了,江年龟速地起了床,然后瞬间就吸了一口冷气。

呜呜呜——远城的冬天真的太让人舍不得离开被窝了。

她正准备去卫生间洗漱,就看到床头的手机屏幕亮了起来,是企鹅消息。

满眼星辰:"今天打算去图书馆吗?"

江年迅速地回复:"对啊,打算去写一写数学和物理卷子,是个大工程呢。"

江年突然眼睛一亮,纤细的手指再次在屏幕上飞快地按动:"泽哥,你今天有事吗?如果你没什么事的话,要不然我们一起写作业吧!我现在去预约一个研修室!"

江年只觉得心情瞬间好了很多。因为如果陆泽可以一起去市图书馆学习的话,那就意味着,她有题目不会的时候,就有人给她讲了!

那边的人这次回复得稍微晚了一点儿,似乎正在犹豫。

满眼星辰:"倒也算不上有事……就是不太想出门。"

江年垂头丧气,而后抿了抿唇,开始展开自己的攻势,试图争取到能争取的福利。

星辰:"泽哥,你就去学习嘛,反正都要交作业的是吧!我可以请你吃晚饭!"

满眼星辰:"那行吧。"

江年高兴地对着手机"耶!"了一声,连忙回复。

星辰:"好嘞,我不会的数学题有着落了!"

江年开心完,又思索了一下,歪了歪头,继续打字。

星辰:"泽哥,你是不是觉得只有我们俩去会不自在,所以才说不太想出门的啊?要不然我再多叫几个人吧,正好叫上我闺密,还有班长跟谢明他们。反正研修室也大,大家一起学习的话还是很宽敞的。"

陆泽:"……"

他这次甚至不带犹豫,飞快地回复江年。

满眼星辰:"不用了。我倒也不是因为这个,而且叫那么多人很麻烦,大家不一定有时间。"

江年心想:按照泽哥这么好的脾气,他这么说的话,可能只是怕她麻烦吧?

所以她还是多叫点儿人一起去上自习比较好。

江年飞速地在心中肯定了自己的想法。

星辰:"没事的,泽哥!我不嫌麻烦。你不用担心了,我现在就叫他们,然后收拾一下准备出门。"

说完,江年没再等陆泽回复,就拨通了姜诗蓝的电话。

姜诗蓝听到江年约她去图书馆写作业,压根儿没问别的,二话不说就答应了。

约定好时间之后,江年思索了一下,然后发了消息给贺嘉阳。

星辰:"班长,我跟我闺密,还有泽哥打算一起去图书馆写作业,你要不要一起去啊?我们可以一起讨论一下难题呀。"

贺嘉阳马上回复:"行,几点?要不我再叫上谢明?"

……………

飞快地跟几个人约好后,江年又打开了跟陆泽的聊天界面,兴致勃勃地"邀功"。

星辰:"泽哥!我这边好啦,他们都说一起去。那就下午见啦。"

陆泽从心底里叹了一口气。

算了,他还能说什么?

不知道为什么,他总觉得是他自己搬起石头砸了自己的脚。

不得不说,大家真的都挺准时的。

江年跟他们约的是2点。她还特地提前了5分钟到市图书馆门口,结果到的时候,发现自己已经是最后一个来的了。

她连忙小跑几步到了几个人跟前,喘了几口粗气:"哇,你们来得也都太早了吧。"

谢明摇头晃脑地说:"你叫我们来的,我们怎么敢迟到?是吧?"

江年笑着跟他们打趣了几声,才正色道:"啊,我给你们介绍一下,这就是我闺密,现在在5班,叫姜诗蓝。"

贺嘉阳跟陆泽都已经见过姜诗蓝了,所以只是朝着姜诗蓝点了点头,然后又打了声招呼。

倒是谢明很自来熟:"你不用跟我们介绍,我们班谁不认识姜诗蓝哪?是吧?"

"啊?"江年有点儿意外。

"你们俩不是天天一起去吃饭嘛。"谢明一副"你不用过多解释"的样子,"而且你们俩不还是那种一下课就跑出去抢饭吃的人吗?我当然知道了。"

江年:能不能不要把她们两个形容得像是难民一样?

没等江年多说什么,陆泽就懒懒地开了口:"谢明,你话好多。"

谢明:"泽哥,我错了。"

江年轻轻松了一口气,露出了招牌笑容:"那我们就进去吧?我预约的研修室在三楼。"

245

其他几个人纷纷点了点头。

江年熟门熟路地在前面带路。

她还挺喜欢市图书馆的。因为它面积很大,空座位很多,而且藏书种类也很丰富,所以她经常在寒暑假和周末的时候过来这边打发时间。

研修室的条件也很好,一张大桌子,几个人还可以讨论问题,只要声音不太大就可以了。

"喏,就是这间了。"江年抬头看了看房间号,刷了一下从工作人员那里拿来的房卡走进了房间里。

其余几个人也都跟着走进了研修室里。

江年把书包放下来:"那我先去接杯热水。"

她拿出水杯正准备去接水的时候,衣角被姜诗蓝给拽住了。

江年有些纳闷儿:"怎么了,诗蓝?"

姜诗蓝:"年……年年,我跟你一起去接水。"

江年更加奇怪了。

姜诗蓝连水杯都没带,接什么水啊?

一出房间,姜诗蓝整个人都快挂在江年身上了。

"呜呜呜,年年,你怎么没事先跟我说贺嘉阳也会来啊?"姜诗蓝腿都在抖,"我一见到他就紧张得什么话都说不出来了啊!"

看着姜诗蓝有些兴奋又有些害羞的样子,江年忍不住暗暗好笑,不忘打趣她:"既然你这么紧张,那我们现在就走?"

"不!"姜诗蓝拒绝道,"我再紧张也能撑住的!"

笑话!

跟贺嘉阳一起上自习,那可是她以前做梦都不敢想的事情,现在突然就变成了现实!

她的闺密简直太厉害了!

姜诗蓝一把揽住江年的肩膀:"我的好姐妹,幸亏你能进19班,更幸亏陆泽跟贺嘉阳是好兄弟,最幸亏的是你竟然跟陆泽关系还挺好!"她点了点头,充分展现自己的语文造诣,"这简直就叫一人得道,鸡犬升天哪。"

江年:"……"

她突然觉得方寻翠当时罚姜诗蓝抄写也不是没有理由的,姜诗蓝这成语用得简直乱七八糟!

接收到江年鄙视的眼神,姜诗蓝毫不在意地摆了摆手:"你懂我的意思就行了嘛,年年。而且我跟你说啊,你都不知道明礼有多少女生羡慕你跟陆泽关系这么好。"

江年笑了笑:"算了,别说了,我们还是快点儿去接热水吧。"

研修室里面,陆泽把背在肩膀上的书包放了下来,随意而潇洒地往椅子上一坐,大长腿伸得直直的,双手环胸:"我说,江年叫你们过来上自习,你们都不懂拒绝的吗?"

谢明跟贺嘉阳对视一眼,都笑了。

贺嘉阳走到陆泽旁边,胳膊撑在陆泽的椅背上:"不是,阿泽,你要是不想让我们来,当时直接跟我们说不就行了?那我们俩肯定会跟江年说有事的,你看看,现在才说,那我们也不知道啊。"

谢明赞同地点头:"对啊,泽哥,你这话说得就有点儿冤枉人了吧?"

陆泽不耐烦地转了转头,而后似乎犹豫了半天,才吐出来一句:"那也不行。"

谢明茫然:"那又怎么不行了?"

陆泽没说话,要是那样的话,江年那么敏感,肯定会觉得自己是不是哪里做得不好了。

陆泽站起身:"没事,算了,你们来都来了,好好学习吧。"

江年跟姜诗蓝一起接水回来后,姜诗蓝明显地淡定了不少。当然,她淡定的样子也可能是强行装出来的。

几个人纷纷坐下来,拿出课本和习题,做起了作业。

江年明显地觉得自己今天的效率要高不少,也可能是因为有其他人在,她不太好意思摸鱼,所以连手机都没有碰几下。

而且不得不说,有陆泽在就是很好,江年每每遇到搞不懂的题目时,就拿着题目走到陆泽旁边。而陆泽同学仿佛无所不能一般,每次都是瞄几眼题目,就能"唰唰唰"地开始做题,然后给江年讲解。

江年听得认真,边听边点头:"这里为什么可以这么做啊?"

陆泽继续讲:"这里就是可以从上一步化简得到,但是我一般是直接写这个结论的,因为这个可以推出来。我推给你看一下……"

两个人一个听得认真,另一个讲得认真。

陆泽边讲边用余光看了一下微微弯着腰的女孩子。

江年平时在学校里,总是扎着高高的马尾,看起来很是精神利索。但可能是因为在假期里,她现在并没有像往常一样扎着头发,而是让头发披散了开来。

黑亮的头发一看就柔软无比,让人想伸手摸一摸。

"泽哥?"江年正听得认真,突然就没再听到声音了,有些奇怪地看向陆泽。

陆泽如梦方醒一般,匆忙地移开视线,继续说道:"嗯,这个磁场其实考得还挺多的,而且我觉得算是一个比较经典的考法,你可以……"

他的声音听起来跟刚才没有什么两样,他仍然有条不紊地讲解着这个题目。

但是只有当事人自己知道,跟刚才唯一的区别可能就是,刚才一个人讲得认真,另外一个人听得认真;现在讲的人也没有心思讲,听的人也在乱七八糟地听。

勉强把这道题听完后,江年只觉得自己的脑袋里空空的,而后朝着陆泽笑了笑,道谢:"谢谢泽哥,我懂了,那我就先回去继续做题了。"

陆泽也仍然是往常的样子,满不在意地点头。

江年刚坐下来,就看到刚才放在桌子上的手机屏幕突然亮了起来。

贺嘉阳发来消息:"哈哈哈,江年,你真的把刚才那道题弄懂了吗?"

江年:"……"

她只觉得自己瞬间心虚无比。

刚在心里反省完毕,江年按灭手机,准备继续写作业时,就突然听到斜对面的谢明"咦"了一声。

几个人都朝着谢明看了过去。

谢明有点儿好奇地指着江年的杯子:"江年,你这个杯子还挺特别的，有点儿好看。不过为什么我总觉得它有点儿眼熟呢？"

谢明这么一说，在场的几个人就全都朝着江年的杯子看了过去。

谢明盯着江年的杯子："真的越看越眼熟，我确定我在哪里见过这个杯子！"

江年清了清嗓子："可能是在商场里。"

谢明摇了摇头："不对，我觉得应该不是在商场里看到的。"

陆泽咳嗽了一声，右手漫不经心地转着笔，说道："谢明，你今天话真的很多。"

谢明撇了撇嘴。

行吧，老大都发声了，他还能说啥？

正准备接着写作业，谢明又转头瞥了陆泽一眼，灵光一闪，猛地"啊"了一声，顶着陆泽很不满的目光，继续说道："我想起来我在哪里见过这个杯子了！我在泽哥的房间里看到过！当时我还问泽哥怎么会有粉色的杯子，他说那是要送人的！"

大家的目光"唰"地就聚在了江年身上。

江年："……"

谢明，你知道得太多了。

看着大家的目光，江年只觉得自己百口莫辩。

当然，她也的确没什么能解释的。因为谢明没说错，这个杯子的确是陆泽送给她的。

姜诗蓝恍然大悟："哦，怪不得你突然换了常用的杯子……"

江年试图解释："这杯子的确是泽哥送给我的礼物，但是……"

压根儿没等她"但是"完，姜诗蓝就拍了一下桌子，然后盖棺论定了："那就行了，我就说嘛。"

江年再次求助地看了一眼陆泽。

陆泽漫不经心地说："嗯，对，这个杯子就是我送给江年的节日礼物。我第一次送女孩子礼物，怎么样？好看吧？"

江年："……"

"泽哥，你没有给你妈妈送过礼物吗？"

陆泽嗤笑了一声，伸直长腿："你叫你妈妈女孩子吗？"

谢明："……"

贺嘉阳也好奇："那你也没送过陆秀华学姐礼物吗？"

陆泽这次倒是没有像刚才那样嗤笑，而是稍稍纳闷儿了一下，然后反问："陆秀华是女孩子啊？"

泽哥，或许您应该庆幸现在陆秀华学姐不在，要不然……

陆泽脸上的表情却不像是在开玩笑："我好像没有意识到她是个女孩子，她就是个亲戚吧。"

江年很想看看陆泽的脑子里都在想什么。

"不过，"江年看到话题已经成功地被转移了，连忙开心地助力，"陆学姐真的好漂亮，人也很好，上次运动会跑3000米的时候她还主动跟我说话呢。"

谢明跟贺嘉阳闻言，对视一眼，而后齐齐叹了一口气。

江年被他们弄得一脸茫然。

谢明沉重地叹息："江年，你真的太单纯了。陆学姐……"他脸上显出悲色，"可能是心情好，才态度那么好的吧。她平常简直就是一个'魔头'啊。"

贺嘉阳也附和："是啊，我们这几个人谁没有被陆学姐整过呢？哦，对，只有阿泽没有被整过。"

"真的吗？"姜诗蓝兴致勃勃地说，"我一直对学姐的事特别好奇呢，讲讲呗。"

于是，贺嘉阳跟谢明就沉重无比地讲述了自己被整的悲惨遭遇。

姜诗蓝跟江年在一旁听得简直快要笑到喘不过气了，偏偏因为是在图书馆里，还不能放开声音笑，只能拼命地捂着嘴。

江年边笑，边在心里松了一口气。

啊，看来大家都已经忘记那个杯子的事情了。

她刚在心里庆幸完，就听见刚讲完自己的悲惨经历的谢明突然话题一转，说道："江年，你那个杯子是什么牌子的啊？我表姐最近要过生日，我也想送她一个这样的杯子。"

250

江年:"……"

然后她听到陆泽一本正经地回答:"不行,不能告诉你们牌子。到时候满大街都是同款怎么行?"

其实江年还真的挺喜欢大家在一起学习的感觉的。几个人大多数时候在安安静静地写作业,遇到问题可以一起讨论讨论,做得累了还能聊会儿天放松一下。

江年觉得这比自己一个人来图书馆写作业效率高多了。

五点半的时候,江年听见自己的肚子"咕噜噜"地叫了,才意识到时间过得这么快,自己已经饥肠辘辘了。

下午的效率高得惊人,她几乎可以说是超额完成了任务。

江年把刚做完的一份物理卷子折叠起来,满意得不得了,然后抬起头对着几个人说:"大家要不去吃晚饭吧?我有点儿饿了。"

姜诗蓝率先附和:"行,我也饿了。想吃什么啊?要不我们几个人一起去吃酸辣粉?这么冷的天气,吃点儿暖和的东西。"

谢明跟贺嘉阳纷纷点头表示自己没有意见,江年也正准备出声表明自己没问题的时候,就听见一旁的陆泽突然懒懒地开了口。

"不了,你们去吃吧,江年晚上有事,我也有事。"

江年:她……有什么事?

江年不解地摸了摸头,跟着大家一起震惊地看向了陆泽。

陆泽点了点头:"你忘了吗?你爸妈让你早点儿回去。正好我也去你家那边有点儿事,等会儿我们正好一起坐地铁回去。"

是……是这样吗?

她爸妈找她有事吗?

江年看向陆泽风平浪静的脸。

嗯,看起来泽哥不像是会说谎的样子,可能是自己记性不好,给忘掉了,或者是爸妈让泽哥告诉自己的。

"年年,你晚上有事啊?"姜诗蓝语气有些遗憾。

江年语气里也有些不确定之意:"应该是……有事吧?"

贺嘉阳"扑哧"一声笑了出来:"江年,你怎么傻乎乎的啊?有事就有事,什么叫'有事吧'?"

陆泽满意地点头:"行,时间也差不多了,你们去吃饭吧。我跟江年就先走了。"

说完,陆泽右手转了一圈笔,然后潇洒地扣上了笔帽。

他刚放下笔,就在大家的注视中以一种迅雷不及掩耳的速度收拾好了自己的书包。

刚收拾完书包,陆泽就抬头看向了江年。

江年如梦方醒:"啊,我这就收拾。"

生怕陆泽多等,江年收拾东西的速度很快,只不过她边收拾边在脑子里质问自己:她晚上真的有事吗?

算了,泽哥说她有事,那她应该就是有事……吧?

江年很快收拾完书包,一秒拉上拉链,抬头看向陆泽,乖巧无比:"泽哥,我收拾好了。"

陆泽满意地点了点头,懒懒地站起身,背上自己的包,走到江年旁边,很顺手地就拎起了女孩子浅粉色的书包。

整个过程很是流畅,像是他已经重复做过很多遍一般,没有任何违和感。然后他更加潇洒地转过身,对着另外几个呆若木鸡的人随意地挥了挥手:"行,那你们去吃饭吧,我们走了。"

然后他朝江年点了点头,示意她跟上,便率先向外走去。

江年这才回过神来,连忙跟另外几个人挥手告别,匆匆地跟上陆泽的步伐。

"泽哥,"江年问,"我们不是要去地铁站吗?"

陆泽轻笑了一声:"去什么地铁站,去吃饭。"

"吃完饭再回家吗?"江年摸不着头脑。

男生一字一顿地说:"不,吃完饭,我们继续去上自习。"

(上册完)

# 嗨，甜心

容无笺 著

下 册

## 第十一章
## 美味甜点

直到坐到餐厅里，江年都还觉得自己可能是个傻子。

她歪了歪头，发出了直击灵魂的质问："泽哥，我爸妈找我有事吗？"

陆泽丝毫没有谎言被拆穿的尴尬表现，低头认真地研究着菜单，语气平静地说："没事。"

江年简直要被陆大少爷的淡定态度震惊到了。

他是怎么做到这么淡定地承认自己在说谎的？

然后她更不解地问道："既然没事，那刚才我们为什么要走啊？为什么不跟大家一起吃饭然后继续上自习呢？"

江年真的觉得自己一时半会儿摸不太清楚陆泽的脑回路。

陆泽仍旧是漫不经心的态度，低头看着菜单："人太多了，有点儿吵。"

江年歪了歪头："是吗？我觉得好像还好……而且人多，大家一起做作业也挺开心的呀。"

陆泽终于放下手里的菜单，抬头看向了江年。

江年蓦地慌了。

陆泽伸了个懒腰，脸上仍旧是漫不经心的表情，语气里却透着一股郑重的意味："我不是个喜欢跟别人一起上自习的人。"

江年只听见自己心里"咯噔"了一声。

她好像蓦地失声了一般，再次张了张嘴，却什么都说不出来。

陆泽笑了笑，看了一眼仿佛傻住的女孩子："别乱想了，点菜吧，你想吃什么？不是说今晚请我吃饭的吗？"

说实话，江年很想瞪陆泽一眼。

是他先说了一大堆有的没的，然后现在又跟她说别乱想了？！他说得好像她能轻而易举地控制住自己的脑子一样。

不过江年还是接过菜单看了起来。

嗯，石锅炖牛肉，泽哥的话是什么意思啊？

啊，干锅花菜，泽哥的话是什么意思啊？

呃，鱼香肉丝，泽哥的话到底是什么意思啊？

…………

看着女孩子盯着一道菜半天，陆泽瞥了一眼菜名，而后面色稍显怪异。

"江年，"陆泽叫她，"你喜欢吃……熘肥肠啊？"

她的口味还挺特别的。

江年猛地回过神来，才发现自己盯着那道"熘肥肠"的图片半天了。

她连忙摆手："不……不……不……不是！"

陆泽却摆出一副"你不用说了，我都懂"的神情："我知道女孩子不太好意思说自己喜欢这道菜。我看你刚才盯了那么久，你应该很喜欢吧？没关系的，我们点一道熘肥肠也没事。"

江年："……"

哥，您能不能不要这么独断专行？

我真的不喜欢吃熘肥肠啊！

看着江年震惊的神情，陆泽还得意扬扬地说："我说对了吧？没事，喜欢吃熘肥肠也不是什么错啊。"

江年觉得自己可能无法跟面前这个人沟通了，于是把服务员叫来，还不忘对陆泽笑了笑:"我来点菜吧!"

陆泽靠回椅背上,表示赞同地点头:"也行,毕竟是你请我吃饭,应该你点菜。"

江年松了一口气,这才笑着对服务员说道:"嗯,来一个干锅鱿鱼圈,再来一个……"

点完菜,江年合上菜单,双手递给服务员,道谢:"好的,谢谢了,就这样吧。"

女孩子眉眼弯弯,让人一看就心生好感。

服务员也笑着应了一声,收走了菜单。

江年这才彻底松了一口气。

呼,幸好是她点菜,要不然泽哥肯定会点熘肥肠的。

陆泽还带着遗憾的语气,摇头说道:"唉,你没点熘肥肠啊?"

江年:"……"

她实在不觉得这有什么好遗憾的。

但是不管怎么说,江年还是感谢熘肥肠,毕竟熘肥肠把他们两个人的话题换了……

就在这时,江年的肚子又"咕噜噜"地叫了一声。

她再次揉了揉肚子,惨兮兮地喝了一口水。

陆泽不由得觉得有点儿好笑,打开自己的包,拿出一块小点心递给江年:"喏,先垫垫肚子吧。"

江年有些不好意思,但还是被陆泽手里的点心吸引住了目光。

那是一块圆圆鼓鼓的点心,看起来就酥酥脆脆的,江年甚至立刻想象出了一口咬下去的口感。

点心黄棕色的表皮泛着光,江年只是看着就觉得食欲大增。

而且点心真的特别可爱!

江年学习了一整个下午,饥肠辘辘的,看到陆泽手里的小点心,心情简直可以用"惊喜"两个字来形容。

她开开心心地边伸手接过点心边问陆泽:"这是什么点心哪,泽哥?"

"榴梿酥。"

江年的眼睛更加亮了一点儿，她连忙撕开外面的小袋子，而后尝了一口。

下一秒，江年就被榴梿酥层次丰富的口感和味道震惊到了。

明明已经在陆泽的包里待了一个下午，距离这块点心出炉怎么说也过去几个小时了，但是这块榴梿酥一点儿变软的迹象都没有，依旧很是酥脆。

江年一口咬下去，甚至能感受到掉下去不少碎屑。

更绝的是里面的馅料。

可能是因为一直藏在陆泽的包里，这个时候榴梿酥竟然还是微温的状态，满满的榴梿香气充满口腔，简直好吃得让人想流泪。

尤其是对江年这种饿到不行的人来说，这块美味无比的榴梿酥真的绝了。

她微微闭起眼睛，仔细地品味着嘴巴里的味道，将点心咽下去之后又迅速地睁开眼，眼里满是亮晶晶的光芒，衬得本来就好看的一双杏仁眼更加漂亮。

"泽哥，我都不知道远城有卖这么好吃的点心的店！你在哪里买的呀？真的太好吃了！"江年抿了抿嘴巴，再次感受着嘴巴里馥郁的榴梿香。

陆泽语调慵懒地说："不是买的。"

江年一时没反应过来，抬头纳闷儿地看了陆泽一眼。

陆泽微微勾唇笑了起来，好看的脸上透着一股诱惑的表情。

"是我自己做的。"

江年有些不敢相信："真……真的？！"

陆泽仍旧是懒懒地点了点头："对啊，好吃吗？"

江年觉得这半年在跟陆泽的接触过程中，陆大少爷一次次地刷新了他在她心中的认知。

学霸就算了，体育好就算了，会不少乐器就算了，现在他竟然告诉她他还会做点心？！而且他还能做出好吃得让人吃一口就很难忘的榴梿酥？！

不知道为什么，江年觉得自己简直羡慕得快要流泪了。

老天在创造陆泽的时候，到底花了多少心思啊？

江年边苦巴巴地想着，边又咬了一口手中的榴梿酥。

好的，这次她是又羡慕又觉得点心好吃得想流泪了……

江年几口就解决了小小的甜点，而后意犹未尽地咂了两下嘴巴，回味了一下嘴里的点心的香气。

榴梿酥真的太好吃了！

她甚至可以毫不夸张地说，刚才她吃的榴梿酥，是她长这么大吃过的最好吃的一块！

可惜，就是点心太小了。

看着面前的女孩子丰富的小表情，陆泽不由得觉得有些好笑。

他摇了摇头："等会儿就要吃饭了，别再吃点心了。"

江年虽然意犹未尽，但还是很乖巧地点了点头。

她蓦地又想起什么，而后抬起头，满含希望地看向陆泽："泽哥，你的点心……嗯，就是……做得频繁吗？"

这话说得江年自己都不太好意思了，因为听起来好像她真的很贪吃……

但是她很想举手发誓，她平时不会这么贪吃的！

就是……陆泽做的点心真的太棒了！

努力在心里为自己澄清完，江年再次用那种满含希望的眼神看着陆泽。

陆泽单手握拳放在嘴边，咳嗽了一下，清了清嗓子，而后表情很酷地接话："不是很频繁，太麻烦了。"

江年一秒失望了，不过想想也是，泽哥一看就是那种特别怕麻烦的人，怎么可能频繁地做这种不太容易做的小点心？

陆泽看着女孩子一秒失望的样子，再一次觉得好笑。

她真的太可爱了。

陆泽以前觉得世界上最可爱的就是他那只叫布布的布偶猫了，直到认识了江年。

她太让人心生欢喜了。

打趣够了,陆泽满意地看到女孩子有些失望的神情,又忍不住开口安慰道:"不过,想让我做点心做得频繁些也不是不行。"

江年猛地抬起头来,整张脸上满是惊喜之色:"真的吗?!"

陆泽点了点头,坐地起价,开始谈条件:"接下来一段时间,你还想出来写作业吗?"

江年有些不明所以,但还是点了点头:"想,我在家里做作业效率有点儿低。"

陆泽很满意,而后缓缓开口:"那下次出来的时候,你叫上我。"

江年歪了歪头。

陆泽继续补充条件:"别人就不用叫了。"

江年略微震惊地看向陆泽:"泽哥,你……你这……"

陆泽丝毫没有拿榴梿酥诱惑女孩子的羞愧样子,又懒懒地靠回了椅子上,把讲条件的姿态摆得很足:"怎么样?如果你同意的话,以后每次出来上自习,我都给你带两块榴梿酥。"

江年:"……"

这也太让人心动了吧。

刚才还在为陆泽的条件而震惊,听到榴梿酥,江年几乎立马想要妥协。

呜呜呜,两块榴梿酥啊!

江年只觉得刚才吃进去的榴梿酥到现在还唇齿生香,默默地回味了一下,再次没骨气地咽了咽口水。

心动归心动,江年觉得自己还是不能那么没骨气地一秒同意陆泽的条件的。

她试图挣扎:"我……"

还没等她挣扎完,陆泽就打断了她的努力,直截了当地继续加码:"我还会做甜甜圈和岩烧乳酪。"

江年:"……"

这次她只花了 0.1 秒的时间，就妥协了，飞快地点头："没问题！谢谢泽哥！"

对不起，是她丢人了。

虽然如此，江年还是在脑子里想象了一下以陆泽这种水平的厨艺，他做出来的甜甜圈跟岩烧乳酪的味道。

服务员终于开始上菜："这是您点的干锅鱿鱼圈。"

江年看了看面前的鱿鱼圈，咽了咽口水："泽哥，下次可不可以给我带岩烧乳酪啊？"

陆泽眼中迅速地闪过一丝笑意。

"也不是不行。"他佯装思索地点头，看到女孩子眼里的点点亮光，轻轻捂了捂嘴，遮住上扬的嘴角，"明天下午想吃吗？"

江年毫不犹豫："想吃！"

吃人嘴软的道理，江年同学是很懂的，于是很乖巧地主动问陆泽："泽哥，那你明天下午想去图书馆……嗯，指导我学习吗？"

她太懂事了，陆泽都想摸一摸面前的女孩子的头发作为奖励了。

陆泽满意地点头："既然你如此诚心诚意地邀请我，那我就去教你做题吧。"

这是江年今天第无数次被陆泽震惊到。

但是江年同学仔细地思索了一下，其实这件事好像她怎么都不亏啊。有陆泽跟自己一起上自习做作业，那她遇见搞不明白的题目和不太清楚的知识点，都可以直接请教陆泽。

而且有陆泽在一旁监督，她也能有效地避免自己开小差的情况，今天下午就是一个很好的例子，能让她效率很高地写作业。

再说了……还有岩烧乳酪！

江年考虑清楚后，开开心心地点了点头，朝着陆泽弯眸笑了笑："好，那谢谢泽哥！"

陆泽低头笑了笑，眉宇间满是温柔之色。

江年这才从筷笼中拿出两双筷子，递给陆泽一双，而后自己尝了尝已经上的两道菜，开心地眯起了眼睛。

这么冷的冬天,她果然还是要吃一些热乎乎的食物才能快乐啊。

快乐的后果就是,江年是揉着肚子从这家店里出来的。

她还不忘跟陆泽感慨:"泽哥,你怎么发现这家店的啊?菜也太好吃了吧。那道干锅鱿鱼圈,我还从来没有吃过这种做法的鱿鱼呢,吃起来好鲜美。我好喜欢。"

她以前经常来图书馆自习,都没有发现这边竟然有这么一家店。

最让江年喜欢的就是这家店的米饭,煮得一点儿都不软,硬度刚刚好,就是她最喜欢的口感。

所以她现在吃撑了也是可以理解的……

江年有些懊恼:"唉,为什么我觉得我最近肚子上有点儿肉了呢?"

陆泽瞥了她一眼。

嗯,她太瘦了。

那明天他就给她带两个岩烧乳酪好了。

但是晚饭她不能吃得这么多,容易消化不良。

陆泽想了想,又从包里拿出一盒酸奶递给江年:"喏,酸奶促消化。"

江年满是羞愧之色。

"泽哥,你今天给我吃了太多东西了,我都不好意思了。"她摆了摆手,"而且说好我请你吃饭的,结果最后变成你请我吃饭了。"

她本来兴高采烈地打算去结账的,结果陆泽非抢着付了钱。

陆泽点了点头:"也是。"他不由分说地把酸奶塞给了江年,笑道,"那现在你就欠我两顿饭了。"

江年震惊了。

怎么突然就变成她欠泽哥两顿饭了?!

而且江年总觉得,再这样下去,她可能永远还不清了……

考虑到江年吃得的确有点儿多,陆泽并没有直接带着江年回图书馆学习,而是跟她一起绕着周围转了两圈。等江年感觉没那么撑了,他才优哉游哉地跟江年一起回了图书馆继续写作业。

因为只有两个人,他们就没有再借研修室,而是在三楼找了两个空位子,一起坐下来开始学习。

图书馆很安静,江年遇到问题的时候就把题目递给陆泽,陆泽就开始"唰唰唰"地给江年写解题过程。

等到做完手头的数学卷子之后,她才彻底放松地伸了个懒腰。

今天她真的是超额完成任务了呢。

她抿唇笑了笑,而后打开手机,给陆泽发消息。

星辰:"谢谢泽哥今天的监督和帮忙!再这样下去,我很快就能完成寒假的任务了!要回去吗?"

按下发送键,江年偷偷抬头瞄了陆泽那边一眼,发现陆泽的手机亮了起来。

她偷笑了一下。

陆泽抬头看了她一眼,而后解锁手机,给她回消息。

满眼星辰:"嗯,走吧。我送你回家。"

江年愣了愣,连忙回复。

星辰:"不用啦,现在也不早了,泽哥,你也快点儿回家吧,我一个人没问题的!"

为了表明自己真的没问题,江年还特地把最后那个标点符号变成了叹号。

但是这依然没能改变陆泽要送她回家的决心。

满眼星辰:"我不觉得你一个人没问题。"

江年:"……"

虽然知道陆泽是担心自己的安全,也是对自己照顾,但江年依然觉得自己被鄙视了呢。

江年也知道,陆泽大部分时候是很好说话的,但是在这类问题上几乎没有商量的余地,她说再多也只是白费口舌而已。

江年很快就放弃了挣扎。

两个人一起收拾了东西下楼。

陆泽和之常一样把自己的包背在肩膀上，单手拎着江年的书包，很是悠然的样子。

可能是因为今天超额完成了任务，江年看起来很是轻松。

她边下楼梯边好奇地问陆泽："泽哥，你今天作业做得怎么样啊？"

陆泽语调散漫："差不多了。"

江年点了点头："今天的任务完成得差不多了吗？挺好的。"

然后她就听到陆泽那仍旧散漫的声音："是寒假作业做得差不多了。"

江年："……"

看到女孩子震惊的神情，陆泽懒懒地笑了出来："怎么了？我的寒假作业的确写得差不多了。"

江年很想问：难道陆泽的作业量跟自己的不一样吗？

凭什么他们一起写，陆泽都快写完了，自己才写了五分之一不到？

两个人有说有笑地下楼，顺便计划了一下明天出门的时间和具体安排。

说是计划，其实主要是江年说，陆大少爷很好说话——不管江年说什么，他都懒懒地点头，好像什么都可以。

江年抿唇笑了笑，抬腿下了最后一级台阶，到了一楼大厅，正转头笑着准备跟陆泽说什么的时候，蓦地听见一个有些震惊的声音在他们两个人的前方响起。

"江年、泽哥？！"

江年愣了愣，到嘴边的话也全都咽了下去。她抬头往声音的来源处看了过去。

还真是巧了，他们前方的人是刚刚结束晚上的自习，从研修室里出来到达一楼大厅的姜诗蓝、贺嘉阳，还有谢明。

三个人脸上都是如出一辙的震惊表情，刚才出声的是谢明。

江年觉得自己要心肌梗死了。

她讪讪笑着朝几个人看了过去，完全没想到竟然会有这么巧的事情。

谢明已经大步朝着两个人走了过来，很是难以置信地看着陆泽，纳闷儿地问："泽哥，你不是说你们有事情，然后先走了吗？"

江年："……"

好的，那现在这件事他们要怎么解释呢？

她求助地看向了陆泽，希望"肇事者"本人可以给个说法。

只是压根儿没等陆泽说话，贺嘉阳就走到了这边，然后拍了一下谢明的肩膀，一脸打趣的笑容："我说谢明，具体怎么回事你还能不明白吗？走了，走了，我们要当作没看见人家泽哥。"

谢明这才回过神来，"哦"了一声，很是配合贺嘉阳："行，行，行，我懂，我懂。"

姜诗蓝也走到这边，笑道："好了，你们快别笑了，年年的脸红得都要滴出血来了。"

江年简直欲哭无泪。

她觉得自己今天被调侃的次数真的太多了，偏偏旁边的陆泽还是一副泰然处之的样子。好像只有她……慌里慌张的。

她好惨。

虽说早已经见识过无数次陆大少爷的厚脸皮，但是看到在众人面前谎言被戳穿后，陆泽仍旧淡然无比的神情，江年第一万次自愧弗如起来。

她张嘴试图解释："那个……"

只是压根儿用不着她蹩脚地解释，陆大少爷朝着众人摆了摆手，理直气壮地说："不是说当作没看见我们吗？好了，我现在得送江年回家了。再见吧。"

谢明立马"哟"了一声。贺嘉阳叹了一口气："唉，我已经很久没跟阿泽一起单独上过自习了，每次找阿泽，他都说有事，或者说懒得去。"

谢明很懂贺嘉阳，迅速地接茬，把手搭在贺嘉阳的肩膀上，满脸调侃的笑容:"有江年在,泽哥干吗要陪你上自习啊?"

江年是在后面三个人的欢声笑语中,跟着陆泽离开图书馆的。

托陆泽的福,放寒假没多久,江年同学在每天下午和晚上的图书馆自习中,以一种前所未有的速度解决掉了寒假作业,快得让人震惊。

而且,江年每天都能被陆泽做甜点的手艺惊艳到。

泽哥做的东西真的太好吃了。每天下午,他都会带各种各样的甜点过来给江年吃。

什么榴梿酥、老婆饼、岩烧乳酪、蛋挞……有一些甚至是江年从来没见过的甜点,当真一个比一个做得好吃,江年吃完一个以后能一直回味无穷。

所以一个寒假过去,陆泽在江年心里的地位又提高了好几个层次,直让江年感慨不已。

这份快乐,在开学那天戛然而止。

江年开开心心地背着书包走进教室里。寒假真的过得特别快乐,现在她整个人都元气满满。

"早啊,同桌,"江年眉眼弯弯地冲着赵心怡打招呼,"寒假过得怎么样?"

赵心怡正低头写着什么东西,听见江年的声音才转过头来:"早,寒假过得……"

赵心怡还没说完话,脸色就变得有些怪异起来。

江年有些奇怪:"怎么了吗?"

"年年,"赵心怡神色纠结,"我怎么觉得,过了一个寒假,你好像圆润了一点儿呢?"

赵心怡已经说得极尽委婉了。

江年用手摸了摸自己的脸,而后捏了一下脸上的肉肉。

好像是真的。

赵心怡很想笑:"不过好可爱,你以前真的太瘦了,现在看起来就让人很想掐。"

江年无语。

"你在家里吃了什么好吃的吗?每逢佳节胖三斤?"

江年仔细地回想:"其实也没吃什么,就是吃了甜甜圈、蛋挞、小蛋糕……"

越数江年越心虚,最后噤声,觉得自己胖了果然是有理由的。

而后她翻出手机,给陆泽发消息。

星辰:"泽哥,我觉得春天到了。"

满眼星辰:"嗯?"

江年继续飞快地打字。

星辰:"我们可以把晨跑提上日程了。"

陆泽看着手机,"扑哧"一声笑了出来,然后把手机收进校裤口袋里。

开学的生活好像也没有太大的变化,大家仍旧像往常那样每天上课、写作业,偶尔再考个试。

江年跟班里的同学越来越熟悉,每天的课间时间都跟周围的几个人插科打诨,确实挺开心的。

19班仍然保持着流动的状态,人数恒定30人,但是不停地有人进进出出。

姚子杰却在每次月考前开始给他们强调:"高三入学时分班,会参考这个学期的两次月考和最后一次期末考试的成绩,取的是综合分数。更重要的是,为了不让大家在高三情绪波动过大,第一次分班的结果就是稳定的结果,之后不会再流动了。"

每次他一提到"流动"这个词,班里的同学就会一致沉默。

姚子杰也知道班里学生的心情,笑了笑:"我知道你们在想什么,你们不用太焦虑,尽力好好考试就行。现在你们也没必要情绪太波动,等到了高三,有你们需要波动的时候。"

众学生:老师,您真的是在安慰我们吗?

"好了,现在说一件开心的事情吧。"姚子杰语气一转,突然就轻松起来,"大家月考也累了,下周四、五、六三天,是我们学校一贯的春游时间。"

果然,一提到"春游"这个词,班里的同学立马就兴奋起来。

姚子杰笑了笑:"这可是你们在明礼的最后一次春游了,大家可要好好珍惜。这次春游我们去的是隔壁省,还是坐学校大巴去坐学校大巴回。这个周末大家可以提前准备一些食物和衣服,提前看看天气。"

这的确是他们在明礼的最后一次春游。

高三的时候,大家就都没有机会再出去春游了,到时候就要看着高一、高二的学生开开心心地出去玩——只有高三学生在学校里惨兮兮地学习了。

不过显然,现在的他们还是开开心心的那一批,并没有人因为高三就不能春游了而感到悲伤。

"这次我们的目的地有两所重点大学,会安排大家进校参观。"姚子杰顿了顿,才又说道,"另外,马上就上高三了,大家也都应该有自己的目标学校和目标专业了。"

贺嘉阳举起手来,代表班里的同学吐露了心声:"老师,春游这么开心的事情,您能不能不要在这个时候提起这么沉重的话题啊?"

大家纷纷附和:"就是嘛。"

"我觉得姚老师就是想让我们玩得不太开心才这么说的。"

"对,他肯定有阴谋!"

姚子杰:"……"

这群小孩子,一天天的倒是越来越无法无天了。

他哭笑不得:"我告诉你们,不要天天就想着玩!别忘了五月份的时候你们可是要参加会考的!"姚子杰顿了顿,继续说,"我丑话说在前面,但凡有一个人没给我拿到会考全A,到时候我再一起跟你们算账!"

可能是因为春游这个让人振奋的消息,江年觉得大家一扫往常的沉闷和压抑状态,变得兴奋起来。

"江年,你会玩什么桌游啊?"贺嘉阳想起什么,扭过头来问江年,"我打算带一点儿桌游去那边玩。"

"嗯,《狼人杀》会一点点,我技术还可以。《德国心脏病》和《谁是卧底》也都会一些,《大富翁》也还行,打扑克牌的话我也会不少。"江年掰着指头数着,"啊,对,剧本杀我也会。"

"你有什么不会的吗?"贺嘉阳一脸匪夷所思的表情。

他还真没看出来,江年竟然会这么多桌游。

江年羞赧地笑了笑:"我的技术都不是特别好。"

她倒是没说谎。她会的桌游和扑克牌玩法是挺多的,但大多数时候她是被拉去凑数的那个,跟精通毫无关系。

江年对这个问题思考了很久,觉得主要是因为自己运气一般,然后还每次都懒得动脑筋。

但是跟她一起玩过的人都对她赞不绝口,声称游戏体验感绝佳。

江年觉得其实他们也就是虐她虐得很爽吧……


在这种躁动的气氛中,春游那天终于到了。

三月份的远城已经算得上温暖了。这几天天公作美,天气都很不错,大早上阳光就很明媚。

难得不用穿校服,江年特地收拾了几件自己喜欢的衣服放进书包里。今天她穿了粉色的卫衣和黑色的裤子,头发高高地扎了起来,整个人显得很是青春靓丽。

江妈妈很不放心地叮嘱她:"饿了就吃东西,妈妈在你的包里放了零食还有酸奶……"

倒也不是啰唆,江妈妈实在是不放心自家女儿去外面玩。

江年打小就不太认路,江妈妈总觉得她照顾不好自己。

江年边吃早餐边点头应声,刚喝完杯子里的最后一口牛奶,就听见门铃响了起来。

江妈妈起身开了门。

而后,江年就听见一个好听的声音从门口传来。

"阿姨,"来人语气礼貌而得体,"我来接江年。"

"喏，有什么想吃的东西吗？"

江年正在心里嘀咕陆泽今天为什么突然来接自己，就看见陆泽打开自己的书包，给江年看了一眼里面的东西。

江年只是漫不经心地瞄了一下，瞬间眼睛就亮了起来。

陆泽的包里装满了各种各样江年喜欢吃的东西，各种甜点再加上薯片还有饼干，她只觉得人生都圆满了。

"这些……看起来都好好吃的样子啊。"江年抬头看向了陆泽，刚才心里的疑惑都忘得差不多了，只剩下"泽哥真是个大好人"的感慨了。

陆泽今天穿了一件浅色上衣和一条浅蓝色牛仔裤，整个人清爽得不行。

抿了抿唇，江年突然有些不自在起来："泽哥，谢谢你。"

陆泽语调散漫地说："谢我什么？这些又不是给你吃的，我问你想吃什么就是客气一下而已。"

江年："……"

刚才的一点点不自在的情绪全部消失得无影无踪，她猛地瞪大了一双杏仁眼，难以置信地看着陆泽。

陆泽被女孩子震惊的表情逗笑了，刚才装出来的潇洒和毫不在意的样子也消失得无影无踪。

江年看见陆泽嘴角的那丝笑容，还有什么不懂的？

她发现了，陆泽人虽然很好，但是对逗她这件事情真的是孜孜不倦，偏偏她还很容易就被唬住。

她好气呀。

江年快步朝前走去，周身散发着一种"我很生气不要跟我说话"的气场。

陆泽低声笑了笑，也加快脚步，跟在江年身后一步远的位置，声音不大不小，刚好能让江年听到。

"生气了？不理我了？不想跟我说话了？"

江年实在是气不下去了，猛地回过头瞪了陆泽一眼，嘟囔道："你好烦哪！"

陆泽若有所思地点头："是吗？我真的很烦吗？"

江年撇了撇嘴巴。

"好了，不生气了，"陆泽撸起上衣的袖子，把胳膊递到江年面前，"要不你咬我一口？"

江年瞪了陆泽一眼，哪里还气得下去？

脸也绷不住了，她猛地笑了出来。

两个人到教室的时候，班里的同学都在热火朝天地聊着什么，一个个兴奋得不得了。

江年满意地拎着一个雪媚娘坐到位子上，而后一眼就看到了身后的施宇的样子。

她有些震惊："施宇，你今天怎么突然有黑眼圈了啊？"

施宇无力地摆了摆手："别说了。"

"我知道！我知道！"段继鑫抢先举手回答，"施宇昨晚肯定是想今天的春游想到睡不着了对不对？然后施宇就失眠了，再然后就成了熊猫眼。"

"你怎么知道？"施宇有些纳闷儿。

段继鑫无力地趴回桌子上："因为我也是。"

江年"扑哧"一声笑了出来："你们都这么兴奋的吗？"

其实若仔细地看，班里不少人是顶着黑眼圈来的。

可能是因为平时学习压力太大了，学校突然让他们一起去春游，大家还都有些不真实感，晚上都想着第二天要怎么玩，自然而然就有不少人失眠了。

等同学都到齐后，贺嘉阳就组织大家一起出门了。

江年觉得，有贺嘉阳这种组织能力极强还超级负责的班长在，姚子杰真的是太省事了，压根儿就不用操什么心。

比如现在，贺嘉阳把大家安排得井然有序："大家等会儿出了教室门就跟着我和体委走，体委会举一个我们班的班牌，大家千万不要认错了。我们那辆大巴的车牌号后三位是659，姚老师已经在车上等着我们了。"

然后他还不忘数数人数，全部确认无误后才带着大家一起往校门口的方向走去。

明礼门口整齐地停着好几辆大巴,江年他们班是最早出发的那一批人,跟着体委上了车,江年和赵心怡就坐在了中间靠前的位置。

江年坐在了窗边,刚放下书包,就看到陆泽跟谢明一起上了车。

谢明眼尖,一眼就看到了江年,连忙伸手给陆泽指道:"泽哥,快,快,快,我们去那里坐。"

陆泽懒懒地点头,而后率先朝着江年这边走了过来。

陆泽和谢明就这样坐到了江年后面的位子上。

谢明还特别主动地跟江年打招呼:"早啊,吃早饭了吗,江年?没吃的话我这里……哦不,泽哥这里有吃的!"

江年低了低头:"啊,我吃过早餐了,还吃得挺多的。"

陆泽倒是什么话都没有说,慵懒无比地靠在自己的座椅上,大长腿往前伸,却仍旧有些伸展不开。

谢明还在热情地招呼着江年:"那你渴不渴啊?泽哥这里还有酸奶跟饮料。欸,你平时都喜欢喝什么啊?"

直到陆大少爷平淡地说了一句"谢明,你太吵了",谢明才心不甘情不愿地闭了嘴。

江年大大地松了一口气。

这么说起来,果然还是泽哥比较贴心。

谢明这个样子,她真的完全应付不来。

贺嘉阳跟姚子杰一起组织着大家上车坐好,而后贺嘉阳又清点了两遍人数,才朝着姚子杰点了点头:"老师,人齐了。"

姚子杰对贺嘉阳很放心,满意地点了点头,转过头跟司机说道:"师傅,我们这边已经齐了,可以出发了。"

司机师傅爽朗地应了一声"好嘞",车就开了出去。

大巴上的氛围很轻松,大家都在聊天,还有人时不时地跟姚子杰开玩笑。

姚子杰今天一点儿老师的架子都没有,简直就是个比学生们岁数大了一点点的哥哥。

贺嘉阳甚至已经八卦起来了："老师，您为什么没有女朋友啊？我觉得您这么帅，不应该没有女朋友的吧。"

显然大家对这个话题都很感兴趣，一窝蜂地拥上来听姚子杰讲那过去的故事。

"唉，"姚子杰也很悲情，"我曾经是有女朋友的，后来……"

旁边一个女生连忙接道："后来她嫌弃你家穷，就分手了？"

"不，不，不，她应该是跟老师说：'你当一个穷老师有什么前途，能在远城买房吗？！'姚老师买不起，然后他们就分手了。"另外一个女生摆了摆手。

"不是吧，我觉得剧情应该是，"一个男生摇了摇头，"姚老师之前的女朋友想出国，但是姚老师很想当高中老师——家庭条件无法支持他出国读书，他就想工作，然后两个人异国恋就分手了。"

姚子杰："……"

他第一万次质疑起来：现在的小孩子平时都在看些什么鬼东西？

看看这一个个，故事编得头头是道的，让人不得不感慨现在的孩子真是早熟。

他故作严肃地说："我就跟你们说让你们平时不要看那些乱七八糟的小说，看看你们，一个个都在胡思乱想什么啊？！"

江年就坐在自己的位子上，默不作声地看着大家玩闹，好笑的时候就弯眸笑一笑。

大巴上真的特别欢乐，还有人自告奋勇地唱起歌来，同学们时不时再合唱一下。

江年开开心心的，只是睡意渐渐袭来。

她昨晚其实睡得也不算太好，兴奋的时候还不觉得，现在车上摇摇晃晃的，她的头就跟着摇摇晃晃的。摇着摇着，她就靠到赵心怡的肩膀上合上了眼。

赵心怡本来正听大家聊天听得开心，蓦地觉得肩膀一沉，被吓了一大跳。

回过神来她才发现，江年竟然睡着了。

她顿时有些哭笑不得,但是又不敢动。

江年似乎睡得不算特别安稳,眉头微微皱着。

正在犹豫自己该怎么办的时候,她听到后面有人叫了自己的名字。

"赵心怡。"

赵心怡小心翼翼地回过头去,震惊地发现,刚才出声叫自己的竟然是陆泽……

她愣了愣:"嗯?"

陆泽仍旧是一副没什么表情的样子:"我们换个座位吧。"

赵心怡真的没有想到,陆大少爷第一次主动跟自己讲话,内容竟然是这样的。

她愣了一下,而后看了看还靠在自己的肩膀上睡觉的江年,有些为难地回过头说道:"年年还在睡觉……"

她也不知道自己为什么要听陆泽的话,只知道听到陆泽的话后,脑子里似乎完全没有反驳的念头。

她说不清楚那是什么感觉,明明陆泽只是自己的同学,她却总觉得他更像是一个上位者。

陆泽看了一眼睡得很熟的江年。

赵心怡只觉得,刚才还面无表情的陆泽,在转头看向江年的那一刹那,表情柔和了很多。

他甚至抿了抿唇,赵心怡看到了他嘴角隐隐约约的笑意。

陆泽又转过头来看向赵心怡,刚才嘴角的那一丝弧度消失,好像刚才的画面只是赵心怡的错觉。

他仍旧态度礼貌,语气却是冷淡的:"没关系,你起来就可以了。"

赵心怡有些狐疑,但仍旧点了点头,而后小心翼翼地撑住江年的头,站起身来。

江年似乎感受到了位置的移动,皱了皱眉头,嘟了嘟嘴,然后就乖巧地往另外一边倒了过去,甚至压根儿不需要赵心怡的帮助,整个人就靠在了窗户上,再次昏睡过去。

赵心怡有些无语。

这孩子昨晚干吗了？她怎么现在困成了这个样子啊？

甚至连头靠着的地方改变了，江年都只是皱了皱眉表示不满，就继续睡了过去。

陆泽却似乎毫不意外。

他今早见到江年的时候，女孩子的状态就不大好，跟他一起走在路上的时候她也在不停地打哈欠。

昨晚江年没睡好不说，他还知道她因为一向坐大巴会晕车，所以提前吃了晕车药。

这个时候她会在车上睡得这么熟也不是没有理由的。

只是知道归知道，看到江年这个样子，陆泽还是忍不住觉得有些好笑。

他摇了摇头，转过头朝着赵心怡点了点头："麻烦了。"

两个人互换了位子，一直躲在一旁安安静静地看戏的谢明，这个时候彻底压抑不住自己八卦的灵魂了。

赵心怡抿唇，摇头笑了笑。

她有些好奇，探头瞄了一眼前排的江年和陆泽，而后压低了声音跟谢明八卦："那个……我想问一下，平时陆泽跟你们相处的时候，也是这么好说话的吗？"

实在不是赵心怡多想，主要是和江年在一起的陆泽真的太平易近人了。

谢明笑了一声："想什么呢？泽哥平时跟我们在一起玩的时候也特别懒，很多时候连话都不愿意多说几句的。他虽说游戏跟篮球都打得很好，但一向是操作猛还话少的类型。"

赵心怡若有所思地点了点头。

"估计吧，"谢明摇了摇头，"泽哥话多的一面留给了江年。"

这个时候，话多的陆大少爷正安安静静地坐在江年旁边，对车上的人好奇的目光视若无睹，懒懒地靠在椅背上，时不时偏过头看一眼一旁睡得很熟的江年。

陆泽一句话都没说，旁边的人却都能看出来他明显心情很好。

只有江年同学，醒来的时候是茫然的。

她为了预防自己晕车，提前吃了晕车药，还在耳后贴了晕车贴，

273

所以上车没多久就困到不行了。

不过江年也知道在大巴上睡觉很不舒服，所以已经早早做好了醒来后浑身疲惫，甚至头痛不已的准备了，但是这次被人拍醒后，除了觉得头有些晕，还有些没睡醒之外，竟然没觉得哪里不太舒服！

而且更关键的是……

江年揉了揉眼睛，坐直了身子，整个人都傻傻的。

她记得，早上的时候自己旁边坐的是赵心怡，为什么现在醒来时，是靠着陆泽的肩膀？

她挠了挠头，试图唤醒自己发蒙的脑袋，张了张嘴，嗓音微哑："泽哥。"

陆泽看见女孩子醒了过来，淡定地转头，按灭了手机："醒了？"

"泽哥，你怎么在这里啊？"江年稍微清醒过来一点儿，转了转僵硬的脖子，回头看了一眼，然后就发现本该坐在自己旁边的赵心怡同学，这个时候正坐在自己后面的位子上，开心地跟谢明聊着天。

看见江年回过头来，赵心怡还笑着冲她挥了挥手："年年，睡醒啦？"

江年目光呆滞。

敢情只有自己一个人震惊于这个位置的变化吗？

"泽哥，你怎么在这里啊？"

江年又问了一遍，后一句话没好意思问出口。

为什么睡醒的时候她是靠在陆泽的肩膀上的？

她刚才昏睡得无意识的时候，是靠在陆泽的肩膀上睡了一路？

刚才刚睡醒脑袋发蒙，现在微微回过神来后，江年有些无地自容。

陆泽仍旧是懒懒的淡然模样，随意地点了点头："嗯，赵心怡说想跟谢明聊聊天，我们俩就换了座位。"

江年歪了歪头，一时间想不起来赵心怡跟谢明有什么交集。

但是她回想了一下刚才看见的赵心怡跟谢明相谈甚欢的样子，又有些相信这话了。

她很不好意思："对不起，泽哥，我不是故意……靠在你的肩膀上睡觉的。"

"没关系。"陆泽不以为意地说，"收拾一下吧，马上要到目的地了，很快就该下车了。"

陆泽越是不以为意，江年越是惭愧不已。她点头："嗯，好。"

听见他们的对话的赵心怡跟谢明都快要被陆泽的厚脸皮行为震撼到了。

谢明压低了声音，在赵心怡耳边嘀咕："泽哥的脸皮也太厚了吧？"

赵心怡更是目瞪口呆。

这位少爷甩锅真有一手，要不是情景不太对，她都想给陆泽竖个大拇指了。

赵心怡只觉得，经此一役，陆泽在她心里的人设瞬间崩塌了。

什么高贵疏离，什么懒散潇洒，什么不爱搭理人……全都是假的！

江年收拾好东西没多久，大巴就到了目的地。

大家看上去都松了一口气，毕竟坐这么久的大巴也的确很难受。

大家陆续下了车后，姚子杰把大家都叫了过来："等会儿我们先一起去吃午餐，然后安排大家入住酒店。下午是统一的行程，具体先不告诉大家，反正是个很大的惊喜。明天学校会安排大家去这里的重点大学逛一逛，后天我们一起去森林公园烧烤，然后回远城。"

简明扼要地讲清楚行程后，姚子杰就带着大家浩浩荡荡地一起去吃午饭。

班里三十个人，整整坐了三大桌。

江年其实很喜欢这样的氛围，觉得跟大家一起说说笑笑地吃饭格外有意思。

她跟赵心怡先找了位子坐了下来。

江年拆开她们俩的餐具，拎起热水壶把餐具逐一烫了一下，看似专心致志，余光却一直在注意陆泽他们几个人的动向。

谢明刚一进来，就眼尖地发现了江年。

跟今天上大巴的时候一样，谢明连忙拉了拉陆泽："泽哥，那里，那里，江年在那里。"

陆泽懒懒地点了点头，而后随意地指了指另外一张桌子的几个空位："我们去那里坐。"

谢明有些摸不着头脑。

贺嘉阳却不觉得有什么奇怪的，率先朝着陆泽刚刚指的方向走了过去。

江年余光看到了他们三个人前进的方向，一恍神，手中的热水壶就歪了一下。

"啊！"江年猛地叫出声来，连忙放下热水壶，看向自己被热水烫到的左手。

赵心怡被江年吓了一大跳，连忙凑过来："你怎么了，年年？"

她正准备拿起江年的手看一看，视野里就猛地多了一只不属于女孩子——纤长干净但是充满力量的手。

她耳边是略显着急的声音："你怎么了？烫到了吗？你怎么这么不小心？！"

赵心怡愣愣地抬头看了过去，发现本来应该在另一张桌子边的陆泽不知道什么时候到了这里，握着江年的手，蹙着好看的眉头。

"没……没事……"显然，江年本人也被吓得不轻。

她缓了缓心神，才继续回答陆泽的问题："我没事，那个热水不是开水，不太烫。"

陆泽看向女孩子的手，本来白嫩的手背被热水烫成了粉色，但是没有起泡。

陆泽稍稍松了一口气，但语气并没有缓和："倒水就专心倒水，分心做什么？烫到手就舒服了吗？"

江年撇了撇嘴，没敢回话。

"走吧，"陆泽思索了一下，说道，"趁着还没上菜，我带你去简单地处理一下。幸好热水不是特别烫，你的手要是留疤了怎么办？"

江年自知理亏，什么也不敢说，乖巧地点了点头，而后跟着陆泽站了起来。

姚子杰刚走到门口，就看到陆泽拉着江年走了出来。

他愣了愣，问道："你们干吗去？"

陆泽淡定得很，十分礼貌地点了点头："姚老师，刚才江年的手被热水烫到了，我带她去简单处理一下。"

这样吗?

姚子杰看向江年的手,发现女孩子的手背的确有被烫到的痕迹。

他这才点了点头:"行,你们快去吧,需要我帮忙吗?"

"不用了,"陆泽随意地摇了摇头,"我可以的。"

说完,他就自顾自地拉着江年走开了。

他们身后的赵心怡简直都要惊呆了。

从刚才江年突然被烫到,到陆泽突然出现,再到陆泽拉着江年离开,赵心怡全程没反应过来,人就已经走了。

江年跟在陆泽身后回来的时候,大家都已经坐在了桌子旁,每张桌子上都摆了几道菜,菜还没上齐。

大家都还没怎么动筷子,只是尝了几口,全都开开心心地聊着天。

看到消失了很久的陆泽和江年一起回来,大家都投去了目光。

孔蔓蔓朝着江年打招呼:"年年,你跟泽哥……去干吗了呀?"

"没干吗吧,"严向雪也笑眯眯地说,"再说了,蔓蔓,你对我们泽哥的人品还不放心吗?是吧?"

其他人都笑了起来。

江年已经无力吐槽了,清了清嗓子:"泽哥带我去处理了一下我被烫伤的手。"

江年坐回自己的位子。谢明招呼了陆泽一声:"泽哥快过来吧,你要喝什么饮料?我给你倒。"

陆泽懒懒地摇头:"不用了。"

他走到江年左边的位子旁,对位子上的女生说道:"我能跟你换个位子吗?"

女生愣了愣,下一秒连忙站了起来:"嗯嗯,好!"

## 第十二章
## 勇敢一些

吃完午餐,姚子杰带着所有人办了入住手续,各自休息了一下之后,便开始了下午的秘密行程。

大家都很好奇所谓"秘密行程"是什么,姚子杰却一直保持着神秘兮兮的态度,不肯说。

直到下了车,大家才被震惊到了。

"我的天哪,老师,原来您说的秘密行程,就是滑草吗?!"

同学们都快开心得昏过去了。

在这座城市里,滑草一向是最流行的一种运动方式,江年早就听说了,但是从来没亲自体验过,这个时候也忍不住感到一阵兴奋。

大家纷纷欢呼一声,然后在姚子杰的带领下跑去换衣服、换鞋子。

一整个下午,大家都快玩疯了。

江年这种不太喜欢滑下来的刺激感的人,在体验过一次之后,都忍不住有点儿疯,又上去再滑下来一次。

直到姚子杰让大家回去,同学们都还没有尽兴。

带大家回去吃了晚餐之后,姚子杰就没再怎么管他们了。

江年刚准备回她跟赵心怡的房间休息一下,就看到了姜诗蓝发来的消息。

"年年,出来呗,我们散会儿步。"

江年连忙应了一声,随手拿了一件外套就走了出去。

一天没怎么见姜诗蓝,江年还有些不习惯。

他们住的酒店旁边有一条河,三月的晚上还是有点儿凉意的,江年打了个寒战,然后穿上了外套。

姜诗蓝笑了笑:"年年,你今天中午是不是被烫到手了?没事吧?"

江年摇了摇头:"没事,水不是特别热。"

"是陆泽带你去处理烫伤的?"姜诗蓝眼睛里散发着八卦的光芒。

江年点了点头,继续往前走着,准备回房间休息休息,而后就听到有人叫自己:"江年?这里,这里!"

江年愣了愣,顺着声音传来的方向看了过去,才发现自己低着头走路,压根儿没注意这个房间的门没有关上。

屋子里面已经坐了不少人,床上、沙发上、椅子上,坐了一整圈。

刚才叫她的是贺嘉阳。

江年抿了抿唇,而后探了个脑袋进去:"你们这么多人呀,在做什么?"

韩疏夜也招呼她:"我们准备玩《狼人杀》。江年,你要来吗?刚才我们就准备叫你,结果发现你不在房间里。"

一提桌游,江年立马来了兴趣,一双杏仁眼像是突然发光一样。她连蹦带跳地进了房间里,点头如捣蒜:"要,要,要!"

贺嘉阳数了一下人数,算上江年正好13个人。

盘腿坐在床上的陆泽单手撑着下巴,无所谓地举起手来:"那我当法官吧。"

其他人还没说话,谢明跟贺嘉阳就立马出声附和起来:"没问题,没有比阿泽更适合的法官人选了!"

段继鑫有点儿纳闷儿:"为什么啊?"

"你都不知道,"贺嘉阳摇了摇头,"阿泽玩游戏跟我们完全不是一个段位的。他要是抽中了狼人牌……估计你们得心甘情愿地选他上警,守卫可能还得守他;他要是抽中了好人牌,目前而言,究竟哪四个是狼，阿泽从没有判断错过。"

跟陆泽玩《狼人杀》，你就能飞快地知道，为什么说这是个看智商的游戏。

幸亏陆泽对自己有点儿数，主动举手当了法官。

陆泽懒懒地笑了笑，而后伸腿踹了一下贺嘉阳。

贺嘉阳像是早就料到了一样避开了，还不忘冲着陆泽比了个"耶"，直惹得其他人一阵阵发笑。

史上最懒的法官发了牌，连声音都是倦倦的："天黑请闭眼。"

这是陆泽一贯的语调，散漫而撩人，他最后一个字微微上扬，像是带着小钩子一般。

闭上眼后，江年只觉得其余的感官更加敏锐了。

陆泽好听的嗓音听在她的耳朵里，多了些其他的意味。

仍旧是陆泽懒懒的嗓音响起，他说："狼人请睁眼，请确定自己的狼同伴……预言家请睁眼……女巫请睁眼。"

…………

江年大气也不敢出，而后睁开了一双漂亮的眼睛。

女巫直直地看向了法官的眼。

法官冲女巫笑了笑，而后飞快地眨了一下左眼。

江年突然玩心大起，刚才姜诗蓝鼓励自己"勇敢一点儿"的话也在心里不断响起。

可能是想看看陆泽有什么样的反应吧，江年弯着眼眸笑了笑，笑容里带有很少在她的脸上出现的趣味盎然之意。

女巫缓缓张开嘴，隔着一群预言家、猎人、守卫还有虎视眈眈的狼人和什么都不知道的平民，朝着法官无声地说道："一起去想去的地方吧。"

可能是女巫单独睁眼的时间有点儿长，大家都觉得奇怪起来。

预言家贺嘉阳率先闭着眼睛出声："女巫怎么了？没有女巫吗？"

陆泽回神，用一贯的语调说道："有女巫，就是出了一点点状况，没事。"

贺嘉阳应了一声："好，有女巫就行，那继续吧。"

"嗯。"

江年偷偷笑了笑，而后弯着唇闭上了眼睛。

"守卫请睁眼……预言家请睁眼……"

…………

这局的狼人是谢明、施宇、韩疏夜，还有孔蔓蔓。

四个人齐齐睁开眼，确认了一下自己的狼同伴。

陆泽好听的嗓音响起，他说："请狼人确定今晚要刀的对象。"

几个人思索了一下，谢明率先比了一个"8"出来。

"8"就是一旁的贺嘉阳，这一局的预言家。

其他三个人都没有什么异议，纷纷点了点头表示赞同。

陆泽挑了挑眉，心想：哟，可以啊，第一局狼人就能盲刀到预言家，谢明他们倒是挺厉害的。

"狼人请闭眼，预言家请睁眼，今晚你要查验的对象是……？"

贺嘉阳皱了皱眉头，而后比了个"7"。

"7"就是坐在贺嘉阳旁边的谢明。

陆泽在心里好笑，而后给出了提示。

贺嘉阳满意地点了点头。可以，第一晚他就能瞄准一个狼人——他很厉害。

"女巫请睁眼，今晚死的是……"陆泽比出手势，"你要救吗？"

江年看到死的是贺嘉阳，思索了一下，比出要救。

而后，江年同学一秒就看见了刚才还晴天朗日的法官大人脸上瞬间乌云密布。

江年："……"

本来不太开心的陆泽在看到女孩子脸上开怀的笑容时，忍不住也瞬间心情好了起来。

算了，能让小姑娘开心一下也是值的。

第一夜，得益于女巫的药，预言家没死，并且成功查杀了一个狼人，而后预言家顺利上警。

挨个儿发言的时候，江年觉得自己的身份并没有什么好隐藏的，干干脆脆地就跳了女巫。

"11号发言。11号是女巫,昨晚救了预言家,现在手里只剩下一瓶毒药。不知道我今晚会不会死,但是守卫跟猎人可以暂时再隐藏一下身份,然后保护好预言家吧。"

中规中矩的发言,大家倒是轻而易举地就信了江年是女巫。

因为第一晚就顺利查杀了狼人,预言家还成功上警,守卫也隐藏得特别好,第一局游戏,好人阵营赢得很是顺利。

谢明叹了一口气,忍不住问:"嘉阳,你第一晚为什么要验我的身份?"

贺嘉阳转头看了一眼谢明:"你长得不太像好人。"

"扑哧——"大家瞬间都笑喷了。

谢明不服,站起来就要跟贺嘉阳扭打。

一屋子的欢声笑语就没有停下来过。

大家一起玩了几局《狼人杀》,又开始玩扑克牌,还有《谁是卧底》。

等玩起来大家才惊觉,其实还是玩《狼人杀》比较好。

倒不是因为《狼人杀》比较好玩,而是《狼人杀》这种游戏吧,可以有一个法官的存在。

自带bug(程序错误)的陆大少爷就可以当法官,而不用参与游戏虐"杀"他们。

所以玩了几局之后,陆泽就被踢出了游戏。

"泽哥,"施宇正色道,"不是我们不想跟你玩,只是每次跟你玩,都会有一种自己是个大笨蛋这样的错觉。"

韩疏夜点了点头:"所以为了不让我们一直骂自己,泽哥,你还是别玩了。"

陆泽无所谓地点了点头,而后退出游戏,拿起手机。

江年刚抓起一张扑克牌,就看到手机亮了起来。

满眼星辰:"今晚你看了我好几次。"

江年:"……"

她再次抓起一张牌，分出心神给陆泽回消息。

星辰："你不看我怎么知道我在看你呀？"

江年继续抓了几轮牌，手机又亮了起来。

孔蔓蔓边把江年的牌递给她，边纳闷儿："年年，你的消息好多啊，谁给你发的？"

江年抬头冲孔蔓蔓笑了笑，没敢说话。

孔蔓蔓霸道地挥手："年年，你告诉你朋友，你在玩游戏呢，没必要句句都回。"

话音一落，孔蔓蔓就莫名其妙地打了个寒战，有点儿冷。

而且她总觉得好像室内的温度在直线下降。

孔蔓蔓再次打了个寒战，冲着一旁观战的贺嘉阳说道："班长，室内的空调温度调高点儿吧，我觉得有点儿冷。"

贺嘉阳应了一声。

江年直发笑，而后乖乖地摸完牌才拿起手机看消息。

满眼星辰："你说得有道理。"

江年更是弯唇一笑，而后抬起头，朝着陆泽的方向看了过去。

孔蔓蔓抓了个正着："年年，你玩扑克，看泽哥干什么啊？"

江年连忙低下头来，而后消息也不回了，只能老老实实地打牌。

孔蔓蔓：怎么觉得好像更冷了一点儿呢？

她再次打了个寒战。

贺嘉阳有些奇怪："孔蔓蔓，你还是很冷吗？是不是感冒了？"

"不是吧？"孔蔓蔓也很蒙，"但我的确觉得有点儿冷……"

冷气制造机陆大少爷默默收回目光，懒懒地撑着脑袋。

当然，陆大少爷面上仍旧是淡定的，坐在那里什么也不做，就真的绝世少年美如画了，只是心理活动究竟有多丰富，就只有他一个人知道了。

江年偷偷笑了笑，当作这件事情跟自己毫无关系一样，认真地打牌。

陆泽"啧"了一声，下了床，趿拉着拖鞋伸了个懒腰，而后走到江年身后，漫不经心地问："你喝水吗，江年？"

江年:"三个 K 带一对 J!"她回过头,冲着陆泽摇了摇头:"不喝。"

谢明嚷嚷:"泽哥,你怎么就问人家江年喝不喝水,不问我们呢?"

陆泽理都没理谢明,继续问江年:"你吃薯片吗?我的包里有薯片。"

江年:"炸弹,四个五!"而后她继续冲着陆泽摇头:"不吃。"

陆泽沉默了一下,继续:"你……"

江年打断了他的话:"大王!"而后她继续冲着陆泽摇头:"不用了,泽哥。"

其他人全都在暗暗发笑。

试图吸引江年的注意力失败,陆大少爷很不开心。

他抿了抿唇,整张脸上都是"小爷我心情很差,需要江年哄哄"的神情。

江年觉得……只要陆泽站在自己旁边,那她简直就是动物园里的小动物,得时时刻刻被别人注视。

好无奈。

姚子杰今天已经不知道给了他们两个人多少眼神了,示意陆泽收敛一点儿,陆泽倒好,装作接收站信号很差的样子,直接屏蔽掉了姚子杰的所有眼神。

姚子杰忍无可忍,吃过早餐之后,叫住了陆泽:"你一会儿过来一下。"

陆泽无所谓地点了点头,还不忘掏出一张餐巾纸递给江年,顺带叮嘱:"吃完记得喝点儿牛奶。"

然后他才走到了姚子杰跟前。

姚子杰盯着他几秒,这才挥了挥手:"我主要是想跟你说,你得注意影响。虽然我不太担心你的成绩,但是你可别影响人家江年的成绩,知道了吗?"

姚子杰从高一就开始带陆泽,所以还是挺了解陆泽的。

他今天也就是给陆泽提个醒,倒是很清楚,陆泽一向是一个心里很有数的人。

姚子杰想起之前自己闲着无聊的时候,曾经逛过明礼的论坛,当时就看到论坛里有帖子在讨论陆泽。姚子杰对那个帖子的内容印象非常深刻，有一层楼用这么一句话来形容陆泽："说不清楚原因，但我总觉得陆泽身上有一种既成熟又少年气的感觉，两种明明应该很违和的感觉在他身上就很奇妙地……相融了。"

姚子杰看到这话的时候觉得好笑："既成熟又少年气"到底是一种什么样的描述？

这两个词一点儿关系都没有吧，甚至是完全相反的概念，一个人怎么能做到既少年又成熟？

但是后来，亲自带了陆泽之后，姚子杰不得不承认，那层楼一点儿都没有说错。

陆泽当真是既少年感满满，又很成熟。

他年轻气盛，一举一动都让人觉得这个人还是个少年，但是又莫名其妙地成熟，好像为人处事都很有经验一样。

两种本应违和的感觉，全都体现在了陆泽身上。

陆泽是一个从来不需要老师多加担心的学生。

陆泽仍旧懒懒地点头："我知道了。老师，那您没什么事了吧？"

"嗯，没什么事了。"

"那就好。"陆泽礼貌地示意了一下，而后转身就往餐厅的方向走。

今天的行程是去 W 市的一所重点大学参观。

正逢这所重点大学在举办樱花节，游客很多。W 大为了不让校园里的游客过多，就开了预约系统。

游客需要预约登记才能进校参观。

学校门口经常会有一些不知道需要预约的游客被拦在门外。

江年他们倒是早早地就预约了名额，现在需要排队出示自己的预约二维码，才能进入学校。

给他们验二维码的不是保安，而是 W 大的学生。

"请大家不要拥挤，有序排队，我们会按顺序给大家验证二维码的。"人多骚乱，江年蓦地听见一个清亮的女声在门口的地方响起。

她有些好奇地看了过去,发现了一个穿着长长的红裙的女生。女生很漂亮,一头及腰长发。

显然,很多人被这个女生吸引了目光。

那个女生有一种很神奇的魔力,刚才还有些躁动的队伍显得有序起来。

江年乖乖地排着队,而后看到女生给排在自己前面的谢明验了二维码。

谢明还冲女生笑了笑:"学姐,你真的好漂亮啊!"

女生态度稍显冷淡,弯着唇笑了笑:"谢谢。"

而后她看向江年,态度明显温柔了一点儿:"下一个。"

江年觉得好笑,瞥了一眼吃瘪的谢明,走上前,递上自己的二维码。

排队进去之后,江年站在门口等赵心怡,眼睛一转,打开了手机发消息。

星辰:"刚才那个学姐好好看。"

而后她很快收到了回复的消息。

满眼星辰:"嗯。"

江年撇了撇嘴,准备收起手机,就又看到了一条消息。

满眼星辰:"你们都很好看。"

江年忍不住笑了笑,而后再次撇了撇嘴。

她正跟陆泽发着消息,就注意到门口似乎又有被拦在外面的游客。

游客被拦住之后,黄牛就找了上去。

"进校看樱花吗?我带你进去,30元一个人。"

游客似乎有些心动。

江年震惊了。

黄牛做生意都做得这么明目张胆吗?竟然当着门口这些守门的学生和保安直接说?

黄牛还在劝说,游客看向了自己的同伴,两个人都有些迟疑。

"算了,来都来了,不进去看看觉得有点儿亏。"游客挥了挥手,就准备掏钱。

刚才那个漂亮的女孩子也注意到了他们。

"您不用给他钱了，"女孩子扬声说道，"就算拿了钱我也不会让您进去的！"

游客又看向女孩子，再次迟疑了。

黄牛灰溜溜地走开了。

漂亮的女生弯了弯唇："您可以去不远的磨山，那里的樱花也开得很好。如果您在W市待的时间比较长，可以预约之后几天进校参观。或者等今晚五点之后，我们这里就不再限制客流了，您到时候可以自由进出。"

刚才还因为被拦住而略显恼意的游客被女孩子这么说了一通之后，也有些不好意思，和同伴朝着女生道了声谢，就走开了，并没有再站在门口。

江年很是佩服。

已经站在江年旁边的赵心怡也一阵感慨："这个学姐这么漂亮也就算了，办事能力还这么强。你看，她三言两语就化解了这么麻烦的事情，要是我肯定做不好。"

江年赞同地点头。

W大的确很好看，特色建筑加上粉嫩的樱花，路上行人如织。

校园面积也挺大，江年和赵心怡一路走一路拍，除了游客太多有点儿挤，没有别的毛病。

只是江年很快就发现了学校面积太大的坏处——太容易迷路了。

而且W大的岔路还特别多，走着走着，江年扭过头问一旁的赵心怡："我们现在走到哪儿了？"

第三次碰见同一棵樱花树的时候，江年跟赵心怡开始大眼瞪小眼，真是奇怪了。

江年默默打开手机："我查一下地图吧，不然等会儿我们就找不到姚老师他们了。"

赵心怡正准备应声，眼睛一瞥，连忙拽了拽江年的衣角，示意她看过去："年年，你看，那是不是今天早上门口那个漂亮的学姐？"

江年顺着赵心怡指的方向看了过去，而后眼睛一亮，迅速地点了点头:"走,我们去问问路。"

那个女生正一个人走着,耳朵里塞着耳机。

江年快步走到她面前,很不好意思地问:"那个……学姐,我能问一下南门怎么走吗?我们老师让我们中午十二点在那里集合。"

女生摘下耳机,看了看江年,似乎记起了她们,笑了笑:"南门?这里是文理学部,南门得往信息学部的方向走。你们的老师怎么会让你们在这里自由活动,都不怕你们迷路吗?"

她说这话时语气很轻松,看起来真的是一个很和善温柔的女孩子。

江年有些不好意思地跟赵心怡对视了一眼,而后又看向了那个女生。

"正好我也要去信息学部,我带你们过去吧。"女生拿出手机看了一眼时间,又冲着她们笑了笑。

江年她们连忙应了一声,而后就跟着女生朝着前面走去。

女生看上去很闲适自在,路上偶尔碰到熟人,也会笑着打招呼。

江年听了半天才听清楚,很是奇怪:"学姐,你叫……时辰吗?"

女生点了点头:"对,十二时辰的时辰,我姓时。"

"这个姓氏我还真没怎么听过。"赵心怡很奇怪的样子。

"嗯,的确不算常见。对了,刚才听你们两个人说话,你们是远城的吗?"

看见江年跟赵心怡点了点头,时辰也笑了笑:"还真是巧了,我也是远城的。"

江年愣了愣:"学姐,你应该不是明礼的吧?"

"嗯,我是远城一中的。"

不知道为什么,江年忽然觉得"远城一中""时辰"这两个词搭在一起,给她一种莫名其妙的熟悉感。

她总觉得好像听别人提到过这两个词一样……

只是没来得及多想,江年就听见有人叫她的名字。

她顺着声音来源的方向看过去,发现来人是神色有些焦急的陆泽。

陆泽皱着眉头,大长腿一迈,几步就到了江年跟前。

"你们怎么到处乱跑?我刚才找了你很久,你也不回消息,我还以为你迷路了呢。"

江年愣了愣，从裤子口袋里拿出手机看了一眼，而后有些不好意思："我忘了开振动，没看到消息。"

陆泽松了一口气："快十二点了，没事就好。下次别乱跑了，人生地不熟的，想去哪儿跟我说，你又不太记路。"

江年撇了撇嘴。但她的确迷路了，自知理亏，低下头乖乖地听陆泽讲话。

看见女孩子露出了委屈的神色，陆泽哪里还说得下去？

他抿了抿唇，这才注意到站在江年旁边的时辰。

江年连忙给陆泽介绍："这是时辰学姐，刚才我们有些找不到路，就是时辰学姐带着我们走到这里的。"

时辰礼貌地冲着陆泽点了点头，有些好笑地问江年："这是你朋友吗？"

江年看向陆泽，却发现一向对别的女孩子不太在意的陆泽，这个时候正看着时辰，神色有些……说不出来地怪异。

"学姐，你叫……时辰？十二时辰的时辰？在远城一中读的高中？"

陆泽仍旧是一贯懒懒的语调，但是不知道为什么，江年莫名其妙地就是能听出来一些……好像有些惊讶和好笑的味道。

江年微微怔住，有点儿奇怪起来。

她好像没跟陆泽介绍时辰学姐的名字究竟怎么写吧？

陆泽是怎么知道的？

时辰显然也有些纳闷儿。

她朝着陆泽点了点头，而后反问："你认识我吗？"

"嗯，不算认识。"陆泽含糊地回答了时辰的问题，就又看向了江年："走吧，我带你去南门。饿吗？我包里有些零食，还有些甜点，可以给你垫垫肚子。"

说着，他把甜点递给江年，又递给时辰一瓶水，而后拉上书包，礼貌地朝着时辰点头道谢："谢谢时辰学姐了，今天麻烦你照顾年年了。"

等离开后，江年边吃甜点，边有些好奇地问陆泽："泽哥，你认识时辰学姐吗?"

陆泽不答反问:"你是在关心你的同学吗?"

江年:"……"

江年咬着吸管吸了一口酸奶,突然脑中灵光一闪,反应过来了。

她猛然"啊"地叫了一声。

陆泽立马着急地回过头看向江年:"怎么了?崴到脚了,还是看到虫了?"

"不是,不是,"江年连忙摆了摆手,示意自己并没有遇到什么事情,"我好像想起我为什么觉得刚才听到时辰学姐的名字会觉得有点儿熟悉了。"

看到江年没事,陆泽显然松了一口气。

至于"时辰是谁"这个问题,陆泽显然并没有太大兴趣。

倒是一旁的赵心怡很是感兴趣:"真的吗?你觉得时辰学姐的名字很熟悉吗?"

"嗯。"江年点头,吸掉了最后一口酸奶,"嗒嗒嗒"地跑向路边的垃圾桶,扔掉酸奶盒后才走回来。

"我之前听书南讲过时辰学姐的事情,好像还牵扯到了一个男生的名字……叫什么……"江年仔细地回想,却怎么都想不起来,"当时我心不在焉的,只记得是一中挺传奇的一个故事,那个男生的名字是两个字的。"

"书南?"陆泽问。

江年点头:"对,就之前那次我在街上碰到你,然后你帮我抓娃娃时跟我在一起的女生,是我闺密,现在在一中。"

"哦,"陆泽想起来了,"你确定你闺密说的那个男生的名字是两个字的吗?"

"对。"

陆泽摸着下巴笑了笑,表情变得有些玩味起来。

江年有些摸不着头脑,拽住陆泽的衣角:"怎么了?"

陆泽摇了摇头,随意地指了指前面:"姚老师和我们班的同学都看着我们呢。"

江年:"……"

手里陆泽的衣角突然就成了烫手山芋,江年猛地丢开,还迅速地往后跳了一步。

回过神来,江年才拍了拍胸脯,然后小心翼翼地扭过头看向前面的方向。

江年在心里反问自己:她是动物园里的猴子吗?

要不然等在那里的姚老师和一群同学,干吗像看猴戏一样看着她?

她撇了撇嘴,假装自己没看到班里同学的目光,咳嗽了一声,拉着赵心怡就往集合的地方走去。

严向雪兴高采烈地问:"年年,你是跟泽哥一起逛的学校吗?"

江年:"……"

你们就不能让我清净会儿吗?!

明明事实不是这样的,赵心怡同学卖同桌是一把好手:"是的,年年是跟泽哥一起逛的学校。刚才在快走到这里的时候,我才遇到他们,就跟他们一起过来了。"

江年:"……"

她的同桌怎么回事?!

难道今天跟自己一起迷路的,不是赵心怡吗?!

三天的春游,其实时间过得还挺快的。

大家每天一起吃早、午、晚餐,然后跟着姚子杰到处乱逛,晚上的时候就可以在附近散散步,或者大家一起玩玩牌,好像整个19班的同学感情都突飞猛进了一样。

如果说分班半年多,班里还有一些不太熟悉的人,或者因为班级成员频繁流动而没有什么交流的人,这三天春游过后,大家关系也明显融洽了很多。

江年很喜欢这种大家一起玩耍、交流的感觉,这种时候就明显能感觉自己是这个集体的一员。

归属感很难得,江年却觉得自己在默默地对"19"这个数字产生归属感。

充满欢声笑语的三天过去，休息了一天后，再回到学校时，大家明显都还觉得有点儿不适应。

早自习，语文老师照例布置了任务，就没再监督大家了。

江年背着书，只觉得眼皮有千斤重。

出去玩虽然很开心，但是每天两万步的行程还是让她这种体力差的人有点儿顶不住。

江年打了个哈欠，强行扭动了一下身体，想要让自己恢复点儿精神。

这一扭动倒好，她一回头就看见了竖着语文课本，然后自己躲在语文课本后面睡得香甜的段继鑫。

江年"扑哧"一声笑了出来。

施宇听见了江年的笑声，也抬起了头，而后捂着嘴打了个大大的哈欠，开始抱怨："我快困死了。"

江年擦了擦眼角因为困顿而流出来的泪水："我也好困。"

韩疏夜抖了抖腿，而后开始站起来背书。

打哈欠就像会传染似的，江年眼睁睁地看着大家一个个地打起了哈欠，全都困顿不已。

她忍不住想笑。

而后她转了转眼睛，拿出了一个崭新的本子，开始写《19班观察日记》。

她翻开第一页。

××××年03月27日，周一，晴。

今天早上大家都很困，简直是按照座位的顺序挨个儿打起了哈欠……

等到用记录员的方式写完了一篇观察日记后，江年才心满意足地把本子收了起来。

她突然觉得，如果这样子每天记录一下，等到大家毕业的时候，这没准会是个很好的纪念。

江年刚收起本子,就看到自己的桌肚里的手机亮了一下。

果然,又是陆泽发来了消息。

满眼星辰:"知道怎么做可以不困吗?"

江年歪了歪头。

星辰:"怎么做?"

不知道为什么,江年突然觉得,自己这么回复过去后,好像掉进了陆泽的圈套里……

她刚感觉有些忐忑,就看到手机再次亮了起来。

满眼星辰:"其实……大叫一声'我是个笨蛋',你立马就不困了。"

满眼星辰:"要不要试试?"

星辰:"……"

江年迅速地扭回头,抿了抿唇,大声读起了课文。

在绝大部分人昏昏欲睡、声音越来越小的教室里,江年同学突如其来的大声读书声吓到了不少人。

有人迅速地反应过来,跟着大声读古诗文:"寒蝉凄切,对长亭晚,骤雨初歇……"

不少人边大声读课文边瞟向窗外,而后半天看不到人影,就又开始左顾右盼小声讨论起来:"老师呢?"

门口的段继鑫还大胆地站起来张望了一下。

看见大家纷纷看向自己,段继鑫看了半天,摇头:"老师没来啊。"

然后大家齐齐看向刚才最先大声读书的江年。

施宇纳闷儿地叫她:"江年,你刚才是看到语文老师了吗?"

江年一脸无辜的表情:"没有啊。"

众人:"……"

施宇继续纳闷儿地发问:"那你为什么要突然大声读书?吓死我了。我本来困得不行,现在都被你吓精神了。"

江年同学更加觉得自己无辜了。

怎么回事?!

她就是乖乖地读了个书而已，现在反倒犯了错误！

其他人当然不觉得江年无辜，一个个"喊"了一声后，倒也都不困了，而后低声读起课文来。

没过多久，语文老师走了过来，在窗外朝教室里面看了一下，神色很满意。

看吧，她就说还是他们班的学生比较自觉，不像刚刚上楼的时候，看哪个教室里的人都是昏昏欲睡的样子，没有几个人在读课文。

只有他们班的学生这么自觉，大清早的，还是刚从外面春游回来，一个个都这么懂事，没有一个人打瞌睡，全都在大声朗读课文。

语文老师满意得不得了，走进教室里，顺便决定这周可以少给他们布置一点儿作业。

大家纷纷抬头，看着语文老师脸上满意的表情，忍不住一阵心虚。

这也……太险了。

要不是江年一开始就猛地大声读课文，他们也不会跟着读，然后语文老师来的时候就会发现他们所有人都在打瞌睡，没好好背书。

想想那个场景，大家就纷纷打了个冷战，而后再向江年投去只有他们懂得的感激的眼神。

江年一脸茫然的表情。

这还真是……巧了。

高二下学期之后，尤其是在这个重点班里面，考试的频率明显比以前高了不少。

除了跟之前一样的每个月一次整个年级统一排名的月考，江年班里还有一个半个月一次的排名考——任课老师们用在各处找到的各种各样的模拟卷，抽出几个晚自习的时间让他们考试，然后老师们单独批改试卷，再进行班级排名。

不过这考试好像也挺有道理的，每次月考的时候，他们班的班级排名跟年级排名差不了太多。

就连江年这种害怕考试的人，在这种频繁考试、出分数、排名的攻击下,都变得习惯起来……

五月的时候,他们刚刚考完一次月考,照例进行了班级流动,姚子杰就走进了教室里。

"这个月我们取消了月中的班级考。"

教室里一时鸦雀无声,下一秒大家就全部欢呼了起来。

天哪,取消了班级考!那他们就可以少面对一次分数和排名了!

姚子杰压了压手,示意他们冷静一点儿。

"这是我们几个老师商量出来的结果,目的很简单,为了让你们专心准备月底的会考。当然,我并不是特别担心你们的语、数、外、理、化、生,但是很怕你们的政、史、地拿不了A。"

众人:老师,您别说了,我们自己也怕。

"为了让大家更好地准备会考,这段时间我们的课程会暂缓。除了把理、化、生的课程分出一点儿时间安排给政、史、地,你们也可以多去找任课老师问问题。"姚子杰又突然想起了什么,"哦,对,还有,我们隔壁就是文科尖子班,你们要懂得多多利用资源。"

是的,整个四楼,只有他们班和文科尖子班的学生。

说来也怪,他们两个班之间的交流并不算多。

所谓"文理结盟",其实是他们两个重点班的班主任达成了口头协议,让他们两个班的同学在遇到一些问题的时候可以互相解答。

据说这个"文理结盟"的历史由来已久,江年曾听一个高她一届的理科重点班的学姐说起过。

"嘻,说起来这个会考啊,真的太有趣了。当时考前一个月,我们两个班的老师让我们互相学习对方的强项,我们可以拿着不会的题目去隔壁班请教别人。"

不仅两个班的人会互相串门问问题,两个班主任甚至还会时不时安排他们一起去阶梯教室里面准备会考。

江年同学就成功地发现了之前施宇那段话说得是多么正确。

她转过头,瞥了一眼左后方的位置。

陆泽正习惯性地左手转着笔,右手撑着头,漫不经心地复习着历史。

然后就有隔壁班的女孩子走过来。

那个女孩子江年还认识,对方高一的时候就因为在迎新晚会上跳了一支民族舞而声名远扬,整个明礼的人可能都认识她。

女孩子成绩也挺好的,在文科班长期排名前十吧,叫祝明仪。

祝明仪拿着一本物理习题,手里攥着一支笔,满脸羞涩的表情:"陆……陆泽同学,你能不能帮我解答一下这道物理题?我看答案都没看明白。"

江年哽了哽。

短短半个多小时,祝明仪已经是隔壁班第四个走过来问陆泽题目的女生了。

前两个人来问的时候,陆泽还能分出点儿注意力,迅速而潇洒地解决完题目,就继续恢复那个懒洋洋的姿势做题。

等到祝明仪再来问陆泽题目的时候,显然,大少爷的耐心已经告罄。

在19班,虽然陆泽也会被请教题目,但是那是很少有的情况,只有在问了一圈都搞不定题目的情况下,他们班的人才会选择去问陆泽。

但现在,陆泽被请教题目的频率实在是太高了,而且这几个女孩子问的题目,都在陆泽觉得"是个人都应该会"的范畴之内。

不知道这几个女生是真的不会还是假的不会,陆泽实在觉得自己没什么好讲的。

他直起身子,接过祝明仪手里的练习题,迅速地瞥了一眼,而后懒懒地抬头,在面前的女孩子满是期待的神情中……把练习题递给了旁边的谢明。

陆泽还非常"礼貌"地出口解释:"这道题目我同桌能解答得更好,你问他吧。"

说完,他压根儿没看祝明仪难堪的神情,拿着自己的历史册子起身,在众人的目光中走到了江年旁边,用与刚才如出一辙的懒懒的语调,但是怎么听都让人觉得截然不同的语气说:"江年,来给我讲讲历史题。"

## 第十三章
## 只看得见

在众目睽睽之下,江年蓦地被陆泽要求给他讲历史题,心情有点儿复杂。

她稳了稳心神,而后开始看刚才陆泽要求自己给他讲的题目。

只是迅速地瞥了一眼,江年心情就更加复杂了。

虽说她是个理科生,但是这道历史题……难道不应该是"是个人都会"的类型吗?

而且,如果是别人不会做的话,江年还没那么怀疑。

偏偏来问问题的人是陆泽。

如果江年没记错的话,陆泽高一的时候也能稳居年级第一名,理科好固然是一方面,政、史、地也是很好的啊!

泽哥聪明到向来不偏科的。

不过江年肯定不能这个时候拂陆泽的面子。

她再次瞄了一眼题目,而后顶着被大家看八卦的压力,给陆泽讲起了题目。

祝明仪捏着自己的校服衣角,手都泛起了青筋。

谢明看够了好戏,顺带心情都好了不少。

他瞥了一眼，注意到祝明仪手背上的青筋，忍不住感慨起来。

但谢明同学比他泽哥要善良很多。

祝明仪好歹还是明礼不少男生的女神，他不能再让祝明仪下不来台呀。

今生目标是做个好人的谢明同学同情地看了祝明仪一眼，善良无比地开口："那个……祝明仪同学，我来教你这道题吧。"

祝明仪强行收回自己放在陆泽身上的目光，看了看谢明，深吸了几口气，而后用一贯温柔得体的语气说："好的，谢谢你！"

只是祝明仪听归听，她的心神在不在题上面明眼人一眼就能看出来。

谢明飞快地把题目给祝明仪演算了一遍，然后抬起头，就看见了心神不宁的祝明仪。

他撇了撇嘴，放下手里的笔。

"祝同学，"谢明笑了笑，"你听懂了吗？"

祝明仪这才如梦方醒一样回过神来，而后连忙点了点头："听懂了，听懂了，谢谢你的解答！"

谢明边把手里的笔和练习题还有演算纸递给祝明仪，边低声说道："劝你不要再打泽哥的主意了。"

祝明仪蓦地一慌，看向了谢明。

谢明脸上仍旧是一贯的笑容，好像并没有什么变化一样："泽哥心里只有学习呢。"

祝明仪咬了咬下唇，想说什么，又咬了咬下唇没说出口，抱着习题，表情失落地走开了。

谢明耸了耸肩。

他跟陆泽认识很久很久了，所以真的很了解陆泽。

陆泽时常漫不经心的状态并不是装出来的，而是真的对很多事情懒得关心。

泽哥很强大，但就是因为太强大，所以好像什么事都有人想求助于他。

而泽哥只做那些自己认为有趣的事情。

谢那个谢，明那个明："泽哥，下次这种应付女孩子的苦差事，可以交给别人做吗？如果你喜欢坑朋友，那就坑嘉阳！嘉阳更好坑！"

谢明发完消息，就满眼期待地看向了江年……旁边的陆泽。

陆泽似乎感受到了手机的振动，懒洋洋地分出点儿心神来，随手从校裤口袋里摸出手机看了一眼。

下一秒，他就又随手把手机塞了回去，继续专心致志地听江年讲题。

谢明："……"

而江年费了好一番口舌，才把这道在她眼里不怎么需要讲的题目给陆泽讲完了。

偏偏陆泽还听得很认真，时不时点头附和，甚至还能提出一些细小的问题，搞得江年都觉得陆泽可能是真的不会这道题目了……

江年顿了顿，说道："我讲完了。"

陆泽点头："你讲得很好。"

"……"

江年不知道是不是该谢谢陆大少爷的夸奖。

"你听懂了吗？"

"听懂了啊，毕竟你讲得那么好。"陆大少爷很是理所当然，"既然你讲得这么好，那我以后有别的政、史、地的题目，还可以问你吗？"

"……"

江年都要惊呆了。

陆泽瞥了一眼瞠目结舌的江年："不行吗？"

这是行不行的问题吗？！

他放着隔壁班一堆文科超级学霸，还有政、史、地的老师这些资源不用，过来问她一个理科生政、史、地的题目？

泽哥，您自己说，您不觉得您有点儿任性吗？

陆泽当然不觉得，甚至开始试图装委屈："唉，不行就不行吧。虽然我也教了你不少物理和数学题目，但是……既然你这么为难，就算了吧,还是让我就这样不会做吧。"

"……"

陆泽偷偷瞥了一眼女孩子的神情,继续装委屈:"就让我一个人政、史、地考不了A吧,甚至可能不及格,到时候没办法顺利毕业,我就算考上清华又有什么用?人家照样不收我。"

最后,他长长地叹息了一声:"唉——"

江年已经快疯了。

她认输还不行吗?

在心里进行了一系列反思后,江年同学迫不及待地点了点头:"行了,行了,泽哥,你可以问我政、史、地的题目,只要我会,我一定给你讲,行吗?"

刚才还委屈巴巴的陆大少爷瞬间喜笑颜开:"行。"

江年觉得自己心好累。

看着陆大少爷心满意足地走开后,目睹了这一切的赵心怡惊了。

我的天哪。

我刚才都看到了些什么?!

在赵心怡心里,陆泽一直是一个很冷漠的人,对别的人笑一笑已经很不容易了,更不要说有别的表情了。

现在……原来陆泽是一个会撒娇的男生?!

再看看江年已经司空见惯、波澜不惊的表情,赵心怡就更加震惊了。

敢情陆泽冲着江年撒娇顺带胡搅蛮缠的事已经不是头一次了啊?

赵心怡有点儿难以形容自己五味杂陈的心情,默默地咽了咽口水,转过头继续"认真"地背政治。

她暗暗打定了主意,以后一定要离陆泽远一点儿,太可怕了,呜呜呜。

赵心怡又偷偷看了一眼自己的同桌。

江年右手拿着笔,时不时在小册子上画一画,嘴里还在念着册子上的东西。

头发滑落，江年顺手放下笔，把头发别到耳后，露出精致的侧脸。

女孩子皮肤细腻，牛奶一样干净白皙，赵心怡离得这么近，甚至能看到江年脸上细小的绒毛，但是竟然看不到毛孔。

鼻子又翘又挺，配上那漂亮的眉眼，女孩子不施粉黛却怎么看都让人觉得浑身舒服。

江年是漂亮的，赵心怡一向知道。

但是赵心怡之前会觉得，可能还是学校里其他更负盛名的女生要漂亮一点儿，比如刚才那个祝明仪。

但是现在跟江年待久了之后，赵心怡慢慢觉得，江年的"好看"好像不仅体现在容貌上。

江年丰富的小表情，还有她说话时软软的语气，甚至是她的一举一动……时间越久，她就越耐看，让人怎么看都觉得好看。

她的同桌，真的是块瑰宝。

可能是因为那次祝明仪的经历过于不好，20班的女生们大部分引以为戒了。

但是还是会有个别像祝明仪这样的女生，抱着努力展现出自己最让人喜欢的一面的心态，跑去陆泽面前试试。

所以，陆大少爷依然……不胜其烦。

他是真的不太擅长教别人题目，因为每次都理解不了这道题别人究竟是哪里不懂……

当然，他跟班里的同学们一起探讨难题，或者是教江年普通难度的物理题时，就是例外了。

在陆大少爷眼里，攻克难题是一件让人开心的事情，教江年做题是一件更让人开心的事情。

所以，一有人朝着陆泽的座位走来，陆大少爷就见机行事，拿着政、史、地的题目往江年的座位走去。

然后遭罪的就是本来看戏看得很开心的谢明了。

在第五次给祝明仪讲完题之后，善良无比，脾气还很好的谢明同学真的忍不住了。

等陆泽从江年的座位那里回来的时候,谢明深沉地叹了一口气。

"泽哥,"他幽怨无比地盯着陆泽,"你是不是很快乐?"

陆泽随意地点了点头。

看着陆泽脸上掩盖不住的笑意,谢明更幽怨了。

自己这么痛苦,人家泽哥倒是快乐似神仙哪。

谢明再次长叹了一口气。

陆泽难得地瞥了他一眼,开恩一样发问:"怎么了?"

"泽哥,你这么快乐,考虑过我吗?"

陆泽稍稍想了一下,就明白了谢明说的是什么。

他懒懒地笑了出来:"我这不是在帮你吗?你之前不是还跟我夸过祝明仪漂亮吗?现在你都有机会教人家做题了,不开心吗?"

谢明突然明白搬起石头砸自己的脚是什么意思了。

他顿了顿,开口道:"泽哥,话也不能这么说,是吧?"

"嗯?"

"祝明仪是漂亮,但对我又没意思。她一过来你就跑,这所有的负担就全都到我身上了。我也太惨了吧?"

谢明一想起自己每次被迫给祝明仪讲题的时候,祝明仪面上微笑,实际上拳头紧握的样子……就感到无奈。

不要搞得他多想给祝明仪讲题一样好吧?

陆泽正跟谢明随意地聊着天,谢明余光就瞥到了又一次往他们这边走来的祝明仪。

只不过奇怪的是,祝明仪这次手里并没有拿题目。

谢明手疾眼快地抓住了陆泽,避免他再次逃开。

祝明仪已经走到了陆泽的旁边。

到底是整个明礼都挺有名气的两个人,尽管陆泽的座位在后排,这个时候依然吸引了前面不少人的目光。

先是有人注意到了祝明仪在陆泽旁边,再然后拼命地示意自己的小伙伴一起看热闹,之后……江年就也注意到了后面的动静。

祝明仪脸上仍旧是一贯的笑容,很有礼貌地站在陆泽跟前。

"陆泽同学，你现在有时间吗？我有一些话想跟你说，你方便出来一趟吗？"

江年抿了抿唇。

陆泽很难得地抬起眼眸来，看了祝明仪一眼。

祝明仪只觉得自己的心跳瞬间就快了很多。

对，就是这双好看得不得了的眼睛！她刚进明礼的时候，在还不知道陆泽是谁、有多厉害的情况下，就已经完完全全被这双眼睛吸引住了。

陆泽是想开口就回"没时间"的。

谢明拽了拽他的衣角，递给他一个眼神。

到底是多年好友，陆泽一下就明白了谢明想说的话。

他懒懒地移开视线，整个人都倦怠无比。

行吧，那他就干干脆脆地解决完此事好了。

"有时间。"陆泽点头，"等会儿下课的时候吧，在楼梯口见。"

祝明仪眼睛瞬间就亮了起来，猛地朝着陆泽点头："好的，好的！"

说完，祝明仪就开心地走回了自己的座位。

江年抿了抿唇，收回自己的视线，低头看起了手里的书。

贺嘉阳自然也注意到了陆泽和祝明仪的动静，回头看了一眼低着头的江年，忍不住开口："阿泽心里有数的。"

江年抬起头，冲着贺嘉阳笑了笑："我知道。"

知道归知道，下课的时候，看着陆泽和祝明仪先后走了出去，江年还是忍不住以接热水的理由也走了出去。

拜自己不错的视力所赐，江年稍微看了看，就找到了站在楼梯口的陆泽和祝明仪。

陆泽仍旧是一贯的懒散的样子，整个人斜靠在栏杆上，漫不经心地听着祝明仪说话。

祝明仪似乎在很激动地说着什么，隔着挺远的距离，江年都能感受到祝明仪的情绪。

相反，陆泽倒像是一潭波澜不惊的水。

江年往楼梯口的方向走了走。

陆泽背对着江年，她并不能看清楚他的表情。

而后，她隐隐约约听见了祝明仪的话。

"陆泽，你想考什么大学？"祝明仪看起来很诚恳的样子，"我们一起努力吧。"

陆泽似乎沉默了一下。

江年捏紧了手里的杯子，听见了自己的心跳声。

男生好听的嗓音传来，他说："用不着。"

祝明仪的眼睛里似乎已经有了泪光。

"陆泽，为什么？我不够优秀吗？"

江年回到座位上的时候，赵心怡端着杯子："年年，分我一点儿热水呗，我想把感冒药吃了。"

江年愣愣地把手里的水杯递给赵心怡。

赵心怡接过水杯，而后晃了晃，纳闷儿地问："你不是去接水了吗？杯子里怎么还是空荡荡的？"

江年没回话。

赵心怡更加奇怪了，伸出手在江年面前晃了晃："江年，你发什么呆呢？"

江年毫无反应。

她的脑子里，只有刚才听到的那段话。

陆泽说的。

"你优秀与否我都不知道，我都注意不到。"他说，"这和我毫无关系。"

实话说，会考这段时间，的确是江年觉得自己过得最开心的一段时间了。

本身就是理科重点班的，就算物理稍差一点儿，对于会考的难度江年还是觉得很简单的。

语、数、外、理、化、生这几门课，江年都觉得没有任何障碍。

就算是令普通理科生头痛的政、史、地，江年依然觉得没什么大的烦恼。

她本来就是一个文科挺好的人，记忆力一直都很好，所以尽管高二这一年并没怎么学习政、史、地，这次会考，也几乎没什么问题。

而且自从那天陆泽跟着祝明仪去了楼梯口聊完之后，祝明仪明显比以前明事理多了。

当然，也可能是因为陆泽拒绝得实在是过于直白了，一丁点儿情面都没有留，也没有给祝明仪丝毫希望。

祝明仪会放弃好像也是理所当然的事情。

所以之后的这段时间里，祝明仪都没有再像以前那样天天跑去黏着陆泽，陆泽也就不用一有什么事就逃到江年这里避难了。

五月底的会考很快就到了。

江年觉得自己准备得很充分，事实上在考场上，也的确考得很轻松。

考试都是90分钟，开考15分钟的时候会打一次铃，离结束还有15分钟的时候会再打一次铃，还不允许学生提前交卷。

考试的内容的确很简单，几乎都是省教育局发的考试大纲里的各种原题。

理、化、生自然不必多说，就连政、史、地，江年都能一秒准确地把原题定位到哪一页的哪一部分，然后背过的答案就像是放幻灯片一样在脑袋里呈现出来。

所以，江年每场考试，几乎都是早早做完试卷，然后就会趴在桌子上补觉，再在离考试结束还有15分钟的铃声中醒过来，检查一下自己的姓名、考号，还有各道题的答案，收拾一下东西，优哉游哉地等考试结束时交卷。

江年甚至都舍不得这次会考结束了……

"这真的是我这几年来经历过的最幸福的考试了，"江年忍不住扭过头跟施宇感慨，"甚至不用刻意在意分数的得失，反正到最后也只知道等级而已。"

施宇点头附和："可不是嘛。我每场考试做完题目都很无聊，然后就看看考场上有没有颜值比较高的同学。"

段继鑫立马来了兴趣："有吗？有吗？"

"唉，"施宇失望无比地摇了摇头，"我本来觉得有几个女孩子还挺好看的，结果转眼就看到了跟我一个考场的泽哥。然后仔细地对比了一下之后，我觉得泽哥比那几个女孩子都好看。"

江年拍桌狂笑。

段继鑫跟施宇还在斗嘴，江年的思绪却越飘越远，她又想起了陆泽那天跟祝明仪说的话。

正乱七八糟地想着，江年就又听见施宇感慨了一句。

"不过时间过得可真快啊，再有十天不到就该这届高三的学生高考了。不知道为什么，我以前总觉得高考离我好像还很远的样子，但是一想到这届高三的学生马上就要高考结束了，那种莫名其妙的紧迫感就立马来了。"

江年忍不住点了点头。

可不是嘛，她很快就要成为一个高三的学生了呢。

她正在心里感慨着时间过得飞快，手机就振动了一下。

她打开手机看了一眼消息，发现是姜诗蓝发来的。

诗蓝："晚上吃过晚饭去一趟表白墙吧？我们好久没去过了，过去参观一下。"

明礼的表白墙一向算是明礼的一个很大的特色，据说甚至可以成为明礼学生在外面用来判断是不是校友的一个奇特的途径。

暗号是这样子的。

"你也是远城的学生吗？那你去过实验楼顶楼吗？"

对，实验楼顶楼就是表白墙所在的位置。

表白墙，真的是一堵墙。

据说那堵墙最开始并不是用作表白的，明礼不知道为什么单独给那堵墙涂了粉色的涂料，然后之前的学生就开始拿着粉笔在这堵墙上乱涂乱画，写一些只有自己懂的奇奇怪怪的话。

明礼最开始是严厉批评这种行为的，校长甚至特地开了一次教职工大会强调这件事情。

结果明礼刚刚把那堵墙重新涂一遍，就又有学生偷偷摸摸地拿着粉笔在上面写写画画了。

时间一长，就成了现在这个样子，墙上面叠了一层又一层的字迹，大家写了什么可能只有自己看得清楚了。

尽管如此，依然有不少人在表白墙上面写东西，一点儿都不担心自己的心意能不能传达出去。

其实对很多人而言，他们只是想有一个可以发泄情绪的机会而已。

江年跟姜诗蓝之前时不时也会去逛逛，这个学期的确一直没有去看过。

在脑子里飞快地思索了一下，江年回了消息过去。

星辰："好啊，那我晚上去吃饭前带几根粉笔。"

就这么愉快地决定了之后，江年从桌肚里翻出一个袋子，偷偷摸摸地跑到讲台上，选了几根颜色不同的粉笔放进去。

江年跟姜诗蓝吃饭一向很迅速，所以两个人从食堂走到实验楼顶楼的时候，顶楼还没有太多人。

好久没来这里看，再次站在这堵墙面前，江年"啧啧"称奇："果然，表白墙上面的字迹只有很乱和更乱这样的分别。"

一层叠着一层的字，谁也看不清楚到底写了什么，就算能看清，也根本"破译"不了那一堆乱七八糟的"密码"。

江年仔细地回忆了一下，在自己之前写过字的那个角落里找了半天，才找到了自己之前写的一句话。

如果她没记错的话，那是高一的时候写的。

"JN好想成绩变得更好啊，那种万年年级第一名的人都是怎么做到的？那人还长得那么好看，各项全能，简直不给我等人活路！！！"

文字后面，她还画了一个吐舌头的图案。

看着看着，江年就忍不住笑出声来。

现在回看自己一年多前写的话，她真的觉得好幼稚啊。

江年递给姜诗蓝一根粉笔，而后自己也拿出一根粉笔，想了想，在表白墙上写了起来。

"去一样的地方吧。JN加油。"

写完这句话，江年蓦地觉得松了一口气，好像给了自己一个理由、一个机会一样。

姜诗蓝写完自己的内容，转过头来看江年："年年，你写了啥呀？"

找了半天也没找到江年写的字，姜诗蓝回头，满脸问号。

江年耸了耸肩，没回答。

姜诗蓝撇嘴："行吧，你以为你不告诉我，我就不知道了吗？"

江年："……"

她不知道该感慨姜诗蓝太了解自己，还是该震惊于自己这么容易被看穿……

两个人又在表白墙前来回看了好一会儿，才一起下楼回了教室。

会考过后，他们就要开始准备高二的期末考试了。

因为自己在表白墙上写了那句话，江年这次格外认真，也格外努力。

不过，说来更奇怪的是，明明陆泽这段时间没有再被祝明仪纠缠了，他往江年的座位这边跑的频率却好像比之前还要高。

而且每次他都是这个样子的。

"物理复习得怎么样了？有什么不会的题目吗？需不需要我帮你理一下知识点，再给你画画重点？"

"数学呢？"

"英语作文押题了吗？"

"…………"

江年："……"

泽哥最近好像过于关心我的成绩。

陆泽拍了拍江年的头:"别分神,好好听我讲题。"

您还是那个事不关己高高挂起的泽哥吗?

陆泽似乎看出了江年的疑惑。

他点了点头:"你放心,我绝对会让你考去跟我一样的城市的。"

江年听见陆泽的话,忍不住觉得有些不可思议。

"好了,快来学习。"陆大少爷笑成了一朵花,"我保证你这次期末考试顺顺利利的,一点儿问题都没有。"

期末考试很快就到了。

在陆泽这种牛人的辅导下,江年不得不承认,自己的确在突飞猛进。

陆泽这种人,思维方式可能跟她的不太一样。

江年总觉得陆泽特别通透,他看到一道题,就能迅速地找出最快的解题方式。

同一道数学题,自己跟陆泽都能做对,但是陆泽的方法明显更快捷,也更简单。

江年第一万次忍不住感慨:陆泽的脑子到底是怎么长的啊?

同样都是人,为什么陆泽就好像开了挂一样呢?

而且,陆泽的基础也很扎实,很多时候一个不太重要的概念,他都能脱口而出。

江年再一次深深地感受到了自己的不足,继而拼命努力,想要向陆泽看齐。

这次期末考试,得益于陆泽的指导,江年觉得比之前顺利很多。

但终归是考试,就算比之前顺利很多,江年依然觉得"没死也被扒了层皮"。

等到考完英语回到教室的时候,江年边收拾东西边觉得浑身乏力。

太累了,这种脑力消耗真的完全让人受不了。

江年正跟施宇还有段继鑫聊着天,就看到姚子杰踱进了教室里。他双手环胸,脸上一派轻松的表情,跟教室里大家疲惫的样子简直形成了鲜明的对比。

"大家考得怎么样？"姚子杰走到讲台上，笑嘻嘻地问道。

听到了各种各样的答案后，姚子杰又笑道："还是要恭喜大家迎来了高三前的最后一个长假。"

这话说的……

"成绩单还是会跟以前一样，以邮件和短信的形式发给大家，大家要注意查收。九月份再开学，你们会收到分班通知，到时候19班就不会再流动了，你们也会迎来你们的高三生活。"姚子杰顿了顿，继续说道，"高中三年，你们已经过了两年，最后一年的时间还请大家加油。这个暑假，除了跟之前的假期一样好好休息一下，希望大家也不要太过贪玩，要适当学习，不要把之前的知识都忘记了，知道吗？"

教室里的同学都有气无力地应了一声。

"另外，还有最后一件事。"姚子杰卖了个关子，才继续笑道，"6月30号是明礼一贯的毕业典礼跟毕业晚会的时间，虽然学校对你们没什么要求，但是那天没什么事的话大家还是可以过来看看的。毕竟看过了这场典礼，你们也就彻底告别了高二。下一年的这个时候，你们也就高考结束了。"

这个消息，显然大家就很关心了。

毕业晚会这种场合吧，一向是以气氛为重。明礼会要求高三的每个班级都出一个节目，倒也不用怎么精心准备，反正"毕业"这种词语，随随便便说几段话就足以让他们这些感情正丰沛的少年泪如雨下了。

江年心神有些恍惚。

她之前一直觉得"毕业"这个词离她还很远很远，现在忽然意识到，再过一年，这个词就是适合她的了。

江年思索了一下，就看到自己的手机亮了起来。

果然，信息来自姜诗蓝。

诗蓝："年年，30号一起来看毕业典礼吧！！！"

江年"扑哧"一声笑了出来。

星辰："行，你语文选择题错了几个？"

诗蓝:"……"

诗蓝:"可别提了,我又得抄原文!你都不知道,我现在已经成了我们班的抄原文代表,就是因为我每次选择题都不能全对,每次考完试都得抄!"

江年笑得更开心了。

果然,人都是把自己的快乐建立在别人的痛苦之上的。

幸好她今年的语文老师不再是方寻翠了……

只不过吧……来归来,江年真的没有想到毕业晚会会来这么多人。

她跟姜诗蓝对下午的毕业典礼兴趣都不算太大,所以在外面吃了晚饭,然后又正巧在路上碰到了好久不见的那只漂亮的布偶猫。江年跟姜诗蓝一起蹲下来逗了会儿猫,看时间差不多了才来的学校。

她们赶着点来的结果就是……礼堂里压根儿没什么位子了。

江年跟姜诗蓝对视了一眼,两个人的眼睛里满是茫然。

她们还以为人不会特别多呢,结果竟然有这么多人。

江年跟姜诗蓝从后门进去,江年站在最高处,到处找也没找到什么空位。

姜诗蓝也很震惊:"年年,不要告诉我,我们今天需要站着看完节目。"

江年也一阵无语。

她想了想,拍了拍最后排一个女生的肩膀。等那个女生回过头,江年才好奇地问道:"同学,这不是还有十几分钟才开始吗?怎么现在就有这么多人了?"

那个女生晃了晃手里的手机:"你不知道吗?明礼的论坛都快炸了,第一是因为,今天安排给优秀毕业生送花的人是陆泽,第二是……"女生脸上明显带着激动的神情,"今天的往届优秀学生发言,竟然是徐临青学长!"

江年跟姜诗蓝对视一眼,两个人更蒙了。

她们都没怎么关注节目单,江年还真的不知道徐临青今天竟然要上台发言。

陆泽送花这件事，她倒是挺清楚的。

不过，徐临青竟然要来啊！

那怪不得今天来这里的人会这么多……

江年更加惋惜了，现在连个位子都没有了。

她正在遗憾的时候，手机亮了起来。

她随意地打开手机看了一眼。

满眼星辰："在找座位吗？"

江年愣了愣。

那边的人很快就又发过来一条消息。

满眼星辰："叫一声'我最亲爱的好同学'，就给你两个第二排的座位。"

江年简直都没办法用语言描述自己心中的震惊情绪了……

她踮起脚，努力往第二排的座位看了一下。

果然，在座无虚席的礼堂里，那两个好像放了东西的位子格外显眼。

江年刚才找位子的时候，下意识地就忽视了前排的座位，所以压根儿就没有注意到那里。

现在注意到了，江年才发现那个位置真的特别特别好，离前面的舞台近得不得了。

这么说吧，第一排座位基本上坐的是各位校领导，还有高三的班主任们，她真的不知道陆泽是怎么在这么多人的场合中，还能抢到第二排的位子的，并且还特地地留了两个空位出来。

可能是因为那个位置真的挺好的，再加上旁边是陆泽，因此江年还能看到时不时有女生羞羞答答地走过去，问陆泽旁边的位子有没有人。

陆泽背对着江年，江年并不知道他回了什么，但是转眼就看见女孩子失落万分地走开。

江年："……"

前排坐的就是老师，还是陆泽特意留出来的位子。

而且，那么好的位置，好多人注意到了。

江年觉得自己如果这个时候走过去，那简直就是个活生生的集火器……

姜诗蓝自然注意到了江年的这一系列奇怪的动作以及更加奇怪的神情。

她有些纳闷儿地凑过来，低声问道："年年，你怎么了？"

江年抿了抿唇，有些纠结，而后回复陆泽的消息。

星辰："我过去，好像不太好吧？"

陆泽发了一个问号过来。

虽然隔着屏幕，陆大少爷什么都没有说，只发了一个标点符号，但是江年依然感受到了来自对方的浓浓的不满情绪。

江年秒怂，战战兢兢地解释。

星辰："太靠前了，而且太引人注目了……"

那边的陆泽稍微顿了顿，而后回过来消息。

满眼星辰："你还想看徐临青吗？"

江年同学一向足够诚实。

星辰："想。"

满眼星辰："啧。"

好的，一个字，江年同学再次隔着屏幕感受到了陆大少爷身上更加不满的情绪。

虽然她可以对天发誓，自己对徐临青一丁点儿别的意思都没有。

就像之前看待陆泽一样，对她而言他们都是活在传说里的人物，她当然觉得好奇了。

相对这种浓烈的好奇心而言，江年突然觉得，好像之前的"不太好"也没什么了。

这么难得的机会，她能看看自己学校的传说里的人物，还挺值得的。

江年乖乖巧巧地发过去消息。

313

星辰:"我亲爱的好同学。"

陆泽看到手机屏幕亮起来,看清楚江年的话之后,只觉得自己更加不开心了。

姜诗蓝看着自家闺密对着屏幕,一会儿笑一会儿纠结一会儿又痛下决心的样子,更加奇怪了:"年年,你到底怎么了?"

江年按灭手机,拉着姜诗蓝的手:"走,前排有人帮我们占了位子。"

姜诗蓝震惊了,连忙小步追上去,还生怕吵到别人:"年年,谁帮我们占了位子啊?这么好,还是前排!"

越往前走,姜诗蓝越觉得不对劲。等走到第二排,看到随意地跷着二郎腿玩着手机的陆泽时,姜诗蓝整个人都有点儿不好了。

这何止是前排……

这简直是超级VIP席位啊!

而且,能让陆泽帮忙占位子,她家闺密真是太出息了。

震惊完毕,姜诗蓝喜上心头,暗暗地冲着江年点了个赞,就很懂事地冲着陆泽道谢,然后坐在了离陆泽稍远的那个位子上,把陆泽旁边的位子留给了江年。

姜诗蓝赶紧招呼还站着的江年:"年年,快坐啊,愣着干什么?"

江年坐在了陆泽的旁边。

感受到陆泽和江年之间有点儿奇怪的氛围,陆泽另外一边的贺嘉阳好奇地看了看,而后自发地出来解围:"江年,你可来了,你都不知道你没来之前,这个座位被多少人虎视眈眈过。"

江年讪讪地笑着也跟贺嘉阳聊了几句,而后就感受到陆大少爷身上的"我不开心"的气压已经进一步变成了"我很不开心"……

江年:"……"

贺嘉阳更好奇了:"怎么了?你们俩吵架啦?"

江年歪了歪头:"没有……吧?"

应该是没有吧。

男人心,海底针。

贺嘉阳看自己问不出什么，撇了撇嘴，又靠回了椅背上，没再关注陆泽和江年两个人。

陆泽终于按灭手机，把手机塞进了校裤口袋里。

江年抿了抿唇，有些讨好地凑上前道谢："泽哥，谢谢你今天帮我占位子。"

陆泽冷哼一声，但到底被江年同学主动讨好的行为取悦到了。

他转过头，看着江年："你就这么想看徐临青？"

江年同学觉得自己特别无辜。

是你问我想不想看，我没说谎而已……

不过她也知道眼下这种情况，坚决不能这么说。

江年斟酌了一下，小心翼翼地开口："也不算很想，就是有点儿好奇嘛。再说了，我坐在这里，看你去献花看得更清楚一些。"

很好，话一说完，江年就知道自己说到点上了。

陆泽很满意："算你懂事。"

江年松了一口气。

"如果你真的对徐临青那么好奇的话，"陆泽转而开口道，"明天中午出来陪我一起吃饭吧，我带你见见徐临青。"

江年愣了愣："啊？"

他笑了一声，解释："我跟临青从小就认识，一直都是好朋友。"

江年又愣住了。

敢情明礼两大传奇人物一早就认识啊！

主要是大家也没见他们两个人有什么交集，他们偶尔说一次话，明礼论坛上大家还要脑补一下他们之间的风云争霸。

原来人家是好朋友……

江年感慨了一下，果然优秀的人都跟优秀的人玩耍。

看着江年若有所思的神情，陆泽又拍了拍江年的头，好笑地说："想什么呢？"

江年当然不会说出自己刚才的感慨，那样显得她多菜啊。

转了转眼珠子，江年笑得见牙不见眼："泽哥，你上明礼论坛的次数多吗?"

果不其然,陆泽摇了摇头。

"不多,觉得没什么好看的。"

他向来不是一个喜欢看八卦消息的人,有那闲工夫不如打会儿游戏或者睡会儿觉。

而且因为明礼的论坛可以选择实名和匿名两种方式来发帖或者回复,经常在那里出现的人都不约而同地选择了匿名发言。

陆泽实在不觉得一个匿名发帖的论坛有什么值得关注的地方。

不过就算上的次数不多,陆泽也知道自己的名字在明礼论坛上出现的频率很高。

他稍稍警惕地看了江年一眼:"你想说什么?"

江年贼兮兮地笑了笑,还不忘安抚陆泽:"泽哥,别这么害怕嘛,我还什么都没说呢。"她压低了声音,"我高一的时候还在论坛上看到过关于你跟徐临青学长的帖子……就是什么两大风云人物的'相爱相杀'的故事。那次你们校运动会的时候一起赛跑,简直每一个眼神交流都被人拍了下来。"

陆泽抽了抽嘴角。

刚才他就应该堵住江年的嘴的,果不其然,她没什么好话。

他从校裤口袋里摸出手机,打开很久不上的论坛,使用了搜索功能。

关键词:陆泽、徐临青。

页面上很快跳出来一堆帖子,内容就像江年刚才所说的那样。陆泽"啧"了一声:"这些人知道自己为什么成绩不好吗?他们都没把心思用在学习上,成绩能好吗?"

## 第十四章
## 叫声"哥哥"

江年喝了一口姜诗蓝递过来的奶茶,眯着眼睛,满足得不得了:"果然还是牛奶三兄弟好喝,你每次都喝百香果口味的,偶尔听我的,换一换多好啊,是不是?"

姜诗蓝正准备反驳什么的时候,就看到主持人走上了舞台。

"大家好,欢迎大家来到明礼中学今年的毕业晚会。"主持人很熟练地念着开场白,听到礼堂里的众人都安静下来之后,拿着自己的提词卡念了一遍主持词,才抬头看着大家笑道,"下面,首先让我们欢迎去年的优秀毕业生发言。"

主持人的最后一句话显得格外振奋人心。

主持人退场后,大家瞬间就精神了很多,一个个全都直起了身子,露出期待不已的表情。

就连江年都忍不住睁大了眼睛往台上看去。

礼堂里的灯突然暗了下来。

一道颀长的人影从幕布后缓缓走出,礼堂里更加安静了一点儿。

一束追光灯打在了那道人影身上,礼堂里寂静了一秒,下一秒就响起了铺天盖地的掌声。

江年鼓掌也鼓得格外认真。

她由衷地在心里感谢陆泽给她占的第二排的位子。

作为一个好奇心很重的人，江年表示这是她第一次这么近地看到徐临青的脸。

徐临青一步一步地走到了舞台中央，衣领上别着话筒，没有穿明礼的校服。

没有什么装饰图案的纯白色短袖T恤衫下，露出了一截纤长而有力的手臂，裤子是浅浅的蓝色。

这一套白蓝色的衣服，很搭徐临青本人的气质。

那是一种和陆泽很不一样的气质，清清冷冷的满是疏离感，又透着一种江年说不出来的内敛和稳重气息。

江年蓦地就想起之前在明礼论坛上看到过的对徐临青的评价，那评价只有四个字，但是江年觉得精准无比——"高岭之花"。

徐临青总是给人一种很不好接近的感觉，简直就是"只可远观而不可亵玩焉"的代表。

江年都忍不住有点儿好奇：什么样的女生能被这样的高岭之花喜欢？高岭之花谈恋爱会怎么样？

想着想着，江年跟陆泽八卦起来："泽哥，那个……徐临青学长谈过恋爱吗？"

陆泽本来是慵懒地一只手撑在扶手上，另一只手支着头的，听到江年的话，抬起头看向了她。

陆泽的神情……不是特别好。

"怎么了？"

听到陆泽有些危险的语调，江年同学连忙表明立场："我就是好奇，真的，没有别的意思！"

陆泽这才满意起来，又窝回了椅子上，慵懒得像一只猫。

"没有谈过恋爱，"陆泽又瞥了江年一眼，好心地满足她的好奇心，"但是他有喜欢的人。"

江年震惊："真的？！"

"临青有喜欢的人这么值得震惊吗?"

江年不敢再问,迅速地收起自己的好奇心,佯装专注地看向了台上。

台上的徐临青冷冷的,整个黑暗的礼堂里,只有一束光打在他的身上,让人觉得他像是个谪仙。

明明是要发言的,徐临青却连稿子都没拿,笔直地站在台上,礼貌地鞠了个躬。

他调整了一下麦克风的位置:"大家好,我是作为往届优秀学生代表发言的徐临青。"

瞬间,跟他身上的气质一样清冷疏离的声音就透过麦克风在礼堂里面响了起来。

"徐临青"这三个字,好像有让人着迷发疯的魔力一样。

江年看到姜诗蓝忍不住做捧心状。她还不忘凑到江年耳边说:"我的天哪,年年!徐临青学长怎么会这么厉害,这么……"

姜诗蓝一时间词穷。

她拍了一下自己的大腿,懊恼无比。

自己为什么就不能好好学语文呢?这个时候自己词穷了吧?

姜诗蓝深切地体会到了所谓"书到用时方恨少"究竟是什么意思。

江年同学很贴心地迅速补上:"你是想说气质这么特别是吧?"

姜诗蓝连连点头:"对,对,对!就是这个意思,简直了,我觉得徐临青哪怕没有那张好看的脸,这气质就足以让人印象深刻。"

在同龄人身上,徐临青这样的气质是万分罕见的。

江年再次敏感地察觉到自己旁边的人越来越危险的气场。

江年同学不敢再接话。

算了,下次她还是跟姜诗蓝单独在一起的时候再夸徐临青吧,旁边坐着个陆泽……呜呜呜,就很惨。

徐临青发言也很有特点,很有逻辑性就不说了,光是听这清朗的声音,就是一件让人无比享受的事情了。何况,徐临青还不像那些教导主任一样谆谆教诲,只是淡淡地说着一些大学里的事情和自己的感悟，很引人入胜，也很真诚。

哪怕是高岭之花，徐临青也是一个足够绅士、足够成熟，也足够优秀的高岭之花。

说到有趣的地方时，徐临青也会浅浅地扬一扬唇，本就好看的面容更是惹人注目。

徐临青的发言并不算很长，十几分钟便结束了。

主持人再次走上台，见大家都是一副不过瘾的神情，很是好笑地开口道："大家听够了吗？"

下面的人立马齐刷刷地应了一声："不够！"

主持人看向徐临青："那……接下来大家有什么问题还可以再问问徐学长。学长，您介意回答一下吗？"

徐临青没有出声，做了一个"请便"的动作。

下面众人迅速地举起了手，生怕自己错过这个跟徐临青对话的机会。

举手的人实在是太多，主持人一时间有些不好定夺，干脆甩锅给徐临青："学长，您来选一个人问您问题吧，我们的工作人员会把话筒送过去的。"

徐临青点了点头，环视礼堂："那就……陆泽吧。"

陆泽："……"

你哪只眼睛看到我举手了？！

两大风云人物直接对撞，礼堂里的气氛迅速地被炒到了高潮。

在众人八卦的目光中，陆泽不得不卖老朋友这个面子。

他懒懒地站起身，接过工作人员递过来的话筒，想了想："我想请问一下徐临青……学长，"他不甘不愿地加了敬语，"怎么才能让一个人用崇拜的目光看着我？"

陆泽的这句话一说出来，刚才还热热闹闹、沸腾无比的礼堂大厅瞬间就安静了三秒。

而提出这个问题的陆泽同学自然得不得了——态度真诚，甚至还直直地注视着台上的徐临青，等着徐临青回答自己的问题。

就好像他刚才问徐临青的，是"请问徐临青学长，怎么样才能学好数学"这么一个正常无比的问题。

站在台上的徐临青清俊的脸上有了一丝罕见的笑意和感兴趣的神色，他不着痕迹地打量了一下陆泽旁边的女孩子，很快收回了视线，再次看向了陆泽。

徐临青一开口，江年就感觉像是听到了溪水流过的声音，太悦耳了，干净又让人印象深刻。

旁人不太知道徐临青和陆泽的关系，倒是听不太出来，江年却敏感地听出了徐临青一如既往那样礼貌疏离的声音中透出来的几分熟稔感，甚至有些难以捕捉的……开玩笑的味道。

"陆泽学弟竟然会问这么一个有趣的问题，"徐临青微微颔首，示意自己听清楚了，"如果一个人不够崇拜你，那当然是因为你……"

他不着痕迹地扬了扬唇，清俊的面容好看得让人移不开视线。

顿了顿他才继续缓缓开口："不够厉害。"

陆泽："……"

徐临青再开口的时候，话里的笑意就明显了很多，本就好听的嗓音，因为这难得的笑意而更加令人心动，撩得不少礼堂里的女生纷纷捂嘴，生怕自己尖叫出声。

"当然，我说的并不是陆泽学弟，还请学弟不要介意。"

如果不是场合不对，陆泽简直想对自己的老朋友翻个白眼了。

他的脑子真的是起泡了，他才会问徐临青这个问题。

江年表面淡定，其实内心都快笑死了。

如果说之前她只是因为听说过徐临青的一些传闻而感到敬佩的话，现在就是真的深深地被徐临青折服了。

徐临青不愧是明礼的两大传说人物之一！

她可从来没见过陆泽吃瘪呢。

身处因为徐临青的话而万分寂静的礼堂，陆泽仍旧是一副惬意自在的样子。

他慢悠悠地将话筒举到嘴边，弯起唇角笑了笑。

"但是如果我没那么厉害,我身边的女生还对我崇拜万分的话……"陆泽笑得悠然,"那就是我自己的人格魅力了,是吧?"

陆泽的那个"是吧",并不是想让徐临青回答。

他漫不经心地转过头,朝着江年歪了歪头,重复了一遍:"是吧,江年?"

江年:"……"

他们两个好朋友非要以这种别致的方式来过过招的话,能不能不要伤及无辜?!尤其是她这种战斗力为0的渣渣无辜!

江年强装淡定,再一次反思起来,自己刚才为什么没有在一开始的时候就逃离这个可怕的礼堂……

偏偏这个时候,陆大少爷压根儿没有给她逃避的机会。

他正低头看着她,一双好看的丹凤眼专注无比,微微上挑的眼尾更是漂亮得不得了。

江年抿了抿唇,有些不自在起来。

陆泽懒懒地勾了勾唇。

江年最终点了点头。

陆大少爷瞬间满意,不再让江年为难,又看向台上的徐临青。

"好了,我没什么别的问题了,谢谢徐临青学长的回答。我有别的问题的话,还是私底下请教学长吧。"

陆泽特地咬重了"私底下"这三个字。

他坐下之后,按照流程,还可以再选四五个人问问题,主持人暗暗抹了一把冷汗。

本来主持人也在暗暗期待陆泽和徐临青这两大传奇人物的碰撞,但是现在不禁懊恼自己刚才究竟为什么想不开,让徐临青自己选人回答问题。

还有几个人可以问问题,主持人这次明显学乖了,在陆泽坐下后,连忙示意工作人员从陆泽那里拿过话筒。

主持人冲着徐临青笑了笑:"谢谢徐临青学长的回答,接下来还有几个问问题的机会,大家还有什么问题想问可以举手。"

虽然刚才陆泽和徐临青的对话很让人热血沸腾,但是眼下能跟徐临青直接对话的机会更是万分难得,大家勉强收了心思,一个个举起手来,恨不得直接站起来。

主持人没再让徐临青选人,而是自己挑选人来问问题。

显然,没有陆泽这样的人在,踩雷的可能性就小了很多。

接下来的几个人问的问题都正常了很多,大多是"学长能不能讲一下大学生活的趣事""学长对我们报考专业有什么建议"之类的问题。

问问题的大多是高三的学生,刚刚高考完,也就分外积极踊跃。

主持人悄悄松了一口气。

校长和其他各位学校高层都还在呢,要是再出现刚才陆泽那样的状况,她也差不多可以直接去负荆请罪了。

"最后一个问题了,请大家珍惜机会!"主持人笑道,而后来回看了看,"第十排最右边的学姐吧。我没记错的话,你应该是高三的学姐吧?"

工作人员迅速地把话筒递给那个女孩子,女孩子有些不好意思地笑了笑,微微露出两个酒窝:"是的,我是今年的毕业生。"

主持人点了点头:"那你有什么问题呢?"

女孩子咬了咬下唇,脸上露出了几分坚决的表情:"徐临青学长,我想问一下,你现在有女朋友吗?我真的崇拜你很久很久了。"

主持人:"……"

江年也有些意外,跟着大家一起看向了那个女孩子的位置。

女孩子红透了脸,但是仍然坚定地看着徐临青。

江年也忍不住有些紧张起来,压低了声音:"泽哥,这……?"

女孩子的问题,让刚才因为陆泽和徐临青这两大明礼传奇人物碰撞而沸腾的气氛,直接到达顶峰。

徐临青虽然一向被奉为高岭之花,追求者众多,一点儿都不好接近,但是还有另外一个特质。

他极有教养,很绅士,很礼貌,很尊重女生。

在场的众人都知道,徐临青一般不会在公众场合让另外一个人下不来台的,这是他固有的教养。

女孩子想到这里,抬起头,热切地注视着台上那个清雅疏离的男生,目光中满含希望之意。

江年歪了歪头,有点儿奇怪,压低了声音问陆泽:"泽哥,这个学姐为什么要选择这个时机问?"

在她看来,这种未知性这么大的事情,选择这个时候进行,并不算一个很好的时机。

陆泽却看得清清楚楚的。

他嗤笑了一声,转过头看了看江年:"她自然是有自己的考虑的,只是……"陆泽摇了摇头,瞥了一眼台上的徐临青,继续说道,"如意算盘看来是要落空了。"

江年表情茫然,搞不清楚陆泽在说什么。

但是目前看来,事情的发展好像还挺精彩的。

果然,正如陆泽所说,主持人都在暗暗感到尴尬不安,觉得自己实在是没脸看台下的学校高层们的脸色的时候,身为当事人的徐临青却仍旧是一贯的安然淡定的模样,一点点尴尬的感觉都没有。

江年都忍不住深感佩服。

礼堂里的众人都是一副看热闹的样子,只不过有一些女孩子到底是存了点儿小心思的。

她们觉得自己的心情很纠结。

这种矛盾无比的心思,更是让她们密切地注意着徐临青的表情和动向。

徐临青被这么多人盯着,却一点儿不自在感都没有,轻轻抬起手来,随意地拨了一下额前的碎发。

而后,他冲着那个女生微微点头,礼貌无比地示意自己听清楚了她的话。

下一秒,稍显冷淡的嗓音就透过他别在领口的麦克风,传到礼堂的每个角落里。

"谢谢你的'崇拜',只是很不好意思,我已经有喜欢的人了。"

简短地回复完女孩子的话，徐临青就转过头看向了主持人，清亮的眼睛里带了一点儿礼貌的笑意。

一直在努力告诫自己保持清醒的女主持人，这个时候被这么一双眼睛盯着，也不禁有点儿清醒不了了。

女主持人反应飞快地开口道："嗯，谢谢这位学姐的积极参与，这个问题可以等到私下两个人再交流。徐临青学长已经跟我们做了很久的互动，想必也很累了，那我们最后再掌声感谢一下徐临青学长，也请学长到后台稍事休息。"

看到女主持人的反应，徐临青眼睛里露出几分满意的味道，更是显得那双清亮的眼睛波光潋滟。

他礼貌地朝着女主持人微微颔首示意，然后转过身朝着台下鞠了一躬，缓缓向幕后走去。

女主持人的脑子里，全是徐临青那双波光潋滟的眼眸。

她摇了摇头，又看了一眼那个因为被徐临青拒绝而失魂落魄的学姐，心情五味杂陈，感慨万千。

陆泽耸了耸肩，嘴角扬起一丝笑意。

台上的主持人开始报幕，第一个节目的表演者走上了舞台，音乐也响了起来，但是大家显然还沉浸在徐临青刚才的那段话中。

最直观反映这个状态的，就是明礼的论坛。

关于徐临青的帖子飘满了整个首页。

"我天啊！刚才徐临青竟然说他已经有喜欢的人了？"

"惊天大秘密，徐临青说有喜欢的人了，但没有说自己谈恋爱了！"

"有内部人员吗？谁跟徐临青的关系比较好？知道他说的喜欢的人是谁吗？"

"徐临青喜欢的人应该是在大学认识的吧？啊啊啊，我真的太好奇了！我觉得我上辈子就是个狗仔！有没有知道消息的？透露一点点也好啊！"

…………

江年歪着头，左手飞快地滑着手机的页面，看到有关徐临青的帖子就点进去看看。

只是可惜了，首页有那么多关于徐临青的帖子，可全都是在胡乱猜测的，一个可靠的知情人都没有。

江年同学也觉得很好奇，好奇心却完全无法被满足。

她忍不住叹了一口气，而后表情沮丧地按灭了手中的手机。

不能怪她八卦啊！

徐临青有喜欢的人了这样的惊天消息，整个明礼谁能不好奇？

哦，也不能这么说，还真有不好奇的人。

比如……陆大少爷。

感受到江年直勾勾的目光，陆泽勾了勾嘴角："这么好奇？"

江年诚恳又乖巧地点头。

她真的很好奇！

陆泽笑了笑："行吧，临青跟我说了，这件事情也没什么值得保密的。"

江年双眼瞬间闪闪发亮："真的？！"

陆泽应了一声，而后开始熟练无比地摆谱。

江年同学很上道："那……什么条件可以让你满足我的好奇心？"

陆泽面上却不显，仍旧是一贯漫不经心的样子。

"那就……叫一声'陆哥哥'吧。"

陆泽觉得自己可真是仁慈啊。

江年撇了撇嘴。

陆泽懒懒地抬眸看向她，眼睛里的意味却很明显。

她不叫也可以，那他不可能告诉她她正在好奇的事情。

江年再次撇嘴，而后突然转移了话题："泽哥，我还没问过，你爸爸妈妈是不是做生意的啊？"

陆泽佯装思索的样子："怎么？对我这么好奇？"

江年端端正正地坐好，一副"我不要理你了，你别跟我讲话"的表情。

陆泽瞬间就在心底笑开了。

他稍稍正经了一点儿："嗯，对的，我爸妈都是做生意的。"

怪不得。

江年想：陆泽真是一个一点儿都吃不得亏的人，什么时候都要讲条件，绝对是商人本性好吗？

陆泽压低了声音，另外一只手在江年面前晃了晃，又开始积极地利诱："真的不想知道了？"

陆泽的手是好看的，江年一直知道。

但是她很少有机会在离得这么近的情况下端详他的手。他的手五指纤长有力，关节分明，白皙却一点儿都不女气，十分让人惊艳。

江年甚至在想：陆泽要是去什么"你见过什么好看的手"这样的微博话题下面，把自己的手给晒出来，绝对是热评第一的级别。

江年抿了抿唇，还是没抵挡住诱惑。

她就是想知道徐临青学长喜欢的人究竟是谁而已！

进行了一番心理建设后，江年微微往前挪了挪身子，低了低头，飞快地叫了一声："陆哥哥。"

一瞬间，陆泽和江年心里都涌起了异样的感觉。

江年别过脸，陆泽却难得怔了怔。

他刚才压根儿没料到江年会答应这个条件，所以根本没做什么心理准备。

他向来引以为傲的大脑这个时候也像是卡顿了一样，什么反应都做不出来，脑子里全都是刚才女孩子那软软的声音。

江年半天没听到陆泽那边的动静，心下有些奇怪。

她伸出手，在陆泽面前晃了晃，有些莫名其妙："泽哥？"

陆泽这才回过神来，理智稍稍回归。

他克制了一下自己的目光，不自在地避开了女孩子晶亮的眼睛，喉咙间含混不清地吐出字来："嗯？"

江年觉得他们两个人之间的气氛过于怪异了，忙不迭地转移话题：

"你还没告诉我关于徐临青学长的八卦消息呢。"

陆泽还是没敢看江年的眼睛,直视前方,好像什么都没发生一样:"你还记得那次在W大遇到的时辰学姐吗?"

江年立马点头:"记得!那个超级漂亮又气质很特别的学姐!"

说完,江年愣了愣:"不会……就是她吧?"

陆泽点了点头。

江年下意识地捂住了自己的嘴巴。

天哪!

她究竟知道了什么惊天大秘闻?!

怪不得上次陆泽听到时辰学姐的名字时会反应那么奇怪,江年只觉得自己现在什么都明白过来了。

她真的不知道该怎么形容自己震惊的心情……

陆泽瞥了一眼女孩子的神情,勾唇笑了出来:"这么惊讶吗?"

江年拼命点头,还无比上道:"泽哥,你放心,我一定会让这个秘闻烂在心里头的,对谁也不会说的!"

陆泽笑了笑:"暑假一起去图书馆吧,我给你补习。"

江年:"啊?"

这话题,好像转移得过于快了一点儿。

但是不管话题转移得多快,江年都乖乖地跟着陆泽一起泡了一个暑假的图书馆。

说实话,江年觉得比自己一个人闷头复习有用多了。

每次听陆泽讲题的时候,她都忍不住感慨,下一次再听,她内心的感慨和敬佩之情就又会多一些。

唉,为什么她就没有陆泽这么聪明的大脑呢?

暑假生活过于规律,所以又一次九月一号来临,该高三开学的时候,江年还觉得有点儿不习惯。

她以前总觉得"高三""高考"这样的词离自己挺远,也特别可怕。但是真的开始了高三的生活之后,江年反而觉得……好像也还好。

328

开学第一天,照例分班。

就像姚子杰之前所说的一样,高三的第一次分班是按照高二的综合成绩来计算排名的。

江年高二的综合排名是年级第五名。比起高一,江年觉得自己高二时的心态明显好了不少,成绩也的确算是比较稳定了。

只不过……江年再次叹了一口气。

在理科班保住自己的排名,她主要靠的竟然是英语和语文,也不知道是该哭还是该笑……

刚进教室里,江年就发现贺嘉阳在教室前面贴了新的座位表。

周围围了几个人在看座位表,江年有些奇怪地歪了歪头:"换新座位了吗?"

贺嘉阳点头笑了笑:"对啊,我们俩可真有缘,之前坐前后桌就算了,这次干脆被姚老师调成了同桌。"

"真的?!"江年也特别意外,然后探过头看了一眼座位表。

可不是嘛,她跟贺嘉阳都被调到了中间的第二排,真的成同桌了。

江年看了看别的座位。

陆泽还跟谢明一起,坐在了她之前跟赵心怡坐一起的位置。

施宇和段继鑫他们则被调到了教室的左边,赵心怡跟班里另外一个男生做了同桌,在第四排的中间位置。

韩疏夜倒是成了她的后桌。

江年摸着下巴,看着这张座位表冥思苦想。

过了半天,她看向了贺嘉阳:"姚老师是掷色子调的座位吗?"

贺嘉阳忍不住一阵笑:"你跟我做同桌就这么奇怪吗?"

江年讪讪地笑了一下,走到自己的位子旁,拿出湿巾擦了一下自己跟贺嘉阳的桌椅。

贺嘉阳抿了抿唇,也回了座位。

"你放心,我一定会好好教你做物理题的。"贺嘉阳冲着江年道了谢,还不忘补了一句。

江年刚在心里思索完,就听到陆泽那熟悉好听的嗓音在自己的耳边响起。

"不用了,嘉阳。"他声音里又带了些笑意,"有我在,还轮得着你教?"

陆大少爷移开眼神,看向了江年,而后递给她一个煮鸡蛋跟一瓶牛奶:"吃早餐了吗?"

江年点了点头:"吃过了。"

知道自己根本拗不过陆泽,她还是乖乖地伸出手接过了陆泽手里的煮鸡蛋跟牛奶。

陆泽很满意:"嗯,行,那我回去了,有不会的题目直接来找我就行了。"

江年继续乖乖地点头。

陆泽走开后,贺嘉阳忍不住"啧啧"感慨了一番。

"不是我说,阿泽真的太可怕了。"贺嘉阳一脸打趣的表情,"我觉得你的同桌好像不是很好当的样子啊。"

江年撇了撇嘴:"班长!"

"行,行,行,我不说了。"贺嘉阳摇头叹气,一副很深沉的样子。

江年也保持不住脸上装出来的严肃样子了,"扑哧"一声笑了起来。

整体来说……江年高三的生活其实过得还算不错。

毕竟有相同的同学、相同的老师,再加上上高二以来一直都在尖子班,学习任务一直比较重,所以江年现在也没觉得多么可怕。

但是显然……江年的爸妈觉得高三很可怕。

一上高三,江年就发现了,本来就对她很好的父母现在更是处处小心翼翼,格外好说话,好像生怕她负担过重一样。

江妈妈三天两头地给江年加餐,家里的食谱当真丰富了很多。

"年年哪,妈妈听同事说她给她儿子买了那种益脑补品,好像是她儿子用脑过度会头痛。妈妈也给你买一点儿吧?"

江年边吃早餐边拒绝:"不用了,妈。我觉得还行,没有用脑过度。这种补品也不是补了就好的,我也没有头痛什么的毛病,你们不用花这冤枉钱。"

"年年哪,爸爸看很多读高三的人有专门的食谱,要不爸爸去找朋友弄一张,按食谱给你做饭?身体健康最重要,要是哪天你生病了,多耽误学习啊。"

江年边整理书包边拒绝:"不用了,爸。我们开学体检,我各项指标一点儿问题都没有,身体可健康了。泽哥每天带我跑步,我觉得自己生不了病。"

"年年哪,爸爸妈妈看很多高三的学生觉得压力特别大,很崩溃,心理状况都出问题了。你可不要给自己施加太多压力。高考是持久战,我们慢慢来,不急啊。要不,周末爸爸妈妈带你出去散散心?"

江年边换鞋出门边拒绝:"不用了,爸妈。我心理状况一点儿问题都没有。你们放心,我真的没事的!"

…………

直到把门关上,江年才拍了拍胸口,松了一口气。

她觉得自己上高三之后,爸妈比她紧张多了。这一天天的,爸妈简直是变着法子问她有没有什么需要。

江年哭笑不得,这是不是也可以算是一种甜蜜的负担?

江年当真觉得,她读高三的确没有什么不太适应的状况。

高三的课程,他们重点班高二就已经提前学完了,甚至别的班级还在讲高二的内容时,他们班就已经把一轮复习进行一半了。

再加上暑假期间江年也没有太过放纵,每天照例拉着陆泽一起去图书馆,而且陆泽还会按照自己的方法给她进行补习,所以她丝毫没有落下任何进度,反而超前了很多。

所以对江年来说,高三最大的改变,大概就是换了一栋教学楼,增加了一节晚自习和周六半天的补课,以及频率更高的考试跟收获爸妈更为夸张的关注度,其余的,都跟之前没有太大的区别。

江年还是跟之前一样:早上被陆泽拉起来晨跑,然后吃完早餐再一起去学校;上课的时候就认认真真地听讲,有不会的问题也跟贺嘉阳还有韩疏夜他们一起讨论;该做课间操的好好做操,还能被陆泽塞一袋牛奶,然后跟赵心怡一起有说有笑地回教室;午餐跟晚餐和姜诗

331

蓝一起跑着去食堂，挑选一份自己喜欢的菜，津津有味地吃了，不算太忙的话还会跟姜诗蓝一起散散步。

至于周末，那她就更开心了。

周六中午她一般跟姜诗蓝一起随便找个外面的餐厅解决午餐，下午的时候，两个人就去逛逛街或者看看电影休息一下，晚上再开开心心地吃一顿晚餐回家休息；周日上午，江年习惯睡个懒觉，下午跟晚上则是跟以前一样，找祁书南或者陆泽一起去图书馆学习。

规律而日常的生活，江年觉得自己过得还挺自在的，没有任何不适感。

像他们这种高三的学生，生活里只需要做一件事就够了，那就是好好学习。江年连之前写稿子的事都停了下来，每天充实而忙碌，收获很多。

硬要说有哪里不太习惯的话……江年觉得是他们班考试的频率，实在是太高了！

之前他们要一、二轮复习的时候还好，跟之前高二的考试频率差不了太多，等到快春节的时候二轮复习结束，最后的三轮复习开始之后……考试的频率就让江年觉得无比痛苦。

开始三轮复习之后，除了跟普通班一起进行的月考，江年班里还特别安排了"周考"这种东西。

所谓"周考"，他们高二的时候其实也进行过一段时间，不过那都是为了考试前冲刺而特别安排的。

现在的"周考"，可就真的是安排进了日常的学习里面。

以前他们的晚自习都是不上课的，本来江年会用来进行自主复习，现在……

周一晚上考语文，周二晚上考数学，周三晚上考物理，周四晚上考化学，周五晚上考生物，最后的周六早上，正好用来考英语。

一周六科，无缝衔接。

老师们也特别拼，像一点儿都不觉得辛苦一样，周末就能把他们班的卷子批改出来。姚子杰还能给他们计算一个总分排名，美其名曰

"周考的成绩应该不用那么保密吧",然后就将成绩张贴在教室后面,每周更新。

江年看着那总分跟排名的折线,甚至开始思考自己是不是可以利用多元回归进行数据拟合……

就是不知道这个模型的拟合度怎么样,再算下去,理论上连高考成绩她都能拟合出来。

江年想了想自己平日里计算高考成绩的样子,忍不住打了个战。

算了吧,她还是不要做这种计算为好,老老实实地丢给时间去验证就行。

所有人的数据折线都是波动的,也因为更新的频率太高,数据之间过于接近,这条折线都快变成一条平滑的曲线了。

但是,只有一个人的数据是毫无起伏的……对,就是万年第一的陆泽。

别人的排名再怎么稳定,也会上下浮动。陆泽倒好,江年甚至怀疑在陆泽的人生中究竟存不存在"第二"这样的排名。

反正从她进高中知道陆泽以来,陆泽就从来没有拿到过"第一"以外的名次。

哦,好像还是有的,陆泽高一时跟徐临青一起比赛长跑,就拿了第二名来着……

"江年?"贺嘉阳伸手在她面前晃了晃,"你在想什么呢?我叫了你好几声你都没反应。"

江年这才回过神来。

她眼中还闪烁着兴味的光,贺嘉阳见了忍不住浑身抖了抖。

"徐临青学长读高中的时候,是不是也跟泽哥一样万年第一名?"江年好奇地发问。

贺嘉阳点了点头:"是的吧,学长那么牛,在我知道的范围内,他一直都是万年第一名,要不然高考怎么可能考出那样优异的成绩?"

这倒也是。

江年更感兴趣了:"我特别好奇,你说要是泽哥跟徐临青学长是一届的,他们俩谁会得第一名?"

贺嘉阳也忍不住深思起来。

江年这个问题太有技术含量了,他一时间想不出答案。

江年正跟贺嘉阳进行积极的讨论的时候,旁边就传来了陆泽懒懒的声音——

"当然是我。"

陆泽看到江年回头看自己,又用食指指了自己一下:"得第一名的,肯定是我,不是临青。"

"为什么呀?"江年歪了歪头,很纳闷儿地问道。

并不是她不相信陆泽,而是徐临青也真的很厉害。好像除了那次运动会,她就再没见两个人PK过。

陆泽双手环胸,潇洒得不得了。

"我们俩小时候一起上英文补习班,我考了100分,临青只考了60分。你们都不知道他那次哭的呀,真的,我爸妈还以为我欺负他了呢。"

江年跟贺嘉阳再次对视一眼,齐齐蒙了。

不知道为什么,他们总觉得这好像不应该是徐临青会做出来的事情……

"你们小时候?"江年敏感地捕捉到了一个词语,具体地问道,"几岁的时候啊?"

陆泽有些不自在地别过了头,半响才说:"我三岁,临青五岁。"

江年:"……"

贺嘉阳:"……"

好的,江年的确可以确定,陆泽跟徐临青应该是没有PK过什么了。

要不然,陆泽也不会三岁时的事情还能记得这么清楚了。

## 第十五章
## 毕业快乐

江年本来不觉得高中时光过得多快,甚至一直觉得这是一个漫长无比的过程,毕竟这种每天都要早起学习的生活,任谁都不会太过喜欢的。

不会太过喜欢的日子……哪里可能过得快啊?

但是直到一晃上了高三,江年才觉得时间好像的确过得很快。

上高三之后,每天忙碌而充实的生活让江年无暇顾及别的事情。

直到某天猛地往窗外一看,她才发现自己最喜欢观察的那棵梧桐树竟然已经开始落叶了。

远城在南方,冬天树叶并不会枯黄,秋天也格外短暂。

尽管树叶不会枯黄,树下依然会有一些掉落的叶子,表明似乎没什么人太过关心的深秋已然到来。

换上了秋冬季的校服,闻着远城满城的桂花香气,江年一只手拿笔,另一只手支头,盯着黑板一侧的倒计时。

竟然……只剩下 200 天,他们就要高考了。

又到周末了,周六上午照例考英语,吃完早饭回到教室里,江年悄悄从桌肚里摸出手机,走到窗边拍了一下外面的景色。

尽管南方的深秋并不太像深秋,但是时不时飘落的雨、偶尔吹起的风还是夹杂了不少寒意。

外面多少显得有些萧瑟了。

江年裹紧了校服外套,倒吸了一口凉气,而后顺手滑了滑手机相册。

翻着翻着,她突然看到了一张照片。

那是她之前暑假的时候,在路上偶然碰到小乖的时候,顺手拍下来的照片。

照片里的布偶猫抬着头,浑身毛茸茸的,静止的时候简直像一个可爱得不得了的毛绒娃娃。

江年虽然一向不敢接近小动物,但架不住自己是吸猫吸狗体质,小乖就特别喜欢她。

而且说来有趣,姜诗蓝见到小乖的次数也挺多的,而且她对小乖是肉眼可见地喜欢,但是漂亮且傲娇的布偶猫从来不肯让她碰它。

姜诗蓝每次都气得不得了,下次再见到小乖时却依然想伸手摸一摸。

实在是因为这只布偶猫真的太好看了,而且每次有江年在,它都乖巧懂事得不得了。

江年想到这里就忍不住觉得一阵好笑,笑了一会儿才突然意识到一个问题。

她开学以来忙于学习,很少再跟姜诗蓝一起特地从那条小路回家了。所以,她好像很久没见过小乖了⋯⋯

江年点了点头,暗暗决定今天回家的时候从那条小路走,去看看小乖,顺便给小乖喂点儿吃的东西。

计划得虽然很好,但是江年没想到的是,她跟姜诗蓝从小路走的时候,压根儿没在路上见到小乖。

这下不要说江年,就是姜诗蓝都觉得有点儿奇怪了。

"不应该吧?"姜诗蓝很纳闷儿,"以往你每次走这条路的时候,都会碰见小乖啊,它不是每次都像在等你一样吗?"

江年摇了摇头,表示自己不知道这是怎么一回事。

"可能是我最近太久没来了,它就以为我忘记它了吧。"

姜诗蓝还是觉得很奇怪。不过她一向是个心大的人,倒也没怎么在意:"走吧,既然小乖不在,我们就先去吃饭吧。"

江年点了点头:"你想吃什么?面?粉?饭?"

一阵凉风吹来,姜诗蓝又裹了裹外套:"冷死了!去吃麻辣烫吧!"

她们好像的确挺久没吃麻辣烫了……

江年迅速地思索了一下,然后点头同意。

两个人一拍即合地吃完一顿麻辣烫后,再从店里出来的时候,都觉得暖和了不少。

"是吧,年年,我就跟你说这种天气得吃麻辣烫,冷死了,真的,明明这温度也不算低啊……"姜诗蓝正跟江年随意说着什么,就看到江年好像……没怎么听她讲话。

姜诗蓝有些奇怪:"年年?"

她顺着江年盯着的方向看过去,一秒就明白了江年刚才在看什么。

"还真是巧,"姜诗蓝觉得不服不行,"这个地方都能碰到陆泽,我都不知道该怎么表达对你们两个人之间的缘分的感慨了。"

江年歪了歪头:"诗蓝……"

"嗯?"

江年还是盯着陆泽的方向,越看越觉得不对劲:"泽哥怀里是抱了一只猫吗?"

江年这么一说,姜诗蓝又往陆泽那里看了一眼,而后也发现了不太对劲的地方。

陆泽向来是一个慵懒而潇洒的人,好像大家什么时候见到他,他都是无比淡定从容的,所以跟周围忙碌的人群对比总是显得格格不入,好像永远都有自己的步调一样。

但是……今天例外。

陆泽怀里抱着一只猫,脚步匆忙,神情也有些紧张不安。

江年觉得自己很少见到陆泽这么紧张不安,好像也就是遇上牵扯到她的事情时,陆泽才会变成这个状态。

那陆泽现在……?

江年跟姜诗蓝对视了一眼,眼睛里满是诧异之色。

更让人诧异的是……

"年年，陆泽怀里的那只猫……我怎么觉得那么眼熟呢？"

姜诗蓝更加纳闷儿了。

她们跟陆泽隔着的距离并不算太远，而且陆泽怀里的那只猫看起来好像病恹恹的，即使如此，也掩盖不了它的美貌。

漂亮成这个样子，还是这种纯白色的猫，姜诗蓝自觉见得并不算多。

江年抿了抿唇，点出了姜诗蓝心中的答案："你不用觉得眼熟，那就是小乖。"

那问题又来了。

姜诗蓝瞥了一眼江年："陆泽怎么会……？"

没等姜诗蓝问完，江年就拉着她的手追了上去。

"年年，你干吗呢？"

"我们过去观察一下。"

姜诗蓝觉得，这是她人生中第一次做"跟踪人"这种事情。

为了自家闺密，她真的是奉献了太多太多……

幸好陆泽神色焦急、步履匆忙，似乎是急着去做什么事情，要不然就她们两个人这烂到不行的跟踪技术，估计她们早就被发现了。

两个人一路往前走，看到陆泽走进了一家店里，姜诗蓝跟江年对视了一眼，都有点儿明白过来。

这是一家宠物医院。

江年抿了抿唇："怪不得我今天没见到小乖，原来它生病了啊……"

江年站在宠物医院门口，听见陆泽的声音隐隐约约传来，还带着几分惊慌，他说："布布昨天还好好的，今天突然就不舒服了。我刚才回到家里，就发现它一直在吐，不知道是怎么了。"

原来它叫"布布"啊。

江年在心里思索了一下，并没有走进去，而是拉着姜诗蓝离开了。

姜诗蓝有些搞不明白："年年，我们就这么走了啊？"

"不然呢？"

姜诗蓝："……"

她们刚才跟踪陆泽半天是图什么？她们就为了知道那只猫究竟叫什么名字吗？

"话说我记得……"姜诗蓝摸了摸下巴，努力回忆了一下，"我们那次在一家面店里见到了小乖，哦，不，布布。后来陆泽也来了，但好像并没有说那是他的猫吧？"

何止那一次。

江年撇了撇嘴。

之前不少次，她跟布布一起玩的时候，陆泽都在旁边，却压根儿没有提到过那是他的猫。

有一次她跟布布在一起玩，陆泽后来还给她发消息说见到她在逗猫，问她喜不喜欢猫，还说自己家里也有一只猫。

呵，敢情他家里那只猫，就是布布啊！

姜诗蓝觉得自己无法理解陆泽这种高智商的人的想法。

"陆泽为什么从来不提那是他的猫，每次听你叫它小乖还一点儿都不否认？"

江年优雅地翻了个白眼。

他还能为什么？！

她就是再笨，这个时候也敢肯定了，高一的时候，陆泽绝对已经认识她，起码知道她这个人的存在了！

江年真不知道他一天天都在想些什么东西。

她转了转眼珠，只觉得就这样被"蒙骗"过去太对不起自己了。

但是……

江年还是有些担心地回头看了一眼宠物医院，也不知道布布生了什么病，什么时候能治好……

"年年？"姜诗蓝有些担心地看了江年一眼，"你笑得我浑身发毛。"

江年撇嘴："你说，怎么会有这么有心机的男生呢？！"

所以，到周一的时候，江年同学难得没有带着练习题去找陆泽。

她不忘打量了一下陆泽的神色，他已经完全恢复了往常的懒散自在的样子。

江年松了一口气,看来布布应该是没什么大事了。

"泽哥。"

女孩子的嗓音一如既往,她不忘奉上一个招牌弯眸笑容。

陆泽都惊了。

他瞄了瞄,发现江年没带题目过来,有些奇怪:"不是来问问题的吗?"

"不是啦,"江年眼睛弯成了月牙,"我就是想跟你聊一聊。"

陆泽瞥了一眼谢明。谢明立马准备站起来,把座位让给江年。

江年摆了摆手:"不用,不用,谢明,你坐。"

"我就是……"江年叹了一口气,"唉……我之前经常碰到的一只猫,最近都看不到了。我怀疑它是不是不喜欢我了……"

江年不着痕迹地打量了一下陆泽的神色,而后再次深沉地叹了一口气。

陆泽有些不自在地扯了扯嘴角。

他经常跟江年聊天,自然知道江年说的猫是哪一只。

江年最近没见到布布的事情,陆泽自然也是很清楚的。

但是……陆泽就是说不清究竟哪里奇怪,反正觉得江年怪怪的。

陆大少爷难得有些胆战心惊。

谢明也很蒙:"不是吧,那只猫可能就是这段时间不在那里待着了,怎么可能会不喜欢你,是吧?"

江年神色有些委屈,抬眸看向陆泽:"是这样吗,泽哥?"

他赶紧开口安慰江年:"是的,是的,谢明说得没错。小乖肯定就是这段时间不在那里而已。它那么喜欢你,是吧?"

江年开心了一点儿,而后转移了话题:"那我就放心了。对了,泽哥,我记得你之前好像跟我说过你家里也有一只猫来着,我好像从来没见过啊。这周有机会的话,让我看看你的猫吧?我给小乖备的猫粮都要坏掉了,正好可以用来喂你家的猫。"

陆泽心里瞬间"咯噔"了一下。

江年今天好像真的怪怪的……怎么句句不离猫啊?

难不成……她知道小乖就是他的猫了?

这个念头在脑袋里一闪而过,陆泽就立马摇头否认了自己的猜测。

340

江年知道小乖是他的猫的话,不应该会是这个反应吧?

按理来说,她应该会第一时间在企鹅上问自己来着。

而且……

陆泽看了一眼江年一脸纯良的神情,越发觉得她应该是不知道的。

谢明插嘴:"这你就问对人了!江年,你都不知道,泽哥家里的那只猫漂亮着呢,是通体没有杂色的白……"

谢明正兴致勃勃地说着,就被陆泽打断了,陆泽:"谢明!你刚才不是说你要上厕所吗?"

谢明回头瞥了一眼陆泽,看到陆泽给自己使了个眼色,虽然不太懂自己为什么得去上厕所,但还是立即应声:"啊……是,是,是!我要上厕所,对,对,对,哈哈哈。江年,你看你跟我说话,我都忘了我想上厕所的事情了。我去了啊,你们慢慢聊。"

江年心里已经快要被陆泽的反应给笑死了,表面上却还装作什么都不知道的样子:"泽哥,怎么了?你是不想让我去你家里看那只猫吗?"

陆泽抽了抽嘴角,又抬头看了一眼女孩子的表情,连忙试图解释:"也不是,主要是……"

女孩子眼睛亮晶晶的,陆泽半天也没办法开口说谎。

江年一副"很明事理"的样子:"我知道了。泽哥,你不用说什么了,没关系的。"

她强颜欢笑的样子,看得陆泽简直想揍自己一顿。

自己当时怎么就非要说谎呢!

现在这样,这不是明摆着让自己下不来台吗?

但问题是,现在他如果对江年承认那只布偶猫就是自己的,万一小姑娘不开心了,以为自己一直在骗她怎么办?

陆泽咳嗽了一声,江年已经转头走开了。

他连忙叫住江年:"江年!"

江年回过头看着陆泽,漂亮的杏仁眼简直看得他无地自容。

他好半天才痛下决心一般,叹气道:"对不起。"

江年看着陆泽挣扎的样子,心里已经快要笑疯了,面上还不能显露出来:"你跟我道什么歉呀?"

陆泽低着头,甚至不敢看江年,一口气说了出来:"我不是故意要瞒着你的!真的很对不起,小乖就是我的猫。它叫布布,我养了挺久的。你高一的时候就经常跟布布一起玩,布布不爱接近外人,但是跟你很亲近,所以我就注意到你了……后面我也不是故意不告诉你的,就是……反正真的对不起,你要是生气,打我、骂我,我都认了,你别不理我就行。"

一口气说完自己瞒了挺久的事情,陆泽竟然意外地觉得一阵轻松。

也是,他早就应该有这个觉悟的,反正不可能永远瞒着江年,早知道如此还不如早点儿告诉她。

已经做好了江年会生气的准备,陆泽却出乎意料地没有听到头上传来责怪的声音。

他有些纳闷儿地抬头看了看江年,却发现小姑娘哪里还有刚才那份委屈而纯良的神色?

江年正双手环胸,一副老神在在的样子。

看到陆泽抬头看自己,江年才学着陆泽之前常用的漫不经心的语气说:"终于肯告诉我了?我还以为你要瞒我很久呢。"

陆泽:"……"

难得看到陆泽露出如此震惊的神色,江年只觉得心里爽歪歪的。

她挥了挥手,随意得不得了:"你那天抱着布布去宠物医院,我看到了,还真是挺巧。"

陆泽:"……"


自从知道布布就是陆泽的猫之后,江年见到布布的次数明显就多了起来。

陆泽经常会抱着他的猫站在那条小路上,江年都有些好奇起来:"为什么布布这么喜欢这条小路啊?"

陆泽的回答让江年觉得很震惊。

"这条路上春天就会有很多落叶,铺得密密麻麻的,布布可能觉得比较软,就特别喜欢跑来这边。"

江年:"……"

听起来布布像是一只没享受过毛毯待遇的可怜猫猫呢。

实在是江年的表情太过于明显,陆泽迅速地摇头表示否认:"怎么可能?!我对布布好着呢,它的猫爬架都一堆一堆的,更不要说毛球、毛毯这种东西了。我也不知道它是怎么回事,就喜欢这种铺成堆的落叶。"

江年当然也只是开个玩笑。

见过陆泽和布布的人都能看出来,陆泽真的很喜欢布布,也的确对布布很好。

他每次抱着布布的时候,神情都比平时要柔和很多,手也会下意识地帮布布顺毛,直把布布摸得喉咙里发出"咕噜咕噜"的叫声。

而且,光是那次布布生病的时候,陆泽着急的样子,也足以让人看出来他对布布有多关心了。

就像现在,陆泽就抱着布布,漂亮的布偶猫舒舒服服地窝在陆泽怀里,半眯着眼睛享受着陆泽的抚摸。

只不过……布布边半眯着眼睛,边偷偷看着江年的方向,时不时还冲着江年"喵"上一声,是真的很可爱。

陆泽摇头笑了笑:"说来也真是神奇,布布从来不肯跟别人接近的,倒是一直很喜欢你。"

他当初刚从宠物商店里买回布布的时候,小小的猫警惕性特别高。就连他,也花费了好大功夫,才让布布肯接纳他。

"嗯,"江年点了点头,语气也很奇怪的样子,"我也不知道为什么,猫猫狗狗都特别喜欢我。"

陆泽:"……"


高三的生活充实而忙碌,埋头学习太久,就不太会注意到时间的流逝,等到匆忙地抬头,大家才发现时间过得真快。

这种感觉在过了春节之后,越发明显起来。

虽然学校高层一直在密切地盯着他们班的成绩,但幸好重点班的老师们都很体谅大家学习辛苦，短暂的寒假，并没有布置太多作业。

江年也感觉自己绷紧的神经难得地得到了短暂的放松，就又恢复了之前暑假里潇洒的生活——睡觉、做题、看书，偶尔有了闲情逸致还可以去逛逛街看看电影。

这种时间全凭自己安排的生活，江年反而觉得自己学习效率很高，进步也飞快。

等过了寒假再回学校，大家好不容易又稍微适应了之前的节奏之后，姚子杰宣布了一个让人震惊的消息。

"大家安静一下。"姚子杰像往常那样敲了敲讲桌，大家就都放下了手中的笔，抬起头听姚子杰讲话。

姚子杰笑眯眯地问："大家最近学习生活累吗？"

还没等大家开口，他就压了压手，一副"我很懂你们"的样子："不用说了，我知道，你们不累，都精神着呢，是吧？"

众人："……"

姚子杰自己率先笑开了："行，那我就顺便宣布一个消息吧。后天——周五下午，大家的课程取消。"

全班人都震惊了。

在这种紧要关头，学校竟然还会有取消课程的时候？！

"为什么呢？因为……后天是百日誓师大会，大家需要全部出席活动。"

江年跟贺嘉阳对视了一眼，眼里满是震惊之色。

这段时间好像比上个学期过得更忙了一点儿，大家都没怎么注意黑板一侧的倒计时。

就连当天的值日生，也只是机械地修改当天的日期而已，压根儿没怎么注意那个数字背后的意义。

现在姚子杰这么一说，大家才齐齐震惊了。

天哪，这么快！距离高考竟然就只剩下100天了！

"大家是不是都很震惊？"姚子杰显得有些得意，"我就跟你们其他科的老师说你们肯定都没有注意这个时间问题。很快，你们的高考倒计时就要从三位数变成两位数了，然后再从两位数变成个位数，最后……变成0。"

众人：老师，您别说了，您越说越让人觉得恐慌好吗？

大家从来没想过，高考这件事离自己已经这么近了。

"百日誓师大会呢，会有一个小小的活动，需要大家提前准备一下。"姚子杰继续说道，"给大家一天的时间思考一下，然后大家把自己的目标大学和专业用一张纸写下来。你们可以写名字，也可以匿名，学校只是想让你们思考清楚自己的目标而已。在确定目标之后，你们也要想清楚这个目标现在跟你们的距离，知道了吗？"

大家都点了点头。

"梦想的大学"这个词，在高三生眼里，甚至可以称得上是高尚的。

就好像大家之前十几年的寒窗苦读，全都在这个词里实现了价值一样。

教室里的氛围稍稍凝重了起来。

姚子杰也忍不住觉得好笑："好了，你们也不要这么苦大仇深的，就是让你们思考清楚而已。写清楚之后，你们也不用交给班长了，自己把纸折一折，回头直接到办公室交给我。"

大家纷纷点了点头。

姚子杰一走，大家好像都没办法跟之前一样静下心来上自习了。

江年晃了晃手里的笔杆，压低了声音问贺嘉阳："班长，你想清楚要考什么大学了吗？"

贺嘉阳的成绩一直挺好的，年级排名跟江年差不多，贺嘉阳有时候发挥得比较好的话甚至可以考进年级前三名。

贺嘉阳几乎没怎么犹豫地就回答："清华吧，我想去学建筑。"

江年愣了愣，还真没想到贺嘉阳竟然会想学建筑。

贺嘉阳眼神中带着笑意："怎么了？对我要学建筑这件事情，你至于这么惊讶吗？"

"也不是啦，"江年摇了摇头，"就是觉得有点儿意外，不过你的确还挺适合学建筑的。"

贺嘉阳更觉得好笑了："你呢？"

自己被问到的时候，江年却犹豫了起来。

好像从很小的时候起,江年就被家里人教育,一定要好好学习,将来才能上清华、北大。

现在看起来,这个目标好像离自己挺近的样子。

但是……她去清华、北大,学什么呢?

江年抿了抿唇,有些不知所措。

"江年?"贺嘉阳似乎没想到江年突然开始发呆了,有些好笑地又叫了她一声。

"啊?"江年这才回过神来,而后不好意思地笑了笑。

自己学什么啊……

爸妈肯定是比较希望她学理工科专业的。

江年的父母一向信奉实用主义,认为学理工科更好找工作,学文科的话总会有一种未来虚无缥缈的感觉。

这也是当时江年的文科成绩明明也不差,父母却一致希望她报理科的原因。

但是江年的爸妈一向开明,如果她坚持想学自己喜欢的专业的话,爸妈肯定也不会反对的。

只不过……

江年又叹了一口气。

爸妈肯定又会说——

"你想学什么我们都赞同。只不过,你得对自己的未来负责。"

当初文理分科的时候,江年就是因为这话,才选择了理科。

她倒也不是认为对自己的未来负不起责任,只不过会习惯性地去选择父母更加赞同的一条道路。

那这次,她也要这样吗?

贺嘉阳摇了摇头,看了看再次深思起来的江年。

算了,小姑娘脑子里什么都有,这他是一直知道的。一天天的,她有趣得很。

要是他能看看江年每天都在想什么,那生活绝对比现在有趣得多。

可惜……

贺嘉阳抿了抿唇，拿起笔，继续专心地学习起来。

现在这样，他觉得已经是最好的状态了。

江年能明显感觉到，班级里的氛围，因为即将到来的百日誓师大会而异样起来。

之前大家都在拼命地学习，只为了提高自己的分数。

姚子杰突然布置下来的让大家写下目标大学和专业的任务，让同学们开始讨论之前可能没什么明确答案的问题——努力提高分数，是为了去读什么？

"泽哥。"江年今天照例去找陆泽问了物理题，陆泽给她讲清楚之后，她却没像往常那样挥挥手走人，而是有些犹疑地叫了陆泽一声。

陆泽懒懒地抬起眼睛，直直地看着女孩子，而后从喉咙间发出一声闷闷的回应："嗯？"

江年犹豫了一下，而后瞥了一眼旁边的谢明。

她压根儿还没说出口，谢明就懂事无比地开口："好的，好的，不用你们赶，我正好要去接点儿热水。江年，你坐，你坐。"

用赵心怡同学的话来形容，那就是"谢明真的懂事得让人心疼"。

江年有些不好意思地抿唇笑了笑，而后坐在了谢明的位子上："泽哥，你觉得对自己负责难吗？"

陆泽似乎没想到江年竟然会问这么一个问题。

他又看了江年一眼："难，也不难。如果你真的想清楚了自己以后要做什么，自己喜欢什么，那坚持自己的目标一点儿问题都没有。"

江年哽了哽，压根儿没想到自己甚至还没正式问出口，陆泽就看穿了自己的心思，甚至三言两语就这么点了出来。

不过这也好，倒也省去了自己费心思地纠结要怎么跟陆泽开口了。

她点了点头。

江年想：好像对自己负责也不是那么可怕的事情了。

在教室门口拿着自己的热水杯等了半天的谢明想：如果现在可以重回高二，他一定会跟姚子杰说，他不想跟陆泽做同桌了。

呜呜呜，他每天有"家"不能回，有座不能归，甚至连个抱怨的人都没有!

江年曾经设想过很多遍,她真的坐在高考考场上时的心情——紧张、期待、不安、忐忑……

所有关于情绪波动的词语她都觉得是可能的,但她从来没想过,等到真的坐在考场上的时候,自己竟然会这么平静,平静得就好像这只不过是平时普普通通的一场模拟考试。

高考的日程跟平日考试的日程好像也没什么不同。

尤其是江年的考场就在明礼,运气好到爆炸,她就像是平时上学一样,背上书包,然后检查证件跟文具,在考场外做最后复习,等到进考场的铃声响起的时候,深吸一口气,通过检查进入考场。

在考场上,监考老师挨个儿分发卷子,监督大家贴条形码,写姓名和考号,检查一遍后,等待开考铃声响起,所有人翻开卷子开始做题。

语文、数学、理综、英语……

大家一科一科地考,平常到了极点,跟平日好像真的一丁点儿不一样的地方都没有。

甚至明礼的模拟考试太过真实,就连进考场时的检查都跟平日一模一样。

江年也想过无数次自己高考完会是什么样的心情,可能会开心、轻松、兴奋……

但是她也从来没想过,自己会平静到这个地步。

她甚至觉得只剩下了无穷无尽的疲惫,只想回到家里倒头就睡,睡个天昏地暗。

最后一科是英语。

江年考完理综之后就稍稍松了一口气,毕竟只剩下她最擅长的一科了。

而且,之前的数学和理综她都发挥得很不错,她甚至觉得自己可能是太过于平静了,做题顺利得不得了,隐隐竟然有种超常发挥的感觉。

对自己最擅长的英语,江年更是做题顺手到不行。

她照例在英语考试进行到一半时就做完了卷子，然后来来回回检查了很多遍，差点儿没把这张普普通通的卷子给看出花来。

等到临近考试结束的时候，显然大家都做得差不多了，真不会的也掷完橡皮、蒙完答案了，考场上明显躁动起来。

监考老师们倒也没有生气，只是笑眯眯地看着大家。

看上去脾气很好的女老师笑道："大家保持安静，离考试结束还有二十分钟，不允许提前交卷哟。大家再认认真真地把自己的姓名、考号检查一遍，看看写对了没有，答题卡还没涂的赶紧涂一下。"

看来有经验的监考老师们也很能理解他们现在为什么躁动了。

直到考试结束的铃声响起，监考老师们还在极有耐心地叮嘱大家："好了，我们现在会挨个儿收卷子，大家都坐着不要动，直到我们收完清点结束后大家再离开考场。"

女老师不忘跟大家说道："也祝大家高考结束快乐！"

直到这一刻，江年才有了那么一点点高考结束了的真实感。

监考老师清点完卷子，一声令下，大家纷纷拿好自己的证件排队往外走。

江年混在人群中，间或还能听到有人在交谈。

"我这就考完了？！"

"可不是嘛。你今晚干什么呀？我朋友叫了我去网吧'开黑'，好像说我们班男生都一起去……"

…………

江年忍不住抿唇笑了笑。

出了考试的高一楼，江年就往教室的方向走去。

"江年！"

江年顺着声音的来源处看了过去，然后就看到了贺嘉阳跟陆泽。

出声叫她的是贺嘉阳。

"泽哥、班长。"江年弯眸笑了笑，冲着两个人招了招手。

陆泽已经几步走了过来，很自然地接过江年手里的包："考得怎么样？"

"还不错。"江年态度亲昵地问,"泽哥,你呢?"

还没等陆泽说话,贺嘉阳先笑了出来:"阿泽还用问?那肯定很好啊。"

也是。

江年吐了吐舌头。

陆泽什么时候考得不好了?

光说高三这一年的考试,哪怕是整个远城的联考,陆泽也从来没有拿过第一以外的名次,学神确实让人钦佩不已。

陆泽懒懒地笑了笑,打量了一下江年的神色:"累吗?"

"有点儿。"江年撇嘴。

陆泽自然而然地伸手揉了揉江年的头发。

江年正准备说什么的时候,就远远地看到了站在他们教室门口拼命冲着她招手的姜诗蓝。

江年抿了抿唇,跟陆泽和贺嘉阳打了声招呼,就小跑到了教室门口。

"你怎么这么快啊,诗蓝?"

姜诗蓝摇头晃脑地说:"我们考场的人出来得比较快,正好没赶上人最多的时候。"

然后她探头探脑地朝着江年身后不远处的两个男生看了一眼,神色有些不自然起来。

江年有些纳闷儿:"怎么了?"

姜诗蓝似乎深吸了一口气,犹豫了好久,还是小心翼翼地从身后拿出一个信封来。

江年猛地瞪大了眼睛:"这是……?"

"我……"姜诗蓝又咬了咬嘴唇,"我不敢亲手给他……"

"你想让我转交给他吗?"江年歪了歪头。

姜诗蓝迟疑地点头。

"你要想清楚,你想不想自己跟他说清楚。"江年从来不会质疑姜诗蓝的决定,"如果你真的觉得自己不会后悔,我就转交给他。但是,你真的不会后悔吗？"

姜诗蓝到底还是犹豫起来。

江年一秒看穿了姜诗蓝的想法，回头冲着正好在上台阶的贺嘉阳叫道："班长，诗蓝找你有事！"

然后江年不顾贺嘉阳微微愣住的神情，又转过头来冲着姜诗蓝比了个"加油"的手势，就连忙跟陆泽一起回了教室。

回到座位上，江年还担心地看了看窗外的两个人。

她瘫坐在椅子上，看着自己桌子上摞成山的资料，第一反应竟然是以后好像不需要再做这些题目了呢。

感觉浑身上下的力气都被抽干了，江年又往椅子上缩了缩，静静地等待班里的其他同学回来。

黑板右侧的倒计时还停留在前天写的"1"上，突然就没了那种倒计时天数在不断递减的压迫感。

江年转了转头，挨个儿打量班里这些和她做了两年同学的人，不知道前段时间拍的毕业照洗出来了没有。

江年扯了扯身上的校服，突然反应过来，好像再也不用穿这套衣服了。

曾经她期待了很久很久的事情，到来得这么猝不及防。

她正在胡思乱想的时候，突然发现桌子上多了个本子。

她微微一愣，抬起头看向手的主人。

来人竟然是韩疏夜。

韩疏夜还是一贯温润而有礼貌："江年，帮我写个同学录吧。"

江年忍不住有点儿想笑："哇，都什么年代了，竟然还有人用同学录啊。"

她边说边从文具袋里拿出一支自己最喜欢的颜色的荧光笔，而后一笔一画地写了起来。

写完之后，江年掏出自己那本写了很久很久的《19班观察日志》，翻到最后的空白页，冲着韩疏夜笑道："来写句话吧。"

韩疏夜思索了一下，接过江年手里的笔，认认真真地写道："毕业快乐，19班永远都在。韩疏夜。"

江年抿了抿唇，突然有些难过。

她又从笔袋里抽出一支马克笔，把背朝向了韩疏夜："给我签个名吧。"

教室里的同学几乎都在用马克笔互相在校服上签名，有的人T恤衫已经签得满满的了。

江年挨个儿找大家给自己的观察日志留言，再在自己的校服上签名。

女生都签在校服正面，男生都写在校服背面。

她找段继鑫签完名之后，正好看到从教室门口进来的贺嘉阳。

江年犹疑了一下，还是没问姜诗蓝的事情，把马克笔递给了贺嘉阳："班长！来帮我签个名吧！"

贺嘉阳手里还攥着姜诗蓝的那封信，听到江年的话后，抬头看了她一眼，好半天才应声："好。"

江年转过身："好像没太多位置了。班长，你就将就一下，随便写吧。"

他还是那个字："好。"

贺嘉阳写完之后，江年笑眯眯地冲着他道了声谢，就又去找别人签名了。

到底还是有些担心的，江年拿起手机给姜诗蓝发消息。

星辰："怎么样啊，诗蓝？"

姜诗蓝没有回复。

江年更加担心了，皱了皱眉头。

星辰："诗蓝？"

星辰："你还好吗？"

这次姜诗蓝终于回复了消息。

诗蓝："嗯，还好。"

女生说自己还好，那就是很不好。

江年咬了咬下唇，到底没有再发消息过去。

她什么也不好说，这个时候能做的只能是让姜诗蓝静一静了。

班里的人越来越多，大家陆续从外面回来了。

教室里热闹得不得了，大家都在三三两两地聊着天，还真有不少男生聚在一起商量今晚去网吧包夜。

还有女孩子在抱怨："真是的，每次你们男生都喜欢单独活动！"

丁献扬声说道："难道你们要跟我们一起去网吧包夜吗？"

孔蔓蔓呛声："去就去！别说了，我现在就给我爸妈打电话，今晚一起去！"

男生们似乎没想到女生竟然会是这个反应，全都哽了哽，而后试图挽救："孔蔓蔓，你要去，不一定代表别的女生也要去啊，是不是？"

"对，对。对！"段继鑫连忙叫了一声看上去极度乖宝宝、怎么看都不可能像是喜欢泡网吧的江年："江年！你就不想去是吧？"

江年抬起头看了他们一眼，笑眯眯地说："去啊，我也跟我爸妈说过了。网吧走起！"

男生们："……"

谢明不忘求救："泽哥，江年要去网吧啊，你都不拦着吗？"

被一堆男生围在中间的陆泽懒懒地跷着二郎腿："去呗，有我在呢，能怎么样？"

好的，没救了。

最后，几乎一整个班的人决定今晚要一起去网吧包夜。

姚子杰进教室里的时候，班里的同学已经热闹得快要把天花板给掀翻了。

每个人身上的校服都签了一大堆名字和留言，密密麻麻的，本来白色的校服T恤衫已经快看不出本来颜色了。

姚子杰手里拿着一沓东西，敲了敲讲台，面上正经："安静！"

大家还是很给姚子杰面子的，迅速地安静了下来。

然后，姚子杰大手一挥，比刚才谁的嗓门都大："毕业快乐！"

老师带头疯，大家哪里有不疯的道理？

桌子上的书被高高地抛了起来，整个教室的人全都沸腾了。

"毕业快乐！"

"毕业万岁！"

"我们自由了!"

……

姚子杰发下了之前的毕业照和接下来的日程表,终于说起了正事:"不要忘记估分啊,这段时间你们可以先疯一下,然后24号晚上记得查成绩。好了,我的任务到此结束,你们该聚餐的、该泡网吧的,都去吧!"

最后他不忘撂下一句话:"刚才谁扔的废纸,谁给我收拾好,听见没?"

大家齐齐哀叫了一声。

江年赶在姚子杰走之前叫住了他:"老师!给您这个!"

姚子杰有些纳闷儿:"这是什么?"

"我写了将近两年的东西,今天刚写完最后一天的,《19班观察日志》。"江年弯眸笑道。

姚子杰翻到最后。

> 6月8日,周一,晴
> 最后一天考试结束,班里的同学都很热闹,每个人都在找别人签名,兴奋得不行。
> 我突然发现,我再也穿不了这套校服了。
> 开始的开始,我们都是孩子;最后的最后,渴望变成天使。
> 毕业快乐,我的19班!
> I was there.(我在那里。)
> 再见啦,我的高中时代,我的明礼中学,我最喜欢的你们。

姚子杰蓦地觉得鼻子发酸。

江年抿唇笑道:"老师,毕业照可太丑了。"

姚子杰也跟着笑:"老师觉得,你们最好看了。"

一如少年模样。

## 第十六章
## 我的女朋友

江年第二天从一个完全陌生的地方醒过来的时候，整个人都是茫然的。

这是一个特别干净的房间，少有的装饰也是从蓝色和白色为主。

江年掀开身上的夏凉被，更加震惊地发现自己换了一套睡衣！

而且这套睡衣压根儿不是她的！

她……昨晚做了什么？

江年呆呆愣愣地从床上站起来，又打量了一遍整个房间，再次迷茫起来。

正在这时，"咚咚咚"的敲门声传来。

"醒了吗？"

这熟悉的声音……

江年试探地问："泽哥？"

"嗯，是我。"陆泽倒是淡定得不得了，"醒了的话就起来吃午饭，我做好了菜。"

江年脑子蒙蒙的。

她打开手机看了一眼，虽说自己昨天已经跟爸妈报备过了晚上要去网吧玩，但是爸妈这样一句话不问……好像也不太正常吧？

尤其是现在已经临近中午了，自己却还没回家，要是平时，爸妈不早就把她的电话给打爆了啊？

江年揪了揪自己身上的睡衣，而后看到床头放了一条干净的裙子，不是自己昨晚穿的校服，也不是自己的衣服。

她皱了皱眉头，脱下睡衣试了一下裙子，结果发现竟然十分合身。

她一出房间门，就闻到了一股浓郁的香气。

江年抽了抽鼻子，仔细地辨别了一下空气中的味道，而后惊讶无比地发现，竟然是鱼肉的香气。

陆泽还会做鱼？

下了楼，她正好看到陆泽摆好了餐盘，解下了围裙。

听到脚步声，陆泽抬起头看了女孩子一眼，满意地点了点头。嗯，这条裙子果然很适合江年。

"过来坐吧，吃饭。"陆泽又倒了一杯水，"洗漱了吗？先把水喝了再吃东西。"

江年的脑子简直都要不转了，她也不知道在想什么地随便应了几声，接过杯子机械地"咕咚咕咚"将水灌下，缓解了口渴。

她蓦地觉得，这个场景，莫名其妙地像是婚后生活。

也不知道自己怎么会想到这些东西，江年赶忙低下头，放下杯子，拉开椅子坐下来。

而后她想了想，还是试探着唤道："泽哥……"

压根儿不用江年开口问，陆泽就知道她想问什么了，语气懒懒散散地说："你昨晚在网吧里睡得死沉死沉的，我叫你想送你回家的时候，你迷迷糊糊地说自己不想回家，这个时候回家肯定会被骂，然后就又睡死过去了。我就把你带到了我们家的客房里，今早给你爸妈打电话报备了一下。睡衣是我们家阿姨给你换的，裙子是我买的。你还有问题吗？"

江年："……"

她说自己不想回家？

看了看陆泽的表情，江年同学见好就收，连连点头："没有问题了。"

陆大少爷很满意："没问题就吃饭吧。你从昨晚到现在什么东西都没吃，我做了点儿菜，就当庆祝我们高考结束了。"

江年再次低头看向了桌面上的菜。

这一看倒好，江年再次惊住。

菜真的太丰盛了。

一道鱼、一道牛肉炖粉皮、一道青菜，还有一盘像是干锅豆腐一样的东西，甚至还有一份汤，每样菜都是江年喜欢的，刚做好，还热气腾腾的。

江年立马感觉到自己的肚子空荡荡的："谢谢泽哥！"

然后她拿起筷子，先夹了一筷子鱼。

"啊！这个好好吃！"江年眯了眯眼睛，"我好喜欢吃鱼。泽哥，你做得太好吃了！"

陆泽歪了歪唇，笑了出来："是吗？那你还记不记得你昨晚做了什么？"

江年："……"

陆泽不忘"好心"提醒："我抱着你从出租车上下来的时候，你迷迷糊糊地跟我说了一句话，你还记得吗？"

脑子里灵光乍现，江年只觉得一阵火石般"噼里啪啦"的声音在脑海里响了起来。

她本来不记得了的，陆泽这么一说……

江年咬了咬筷子，而后试图辩解："我以为那是梦。"

她真的以为那是梦啊！

要是现实里，她绝对是有那个贼心没那个贼胆的人好吗？！

她昨晚真的是太困了，所以感受到颠簸后，就迷迷糊糊地睁开了眼，而后看到了陆泽那张帅到惊人的脸。

江年只以为是在做梦，想着反正在梦里嘛，无所谓的。

于是她就开口说……

"泽哥！我好想亲你呀！想了好久好久好久了！"

然后，她不顾陆泽愣住的神情，抬起头使劲亲了上去。

她亲了上去！

江年在想起昨晚的事的那一瞬间，觉得自己真的要羞愤欲死了。

啊啊啊！泽哥为什么就不能装作什么都没发生呢？！

她本来什么事都不记得了的！

陆泽优哉游哉地夹了一块干锅豆腐吃："想起来了？"

"泽哥，对不起，我真的以为是在做梦。我下次不敢了，真的很对不起！"江年恨不得找个地方挖个坑把自己埋了。

看吧，做人果然不能太色，太花痴的人就很容易做这种傻事。

"下次不敢了？"陆泽重复了一遍江年刚才的话，而后瞥了江年一眼，"我昨天那可是初吻。江年，你是准备亲完我、睡完我家的房间、穿完我的衣服，甚至吃完我做的饭就跑，不带负责的？"

江年：我真就以为自己做了个梦。泽哥，您不要说得这么严重啊！

再说了……

江年抿了抿唇："说得好像谁不是初吻一样。"

"那正好。"陆泽漫不经心地点头，而后靠在椅子上笑了笑，"做我的女朋友吧。"

江年只觉得心里"咯噔"响了一声，好像有什么名为理智的弦断裂了一样。

看着女孩子怔住的表情，陆泽收了收脸上散漫的神色。

"江年，我喜欢你，跟我在一起吧。"

陆泽用最温柔的语气，跟自己说着这样的话，江年甚至觉得陆泽可能在菜里放了酒，要不然就是刚才自己喝的那杯水含有酒精，不然自己为什么会觉得醉醺醺的？

江年咬了咬下唇，而后抬头看向陆泽："泽哥。"

陆泽甚至觉得自己蓦地有些紧张。

他向来不懂紧张这种情绪是什么感觉，可这个时候，他跳得过分快的心脏告诉他,他到底有多紧张、不安,有多害怕被拒绝。

他强装淡定地出声:"嗯?"

面前的女孩子蓦地朝他绽开了一个最大的笑脸,任谁都能感受到她发自内心的喜悦之情:"怎么可以让你先表白啊?你可是陆泽!"

陆泽点了点头:"对啊,可你是江年。再说了……"陆泽抿了抿唇,"表白这种事,本来就应该男生先来才对。"

江年只觉得自己的心软得不能再软了。

她何德何能,可以拥有陆泽这样的人的喜欢?

那种从心底开出一朵花的感觉,让江年简直觉得整个人仿佛飘在云朵上,轻飘飘的。

她弯着眼笑了笑:"好呀,男朋友。"

只一瞬间,陆泽的眼睛立马就亮了起来,是江年从来没见过的光芒四射的眼睛。

就好像……他拥有了全世界一样。

陆泽甚至不知道该怎么表达自己的激动心情,桌子下面的拳头握得紧紧的。

他一直觉得自己是一个不论面对什么人,都可以泰然处之的人。

后来他发现,只不过是因为那些人都不是江年而已。

在真正喜欢得不得了的女孩子面前,陆泽不是陆泽,就是一个普通到极点、渴望被喜欢的男生。

陆泽从来没觉得这么快乐过。

努力平复下心头的喜悦情绪,陆泽嘴角简直要翘上天了,而后才拿起筷子给江年夹菜:"吃饭。"

江年抿了抿唇,也跟着偷偷笑了出来。

吃完饭,江年接到了一通越洋电话,这是她压根儿没想到的情况。

彼时,两个人刚吃完饭,江年想着陆泽辛苦做了那么多菜,该自己来收拾的。

谁知道,陆泽反手就递给她一盒牛奶:"乖年年,去喝牛奶。"

然后他就自己去厨房洗碗了。

江年被那句"乖年年"给逗得脸红得要滴血，也只能乖乖地接过牛奶，然后在陆泽家里到处逛了起来。

陆泽家挺大的，装潢也很用心，每一处都透露着精致和贵气。

江年正暗自心惊，就听到了电话铃的声音。

陆泽从厨房里探出头来："亲爱的女朋友，帮你的男朋友接一下电话？"

江年算是发现了，陆泽现在真的超级喜欢什么"男朋友""女朋友"的称呼，逮着个机会就要这么叫。

到底还是没么快适应自己的身份的转变，江年脸红红地接起了电话："喂，您好？"

电话那边的人静默了一下。

江年有些奇怪，再次试探地问："您好？请问有人吗？"

又过了好一会儿，在江年以为这是恶作剧想要挂掉电话的时候，电话里传来了一个温柔的女声，对方声音里满是说不出来的惊喜："江年？！你是江年吧？！"

江年："……"

这是陆泽家里的电话没错啊，那打电话过来的人，为什么一副认识自己的口吻？

"啊……我是……"

江年正在疑惑的时候，就听到了厨房里传来的声音："年年，谁呀？"

还没等江年说话，电话里再次传来了女声。

"啊呀，阿泽也在家啊，真好。年年哪，这还是你第一次来家里玩，好好玩，让阿泽给你做好吃的，带你逛逛。叔叔阿姨过段时间就回去，到时候再跟你吃饭，好吗？"

江年："……"

这是陆泽的妈妈？

她试探着说："阿姨，泽哥给我做饭了，我们刚吃过。"

陆泽的妈妈果然十分满意："那就好，那就好。哎呀，我们家阿泽可真不容易，喜欢了你那么久，终于把你带回家里玩了。好的，好的，阿姨很欣慰。那你跟阿泽好好玩，阿姨回头再打电话。年年，你有什么想要的礼物吗？叔叔阿姨给你带！"

这……陆泽的妈妈这么热情的吗？

等到陆泽迅速地洗完碗、擦干手从厨房里出来的时候，电话已经挂断了，江年还盯着电话回不过神来。

陆泽有些明白过来："我妈？"

江年转过头，僵硬地点头。

陆泽"扑哧"一声笑了出来："还真是巧了。"

他又瞥了一眼小姑娘一脸僵硬的表情："我妈说什么了？"

"没……没说什么……"江年迅速地低下头。

陆泽才不信。

要是他妈妈没说什么，小姑娘能是现在这个表情吗？

"我猜猜啊……"陆泽往后靠，斜倚在柜子上，语调懒散，"按照我妈妈的性格，她是不是说让我给你做好吃的，你想要什么就跟我说，让我好好带你逛逛？

"嗯……还说什么我喜欢你很久了，终于能把你带回来玩了？"

江年："……"

你是窃听了吧！

而且，看你什么都知道的样子，你还问什么问？！

看到江年的表情，陆泽满意地点头。

看来自己猜得很正确嘛。

他抬腕摸了摸女孩子的头，笑了笑："我妈又没说错什么，你脸红什么？"

江年抬头瞪了陆泽一眼："不许说话！"

"行。"看到自家小姑娘已经羞恼了，陆大少爷从善如流，"那我……能亲你一下吗？"

她不让说话，他亲一口总可以吧？

江年一秒又红了脸。

怎么……怎么陆泽现在更加不正经了？！

陆泽心里已经笑到不行了。

怎么办？逗自己刚上任的女朋友，为什么是一件这么有趣的事情？

陆泽抿了抿唇，而后从裤子口袋里摸出了一个小盒子："喏，年年，你的毕业礼物。"

江年愣了愣，看了看陆泽手里的盒子，一脸惊讶的表情："还有毕业礼物吗？"

"嗯，对啊，毕竟我等你毕业等了那么久，早点儿准备礼物也是应该的。"

江年将盒子拿了过来，然后瞥了一眼陆泽，打开了盒子。

盒子里是一个小手机挂坠，精致得不得了，江年一眼就看出材质特殊。

挂坠是一条鱼的造型，很是通透，摸上去每个角度都很光滑，江年几乎一秒就喜欢上了。

"好可爱啊！"江年开心得眼睛都弯成了月牙，又歪了歪头，"不过为什么是鱼呀？年年有余吗？"

本来江年就是随口开玩笑的，谁知道陆泽竟然点了点头："嗯，年年有'余'。"

余，也就是我。

年年有我，江年有我，每年有我。


本来江年以为自己回到家里，爸妈一定会问她很多事情的，毕竟这可是她第一次夜不归宿……

谁知道爸妈竟然一点儿反应都没有，还很平淡地问她昨天晚上玩得开不开心。

江年真的挺摸不着头脑的……

她忍不住开始思考：泽哥到底是怎么跟她爸妈说的？

江年吞吞吐吐地问："爸、妈，你们也不问问我考得怎么样吗？"

江妈妈倒是很豁达:"这有什么好问的?你考得好不好都已经考过了,再说了,过不了多久就出成绩了,到时候我们自然而然就知道了。"

　　江年松了一口气。

　　其实她真的好怕考完试被别人问考得怎么样……

　　虽然她也知道,问一个刚经历过大考试的人"考得怎么样"好像已经成了走在路上问熟人"吃饭了吗"一样随口一问的话,但是她的心里依然很害怕。

　　她要是能知道自己考得怎么样,还等出成绩做什么?

　　所以这个时候,看到爸妈不仅没有一个劲儿地问自己,还反过来叮嘱自己放宽心,让自己这段时间好好玩,江年轻松了一点儿。

　　"哦,对了,年年,"江妈妈突然想起什么,又看向江年,"你老实跟爸爸妈妈说,你是不是谈恋爱了?"

　　江年一惊,差点儿没被刚送到嘴里的米饭给呛死。

　　她连忙摆了摆手:"爸、妈,你们别误解,我绝对没有早恋的!"

　　江爸爸、江妈妈对视了一眼。

　　"哦,也就是说,你现在高考结束了,就不算早恋了,所以谈恋爱了是吗?"江妈妈问道。

　　江年没想到自己的心思一秒被看穿,用筷子戳了戳米饭,有点儿心虚起来。

　　"谈恋爱就谈了呗。"出乎江年的意料,江妈妈竟然真的只是随口一问,"你都高考结束了,爸妈还能拦着你啊?再说了,人家阿泽多照顾你,又长得那么好看,还天天教你做题让你提高成绩,提着灯笼都不一定能找到这样的男朋友。我女儿上辈子是不是做了什么好事?"

　　江年:行,真的是亲妈没错了。

　　所以这段时间,江年真的是前所未有的轻松。

　　她好像要把之前几年没睡够的懒觉全都睡一遍一样,每天上午必定赖床到十二点,然后再起来出门吃饭。

　　要不然她就找姜诗蓝、祁书南她们一起吃饭、吃冰激凌、逛街,再不就是被陆泽叫出来，或者参加同学聚餐。

下午的时候，江年有时会找一本闲书看一下午，有时会跟陆泽一起去咖啡厅或者游戏厅到处玩，甚至中途还跟班里的几个人一起出去旅游了几天，真真正正地要玩疯了。

直到20号之后，江年才有了一种出成绩的时间一步步逼近的紧张感。

时间越逼近，江年越忐忑不安。

就连趴在沙发上翘着腿看漫画，江年都有点儿看不下去了。

她偷偷瞄了几眼坐在对面开着笔记本电脑做事情的陆泽，欲言又止。

在她偷看到第七次时，陆泽猛地抬起头来。

江年迅速地低下头，佯装认真地在看漫画。

"我这么好看吗？"

陆泽"啪"的一声合上了自己的电脑，然后闲庭信步般走到了江年旁边，坐在了她身旁的沙发上。

男生干净的气息突然就近在咫尺，江年甚至有些没出息地紧张起来。

她低下头，然后乖乖地坐了起来。

"泽哥——"江年拉长了的声音显得有些娇里娇气的，她说，"后天就要出成绩了。"

她好煎熬啊。

陆泽很顺手地就揽住了江年的腰。

他们真的太近了，江年甚至觉得自己扭过头就能亲到陆泽的侧脸。

她有些僵硬地坐着，好半天才又慢慢放松下来。

感觉到了怀里的女孩子对自己的亲近姿态，陆泽只觉得心软得一塌糊涂。

他面上仍旧是懒散潇洒的样子："嗯，我知道。"

看吧！

果然这就是学神跟我等的差别！

出高考成绩这种是个人都会紧张的大事，人家陆泽随口一句"我知道"就这么结束了！

江年嘟了嘟嘴巴。

她打开手机，看了看之前拍的日程表的照片。

"嗯，24号出成绩，然后26号去学校领成绩单，30号毕业典礼加毕业晚会……"

陆泽也低着头，跟江年一起研究日程表。

"啊，对了，泽哥！你是不是毕业晚会还有演出来着？"

陆泽懒懒地点头："对，吉他弹唱。"

"哇！"江年立刻一张迷妹脸，"我好期待啊！"

她是真的很喜欢陆泽在台上的感觉，好像陆泽天生就适合做万人目光的焦点一样。

"我高一的时候，有一次看你钢琴独奏表演，就觉得你超级厉害。当时我还在跟诗蓝说，为什么会有这么厉害的人，感觉你好像真的什么都会一样。"

陆泽被自家女朋友夸得心花怒放，还非得装出一副"嗯，没什么，没什么"的淡定脸，其实心里早就乐疯了。

说起姜诗蓝，江年又叹了一口气。

她果真没猜错，高考结束那天，诗蓝表白被贺嘉阳拒绝了……

她好奇地问陆泽："泽哥，班长到底喜欢什么样的女孩子啊？他有喜欢的人吗？为什么诗蓝说他拒绝她的理由是已经有了喜欢的人？"

陆泽看了看江年，而后笑了笑："嗯，有。"

"真的有？！"江年都震惊了。

陆泽点了点头。

"不要多想了，你的成绩会很好的。"赶在小姑娘继续胡思乱想前，陆泽出声安慰道。

不是他太过敏感，实在是小姑娘现在真的太能胡思乱想了，一想到成绩就没完没了的。

江年"扑哧"一声笑了出来，而后迅速地转过头，亲了陆泽一下。

"好！"

出成绩这天下午，江年越发坐立不安。

陆泽实在看不下去了，干脆试图给江年找点儿事情做。

"来，陪我做这个折纸。"

江年一脸纳闷儿的表情，边往陆泽这边走边好奇地问道："做折纸做什么啊？"

"回头送姚老师。"

江年点了点头，认认真真地折了起来。

不得不说，江年觉得陆泽的方法还是有用的，当专心致志地做一件事情的时候，江年明显对成绩的焦虑情绪就少了一点儿。

然后这种状态被手机铃声打断。

江年以为是自己的手机，顺手就接通了电话，按了免提。

"陆泽！你第一！"

江年被吓了一跳，手里的折纸都差点儿被扔出去。而后她心惊胆战、惊魂未定地瞥了一眼茶几，才发现自己顺手接通的是陆泽的电话。

而刚才打来电话的人，正是姚子杰。

陆泽似乎没怎么被电话里的消息吸引，安抚地拍了拍江年的肩膀，皱了皱眉头："姚老师，您好吵，吓到我的女朋友了。"

姚子杰："……"

被陆泽这么一打断，姚子杰刚才激动的情绪好像都淡了几分。

他迅速地捕捉到了关键词："女朋友？陆泽，你不是单身吗？"

陆泽语气得意，简直都快要飞上天了："您才是单身，我有女朋友了，是吧，年年？"

江年弱弱地出声，提示他们继续刚才那个重要的话题："姚老师，成绩……成绩。"

姚子杰捂了捂心脏，感受了一下来自自己学生对"单身狗"的攻击，而后才想起成绩的事情。

"哦对，成绩。"姚子杰又激动起来，"陆泽，你拿了理科第一名！"

江年猛地瞪大了眼睛。

她刚才听姚子杰说"第一"的时候还没反应过来,毕竟陆泽拿第一名是再正常不过的事情了。

江年几乎跳了起来:"真的吗?!太好了!"

陆泽也满意地往沙发上靠了过去:"嗯,我这次发挥得还不错。"

江年继续凑到手机话筒前:"老师,泽哥考了多少分?!"

就算已经做好了陆泽成绩很好的准备,在猛地听到姚子杰说"731分"的时候,江年还是惊了。

"泽哥……"江年咽了咽口水,"你是神仙吗?"

陆泽点头:"我当神仙也行,不过你也得是神仙,我还不想仙人恋。"

姚子杰怒挂电话。

这都什么人?!

陆泽拿到理科第一名的消息迅速地在明礼传开,陆泽的父母也很快知道了,陆泽的手机简直没有停过,电话、短信、企鹅消息不断……全都是恭喜陆泽的。

甚至到后来,开始有媒体记者想要采访他了!

陆泽挑着回复了几个人的消息,就干脆地锁了手机,继续专心地跟江年一起折纸。

江年都要惊呆了,看看泽哥,再看看自己。

泽哥考了理科第一名都能安安心心地继续做事,自己倒是在这里又替陆泽激动又替自己坐立不安的。

而江年这坐立不安的情绪,一直持续到晚上十二点。招生网崩溃了一次又一次,江年输考号和身份证号也已经输到崩溃,一开始紧张的心情现在完全变得麻木。在她身后的爸妈都已经开始打哈欠的时候,她又一次刷新网页,没感情地填写了自己的个人信息,然后按下了回车。

本来她以为这次还是会系统崩溃,懒洋洋地瞥了一眼,而后网页猛地跳了出来。

江年仿佛心脏骤停,迅速地浏览过几个数字。

语文131分,数学147分,英语142分,理综272分,总分692分。

江年猛地瞪大了眼睛,而后再次上上下下地确认了几遍成绩。

她真的没有看错!

"年年,还没出来吗?"江妈妈又打了个哈欠,觉得自己要撑不住了。

然后,她就发现江年突然跳了起来,又哭又笑,甚至一把抱住了她:"妈!"

江年又去抱江爸爸:"爸!"

江爸爸、江妈妈都被吓了一大跳,对视一眼,连忙着急地开口问:"怎么了?"

江年眼睛里已经有了眼泪。

她又瞥了一眼屏幕上的成绩,甚至抽泣了起来:"我考了692分!我可以去想去的学校了!"

"真的吗?!"江妈妈也惊喜地叫出了声,而后几步凑到了电脑跟前,发现江年真的考了692分。

江爸爸、江妈妈简直快要乐翻天了,回头看到江年还在那里又哭又笑的,也对视了一下,眼里满是感慨之色。

自家女儿这几年有多拼命,他们也看得出来。

幸好啊,不管过程怎么样,这结局总归是好的。

江妈妈想到了什么,拍了一下手,就着急忙慌地拿起了手机:"真是的,我得赶紧跟你爷爷奶奶、外公外婆、叔叔婶婶、小姨他们说一声,他们估计也等着呢!"

江爸爸连连点头:"对,对,对,是得说一声。年年,你跟阿泽说了吗?告诉他一声,别让人家等了。还有你的那些朋友,你都问问。你明天想吃什么?爸爸带你出去吃好吃的!我女儿可真棒!"

江年又擦了擦眼泪,冲着江爸爸娇娇一笑:"我想吃烤鸭!"

"行,明天就去吃烤鸭!"

江年抿唇笑,而后跑到一边,拿起手机给陆泽打电话。

那边的人几乎是一秒接通电话的:"喂?年年?"

"泽哥!"江年脆生生地叫了一声。

陆泽肯定是在等她的电话!

女孩子又笑开了:"泽哥,我考了692分!"

电话里寂静了两秒,下一秒,男生好听又干净的声音透过电波,一点点地传进了江年的耳朵里。

"我的女朋友全天下第一厉害。"

江年看着客厅里爸妈忙碌的身影,又听着电话里陆泽的声音,忍不住想:她可真幸福,全天下第一幸福。

26号江年去学校领成绩单,这是日程表上的安排。

因为江年考得很好,本来就对陆泽很是喜欢的江年父母这下子更是越看他越满意,都不忘提醒自家女儿:"年年哪,明天你们回明礼领成绩单,你记得叫阿泽过来家里吃早餐。妈妈给阿泽做他喜欢吃的烙饼。"

江年都要震惊了。

到底谁是他们的亲生孩子?

江妈妈看到江年那故作不满的神情,没忍住笑,用指腹戳了戳江年的额头:"你这丫头,怎么这么没良心?你高三这一年,人家阿泽天天忙前忙后,教你题还得陪你跑步,现在妈妈给阿泽做个早餐你都不满意?"

江年故意撇了撇嘴:"疼!"

她娇滴滴地捂住江妈妈用指腹戳的地方,然后又没忍住地低头笑起来。

嗯,这种自己喜欢的人被父母认可的感觉,可真是太好了。

而且不得不说,陆泽能被江年的爸妈这么喜欢,真的是有原因的。

明明陆泽在别的人面前总是一副懒得说话的样子,但是在江年的爸妈面前,真的是谦逊、礼貌、懂事又讨喜,跟平时的他简直判若两人。

吃早餐的时候,江年照例看到陆泽把她的爸妈哄得眉开眼笑的,忍不住笑着低头喝了口杯子里的牛奶,觉得自己开心得不得了。

吃完早餐,陆泽也像往常一样跟江年一起去学校。

只不过跟往日不同的是,他们再也不用穿校服了,也不用再背着书包想着自己今天有什么课程了。

好像,他们突然间就脱离了高中生的身份。

江年忍不住有些感慨。

"泽哥,"江年突然叫住了他,"我想起了我之前看到过的一句当时觉得特别矫情,现在却觉得让人感慨的话。"

"嗯?"陆泽又是从喉咙里挤出一个懒洋洋的音节。

"愿你有一天能与最重要的人重逢。"江年一字一顿地说完,而后又低声叹了一口气。

她以前从不觉得重逢有多让人期待,现在却感觉,可能就是因为分别过于难过,所以才会让人期待重逢吧。

陆泽却皱了皱好看的眉头:"我不喜欢这句话。"

江年歪了歪头:"嗯?"

陆泽笑了笑:"我不想要重逢,不离别就够了。"

在俊朗的少年直直的目光中,江年只觉得自己无所遁形。

好像他的眼中全都是自己一样。

江年不好意思地抿唇,而后低下头,又想起了什么:"泽哥!你那个时候那么早就把自己的企鹅名改成了'满眼星辰'!你老实交代,是不是当时就对我有所企图了?"

女孩子仰着头看着他,面若桃花。

出乎意料,陆泽竟然摇了摇头:"你想多了。"

江年才不信陆泽的这些鬼话。

陆泽有些不自在地移开视线:"你真的想多了,我就是正好看到了这个词语,然后改成了这个昵称而已。"

"这样啊。"江年倒也不恼,还是笑眯眯地说,"行吧,反正'星辰'这个昵称我也用得够久了,既然你都说不是了,那我也没什么心理负担。今天回家我就把这个昵称给改掉!"

"喀喀,"陆泽清了清喉咙,"别改了。"

"真的?"

被女孩子晶亮的眼睛看着,陆泽不合时宜地生出一些很不合时宜的想法。

他更加不自在地点了点头,而后不意外地看到了女孩子那贼兮兮的笑容,她像是偷吃了蜜一样。

陆泽心头直痒,还是没忍住,飞快地俯身、低头,在江年的嘴角偷亲了一口。而后他又迅速地直起身子,装作刚才什么事都没发生过一样,自然而然地牵起女孩子的手继续往前走去。

大清早在人来人往的街道上,被陆泽这么偷亲了一口,刚才还喜滋滋的江年同学瞬间愣住了。

尤其是注意到刚才从他们身边走过的人,边走边回头看他们,嘴角还挂着笑容的时候,脸皮向来很薄的江年同学更是羞得无地自容。

她掐了掐陆泽的手腕:"流氓!"

"流氓?"陆泽回头看了她一眼。

江年将头仰得高高的:"对,就是流氓!"

陆泽若有所思地点了点头,而后再次飞快地亲了江年一下:"行,流氓就流氓,反正流氓有女朋友就够了。"

江年简直都要被陆泽给惊呆了。

旁边的路人更是频频回头看他们两个人,江年甚至能听到两个路过的女孩子在低声讨论他们。

"我的天,那个男生好帅啊!他看他女朋友的神情简直温柔到要化了。"

"对啊,而且当街亲亲,他还像是偷吻一样,也真的……太甜了吧!"

江年瞋了陆泽一眼:"你怎么可以这样子?!"

陆泽丝毫没有愧疚感,甚至不忘在心里想:他的女朋友的嘴唇,可真是又软又甜。

被陆泽牵着手走进教室里,听到教室里的同学响彻云霄的起哄声时，江年更是想挖个地洞把自己给埋起来。

谢明率先叫了起来："泽哥可以啊！泽哥牛！"然后谢明不忘对着江年谄媚地说："小嫂子牛！"

江年："……"

陆泽笑着踹了谢明一脚："正经点儿，年年都不好意思了。"

"是，是，是，我错了，我错了。江年，你可千万别怪罪我，要不然泽哥会揍我的！"

江年也就害羞了那么几秒钟，就变得坦荡了，笑看着谢明跟段继鑫他们起哄耍宝，只觉得一切很美好。

怎么办呀，还没有彻底离开这里，她就已经开始怀念了。

说是来学校领成绩单，倒不如说是大家一起找个机会玩。

中午的时候，班里的几个老师跟着他们一起去吃了饭。

这个时候就体现出了班里人少的好处，他们弄了一个大包间，两桌就坐下了所有人。

席间热闹得不得了，众人觥筹交错，全都是各式各样的祝福和恭贺声。

大家好像都考得不错，就算有发挥得不如意的，也已经调节过来了。

毕竟不管过去怎么样，大家总是要朝前看的。

下午大家又一起去了KTV，边唱歌边玩桌游边聊天。

KTV的老板也对这种高三毕业生一起来玩耍的情景习以为常，甚至在贺嘉阳去点单的时候开了句玩笑："刚高考完哪？"

贺嘉阳点头。

老板笑着给贺嘉阳出示了一个牌子。

"20人以上高三毕业生同行，半数以上拿到600分以上的成绩，本单五折；全部600分以上，本单三折；出现第一名，本单一折。"

贺嘉阳简直都要震惊了："老板，您这是……？"

KTV的老板笑着摆了摆手："做生意嘛，不过我这段时间还真没打折成功过，你们怎么样？"

贺嘉阳飞快地把正跟江年聊天的陆泽拉了过来，到了柜台前："老板！您这简直是白送啊！陆泽，认识吗？今年的理科第一名！"

生怕老板不信，贺嘉阳迅速地调出了之前的新闻给老板看。

老板："……"

这么低概率的事，都能让他给碰着？！

旁边的大堂经理忍不住笑出了声。

这是他又一次充分地认识到，什么叫"智商就是金钱"。

好像前不久，他们还在上一届的毕业晚会上看到了徐临青。

这么快，这就是属于他们的毕业晚会了。

江年神情有些恍惚。

如雷的掌声突然将江年彻底淹没，她停下跟姜诗蓝的闲聊，朝台上看去。

主持人还在报幕："让我们掌声欢迎今年的优秀毕业生陆泽上台表演！"

本就热闹的礼堂，这一刻更是人声鼎沸，夹杂着无数人的尖叫声。

江年蓦地觉得骄傲起来，把手心都拍红了，礼堂的灯光也暗了下来。

那个穿着浅蓝色上衣的少年抱着吉他，一步一步走到舞台中央，享受着所有人的顶礼膜拜。

陆泽一贯慵懒而潇洒，朝着台下点头致意，清朗的嗓音透过麦克风在礼堂里响起："大家晚上好，我是陆泽。"

"啊啊啊——"

江年分明听到了台下女孩子控制不住的尖叫声。

而台上的那个少年一点儿骄傲的感觉都没有，好像这份殊荣本就是他应得的，他也好像早已习惯了一样。

江年突然就生出了一种奇怪的虚荣感。

看，那么多人爱慕、敬仰的陆泽，只喜欢她。

甚至这个时候，陆泽站在台上，眼里也只有她。

陆泽抬眸笑了笑:"今天给大家弹唱一首我喜欢的歌吧,叫《只只》。也把这首歌献给我最喜欢并且永远喜欢的女孩子,谢谢你答应和我在一起。"

本来在众人眼里堪称神坛人物的少年突然这么温柔似水,简直惊愣了无数人。

哪怕陆泽并没有说女孩子是谁,江年还是觉得一瞬间,礼堂里几乎半数的目光集中在了自己身上。

她抬着头,看着台上的男生张了张嘴,用口型对自己说道:"年年,我喜欢你。"

男生一字一顿,温柔缱绻。

音乐响起。

雨下过后的屋檐,

猫坐在路边,

你吹着风,

不说话就很甜。

.............

干净温柔的歌词,配上少年干净温柔的嗓音,江年只觉得自己的心脏就要跳出来了一样。

她抿着唇,嘴角完全抑制不住地上扬。

江年看着陆泽,突然就在想:她好像终于知道了什么叫"满眼星辰"。

"泽哥!你刚才真的太帅了!"

结束后,小姑娘像只蝴蝶一般跑到了后台,还拿着一捧花,眼眸灿若繁星。

陆泽一把将温温软软的小姑娘抱在了怀里。

江年忍不住想:世界上可能有很多很多个江年,她们胆怯、害羞、敏感,却仍对这个世界满是希望。

但也只有我这个江年，幸运地遇上了你啊，泽哥。

真好。

"泽哥，"江年突然撤开了一点儿距离，"我突然想起来，我们认识这么久，你好像都没跟我做过自我介绍呢。明明你那么早就认识我了！"

这么说来好像也是。

陆泽低眉敛目，而后思索了一下。

如果再给他一次机会，他一定会在第一次见到江年的时候，就走上前去，跟江年做一个自我介绍。

不过好像现在也不算太晚，也幸好江年还在他的怀里。

陆泽用舌头顶了顶后槽牙，看了看面前的女孩子。

悦耳的男声仿佛清水穿石。

"那再认识一次。你好，我叫陆泽，优点好像有挺多，爱好是江年。嘿，甜心。"

他的甜心笑了笑。

"你好，陆泽。"

两个人相视一笑。

"那……请多关照。"

出了高考成绩、开了毕业晚会，又火速报考完学校之后，江年就彻底清闲下来。

不过拜她的男朋友所赐，江年有生之年也有幸知道被清华、北大招生办轮番抢人是什么样的体验了……

大概就是，高考成绩还没彻底公布的时候，清北招生办公室的人已经拿到了各地高考第一名的考生的成绩单，而后陆泽就这么接到了电话。

当时陆泽正陪着江年用笔记本电脑看电影，看到精彩处，江年不停点头附和弹幕："呜呜呜，对！男主角真的太帅了！啊啊啊！"

陆泽瞥了一眼屏幕上男主角放大的脸，心里也附和自家女朋友的看法，觉得的确挺帅的，面上却撇了撇嘴："有我帅吗？"

375

小姑娘还眼睛放光地看着男主角，无暇搭理他。

陆泽越发不满了，凑过去，试图靠亲一口女朋友来挽回自家女朋友对自己的注意力。

只是他还没完成动作，电话就响了。

陆泽皱了皱眉头，看了一眼自己的手机，是个陌生的座机号码来电，开头的区号是"010"。

哟，现在的诈骗电话都用B市座机打来了？

陆泽毫不犹豫地挂掉了电话，继续朝江年凑近，试图完成自己刚才未完成的动作。

电话又响了起来。

这下，江年不满了，暂停电影，看向陆泽："泽哥，接电话啦！"

谁的话他都能不听，自家女朋友的话不能不听。

陆泽懒懒地瞥了一眼同一个座机打过来的电话，周身弥漫着"我很不想接，最好不是诈骗电话"的气息。

陆泽纤长的食指在手机屏幕上滑了一下，电话就被接通了。

陆泽按下免提键，懒懒地靠在了沙发上，就连声音都是又闷又散漫的："喂？"

电话那边的人似乎震惊于自己这次竟然打通了电话，微微愣过之后，连忙开口道："喂，你好，请问是陆泽同学吗？"

陆泽的眉头皱得更紧了一点儿。

可以啊，现在的诈骗犯都直呼名字了？

陆泽没什么兴趣陪对方玩下去，随意否认道："对不起，我不是，你打错电话了。"

说完他就准备挂掉电话，继续陪自家女朋友看电影。

谁知道对方像是早有准备一样："等等，陆泽同学！我知道这是你的电话，我们向你们省的招生办确认了很多遍。是不是北大的人先打通了你的电话，让你不要接我们的电话，接了也说你不是陆泽，打错了电话之类的？我们真的很有诚意。我们也看了你的简历，我们清华绝对是比北大更适合你的！"

· 376 ·

对方将这一串话说得熟练无比，中间都像是没有标点符号一样，紧凑又急促，压根儿没有给陆泽挂电话的机会。

听完这段话之后，陆泽稍稍愣住了。

他跟江年对视了一眼，两个人的眼神都震惊不已。

久久没有听到这边的回应，清华招生办的老师更加紧张了："喂？陆泽同学，你还在吗？真的很希望你考虑一下我们清华。你是理科生，我们看你的经历，你也明显是对工科相关学科更感兴趣的。计算机、机械类以及土木建筑等专业都是我们的优势专业，可以给你最好的师资力量。不像北大，整个学校只有一个工学院……"

又一口气说了很多话，清华招生办的老师还是没听到对面的声音，只以为陆泽已经提前被北大联系好了，确定不来清华了，只能叹了一口气，决定尊重考生的意愿："行吧，陆泽同学，如果你真的确定好了的话，我们也会尊重你的意愿。不过我们还是希望你可以再考虑一下，专业可以随你挑选的。"

陆泽都有些蒙了："我决定报考清华了呀。"

这一直都是他高中时期没变的目标啊，怎么听这个老师的意思，好像自己肯定不会去清华一样？

清华老师："唉，行吧，陆泽同学，你决定了报考北大那就报考北大吧……等等，你说啥？"

她是不是幻听了？！

陆泽就重复了一遍："我会报清华的。"

我的天！

清华招生办的老师只觉得自己被一个突然掉下来的馅饼砸中了，头一阵一阵地发晕。

还没晕完，她就赶忙回过神来："好的，好的，陆泽同学，再次恭喜你，也很欢迎你报考清华大学！我们可说好了啊，你可不要临时变卦。到时候北大招生办的人给你打电话，你就说自己已经确定考清华了，不管对方说什么你都不要心动！我们的食堂和宿舍比北大的好多了！"

她语速很快,"噼里啪啦"交代了一大通,而后想了想还是不放心:"陆泽同学,如果北大的人打电话给你,你就说自己不是陆泽,然后挂掉电话就行了!"

陆泽:"……"

江年:"……"

等陆泽挂了电话后,江年同学还沉浸在这种冲击感中无法回过神来。

看看,这就是自己跟人家学神的差距。

呜呜呜,她好酸!

好不容易挂了电话,陆泽一瞥,就看到了委屈巴巴地噘着嘴的小姑娘。

他刚才还无波无澜的双眼里瞬间就有了笑意。

他飞快地凑过去,在女孩子的嘴巴上亲了一口。

偷了一口香的陆大少爷简直满意得尾巴都快要翘起来了。

他眯了眯眼睛,而后伸手摸了摸江年的头发,再次被那软软的触感惊艳到了。

江年也就是装了装委屈。

陆泽考得好,她比谁都高兴。


本来以为自己已经说清楚了要报考清华,就没什么麻烦的事情了,但是陆泽后来发现,是他低估了清北招生办老师在历届高考抢人大战中磨炼出来的坚强意志。

傍晚的时候,陆泽跟江年一起出去吃饭,然后就接到了北大招生办老师打来的电话。

"喂?你好,是陆泽同学吗?"

几乎是一模一样的开场白,北大招生办老师似乎压根儿没打算给陆泽开口的机会,就准备继续滔滔不绝地说下去。

陆泽强行插话,努力争取不让对方在自己身上浪费时间:"老师,你好,我已经决定报考清华了。"

他本来以为说到这里，电话就差不多该挂了。

但是，北大招生办的老师没有一丁点儿被阻挠的样子："没事，没事，陆泽同学，你听老师说啊。老师知道你是理科生，但是其实我们北大的理科真的超级强大的，数学、物理这种基础学科都特别特别好，或者如果你想学经济的话，也可以来……"

好不容易挂了北大招生办老师的电话，陆泽就又接到了清华招生办老师的电话。

"喂，陆泽同学啊，北大招生办老师是不是给你打电话了？……对，听老师的，千万不要听他们说的话……"

总而言之，北大招生办老师打完电话清华招生办老师打，他挂了这个电话那个就又打来了。

陆泽默默关了手机。

然后江年的手机就响了起来，她看了一眼自己的手机屏幕上的来电提醒："姚老师的电话。"

她接了起来，果不其然，姚老师是找陆泽的。

"陆泽啊，你快把手机开机！清北招生办的老师给你打电话都打不通，你这孩子，真是的……"

…………


总而言之，两天过去后，江年同学看向陆大少爷的眼神已经从一开始的羡慕忌妒恨，变成了满满的同情。

陆泽同学太惨了，真的太惨了……

不过，说实话，她也挺想这么惨的。

再然后，等陆泽的手机终于风平浪静的时候，江年的手机响了起来。

看到同样的"010"开头的座机号码，江年都震惊了。

"泽哥，现在招生办的人都这么强大了吗？他们给你打电话你不一定接，都开始给我打了？！"

不能怪江年多想，实在是她发现，自从自己跟陆泽在一起之后，就莫名其妙地多出了很多打她的电话找陆泽的人……

她是个传达室吗？！

江年一脸蒙地接了电话，嗓音温温软软的："喂，老师，你要找陆泽吗？"

然后她就做好了把电话给陆泽的准备。

"陆泽？"那个女老师蒙了一下，"啊，江年同学，你该不会认识陆泽同学吧？！"

对方竟然还知道自己的名字！

江年还没来得及说话，就被陆泽抢了先："对，江年是我的女朋友。"

女老师非常不合时宜，甚至不太礼貌，但是完全压抑不住情绪地冒出了一句："我去！"

她甚至一时间忘记了自己刚才打电话过来的目的是什么："真的吗？！江年同学，你跟陆泽同学在一起吗？！"

江年："……"

对方不知道他们的关系的话，给自己打电话干吗？

女老师迅速地收起自己的八卦心："这样好啊！这样好！江年同学，陆泽同学已经决定来清华了，你也一起过来多好。真好啊，情侣都考这么高的分。"

江年真的愣住了。

这个电话是打给自己的？

然后，江年就体验了一下前两天陆泽的心情。

被清北招生办的老师轮流打电话的体验……还挺爽的！

不过……

"老师，我已经决定去北大了，我想学语言类的专业。"

女老师丝毫没有被打击到，仍然兴致勃勃地说："哎呀，我刚才在网上看了一下陆泽同学跟江年同学的照片，帅气、漂亮——郎才女貌！"

江年："……"

陆泽:"……"

老师,您这么八卦真的好吗?

女老师还在感慨:"传奇啊传奇。"

你说怎么有人恋爱、学习两不误,还都长得这么好看呢?!

在静静等待录取通知书的这段时间里,江年简直都要玩疯了,甚至连她高三前立下的"高考完就好好写稿子"的目标都忘得一干二净。

而且,跟着陆泽一起玩更是让江年发现了很多以前压根儿没注意的新世界。

比如江年从来不曾体验过玩游戏的快感,主要是因为她玩游戏真的很菜……偶尔图新奇尝试一下当红游戏,她总是刚进去就被虐到直接放弃游戏。

所以,游戏这个领域,一直都是江年不肯再涉足的痛。

但是,现在有陆泽在了啊!

就陆泽那种玩游戏的技术,他带着江年一起玩简直像是……玩一样。

不管什么游戏,无论是考验智商还是考验操作的,陆泽通通不在话下,玩得那叫一个厉害,直把江年给看得目瞪口呆。

江年今天照例上午睡了个懒觉,起来换了衣服。

出了房间,她就看到江妈妈在客厅里熨着衣服。看到江年出来,江妈妈笑了笑:"起来了?"

江年有些不好意思地点了点头。

自从高考完之后,她简直是天天睡懒觉,睡得天昏地暗。

偏偏她爸妈还都觉得她高中太辛苦了,所以这么一个难得的假期,都没有试图叫她起床。

睡懒觉是很舒服,可是这种偶尔生出来的荒废光阴的愧疚感,还是让江年有点儿心虚。

当然,她也就心虚那么一下子。

她挨着江妈妈坐了下来:"妈,你这是在熨什么衣服啊?"

"爸妈今天要去参加高中同学会,我把要穿的衣服熨一下。"江妈妈头也没抬地回答道,"哦,对了,爸妈今天中午和晚上都不回来吃饭了,你自己解决一下午餐和晚餐吧。去找诗蓝或者书南,或者找阿泽解决一下。"

江年:"……"

行吧。

高考完之后,江年就觉得自己在家里的地位一落千丈了。

高考之前,江爸爸、江妈妈三天两头想着给她加餐,生怕她吃得不好穿得不好,还怕她心理压力大。

高考之后呢?

工作日就不说了,好不容易碰上个周末,江爸爸、江妈妈一定会有事出去,并且不带她。

上周是"年年,我跟你爸爸去周边的城市玩一下",这周是"爸妈要去参加同学聚会",下周又是"老同学生了二胎,我们过去吃顿饭"。

总而言之,她是死是活他们都不管了。

江年哀怨地叹了一口气:"我知道了,妈。"

她驾轻就熟地到了陆泽家里,陆泽习以为常:"叔叔阿姨又不管你了?"

江年点了点头。

陆泽笑了笑,围上围裙就往厨房走去:"中午想吃什么?"

江年屁颠屁颠地跟过去,然后看着陆泽在厨房里忙碌,忍不住走到他背后抱住了他的腰:"泽哥,你对我可真好。"

陆泽对女孩子的亲近举动满意得不得了。

中午两个人照例开开心心地吃了饭,陆泽看着江年连打了三个哈欠,笑道:"去睡会儿午觉吧?"

江年困得都快睁不开眼了,乖巧地点了点头:"我下午想跟谢明他们一起联机玩游戏!"

陆泽表示同意:"好的。"

江年是被一阵门铃声给吵醒的,而后听见了陆泽的声音,他说:"年年,醒了吗?去开一下门吧,我在卫生间里。"

江年迷迷糊糊地应了一声，而后揉着眼睛就往门口走去。

"谁呀？"刚睡醒的声音都是软软的，江年又揉了揉眼，而后打开了门。

宝贝想妈妈了吗？！"

一阵声音猛地在江年面前炸开，人像是突然扑进来的一样。

江年："……"

女人已经抱住了江年，香气全萦绕在江年的鼻间。

直到这个时候，女人才猛然发现自己抱着的人身高和体形都不对劲，而且怀里的人过于柔软，一点儿都不像她那身体健硕的儿子。

她稍微撤开了一点儿距离，看了看自己抱着的人——女孩子？

江年揉了揉鼻子，一脸尴尬的表情。

她实在没想到自己第一次见到陆泽的妈妈是在这样的情境下。她刚从陆泽家里睡醒，衣服和头发都不算很整齐，脸上甚至带着一些茫然的睡意。

江年迅速地扒拉了两下头发，而后礼貌无比地打招呼："阿姨好！"

她边打招呼，边忍不住忐忑地抬头偷瞄了一眼陆泽的妈妈。

陆泽的妈妈刚才还一脸困惑的样子，现在听到女孩子的声音，立马眼睛一亮："年年是吧？你来我们家玩了？真乖！"

压根儿没等江年说话，陆泽的妈妈就回头叫了一句："老公！老公！快来，快来，见见我们未来的儿媳妇。她可真乖，一看就特别懂事。真不知道我们家阿泽怎么把小姑娘给骗到手的！"

江年："……"

陆……陆泽的妈妈，好像跟自己想的不是特别一样……

她们说话的工夫，陆泽已经从卫生间里出来了。

他似乎刚洗完手。陆泽向来没有用毛巾擦手的习惯，就等着它自然风干。

陆泽甩动着手上的水珠，似乎有点儿纳闷儿江年怎么还没有回来，边往这边走边随意地开口问道："年年，谁啊？"

"爸、妈？！"陆泽都震惊了。

陆泽的妈妈又像刚才那样招呼他："是呀，宝贝想妈妈了吗？"

江年有些不知道该说什么，想了想，还是主动笑道："阿姨，我来帮你拿行李吧。"

陆泽到底是怎么跟他爸妈处得那么好，天天谈笑风生的？

直到坐在沙发上，江年还觉得客厅里的氛围有点儿尴尬。

但是显然，陆泽的妈妈倒是一点儿都不觉得尴尬。

她坐在江年旁边，亲切热情得不得了："年年哪，阿泽受你的照顾太多了。阿姨早就听说你的名字了，现在可终于见到真人了。"

江年乖巧地笑了笑："阿姨，您言重了，是我受泽哥的照顾比较多。高三的时候，泽哥还一直辅导我做题呢。"

"应该的，应该的，"陆泽的妈妈笑得一脸开心，"阿泽成绩好，辅导你做题都是应该的。阿姨听说了，年年，你高考考得也很好，真是乖孩子。"

她又扭头瞥了一眼陆泽："嗐，年年，你都不知道啊，阿泽刚升高中的时候，我们就跟他说让他多参加点儿竞赛什么的，然后大学就出去读。本来他应得好好的，结果高一有一次突然就跟我们说，他不出去读大学了，说要留在国内读。"

江年愣了愣，也扭过头看向了陆泽。

陆泽懒懒地靠在沙发上，大长腿伸展开，神色却有些无奈："妈，你跟年年说这些事干吗？"

本来吧，因为他的爸妈长期在国外，陆泽觉得出去读大学也没什么，虽然自己早就习惯了一个人待在国内的生活。

但是后来他觉得，果然还是留在国内好。

总有一些值得你留恋的人的。

江年抿了抿唇，想说什么，还是没有说出来。

"行，行，行，你不让我说我就不说了。"陆泽的妈妈也不生气，"我跟你爸爸也就是抽空回来看看你，过一段时间就回去了。"

"嗯，我知道了。"陆泽很随意地点头。

他从小就习惯了爸妈匆忙地回来，再匆忙地走，独立自主惯了也就不觉得有什么了。

因为家里的生意，爸妈长期待在国外忙忙碌碌的，聚少离多他都是可以理解的。

江年却觉得有点儿惊讶："叔叔、阿姨，你们这么快就又要走了吗？"

陆泽的爸妈沉默了一下，才回道："嗯，那边的生意实在走不开。"

他们也不是没想过让陆泽跟着他们一起去国外读书生活，但是陆泽向来有主见，他们也劝不动。

只是……没能像其他父母那样经常陪着孩子，他们多少还是有点儿愧疚的。

所以他们对陆泽从来都是放任自主的，他想做什么他们都不阻拦。

江年又抿了抿唇。

陆泽的爸妈都是极好相处的人，江年又乖巧懂事，向来很得长辈的喜欢。

所以江年这突如其来的"见家长"，倒是慌慌张张地开场，过程和结局都挺不错的。

陆泽的妈妈甚至要给江年塞红包，被她拼命拒绝了之后还一脸遗憾的样子："那年年想要什么直接跟阿泽说就行，让阿泽给你买。阿泽的钱可多了，你别想着给他省钱。"

"妈，"陆泽笑了笑，"不要说得好像我对我的女朋友很不好一样，真是的。"

江年也一阵好笑。

陆泽的爸妈跟陆泽虽说相处的时间并不长，但是看得出他的爸妈都很疼他，他们相处也很平等，就像是朋友一样。

又聊了一会儿，陆泽的爸妈就回房间里睡觉调时差去了。

看到他们上楼了，江年忍不住松了一口气。

虽说他们对自己特别热情亲切，但江年还是提心吊胆得不得了，生怕他们不喜欢自己。

陆泽看着女孩子的表现，好笑地揉了揉她的头发："这么紧张吗？"

不过江年紧张也是好事，陆泽点了点头，这说明自家女朋友很想被自己的父母喜欢。

却不想，江年抬头看了看他，并没有回答他的问题，只是直勾勾地盯着他。

陆泽就有点儿受不住了。

以前名不正言不顺就算了，他还能克制一下自己。

现在，怀里离得这么近、直直地盯着自己的，就是自家女朋友，陆泽觉得自己要是能忍住那才奇怪了。

他低了低头，想亲一下江年，但是没想到……

江年猛地抬起头来，主动亲了一下陆泽的嘴角。

第一次被女孩子主动亲了一下，饶是陆泽都愣住了。

江年到底脸皮薄，主动亲近归主动亲近，还是害羞的。

她猛地把脸埋进了陆泽的怀里。

而后，陆泽就听到女孩子的声音闷闷地传了出来。

"泽哥，你不要难过，我会一直一直陪在你身边的。"

陆泽愣了一下，才反应过来江年说的是他父母的事情。

他抿了抿唇，只觉得心都要化掉了。

陆泽其实很早就习惯了，也不算难过，但是……听到江年这么说，他还是想着，他真的有这个世界上最好最好的女朋友。

他可真幸运。

## 第十七章
## 甜蜜糖果

八月，是开学的季节，也是江年第一次一个人离开家去外面读书的时节。

作为一个土生土长的南方人，江年这么多年的活动范围几乎都不怎么涉及帝都那么北的地方。

"年年，这个喷雾也给你放进行李箱里……"江妈妈边收拾东西边嘱咐江年，"北方比南方干很多，你最初去那里肯定会觉得不适应的，有什么不舒服的地方就跟妈妈说。"

江年边啃着苹果边蹲在一旁看妈妈收拾："妈，喷雾过不去安检。"

江妈妈一拍脑袋，懊恼无比："你看我这脑子。那回头妈妈给你寄过去吧，或者你到那里再买也行。一个人出门在外，不要太怕花钱。"江妈妈又想起来什么，顿了顿，继续说，"阿泽的父母都不在家里，是不是没人帮他收拾东西呀？回头妈妈列个清单，你给阿泽带过去，让他别忘了什么东西。"

江年又啃了一口苹果，抱怨："妈，你到底是谁的妈妈呀？！"

"你这丫头，天天吃人家阿泽做的饭时怎么不问我是谁的妈妈呀？"江妈妈白了自己的女儿一眼，然后又起身去帮江年找东西。

这个暑假，江爸爸、江妈妈一提起江年读大学就笑得合不拢嘴。

不管他们去哪里，只要别人一提起"欸，你们女儿今年是不是高考呀？"这个话题，他们就开始故作谦虚地说："别提了，我女儿高考考得不好。"

别人就会讪讪地笑两下，然后偏偏又很感兴趣："那怎么样？能走个二本吗？"

江妈妈会更加"谦虚"地摆手："走了个普通一本。"

"普通一本？可以啊！哪个一本？"别人继续好奇，"远大走得了吗？"

远大，也就是远城大学，是远城当地还不错的一所一本院校。远城不是省会，这所学校对自己省的人招生降分力度还挺大的。

别人可能也就是这么随口一问，毕竟江妈妈都说了，普通一本嘛，要是远大走得了，那就直接说远大的名字了。

问的人忍不住思考：啧，之前还听说江家这个女儿成绩挺好的，不是还在明礼重点班吗？只能走个普通一本？

然后，江妈妈再次"谦虚"一笑："走了北大。"

"……"

一开始的时候吧……江年还会吐槽，不忘认真地叮嘱："爸、妈，你们别到处跟别人说我的高考成绩。万一人家家里孩子也快高考了，你们这不是拉仇恨吗？"

江爸爸、江妈妈嘴上应得好好的，但是江年很快就发现了，所有认识不认识的、相熟的不相熟的亲戚，爸爸妈妈的各位同事领导，全都知道她考了六百九十多分，考上了北大。

江年说了几次，发现还是劝不动自己的爸妈后也就随他们去了。

算了，她向来不是一个多么固执己见的人。而且她一开始好好学习不就是图个爸妈开心吗？

现在，爸妈开心地炫耀两句，她拦不住也就……不拦了。

爸妈这么开心了一个假期之后，还特地在她开学的时候请了假，说要送她跟陆泽去学校。

江年倒是没说什么，反正也觉得自己一个人搞不定那么多行李。

身为一个女孩子,她出门一趟真的太不容易了。

"年年,以后我就没办法天天跟你吃饭了。"姜诗蓝再次打电话过来哭诉,"早知道我也报帝都的学校……你们好几个人去了那里,你还肯定会有新朋友,过不了多久就会忘了我的!"

江年默默地在小本子上画上"正"字。

好的,这已经是姜诗蓝这个暑假第二十一次跟她哭诉了。

江年继续默默地啃苹果,不讲话。

姜诗蓝哭诉得就更厉害了:"呜呜呜,年年,你果然有了男朋友后就不喜欢我了!你之前还会哄我的,现在理都不理我,呜呜呜!"

江年:"……"

失恋的女人可真难搞。

不过,她倒是真的佩服姜诗蓝的勇气。

姜诗蓝像往常一样,哭诉了一小会儿就自动停了下来,话题转移得飞快:"年年,贺嘉阳也在帝都,你们两个学校离得那么近,他肯定会经常跟陆泽一起玩,你一定得帮我看好他,多注意他的感情动向。他如果跟什么女孩子走得近了,你一定要告诉我!"

这项侦探行动,江年同学觉得自己已经堪称驾轻就熟了。

她一抬手,苹果核就精准无误地被投进了垃圾桶里。

江年随口应声:"我知道了,你放心吧,我觉得班长现在可能就是没什么心情谈恋爱。"

这么久了,江年一直都没有问当时姜诗蓝跟贺嘉阳告白到底说了什么,贺嘉阳又说了什么。

姜诗蓝不愿意提起那件事,江年也就当那件事没发生过。

反正……姜诗蓝也不会放弃的。

"年年!"江妈妈在门外敲了敲房门。江年跟姜诗蓝说了一声,就挂了电话。

"怎么了,妈?"

江妈妈手里拿着江年的那件夏天的短袖校服,前后都签着名字:"我打算去给你洗书包,在你的书包里翻到了你的校服,要给你洗吗?"

江年迅速地摇头:"不用了,不用了,这都是我同学签给我的名字呢,你洗了就没了。别洗了,反正我以后应该也不会穿了。"

江妈妈应了一声,把衣服递给江年:"那你收好。"说完江妈妈就准备往外走,又想起来什么,"你同学还真挺有意思的,我看了看,还有一个签了一串字母,但又不是英语,也不知道是什么意思。"

江年有些奇怪地展开短袖看了看。

她高考完那天下午,回家迅速地换了件衣服,随手把短袖塞进书包里就跟班里人一起出去玩了,压根儿没来得及看上面到底签了些什么。

这么一看,江年还真发现了江妈妈说的那一串字母。

字母是签在背后的,那就是个男生签的。

那的确不是英语,是江年也不认识的一串字符,没有落款。

江年拿着T恤衫回了房间,盯着那串字母半天。

  S'agapo。

江年抿了抿唇。

其实她只要把这串字符输进搜索引擎的搜索框里,搜索一下,就能知道这串字符究竟是什么意思了。

甚至她只要对着班里人的名字逐个排除一下,也就差不多能确定下来这是谁写的。

但是……

她又抿了抿唇,而后将短袖T恤衫叠了起来,放进了自己的柜子里。

如果对方没有说出什么,甚至没有落款,那肯定不想让她知道吧。

那她就……装作什么都不知道吧。

收到通知书比别人早的人,就意味着开学也比别人早……

尤其是很多选择在南方读大学的同学还在享受自己至少还有半个月的漫长暑假时,江年已经早早地提着行李箱,坐上了去帝都的高铁。

她苦不堪言。

北大的报到日比清华的还要早几天,所以江年报到这天,是江爸爸、江妈妈带上陆泽,一起陪江年来的。

陆泽虽然并没有经历过大学报到流程,但是他超级强大的处事能力在这个时候发挥了作用。

天气炎热,陆泽跑去买了几瓶冰水,递给江爸爸、江妈妈,而后笑道:"叔叔阿姨,你们找个树荫处凉快一会儿吧。这里的地理位置我还算清楚,手续我陪年年去办就行,你们帮年年看着行李就好。"

江妈妈还有些不放心:"真的可以吗?这也太麻烦你了,阿泽。"

陆泽笑得温和,哪里还有平时那懒散高冷的样子?

"没事,年年的事怎么能算麻烦我呢?"

而后,他从自己背着的包里拿出防晒喷雾,帮江年喷了一下。

江爸爸、江妈妈就看着自家女儿熟练无比地迎合着喷雾,好像早已经习惯了被陆泽照顾一样。

陆泽又翻出伞来,帮江年打着:"走吧。"

江年乖乖巧巧地点头,仰着头冲陆泽笑了笑。

江爸爸、江妈妈对视了一眼,都有些感慨。

说实话,一开始知道江年恋爱了,他们当父母的哪里有不担心的?

尤其是被他们捧在手心里养大的女儿,年纪还这么小,就被一个男生拐走了。

这要是恋爱过程中碰到什么伤心事,年年哪里受得了?

只不过……陆泽实在是无可挑剔。

而且陆泽对自家女儿真的照顾得事无巨细,明明看上去不像是一个会照顾别人的男生,做起这些事来却顺手得不得了。

连陆泽对他们的态度,都让他们无话可说。

"这边,"陆泽拉着女孩子的手,"你这么不认路,以后该怎么办?"

江年撇了撇嘴:"我很快就能认路了好吧!"

她正说着话,迎面走来了一个穿着校会T恤衫、戴着帽子的女孩子。

女孩子挺漂亮的,可能是因为天气炎热,脸还有些红。

"学弟学妹是要报到吗?哪个院系的呢?"

江年礼貌无比:"外国语学院的。"

女孩子指了指路，正准备说话，瞥了一眼陆泽的脸，眼里迅地速闪过一丝惊艳之色，而后笑道:"那走这边哟。"

江年道了声谢，就准备跟陆泽一起离开。

女孩子咬了咬下唇，又叫住了他们。

只不过这次，她没有再看江年，而是直直地看向了陆泽:"学弟要不要考虑一下加入我们校学生会呢？我是组织部的部长，我们校学生会很有趣也很能锻炼人的。如果学弟有想法的话，不妨加一下微信，有什么事情都可以直接问我的。"

陆泽懒懒地抬眸，瞥了一眼女孩子，然后就低下头，从自己的口袋里拿出卫生纸:"擦擦汗。"

女孩子脸色一喜，正准备伸手接过卫生纸，就看见陆泽转过身，拿着纸巾，为他旁边那个漂亮的女生擦拭着额头上的汗珠。

俊朗的男生整个人都懒懒散散的，透着一种说不出的潇洒，怎么看怎么好看，却只有在看向他旁边的女生时，神色才流露出满满的温柔之意，就连擦汗的动作，都轻柔得像是在触碰什么绝世宝贝一般。

帮江年擦完汗后，陆泽又转过身，这次却连一个眼神都懒得分给女孩子了。

"不好意思，我不是这个学校的学生，只是陪我的女朋友来报到的。"

他的声音很好听，只是女孩子怎么听都觉得有点儿凉薄。

他又看向了江年，声音低沉缱绻:"渴吗？热不热？"

这个校学生会的学姐还有什么不明白的？

江年想:她男朋友可真招人。

报到手续其实办得挺快的，而且有陆泽这样的神仙男朋友在，江年几乎不需要费心做什么事情。

陆泽会告诉她往哪里签字，她乖乖地签字就可以了，省心得不得了。

就连负责报到的那两个学长、学姐都快被陆泽这事无巨细的服务架势给震惊到了:"学妹，你的男朋友有点儿牛哟。"

旁边一个学姐也忍不住笑道:"何止有点儿牛，还有点儿帅哟。"

江年抿了抿唇，有点儿不好意思地笑了笑。

报到完，江年陪着江爸爸、江妈妈在帝都到处逛了逛，然后就开始了自己的军训生活。

北大今年的军训，再次延续了往年的传统——把他们全部拉去怀柔军训基地训练。

也就是说，至少半个月，她都见不到陆泽了。

陆大少爷对此表示强烈不满。

当然，他再不满也没有办法，江年同学好生安抚了一下自己的男朋友，就跟大家一起去了怀柔军训基地。

军训这种事情，江年上次经历还是在高一的时候。

高一军训只有一周，这里却足足要训练半个月，而且食宿条件都不怎么好。

每天涂了厚厚的防晒霜，江年却还是觉得压根儿抵不过帝都这可怕的烈日。

照例冲完澡，江年拿着手机就往外面走，然后开始给陆泽打电话。

陆泽几乎一秒接通电话。

"喂？"女孩子漂亮的脸出现在屏幕里。

陆泽抿唇："嗯，我在。今天累吗？"

通完电话，江年就连往回走都是蹦蹦跳跳的，哼着歌，一看就是心情好得不得了。

她一回宿舍，三个室友都齐齐扭过头看向了她。

对铺的室友是个大大咧咧的东北女孩儿，性格很是直爽，叫耿垚垚。

江年特别喜欢跟这种直来直去、相处不需要费神的人交往，所以两个人处得很不错。

看江年开开心心地回来了，耿垚垚吐出瓜子皮，一脸打趣的表情："年年，又去跟男朋友打电话了？"

有男朋友这种事情，江年从来没打算瞒着别人。

再加上每天晚上江年都一定会出门打电话，回来的时候脸上是怎么都掩盖不住的开心神色,就算她没有明说,室友们也都知道她有男朋友了。

江年有些不好意思地吐了吐舌头笑了笑,而后点了点头。

邻铺的室友则是一个南方女孩儿,比江年还"南"的那种,性格却算不上特别温婉,叫彭姝,长得很是漂亮。

彭姝照了照镜子,敷上面膜,转过头来:"年年,你的男朋友不是我们学校的吗?"

江年坐回椅子上,点头:"嗯,他不是我们学校的,是清华的。"

八卦是人类的天性,尤其是提到恋爱这种事情。

最后一个室友周月好奇地凑了过来:"学什么的呀?"

"学建筑的。"江年倒也没瞒着。

她高三的时候没问陆泽想学什么专业,最后还真没想到陆泽竟然跟贺嘉阳一起学了建筑,还特别巧合地又被分到了一个班,甚至被分到了同一个宿舍。

江年刚知道这事的时候就忍不住感慨:为什么她就没有这么好的运气呢?

彭姝更好奇了:"理工科的啊。我高中是学文科的,就记得理科班的男生都特别……直男,就是打扮什么的。年年,你的男朋友帅吗?"

这问题还用问吗?

江年认真地点头。

帅,陆泽当然帅。

想当初她一个"颜控",是怎么被陆泽吸引注意力的?

就是那张脸哪。

其他三个室友对视了一眼,都一脸怀疑的表情。

她们也不是没接触过这种成绩特别好的理工科男生,尤其是刚上大一的男生,他们连衣服都不怎么会穿,很多时候能做到干净斯文就很不错了。

大部分理工科男生,跟"帅"这个字都是没关系的吧?

偏偏江年觉得不够,又认真地思索了一下,而后歪了歪头,继续补充道："是真的，他特别帅。"

耿垚垚又嗑了一口瓜子，而后飞快地吐出瓜子皮："年年，你该不会是情人眼里出西施吧？"

江年撇了撇嘴，没再接话。

倒也不是她不想接话，只是脑子实在分不过神来。

高三暑假，因为江年经常拉着姜诗蓝和祁书南一起出来玩，姜诗蓝和祁书南也就自然而然地认识了。

自己两个最要好的闺密也能够相处得这么好，江年很是开心。

这个时候，她的企鹅群正在不停地闪着消息。

成功大女主培养基地-书南："年年，你们什么时候军训结束啊？我都快等不及去找你玩了。"

成功大女主培养基地-诗蓝："书南，你去找年年有什么用呀？你可别忘了，暑假期间，我们哪天想去找她，她不是都被陆泽霸占着吗？"

成功大女主培养基地-书南："别提了，我就没见过陆泽这么黏人的男生！江年，你家男朋友太黏人了！我甚至怀疑，就算我现在跟你在一个区里上学，我都见不到你几次。"

成功大女主培养基地-诗蓝："啊啊啊，你们都在首都！太过分了！我一个人真的太孤独寂寞了！呜呜呜，年年，你快告诉我，贺嘉阳现在怎么样？他那么帅，一进大学肯定有更多女孩子追他了。呜呜呜，我哭得好大声！"

…………

江年边忍不住笑边飞快地在九键上按动着，回复她们两个人的消息。

其他室友看到江年没有再八卦下去的兴趣，也就开始玩自己的手机、看自己的书了。

周月正滑动着鼠标逛着学校的论坛看今天的新八卦消息，看到一个帖子，不忘对着另外几个室友感慨："我的天哪，我又看到了隔壁学校那个徐临青学长的照片，他真的太帅、太优秀了！早知道我应该报隔壁学校的，这样也好近距离地接触一下徐临青学长。"

两个学校的校内论坛都是互相开放的，所以很多八卦消息是共通的。"

"欸，"周月又有些奇怪，"我看到有人说徐临青学长是远城的。年年，我记得你也是远城的，是吗？"

江年分出一点儿心思来："嗯，是。徐临青学长和我是同一个高中的。"

"哇！"一听这个消息，室友们全都激动起来，"真的吗？真的吗？！"

"不过……"耿垚垚叹了一口气，"我已经听我隔壁的同学说了，那个徐临青学长帅归帅，优秀归优秀，很多女生喜欢他，去表白都被拒绝得干净利落。我看我们还是远观一下就行，别凑上去当炮灰了。"

周月又滑了滑鼠标，而后"啧啧"感慨起来："说起来，今年清华有个大一新生也特别帅。你们来看看呢？"

彭姝跟耿垚垚都好奇地凑过去看了看，纷纷点头表示赞赏："帅，真的帅，是我的菜，不知道这个人有没有女朋友。"

彭姝猜测了一下："我觉得，他应该没有吧？能考上这里的人，高中应该都在好好学习，分不出什么心思谈恋爱吧？"

周月又看了看帖子的内容，神色更加奇怪了。

"怎么回事？"

耿垚垚赶忙凑过去看："我的天，年年，你们远城这么出帅哥的吗？！怎么有人说这个男生也是你们那里的？远城水土养人吗？年年，你也这么漂亮！"

江年正跟祁书南一起商量军训结束后出去玩的事情，随口应了一声："是吧，我们那里就是好看的人多！"

彭姝笑着扭过头："年年，那你认不认识这个人？这个人好帅啊，给我们介绍一下？"

江年歪了歪头："谁呀？"

"帅的人就连名字都这么好听，"周月单手撑脸，再次欣赏了一下论坛上的照片，而后报出名字来，"叫……陆泽。"

江年被姜诗蓝的哭诉逗笑了，而后心不在焉地回应周月："是挺好听的。"下一秒，她猛地回过神来，震惊地转过头看向了周月，"你说他叫啥？！"

周月被江年这突然的反应吓到了，忍不住拍了拍胸口，而后小心翼翼地说："陆泽。"

江年："……"

周月一脸茫然的表情："怎么了吗？年年，你反应怎么这么大呀？都吓到我了。"

耿垚垚又嗑了一颗瓜子，越琢磨越觉得奇怪："这个名字是挺好听的，但我怎么觉得听起来这么熟悉，好像在哪儿听到过一样呢？"

耿垚垚这么一说，彭姝也有些回过味来，对这个名字有了熟悉感。

拜自己挺不错的记忆力所赐，彭姝一拍脑袋，猛地瞪大了眼，直直地盯着江年："对了，年年，你的男朋友叫什么来着？！"

她好像记得江年隐隐约约提到过一次，现在想起来……

不会吧？

江年抿了抿唇："陆泽。"

耿垚垚："……"

彭姝："……"

周月："……"

宿舍里陷入了一片寂静中。

周月率先反应过来，连忙对着江年道歉："对不起啊，年年，我们真的不知道，也绝对不是故意对着你男朋友发花痴的！我们绝对没有一丁点儿的非分之想。年年，你千万不要介意！"

耿垚垚和彭姝也迅速地反应过来，立刻跟着周月一起给江年道歉："是的，是的，我们没有别的想法。年年，你不要放在心上！"

江年忍不住"扑哧"一声笑了出来。

她其实倒也没有多想，就是惊叹于这件事情如此巧合而已。

不过她想想也是，能够一入学就凭借着一张脸被很多人知道的人，也就她家帅出天际的泽哥了吧！

江年喜滋滋的，只觉得与有荣焉，看着三个室友一脸歉意的表情，不在意地摆了摆手："没关系啊，我的男朋友那么帅，我都习惯了。"

耿垚垚："……"

彭姝："……"

周月："……"

虽说江年说的是事实，但是这语气，她们听起来怎么就觉得这么欠揍呢？

而且，看来江年刚才真的没有骗她们。

江年的男朋友，何止是特别帅，那简直是帅得惊天动地好吗？！

大一刚开学的时候，课程还是比较轻松的。

陆泽懒懒地靠在椅子上，随意地翻看着刚发下来的厚厚一摞专业课书籍，然后再在书的扉页上潇洒地签下了自己的大名，字迹帅得不得了。

说起来，陆泽也没想到自己跟贺嘉阳竟然能被分到一个宿舍里，不过这样也好，倒是省去了不少麻烦。

陆泽虽然性格散漫，而且堪称高冷，甚至向来不怎么爱理人，在男生里面的人缘却奇迹般地很好。

贺嘉阳住在陆泽的对铺，上床下桌的格局很是舒服。

另外两张床位，一个男生是帝都本地人，叫李文昊，另一个室友是C市人，叫卓力，爱吃火锅爱吃辣，爱打麻将爱玩耍。

四个人倒是因为篮球和游戏这样的共同话题，很快相熟了起来。

陆泽戴着一个耳机，放着音乐，另一只耳朵分出来听贺嘉阳他们三个人聊天。

"五年哪……这就说明，到时候跟我们一起毕业的，就是低我们一届的小学妹了！"卓力兴奋无比，丝毫没有被建筑本科上五年这个可怕的消息击倒，满脑子都是可可爱爱的小学妹。

卓力又朝着李文昊跟贺嘉阳握了握拳头："我决定了，我大学期间一定得谈一场恋爱！就算我没有阿泽帅，但是也还能看是吧？"

李文昊嗤笑了一声："怎么？你真以为你高中期间没谈恋爱是因为老师不让谈？"

卓力丝毫没有被打击到："为了达成这个宏伟的目标，我决定了！我一定要多多参加社团活动。欸，对了，这周末有'百团大战'，一起去吧？"

贺嘉阳跟李文昊对视了一眼，都有点儿犹豫。

卓力很是明白"擒贼先擒王"这个道理，所以果断地转向了陆泽："阿泽！'百团大战'一起去呗！"

陆泽头也没回，懒懒地合上书页，从书堆里拿出另外一本书："不去。"

"为什么呀？！"卓力很是不明白，"社团多有意思啊，我读高中的时候就好羡慕大学的各种社团活动，觉得真的太有趣了，还能认识各个院系的人，是不是？"

贺嘉阳摆了摆手，示意卓力不要劝陆泽了："阿泽这周末好像要跟江年一起出去逛街，所以肯定不会去参加'百团大战'的，你劝也没用。"

江年之前就是去怀柔军训了半个月而已，他这位哥们儿就每天心情巨差，本来就不怎么爱理人，这下直接每天闭口懒得说话了。

也只有那位姑奶奶打来视频电话之后，陆大少爷才能心情好点儿。

贺嘉阳忍不住摇头感慨，陷入爱情中的男人真可怕啊。

李文昊跟卓力对视了一眼，都没想到竟然是这么个理由。

卓力更是来了兴趣，不怕死地跟贺嘉阳打听："嘉阳，阿泽的女朋友不是你们高中同学吗？你跟她熟吗？她漂亮吗？她性格怎么样啊？"

话刚问完，卓力就猛地感受到了来自陆泽方向的……死亡凝视。

卓力连连摆手："我没别的意思，就是好奇，单纯好奇！"

贺嘉阳的神色却有些不自在起来。

他微微扭过头，清了清嗓子："啊，挺熟的，我们坐了一年前后桌，还坐了一年同桌。嗯……她挺漂亮的，性格也很不错。"

陆泽偏了偏头，抬眸看了贺嘉阳一眼，却没说话，又低头翻起了自己的书。

李文昊感受到寝室里的气氛有些怪异，正准备出声试图换个话题，就听到卓力猛地拍了一下手，神情兴奋："欸，嘉阳，你问问阿泽的女朋友有没有兴趣来逛一下我们的'百团大战'不就得了！"

李文昊："……"

这个神经粗大的二愣子。

卓力话音刚落，就又猛地感受到了来自陆泽的方向的，第二次死亡凝视。

卓力："……"

他是不是说错什么了?

陆泽的电话铃声及时地拯救了卓力。

"喂?年年?"

刚才还"懒得说话"的人,几乎一瞬间就语气温柔起来。

卓力松了一口气,而后开始"噼里啪啦"地在宿舍企鹅群里发言:"我的妈呀,虽然已经不是第一次知道了,但我还是想问,阿泽一直都是这么双标的吗?!"

建筑四剑客-李文昊:"你在有阿泽的群里这么说阿泽真的好吗?!"

建筑四剑客-贺嘉阳:"你们放心,阿泽听见你们说他对江年双标,只会开心……啊,'女友奴'真的太可怕了,我觉得阿泽在外人面前跩得不好接近,在江年面前,就是个标准的妻管严!"

建筑四剑客-卓力:"我倒是挺想当个妻管严的,这不是……没有女朋友吗?"

李文昊没忍住,"扑哧"一声笑了出来。

而后大家就听到陆泽用跟平时完全不一样的语气打电话:"嗯?你周末不想逛街了,想来我们学校看'百团大战'?"

一听这话,正在企鹅群里拼命聊天的三个人瞬间就抬起头来,看向了陆泽的方向。

妈耶,阿泽的女朋友,有点儿贴心。

卓力就听见刚才对着自己还特别坚决地说"不去"的陆泽,就像没说过刚才那句话一样,甚至扬了扬嘴角笑了笑:"好啊,那我周末早上骑车去你的宿舍楼下接你。你早餐想吃什么?我给你带。"

卓力:"……"

这何止是双标啊,兄弟,这简直是……

算了,他找不到形容词,找到形容词又怎么样?他顶多就是气死自己而已。

卓力叹了一口气,放下手机,把椅子拖到贺嘉阳旁边,开始面对面交流:"嘉阳,阿泽这么双标,你们都习惯了吗?"

贺嘉阳也跟着叹了一口气,低声八卦:"我跟你讲,你要是高中跟他一个班,就能切实体会到双标究竟是什么意思了。"

李文昊也来了兴趣,凑过来,开始听贺嘉阳讲述血泪史。

"我高中的时候吧,是我们班的班长。有一次学校有一个颁奖典礼,需要通知获奖的人出席。陆泽拿了第一名,我周末在家,就私聊他,让他记得去参加颁奖典礼。"贺嘉阳顿了顿,然后继续说,"结果,我过了半天都没收到阿泽的回复消息。正好我找江年有事,顺口问了一下,人家江年特别震惊地说,阿泽刚刚还跟她在企鹅上说话了呢。然后她还问我需不需要帮忙转告。"

李文昊:"……"

卓力:"……"

"还有一次吧,"贺嘉阳继续掰着指头数,"我们毕业典礼需要安排节目,我们班文艺委员就找阿泽,想让他参加表演。阿泽想都没想就说'太麻烦了',结果后来呢,江年被文艺委员拜托去找阿泽。江年刚提了一句'泽哥,你报名毕业晚会吗?我想听你唱歌',人家阿泽这次想都没想就说'好'。"

李文昊:"……"

卓力:"……"

"再有一次,我们毕业那天晚上吧,大家一起通宵去网吧玩。一个估计也是刚高考完的女生见色起意,特别不好意思地问阿泽能不能带她一起玩游戏,说她玩得不太好。"贺嘉阳摊了摊手,"你们说都出来玩了,人家女生都当面这么跟你说了,你好意思拒绝吗?是吧?"

李文昊跟卓力都点了点头,表示如果是自己的话,人家妹子都当着这么多人的面问自己能不能带一把游戏了,就算自己真的对女生没什么意思,也会觉得这个时候拒绝不是特别好吧。

再说了,高考完那天晚上,大家都玩兴奋了,玩一把游戏算什么?

"看吧,这就是你们跟人家阿泽的不同了。人家阿泽头都没抬,盯着自己的屏幕——"贺嘉阳清了清嗓子,模仿了一下陆泽的语气,"'对不起，我不带技术不好的人玩游戏。'"

李文昊和卓力再次无语。

牛。

真不愧是陆泽，一看他就是被女生主动搭讪过很多次，才能拒绝得这么干脆利落不留一丝情面。

要是他们……算了，他们好像还真没尝过被女生主动搭讪的滋味。

"然后……"贺嘉阳摇头，"人家女孩子一走，阿泽就扭过头问江年要不要一起玩游戏。江年说自己很菜，阿泽毫不在意：'没关系，我厉害。我带你，你放心。'"

李文昊和卓力已经无力吐槽。

他说好的不带技术不好的人玩游戏呢？

贺嘉阳还想继续掰着指头数下去，被李文昊手疾眼快地给拦住了："哥，我求你了，不要再用某人的双标来刺激我们这些可怜的'单身狗'了好吗？"

卓力有气无力地点头："我为什么想不开，找你八卦阿泽的双标史？"

贺嘉阳沉重无比地拍了拍李文昊跟卓力的肩膀。

"你们不行，你们也就是听了听我的讲述而已，就觉得受不了了？想想我吧，兄弟们，我才是那个跟他朝夕相处了几年，接下来还要和他当五年室友继续被虐待的可怜人好吗？"

李文昊跟卓力对视了一眼，齐齐地朝着贺嘉阳投去了同情的目光。

太惨了，兄弟，他们怎么听怎么觉得悲壮。

三个人正在惺惺相惜，就听到陆泽转动了一下自己的椅子，然后叫了贺嘉阳一声："嘉阳，年年说她有话跟你说。"

贺嘉阳愣了愣："我？"

陆泽随意地点了点头，而后懒懒地起身，把手机递了过来。

贺嘉阳更是神情愣怔，抿了抿唇，把手机听筒放在了耳旁："喂？"

电话里瞬间传来了女孩子悦耳的声音，温温软软的，江年问："班长，你国庆节回家吗？"

贺嘉阳又抿了抿唇："不回。"

"太好了！"江年雀跃不已。

贺嘉阳只觉得自己的心忍不住跟着猛跳了几下，然后又听到江年开心问："我也不打算回家，但是……诗蓝说国庆节想来北京玩，问我你有没有时间一起吃顿饭呀？"

"……"

贺嘉阳的心一秒入谷底。

他深吸了一口气，笑了笑："你就这么帮你的闺密卖你的班长？"

"不是啦，"江年也笑了笑，"泽哥也去吃饭，我们也很久没见了，就当聚个餐是吧？"

陆泽似乎听到了江年跟贺嘉阳在说什么，闻言还不忘点了点头表示附和自家女朋友。

"行，你们联合起来卖我？"贺嘉阳顿了顿，又忍不住叹了一口气，"江年……我跟姜诗蓝说清楚了，我也不想给她希望……"

江年其实理解贺嘉阳的想法。

她如果不喜欢一个人，也会拒绝得干脆利落。

但是理解归理解，自己最好的闺密就是不肯放弃，她能有什么办法？

"我请客，去吧。"陆泽转了一下笔，慢悠悠地开口。

关于宠女朋友这件事呢……陆泽就是将双标进行到底。

贺嘉阳到底拗不过江年跟陆泽，国庆节还是大家一起聚了个餐。

姜诗蓝兴奋无比，像是当时根本没有被贺嘉阳拒绝一样。

就连身为闺密的江年，都忍不住佩服姜诗蓝同学内心够强大。

要是她跟姜诗蓝一样喜欢了一个人那么多年，然后鼓起勇气去告白，结果被拒绝得丝毫不带情面的话……估计连那个人她都再也不敢见了吧。可能下次再看见，她就直接绕道走了。

但是你看看人家强大的姜诗蓝同学，简直是愈战愈勇！

这次聚餐，除了江年、陆泽、贺嘉阳、姜诗蓝，江年还叫上了祁书南。

祁书南是最后来的那个，一进餐厅里就来回看。江年连忙向祁书南招了招手示意，祁书南开开心心地就一路小跑过来了。

"年年！诗蓝！陆泽！"祁书南挨个儿打招呼，最后看向了贺嘉阳:"你是贺嘉阳?"

还没来得及做自我介绍的贺嘉阳就这么被点名了。

他愣了愣,而后点了点头:"你好,我是贺嘉阳。"

"哦,"祁书南坐下,接过江年递过来的杯子,抿了一口清水,"你就是贺嘉阳哪。"说完她不忘朝姜诗蓝眨了眨眼:"我们诗蓝眼光还可以呀。"

贺嘉阳微顿,而后沉默了。

餐桌上的氛围有那么一点点怪异,觉得怪异的偏偏还是江年这个本来应该不关她什么事的人。

你看人家姜诗蓝本人,哪里有一点点尴尬的样子了?

江年再次感慨自己的定力不够强,默默地作壁上观,时不时调节一下气氛,掌控一下局面。

陆泽倒是优哉游哉的,只负责照顾自家女朋友的饮食:"年年,不要喝冰的东西,经期要到了。"

江年讪讪地放下那杯诱人无比的冰可乐,而后就听见祁书南跟姜诗蓝同时"哟"了一声。

纵使跟陆泽在一起之后,江年同学已经被别人调侃了无数次,现在依然会觉得有一点点羞窘。

江年强行控制住自己才没有脸红,撇了撇嘴,揉了揉自己的脸蛋儿。

她为什么就脸皮这么薄?

贺嘉阳也忍不住笑着看了江年一眼,而后放下杯子:"我去一下卫生间。"

他刚走,祁书南就拼命给姜诗蓝使眼色,示意姜诗蓝快点儿跟过去。

姜诗蓝犹豫了一秒,便果断地站起身,走到了卫生间前的拐角处蹲等着。

姜诗蓝走远后,江年不放心地收回眼神,表情担忧地问:"书南,你说贺嘉阳不会跟诗蓝说什么吧?"

"放心吧,没事的。"

就算被祁书南这么安抚,江年到底还是有点儿不放心的。

过了好一会儿都不见人回来,江年看了看手机上的时间,坐立不安起来:"我要不去看看他们?别的倒无所谓,我就怕诗蓝哭了怎么办?"

陆泽拍了拍她的胳膊,自然明白她对姜诗蓝的担忧心情,笑了笑:"行,那你去吧。"

江年蹑手蹑脚地靠近卫生间拐角处,想着就偷偷探头看一眼,就一眼。

只要姜诗蓝情绪不是过于激动,她就放心地离开。

江年悄悄地探出小脑袋,试探地朝着姜诗蓝跟贺嘉阳的方向看了看。

嗯,诗蓝在说什么,情绪还算淡定。

贺嘉阳的表情……也还算正常。

江年放心了,正准备蹑手蹑脚地走开时,隐隐约约地听到了自己的名字。

她顿了顿。

明知道偷听别人讲话很不道德,江年还是有点儿没忍住。

姜诗蓝在说话,音量也比刚才大了很多很多,整个人看上去也激动了不少。

"贺嘉阳,我知道你喜欢年年,一直都知道!但是我还是想告诉你,无论如何我都不会放弃的!你给我等着,我一定能把你追到手。贺嘉阳,我喜欢你四年了,从来没有放弃过。既然你能喜欢上年年,那就说明你有一天也可能喜欢上我。就算只有百分之一的可能,我也不会放弃的!"

这几乎是一通堪称霸气的宣告,江年却听得忍不住脸色发白。

同样脸色发白的,还有贺嘉阳。

"你……"

没等贺嘉阳说完，姜诗蓝就打断了他的话："你想问我是怎么知道你喜欢年年的是吗？就算你再怎么拼命克制，看向一个人的眼神是不会骗人的，你看年年的眼神跟看别人的眼神一点儿都不一样。贺嘉阳，你不用自欺欺人，凡是了解你的人都可以发现你的心事，我敢打赌，陆泽也知道你喜欢年年。"

贺嘉阳沉默良久。

过了好半天，他才忍不住苦笑了一下："这么明显吗？"

"何止是明显。"姜诗蓝说了一通话，现在整个人反而淡定下来了，"我记得我之前看到年年那件校服T恤衫上你们班同学的签名，那串希腊语是你写的吧？你不用反驳，我认识你的字迹，包括写字母时的偏好。"

江年已经开始觉得脑子发蒙了。

直到感受到一只手牵住了自己的手，江年"嗡嗡"作响的脑子才渐渐清醒了一点儿，她回过神来，而后看向站在自己面前的……陆泽。

她刚才其至没反应过来陆泽是什么时候站到自己面前的。

看到陆泽，江年忍不住神色一慌："泽哥……"

话还没说完，江年就看到陆泽轻轻把食指放在嘴边，比了一个"嘘"的动作。

而后他冲着她懒懒地勾了勾唇，声音很轻很轻，却带着怎么都掩盖不住的温柔之意："走吧。"

他牵着江年的手往回走，座位上只剩下一个一脸蒙的祁书南了。

看到江年神情不太对，祁书南连忙走过来："陆泽，年年怎么了？你是不是欺负她了？"

陆大少爷很是不优雅地翻了个白眼，然后看向江年的神情又一秒变得温柔了："走吧，我们要不先回去？刚才吃饱了吗？"

江年还沉浸在刚才那个对她而言堪称重磅的消息中无法自拔，闻言只是点了点头，呆呆愣愣地应声："吃饱了。"

祁书南更加担心起来："年年到底是怎么了？"

陆泽摇了摇头："没什么，等会儿他们回来，你记得跟他们说一下我们先走了。今天这顿饭,说好是我请,我刚才已经去结过账了,你们慢慢吃。"

江年冲着祁书南拼命地挤出了一个笑脸。

这个并不怎么好看的笑脸,一点儿都没让祁书南放下心来,她反而更加担心了。

祁书南看了看陆泽,点了点头:"行,我知道了。"

江年被陆泽拉着手走出餐厅,又坐上车时,整个人都还有点儿回不过神来。

她满脑子都是刚才姜诗蓝跟贺嘉阳的对话。

直到坐在了一个什么地方,江年才愣愣地从自己的情绪中剥离出来,环视了周围一圈,歪了歪头,看向陆泽:"这里是哪儿呀?"

陆泽优哉游哉地跷着二郎腿:"公园。"

她当然知道这里是公园!她又不傻!

到底是放假时节,今天的天气又真的很不错,这个公园里的人还挺多的。

草坪上更是坐了不少人,还有遛狗的,或者是带着孩子过来放风筝的,挺热闹,一片欢声笑语声。

江年已经很久没认真地逛过公园了,现在看到这种热闹和谐的场景,也放松下来,而后,听到陆泽悠然地说:"你刚才听到嘉阳他们的对话了吗?"

江年靠在长椅的椅背上,慢慢点了点头:"对。"

她又看向陆泽,生怕陆泽有一点儿不开心。

"不用看我,就跟姜诗蓝刚才说的一样,我早就知道嘉阳喜欢你,他也知道我知道这件事情。"

江年惊了。

敢情作为当事人,就自己完全不知情?!

"是的,"陆泽懒懒地点头,"就是因为你太笨了,所以就只有你不知情。"

江年:"……"

· 407 ·

为什么都这个时候了他还要进行人身攻击？！

"我不笨……"她试图反驳。

"你要是真的不笨，刚才就不会胡思乱想了。"

江年那气势不足的反驳话语，压根儿没被陆大少爷放在眼里。

他甚至不忘进行降维打击："你刚才是不是在想，嘉阳喜欢你，姜诗蓝会不会怪你？"

江年愣了愣："你怎么知道？"

陆泽得意地说："我就说是你太笨了啊。我要是连这都猜不出来，还要我的脑子干什么？"

"……"

"你更笨的是，姜诗蓝知道这件事不是一天两天了，她有过怪罪你的迹象吗？"陆泽瞥了江年一眼，"更不用说我跟嘉阳了，我早就看出来了，不是照样跟他是哥们儿？"

江年只觉得自己莫名其妙地就被安慰到了。

好像的确是这样的。

"再说了，嘉阳喜欢你这件事情，又改变不了什么，你还是我的女朋友。喜欢一个人，从来不是什么错事，嘉阳也因为我，一直都没有做出什么举动，到现在也一直在努力克制自己的感情。我都知道。"

陆泽抿了抿唇："更不用说姜诗蓝了，嘉阳喜欢你，她知道归知道，也没有疏远过你，甚至没有放弃过继续喜欢嘉阳。"他偏头，"那你在担心什么？"

江年沉默了一下，而后生平第一次怀疑起自己的智商来。

陆泽看到女孩子终于放下心来，忍不住也轻松了一点儿。

"行，既然你没那么不开心了，就得给我一点儿报酬。"

江年一脸疑惑的表情。

陆泽飞快地在女孩子的嘴角亲了一下。

江年一秒钟脸爆红。

她不是没跟陆泽亲过，但是这还是第一次在外面，而且是在这么多人面前，陆泽亲她！

女孩子脸红的样子过于可爱，陆泽心痒到不行，干脆再亲了一下。

而且这次，不再是刚才那样飞快地啄了一下，陆泽一只手揽着女孩子的腰，另一只手抬起她的头，低头认真无比地吻了下去。

江年一瞬间沉浸在陆泽这过于醉人的气息里无法自拔，甚至差点儿神志不清。

到底是在外面，陆泽也没太放肆，又在女孩子柔软的嘴唇上轻轻咬了一下，便放开了她。

江年慢慢回过神来，而后理智回归，迅速地把脸捂上，觉得自己简直要没法见人了。

这地面看起来比较好挖，她要不要趁着这个空当挖个洞把自己给彻彻底底地埋进去？

江年正在认真地思考这个操作的可能性的时候，就耳尖地听到不远处传来一个小男孩儿甜甜的声音。

"妈妈，那里那对哥哥姐姐刚才在做什么呀？"

小男孩儿的妈妈顿了顿，说道："小孩子不要乱问！"

真是的，现在的年轻人都怎么回事？简直世风日下啊。

江年："……"

她没法做人了！

大学的生活并没有江年高中时老师描述的那么轻松。

她想起当时各科老师都是这么告诉他们的："现在大家要好好努力，以后考进大学就轻松很多了，社团活动很丰富，上课也很轻松，课程和作业也不多。"

现在……

算了吧，老师们果然都是骗人的。

不过江年是学法语的，到底还是比陆泽学建筑轻松不少。

陆泽就是陆泽，哪怕大一刚进校，哪怕是在清华这种人才辈出的学校，依然是一个优秀的存在。

建筑系的老师也迅速地记住了陆泽的名字，还频繁地在课堂上甚至在给高年级学生上课时夸奖："大一的那个陆泽啊，虽然刚进来，但是对建筑的敏感度非常高。大作业他也是每次都交得又快又好，搭的模型更是无可挑剔。你们也得好好努力，他虽然才大一，我已经建议他参加今年的一个建筑模型竞赛了，你们这些当学长学姐的人，要是输给了一个才大一的学生就很丢人了啊。"

江年也凭借着自己出色的外语天赋以及九十九分的努力，在外语学院迅速地声名鹊起。

当然，她最初声名鹊起……是因为"陆泽的女朋友"的身份……

只不过后来，她就成了"法语系那个永远的第一名"了。

江年不断地感慨：看吧，当时没学工科就是好，要不然现在她还得在物理的苦海中苦苦挣扎，无论如何都不可能逃出来的。

物理和高数这种东西，还是留给陆泽那种学生去学吧……

虽说两个人学校相邻，但是平时江年跟陆泽都挺忙的，见面的机会并不算多。

只是偶尔没课的时候，江年会骑着自行车跑去陆泽的学校，陪陆泽上一上她还算感兴趣的课程。

第一次陪陆泽上课的时候，江年跟着陆泽一进教室里，就立马感受到了几乎整个教室的人的目光。

她……发现自己竟然已经习以为常了呢！

卓力看到陆泽的身影，率先招呼出声："阿泽，这里！"

而后他才发现了跟在陆泽身旁的江年。因为之前已经见过了，他显然没有别的同学那么震惊。

他还不忘淡淡定地打招呼："年年小嫂子，这里，这里，我正好多占了一个位子呢。"

江年："……"

您不觉得在这么多人面前叫我"年年小嫂子"，怎么听怎么奇怪吗？

陆泽背着书包跟画纸筒，一只手还帮江年拎着包，另外一只手牵着江年，像是压根儿没注意到别人的目光一样，神情自若地拉着江年走上阶梯，往中后方卓力他们的方向走去。

江年靠着陆泽坐下："卓力、李文昊、班长，你们好。"

江年向来不是什么为难自己的人，那天陆泽跟她说完之后，她就想清楚了，对贺嘉阳的态度也跟之前并没有什么变化。

三个人也都跟她打了招呼。李文昊挤了挤眼睛："江年，我们这节课的老师可喜欢点阿泽的名字了，而且还特别八卦，等会儿肯定会关心你是谁的。"

贺嘉阳拍了拍李文昊的肩膀："行了，别吓我们江年了。"

贺嘉阳正准备继续说什么的时候，就看到自己的手机屏幕亮了起来，是班里一个叫吴汀的女孩子发来了消息。

吴汀："班长，那个……"

哪怕到了大学也是班长，贺嘉阳习以为常地回复："怎么了吗？"

那边的人过了一会儿才又发来了消息。

吴汀："坐在陆泽旁边的女生，跟陆泽是什么关系啊？"

吴汀："是妹妹之类的吗？"

贺嘉阳忍不住失笑。

这问题问得还挺有趣，谁会带妹妹来上课啊？

而且就陆泽的性格，他对妹妹哪里能这么温柔？

贺嘉阳几乎瞬间就无情地打破了吴汀的幻想。

∑＋羊："你觉得呢？"

那边的人再也没有发消息过来了。

很快，上课铃一响，老师就走进了教室里。

上这节课的老师是一个中年男教授，在这个领域一向享负盛名。他照例点了名，然后扫视了一圈。

"今天也有不少蹭课的同学啊，"教授风趣地说，"就是不知道等到期中之后，这些蹭课的同学还能剩下多少。"

大家哄堂大笑。

"来，陆泽，这次的作业你依然是分最高、完成得最好的那个，上来给大家讲一下你的作业吧。"

李文昊果然没有骗江年，这才开始上课，教授就点了陆泽的名字。

411

大家也都好像习以为常一样，看向了陆泽。

教授也发现了坐在陆泽旁边的江年。

"那个女生，你是来蹭课的，还是来蹭帅哥看的呀？"教授很是八卦，顺口就问了江年一句，倒也没有别的意思。

教授也不是多想，只是往常的课程，陆泽向来是跟他那几个室友坐在一块儿的，从来不会跟女生坐在一起。

今天倒是挺例外啊，他旁边竟然坐了个女孩子。

江年："……"

早知道这个教授对陆泽这么关注，打死她她也不会来蹭这门课的。

呜呜呜，刚才李文昊那样跟她说的时候，她就该起身逃跑的。

江年佯装淡定，笑弯了眼眸，打断了陆泽想要开口解释的话："老师，您这个问题的答案不是很明显吗？我当然是来蹭……帅哥看的啊。"

陆泽失笑。

嗯，被女朋友夸帅的感觉就是不一样。

卓力他们显然也没有想到江年竟然会这么回答，忍不住都拍桌大笑。

搞不清楚状况的教授一个人发蒙，看了看拎着图纸走到讲台上的陆泽："人家女孩子来看你的，你都不给点儿反应？"

"嗯……"陆泽点了点头，表示自己明白了，"既然人家女孩子都这么努力地跑来看我了，那……要不你就做我的女朋友吧？"

教授："……"

陆泽无视教授目瞪口呆的神色，转过头，已经对着投影仪开始认真地讲起自己的作业了。

他讲得很好，就是……

显然下面有心思听他讲作业的人不算特别多。

偏偏下课的时候，陆泽还本着演戏要演全套的想法，装作不认识一样问江年："同学，请问你叫什么名字啊？你在哪里读书？家是哪里的？既然你现在已经是我的女朋友了，那我以后会对你好的，你放心。"

江年："嗯，我叫江年，现在已经不上学了。高中成绩太差，我没考上大学，现在在刷盘子，就在你们学校附近。同学，你不会嫌弃我吧？"

陆泽一副深情似海的样子："怎么可能？我怎么会嫌弃你？！你既然是我的女朋友，以后我会养你的。放心吧，如果你愿意的话，我甚至可以资助你再复读一年。我来辅导你，保证你能考上我们学校！"

知情人："……"

不知情人："……"

站在附近的教授越听越慌张。

不会吧？

他刚才就是随口一问，陆泽不会真的就这么当真了吧？

都是大学生了，他肯定不会反对陆泽谈恋爱，但是这么一个优秀的得意门生，不说别的，就光他们学校里，对陆泽有意思的女孩子都不知道有多少。

难不成陆泽真的因为这个辍学女生坐在他旁边听了课，就打算跟她在一起了？

不过话说回来，之前为什么没有女生坐在陆泽旁边？

是不是他们系的女生太不懂抢占先机了？

教授越想越慌张，踱过来了敲陆泽的桌子。

"那什么……陆泽同学啊，谈恋爱这种事情还是要谨慎的。"

陆泽反问："老师，难道我看起来像是很随便的样子吗？"

教授：难道你不是吗？

不说这个女孩子学历如何、品性如何、家世如何，就是第一次见面他们就要谈恋爱，也是不合适的啊！

陆泽敛了神色："老师，我是很认真的。虽然我是第一次见这个女孩子，但我觉得她很合我的眼缘，也相信我们两个人会长久相处下去的。"

他还不忘征求江年的意见："年年，你觉得呢？"

教授：这就"年年"了？

江年也一脸严肃的表情："我也相信！"

教授："……"

旁边的贺嘉阳等人憋笑憋得快不行了。难得看到教授这么震惊的神情，他们偏偏还得努力去配合陆泽和江年的演出。

卓力也开了口："老师，您就放心吧，我们也会照顾年年小嫂子的，等他们结婚的时候，他们一定不会忘记您这个媒人的！"

教授不想再说话，转过身背着手走到了讲台上。

这一天天的，都是什么情况！

上完课后，教授简直是落荒而逃，生怕再看见陆泽他们害得自己闹心。

唉声叹气、生怕自己毁了爱徒的教授走在走廊里，迎面撞上了陆泽的辅导员。

辅导员笑道："孙教授，您这是刚下课啊？怎么看起来心情不太好的样子？"

教授欲言又止，又看了看辅导员："李老师，那个……今天上课的时候，陆泽……"

辅导员一脸疑惑的表情，他问："陆泽？陆泽怎么了？"

看起来教授不像是要夸陆泽的样子啊，要知道，陆泽在建筑系这些老师的嘴里简直是天纵奇才好吗？

他这个当辅导员的只听过那些老师挨个儿夸奖陆泽的作业做得多么好，现在倒是有点儿奇怪了。

"陆泽……他旁边坐了个女孩子……"孙教授试图说得委婉一点儿。

只是他还没说完，辅导员就恍然大悟地说："哦，您说的应该是江年吧？"

教授疑惑不解。

辅导员笑着摇了摇头："就是隔壁学校的，她是陆泽的女朋友。今天江年是不是陪陆泽上课来了？陆泽上课没分心吧？我见过他们两次。

414

陆泽平常看起来对女生冷冷淡淡的，对女朋友倒是好得不得了。"

教授："……"

辅导员看着孙教授越来越……狰狞的表情，越发纳闷儿了："孙教授？"

孙教授摆了摆手："嗯，没事，没事，陆泽上课认真着呢。我还有事就先走了啊。"

辅导员看着孙教授仓皇而逃的背影，越发奇怪起来。

今天孙教授看起来怎么那么不对劲哪？

下了课，陆泽跟江年还有贺嘉阳他们一起去食堂吃饭。

陆泽现在虽然已经对江年的口味了如指掌，但还是问了她想吃什么，就让她去占座位，自己跟贺嘉阳他们一起去打饭。

卓力从下课到来食堂，已经大笑了一路，现在排队打菜还在一抽一抽地笑："我真的想起刚才孙老师的表情就忍不住，太好笑了吧。阿泽，你们太绝了！还有，我平时看小嫂子是个挺正经的人，她怎么配合你演戏演得这么认真？我真的笑得不行了！"

"别说了，我好不容易才忍住的！"李文昊也一脸笑意，"你说江年是怎么想起来'刷盘子'这么一个工作的啊？她还特别认真地问阿泽嫌不嫌弃她，哈哈哈，太有趣了。"

陆泽很是得意，一副"不愧是我的女朋友"的骄傲神情。

贺嘉阳也正准备说话的时候，手机屏幕亮了起来。

他解锁手机，然后瞥了一眼，瞬间就喷笑出来了。

"你们三个是都屏蔽课程群了吗？！"贺嘉阳笑到不行，"你们快看看，哈哈哈。"

陆泽漫不经心地拿出手机看了一眼。

秋季第一学期 – 孙教授："@陆泽，这周末把你今天画的图纸搭好模型，交到我的办公室来！"

陆泽："……"

江年觉得在北方读书有好也有坏。

缺点是空气真的太干了,刚到学校她就在宿舍里放了加湿器,夏天的时候还不觉得到底有多干,但是一到深秋或者初冬……就觉得干得简直让人受不了了。

她有一次在宿舍的阳台上泡了一件衬衫,想着多泡一泡再洗,领子能干净一点儿。

她放了半盆水进去,等想去洗的时候发现……盆里哪里还有水,只剩下一件干得不能再干的衬衫……

江年:"……"

但是也有很好的地方,比如十一月一到,学校就供暖了。

江年作为一个地地道道、土生土长的南方人,从来不知道集体供暖是一种什么样的体验。

现在她终于体会到了。

不管外面多么寒风呼啸,她一进教室或者宿舍里,就能感觉到扑面而来的暖意,然后将外套一脱,里面又可以穿自己喜欢的小裙子了,幸福得不得了。

而且江年这种一到冬天就手脚冰凉的人,在宿舍里待着的时候,再也不需要穿厚厚的袜子来保暖了,简直太舒适了。

如果她忽略每天早上醒来的时候嗓子的不适感的话……

而一到冬天,就意味着……期末到了。

江年暂停了一切社团组织活动,每天起早贪黑地泡图书馆,或者偶尔跟陆泽一起去咖啡厅学习。

她这种学文科的人,平时任务还行,但是一到期末简直生不如死,一摞又一摞怎么看都不可能背得完的书,全都要求背下来。

就连江年这种一向自认为记忆力算是强的人,都丝毫不敢掉以轻心。

毕竟,她可是在北大这样的学校里,没有人比她天赋差,而且没有人不努力。

所以如果她想拿奖学金,想有更多的机会,那就只能更加努力才行。

江年又默写了一遍单词,深深地痛恨法语的困难。

单词带词性就算了,你说为什么连个数字都不能好好表达?

汉语多好啊。

她抬头看了看陆泽,一眼就看到了陆泽的黑眼圈,忍不住心疼地问道:"昨晚几点睡的啊?"

陆泽没忍住打了个哈欠,整个人看起来困倦无比:"四点半。"

江年惊了惊。

她昨晚跟陆泽约的今早七点半见然后一起上自习,这么说起来,陆泽昨晚也就睡了两个多小时?!

陆泽摆了摆手,示意江年不要担心:"没事,起码我的大作业画得差不多了,比我们宿舍的人强多了,他们都熬通宵了,我起来的时候他们还在画,还差不少呢。"

江年摇了摇头:"要不你趴一会儿?"

就连强大如陆泽,高中压根儿就没怎么费心思、费力气去学习的人,期末都成了这个样子,江年想想都知道建筑系到底有多可怕。

果然,一个出名的专业,都是靠千千万万的学生堆上去的啊。

不过陆泽这种期中考试门门成绩接近满分的人,一向都是追求完美的。

他这个时候这么努力,也是想要拿到最好的成绩吧。

江年这么一想,又忍不住一阵羞愧。

就连陆泽这么有天赋的人都这么努力,她还有什么偷懒的理由?

所以,考完最后一门学科的时候,江年简直有一种重获新生的解放感,真的太幸福了!

这种没有期末考试在身的轻松感,简直可以跟她当时高考完的感受相媲美啊。

清华、北大的寒假都放得挺早,江年最后一门专业课考试更是早早地就结束了,反倒是陆泽的期末考试,硬生生地排到了校历的最后一天。

江年就每天陪着陆泽复习，只不过陆泽在复习的时候，江年在优哉游哉地看书。

直到感受到视线直直地落在自己的脸上良久，江年才抬起头，而后歪了歪头："泽哥，你不好好复习，看我干什么？"

陆泽倦怠无比，把笔从左手上换到右手上，然后熟练地转了几圈："我好累，觉得自己得充一下电。"

江年一阵担心："你们的期末考试也太可怕了，要不你先喝点儿东西休息一下？我请客。泽哥，你想喝什么？"

陆泽还是盯着江年。

江年一脸疑惑："嗯？"

"就这么给我充电吗？"陆泽抿了抿唇，笑了笑。

江年更加疑惑了："那你还想怎么充呀？我去找个充电宝？"

陆泽歪了歪嘴角，然后猛地站起身，隔着桌子朝江年的方向低下头，迅速地在江年的嘴角亲了一下。

他心满意足地坐了下来，整个人看上去神采奕奕："好了，充电完毕。"

江年愣住，而后摸了摸自己的嘴角，又看了一眼坐下后已经开始认认真真地继续复习的陆泽，忍不住低着头笑了出来。

"那我去买饮料。"江年又笑了笑，"美式可以吗？"

陆泽点头，而后把自己的手机递给江年："用我的手机付吧，不然我老妈又该说我不懂心疼女孩子了。"

江年抿了抿唇，知道自己这方面压根儿拗不过陆泽，想着反正陆泽之前比赛刚拿了两万元的奖金，从善如流："行吧。"

"哦，对，年年，"陆泽叫住了准备起身的江年，"我忘了告诉你，昨天姚老师突然联系我，让我记得回家后去明礼做往届生代表的报告，到时候我们正好一起回明礼看看。"

江年点了点头，起身去吧台点了两杯饮料。

陆泽的手机密码，江年一直都是知道的。

她点好单之后，解锁手机付钱，笑着跟服务员道了声谢，就站在吧台前看着服务员做饮料了。

她没来得及按灭的陆泽的手机上突然弹出了一条企鹅消息提示。

江年一向不怎么喜欢看陆泽的手机消息,正准备先回去把手机还给陆泽,眼睛一瞥,就看到了发信人的一半消息。

陶应雪:"学长,听说你……"

江年愣了一下。

学长?

陆泽现在才是大一的学生,这个时候叫他学长的人,应该是明礼的学生?

明礼的学生会有陆泽的企鹅联系方式倒也不足为奇,毕竟明礼有一个校级的大群,陆泽的性子虽然堪称高冷,但是如果有学弟学妹咨询学校或者高考的事情,鉴于校友的情分,陆泽都会通过好友申请的。

这些事江年都知道。

不过,她还是有点儿奇怪地看了一眼那条消息。

她点进去,对面那个女孩子是一个粉粉的可爱头像。

陶应雪?

江年对这个名字实在没有什么记忆。

陶应雪:"学长,听说你寒假要回明礼做报告,是真的吗?如果是的话……真的太好了。"

嗯,说实话,这句话好像是没什么问题的,但是江年总觉得好像哪里不太对。

她还没来得及多想,服务员已经把两杯热饮放在了吧台上:"您好,您的两杯饮料已经做好了。"

江年收起手机,礼貌地笑着道了谢,把饮料端了过去。

把陆泽的美式不加糖放在他面前后,江年又把手机递了过去,丝毫没有隐瞒:"刚才一个小学妹发消息给你,我不小心点进去了。"

陆泽按了两下笔的按钮,打量了一下江年,眼睛微亮:"可以啊,我的女朋友竟然也知道查手机了。"

江年:"……"

您为什么要把这句话说得这么兴奋,好像一直很期待我查手机一样?

陆泽像是看穿了江年的想法,理所当然地说:"对啊,我当然很期待你查我的手机了。你查我的手机说明你在乎我,多好的事。"

江年:"……"

那您难道不觉得我不查您的手机,是因为我信任您吗?

陆泽随意地解锁了手机,然后又看了一眼那条消息。

"哦,她啊。"陆泽满不在意地回了一条消息,"她就是明礼一个现在读高三的学妹。我的女朋友不放心的话,我随时可以把她删掉。"

"别,别,别。"江年从来不对陆泽的交友情况多加干涉。

而且别的不说,陆泽对别的女生的态度,那简直是有目共睹啊。

比如这个陶应雪,她跟陆泽的聊天记录是这样的。

陶应雪:"学……学长,听说你考了理科第一名,真的恭喜你!你真的好厉害!"

ze:"谢谢。"

陶应雪:"陆学长,你在清华的生活怎么样呀?清华漂亮吗?"

ze:"还行。"

陶应雪:"学长晚上好,我最近的成绩又进步了,谢谢学长的鼓励,我希望自己高考也可以考上清华!"

ze:"恭喜。"

…………

再比如刚才那条,女孩子"啪嗒啪嗒"地发了一长串文字,陆泽是这样回复的。

ze:"对。"

真的……他能省则省,而且每次回复都是隔了挺久。

别的江年不知道,反正跟她发消息的时候,陆泽的的确确是秒回的。

这样自觉的男朋友,她有什么好不放心的?

不过放心归放心,江年还是挺好奇陶应雪这个人的。

晚上回宿舍，照例跟姜诗蓝还有祁书南一起语音聊天的时候，江年想到了这件事，顺口问道："对了，诗蓝，你知不知道低我们一届的一个学妹，叫什么……陶应雪？"

"陶应雪？"姜诗蓝重复了一遍，而后又好奇地问道，"我还真知道，不过你问她干吗？"

祁书南也凑了过来："诗蓝，你知道啊？讲讲呢？"

"嗯，"姜诗蓝思索了一下，说道，"她就是明礼一个挺特别的女孩子，长得普普通通的，也不怎么打扮。我知道她是因为她高二的时候成绩还只在中段，很一般，上高三之后成绩突飞猛进，现在好像都已经是前几名了吧。"

"真的吗？！"祁书南也很震惊的样子。

"年年，你还没告诉我你问我这个干什么？"姜诗蓝又追问道。

江年解释道："就是今天我看到这个学妹给泽哥发消息嘛，然后觉得有点儿怪怪的，所以就打听一下。"

祁书南摇了摇头："唉，这就是男朋友太帅太优秀的缺点。"说完她又忍不住补充道，"不过我也挺想尝试一下这些缺点的。"

江年笑了笑："什么缺点，我对泽哥放心着呢。"

祁书南跟姜诗蓝默默吃"狗粮"。

这件事江年听听也就算了，并没怎么放在心上。

在江年同学天天舍己为人地给陆大少爷"充电"的情况下，陆泽顺利地结束了自己的期末考试。

几个人商量着一起买了回家的高铁票，江年跟祁书南坐在一起，低声地聊着天。

聊着聊着，靠近过道的祁书南突然转头，而后蓦地惊呼出声："程初学长？！"

## 第十八章
## 永远追光

程初？

江年蓦地觉得这个名字有点儿熟悉，好像……听祁书南提到过。

江年好奇地看过去，看到一个清瘦的男生。男生穿着一件白衬衣，外面搭了一件浅灰色的毛衣开衫。

高铁里很暖和，江年估摸着他是脱了最外面的外套。

男生手上拿着杯子，像是出来接热水的。

听到祁书南的呼唤声，男生顿了顿，然后转过头看了祁书南一眼。

程初很是好看，眉宇间还透着一股孤傲的味道。

江年好奇地上下打量着这个叫程初的人。

祁书南似乎没想到会在这里看到程初，连忙打招呼道："你好，程学长。我是祁书南，也是远城一中的……"

程初点头，打断了祁书南的自我介绍："我记得你，你是广播站的学妹是吗？"

祁书南哽了哽，而后笑着点了点头，又探出头看了一下，有些好奇地问道："冉学姐不在吗？"

程初本来没什么表情的脸上多了一丝不耐烦的神色，他说：

"不在。"

说完，他冲着祁书南点了点头，径直拿着水杯向前走去。

祁书南坐回去，咬了咬下唇，神色有些说不出来的难过和遗憾。

江年有些好奇："书南，这是……？"

祁书南笑了笑："他是我高中的学长，你的校友，学经济的。"

江年点了点头。

她虽然不太关注校园论坛上的八卦，但是奈何自己有几个八卦的室友。

程初在北大应该也挺有名的，她才会觉得这个名字这么熟悉。

"唉，我还是觉得他跟时辰学姐好可惜……"祁书南又摇了摇头，一脸遗憾的表情。

时辰？

江年更蒙了。

如果她的记忆没出差错的话，那个徐临青学长应该是喜欢时辰学姐的吧？怎么又出来个程初？

"他是时辰学姐的前男友吗？"江年更加好奇了。

祁书南摇头："不是，时辰学姐应该没有谈过恋爱。"

江年觉得越听越乱，不过看祁书南的表情，显然祁书南并不是特别想具体说这件事情。江年摇了摇头，也就没再追问下去。

她笑了笑："说起来这个世界还真是小呢，我高二的时候，明礼组织去春游，我在W大就看到了时辰学姐。时辰学姐可真漂亮，而且看上去就给人一种很优秀的感觉。"

祁书南还真没听江年提起过这件事，闻言有些诧异，转而又笑着点头附和："可不是嘛，学姐的确漂亮又优秀。"

要不然，她也不至于感觉这么遗憾了。

到底是一个学期没回家，江年寒假一到家，立马感觉到自己的家庭地位好像比之前提升了很多。

江妈妈对她嘘寒问暖："路上冷不冷？最近生病了没有？家里没有

暖气，我都怕你猛地回来会感觉不适应。"

江爸爸则乐呵呵地说："今晚想吃什么？爸爸带你出去吃好吃的！"

江年同学猛地感觉到……距离果然是能产生美的。

之前的暑假，爸妈都恨不得抛下她不管，差点儿就当作没她这个女儿了，让她天天跑出去找陆泽蹭饭。

再看看现在，她回家之前，江妈妈就在电话里反复问她有没有什么想吃的东西，几乎预定好了五天的菜单。

而且，以前在家里的时候，每次吃完饭，江年都会主动帮忙收拾碗筷。

这次回家，吃完饭她正准备像之前那样帮忙收拾餐具的时候，就被江爸爸拦住了："年年，你在学校都那么累了。看看你过个期末，整个人又瘦了一圈。别收拾了，我跟你妈来做就行。"

她简直就是小公主啊！

甚至暑假的时候，她如果连续几天赖床不肯起来，还会被江妈妈念叨："快起来吧，好好的假期，不要把时间都浪费在床上，出去逛逛也行。"

现在妈妈甚至会主动跟江年说："年年，妈妈知道你期末考试太辛苦了，这段时间你就好好休息一下吧。"

江年开心得不得了。

看到没，这家庭地位！

当然，这样的家庭地位也就持续了五天吧。

很快，江年就发现自己老妈的态度再次回到了暑假的时候。

"你不要一直玩手机！

"唉，你看看，你看看，你不在家的时候家里干干净净的，你一回来，那地板上啊，沙发上啊，全都是你的头发。

"你能不能不要一整天待在家里啊？你就不能出门走走吗？

"唉，不是我说你啊。江年，你这几天天天不着家，也不回家吃饭是想怎么样？"

江年：我好难。

跟姜诗蓝和祁书南一起语音通话的时候，江年唉声叹气："我本来真的以为我的家庭地位提升了好多的，谁知道也就勉强维持了四五天。现在，我怎么样，我妈妈都看我不顺眼。我甚至觉得她现在随时想把我扔出家门。"

"别说了，"祁书南啃了一口橙子，说话都是含含糊糊的，"你好歹还维持了四五天呢。我回家第二天我妈就开始抱怨我回家以后什么事都不做，只知道给她制造垃圾了。"

姜诗蓝点了点头："我甚至怀疑我们是不是有同一个妈。"

江年深有同感，所以这段时间明显学乖了不少。

周末爸妈在家的时候她就尽量不赖床，主动帮忙做家务，制造的垃圾一定好好收拾。

除此之外，她就是多去找陆泽或者多把陆泽带回家里……

唉，江年第一万次质疑：到底谁才是他们亲生的那个？！

他们回家没几天，就到了之前姚子杰跟陆泽说好的返校做报告的时候了。

北方放寒假一向比南方早，所以这个时候明礼还没期末考试。

江年坐在前排的位子上，看台上的陆泽演讲。

陆泽比起之前稍稍内敛了一点儿，但仍旧意气风发，穿了一件黑色大衣，里面是一件浅色的内搭。

稍稍经过大学的改变，那个在高中时就受人瞩目的男生，这个时候一举一动更是焦点。

江年在心里第一万次地感慨：怎么会有像她的男朋友这么帅的人呢？她上辈子肯定是拯救了世界吧？

悦耳如清泉的男声透过话筒，带了点儿懒散的味道，却显得更加蛊惑人心，他说："离期末考试没多久了，离明年的高考更是只剩下半年不到的时间。我的学习经验早已经分享了无数次，这个时候我能告诉你们的只有好好学习，不要让自己后悔，尽管向前冲就是了。谢谢大家！"

礼堂里瞬间响起了雷鸣般的掌声，江年更是用尽力气给台上的人鼓掌。

陆泽鞠了个躬，就准备下去。

一个女孩子飞快地跑上台，怀里抱着一捧花，脸颊上满是红晕："陆泽学长，谢谢您今天的演讲！"

陆泽垂眸看了一眼女孩子怀中的捧花。

看着陆泽没有要接花的意思，女孩子连忙解释："学长，您不要误会，我是代表全体学生献花的！"

陆泽稍稍明白过来。

女孩子说得倒也没错，对这种有往届校友来做演讲的场合，明礼一般都会专门安排学生上台献花。

陆泽自己就不知道上台献过多少次花了。

他点了点头，接过了捧花，然后朝着女孩子低声道谢："谢谢学妹。"

女孩子的眼睛像是瞬间被点亮了一样，她连忙摇了摇头，小跑着下了台。

英俊的少年抱着那捧花，在众人的视线中一步一步走下了台，而后坐到了江年旁边。

江年"啧啧"感慨："我们阿泽学长人气就是高。"

陆泽转过头："嗯，年年，你有没有觉得空气里有股怪味道？"

江年嗅了嗅，疑惑地摇了摇头。

"我好像隐隐约约地闻到了一点儿酸味。"陆泽靠在椅背上，撑着头，盯着江年笑。

江年一瞬间明白过来陆泽是说自己在吃醋，哽了哽，正准备反驳自己才没有吃醋，眼珠一转，双手环胸，故意摆出一副高冷的样子："对，我就是吃醋了，怎么着吧？"

陆泽似乎完全没想到江年竟然会大大方方地承认自己吃醋了，瞬间失笑，然后把捧花放到江年怀里："我的女朋友吃醋了啊？那要不我把花还回去，以后再也不接别人送的花？"

周围听到两个人的对话的学生:"……"

唉,本来他们觉得能离这么优秀的学长近一点儿是超级好的运气,现在看起来,就是被迫过来吃"狗粮"的好吗?!

而且这个传奇学长真的是两面人,对别人都是一副能懒则懒、爱搭不理的样子,看看对他的女朋友是什么样。

好像陆泽一看见江年,嘴角的弧度就没放下来过,眼睛里全是宠溺之色。

江年跟陆泽笑闹够了之后,突然想起来什么,好奇地问道:"刚才送花的那个学妹是不是陶应雪啊?"

陆泽摇了摇头:"我没见过陶应雪,也可能见过,但没记住她是谁。"

江年深深地感慨:跟自家男朋友聊八卦真的好无趣。

实在是陆泽自我管理意识太强了,交流不多的异性通通记不住。

她深感疑惑:"你当时到底是怎么一次就记住我的?"

陆泽思索了一下,而后摸了摸下巴:"可能是因为我的女朋友太过漂亮吧,我这么肤浅的一个人,当然只能记住漂亮得像我的女朋友一样的人了。"

江年第一万零一次质疑:陆泽是不是有一本什么情话大全之类的书?要不然他怎么会这么优秀?

她回过头,寻找了一下刚才送花的学妹的身影。

那个女孩子走得很慢,盯着手里的一片花瓣出神。

看了半天,女孩子满足地笑了笑,而后把花瓣收进了校服外套的口袋里,又回过头来不舍地看了一眼陆泽的方向,转移视线的时候,视线正好对上江年的目光。

女孩子神色一慌,赶忙低下头,加快了脚步,迅速地继续朝自己的座位走去。

江年忍不住觉得好笑,摇了摇头。

江年也说不清自己对这个叫陶应雪的学妹该作何感想,这个学妹对陆泽的感情都已经这么明显了,江年却不觉得讨厌。

她虽然跟这个学妹没什么交集,但处处能感受到学妹的小心翼翼,学妹明明这么喜欢陆泽,但似乎在很努力地不去打扰他。

陆泽有些奇怪地看了一眼江年:"年年,你笑什么呢?"

江年挽住陆泽的胳膊:"笑你可能做了件好事。"

说不定……她下一年真的能在清华见到陶应雪呢?

江年都搞不明白自己对一个情敌为什么会没什么敌意。

她又瞥了瞥陆泽,弯眸笑了出来。

也是,毕竟情敌向来不需要她解决,她的男朋友就已经完全搞定了。

真好。


"赵姐,又做青春回忆专题啊?"闵晴摇了摇头,而后叹了一口气,试图给自己留一点儿挣扎的余地,"我觉得这个专题好像别人做过无数次了,再做能有什么新意,又能有什么视频点击量?而且,又不是每个人的高中生活都有值得回忆的东西。"

赵姐却是一副不容置喙的态度。

"这个专题是我们商量了好几天才最终敲定的,虽然别人已经做过很多次了,但是校园啊,青春啊这样的字眼依旧可以引发人们的共鸣,所以我们才选择了这个专题。闵晴,怎么听你的话,我感觉你的高中生活像是没有什么值得回忆的东西一样?"

"可不是嘛。"闵晴耸了耸肩膀,"我就是一个最普通的学生,哪里有那么多值得回忆的东西啊?我成绩普通,样貌普通,一穿上校服,你在人群中都不一定找得到我。"

赵姐"扑哧"一声笑了出来,而后又像想起什么似的,有些奇怪地问道:"我怎么好像记得听你提起过,说你高中的时候暗恋过什么人?真的假的?这还能没有故事?"

闵晴顿了顿,又蓦地笑了出来:"赵姐,你还真是消息灵通,竟然连这件事都知道。"

这么说起来,她的高中生活好像的确不能算没有故事,最多她的故事比较惨而已。

不过当时她觉得那么难过的事情,现在竟然已经完全可以泰然处之了，甚至觉得那个时候那么难过的自己好像有点儿傻乎乎的。

闵晴神色中有了几分怀念的味道："唉，真的想不到，我当年竟然也是暗恋过别人的人。不像现在我也没有谈恋爱的想法，也没有喜欢人的念头，我都怀疑我心中的小鹿是不是早就死掉了才一直没有乱撞。"

赵姐拍了拍闵晴的肩膀："你才多大呀，就天天嚷嚷着你心中的小鹿死掉了？"

闵晴又耸了耸肩，没有继续聊下去的念头了，放下手中的咖啡杯，对着电脑认认真真地做起了这次专题的策划。

她得做策划也就算了，还得外出跑采访，谁有她惨？

不过真的到了需要外出跑采访的时候，闵晴反而淡定下来了。

连续在大街上采访了几个人之后，她竟然意外地发现，赵姐说得的确没错。

虽然"青春回忆"这样的专题好像早就被做烂掉了，但是可能是因为这个专题真的太能勾起人的回忆和共鸣了吧，被采访到这样的问题时，路人竟然真的可以说不少东西。

"你还记得读高中时有什么特别的事情吗？"闵晴笑着随意拦住了两个女孩子，把话筒递到她们面前，而后开口问道。

两个穿搭时髦、一看就是在逛街买东西的女孩子对视了一眼，而后都笑了。

长头发的女生露出了几分怀念的神色："还是有不少特别的事情吧。我那个时候其实挺喜欢我同桌的，我同桌长得帅，人又好，天天教我做题，但是我也不知道为什么那个时候那么厌，高中毕业发现自己没有跟他考上同一所大学之后，连表白都没敢表白，之后我们见面的次数也就不太多了。"

短发的女孩子笑着挽住了长发女生的胳膊："别说了，你哪里是那个时候挺喜欢你同桌呀？你分明是到现在都还对他有好感好吧？要不然你干吗这么多年都没谈恋爱？"

长发女生神色一慌，试图拦住短发女生，但想了想，神色倒是有些释然了:"也是。难得有这么个被采访的机会,我下次说不定就没有这样的机会了。虽然不知道你们什么时候把这段视频放出去,也不知道他会不会看到这段视频,但是我还是想说——孔苑杰,我喜欢你,喜欢这么多年了!如果你现在是单身而且能看到这段视频的话,能不能考虑一下我?!"

短发女孩子都惊呆了,闵晴更是愣了愣。

长发女生冲着闵晴点头笑了笑,而后拉着自己的朋友走开了。

闵晴跟跟拍摄像师对视了一眼,两个人的脸上都满是错愕神色。

"不行,回头我一定要跟赵姐商量一下,看看怎么把这段视频放出去。说不定那个叫孔苑杰的男生就看到这段视频了呢。"

闵晴继续寻找下一个目标。

可能是因为这个话题闵晴问得很具体,所以被采访到的人竟然都会神色怀念地答上几句。

"你喜欢高中时期吗?

"高中时期对你而言是什么样的存在呢?

"如果可以再来一次,让你回到高中时期,你会做些什么事呢?"

闵晴采访的人不少,收集到的答案也是五花八门的,什么样的都有。

"喜欢也不喜欢吧,读高中时还是很辛苦的。但是怎么说呢?那种辛苦跟现在工作的辛苦不一样,那个时候只需要考虑怎么提升自己的成绩就可以了,不像现在,什么同事关系啊,上下级关系啊,职位晋升啊,全都得考虑到。"

"高中时期对我而言,是一段很特别、很有意义的时光吧。前不久我们高中班级还组织了一场同学聚会,去参加的时候我觉得,还是学生时代的朋友更靠谱。"

"如果可以重来一次啊……我想想看,我可能会好好学习,不让我爸妈多操心,考上个好的大学吧。"

…………

闵晴采访着采访着,竟然意外地感觉到今天的这个专题,说不定到时候视频点击量真的会很高。

因为"高中"这两个字，在很多人心里是很不一样的存在，就连她都忍不住回忆一下那个时代了。

闵晴正在感慨着，扫视了一圈，突然眼睛一亮，连忙给自己的跟拍摄像师指了指："走，走，走，我们去采访那个男生，他可真的太帅了。到时候把这个男生的视频放在我们的视频封面上，简直不愁没有点击量！"

跟拍摄像师拽了拽闵晴："那个男生帅是帅，不过一看就才十几二十岁，都不知道高中毕业了没呢。你贸然去采访，万一人家还是高中生呢？"

万一人家帅哥还是个高中生，然后她上去就问"你还记得高中生活吗？"，那岂不是显得很傻？

闵晴大手一挥："问问不就知道了？"

说话间，闵晴已经一路小跑到那个男生跟前了。

跟拍摄像师还能说什么？他只能着急忙慌地也跟上去。

闵晴举着话筒，站在男生面前，伸手拦住了他。

刚才远远地看她就觉得这个个子高高的男生很帅，现在离近了看，更是在心里一阵赞叹。

正值初秋，男生穿了一件纯白色的T恤内搭，外面穿了一件浅蓝色的牛仔外套，下面是一条颜色稍深的裤子，踩着一双板鞋，看上去青春洋溢，又很干净帅气。

这优越的脸蛋儿和身材，啧啧啧，要不是自己这种做媒体的人每天关注娱乐圈无数次，她都要以为这人是什么男艺人了呢。

一想到自己的视频点击量，闵晴就觉得自己按捺不住心底的兴奋情绪。

"你好，请问方便采访一下你吗？"

闵晴拿出了最完美的笑容。

好看的男生歪了歪头，而后懒洋洋地取下了自己戴着的耳机。

明明自己都是工作了好几年的职业女性了，面对这么一个一看就年龄不怎么大的男生，闵晴竟然难得有一种被帅得想花痴尖叫的感觉。

等男生一开口,清越而慵懒的声音更是让闵晴一阵惊喜。

"采访我?"男生懒懒地重复了一遍。

闵晴连忙点头。

男生微微皱了皱眉头,看上去似乎是想要拒绝的样子。

闵晴心里稍微紧张了一下,而后看到男生的手机屏幕似乎亮了起来。他打开手机,看了一眼消息,刚才还紧皱着的眉头蓦地松了,甚至扬唇笑了笑。

他笑起来更帅了!

这人都长成这个样子了,能不能别乱笑了!

男生飞快地回了一条消息,而后整个人看上去心情都好了很多,冲着闵晴懒洋洋地点头:"行吧。"

闵晴赶忙抓住机会:"请问你现在高中毕业了吗?"

"我已经毕业了,"周围来来往往的人很多在注意这边,男生态度却自然无比,"现在在读大二。"

"你好,你好,高中毕业了就好。我们在做一个专题,想请问你,你高中上课开心吗?"

似乎没想到闵晴问的竟然是这么一个问题,男生微微思索了一下:"开心。我喜欢在上课的时候看小说,推理小说几乎看遍了;有的时候也会几个人一起悄悄玩游戏,玩累了就趴着睡会儿;我还会把手机藏在袖子里偷偷玩,老师进来的时候,我一抬胳膊,手机就进了袖子里,神不知鬼不觉。"

闵晴"扑哧"一声笑了出来。

不行,不行,她的脑子里要有画面了!这太可爱了吧!

"原来像你这么帅的小哥哥也会偷偷玩手机啊。欸,对了,方便问一下,你现在在哪所大学上学?"闵晴有些好奇。

看了看男生又微微皱起的眉头,闵晴连忙摆手:"如果你不想说的话也无所谓,我就是问一下。"

男生懒懒地抬眸,没什么表情的样子:"清华。"

闵晴:"……"

432

她刚才究竟为什么想不开，问了这么一个问题？！

闵晴下定决心，自己一定得跟赵姐说，想尽办法把这个视频给放出去，不能让她一个人孤独地受伤害！

好不容易艰难地缓了缓自己受伤的心灵，闵晴又打量了一下面前懒散而略显冷淡的男生，好奇地问道："你成绩这么好又这么帅，有女朋友吗？"

闵晴边问边在心里不住地夸自己。

她简直是在造福全体女性朋友啊。

闵晴一提到"女朋友"这个词，面前的男生似乎瞬间整个人身上的气息都不一样了，刚才还没什么表情的脸上突然就有了笑容。

似乎是想到了什么让人喜悦的事情一样，男生扬唇："嗯，有。"

何止有女朋友，他那样子明明是拥有了全世界最甜最甜的甜心。

闵晴看看面前这个看上去还是少年模样的男生，蓦地从心底里溢出了浓浓的艳羡之情。

她也不是羡慕那个女孩子可以有这么帅还这么优秀的男朋友，就是单纯地羡慕那个女孩子可以被这么认真地喜欢着。

这种认真的喜欢之情，好像已经远离她很久了。

明明她也才离开学生时代没有几年，但就是觉得很久远很久远了。

"方便问一下你叫什么名字吗？"闵晴按捺住心底翻滚的情绪，笑问道。

男生点了点头："陆泽。"

而后他又看了一眼手机，整个人又笑开来，冲着闵晴挥了挥手里的手机："不说了，我要去帮我女朋友取奶茶了，取晚了她又该不开心了。"

明明他说起来像是抱怨一样的话，但是怎么听，男生的语调都带着快要溢出来的甜意和爱意。

看着男生匆匆离开的步伐，闵晴跟跟拍摄像师对视了一眼，两个人的眼中都是同样的波涛翻滚的情绪。

跟拍摄像师摇了摇头："你说为什么出来工作都要被强行喂一口

'狗粮'呢？"

闵晴也笑："但是不知道为什么，我总觉得吃'狗粮'也吃得开开心心的。"

大概是她已经太久太久没有见到过如此纯粹的感情了吧。

这样的感情可真好啊。

跟拍摄像师不忘进行自我安慰："行吧，起码我觉得有这个叫陆泽的男生的这段采访，我们的视频点击量估计不会低了。"

闵晴也跟着点头笑了笑。

她突然觉得，赵姐的这个专题还真的挺好的。

谁还没有过青春呢？

闵晴从来没想过，今天这个在她看起来分外老套的话题，上街采访的时候竟然可以得到这么多真诚的回复。

可能真的是因为"高中"这个词能很容易地触发人的共情机制吧，她甚至在随机采访的时候，看到路人露出了一脸怀念的神色，而后开始讲那些很多人经历过，但是每个人的经历都不一样的故事……她也被感动到了。

闵晴甚至已经不知道在这种忙忙碌碌而好像并无所获的生活里，多久没有过"感动"这样的情绪了。

但是她仔细地回想起来，竟然觉得这种感觉真的不赖。

所以回公司交差的时候，闵晴看起来也是一副百感交集的样子。

赵姐拍了拍她的肩膀，走到她的工位旁，好奇地问道："今天出去采访感觉怎么样？有什么好的可以用的素材吗？"

闵晴回头冲着赵姐笑了笑，而后欣喜地点头："何止是有，赵姐，我跟你讲，我觉得说不定我们这次的视频可以一举让我们平台成名！"

赵姐愣了愣。

她看着雄心壮志的闵晴，忍不住哂笑了一声："哟，我们晴晴这是采访到了什么啊，竟然这么兴奋？"

闵晴迅速地拉了一张椅子过来，示意赵姐坐下，然后开始给她看自己拍的素材。

赵姐一开始还只是点点头,面上微微露出满意的神色,看到后面,自认为不知道看了多少视频素材,已经看到麻木的赵姐都忍不住眼睛一亮,而后越看越兴奋。

"天!"赵姐拍了一下大腿,"闵晴,你可真的太棒了,竟然可以采到这么好的东西!"

闵晴得意地挑眉:"是吧,不说了,不说了,我现在工作兴致正浓。我现在就去找剪辑师沟通一下,讨论一下这次的成片效果。"

赵姐拉住了闵晴:"不行,不行,我也要跟你们一起讨论一下。看到你的这些素材,我也觉得灵感猛地往外迸发,这可真的太棒了!"

两个人对视了一眼,脸上都是完全掩盖不住的兴奋神色。


江年一直对这件事情一无所知。

升了大二之后,她明显比大一时要忙碌不少。她在社团里的任职也从大一时的小部员到了大二时的部长。

刚开学就忙了一段时间的招新工作,江年又报名参加了一个竞赛,忙得脚不沾地,甚至好一段时间没有往隔壁学校跑。

显然,陆大少爷对此很不满。

"年年,"陆泽打电话给她,"我们系最近来了好多漂亮的学妹哟。"

江年把手机放在一旁,边听陆泽跟她说话,边对着电脑整理新入社团成员的名单。

听见陆泽的话,她也就是点了点头,而后想到对方看不见,又应声:"哦。"

陆泽忍不住"啧"了一声,越发不满:"我说我们系来了很多漂亮的学妹,还有不少来问我功课的!"

江年敲下回车键,而后靠在椅子上懒洋洋地伸了个懒腰,无情地拆穿了陆泽的谎言:"就你们系学生那个男女比例,泽哥,你让我怎么相信你说的话?"

陆泽清了清嗓子。

女朋友怎么一点儿都不慌乱？！

他好气！

但是，他的女朋友虽然不怎么慌乱，却很贴心呢。

下一秒，陆泽就听到电话里传来女孩子那温温软软的嗓音，她说："虽然我不太相信，但是鉴于我的男朋友太帅了，我今晚正好没什么事，我的男朋友欢迎我过去查一下岗吗？"

一听到电话里女孩子轻柔的声音，陆泽就忍不住眉开眼笑起来。

"随时欢迎。"

江年也忍不住笑了，而后迅速地关电脑换衣服，还化了个淡妆，骑着车就往隔壁学校去了。

她刚到门口，就看到了等在清华门口的陆泽。

男生站在校门口，懒懒地倚在墙上，微微低着头看着手里的手机。

就算别人看不太清陆泽的脸，光是他身上那股说不清道不明的气质，便引得人朝他看去。

江年放轻了脚步，走到陆泽旁边，故意压低了声音说："你好，这位同学，那个……我朋友想要你的联系方式，方便给一下吗？"

陆泽仍旧戴着耳机，头也不抬地说："行，想要什么？"

江年撇了撇嘴。

怎么回事？！

她都刻意压低声音了，为什么陆泽还是一秒就能听出来是她？！

"我就是比较想知道，看中我的究竟是你的朋友，"陆泽慢慢摘下耳机，抬头看向面前的女孩子，"还是你？"

江年终究没忍住笑了出来。

陆泽心情很好："想吃什么？去食堂还是出去吃？"

"去你们的食堂吃！"江年甚至不带犹豫的，"我想吃你们食堂的榴梿酥了！"

说完她还不忘抱怨："为什么你们学校食堂的东西比我们学校的好吃那么多？就连点心都做得那么好吃。我觉得好不公平哟。"

陆泽点了点头，拉过女孩子的手，十指交叉，带着她往学校里边走去，而后假装思索了一下，回答女孩子的问题："嗯，可能是想让你多来我们学校吃点儿东西吧，然后顺带多看看我。"

江年边跟陆泽聊天边往学校里边慢慢走着。

只是走着走着，江年就发现了什么不太对劲的地方。

陆泽在清华一向挺出名的，江年当然知道，而且就凭他那张脸，就算他不怎么出名，走在路上也会被人看。

但是……江年从来没有觉得像今天这样有这么多人盯着他们，看的人还不忘低声跟同伴议论什么，随后还对她投来可能有些羡慕，但是她也不怎么能看明白的目光。

江年纳闷儿地拽了拽陆泽的手："泽哥，我今天的打扮有什么问题吗？为什么我觉得回头率好像高了不少？"

陆泽上下打量了一下自家女朋友，而后摇头："没问题，就是……"

陆泽顿了顿。

江年连忙追问："就是什么？"

"就是……"陆泽笑，"你越来越漂亮了。唉，我的女朋友太漂亮了怎么办？万一被什么男生给盯上了怎么办？年年，你们社团没进什么小学弟吧？"

江年又羞又恼："你在乱说什么呀？！"

等到了食堂，江年照例找位子坐，陆泽去排队打饭的时候，江年更加发现自己走在路上时的感觉是正确的了。

食堂里人流量更大，盯着她的人更多。

而且等陆泽打了饭跟她一起坐下来之后，那种感觉就更加明显了。

江年真的是一头雾水。

她不安地用筷子戳了戳碗里的米饭，小声问陆泽："泽哥，到底是怎么了？"

陆泽耸了耸肩，给江年夹菜："今天的辣子鸡做得还挺好吃的。"

江年吃了一口榴梿酥,满足地眯起了眼睛。

她正打算跟陆泽说什么的时候,就听到一声有些惊喜,也有些迟疑的呼唤声——

"陆泽学长!"

她顺着声音的来源看过去——陶应雪?

江年都觉得自己有些认不出对方来了。

她上次见到陶应雪的时候,还是在明礼的礼堂里。当时的陶应雪戴着大大的黑框眼镜,穿着明礼的校服,头发也扎在脑后。

陶应雪那个时候气质看起来有些畏缩,跟现在简直判若两人。

现在的陶应雪比那个时候白了不少,头发也放了下来,戴了隐形眼镜,穿了一件浅紫色的连衣裙,比之前漂亮了很多很多。

也就是江年自认为记忆力良好,才能迅速地回忆起这个女孩子是谁。

陶应雪看到陆泽,似乎很是惊喜的样子,又走上前叫了一声:"学长,你在这里吃饭哪?"

然后转头看到江年,陶应雪的表情也没什么变化,她甚至主动笑了笑:"江学姐好。"

江年点了点头:"你认识我啊?"

"嗯!"陶应雪重重地点头,"我之前也是明礼的,明礼几乎没人不认识学姐的。"

陆泽又给江年夹了一筷子菜,对着陶应雪懒懒地点了点头。

陶应雪抿唇笑了笑:"今天的课上,我们老师又提起陆学长的名字了,还给我们看了看去年学长的作业。学长真的太厉害了。"

江年瞥了一眼没什么表情的陆泽,在心里暗想:陶应雪竟然也来了建筑系?

他们明礼的人,是对建筑有什么特别的偏好吗?

陶应雪看着仍旧懒懒散散,只顾着给江年夹菜的陆泽,目光微微黯了下来,正准备离开,又突然想起了什么:"哦,对了,我今天也看到热搜榜话题了。江学姐,我看评论区里一堆人表示羡慕你呢。"

热搜榜话题？

江年这次彻底愣住了。

还没等她问清楚，陶应雪已经冲着两个人点了点头，很有眼色地走开了。

江年一脸蒙："什么热搜榜话题啊？"

她拿起手机登进微博，翻遍了热搜榜也没看到什么相关消息。

而后她想了想，点进了那个飘得很高的词条——"你记得高中吗？"

江年一点进去，就看到了一条转评赞都很高的视频微博，而这条视频的封面……

她没看错的话，封面上那个人好像就是她帅得不得了的男朋友。

这是什么？

江年放下筷子，饭也不吃了，拿出耳机就开始看视频。

一开始的时候她一头雾水，看着看着，就逐渐明白今天跟陆泽一起走在路上的时候，回头率格外高的原因了。

这条视频刚放出来也就一个多小时，但是这个时候的转评赞数量已经相当惊人了。

看着陆泽面无表情地回答"清华"，江年忍不住"扑哧"一声笑了出来。

太好笑了，果然，不能让她一个人经受这种来自智商碾压的伤害。

江年看到后面陆泽表情温柔地提起她时，心头一动。

她知道为什么刚才陶应雪会说有很多人表示羡慕自己了。

就连她都很羡慕自己。

江年翻开评论区，果然……

"啊，我就是被封面吸引来看的，这个小哥哥真的太帅了吧！又帅又是学霸，他还对女朋友那么好？！今天也是吃'柠檬'的一天。"

"啊……清华学生来了！我见过陆泽本人，他比视频里还要帅，而且成绩真的很好，大一时就拿了不少奖项。说起来，陆泽的经历真的可以惊呆很多人,哈哈哈,我们学校论坛上大家曾经讨论过很久陆泽到底有没有什么不擅长的事,后来发现,学神就是连谈恋爱都比你擅长。"

"我怎么觉得这个名字和这张脸这么眼熟呢?他是不是高考理科第一名?"

"妈耶,楼上你真相了!我去查了一下,他是去年的理科高考第一名!不活了,不活了,怎么会有这样的人?疯狂地羡慕他的女朋友。"

…………

江年边翻评论区边控制不住地笑。

视频热度越来越高,江年的手机也响了起来。

魔仙堡-耿垚垚:"年年!你家陆泽怎么就这么上热搜榜了啊?让我们两个学校的人吃'柠檬'还不够吗?你们还非得让全网的人跟着一起吃'柠檬'?"

魔仙堡-彭妹:"唉,别提了,就陆泽这张脸和他的经历,谁能不吃'柠檬'?也就是网友们不知道陆泽到底对年年有多好,要是知道了会更加羡慕的。"

魔仙堡-周月:"啊啊啊,我要脱单!我不要再天天吃我室友的'狗粮'了!"

江年更是笑得不能自已。

她又翻看了一下评论区,这次突然在前排看到了一条刚刚出现的评论。

"我是孔苑杰。胡冰,我也喜欢你很久很久了。谢谢这条视频,我现在就去找你。"

江年愣了愣。

这不就是刚才视频里在陆泽之前被采访到的那个妹子提到的人吗?

我的天哪……

感受着时不时有人投过来的眼神,江年看了看陆泽,小声叫道:

"泽哥。"

陆泽抬眸，黑亮的眼睛里全是她。

江年抿了抿唇："我真喜欢你。"

那双眸子一瞬间熠熠生辉。

他好听的声音里含着笑意，缱绻温柔，他说："那……我只喜欢你。"

陶应雪觉得自己应该从来不会知道喜欢一个人是什么感觉的，毕竟她普通得放在人群中可能谁都找不到她。

不管是成绩还是容貌，她都是最不起眼的那个，不起眼到她一度怀疑，可能很多曾经跟她在一个班里待过的人完全不会记得她，甚至可能看到她之后，模模糊糊会觉得这个戴着大大的眼镜、顶着一头乱糟糟的头发、皮肤黑黄黑黄、就连牙齿都不怎么好看的人好像是曾经的同学，但是好像完全叫不出名字。

陶应雪也觉得自己就该这么永远普通下去。

只要还有那么一两个关系不错的朋友，她觉得自己就足够开心了。

人生而普通，又不是每个人都必须熠熠生辉，陶应雪从来不觉得自己活得有什么问题。

在她的认知里，不去做那个人群视线的中心要轻松得多，她不希望自己被别人关注到，大概是甘愿活在一个人的角落里。

顶多就是有时候看到曾经的老同学连自己的名字都不记得时，陶应雪会觉得有那么一点点心酸，但也就是一点点。

她也从来没想过自己的生活能有什么变化，也可能自己会永远这么普通下去，然后考一所很一般很一般的大学，随大溜地毕业，然后找一份普通到甚至拿不出手的工作，再跟一个和她一样埋没在人群里的男人相亲、结婚、生子。

陶应雪觉得她的人生应该是这样的，所以就连踏进明礼的校门时，都未曾对高中的生活有一丝期待。

反倒是好朋友邓秋开心地东张西望，不停地指给陶应雪看："明礼真的太漂亮了，不愧是我初三辛辛苦苦奋斗的目标。你说同样是这种蓝白色的校服，明礼就是有办法做得比一中的好看，我太喜欢了！"

陶应雪也扯了扯自己身上的校服，不置可否。

校服好看吗？

明礼校服好像也就一般般吧，是最普通的款式，顶多是颜色稍稍清新了一点儿，跟"好看"这个词好像还是有挺大距离的。

但是看着邓秋兴奋的样子，陶应雪也就附和地笑了笑，而后点头。

邓秋拉着她往高一楼的方向走去："应雪，你说我们班会不会有帅哥啊？我暑假的时候天天逛明礼的论坛，觉得太热闹了。"

"不会吧，"陶应雪耸了耸肩膀，"帅哥不是早就绝迹了吗？"

不过陶应雪转念一想，长得也不怎么好看的自己好像没什么资格说这句话。

陶应雪又摇了摇头，跟着邓秋往新班级走去。

不过就像陶应雪说的那样，他们班里好像还真的没什么太帅的男生。

陶应雪拍了拍邓秋的肩膀："快准备一下下节课的东西吧。化学老师一上课肯定又会点人回答问题，祈祷他不要点到我。"

邓秋闻言，心有戚戚焉地点头。

可不是嘛，他们的化学老师几乎每节课都会点人回答问题。除了那几个真正的学霸，他们这些人谁能不害怕上课被点名？

何况是这种全新的班级，没有几个认识的人，如果在这种情况下被点名然后还回答不出问题的话，这对陶应雪而言无异于公开处刑。

所以每次上化学课之前，陶应雪都焦虑无比。

现在也不例外，她不停地翻着书背着上节课讲到的内容，默默祈祷不要被化学老师点到名。

但是她再怎么不愿意上课，十分钟的课间时间也迅速地过去了。

上课铃响了起来。

陶应雪深吸了一口气，而后听到脚步声响起，头也没抬地继续认真背书，直到听到班里的人开始低声议论。

显然大家全都没什么心思复习课本了。

就连刚才还在跟她一起看书的邓秋，这个时候也在拼命地拽陶应雪的校服T恤下摆，压低声音用气音跟她讲话："快看讲台！"

讲台？

陶应雪疑惑地朝讲台看了过去。

一秒钟，只需一秒钟，陶应雪就明白了刚才教室里那种压抑不住的震惊氛围究竟是什么原因。

明明是化学课，讲台上站着的却不是他们那个已经微微谢顶的化学老师，而是……一个穿着校服的高个子男生。

并且，那是个容貌好看得让人想尖叫的男生。

陶应雪觉得自己从来没见过好看成这个样子的人。

她在脑子里默默地想：开学那天，邓秋说得果然没错。

明礼的校服可真好看，简简单单的蓝白色衣服，讲台上那个男生穿起来却让人惊艳无比。

似乎感到了教室里大家的震惊情绪，台上的男生懒懒地把手里拿着的化学书放下，而后开口。

陶应雪一直好奇一个男生声音好听起来应该是什么样子的，但从来没有答案。

直到今天她才意识到，一个男生说话好听，就应该是这样的：清水淌过小石，慵懒却潇洒。

"各位学弟学妹好，我是高二（19）班的陆泽。你们的化学老师今天临时有点儿事，让我先来提问你们上节课学过的内容。等会儿，他就会赶过来。"

男生说话的语调很特别，透着一股漫不经心的感觉，却更加显得蛊惑人一点儿。

第一排有个胆子稍微大一点儿的男同学举手："学长，你不用上课吗？！"

可能是这个男同学的问题不太明智的样子,陆泽微微歪了歪唇:"我在准备去上体育课的路上,被杨老师给抓来的。"

班里的人都笑了起来,就连陶应雪都忍不住低了低头,抿唇笑了。

"好了,话不多说,我来点名了。"陆泽随意地拨了一下刘海儿,陶应雪听见了周围几个女孩子花痴吸气的声音。

邓秋更是紧紧地抓住了陶应雪的手腕:"我的妈,太帅了吧!"

陶应雪点头附和。

对啊,他太好看了吧。

她从来没见过这么好看的人。

在大家的注视中,那个好看得有点儿过分的学长从书后面拿出了他们班的花名册,而后微微皱了皱眉头,叫:"陶应雪。"

陶应雪觉得自己的脑子好像瞬间死机了一样。

她从来不觉得自己的名字好听,但是从这个学长口里念出来的时候,她突然发现好像她的名字真的还挺好听的。

学长环视了教室一圈,再次开口:"陶应雪在吗?"

邓秋也拽了拽她。

陶应雪这才反应过来,自己竟然因为学长念了一下自己的名字而愣住了。

她微微发窘,连忙站起来:"我在。"

陆泽冲着她点了点头,然后拿起化学课本:"你来背一下离子反应的定义吧。"

离子反应的定义……

这是课间的时候陶应雪背了很多很多遍,自认为已经烂熟于心的定义了,但是被陆泽这么盯着,她只觉得自己的脑子里空白一片。

她甚至觉得自己这个时候可能连"1+1等于几"这种问题都回答不出来了。

"离……离子反应的定义是……"陶应雪结结巴巴地开了口,却怎么都回忆不起来定义内容。

那个好看的学长就那样站在讲台上,看着她结结巴巴,什么也说不出来。

"背不出来吗？"陆泽淡淡地问道。

陶应雪试图开口解释："我……我会背。但是我现在，不……不知道为什么……"

她从来没有如此痛恨过自己是这么一副怯懦的样子。

陶应雪很想挽回自己的形象，却觉得自己说什么都很多余。

出乎意料地，台上的陆泽仍旧是没太多表情的样子，甚至冲着她点了点头："嗯，没事，那你先坐下吧。"

陶应雪怯怯地坐下，心里是从来没有过的悔恨和尴尬情绪。

陆泽却一副好像并没有发生什么事情的样子："离子反应的定义考得还挺多的，希望你课下可以再背一背。好，那下一个，吴西。"

陶应雪就那样坐在位子上，盯着台上的陆泽，看他懒懒地点名，看他专业无比地提问，看他没什么表情地对每个人说话，看他被逗笑的时候微微扬起唇角。

陶应雪在想：怎么会有好看到这个程度的人呢？

就像陆泽自己所说的那样，他刚提问完，化学老师就匆匆忙忙地走进了教室里，而后看到陆泽才微微松了一口气。

老师走到台上，轻轻拍了拍陆泽的肩膀："怎么样？"

陆泽有些散漫却不失礼貌地说："还可以，学弟学妹们掌握得还不错。"

班里的同学都松了一口气。

"好，今天可真是谢谢我们小陆同学啊。"化学老师看起来跟陆泽很熟悉的样子，甚至开了句玩笑。

陆泽放下课本和花名册，也弯了弯唇："杨老师，您别再拉我做苦力，就是对我最大的感谢了。"

说完，陆泽冲着教室里的同学点了点头，又跟化学老师打了声招呼，就潇洒地转身离开了。

化学老师也笑着摇了摇头，打开课本："好，那我们继续上课……"

陶应雪不合时宜地开起了小差。

她甚至可以感觉到，教室里很多人这个时候是微微失望的。

人果然都是终极"颜控"。

那节化学课之后，陶应雪觉得自己可能出了点儿问题。

她从来不曾关注过明礼的论坛，论坛上大家热衷于讨论的八卦消息，她也从来不感兴趣。

但是那节课之后，她偷偷下载了论坛的应用程序，然后完全控制不住地在论坛上搜索"陆泽"。

本来她以为可能搜不到什么东西，却被搜索结果给惊呆了。

她以前从来没有意识到这个名字在明礼是什么样的概念。

但是看着这一堆搜索结果、成页成页的帖子，甚至是好几栋关于陆泽的高楼，陶应雪才意识到陆泽在明礼是怎么样的风云人物。

他是天生就活在人群中心的那种人吧。

陶应雪在课间看着自己的手机，小心翼翼地点进每一栋楼里，看关于陆泽的消息。

他是每次考试的第一名。

他拿了 NOIP 大赛的特等奖。

他打篮球、跑步、跳高都特别好。

他甚至连打游戏都分外出色。

…………

陶应雪也不知道自己是什么样的心情，但每天都在搜索关于陆泽的帖子，早上醒来第一件事就是看看论坛里有没有关于陆泽的什么新帖。

看着看着，陶应雪就抱着手机笑了起来，好像自己也有了关于陆泽的隐秘心情一般。

有一天，她照例在课间的时候搜索陆泽的帖子。

邓秋好奇地凑过来看："你在看什么呢，应雪？"

陶应雪觉得像是自己的秘密被猛然发现了一般，迅速地把手机藏了起来。

但是邓秋已经看见了她的手机页面："你在看关于陆泽学长的帖子啊。"

"不……不是……"陶应雪下意识地否认。

邓秋觉得有点儿好笑："欸，别不承认了，我都看见了。再说了，这有什么好害羞的？明礼哪个女生没看过关于学长的帖子？更不知道有多少女生喜欢学长呢。"

陶应雪咬了咬唇，不知道自己该作何感想。

邓秋打量了一下陶应雪的神色："你不会真的喜欢陆泽学长吧？"

陶应雪又想否认："不……不是……"

"不是就好。"邓秋微微点头，"你崇拜学长还行，要是喜欢陆泽学长，那估计注定要难过了。喜欢他的人太多太多了，学长就是那天上的明月，我们顶多是一颗很远很远的星星。"

邓秋想了想，继续说道："唉，算了，我们连星星都不如，就是地上的一颗小石子。"

陶应雪咬唇。

她其实知道，邓秋说得一点儿没错。

陆泽跟她的距离那何止是一点儿半点儿，何况学校里不知道有多少喜欢他的女孩子。

就连他们班那个很漂亮的女孩子都喜欢陆泽。

但是不知道为什么，陶应雪就是觉得……心有不甘。

她不想做石子。

她想做离月亮最近最近的那颗星星，如果可以的话，是被月亮记住的那颗星星。

陶应雪看向邓秋，生平第一次问出了这样的问题。

"秋秋。"陶应雪有点儿局促。

"嗯？"

"你觉得我漂亮吗？"

邓秋被陶应雪吓了一跳，猛地看向了陶应雪，一瞬间以为陶应雪是受什么刺激了。

"嗯……"邓秋没说话。

陶应雪有点儿沮丧。

她知道邓秋的意思。

"那你在明礼见过漂亮的女孩子吗？"陶应雪换了个问题。

邓秋思索了一下，说道："我之前见到过陆泽学长班里的一个学姐，她好好看，我好喜欢，她叫……江年？"

江年……

陶应雪抿了抿唇，觉得自己该努努力了。

她要去做星星。

陶应雪也不知道星星该是什么样子的，但起码不应该像她这样普通。

她的确太过普通了。

有时候，陶应雪能在路上碰到陆泽。

他总是一副悠闲自在而散漫潇洒的样子，有时手里拿着篮球。

明礼那套简单干净的蓝白色校服穿在陆泽身上，好看得出奇。

他身边总是有人，陶应雪偷偷在论坛上看到过，也在成绩榜上看到过陆泽身边的朋友的照片——贺嘉阳、谢明。

她也知道贺嘉阳，他还是明礼学生会的会长。

他们都是又好看又优秀的人。

陶应雪从来没有这么自卑过。她想：优秀的人果然只跟优秀的人在一起玩。

而且，她也见到过之前邓秋跟她提过的江年学姐。

江年学姐的确很漂亮，是那种气质很特别的女生，越看越舒服，越看越养眼，甚至陶应雪在江年学姐身上，隐隐约约明白了什么叫"腹有诗书气自华"。

尤其是江年学姐的那双眼睛，当真对得起"明眸善睐"这个词。她注意到过，江年学姐转动眼睛的时候，眼眸里像是流光溢彩一般，跟她这样子近视多年，只敢藏在大大的眼镜后的人的眼睛，完全不一样。

但是自卑过后，陶应雪又忍不住冒出了一个奇怪的念头。

要是她也努努力变得优秀呢？

是不是，她也可以有那么一点点资格站在陆泽身边？

这个念头在她心里不由自主地滋生出来，她完全控制不住。

月考过后，陶应雪跟邓秋一起去食堂吃饭，路上经过了刚刚张贴出来的优秀成绩榜。

明礼向来尊重学生的隐私，所以并不会像很多学校那样把所有学生的成绩都张贴出来，而是把个人成绩打印成成绩单发放下来，只把年级前十名学生的成绩张贴在成绩榜上作为表扬。

邓秋拉住了陶应雪："来看看成绩榜单吧。"

陶应雪无可无不可，本来打算站在邓秋旁边等着她的，猛地想起了什么，而后突然就往高二的成绩榜单的位置走了过去。

邓秋一脸奇怪的表情："怎么了，应雪？你干吗去？"

陶应雪咬了咬下唇，抬头看去。

果然，完全不出她所料，第一的位置就是那个证件照都拍得帅得不行的陆泽。

学长可真棒。

她忍不住抿唇笑了笑，然后往旁边看了看，就看到了陆泽的相片后不远处江年的相片。

学姐微微弯着唇，一双漂亮的眼睛笑成了月牙，长长的黑直发更是衬得人如玉般漂亮。

陶应雪心下一沉。

如果非要说陆泽会喜欢什么样的女孩子的话……她觉得就该是江年学姐这样的。

江年学姐又漂亮又有气质又优秀，她听说过，江年学姐的文章写得特别好，甚至有些作文到现在他们语文老师还会印出来给他们当范文。

陶应雪咬了咬牙。

邓秋发现，她的同桌好像从某一天开始，突然就跟之前的状态不一样了。

以前邓秋总能发现陶应雪上课时会静静发呆或者沉默地玩自己的手，很安静，但是并不算得上专心听讲。

但是好像突然从哪一天开始，陶应雪上课的时候就开始专心致志，甚至会主动举手回答问题，也努力不再像之前那样怯懦，讲话声音也变得大了起来，语气也在努力变自信。

下课的时候，她会拿着自己不会的习题去找老师或者班里的同学问问题，也开始跟更多的人聊天，而不是像之前那样缩在角落里一言不发，整个人看起来都好像很不一样了。

邓秋很奇怪："应雪，你是受什么刺激了吗？"

陶应雪抿唇笑了笑："我想变成江年学姐那个样子。"

江年？

邓秋皱了皱眉头："你跟我说实话，你该不会真的喜欢上陆泽学长了吧？"

陶应雪低头，没有说话。

"你疯了？！"邓秋猛地叫出声，而后看到周围的人都看向了自己，又连忙压低了声音说，"连陆泽学长那样的人你都敢喜欢了，你真的疯了吗？！"

陶应雪笑了笑："就当我是疯了吧。"

喜欢一个人这种事情，不是告诉自己不应该喜欢就能控制住的，她也没办法。

陶应雪努力学习，去戴了牙套，开始注意护肤美白，开始对着镜子一遍一遍地练习微笑。

她就是想努力做星星。

邓秋眼看着陶应雪一点点地改变，叹了一口气。行吧，作为一个朋友，自己除了陪着她疯还能干什么？

只不过……邓秋某一天照例上了明礼的论坛，刷了一下帖子，猛地就震惊了，甚至在陶应雪想要上论坛看帖子的时候试图阻止她。

陶应雪平静无比："你不用阻止我，我已经看见了。"

她看见了一个据说陆泽学长跟江年学姐关系匪浅的帖子，甚至有很多人在怀疑他们两个人是不是在一起了。

她曾经在路上看到过陆泽学长跟贺嘉阳学长走在一起，两个人有说有笑。

她鼓起勇气想上去跟陆泽学长打个招呼，然后就看到江年学姐迎面走了过来。

那个对谁都态度慵懒的陆泽学长,在看到江年学姐的时候,眼睛却一瞬间就亮了起来。

别人可能看不懂,但是陶应雪比谁都明白那个眼神是什么意思。

因为她看见陆泽学长的时候,也是那个样子的。

陶应雪觉得,如果她是陆泽,也会喜欢上江年学姐的。

别的不说,光是江年学姐专注地看着一个人微微笑起来的样子,便让人瞬间心动无比。

她一个女孩子,都被那样的笑容打动过。

陶应雪假装自己没看见那个帖子。她还在努力地学习,努力总归是有回报的。

她的成绩在一天一天地提升,整个人的状态跟之前比起来简直判若两人,她拥有的朋友越来越多,甚至也会有不少人在见到她的时候主动跟她打招呼。

她这才发现,她竟然也可以有被别人记住的一天。

最不可思议的是,高一升高二分文理班和重点班的时候,她竟然被分进了19班——陆泽学长曾经待过的那个理科重点班。

陶应雪走进教室里的时候,忍不住深深地吸了一口教室里的空气。

似乎隐隐约约地,她还能感受到陆泽学长曾经的气息一般……真美好。

她越来越努力,越来越跟之前不一样。

两年的时间过得飞快,却足以改变一个人。

高二暑假的时候,陆泽学长高考了,考了理科第一名,考上了那所最好的大学。

明礼的论坛也炸开了,不仅仅是因为陆泽学长考得这么好,更是因为陆泽学长终于在毕业典礼的时候,彻底表明了他跟江年学姐在一起这件事。

哦对,陶应雪当时也在场。

她看到那个冷淡慵懒的少年对那个女孩子温柔缱绻,看到他笑着用口型无声地对学姐说"喜欢你",看到他走下台拥抱学姐,就像抱着全世界。

陶应雪也忍不住跟着大家一起鼓掌,然后笑了出来。

笑着笑着,她就落了泪。

机缘巧合下,她加上了陆泽学长的联系方式。

那一句"恭喜学长",她反反复复打了很多次,又犹豫了很久很久,才发出去。

她抱着手机忐忑不安,几秒钟就看一眼陆泽有没有回复消息。

好久之后,她才收到了陆泽学长的一条冷淡而疏离的"谢谢"。

两个字,陶应雪拿着手机开心到落泪。

高三上学期的期末考试前,陶应雪有一天突然被老师叫到办公室里。

"应雪,你这个学期的成绩很好,形象也很好。正好最近会有一个去年的毕业生过来做演讲,你到时候负责给他送花。"

陶应雪脑子一蒙,突然想起了什么,有些难以置信地问道:"毕业生?是……陆泽学长吗?"

老师笑着点了点头:"没错,就是他。"

她一瞬间明白了天上掉馅饼究竟是什么感觉。

大概就是,就算真的是陷阱,她也想试试。

她期待了很久很久。

上台前她更是反复问邓秋:"秋秋,我的形象没问题吧?"

邓秋笑着拍她的肩:"漂亮着呢。"

送花的时候,是她离陆泽学长最近的一次,她离学长只有不到一米的距离了。

那个曾经高不可攀的月亮站在她面前,向她道谢。

陶应雪差点儿没忍住要喜极而泣。

她拼命控制住了自己想要落泪的冲动,下台时边走边回头,而后看见学长和江年学姐坐在一起,言笑晏晏,是她曾经最羡慕的模样。

可能是自己的眼神太过炽烈,江年学姐抬头朝她看了一眼。

学姐通透聪慧,似乎一瞬间就明白了什么。

陶应雪心慌了一下。

452

她很害怕自己的暗恋会影响学长学姐的感情。那样的话，她就是千古罪人了。

但是下一秒，学姐就冲着她弯眸笑了笑，笑容间满是善意和温暖。

陶应雪想：她的学长学姐，是她见过的最幸福的情侣。

谁都不能去打扰这份感情，她自己更不能。

后来陶应雪就像自己曾经期盼的那样，考上了陆泽学长在的那所大学，读了学长在的专业。

听着所有专业课老师对陆泽学长赞不绝口，她也忍不住笑了笑，莫名其妙地与有荣焉，然后更加朝着那道光去努力。

她也在学校里见过陆泽学长和江年学姐走在一起。

好看的男女总是更加引人注目，盯着他们的不只她一个人。

有一次她听到宿舍的人在讨论江年学姐。

一个室友有点儿不服气："那个江年不就是因为高中就认识了陆泽学长，才能跟学长在一起的吗？"

脾气一向公认很好的陶应雪那次却跟室友大吵了一架。

她见过爱情最好的样子，也被他们两个人感染过。

怎么可能只是因为江年学姐高中认识了学长，他们就能在一起呢？

只能说，学长学姐都足够幸运，才能那么早就碰到彼此。

她喜欢他们。

有一次陶应雪回家，在家里翻到了自己高一时的照片，差点儿连她自己都认不出自己来。

这几年来，也开始有男生跟她告白，说喜欢她很久了，夸她既漂亮又优秀。

她也只是笑着拒绝，然后好好学习，天天向上。

陶应雪觉得自己的暗恋很久很久，甚至久到现在，自己依然喜欢学长。

但她也相信，自己的爱情终归有一天会来，就像是学长学姐那样子，两个人永远永远在一起。

而她，就默默地跟在学长身后，当一个追光者，像影子追着光梦游。

## 第十九章
## 所有未来

大学其实是一个飞快的过程。

江年觉得好像昨天才高考结束,焦虑地等待着自己的成绩出来,然后开始认真地思考要报考什么学校,今天已经开始忙着写毕业论文了。

周围有不少同学开始着手找工作,也有一些人准备考公、考教师资格证,或者出国、考研。

江年则因为大学四年成绩优异,早早地拿到了本校本专业的保研资格,可以专心致志地准备毕业论文。

只不过……

江年愁眉苦脸地看了半天文献,然后又瞥了一眼对面还在画图的陆泽,立马就又眉开眼笑起来:"泽哥——"

陆泽警惕地抬头看了看江年。

倒不是他过于警惕,实在是江年平常很少会用这种堪称撒娇的语气叫他。

声音是很好听,他是完全顶不住没错,但是如果江年用这种语气跟他讲话,那通常代表着可能她不会跟他说什么好事。

江年仍旧是笑眯眯的表情:"泽哥,你不要这么防着我嘛。"

陆泽懒懒地歪了歪唇。

行,他的小姑娘倒也不傻,还能看出来自己的防范态度。

"什么事?"

警惕归警惕,喜欢的女孩子一脸娇气,软软地叫自己的名字,陆泽还是觉得自己的心简直要软成一摊水了。

江年抿了抿唇:"你如果读研的话,是不是就得叫我学姐了呀?"

陆泽:"……"

虽说他们是一起入学的,但是没办法,谁让他学的建筑专业是五年制的?

他从大三上学期开始就跟着老师在一个公司做起了项目,表现也很好,公司老总甚至亲自找他,问他愿不愿意毕业之后就直接在他们公司工作。

老总开出的条件之优渥,当真让很多同学羡慕得不得了。

但是陆泽婉言拒绝了。

他在项目中的确表现得很不错,就连很多向来苛刻的合伙人对他也赞不绝口。陆泽自己却能感觉到,他参与的项目越多,越能认识到自己的不足。

所以他想得很清楚,想读了研究生之后再去工作。

也就是说他研一的时候,江年已经是一个研二的……学姐了。

江年想到那个场景,没忍住猛地笑出了声。

她又来回看了看陆泽,眨巴眨巴漂亮的大眼睛:"来,乖学弟,叫一声'学姐'听听。"

陆泽也放下了手中的铅笔,而后摸了摸下巴:"也不是不行。"

江年瞪大了眼睛。

她纯粹是想逗陆泽玩一玩的——说实话,她真的完全不认为陆泽真的会听她的话叫她学姐。

所以,陆泽绝对是有什么阴谋诡计!

果不其然,江年刚在心里想完,就看到陆泽单手撑着下巴,浅浅地扬了扬唇:"就是不知道为什么,我总觉得这样子的称呼,在……时叫出来更有味道一点儿呢。"

陆泽中间那个词语说得含糊无比,尽管江年没有听清楚,还是一秒反应过来陆泽说的是什么意思。

女孩子的脸一秒涨得通红,然后她拼命控制着自己,好半天还是没忍住,使劲抬脚踩了陆泽一下。

她理也不理陆泽,继续滑着鼠标盯着自己的笔记本电脑屏幕,又看起了论文。

"生气了?"陆泽笑了笑。

江年别过头,不理陆泽。

陆泽也跟着转过头,非要盯着江年的脸,还继续问:"我们年年真生气了呀?"

江年撇嘴:"没有!"

陆泽思索着点了点头:"行,那我不说了,我跟我家年年道歉。我的女友大人想吃什么?我现在就去买。"

江年还是低着头不说话。

陆泽忍不住在心里笑了笑。

唉,他家小姑娘怎么谈恋爱谈这么久了,脸皮还薄成这个样子啊?

可……她真可爱啊。

陆泽面上装作一副不知如何是好的模样,偏偏心里开心得不得了。

偶尔逗逗女朋友,这真是人生一大乐事。

他摸了摸江年的头发,顺了顺毛,起身去点了两杯饮料,又点了江年最喜欢的提拉米苏,走回来的时候还分外乖巧懂事:"江年学姐,我错了,请你原谅我。"

江年实在没忍住,"扑哧"一声笑了出来,然后又白了陆泽一眼,这才接过饮料。

写毕业论文还真是一件痛苦无比的事情,江年特别苦恼的时候,就很喜欢拽自己的头发。

最近她不敢拽了。

实在是用脑过度的时候，头发就很容易掉，她一拽就能掉下来好几根头发。

江年每天都在愁眉苦脸地问陆泽："泽哥，你看我头秃了没啊？"

陆泽还一副认真思考的样子，皱了皱眉头："好像是……"

看着江年一脸紧张的样子，陆泽又忍不住在心里笑开来，安慰江年："我家年年这么漂亮，怎么可能会秃头？你的头发永远都是那么多！"

这段时间他们的日常生活就是，江年认真地看文献写毕业论文，陆泽认真地画图准备竞赛项目，两个人都忙得不得了。

两个人经常是坐在一起，头也不抬，各自忙各自的，然后偶尔累了的时候抬头对视一眼，又各自笑开。

也不知道为什么，江年觉得自己有的时候明明已经累得不行了，看到陆泽的瞬间，又会觉得整个人能量满满，好像又能再读几十篇文献了。

她可真的太喜欢泽哥了。

而努力也不是没有结果的，江年在反复修改了很多遍之后，才忐忑不安地把自己的论文初稿发给导师看，隔天就收到了导师的回复："初稿的完成度很高！江年，你今天记得来我的办公室一趟，我再跟你仔细地讨论一下你的论文需要修改的点。你的论文创新性和深度都已经兼备了，我甚至觉得你的这篇论文再完美一点儿的话，很有可能被评选上今年的优秀毕业论文。"

江年开心得不得了。

而后她就听到室友耿垚垚叹了一口气："我的天哪，我的导师的办事效率也太高了，太可怕了。"

"办事效率高不好吗？"周月有些奇怪地看了耿垚垚一眼。

耿垚垚又叹了一口气："这你就不懂了吧？我昨天才写完论文初稿给我的导师发过去，想着终于把焦虑情绪转移给了我的导师。结果呢？今天！我的导师就又将焦虑情绪转移回来了……"

彭姝没忍住笑了出来。

"别提了,我的论文初稿还没写完呢。垚垚,你需要修改的地方多吗?"彭姝笑着笑着,又想起自己的惨状,瞬间就笑不出来了。

她太惨了。

耿垚垚叹了今天的第三次气:"要是不多的话,我还至于这么崩溃吗?我觉得我的导师恨不得让我重写一遍……"

周月探头,看了看正在安安静静、认认真真地玩游戏的江年,开口问道:"年年是不是不用怎么修改啊?唉,果然只有学霸如我们年年才能这个时候这么快乐。"

江年学着陆泽的样子得意扬扬地挑眉:"对啊,也不看看我是谁,我可是江年!"

然后她惨遭群殴。


临近毕业的时候,江年简直聚餐都要聚疯了。

社团聚餐、班级聚餐、师门聚餐……她觉得自己答辩结束后的日子,全都在吃吃吃和拍拍拍中度过。

江年不怎么会喝酒,但是有时候又禁不住被气氛感染,也会喝一点点啤酒。

然后她就会叫陆大少爷过来接人。

江年身边所有人都知道陆泽,每次看到陆泽匆忙地赶过来,拉着女孩子离开,对所有人都冷淡疏离,唯独对怀里的女孩子柔情满溢,都会羡慕不已。

这样的日子,在毕业典礼那天之后戛然而止。

江年作为优秀毕业生之一上台发言。

台下坐着的是有着各色领子、穿着各色学位服的毕业生。

江年笑了笑:"大家好,我是本科毕业生,江年。"

她也想不到自己有一天可以作为优秀毕业生站在台上发言。

那里是她曾经仰望着的位置。

江年想了想:也是,毕竟自己要努力站在陆泽身边嘛,哪里能太差?

毕业典礼结束的时候,江年被很多人拉去拍合照。

她只觉得自己笑得脸都要僵掉了,揉着脸蛋儿回头一看,就发现了站在不远处看着她笑的陆泽。

穿着白色的衬衣,本就生得好看的男生更是显得丰神俊朗了很多。

他只是站在那里,便惹得不少人频频看过去。

似乎看到女朋友终于发现了自己,陆泽抱着手里的捧花慢慢走过来,而后当着众人的面,连人带花抱进怀里。

"年年,毕业快乐。"

宿舍里最先离开的室友是已经在家乡找好工作、准备回家的耿垚垚。

江年直到这个时候才真真切切地意识到,她又体会了一次毕业的味道。

那些曾经朝夕相伴地陪在你身边的人,可能终有一天会像现在这样一个一个地离你远去。

江年想起自己曾经看到过的一句话。

"会者定离,一期一祈。"

这是一句禅语。

身边的人终究有离去的那天,所以我们要把每个人的相遇当作一生只有一次的缘分。

但我会永远真心地祝福你。

跟她一起过来的陆泽似乎看出了她在想什么,轻轻揽住她的腰。

"但我会永远在你身边。"

江年愣了愣,抬头朝他看了过去。

陆泽抿了抿唇:"一定。"

江年又笑起来,勾着陆泽的小指拉钩:"一定。"

读研究生的日子过得好像跟之前没什么不一样,一模一样的学校、一模一样的教室、一模一样的宿舍,她顶多就是换了室友,也换了同学。

江年仍旧按照之前的轨迹认真地学习，写小论文，参加科研会议……

然后，轮到陆大少爷做毕业设计了……

本来就学业繁重的陆泽这时候更是几乎天天泡在模型教室里面画图、搭模型、做各种各样的设计。

江年生怕陆泽累垮身体，定时定点地跑去送饭。

陆泽的室友简直都快要羡慕死了。

卓力也从自己的图纸前抬起了头，然后伸了个懒腰，又泡了一杯浓到不行的咖啡。

"阿泽，你这样的神仙女朋友到底从哪儿找的啊？女朋友天天跑来送饭，真的太好了吧。"

陆泽抬头，向卓力发射死亡视线。

卓力比起之前聪明多了，连忙在嘴上做了一个拉拉链的动作："我错了。泽哥，你放心，我真的不是觊觎你的女朋友！我……我就是羡慕，为什么我就没有女朋友呢？！"

李文昊无情地嘲笑道："之前有女生跟你告白，也没见你答应。"

卓力撇嘴："我想要女朋友，又不是什么样的女朋友都想要。"

陆泽跟没听见他们两个人的对话一样，把自己的女朋友拉到身边，夹菜："年年吃点儿肉。"

江年抿唇笑了笑，而后乖乖巧巧地跟着吃饭。

卓力："……"

李文昊："……"

谁说人家江年没给他们带饭了？

这不是带了吗？巨份"狗粮"！

去年的这个时候，是陆泽看着江年毕业，而今年的这个时候，是江年看着陆泽毕业了。

陆泽不愧是陆泽。

清华建筑系的毕业设计出了名地难搞，学生们经常没日没夜地泡在模型教室里画图和做设计,中间如果出了什么意外更是让人完全没办法。

何况导师们向来要求也分外严格,学生做出来的作品很难让老师满意,光是图纸都不知道得修改多少遍。

在这样严苛的要求下,也可能是因为自家女朋友无私的陪伴,陆泽灵感四溢,第一遍画出来的图纸就让老师几乎没什么好挑剔的。

看着图纸,仔细地揣摩了很多遍后,导师抬头看着陆泽:"陆泽,你真的在这方面很有天分,我觉得你以后一定可以成为一个名气很大的建筑设计师。我很欣赏你!"

陆泽礼貌地点头微笑。

导师感慨无比:"我以前总觉得天赋虽然重要,但是没那么重要。见了你之后我才觉得,天赋真的……"

有时候看着陆泽的作品,他都能被那些闪光点惊艳到。

所以,陆泽最后的毕业设计和论文拿到了堪称让人震惊的成绩,这也是理所当然的。

一年一度的清华特等奖学金答辩时,陆泽更是获得了院系老师们的一致推荐。

江年早早地就等在了答辩礼堂里。

清华一年一度的特等奖学金答辩向来被称为神仙打架现场。

是真的神仙打架,江年看着台上的答辩学生们上上下下,每个展示的幻灯片内容都是无比高能的。

听他们阐述自己的经历的时候,大家发现,那些大大小小的奖项,只有自己没听过的,没有他们没得到过的。

什么建模大赛美赛O奖啊,什么ACM大赛特等奖啊,什么大二就开始创业、现在已经过了三轮融资总计过亿元啊,什么带组赴非支教啊,什么四年平均分98.9分啊……

江年听得瞠目结舌,只觉得自己大学几年可能都白过了。

她自认为成绩很不错,毕业的时候也拿到了优秀毕业生的称号,更是拿了不少大大小小的比赛奖项,就连老师们对她都是赞不绝口的。

但是听着听着，江年都忍不住开始怀疑人生了。

她跟这些人过的是一样的大学生活吗？

头晕晕乎乎的，她转头对坐在旁边的陆泽嘀咕："泽哥，你说这些人怎么都这么优秀啊？"

陆泽垂眸看着她，然后挑了挑眉。

江年没听到声音，又晕晕乎乎地看了陆泽一眼。

他可太帅了。

她本来以为吧，就算泽哥再怎么帅，她好歹也是对着陆泽这张脸看了六七年的人了，早就该具有一定的免疫力了。

但是，直到今天江年才发现，所谓"免疫力"在陆泽这种颜值的人面前，简直是不堪一击的！

陆泽平日里的穿搭就是江年最喜欢的风格。

简简单单的款式，多是蓝、白、黑、灰的颜色，没什么多余图案的衬衣、毛衣或者线衫，冬天的时候外面再套一件黑色的羽绒服。

裤子更是蓝色跟黑色的偏多，再搭配一双板鞋，整个人看上去既青春又俊朗。

江年不得不夸赞，她的男朋友何止是帅，衣品更是一绝。

但是……今天因为是答辩这种正式的场合，陆泽没穿平日里那些简单干净的衣服，而是难得地穿了一套西装。

陆泽这一穿倒好，江年同学羞耻无比地承认，她今天早上见到他的第一眼，就被帅出了星星眼。

她是拼命地控制住自己，才没让自己尖叫出来的。

本来陆泽就帅，这身正装更是把陆泽的身材优点全部显现了出来。

陆泽宽肩窄腰，扣到最上面的衬衣扣子修饰出纤长白皙的脖颈，西裤显出了两条又直又长的腿。

比起平日简单轻松穿着的陆泽，一身正装的他更是显得丰神俊朗，还多了一点儿平时很少有的成熟和稳重气息，甚至带了点儿禁欲的味道。

江年一看到那颗扣到最上方的扣子，就控制不住地想伸手把扣子给一颗一颗地解开。

她不由自主地咽了咽口水，忍不住挥了挥手给脸扇风，生怕自己脸红表现出自己在想什么乱七八糟的东西。

啊，她真的太花痴了！

江年边在心里谴责自己，边心安理得地欣赏自己的男朋友帅得让人尖叫的脸。

而且，不跟陆泽对视还好，一跟他对上眼，看见那双黑沉沉的眼眸里全是自己的影子，江年就有点儿控制不住自己。

所以在答辩这个严肃的场合中，江年跟陆泽稍稍对视了一眼，便飞快地转过了头。

陆泽对她来说就是绝世大杀器。

陆泽又挑了挑眉。

跟江年认识了这么多年，又在一起了好几年，陆泽自认为对她所有的小表情都摸得一清二楚。

这个时候看到江年飞快地转过头去，陆泽就迅速地明白了她在想什么。

微微瞥了一眼台上那个正在讲自己申请世界名校事迹的答辩人，陆泽朝着江年的方向弯了弯腰，然后压低了声音，在江年的耳边轻声说道："是觉得你的男朋友今天太帅了吗？"

男生呼出来的温热气息在江年的耳边乱窜，她只觉得自己的耳朵一阵痒，下意识地就想反驳："谁……谁说了……"

话还没说完，江年就又没忍住看了陆泽一眼。

好的，只一眼，小姑娘刚才还假装很有气势地反驳他的话，现在立马消音。

对不起，呜呜呜，她真的没办法欺骗自己的良心！

别的不说，泽哥简直就是长在了她的审美点上！

江年撇了撇嘴，迅速地转过头，不再搭理陆泽了。

陆泽"扑哧"一声低低地笑了出来，笑声里满是说不尽的愉悦之意。

还有什么比好几年过后，女朋友还这么喜欢自己更让人开心的事情？

嗯，女朋友是个终极"颜控"还真的挺好的。

江年悄悄转过头，迅速地瞥了一眼陆泽，然后又不甘愿地坐好："是……是挺帅的。"

她在心里默默反驳自己。

哪里是"挺帅的"，泽哥分明是帅得让人想哭好吗？！

陆泽更是愉悦无比地笑了出来。

陆泽正准备继续逗逗自己的女朋友的时候，旁边的一个工作人员就悄悄走了过来，弯腰低声跟他说道："您好，陆泽学长，下一个答辩人员就是您了。请您先去后台准备一下吧。"

陆泽懒懒地点头，而后冲着工作人员缓缓地笑了笑："谢谢，我现在就过去。"

工作人员真被陆泽的笑容给晃得心神不定，连忙点了点头，逃命一般溜走了。

我的天哪，陆泽学长也太……

江年"啧啧"感慨，看到自家男朋友斜过眼飞过来的眼刀，乖巧懂事地收起了自己看好戏的态度，不忘送上甜甜的笑容："泽哥加油！你可以的！"

看看，陆泽这个要去答辩的人，简直比她这个围观答辩的人都要轻松一百倍！

不过，到底是围观过自家男朋友参加大大小小竞赛的人，江年对陆泽放心得不得了。

台上答辩的同学朝台下鞠了个躬，结束了自己的答辩，赢得了满堂的掌声后，陆泽就走了上去。

江年立马感受到礼堂里一阵躁动。

"啊，我死了。陆泽学长怎么能这么帅啊？"

"我好酸，你说江年上辈子到底做了什么绝世大好事，这辈子才能拥有这样一个男朋友？"

"不知道为什么，陆泽一上台，我瞬间觉得这不是一个答辩场合，而是一个走秀T台……"

江年没什么反应。

这几年来，被人羡慕得多了之后，她淡定了不少。

她冲台上的陆泽笑了笑。看到男生的目光在自己身上打了个转，她又冲着他比了个加油的手势。

陆泽微微弯了弯嘴角，整个人自信又潇洒，冲着台下鞠躬，站得笔直："大家好，我是今年建筑系即将毕业的学生，陆泽。"

大屏幕上的幻灯片开始播放，男生好听的嗓音透过话筒在礼堂里响起，他逐一讲解着自己过去五年的学习、实习和竞赛经历。

他每翻动一页幻灯片，江年都能听到台下响起的无数吸气声。

她忍不住摇了摇头。

行吧，看来自己刚才对之前的答辩选手佩服得还是早了一点儿。

泽哥这履历，优秀得简直让人无话可说啊——各种大小竞赛的特等奖、年年最高的奖学金、几乎满分的成绩、拿出去让人震惊的项目经历……

江年自然知道陆泽是优秀的。但是看着他这样无波无澜地陈述着自己的履历，江年还是忍不住觉得与有荣焉。

台上那个引得评委老师们都频频满意地点头的人，是她的。

陆泽结束自己的答辩鞠躬致谢的时候，江年明显能感受到这次的掌声简直有一种快要掀翻礼堂顶的架势。

那个处于众人的视线中心的男生不骄不躁，径直走下台，然后抱了抱江年。

好听的嗓音在江年的耳边低低地响起，他说："谢谢我的年年，我的所有荣誉都该分你一半。"

江年弯着眸子笑起来。

她真幸运。

表现如此突出的陆泽，理所当然地获得了今年的清华特等奖学金。

什么优秀毕设、优秀毕业生代表……陆泽简直拿奖拿到手软。

江年都要佩服得五体投地了。

临近毕业季,大家在毕业答辩跟未来去向全都尘埃落定之后,就又开始无穷无尽地吃吃吃、玩玩玩,简直跟去年的江年一模一样。

而人气高成这个样子的陆泽,更是被邀请了一次又一次。

陆泽虽然看起来不是特别好接近的样子,其实还挺好相处的。所以没什么事的话,这种公开聚餐他一般不会拒绝。

在饭局上,陆泽简直是被敬酒、敬饮料的重点人物,几乎每个人都会端着杯子过来敬他。

陆泽的酒量一向很好,而且在这种临近毕业离别的时候,他更是称得上好说话。

所以但凡有人过来敬他,他都会豪爽地端起杯子一饮而尽,然后清醒无比地给他的女朋友打电话。

"年年,我喝醉了……你来接我好不好?"

卓力跟李文昊看着一点儿醉意都没有的陆泽,忍不住对视一眼,齐齐摇头。

看吧,怪不得人家泽哥能抱得美人归,光是帅跟学习好就算了,对女朋友的手段还这么高。

然后,所有的人都能看到,江年匆匆忙忙地赶过来,背对着别人皱着眉头低声数落陆泽:"你怎么又喝了这么多酒啊?我带了点儿醒酒的药,别伤了胃。"

陆泽"乖巧"地点头:"年年,我错了。"

有人低声议论:"泽哥怎么年纪轻轻就看上去这么妻管严呢?毫无威严。"

贺嘉阳笑着摇头:"这你就不知道了吧,阿泽那是心甘情愿地当妻管严。"

别看陆泽表面上乖巧听话,心里估计都快要美翻了吧。

恋爱中的男人可真可怕啊。

毕业典礼的时候，陆泽穿着黑色的学士服，长身而立，作为学生代表发言。

"在清华读本科的五年间，我收获了很多很多东西，似乎每个奖项说出去都颇有分量，也遇见了无数值得感谢的人。但是，我最想感谢的是我的女朋友，她的陪伴和鼓励才让我有了今天的收获。"

陆泽是这样结束他的发言的。

"我年少时也曾经幻想过无数次未来该是什么样子的。现在的我，好像已经可以回答那个时候的自己了。

"答案是……"

陆泽笑了笑，看着不远处的江年："忠于自己，披荆斩棘也要追逐梦想和你。"

这是我能想到的，所有未来。

江年本来觉得自己注定要比陆泽先毕业一年。

她倒是无所谓，只不过他们两个人早就商量好了，都不想留在帝都，想回远城工作。

的确如此，对江年来说，让她这个土生土长的南方人在帝都读几年书还行，要是一直留在这里工作和生活，对她而言简直是莫大的折磨。

再开学，江年研二，陆泽研一。

女孩子拽了拽陆泽的袖子："泽哥，你说……我先毕业那年，得自己一个人回远城工作，怎么办呀？"

其实江年自己也知道，一年的时间飞快无比。

而且远城有各种各样的亲友，她压根儿不用担心自己会孤单。

她就是……舍不得。

她这几年已经完全习惯了有陆泽陪在身旁的感觉，好像无论自己做什么，陆泽都在她身旁，两个人一起努力一起向前。

想想以后突然就要自己一个人在家乡工作，那就等于他们得异地恋一整年，江年越想越郁闷，垂着头噘着嘴巴。

陆泽忍不住笑了出来。

467

如果江年是个有尾巴的小动物的话,这个时候肯定耳朵也垂着,尾巴也没精打采地耷拉着,想想就可爱,让人想使劲摸一把。

他把手里的奶茶递过去:"这么舍不得我呀?"

小姑娘还非得嘴硬那么几句:"谁……谁舍不得你了!我就是……"

"就是"了半天,江年也没能"就是"个所以然出来。

小姑娘瞥了一眼陆泽清亮的眼睛,又噘了噘嘴,"就是"不下去了。

"对啊,我就是舍不得你。"

她一想到研究生刚毕业的那一年里,她吃饭、走路、工作全都没有陆泽陪伴,每天只能听听陆泽的声音,跟陆泽视频一下,没办法抱到真人,就忍不住一阵情绪低落。

耳边传来男生低低的却充满了愉悦的笑声,江年瞪了陆泽一眼:"你还笑!"

陆泽笑得更大声了一点儿。

看到女孩子越发不满的眼神,陆泽很识时务地点头认错:"好,我不笑了。那作为赔罪,我告诉你一个好消息?"

江年稍稍疑惑:"什么好消息?"

"我读的是专硕。"陆泽微微扬了扬嘴角。

江年愣了愣,而后不敢相信一样猛地瞪大眼睛:"你说什么?!"

陆泽点了点头:"对,专硕,所以我可以跟你一起毕业了。开心吗?"

江年真的很震惊。

她还真没有具体问陆泽到底是学硕还是专硕,因为保研的人基本上都会优先选择学硕。

学硕奖学金多,学校待遇也会更好,优秀如陆泽,江年真的压根儿没想到他会主动选择专硕。

"你疯了吗?"江年是很开心可以跟陆泽一起毕业,但是好像无论怎么看,都觉得他选学硕好一点儿吧。

陆泽伸了个懒腰:"当然没疯。"

他选择专硕，一方面是为了跟江年一起毕业，另一方面也是出于自身考虑。

他很明确自己不读博，所以省去的一年时间算是挺宝贵的。至于什么奖学金之类的问题，他从来没有考虑。

他像是缺钱的人吗？

陆泽安慰地拍了拍江年的头："不要多想，我肯定是有自己的考虑才会这样做的。跟我一起毕业你不开心吗？"

江年看了陆泽半天，还是忍不住笑了出来。

开心，她怎么会不开心？

之后的两年，也算是江年学生时代的最后两年了。

她一直觉得自己算不上是一个多么喜欢学习的人，会被成堆的作业压得喘不过气来，每逢期末考试时更是会想还不如早早去工作。

但是真到临近研究生毕业时，江年才发现，自己终究还是舍不得校园生活的。

她每天过得纯粹而干净，能见到各种各样有趣的同学和老师，去学自己感兴趣也喜欢的东西，充实又简单。

好像学校的每一个角落里，都有她和陆泽一起走过的痕迹。

陆泽几乎一眼就看穿了江年的想法："舍不得学校吗？"

江年笑了笑："是，也不是。"

她舍不得是肯定的。

只是人终归是要长大的，再怎么囿于过去，也还是得继续朝前走。

何况……何况，她身边一直有人陪着她。

这次毕业的学位服是蓝色的。

跟三年前一模一样的毕业典礼礼堂，江年只觉得时间好像真的过得飞快。

跟同学们一起拍毕业照时，他们像之前那样子站在校门前，把帽子高高地扔向空中，一起跳起来，然后高声大喊："毕业快乐！"

算上高中，她是第三次毕业了吧。

在这个读本科加上读研，一共待了七年的城市的最后一个晚上，陆泽突然提议叫上他们共同的好朋友一起聚会。

江年觉得没什么好反对的，开开心心地就答应了下来。

"晚上做什么呀？"

陆泽揽着女孩子的腰："唱歌？"

"真的呀？"小姑娘闻言眼睛立马亮了，连连点头，"好呀，好呀，我都好久没唱过歌了。"

"嗯，不过我有个朋友晚上临时找我有点儿事，我到时候把地址发给你，你先过去好不好？"

江年不疑有他，点头应声："没问题，我到时候跟我的室友们一起过去就行。"

陆泽摸了摸女孩子的头发："真乖。"

跟室友们一起有说有笑地来到陆泽发给自己的KTV包间时，江年愣住了。

虽然她知道陆泽有事，但是这个KTV包间怎么黑漆漆的一个人都没有？

服务员指了指包间："就是这个了，请进。"

江年跟室友们对视了一眼，而后悄悄探头进去，又迅速地缩了回来，低声问读研究生时还是室友的彭姝："真的是这里吗？我刚才看群里，书南说她已经到了包间，在包间里等我啊。"

怎么现在包间里像是完全没人的样子？

另外两个室友也对视了一眼。

高个子室友杜卓然挥了挥手："没事，刚才那个服务员都说了是这里了。而且你不是记得包间号是8888吗？"

她还指了指包间上面的牌子给江年看，的确是"8888"没有错。

另外一个室友郑丹也帮腔："对啊，年年，快进去吧。外面好热，快进去开空调凉快一会儿。"

江年有些迟疑，犹豫了一下还是选择听室友们的话。

也是，她最多就是走错包间嘛，也没什么。

江年推开门,朝包间里迈步。

只是一瞬间,刚才还黑漆漆的包间瞬间就亮了起来,江年的眼睛都被晃了一晃。

江年耳边是炸开的声音——

"Surprise(惊喜)!"

江年被吓得整个人都蒙了,好半天才回过神来,然后发现包间里哪里是没有人,明明全是人好吧。

陆泽的几个室友、祁书南,还有陆泽之前读本科时的室友,甚至还有姜诗蓝跟一些在帝都的高中同学,全都拿着一枝玫瑰花站在她面前。

每个人脸上都挂着满满的笑意,正盯着她。

江年更加蒙了。

她求救一样转过头,看着跟在她身后的几个室友,想问问这是怎么了。

然后一转头她就发现,刚才手里还空荡荡的几个室友,这个时候竟然也全都拿着一枝玫瑰花,笑着看着她。

也就是说,只有她一个人还完全搞不清楚状况……

江年茫然地又扭过头:"你们这是……?"

她还没问完,包间的门就再次被打开了。

她听到声音,向后看去。

那个之前跟她说今晚有点儿事要晚点儿来的陆泽,这个时候却一身正装,手里捧着一大捧玫瑰花,一步一步朝着她缓缓走了过来。

几个室友也把位置给陆泽让了出来。

今天又帅出了新高度的男朋友站在她面前,黑亮的眼睛里全是她,然后双手把花献了过来。

还搞不清楚状况的江年看了看身后的朋友们,接过了花:"谢谢泽哥,今天是怎么了吗?"

陆泽没回答江年的问题,径直开了口,向来漫不经心的语气,今天却带着浓浓的缱绻和认真之意:"年年,我爱你。"

江年脑子一蒙，咬了咬牙，有些不好意思："我……我知道。"

陆泽又低声笑了笑，然后单膝跪了下来。

江年这次彻底傻掉了，然后眼睁睁地看着陆泽拿出一个盒子打开。

陆泽抬眸看向江年："我已经爱了你很多年了，也真的很珍惜、很感谢你在我身边的每一天。年年，我确定我想陪你走过这一生，也会尽我所能地把最好的东西全都给你。我希望我的未来有你在。嫁给我，好吗？"

江年终于明白今天到底是怎么回事了。

她张了张嘴巴，想说什么，一时间又说不出来。

求……求婚吗？

其实之前也有朋友问过她，打算什么时候结婚。

毕竟她跟陆泽之间感情稳定的程度简直是大家有目共睹的。

但是江年总觉得有点儿快了，也觉得自己和陆泽可能还没有完全准备好去组建一个新的家庭。

直到现在看着单膝跪在自己面前、表情认真毫不迟疑的陆泽，江年才发现，她的心底其实一直是在隐隐期待着的。

她没忍住咬了咬唇。

也不算快了，他们已经在一起七年了。

就像陆泽说的那样，她也很确定，想陪着陆泽度过这一生。

有陆泽在身边的每一天，她都是快乐的。

江年又抿了抿唇。

看着女孩子迟迟没点头也没说话，陆泽只以为她是还没准备好结婚，心里难免有些失落难过，但觉得可以理解。

他也愿意等，还不忘笑着开口安慰他的女孩儿："年年，你不用有压力……"

话还没说完，他就看到江年点了点头，她那一双漂亮的杏仁眼笑成了月牙。

"好，我答应嫁给你。"

这次，换陆泽愣在了原地。

他一时间发现,哪怕淡定强大如自己,这个时候也完全撑不住了。

也是,一个你爱了很多年的女孩子答应要嫁给你,愿意把她的余生都交给你,这谁撑得住?

陆泽深吸了几口气,还是没忍住地眉开眼笑,惊喜无比:"真的吗?!"

江年点了点头:"对,我愿意。"

陆泽只觉得自己快要流泪了。

他再次深吸了几口气,压下了心头的狂喜情绪,迅速地拿出求婚戒指给江年戴上。

江年抬起手,看了一眼手上漂亮无比的戒指,而后就听到身后的贺嘉阳笑着开口:"江年,这个戒指是阿泽自己设计的哟。"

江年又是一惊,再次打量了一下自己手上别致又好看的戒指,看向陆泽求证:"真的吗?!"

陆泽笑着点了点头:"嗯,真的。"

江年猛地扑进了陆泽的怀里。

她能感受到陆泽对她到底有多用心,更能感受到陆泽对她的感情到底有多深。

她能遇上这么一个人,夫复何求?

陆泽摸了摸江年的头发,也紧紧地抱住了她。

后面不知道是谁开始起哄:"亲一个!亲一个!"

陆泽挑眉,捧着女孩子的脸在她的嘴角印下了一个吻,然后笑道:"年年,你终于是我的未婚妻了。"

嗯,从同学到女朋友,再到未婚妻,下一步……她就是老婆了。

很好。

祁书南摇了摇头:"唉,我觉得我这个时候就是一个瓦数不知道多高的电灯泡,我太惨了。"

她把手里的玫瑰放在江年的怀里,也使劲了抱江年:"年年,我的年年,你一定要幸福啊。"

江年点头,而后环视了一圈包间里的人,又笑了出来:"谢谢

473

大家。"

她何其有幸,能拥有陆泽这样的男朋友,还能拥有这么一群好朋友。

陆泽看着面前笑靥如花的女孩子,眼神很是温柔。

不枉他学了那么久的首饰设计,还画了那么久的设计图。

愉悦的情绪就在血液里游走,好像这个时候,陆泽才真正明白了什么叫不枉此生。

有江年,他才不枉此生。

"Mary 李,这批材料你们准备得怎么样了?"

周一一大早,在大家都还纷纷打着瞌睡的时候,主管已经背着手来到了这里,并且一上来就叫 Mary 李交材料。

Mary 李心里叫苦不迭。

谁周一早上有心思交什么材料啊?她满心都是昨晚没看完的那部剧。

现在的人,都是深夜的时候不想睡觉,然后早上被闹钟叫醒的时候质疑昨晚不睡觉的自己脑子里有多大的泡。

这就是 Mary 李现在心里的真实写照。

不管心里怎么想,她都连忙站起来,恭恭敬敬地回道:"王经理,您放心,我们马上就整理完毕了,今天午饭之前我就交过去。"

主管这才稍稍满意,然后又在办公室里踱了一圈。

大家都纷纷努力抑制住自己浓烈的睡意,努力对着电脑做出一副认真工作的样子。

主管逛了一整圈,满意了,背着手就准备离开。

众人都忍不住松了半口气。

另外半口气还没松完的时候,众人就看到主管突然回过了头。

"看我这脑子,怎么就把最重要的事情给忘了?"自言自语完,他又叫道:"Mary 李,我是来告诉你,等会儿公司会有新人来报到,你负责带其中一个女生。她来了之后,你记得给她安排一个座位,然后这段时间就辛苦你带她了。"

Mary李脑子一蒙:"新人?叫什么啊?"

主管笑了笑:"叫江年,今年刚刚研究生毕业,你可以先给她安排一点儿好上手的工作做。"

"哦,哦,哦,行,我知道了。"Mary李连忙应声。

主管这次才真的离开了办公室。

王经理一走,刚才还在"辛苦工作"的众人都低声议论起来。

"真来新人?我之前听前台小姐姐提过一嘴,当时没怎么在意,没想到竟然是真的。"

"这不巧了吗?我也听说过有新人进来。而且我还听到了详细的版本……"知情人悄悄压低了声音,还不忘卖关子,更是引得周围的几个同事都看了过来。

"什么详细的版本?"

"对啊,别卖关子了,快点儿说吧。"

知情人这才笑了笑:"这个江年很不一般哟,我那次在茶水间里听到杨姐聊天,说就是她面试的江年,最后给了ssp offer(super special offer,校招最高级别薪资录取)进来的。"

"啊!"

周围的几个人都一副震惊到不行的样子,纷纷对视了几眼,接连咋舌。

他们都是在这家公司里做了好几年的人了,每年的春招、秋招已见过好多次,对公司给出ssp的offer代表着什么有着清楚的认知。

公司每年给出的ssp的offer数量向来屈指可数,公司能给出这样的等级,就说明对面试者之前的简历筛选、笔试和面试,都认定是极为优秀的。

事实也证明,公司给出ssp offer的人,后面的表现的确普遍很好。

"真的吗?妹子这么厉害的啊,什么学历背景?"

知情人闻言哂笑了一声:"这还用问吗?公司都能给到这样的等级了,北大的本硕呗。"

所以，企划部会进一个 ssp 等级的新人的消息，飞快地传遍了整个部门。

当江年拎着包走进来礼貌地做自我介绍的时候，更是让办公室里的不少人纷纷对视。

这个新来的妹子优秀也就算了，竟然还这么漂亮？！

那双大大的杏仁眼，看着人笑的时候，简直让人心都要化了好吗？

一等江年做完自我介绍，Mary 李就站了起来："江年，你好，我是这段时间负责带你的 Mary 李，你可以叫我李姐。"

江年迅速恭敬地致意，而后对办公室里的其他人友好礼貌地笑了笑，朝着 Mary 李走了过来。

Mary 李指给她看："放轻松，不要紧张。哈哈哈，我们部门的人都很好相处的。"

江年有些不好意思地点了点头。

不过的确看得出来，这个部门的人对自己的态度都很友好，江年也忍不住松了一口气。

说实话，陆泽今天早上送她过来的路上，她一直紧张得不得了，连问了陆泽好几遍："我的妆容、穿着都没问题吧？"

直到问得陆泽不想再回答，侧过身来以吻封唇，江年才老老实实地安静下来。

Mary 李笑道："那个就是你的工位，你可以先熟悉一下环境。我等会儿把手头的工作处理完，会给你布置一些任务让你上手的。"

江年乖巧地点头，然后朝着 Mary 李道了声谢，就拿着东西到了自己的工位上。

Mary 李尽快处理好了自己手头上的事情，把材料给主管交了过去，就到了江年身边。

看到女孩子明明还没什么工作，却没有在浏览网页也没有在玩手机，而是在认认真真地学着什么文档，Mary 李一阵感慨：不愧是能拿到他们这种级别的公司的 ssp offer 的人，自制力就是强得可怕啊。

Mary 李笑了笑，叫了江年一声："年年，我们最近正在筹划下下期杂志的主题和模特人选，你也写一版策划文档吧。新手上手可能有点儿难，但是这个东西不太急，你慢慢写，有问题来问我就行。"

江年思索了一下，而后迅速地点头应声："好，我知道了，谢谢李姐！"

Mary 李又给她比了个"加油"的手势，就回了自己的位子上继续做事了。

的确就像 Mary 李所说的那样，江年能力虽然强，但怎么说都是一个新手。Mary 李给她布置的每一项任务，她刚上手的时候都觉得很是困难。

困难归困难，江年自身能力本就强，又很耐得住性子，遇到不会的东西时自己也能琢磨，实在不行再去问 Mary 李。

而且从高中以来，近十年，江年都没有断过写稿子。

虽说写策划文档跟写稿子还是有很大区别的，但是从某种程度来说，文字都是相通的，所以这么一来，江年上手得就特别快。

就连 Mary 李都震惊了。

看着江年发过来的改好的第五版策划文档，Mary 李忍不住点了点头。

这姑娘能拿到 ssp 的 offer 真的是有原因的，绝对不仅仅是因为强大的学历背景，实在是太优秀了。

其实江年发过来的第一版策划文档，虽然各方面都很不成熟，却能看出来她有一些很特别、很有新意的想法。

而这些特别之处和新意，正是他们这样的公司所需要的。

所以 Mary 李只是给江年指出了一些问题，江年就能迅速地举一反三。

并且，江年一遍遍修改时，也丝毫不显得烦躁，仍然是那副认真又耐心的样子。

这第五版的策划文档，Mary 李就觉得已经快要无可挑剔了。

她看着江年："年年，你真的是个天才啊。"

Mary 李一阵感慨。

就江年这个能力和性格,她敢打包票,江年一定是最先转正,并且之后能迅速升职的人。

江年不好意思地笑了笑:"李姐过奖了,都是您指导得好。那我回去做另外的工作了。"

然后她冲着 Mary 李点头致意,就又回了自己的工位。

这一段时间下来,江年觉得还挺喜欢自己的工作的。

而且,企划部的同事们人都很好,对她也很友善,工作气氛很轻松,工作的内容也都是她感兴趣并且擅长的。

陆泽自己的公寓离江年的公司比较近,所以江年一般工作日会住在陆泽这里,周末则会带着陆泽一起回家里吃饭。

还是在远城工作好,她随时都能吃到老妈做的菜。

江年午休的时候,跟着同事们一起去公司食堂吃了饭,想起来什么,拿出手机给陆泽发消息。

星辰:"泽哥,这周末要回家吃饭。我妈妈今天早上还特地打电话给我,问我你想吃什么,她给你做。"

星辰:"真是的,我妈妈都没有问我想吃什么!生气!"

那边的人很快就回消息了。

江年隔着屏幕,都能感受到陆泽那满满的笑意。

满眼星辰:"想吃红烧肉。"

江年撇了撇嘴。

星辰:"别吃了!猪肉涨价都涨到什么地步了,还吃红烧肉!泽哥,你太奢侈了,我要强烈谴责你!"

满眼星辰:"好,我家年年真的是一个持家有道的好老婆。年年不让吃就不吃,那就吃年年喜欢吃的茄子吧。"

满眼星辰:"不过,我不吃没事,我老婆想吃的话还是得吃,我赚这么多钱就是给我老婆花的。"

江年没忍住,"扑哧"一声笑了出来。

星辰:"谁是你老婆,咱们还没结婚呢。"

那边的人隔了一小会儿才又回复消息过来。

满眼星辰:"怎么听这语气,总觉得像是在催我结婚一样?"

江年:"……"

跟陆泽聊了好一会儿,江年才笑眯眯地收起了手机。

一起吃饭的一个企划部的男同事柯西笑着看向江年:"江年,笑得这么开心,男朋友吗?"

江年又弯着眼眸笑了笑,夹了一口茄子放进嘴里,摇了摇头:"不是。"

她没再多做解释。

男朋友已经求过婚了。

江年想到这里,忍不住笑得更加开心了一点儿。

柯西眼睛亮了亮,看了看餐桌边同事们一个个鼓励的眼神,又觉得信心满满。

对方不是江年的男朋友好啊,不是江年的男朋友那就说明他有机会!

说实话,柯西觉得自己已经好久没有过心动的感觉了,但是江年刚来的那天,当俏生生的女孩子弯着眼眸笑着站在那里的时候,他就忍不住觉得心跳加速。

江年太漂亮了,而且他真的太喜欢江年那双亮晶晶的眼睛了。

之后的相处中,柯西更是对江年倍加欣赏。

江年很有能力也很优秀,性格更是好得没话说。工作认真、能力强,这样的女孩子谁会不喜欢?

柯西瞥了一眼江年好看的侧脸,更是一阵心动。

下班的时候,江年跟着几个企划部的同事一起有说有笑地坐电梯下楼。

等电梯时,柯西突然开了口:"欸,对了,听说最近有一部很好看的3D电影上线了,你们看了吗?"

江年摇了摇头。

柯西眼睛更是亮了亮,而后拼命地冲另外几个同事使眼色。

电梯一开，江年就走了进去，看到几个同事中只有柯西走了进来，有点儿纳闷儿："你们不下去吗？"

一个女同事连连摆手："先不了，我们几个人突然接到了经理的消息，得先回去一趟，一会儿再下班。"

"哦，这样，"江年点了点头表示明白，又冲着几个人笑着挥手，"那明天见啦。"

几个同事纷纷不着痕迹地冲着柯西比了"加油"，就笑嘻嘻地开始等下一班电梯。

电梯里只有柯西和江年两个人，他觉得自己简直快要喘不过气来了。

他拼命给自己鼓劲，在电梯快到一楼的时候叫了江年一声："江年，那个……你这周五有时间吗？"

"啊？"江年不疑有他，甚至怀疑自己没听清楚，又问了一遍。

柯西觉得自己这样不行，干脆咬咬牙准备一口气说完："你这周五……"

他刚说到这里，电梯"叮"的一声，提示到了一楼。

江年正听着柯西说话，听到提示音抬起头，往电梯外看了一眼，然后眼睛瞬间亮了起来，几乎是连蹦带跳地出了电梯，一下扑到电梯外的人怀里，用柯西从来没听过的兴奋语气说道："泽哥！你今天怎么来了？！也不告诉我一声！"

陆泽懒懒地笑着，揽住怀里的女孩子："给你个惊喜，来接你去吃铁板茄子，想吃吗？"

江年更是眼睛一亮，使劲点了点头："想！泽哥，你最好了！"

陆泽挑了挑眉。

江年这时候才慢慢恢复理智，然后意识到自己是在公司一楼的大堂里，周围还有不少认识的同事，来来往往的都会瞥上两眼。

她立马窘了窘，赶忙从陆泽的怀里挣脱出来站好，脸颊上都是红晕。

一回头，江年这才想起被自己遗忘在身后的柯西。

480

她更加不好意思了:"对不起啊,柯西,你刚才说什么来着?"

柯西失魂落魄地看着眼前这一幕。

说他们不是情侣,他自己都不信。

而且……他刚才打量了一番抱着江年的男人,就连一向自认为条件不错的他,一瞬间都有了一种莫名其妙的自卑感。

男人又高又帅,气质一绝,一身正装更是看得出价格不菲,还有手腕上那块表,就是他想买了很久都没舍得买的。

柯西摇了摇头:"没……没事,我先走了,江年。"

江年有些奇怪地歪了歪头,而后就又懂事地笑了笑:"好,那明天见。"

她不忘冲柯西挥了挥手。

江年向来看不太明白,陆泽却明白得不得了。

他望着柯西仓皇逃走的背影,再次挑了挑眉。

看来以后他得经常接送未婚妻上下班了,免得他家年年被别人觊觎。

自家未婚妻太漂亮、太优秀,有时候也不是好事啊,总是让他心惊胆战的。

江年开开心心地挽着陆泽的胳膊往外走,碰到认识的同事,还会被笑着调侃:"年年,你这么开心,男朋友过来接你下班哪?"

而后再看向江年旁边的人时,同事总是不可避免地露出惊艳的神情。

这对情侣的颜值也真的……太高了一点儿吧。

江年弯了弯眼眸:"不是男朋友。"

同事震惊:"啊?!"

江年就笑着跟陆泽对视了一眼。

她总是一抬头就能看到陆泽用只对她温柔的眼神注视着她,眼里全是她。

江年抿唇,笑得全世界最幸福。

"是未婚夫,我们很快就要结婚了。"

很快很快。

江年以前也幻想过自己二十多岁的时候结婚，会是什么样子的。

哪个少女在经过婚纱店的时候没有站在橱窗前，向婚纱店里张望过？如果有同伴在，女生们甚至不忘跟同伴一起交谈。

"你最喜欢哪件婚纱呀？"

江年初中的时候，特别喜欢与学校隔了一条街的一家婚纱店里的一件白色婚纱。

那件婚纱有着很长很长的后摆，江年跟祁书南一起站在那里看，有时候有新娘子试穿，江年都会忍不住一阵艳羡。

她那个时候也想过自己以后的伴侣会是什么样子的。

但是哪怕想了一百遍，江年也不敢将自己的伴侣设想得如同面前的陆泽一般完美。

她穿着一件昂贵无比、漂亮得是个女孩子都会夸赞的婚纱，挽着江爸爸的胳膊，在全场人的注视中，一步步向最前方的陆泽走去。

陆泽今天穿了一身黑色的西装。

近十年过去，当时那个穿着简单的蓝白色校服、慵懒干净的少年，现在早已长成一个稳重的男人了。

退去了当时满满的少年感，现在的陆泽比当时更加引人注目，好像那时候一些还内敛的气质，现在一经时光打磨，就全都外露出来了。

他的面容也比高中时更加好看。

当时蓬松柔软、自然下垂的头发，现在也换了发型，被陆泽梳了上去，很帅很帅。

好像这么多年过去，他们两个人都改变了很多很多。

江年一步一步地走着，一点点地想着。

那个时候的她敏感而羞怯，甚至总是有一种莫名其妙的自卑情绪。

她总觉得自己有很多不如别人的地方，也总觉得自己不值得被别人喜欢。

他们一起经过了好多好多事，也得到过无数人的夸奖，她好像也在当时那个少年充满鼓励和信任的目光中，慢慢成长起来了。

昨晚她睡在家里，跟江妈妈一起坐在客厅里翻看着她从小到大的照片。

江妈妈边说边笑："你一岁的时候啊，特别特别闹腾。我想去工作，结果你一离开我就哭，还很容易生病，哭得我脑壳都是疼的。没办法，就只能让你爸爸工作，我先辞了职，等你稍微大了一点儿才又出去工作的。

"后来你上学，出乎我们的意料，你的成绩竟然特别好。年年，妈妈知道你从小到大都很喜欢给自己施加压力，其实爸妈都看在眼里。我们喜欢跟亲朋好友炫耀你的成绩，却没想到这种炫耀行为让你这么有压力。

"你读高中时，尤其是高一的时候，我们都看出了你的心理其实隐隐约约有一点点问题了。你太敏感了，那个时候你爸跟我都不敢和你说太多，生怕稍微一说多你就想太多，然后又给自己压力。

"我有时候很想让你考个好大学，有时候又觉得，还不如你从小成绩就没那么好，你可能反而会更快乐一点儿吧，就跟诗蓝一样，一直都是开开心心的。

"所以你认识了阿泽之后，我跟你爸还挺开心的。我们能够感觉出来，在他面前你特别放松，高三的时候，你反而心理压力小了不少。我跟你爸都觉得你能开心就挺好的。

"年年，你总是跟我说你觉得自己一点儿都不厉害，周围有那么那么多优秀的人。其实你都不知道……"

江妈妈指着江年参加毕业典礼时做优秀毕业生代表发言的照片，笑着跟江年说："你的叔叔阿姨们有多羡慕我有你这么一个听话懂事又争气的女儿。"

江年没想到妈妈竟然会突然跟她说这么多事。

一开始她是想笑的，笑着笑着，不知道为什么就突然特别难过，忍不住就扑到妈妈的怀里哭了出来。

是，江妈妈的确没说错。

她高一的时候因为给自己施加的压力过大，已经隐隐约约有了崩溃的前兆。

有时候深夜她都会突然哭醒，梦到自己考试考得很差很差。

她其实都明白，但那个时候就好像走进了一个莫名其妙的胡同里，怎么都走不出来。

她半夜哭醒的时候，都不敢再睡觉，会拥着被子坐起来，边哭边想：如果她高考考得很差，完全考不上一所好的大学，那爸妈出去该怎么跟亲友邻里们说起她？

她还有可能成为邻里们的谈资。他们会说："江家那个女儿啊，以前总听她爸妈说她成绩挺好的，高考考得那么差，也不知道平时有什么好炫耀的。"

江年怕，真的特别怕。

她明知道哪怕就算自己真的考不好，爸妈也绝对一句话都不会说她，可依然怕得要死，久而久之这简直都成了一个心结。

她无可奈何。

江年自己都很害怕再这样下去，高二、高三还怎么受得了。

但是她多幸运哪，就认识了陆泽。

现在这么多年过去了，江年觉得自己的心理早已比那个时候强大了不知道多少倍。

就算有失败，就算被人批评，就算被很多人不喜欢，江年依然可以泰然处之。

她现在活得挺明白的，干吗那么在意一些陌生人的想法？只要她喜欢的人喜欢她就够了。

可是那个时候的江年不行。

那个时候的江年完全不懂。

16岁的江年敏感又多虑。她很爱这个世界，可又很害怕这个世界并不爱她。

江年有时候回想起来都会忍不住笑，很想隔着时光给那个时候的自己一个拥抱，然后，跟自己和解。

就像现在她抱着妈妈一样，好多年前一些或有或无的埋怨和不甘情绪也都通通和解。

江妈妈抱着江年，拍了拍她的肩膀。

"年年，你能想明白就好。爸妈真的很开心能有你这样的女儿。"江妈妈笑了笑，"我们现在都快老了，也不希望别的，就希望你结婚以后能够开开心心的，想笑的时候笑出来，想哭的时候也能放声大哭。你永远是爸妈的骄傲，真的。"

江年鼻子更酸，眼泪"啪嗒啪嗒"地往下掉。

她知道的，她一直都知道的。

能拥有这样的父母她也很开心。

就好像……

江年仰着头看了一眼自己挽着的父亲，忍不住弯眸笑了笑。

时光真的改变了太多太多人和事物。

她昨晚翻看照片的时候，都会震惊于自己竟然变化了这么多。

但是总归有很多东西没有变，比如陆泽看着她的眼神，亮晶晶的，温柔宠溺，好像是繁星满天。

他们也是真的一步一步，从校服走到了婚纱。

江年走到了陆泽跟前，仰着头笑看着那个丰神俊朗的男人，那个即将成为她的合法丈夫的男人。

江爸爸把江年的手郑重其事地交到了陆泽手里："阿泽，年年就交给你了，你以后一定要好好对她，不许欺负她。我就这么一个女儿，辛辛苦苦养这么大，你可不能辜负了她。"

江年忍不住"扑哧"一声笑了出来。

陆泽更是郑重其事地说："爸爸，您就放心吧。能娶到年年是我梦寐以求的事情，我一定会好好珍惜她，让她幸福的。"

江爸爸欣慰地笑了笑。

如果是听别人这么说，他可能还会有点儿怀疑，陆泽这么跟他说，他却是信任无比的。

别的不说，陆泽这么多年里是怎么对江年的，他们当父母的比谁

485

都看得更清楚。

江年一向懂事听话，也只有在他们和陆泽面前才会撒娇甚至偶尔任性。

他们信任陆泽。

江年站在台上的时候想：司仪问新郎新娘那句话问得可真是郑重。

她那句"我愿意"，说得更是郑重无比。

生命只有一次，她真感谢她有这个机会遇到陆泽。

她也相信，未来的他们还是会像这些年里一样好好在一起，好好生活，不管是十年、二十年，还是……一辈子。

江年抬头看向陆泽，笑得比谁都漂亮。

那个丰神俊朗的男人，就像是多年前的少年一样，弯着嘴角，慵懒却温柔地对她笑，然后告诉她："我愿意。"

只要你真心拿爱与我回应，什么都愿意，什么都愿意，为你。

时光带走了很多东西，但也留下了很多东西。

陆泽抿唇，弯下腰，揽住怀里最美的新娘子，低头在她的嘴角落下一吻。

感受到温热的气息，江年微微踮起脚，回应陆泽的吻。

她向来情感细腻，总是能想起太多太多东西。

但人不该活在回忆里，该向前走。

尽管，旧时光还会经常来找我。

满堂的掌声响了起来，结束这个吻，江年回头向宾客席看去。

那里坐了太多太多她在意的人。

她看见爸妈在偷偷抹泪，看见姜诗蓝和祁书南冲着她笑，看见一众好友在拼命喝彩。

祁书南作为亲友上台发言。

"说起来，我也认识年年十三年了吧。"祁书南笑了笑，"我记得我第一次见到泽哥时，泽哥在给年年抓娃娃。我那个时候就在想，泽哥可真有心机，能这么快就抓到年年最大的爱好。"

大家都忍不住笑了出来。

祁书南也笑："我那个时候真的想了很多很多事，最没想到的，就是我可以亲眼见证我最好的朋友能和她爱的人一起从校服走到婚纱、一起高考、一起毕业、一起工作、一辈子不分离。我以前的时候总是会质疑——这个世界真的存在爱情吗？"祁书南抿了抿唇，"谢谢我的年年，你的故事告诉我，爱情一直在的，只要你敢去爱人，也只要你还爱这个世界。

"新婚快乐，我的年年。新婚快乐，泽哥。没有什么比你们还在一起更能鼓励我的事情了，所以，请你们一定要幸福。"

江年忍不住觉得，自己是不是因为今天当了新娘才会这么感性，谁说什么她都想哭。

但是不行，她说好要做个最美的新娘的，特地早起化了那么久的妆，哪里能哭啊？

她拼命抬头拼命忍，泪水直在眼眶里打转。

陆泽揽着她的腰，低声在她耳边哄道："乖，不哭。结婚呢，等会儿还得让你去敬酒收红包，可不能哭。"

江年又忍不住"扑哧"笑了出来，娇娇地瞪了陆泽一眼。

看他说的，她是个财迷的人吗？！

虽然好像……她是的。

看到小妻子笑了出来，陆泽也稍稍松了一口气，而后继续哄："你要真的想哭也行。"

江年疑惑地看了他一眼。

"今晚哭个够。"陆泽伸直长腿，眼神晦暗。

江年的脸"噌"地就红了起来。

果然，时光真的改变了太多人和事物。

明明她刚认识泽哥的时候，泽哥没有这么流氓的！

怀里的女孩子低着头红着脸，陆泽又凑在她的耳边，一字一顿地说："年年，我爱你。"

很爱很爱。

婚后的日子跟之前好像也没有太大的变化，仍旧是之前那样，工作日的时候江年住在陆泽的公寓里，周末的时候和陆泽一起回家里住。

陆泽的父母这几年好像在国外的生意做得很是不错，甚至开始考虑把重心往国内转移了，所以相比之前往国内跑的频率高了很多。

所以如果碰上周末，陆泽的父母正好回了国，江年也会陪着陆泽回陆家住。

别的都很好，就是……陆妈妈对江年真的太热情了，热情得让她有点儿受不了。

不过她倒也明白得很，也能一眼就看出来，陆妈妈是真的喜欢她才对她这么热情的。

工作日一早，江年还在跟陆泽发消息商量今天中午吃什么，就接到了陆妈妈的电话。

江年心惊胆战，而后迅速地起身立正，走到走廊里深吸了一口气，接起了电话："喂，妈妈？"

江年刚打完招呼，电话里就传来了陆妈妈一贯亲切热情的声音。

"年年！妈妈这周末回家，你跟阿泽要回家里住吗？妈妈给你们做好吃的！"

江年愣了愣。

然后陆妈妈还不忘解释："我前两天就跟陆泽说了我这周末在家里，让他记得回家里住。结果那小子非得跟我说让我来找你商量，还说什么这些他都不管，你去哪里住他就跟着去哪里住。"

江年："……"

虽然……但是……这话的确挺像是陆泽会说出来的。

江年以前就觉得陆泽挺黏人的，只是那还是没结婚的时候，结婚之后，陆泽就用实力证明给她看，什么叫只有更黏人，没有最黏人。

就连书南和诗蓝她们都对此表示了严重的不满。

祁书南一脸看不惯的表情，她说："真不是我说你们，你们两个人怎么说也是恋爱谈了将近十年的人吧，怎么还跟刚谈恋爱时一样这么黏着对方？生怕对方跑了不成？"

江年不好意思地抿唇笑了笑。

"别的不说了,就连你跟我们出来,陆泽都得打个电话问问你在哪里玩,需不需要接你,还不忘叮嘱你买东西的时候不要太在意价钱,他挣钱就是给你花的。"

祁书南把陆泽打电话给江年时的语气模仿得惟妙惟肖,就是江年自己都忍不住"扑哧"一声笑了出来。

关于被经常评价为"黏人"这件事,陆大少爷其实不是特别在意。

黏人怎么了?他黏的是光明正大合法的自家老婆!

要知道,他以前就想这么黏着老婆了。不是因为那个时候江年还只是女朋友,生怕吓得女朋友不肯跟自己结婚,他才稍稍克制了一下自己吗?

现在!

他都已经有证了!

陆泽表示还怕什么?他当然是想怎么黏就怎么黏了啊!

"喂,年年,你在听吗?"

电话里又传来陆妈妈稍稍疑惑的声音,江年才发现自己竟然又发了这么久的呆。

她发现了,这么多年来,自己思维发散的毛病是一直都没有改的。

不论什么时候,不论别人说什么,她都太容易引发自己的思维链条,然后开始想七想八。

江年羞愧地摸了摸鼻子,迅速地回应:"嗯嗯,妈妈我在听。您放心,您好不容易回家一趟,我跟阿泽这周末回家住。"

她跟陆泽一般都是回江家住,但是江爸爸、江妈妈都很理解陆家的情况。

这两年陆泽的爸妈回家的频率比之前高了不少,江爸爸、江妈妈还会主动跟他们说让他们周末回陆家住。

毕竟他们再怎么关心陆泽,也不是亲生父母。

他们都看得出来,陆泽虽然一直都在说自己从小都是一个人,早就习惯了,但是哪个孩子成长的过程中是真的不需要爸妈的?

所以……他能多接触父母还是多接触吧。

陆妈妈一听这话就高兴起来，语气兴奋无比："行，行，行，年年，妈妈真的太喜欢你了。你们有什么想吃的东西尽管跟我说，妈妈早早就开始准备。"

听见陆妈妈语气里的小心翼翼和兴奋之意，江年忍不住在心里叹了一口气，而后又笑了笑："最近正好天冷了，咱们要不然吃火锅吧？您别太准备了，实在不行周六上午我跟阿泽陪您一起去超市买材料，然后回家里煮火锅。"

陆妈妈一听这话，语气更加兴奋起来："嗯，你这个提议不错。行，那爸妈这周末就在家里等你们回来了。"

江年笑眯眯地应了一声，这才挂了电话。

她正准备收起手机回工位继续做事情，迎面就看到了从外面回来的柯西。

她笑着冲柯西摆了摆手打招呼："上午好啊，柯西。"

而后，江年就看到柯西冲着她僵硬地点了点头，更加僵硬地回了一句"上午好"，就迅速地走了进去，全程尽量避免跟她对视。

江年看着柯西的背影，还愣愣地举着手，一脸纳闷儿的表情。

好像这段时间以来，柯西每次见了她都是这样落荒而逃。

一开始江年还没怎么在意，久而久之，觉得哪里怪怪的……明明之前柯西对她还挺亲切热情的，现在都是避着她走。二人就算真的撞上了，柯西也是像刚才这样僵硬无比地打声招呼，然后转身就溜，奇奇怪怪的。

不过江年倒也没怎么在意。

她跟柯西只是同事而已，而且事实也证明，柯西对她的态度虽然有点儿怪怪的，工作上她遇到什么问题他还是会认真帮忙。

这就够了。

纳闷儿地放下自己举着的爪子，江年摇了摇头也准备回去，就听见身后传来笑声。

江年一脸蒙地回头，而后就看见了正看着她笑的 Mary 李。

江年抓了抓头发:"李姐,你笑什么呢?"

Mary 李摇了摇头,笑得更加欢快了一点儿:"我就是笑你有时候很聪明,有时候在某些方面迟钝得可怕。不过也是,人有时候迟钝一点儿还挺好的。"

江年:"……"

这没头没尾的话,是人能理解的吗?

Mary 李又笑了笑,忍不住摸了摸江年的头顶。

这姑娘真的太可爱了,聪慧通透跟可爱纯粹在她身上得到了某种巧妙无比的融合,谁看见了能不喜欢?

就连她这个其实还挺挑剔的人,带了江年一段时间之后都对这姑娘喜欢得不得了。

"江年,告诉你一个好消息。"

江年停止了胡思乱想,抬头看向了 Mary 李:"什么好消息呀?"

"我刚才被王经理叫过去,然后临走的时候,经理告诉我说,有意给你升职。"

江年猛地瞪大了眼睛,一副不敢相信的样子:"真的吗?!"

Mary 李笑着点了点头。

江年可真的不一般,能力太出众了,所以才进公司不算太久,就能升职了。

Mary 李也敢打包票,江年一定是同期进公司的这批新人里发展得最好的一个。

看着女孩子笑得眉眼弯弯的样子,Mary 李也忍不住跟着笑了起来,然后又故作严肃地说:"还不快回去继续好好工作?"

江年立正站好,朝着 Mary 李敬了个礼:"Yes Madam(是的,女士)!"

她这才笑着往回走去。

晚上陆泽照例来接江年下班去吃饭的时候,就看到自己的老婆开开心心的样子。

陆泽懒懒地歪了歪嘴角:"见到我就这么开心吗?"

江年娇滴滴地瞪了陆泽一眼:"谁是见到你这么开心的?!我那当然是因为有好消息才这么开心。"

"好消息?"陆泽边帮漂亮的老婆系安全带边问,"难不成……我要当爸爸了?"

说完,他还不忘瞄了瞄江年平坦的小腹。

江年闻言,脸瞬间就"噌"地红了起来,再次转头瞪了陆泽一眼:"泽哥!你天天都在想什么乱七八糟的东西呢?!"

陆泽也忍不住跟着笑了笑,而后不忘在心里感慨:自家老婆真的太可爱了,两个人都在一起这么多年了,甚至已经结婚大半年了,她还这么容易害羞。

他时不时地调侃上两句,就能如愿以偿地看到江年红透的脸颊。

而且江年害羞的时候,还总是喜欢瞪他两眼。

那个眼神……说是瞪,陆泽都觉得冤枉了那双漂亮的眼睛。怎么看她都像是在撒娇好吗?江年水汪汪的大眼睛含着几分羞、几分怒、几分不好意思地看着人,谁能顶得住?

反正陆泽很坦然地承认,他是根本顶不住的。

所以陆泽现在都能感受到自己多恶劣了——他就是时不时喜欢逗逗江年,看到小姑娘羞臊地瞪他几眼,再去认错然后把江年给哄好。

真的,他觉得其乐无穷。

陆泽甚至有点儿后悔,怎么就没早点儿把江年娶回家呢?

结婚跟谈恋爱还是不一样的,他以前的日子里是错失了多少乐趣呀。

在心里暗暗后悔,陆泽面上不忘迅速地低头认错:"好了,好了,不说了,不说了。没关系,我家年年现在还那么小,又是事业上升期是吧,不着急要孩子的。"

表面上说得这么冠冕堂皇,陆泽心里比谁都清楚。

他现在才不着急要孩子呢。

虽说陆家父母跟江年的爸妈都会时不时地提上两句,陆泽却乐得自在。

笑话,他还没享受够二人世界呢。

好不容易江年现在能把大部分心神放在自己身上了,陆泽开心还来不及,才不想让江年早点儿生孩子然后来打扰他们的二人世界呢。

按照江年的性子,孩子一出生,她估计会将大部分的注意力放在孩子身上。

哪里像现在,多美妙啊!

暗暗在心里满意地笑了笑,陆泽不忘在江年的嘴边啄了一下,才起身准备开车:"那我家年年今天这么开心,是为了什么呀?"

江年一提到这件事情,又开始在自己的座位上左扭右扭,直把陆泽都给扭出了一团莫名其妙的火气。

他轻轻地踩下油门,声音也是淡淡的:"年年,如果你不想一个多小时以后再出发去吃饭的话,就给我坐好。"

江年:"……"

在心里默默爆了一句粗口,江年忍不住心有余悸地探出手来揉了揉自己的后腰,迅速乖乖巧巧地坐好。

陆泽瞥到江年已经乖巧地坐直,还不忘在心里惋惜。

唉,自家老婆太识时务也不是什么好事。

比如现在,要是江年没那么听话,他不就有理由……

这么一想,陆泽忍不住更加惋惜起来。

江年看到陆泽没别的动作了,才悄悄地松了一口气,不忘迅速地转移注意力:"今天李姐告诉我,我可能快要升职了!"

闻言,陆泽也有些惊讶:"这么快呀?"

江年骄傲地点头,一副"我是不是特别棒?"的神情。

陆泽也点头:"对,我家老婆天下第一厉害!"

## 第二十章
## 想你们啊

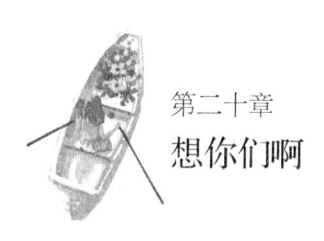

不过夸归夸,江年那天晚上吃完饭回家,本来是想拉着陆泽一起看电视的,结果谁知道……还是没避免被好一顿折腾。

江年想起来就觉得自己好冤枉。

她本来是拉着陆泽坐在投屏前,看的还是最近挺火的一部网剧。

瘫在陆泽的怀里,江年舒服得一动都不想动。

结果看着看着,江年突然想起来什么,先是跟陆泽说了周末回陆家住,周六上午还要陪陆妈妈去超市买火锅材料的事情,得到陆泽欣然应允之后,又猛地想起自己今天上午被 Mary 李给笑了一番的事情。

越想江年越觉得自己可怜兮兮的,给陆泽讲了一番之后,还不忘向陆泽求证:"泽哥,你说李姐是不是笑我笑得莫名其妙?"

然后,江年一回头,就看到了陆泽幽深的眼眸紧紧地盯着自己。

她没忍住打了个战。

陆泽心里怨气冲天。

江年都已经是他的妻子了,怎么还有人挂念着?

唉,这人真是让人不放心。

到最后,这一肚子怨气,当然……如数让他亲亲老婆给安抚了。

江年："……"

所以在陆泽开车送她去公司的路上，不管陆泽怎么跟她说话，她都别过头一句话也不跟他说。

陆泽小心翼翼地赔笑："老婆，我错了。我以后再也不敢了。"

江年努力平复了下情绪，最后还是实在没忍住："你上次也是这么说的！"

陆泽："……"

能言善辩的陆泽发现自己在职场上所向披靡的辩驳能力，在自家老婆面前什么也不是。

陆泽默默地在心里叹了一口气，觉得自己也很不容易。

对着自己喜欢了这么多年的人，陆泽当然完全控制不住自己。

当然，他主要是觉得没什么控制的必要。

笑话，那是他的老婆！

但是吧，老婆生气了，那他肯定是要哄的啊。

趁着红灯，陆泽停下车子，弯腰凑到江年的座位边，低声耳语："年年乖，不气了，回家里你怎么打我都行，好不好？要不你现在咬我一口？别生闷气，气着自己对身体不好。"

江年嘟了嘟嘴，转头看了陆泽一眼。

好的，老婆愿意看他就是很大的成功了，他要再接再厉。

陆泽继续哄："我真的错了，以后绝对不敢了行不行？"

江年一脸怀疑："真的？"

陆泽就差对天发誓了："真的！"

江年琢磨了一下，觉得现在空口无凭。

她眼睛一亮，笑眯眯地对着陆泽说道："那今晚得拿个条款给你签，我才能放心。"

绿灯亮了，陆泽边重新启动车子，边瞥了一眼自家小妻子。

他怎么就娶了个这么古灵精怪的小姑娘来折磨自己呢？偏偏他还觉得甘之如饴，人可真是太奇怪了啊。

临近下班的时候，Mary 李捧着咖啡杯从江年的工位旁经过，无意间瞥了一眼江年的电脑屏幕,就发现江年在"噼里啪啦"地敲着什么条款的字样。

Mary 李没怎么在意,顺嘴就问了一句:"年年在写什么条款呢?"

话音刚落,她就看到江年瞬间红了耳朵,手上动作不停,一个"Windows+D"就切换到了桌面。

江年回头看见 Mary 李,小心翼翼地说:"没什么……就是一个乱七八糟的条款。"

Mary 李本来丝毫没放在心上的,看到江年这副模样,反而稍稍起了兴趣:"你该不会是在写什么奇奇怪怪的东西吧?"

江年连连摆手:"没有,没有,怎么可能?"

Mary 李挑了挑眉,明摆着不信,但是也没再继续逗弄江年,捧着咖啡杯慢慢走开了。

江年长长地出了一口气。

吓死人了!

她回想起刚才自己写的那些条款内容,要是让 Mary 李看到了,那她以后估计就真的不用做人了,呜呜呜。

江年愤愤不平地发消息。

星辰:"都怪你!"

陆泽那边可能正在忙,隔了一小会儿才回复了江年的消息,是一张图片。

江年不在意地解锁了 Face ID(面部识别功能),然后点进去看了看大图。

那是一张聊天记录的查询截图。

陆泽在他们两个人的聊天记录中搜索了"都怪你"三个字,然后就出来了成串的消息。

通常是江年没头没脑就发过去一条"都怪你",他什么情况都不知道。

饶是江年这种记性很好的人,都记不得这一条条的"都怪你"后面,她到底是因为什么跟陆泽这么说了。

反正每次她这么跟陆泽抱怨的时候,陆泽连原因都不会问,便顺

496

嘴回复她:"是的,都怪我。"

虽然大多数时候那件事跟陆大少爷一丁点儿关系都没有。

江年忍不住脸红了。

江年正羞愧的时候,就看到陆泽又发过来一条消息。

满眼星辰:"背锅少侠陆泽来了,没问题,都怪我。那我的小妻子想让我怎么赔罪?G家最近出了一款新包我觉得很好看,能让我的小妻子不生气了吗?"

满眼星辰:"要是不行的话,两个?三个?"

江年:"……"

陆泽这不是成心让她更加羞愧吗?

然后江年点开陆泽发过来的包包的图片,忍不住心里"咯噔"了一下。

包包实在是很好看哪……

晚上陆泽照例来接她下班吃饭,却没有开车去餐厅,而是先带她去了公司附近的一家大商场。

江年有些疑惑:"来商场干吗?"

陆泽帮她解开安全带,然后在她的嘴角亲了一下:"今天之前的工程结款了,我带我的老婆来补点儿化妆品。你看中什么就拿,我买单。"

江年忍住心动,摆了摆手:"我的化妆品多得化妆间都快堆不下了,不买了,不买了。"

陆泽摸了摸下巴思索了一下:"嗯,听起来像是我的老婆觉得化妆间太小了不够放是吗?"

"……"

多年以来,陆大少爷曲解人意的本事还是这么厉害。

陆大少爷不由分说地牵着江年的手往商场里走,着实酷得不得了。

他向来赚得多,而且最舍得给江年花钱。

给老婆花钱的时候他最有愉悦感了。

女人嘛,表面上说自己的化妆品多得已经塞不下了,看到口红、眼影、腮红、粉底液的时候,还是忍不住想在脸上试试。

而且江年向来不够坚定,根本抵抗不了陆泽的"糖衣炮弹"。

江年试个口红,陆泽抿唇:"嗯,这个颜色很好看,很适合你,买了吧。"

江年试个精华,陆泽点头:"嗯,这个精华看起来挺滋润的,买了吧。"

江年试个眼影,陆泽思索:"嗯,这个显得我老婆很漂亮,买了吧。"

导购在一旁都看呆了。

到底谁是那个想要买东西的人?

导购在一旁什么话都没来得及说,就看到这个穿着白衬衫、帅得炸裂的男人不停地拿着东西给他旁边的女孩子试,试完之后就一个满意,然后买了单。

甚至他旁边那个女孩子都没来得及反应,男人手里就已经提着大包小包了。

逛完一个专柜接着一个专柜,那个帅哥这才满意地带着女孩子离开。

几个导购对视了一眼,都忍不住震惊了。

"我的天哪,那个漂亮女孩儿也太幸福了吧……那是她的男朋友吗?怎么能有人找到这么好的男朋友呢?又帅又有钱又有品位还对自己的女朋友这么好。"

另外一个导购摇了摇头:"不是女朋友,你们没注意到他们手上的钻戒吗?两个人结婚了吧。唉,不知道为什么,突然觉得一阵心酸。"

江年直到跟着陆泽离开了商场,理智才逐渐回归。

看到陆泽手里快要拎不下的大包小包,江年拉了拉陆泽的衣角:"泽哥,我们怎么买了这么多东西啊?"

她是不缺钱,但是也没必要这么浪费啊!

陆泽把东西放到车上,又给自家的老婆系上安全带:"不多,你喜欢就行了。"

江年抿了抿唇。

吃饭的时候,江年想了想刚才的大包小包,又想了想陆泽今天刚跟她提到的包包,不知道为什么,就不太能狠下心来把自己整理好的条款拿出来给陆泽签了。

听起来她的立场好不坚定的样子,但是陆泽都这么对她了,她还要拿那么一个条款出来让他签,是不是不太人道啊?

江年边吃饭边思索。

反倒是人家陆泽主动又大方:"欸,对了年年,你今天早上不是跟我说要写一个什么条款给我签吗?你列好了吗?"

江年犹犹豫豫地说:"啊……要不还是算了吧,我相信你。"

陆泽挑眉:"真的?"

江年看到坦坦荡荡的陆泽,立场越发不坚定起来:"真的。"

陆泽简直快要止不住笑意了。

他揉了揉江年的头发:"明天周末,回家里吃饭吗?"

江年点头:"嗯,妈妈说明天中午去野餐。"

两个人有说有笑地转移开了"条款"这个话题。

江年还忍不住反思自己,看来早上自己实在是过于小肚鸡肠了。

泽哥都说了以后不会过分折腾自己了,她还不肯相信,还非要弄一个什么条款出来。

等江年在心里进行的反思结束,她早已忘记了今天早上是怎么跟陆泽生气的,又开开心心地跟陆泽聊起了今天发生的趣事。

本来今天是很开心的,甚至江年对陆泽还有那么一点点羞愧。

直到……晚上的时候,江年在心里想:羞愧个大头鬼,明天上午不把条款拿出来给陆泽签,她就不姓江!

江年结婚后的日子过得真是无比滋润。

差不多是两个人结婚第三年的时候,陆家父母已经把工作重心转移到远城来了。

工作日,江年就跟陆泽享受一下二人世界;周末的时候,他们则会跟两家父母一起聚一聚,或者在一起吃饭,或者开车去附近的城市来个两日游。

工作日的晚餐,要么陆泽带着江年出去吃,要么两个人下班后一起去逛逛超市,然后买点儿想吃的菜回去做。

不得不说，高中的时候江年就发现陆泽厨艺一绝，尤其是做小甜点的手艺真的厉害得不得了，到现在更加觉得陆泽简直快要把她的胃给养刁了。

以前江年在公司吃饭还能吃得开开心心的，现在吃什么东西都觉得不对劲。

偏偏陆大少爷宠老婆宠得不行，看到自家老婆就喜欢吃他做的饭菜，当真是开心还来不及，哪里会觉得麻烦？

他就开始每天给江年做便当让她带去公司吃，健康营养又好吃。

而且除了饭菜，陆泽还会顺带给江年做几个小点心。

公司经常一起吃饭的同事们一开始看到江年带的饭菜，都会顺口问两句，得知是她那个又帅又有钱的老公给她做的之后，都忍不住一阵大呼小叫。

"年年，你到底是怎么把这么绝的一个男人给拐回家的？"就连一向淡定的Mary李都忍不住开口发问。

江年羞赧地笑了笑。

"对啊，对啊，年年，"一个交好的女同事袁响也凑过来问道，"你好像还真的没说过跟你老公是怎么认识的，说说让我看看自己有没有机会也捡到这么好的一个老公。"

另外一个女同事辛淳静开玩笑："首先，年年的脸是第一要素。"

江年被逗得更加不好意思起来，想了想，把饭盒里的菜让几个同事挨个儿尝了尝。

这一尝不要紧，几个同事更加惊讶了。

"我的天，怪不得年年不肯吃食堂的饭菜。"袁响表情夸张地说道，"我现在都瞬间觉得我的饭毫无味道了。"

"我跟我老公……"江年歪了歪头，"是高中同学。"

几个同事闻言对视了一眼，一个个眼里都掩饰不住震惊之色。

辛淳静有点儿难以置信："你不要下一句跟我说，你们是从高中就在一起，然后一直谈了这么多年恋爱再结婚的吧？"

那也太不现实了吧！

幸好，江年摇了摇头。

几个人还没来得及松一口气，就听见江年又笑着开口："我们俩是高考完在一起的，一起读了大学跟研究生，然后又一起回来这边工作再结婚的。"

同事们："……"

别说了，我们现在回高中时代挑挑拣拣还来得及吗？

也不一定来得及，她们就是回到高中时代，也找不到像江年的老公这么绝的人哪。

她们都见过江年的老公，那才是真正的天之骄子。

家世好就不说了，自己还能优秀成那个样子。

袁响思考了半天，突然有些奇怪："不知道为什么，我每次见到江年的老公，总觉得有点儿眼熟，好像在哪个视频里见过他一样。"

几个同事都笑了笑，Mary李更是调侃道："响响，你怎么见到帅哥就觉得眼熟啊？"

袁响顿了顿，在自己的脑子里翻了半天，终于想到了什么，迫不及待地问江年："年年，你老公是不是清华毕业的？如果我没猜错的话，你老公高中应该是学神那样的人物吧？就是上课不怎么学习也能考得特别好的那种人。"

江年点了点头。

袁响拍手："我说呢！我读大学的时候就看过江年的老公的那个街头采访视频，当时话题还上了热搜榜呢。啧啧啧，没想到竟然就是你们。"

唉，她几年前被塞的"狗粮"，跟几年后被塞的"狗粮"，竟然是同一批！

她吃起来更香了呢……

几个同事目瞪口呆，没想到袁响真的知道一些事情，都凑过来好奇地问："什么视频？"

袁响拿出手机，在微博上翻了半天，然后开心地说："对！就是这个！"

江年："……"

这都什么挖掘历史的超级本领。

另外几个人都围过来看了看那个视频，看完视频再看向江年的眼神都更加怪异了一点儿。

好半天，由Mary李总结陈词："年年，原来你老公大学的时候就这么绝啊。"

打……打扰了。

江年这三年来在公司的职位升得飞快，简直都快成为一个小传奇了。

几乎每年新进来的人，都能听到江年在公司职位晋升的故事，她也从当初那个什么都不懂、写个策划都要反复改很多遍的萌新，变成也能带新人的"年年姐"了。

部门主管这天找了江年谈工作，对江年还是一副无比满意的样子。

"行，这工作交给你我很放心。"

江年笑着点了点头，正准备离开的时候，却又被部门主管叫住了。

江年又坐了下来："还有什么事吗，经理？"

部门主管笑眯眯地说："这项工作你一定要好好努力知道吗？"

江年蒙蒙地点了点头。

她对待工作向来很是认真，只要去做就一定会好好努力，但是按照部门主管的性格，对方很少会这样把她叫住特意叮嘱一番的啊。

看到江年不是很明白的神情，部门主管悠然地往椅子靠背上靠了一下，慢悠悠地解释道："你有所不知，再过一段时间，我就要被调去总公司了。"

江年愣了愣，惊讶不已："真的吗？"而后她反应迅速，"那真的是恭喜经理了！"

经理被调去总公司，绝对是升职啊。

部门主管也掩盖不住脸上的笑意，又挥了挥手："有什么好恭喜的？老婆孩子都在这边呢，我也不知道去总公司那边要待多久。我就是想跟你说，我一走，我的这个位置就空下来了。"

部门主管顿了顿，看向了江年。

江年何其通透聪慧的人物，一点就透，抿了抿唇，目露惊喜之色。

部门主管点了点头："上面的人对你很满意，这个项目交给你，如果你能带头完成得比较出色，不出意外这个位置就是你的了。所以，你一定要好好加油啊，江年。"

江年脑袋晕晕乎乎地出了经理的办公室，回到工位后精神一振，然后迅速地打开文档开始做这次项目的策划部署工作。

直忙到下班的时间，江年接到陆泽的电话，才开开心心地下了班。

高兴地把今天的事跟陆泽说了以后，江年眯了眯眼睛："泽哥，你今天给我煲汤庆祝一下吧！我好像已经好几天没喝过你做的汤了！"

对老婆有求必应的陆大少爷哪里有不从的道理？

他闻言点了点头，而后开着车带老婆回了家。

江年向来很喜欢陆泽做的汤，这会儿美滋滋地倚在厨房门口看着陆泽围着围裙在里面忙活，时不时走过去递个调料什么的，陆泽就会亲她一口。

陆泽掀开锅盖闻了闻汤的味道，满意地点了点头，正准备叫江年过来尝一口，转头就看见刚才还笑容满面的江年突然皱紧了眉头，然后蓦地捂着嘴往卫生间跑去。

多大的项目压在身上都能面不改色的陆泽被江年吓了一大跳，将汤锅盖随手一扔，就跟着江年跑了过去。

一进卫生间里，他就看到江年正难受地吐个不停，顿时心疼得不行，走过来拍了拍江年的背，然后又递过去一杯水给江年漱了漱口。

江年面色苍白，没等陆泽开口问，就抿了抿唇，道："泽哥，我不是吃坏肚子了。"

陆泽又皱了皱眉头。

"我可能是……怀孕了。"

话音一落，江年就看到陆泽猛地瞪大了眼睛，一副难以置信的样子，下一秒，那双好看的眼睛里就溢满了狂喜之色。

"真……真的吗？！"

江年摇了摇头："我也不知道。但是我最近的确觉得不太舒服，也比之前更嗜睡了一点儿,而且,我的经期推迟好久了。"

"不行,"陆泽眉头皱得更紧了,一把将江年拉了起来,"还是去检查一下比较安心。走,我现在带你去检查,如果真是怀孕了就要好好准备休养,不是怀孕了就检查一下到底是什么问题。"

一个小时后,江年成功地见到了一个呆呆愣愣的陆泽。

太不容易了。

她哪里见过向来波澜不惊的陆泽有过这副表情?

他几乎是颤抖着手抱住了江年:"年年,我真的要……当爸爸了?"

江年笑着点头。

这个结果还挺在她的预料之中的。

江年也觉得很神奇,忍不住摸了摸自己的肚子,那里正有一个小生命在生长。

陆泽真的快高兴得不知所措了。

他以前也没觉得自己特别想要孩子,觉得有江年就足够了。

但是当现在真的有了一个孩子之后,他体会到了那种从未有过的快乐心情。这个孩子,是他和江年的血脉。

他迅速地摸出手机给两家的父母打电话。

这之后,江年体会到了自从高考之后就再也没有过的家庭地位的迅速提升。

她享受的简直就是太后级别的待遇了。

两家的父母本来就都宠她,这下更是宠得无法无天了。

他们不让江年做家务,虽然本来也没怎么做过,每天想方设法地给她补营养,生怕她吃不好、穿不好。

陆泽更是,以前就宝贝老婆,现在那就是个标准的妻奴。

江年还接到了来自祁书南、姜诗蓝她们几个人的轮番问候,一个个都说要给孩子当干妈,来看她的时候,更是提了成堆的小孩子用品过来。

江年哭笑不得,这离分娩还有那么久,她们送滑板鞋过来干吗?!

不过江年也能明白,这不过是因为她们真的都很在乎自己,在乎这个孩子罢了。

祁书南和姜诗蓝围着江年讲话，看到江年的水杯空了，也不让江年动，起身去给江年添水。

江年笑了笑，摸了摸自己的肚皮，低声跟那个还在生长的小生命说："看，有很多很多人爱你哟。"

真好。

两家的父母都很开明，知道江年有自己的想法，也很懂分寸，并没有提出让她辞职的要求。

而江年更是在检查出来怀孕的第二天，就来到主管的办公室说明了情况。

"经理，您放心，我虽然怀孕了，但依然会好好带头完成这个项目。至于之后的升职……"江年笑了笑，"能升职我很开心，但如果真的因为怀孕没办法升职的话，我也很能理解，就是有点儿辜负您对我的栽培了。"

她向来看得透，很多事情不必强求。

如果真的是因为怀孕而错失了升职机会的话，江年也认了。

因为她真的很喜欢这个还未出世的孩子，那个将来会软软地叫她"妈妈"的孩子。

不过很出乎江年意料的是，主管将她怀孕的事情上报之后，上面的人并没有因为她怀孕就打断她的升职流程。

江年并不太清楚其中的原因，每天上班认真工作带项目，下班安心养胎，衣来伸手饭来张口，过得简直不要太滋润。

而且最重要的是，江年除了刚查出怀孕那段时间，孕期反应并不算大。甚至过了头三个月之后，她连孕吐的情况几乎都没有了。

除了每天需要小心一点儿肚子，江年觉得并没有什么不舒服的地方。

但是……妻奴陆泽仍然万分谨慎。

陆泽定期带江年去做检查，看看胎位是否正常，关于怎么照顾孕妇的书更是翻了一堆又一堆，江年稍稍皱皱眉头，他都怕得不得了。

就连贺嘉阳都跟江年吐槽："我真的服了，阿泽高考那个时候都没现在看的书多吧？"

江年"扑哧"一声笑了出来。

江年负责的项目赶在她肚子彻底大起来、动作不方便之前结束了，并且成果很好，部门经理直接跟她说上面的人对她的能力很是满意。

项目结束之后，江年的升职流程也走得差不多了。

就连 Mary 李都笑着跟她打趣："年年，你真的是我见过的第一个请产假之前带完了一个项目，等请完孕假回来上班就直接能升职的人。"

能力强的人就是不一样。

江年也忍不住笑了，这么好的结果当真是她没想到的。

10月15日，陆遇小朋友在他妈妈的好一番挣扎和他爸爸的含泪咬牙下，伴着一声啼哭，来到了这个世界上。

他的名字是他爸爸给起的。

陆遇小朋友刚一出生，就拥有了一堆的干爹干妈，还拿到了成堆的礼物。

刚出生的时候皱巴巴的一团，但是得益于父母过于强大的基因，陆遇小朋友三个月之后就迅速地好看起来。

粉雕玉琢的一个小娃娃，不管谁见到都会被萌化了心，抱着就舍不得撒手。

而且不像别的小孩子一样喜欢哭闹，陆遇打小就不爱哭，不管谁抱都是开开心心的，被逗一逗还能跟他的妈妈一样送上一个乖巧的笑容。

祁书南和姜诗蓝都特别喜欢陆遇，三天两头地往江年家里跑，抱着他就开始逗他玩。

就连贺嘉阳、谢明他们这种看起来应该不怎么会喜欢小孩子的人都时不时过来抱抱陆遇。

光是这些人也就算了，更让江年震惊的是，自从她生完孩子，徐临青跟时辰都开始时不时地来他们家串门了。

江年其实一直都跟他们有来往，甚至现在和时辰关系很好，而且每次见到徐临青还是会乖乖巧巧地叫一声"临青学长"。

实在是高中时徐临青在她心中那个高岭之花的形象无法改变哪。

当然,现在的徐临青依旧是高岭之花,也只有对着时辰的时候,才能经常笑着,话也稍稍多一点儿。

所以看到徐临青抱着陆遇轻声逗哄的样子,江年有点儿适应不了。

陆遇一岁学会了走路,一岁半学会说一些零零散散的词,更是讨人喜欢了一点儿。

并且江年很快发现自己的儿子真的特别聪明,每天忽闪着那双大眼睛,跟大人说话的时候也是一副假装成熟的样子,偏偏整个人都可爱得不得了,谁见了都喜欢。

姜诗蓝提了陆遇喜欢的葡萄过来,陆遇一把就抱住了姜诗蓝的大腿,软软的童音怎么听怎么可爱:"谢谢姨姨!遇遇最喜欢姨姨了!"

姜诗蓝心都要化了,蹲下来跟陆遇聊:"最喜欢姨姨了?"

陆遇小朋友学着他妈妈的样子歪了歪头,然后又费心费力地想了很久,才坚定决心一样点头:"不行,遇遇不能说谎话。遇遇最喜欢的是妈妈,但遇遇还是要谢谢姨姨给的葡萄。"

姜诗蓝简直要被萌晕了。

她的闺密运气怎么就这么好,嫁的老公一绝就算了,怎么生出来的儿子也这么宝贝啊?

姜诗蓝已经快要忍不住抱起陆遇然后在他的脸上使劲亲几口了,偏偏脸上还得故作严肃的表情:"姨姨好伤心,姨姨对遇遇这么好,遇遇最喜欢的竟然不是姨姨。"

这下可好,陆遇小朋友皱起了眉头。

姜诗蓝都舍不得这么可爱的小脸上出现这样的表情了,正准备开口哄陆遇的时候,就看到陆遇把小手搭在了她的手上,拍了拍她,然后一本正经地说:"姨姨不伤心。遇遇可以更喜欢姨姨一点儿的!"

天哪!

姜诗蓝夸张地捂了捂心脏。

这种宝贝谁顶得住啊?

她真的快要被萌倒在地上了……

姜诗蓝再也忍不住,一把抱起陆遇,使劲在他的脸上亲了几口才罢休。

谢明进来的时候,正好看到姜诗蓝亲陆遇的样子,嗤笑了一声:"姜诗蓝,你怎么回事啊?你干吗天天占我侄子的便宜?"

说完他也半蹲下身,朝着陆遇张开胳膊:"乖遇遇,来叔叔这里,让叔叔抱抱你。"

陆泽买菜回来后,发现自家客厅里又挤了一堆人。

他都快崩溃了。

以前他倒不觉得,姜诗蓝、祁书南她们虽然都很黏江年,但是向来不打扰他们的二人世界。

但是自从陆遇出生之后……

陆泽有些不耐烦地把菜往地板上一放,开口质问:"不是我说,谢明,你怎么天天往我家里跑?"

当然,不论怎么不耐烦,陆泽都不会对姜诗蓝、祁书南她们这么说话。

万一她们去跟自家老婆告状怎么办?

陆泽得时刻保持自己在老婆心里的良好形象。

谢明显然已经习惯了自己食物链底层的位置,舒舒服服地抱着陆遇坐在沙发上玩,还不忘跟祁书南她们争夺:"不!我好不容易抱着遇遇,让我抱一会儿再说。"

他丝毫没把陆泽的质问放在眼里。

陆泽的心态快要崩溃的时候,他就看到江年拿着奶瓶从厨房里走了出来。

江年看见陆泽,眼睛一亮:"泽哥,你回来了?"

陆泽刚才还暴躁不已,见到自家老婆的瞬间心情就好得不得了了。

他走过去抱了抱江年,把头埋在江年的肩上,使劲嗅了嗅江年身上的味道,只觉得自己浑身舒服。

江年笑弯了眼睛,任凭陆泽抱了一会儿,才从他的怀里挣出来,温柔地叫陆遇:"遇遇,过来喝奶奶。"

陆遇不哭不闹。谁跟他玩,他都跟别人玩得开开心心的,但是……一听到妈妈叫他,陆遇瞬间就忘记了正在把他举高高的谢明,跟江年如出一辙的大眼睛一亮，挣扎着下地，然后"嗒嗒嗒"地跑到了江年跟前，用温温软软的童声跟江年撒娇："遇遇要妈妈抱！"

江年半蹲下来，把牛奶递给陆泽，然后抱起陆遇。

陆泽皱了皱眉头："年年，你别天天惯着他。陆遇现在都这么重了，还天天让你抱，你多累啊。"

陆遇忽闪着大眼睛看看他爸爸，又看看他妈妈。

他能听懂大人说话，虽然自己很喜欢妈妈身上的味道，但是爸爸说的话也很有道理……

妈妈赚钱养他已经够累了，自己不能这么任性地让妈妈抱着。

而且爸爸说得没错，他最近好像的确比以前胖了一点点。

懂事的陆遇瞬间就明白过来，然后乖乖巧巧地对江年说："妈妈，我要坐在沙发上喝奶奶。"

江年只觉得自己真的是太幸运了，竟然能有这么一个听话懂事的宝贝。

她把陆遇放下来，他却没有直接跑到沙发上，而是跟在她身后。

其他人倒也习惯了。

江年要是不在还好，陆遇脾气好得很，不管他们谁跟他玩他都开开心心的。就算没人陪他玩，陆遇也能一个人堆积木、玩拼图、挖沙子，自得其乐。

但是只要江年一出现……那陆遇的视线几乎就只跟着江年转了，就跟个小尾巴一样，江年去哪儿他就想跟到哪儿。

陆泽微微弯下腰，把陆遇抱起来放到了沙发上。

陆遇嘟着嘴巴不开心："遇遇要跟妈妈玩！"

陆泽拍了拍他的头："你乖乖喝奶，爸爸跟妈妈去做饭，让叔叔阿姨们陪你玩，听到了吗？"

陆遇还是不太开心的样子。

江年从厨房里探出头来："遇遇，妈妈今天做了你喜欢吃的鱼哟。"

一听到最喜欢的妈妈的声音，陆遇瞬间就开心了，脆生生地说："好，遇遇乖乖喝奶奶，妈妈辛苦了！"

江年这才笑着又回了厨房。

陆泽也摇了摇头,提着自己买的菜跟了进去。

姜诗蓝、祁书南对视一眼,都有些百感交集,然后又纷纷开始逗陆遇玩:"遇遇,你长大以后想做什么呀?"

陆遇抱着奶瓶吸得起劲,听到姨姨的问题,又歪了歪头。

他想做什么?

"嗯,遇遇想做一个像妈妈一样温柔的人。"陆遇只是思考了一秒钟,就迅速地给出了答案。

没等姜诗蓝她们笑,陆遇就又补充了一句:"最好也可以像爸爸一样帅气。"

祁书南也忍不住笑,抱起陆遇又亲了一口,就放他去认真喝奶了,不忘低声跟姜诗蓝八卦:"我的天,他要真是像泽哥一样帅,像年年一样温柔,还这么聪明懂事……"

姜诗蓝点了点头:"我已经开始羡慕将来遇遇会喜欢的女孩子了。"

基因强大起来真的可怕得要命好吗?

谢明再次嗤笑了一声:"你们对着我的乖侄子也好意思发花痴。"

然后他就被围殴了。

陆遇听不太清楚他们在说什么,但是看到姜诗蓝他们时不时看过来,就乖乖巧巧地笑,然后小脑袋里想的全是,他好喜欢妈妈冲的奶粉哟,全天下第一好喝!

姜诗蓝觉得自己好像被江年问到过很多次。

"诗蓝,你为什么喜欢贺嘉阳呢?

"诗蓝,你真的这么喜欢贺嘉阳吗?

"诗蓝,你……不考虑换个人喜欢吗?"

江年每次问这些问题的时候,都是万分小心,生怕姜诗蓝听了会不开心。

姜诗蓝倒也没有不开心。

江年是她最好的朋友,她一直都很了解江年。

那是一个从心底里温柔的女孩子，也是真的对自己很好才会说这些话。

　　姜诗蓝每次都是笑笑，然后试图不着痕迹地转移话题。

　　她的闺密是多聪明的人哪，几次过后就知道她不愿多提这个话题，就不再说起贺嘉阳了。

　　姜诗蓝知道江年是担心自己，怕自己会因为这份喜欢难过才多说了几句。

　　但是……要是因为难过就能放弃这份喜欢的话，姜诗蓝也不会喜欢贺嘉阳这么久了。

　　感情这种事情，从来都不是你想怎么样就能怎么样的，她比谁都清楚。

　　倒是第一个问题……她是怎么喜欢上贺嘉阳的？

　　时间太久了，姜诗蓝其实自己都有点儿记不清楚了。一开始的喜欢是心动，后来的喜欢早已经成了一种习惯，就好像默默地看着那个人，她就已经足够开心了一样。

　　姜诗蓝还特地去翻了翻自己高中时写的日记。

　　写日记这个习惯，她在高中坚持了三年，一进大学便放弃了。

　　三年，日记本早已堆了好几本，全都是粉色的。

　　少女的心思在日记本里展露无遗，她的每篇日记，全都是"贺嘉阳"。

　　　　今天出了月考成绩，贺嘉阳考得特别好！我好开心哪，但是又有点儿不太开心。他考得这么好，我再怎么努力都考不上他的学校……

　　　　"年年竟然跟贺嘉阳坐前后桌了，我好羡慕。年年时而提起他，都能说起来跟他是怎么交流题目和生活日常的，我也好希望有一天我能这样跟他说说话。

　　　　"我觉得贺嘉阳看年年的眼神不太对劲，是不是我的错觉？

　　　　"不是我的错觉。我敢肯定，贺嘉阳一定喜欢年年。

"我该不该放弃啊?但是我真的真的好喜欢他。
…………

直到高考结束的时候,姜诗蓝去跟贺嘉阳表白,日记才戛然而止。

姜诗蓝边看边笑,然后翻到了最前面。

那是她高一刚入学的时候记下的日记,她只是看了看,便回想起那个让她挂念了好久好久的场景。

她刚进学校里就迷了路,看到有人也穿着明礼的校服,熟门熟路地就往里面走,她赶紧抓住机会叫道:"学长!"

那人回头看向她。

俊朗的少年笑容温润又干净,眼神里更是带着对所有人一样的善意和温柔。

姜诗蓝突然就有些羞怯了,正在犹豫的时候,这个"学长"却开了口。

他有着清朗的嗓音,丝毫没有嫌弃她这种冒冒失失的行为,语气里甚至还带了些安抚的意味。

"怎么了吗?"

姜诗蓝对温柔的人向来没有抵抗力,何况是他这样真的温柔的人。

她抿了抿唇:"请问,你知道高一楼怎么走吗?我来这里报到,一个人走着走着就迷路了……"

说完,姜诗蓝也有点儿不好意思起来。

那个"学长"也笑了笑:"没事,你要去高一楼啊?那还真的巧了,我也要去,那你跟我走吧?"

最后那个问句,还带了些征求的意味。

姜诗蓝呆呆愣愣地点头,跟着少年往前走,然后蓦地想起什么,忍不住惊叫出声:"你……你也是高一的吗?"

少年回过头来,又对着她笑了笑:"对,我也是新生,但我对这里比较熟。你放心,我会带着你走过去的。"

姜诗蓝的脸瞬间就红了。

她刚才那么问,不是怕他没办法带自己走过去,是想起自己刚才脱口而出的"学长"才会不好意思的!

少年抿唇,似乎看穿了姜诗蓝的心思:"我不是学长哟。我叫贺嘉阳。"

"贺嘉阳"这三个字,就是从那天开始,彻彻底底地走进了姜诗蓝的心里。

但应该庆幸的是,贺嘉阳哪怕刚进学校,依然是个挺有名气的人,她压根儿用不着怎么费心思去找与贺嘉阳相关的信息。

喜欢一个人是根本藏不住的,最先发现她的心思的,就是她在新班级里认识的、每天一起吃饭玩耍、上课下课的好朋友——江年。

也是,姜诗蓝从来不是一个喜欢藏着掖着的人。自打江年发现了自己的感情之后,姜诗蓝就更加大大方方了,每天开口闭口都是"贺嘉阳"。

她也从来没想过,自己能有跟贺嘉阳熟识的机会。

她最好的朋友和他们年级那个传奇人物关系日益暧昧,连带着自己也能跟传奇人物的哥们儿贺嘉阳有说上话的机会。

她的闺密可真厉害。

但是贺嘉阳好像完全不记得最初跟自己相遇的场景了。

姜诗蓝在心里安慰自己:没事的,不就是再认识一次吗?再说了,第一次认识的时候她多丢人哪,贺嘉阳不记得她也就不记得了。

说是这么说,她还是有点儿失落。

有时候她甚至会忍不住胡思乱想:如果当时那样跟贺嘉阳第一次见面的人是年年,贺嘉阳是不是就不可能忘记了?

明明知道自己不该这么想的,姜诗蓝就是完全忍不住。

所以自己表白失败,好像也是完全在意料之中的事情。

她只是想给自己一个交代吧,哪怕那个交代是亲耳听到贺嘉阳跟她说:"对不起,我不能答应你的表白。我已经有喜欢的人了。"

她只是觉得,自己暗恋了他三年,得让对方知道。

听到这句话的时候,姜诗蓝心里想的竟然是:还好。她自认为了解贺嘉阳，就算贺嘉阳再怎么喜欢年年，在年年跟陆泽互相喜欢的情况下，贺嘉阳都会努力将自己的感情隐瞒得好好的。

姜诗蓝没想过放弃的。

喜欢一个人向来只有两个结果，一个是追上他，另一个是放弃这段感情。

姜诗蓝觉得自己放不下他，唯一能做的事就是继续努力……直到放弃。

她不太喜欢跟别人说起这些经历。只有本科毕业的那个暑假，找江年还有祁书南一起喝酒，她喝得酩酊大醉，而后抱着江年放声大哭。

"年年，我真的好喜欢他，但我觉得我就要坚持不下去了。"

她喜欢了一个人七年，还是很喜欢那个人，却觉得自己越来越没有可能。

如果七年的时间，那个人都不曾回头看过她一眼，她还有什么坚持下去的必要呢？

江年心疼地抱着姜诗蓝拍她的背，然后轻声哄她："乖蓝蓝，真的坚持不下去了就放弃吧。"

姜诗蓝就是哭，不再说话。

她模模糊糊地想起自己大一的时候曾经跟贺嘉阳说，无论如何她都不会放弃，一定会把贺嘉阳给追到手的。

结果现在……

姜诗蓝自嘲地笑了笑，不顾江年跟祁书南的阻拦，又开了一瓶啤酒然后灌了下去。

喝着喝着，姜诗蓝本来醉醺醺的眼神，莫名其妙地清明了几分。

她直起身子，然后把自己喝完的啤酒易拉罐重重地往桌上一拍，在江年跟祁书南担心的目光中朝着她们笑了笑。

"我决定……放弃了。"

江年和祁书南对视一眼，眼里都是震惊之色。

喜欢一个人七年之后，那种感情怕是早已经烙进了骨髓里，成了一种早已戒不掉的习惯，姜诗蓝现在竟然跟她们说要放弃了？

姜诗蓝又苦笑了一声:"嗯,我要放弃了,他不喜欢我就不喜欢吧。"

很多事情是强求不得的,她为了一个人卑微那么多年,结局好像也没有什么变化。

她不如试着放下,好好过自己的生活,然后尝试着去喜欢别人。

姜诗蓝想清楚了。

本来江年和祁书南都不怎么相信姜诗蓝的话,但是那天过后,姜诗蓝跟以前好像的确不太一样了。

姜诗蓝跟她们在一起聊天的时候也不像之前那样喜欢提及贺嘉阳,偶尔她们一时不小心提到了贺嘉阳,姜诗蓝也是一副没什么波动的表情,像是真的跟过去那段感情说了再见。

江年跟祁书南都在为她开心。

就连谢明他们都很惊讶。

谢明忍不住问贺嘉阳:"最近怎么没见到姜诗蓝来找你了?好像也没怎么见过她给你发消息、打电话了?"

贺嘉阳摇了摇头。

谢明却来劲了:"不会吧,那次听祁书南说最近有男生追姜诗蓝追得紧,我当时还挺意外,不敢相信的,没想到是真的啊!"

姜诗蓝读大学时向来都是有人追的。但是她那个时候一门心思全都放在贺嘉阳身上,压根儿就不会给别的男生追求她的机会。

现在……她倒像是真的放弃了贺嘉阳一样。

贺嘉阳抿了抿唇,喝掉了杯子里的酒,然后头也不抬地跟谢明说:"吃你的吧,话多。"

谢明:"……"

多年以来,惨永远是他惨。

贺嘉阳却隐隐有点儿食不知味。

习惯真的是个很可怕的东西,就好像……他不知道从什么时候开始,竟然好像习惯了姜诗蓝每天早上、晚上的问候消息和时不时的打扰。

他那个时候天天盼着姜诗蓝早日想通,然后放下他,因为他总觉得，他不可能会喜欢上姜诗蓝，那傻姑娘在他身上也只是浪费时间和精力而已。

被缠得太紧了之后，猛地有一天被放松，他甚至觉得有点儿……失落。

贺嘉阳却没怎么放在心上，直到再次见到了姜诗蓝。

贺嘉阳再次见到姜诗蓝，是三个月后大五的国庆节假期。

贺嘉阳已经拿到了保研名额，并确定了最后的保研院校，国庆节假期后再去找导师确定毕设选题就可以了。

所以国庆节的时候，贺嘉阳就没什么事情了，干脆回了趟家。

他自然听说了姜诗蓝已经在本校读研，却完全没有想到国庆节的时候就这么巧地撞上了姜诗蓝。

读大二的表妹国庆节过来远城玩，住在他家里，然后他被爸妈要求陪着表妹到处逛逛。

表妹宋芷向来活泼外向，边喝着奶茶边挽着贺嘉阳的胳膊："嘉阳哥，你怎么都快大学毕业了还没有女朋友啊？"

她不忘叹气："舅舅、舅妈这几天还天天问我你有没有什么感情动向呢，还说让我看看能不能给你介绍个女朋友什么的。"

宋芷上下打量贺嘉阳一番："哥，你这条件也不差啊，怎么说也不该差我介绍的那一两个女朋友吧？"

贺嘉阳被宋芷调侃得哭笑不得，忍不住拍了拍她的头："小丫头天天都在想什么呢？"

宋芷撇了撇嘴，又吸了一口奶茶，脸上全是不满的神色："你怎么天天叫人家小丫头？真是的。"

说完之后她却没有再听到贺嘉阳的回应。

宋芷纳闷儿地抬头看了一眼贺嘉阳，就看到贺嘉阳正直直地盯着一个方向。

她也奇怪地顺着贺嘉阳看着的方向看了过去。

那是一对男女：男生高高的个子，看上去很是开朗；女生则是黑黑的长直发，正拿着一个冰激凌吃得开心，好像很喜欢冰激凌的味道，吃一口就满意地眯眯眼睛，然后转过头跟旁边的男生说着什么。

宋芷敏锐地察觉到了什么不太对劲的地方，饶有兴味地回头看看贺嘉阳的表情，又看看那个女孩子的方向，然后压低声音问："认识啊？"

贺嘉阳抿了抿嘴角："嗯。"

宋芷若有所思地点头，继续小声问："哥，看你的表情，你该不会是喜欢人家小姐姐吧？"她摸了摸下巴，"虽然那个小姐姐很漂亮，但是看上去人家有男朋友啊……"

话没说完，她就看到自家表哥已经大步朝着那对男女的方向走了过去。

宋芷的眼睛一亮，她生怕自己错过什么精彩的戏码，"噔噔噔"地就跟了过去。

贺嘉阳走到那个女生前方不远处，然后开口叫道："姜诗蓝。"

宋芷在心里"哇"了一声。

宋芷：女生叫 Jiang Shilan，不错，不错，好听的名字，就是不知道是哪几个字了。

宋芷猛地想到什么，眼睛"唰"地就亮了起来。

对，就是这个女孩子！

怪不得前两天舅妈还单独找她聊天，忧心忡忡地问她认不认识什么姓 Jiang 的女孩子，说总觉得贺嘉阳喜欢上了一个姓 Jiang 的女孩儿，但不知道女孩儿叫什么，对方可能还有男朋友，还让她帮忙劝劝贺嘉阳来着……

嗯，对上了，对上了。

姜诗蓝没想到竟然能在这里碰到贺嘉阳。

她咬了咬唇，然后脸上的笑容都淡了几分，语气也是淡淡的："有事吗？"

好像两个人并不是特别熟一样。

贺嘉阳皱了皱好看的眉头："你怎么在这里？"

他又不着痕迹地打量了一下姜诗蓝旁边的男生，忍不住在心里暗自猜测：这难不成就是之前谢明说的追姜诗蓝的那个男生？

那看现在两个人的状态，这男生是追上了吗？

姜诗蓝似乎强行露出了一个笑容，却怎么看怎么敷衍："你不是都看到了吗？"

她瞥了一眼贺嘉阳身后的女孩子，在心里叹了一口气，然后拉了旁边男生的袖子一下："走了。"

她还不忘对宋芷礼貌地笑笑，便头也不回地离开了。

贺嘉阳更觉得心里怪怪的。

他好像……从来没有被姜诗蓝冷脸对待过。

姜诗蓝以前对他的表情，永远只有小心翼翼的讨好的笑容，以及被他一次次拒绝时难过却强行坚强，还不忘跟他说永远不会放弃的样子。

是啊，她不是说永远不会放弃的吗？

她这就要放弃了吗？

宋芷再次吸了一口奶茶，直觉不太对劲。

她也不敢看戏了，连忙小声问贺嘉阳："哥，你跟那个女孩子到底是什么情况？我怎么觉得她误会了我们俩的关系呢？"

贺嘉阳表情很难看，是宋芷从来没见过的难看程度。

"误会就误会吧，"贺嘉阳皱眉，"没什么关系。"

宋芷一副"你骗谁呢？"的样子，震惊地看着贺嘉阳。

他这表情，叫没什么关系？

宋芷拍了拍贺嘉阳的肩膀："哥，没事，喜欢一个人就要勇敢承认。就算她现在有男朋友也没关系啊，你喜欢她我是不会嘲笑你的。"

贺嘉阳稍稍不耐烦地看了宋芷一眼："谁喜欢她啊？"

而后他打断了宋芷准备说出口的话："走了，还看电影吗？一会儿就迟了。"

宋芷摇了摇头。

行吧，她哥不承认，她有什么办法？

姜诗蓝跟男生走开一段路，才忍不住回过头看了一眼贺嘉阳离开的背影。

她以前一直以为贺嘉阳拒绝自己是因为喜欢年年，现在……

原来不是啊，他只不过是喜欢谁都不可能喜欢自己而已吧。

男生也忍不住好奇："那就是你喜欢的人？"

姜诗蓝回过头，笑了笑："是喜欢过的人。"

不等男生再追问，姜诗蓝吃了一口冰激凌，佯怒道："还走不走了？聚会要迟到了，真是的，在路上碰见你就知道没好事，就不应该跟你一起过去的。"

男生有些好笑："行，行，行，我的错，我的错。"

对啊，那是她喜欢过的人，是曾经很喜欢很喜欢的人。

可是她还是好难过啊。

姜诗蓝故作洒脱地拍了拍男生的肩膀："哥们儿，你说我以前得多傻才会喜欢他那么久啊？"

对啊，姜诗蓝，不要再傻了，没关系的，不就是一个男生嘛，没什么大不了的。

直到身后姜诗蓝以前最喜欢的那个声音含着怒意传来，她不禁愣在了原地。

贺嘉阳声音里还带着微微咬牙切齿的意味："姜诗蓝！"

姜诗蓝愣了愣，而后回过头，就发现刚才本该已经走远的贺嘉阳正站在自己身后，手里还拿着一个包包吊坠，表情难看到了极点。

姜诗蓝一眼认出那个包包吊坠是自己的，眨了眨眼睛："贺嘉阳？"她先笑了笑，"你捡到我的包包吊坠了吗？谢谢了。"

说完她就想伸手去接包包吊坠，却不想贺嘉阳一扬手，并没有还给她。

姜诗蓝愣了愣，手也停在了空中。

贺嘉阳语气稍冷了下来："这就是你曾经说过的永远不放弃？"

姜诗蓝不知道贺嘉阳今天到底是怎么了，竟然会主动跟自己说这么多话。

她慢慢放下手来，然后盯着贺嘉阳："贺嘉阳，我不喜欢你了，你不是应该很开心吗？这不是你曾经梦寐以求的事情吗？"

而后她抿了抿唇，又笑了笑："哪里有什么永不放弃啊？"

似乎自嘲了一声，姜诗蓝摇头："那个吊坠送你好了，我赶时间，先走了。"

说完，她甚至没来得及管旁边的男生，径自转过头，着急忙慌地朝前走去。

男生一脸蒙："姜诗蓝？！等等我！"

说完他就准备追上去，回头看到一脸难堪的贺嘉阳，也摇了摇头："哥们儿，我怎么觉得你这么别扭呢？先声明，我不是姜诗蓝的男朋友，对她也没意思，也知道她之前追了你很多年。你要是不喜欢她就算了吧，她其实真的挺多人追的。"

男生拍了拍贺嘉阳的肩膀，就大步朝着姜诗蓝的方向追了过去。

贺嘉阳这才慢慢地放下了自己扬着的手，看着姜诗蓝的方向，脸色复杂。

偏偏宋芷这个时候还凑了上来："哥，这就是你说的不喜欢人家女孩子啊？"她点了点头，"我觉得刚才那个小哥哥说得挺有道理的。哥，你的确挺别扭的。"

贺嘉阳张了张嘴，想开口否认，想说自己的确不喜欢姜诗蓝，却怎么都说不出口。

他好像……自己都看不透自己在想什么。

陪着宋芷逛完街，回到家里的时候已经挺晚了，贺嘉阳瘫在了椅子上，然后打开了朋友圈。

他只往下翻了两三条朋友圈，就看到了姜诗蓝新发的朋友圈，是一张她聚会的合照。

说起来，他跟姜诗蓝认识了这么多年，成为好友也很久很久了，但好像……

每次都是姜诗蓝发了很多话过来，他通常是想着不让人家女孩子误解自己的意思，向来不怎么回复。

他偶尔回复一次，隔着屏幕都能感受到姜诗蓝开心到不行的状态。

贺嘉阳闭了闭眼，而后伸出食指，点开了那张合照。

很奇怪，哪怕姜诗蓝站在最边上的位置，他还是一眼就找到了她。

她的确很好看。

贺嘉阳心情有点儿复杂，想了半天后给谢明发了一条消息。

∑+羊："怎么知道自己是不是喜欢一个人哪？"

谢明那边飞快地发过来了一长串语音。

"哥！你怎么突然问我这么一个问题啊？你喜欢上谁了？不对啊，你不是一直喜欢江年的吗？终于想通了？"

还没等贺嘉阳回复，谢明就又发过来儿条语音。

"不过也是，我其实也早就觉得你不喜欢江年了，你就算看到江年也不会有什么情绪波动的样子，倒是偶尔见到姜诗蓝的时候表情有些怪怪的。

"等等，哥……我的哥，你该不会想说自己可能喜欢上人家姜诗蓝了吧？

"你这都造的什么孽呢？人家姜诗蓝追了你那么久，你一直坚决地拒绝人家，现在人家不喜欢你了，你倒是不舒服了是吧？"

贺嘉阳："……"

他还什么都没说呢，谢明怎么就这样盖棺论定了呢？

谢明可能觉得发语音不够过瘾，干脆打了个电话过来，而后开门见山地说："我说贺嘉阳，你到底在想啥呢？"

贺嘉阳犹豫了半天，才回答："我也不知道。"

他但凡知道自己在想什么，现在也不至于这么纠结了。

他一向都是一个对感情分外迟钝的人。跟陆泽不一样，他总是意识不到自己的感情究竟是什么样子的。

当初也是花了好久好久，他才意识到原来自己喜欢江年。

现在……他的确觉得自己早已经放下了江年，何况她还是他最好的朋友的女朋友。

但是，姜诗蓝呢？

贺嘉阳叹了一口气。

"哈哈哈，你也有这样的时候啊。"谢明不忘幸灾乐祸，"我都帮你探清楚了，人家姜诗蓝现在还没有男朋友呢，你要是回过味来就抓紧机会。至于你自己到底喜不喜欢姜诗蓝……"

谢明顿了顿，继续说："嘉阳，只有你自己知道。你好好想想吧，千万别让自己后悔。"

说完他就准备挂电话，却被贺嘉阳拦住了："谢明！"

谢明疑惑："嗯？"

贺嘉阳又犹豫了一下："如果我真的喜欢姜诗蓝，该怎么办？"

谢明真的都要惊呆了。

"你问我该怎么办？！"谢明把桌子拍得"啪啪"响，"喜欢女孩子还能怎么办？追啊！人家姜诗蓝追了你那么多年，不就是这么过来的吗？你现在问我该怎么办？我知道你从小到大都是被追的，但是你也不至于这么傻吧？"

贺嘉阳："……"

谢明又想了想，说道："哦，不过我总觉得吧，人家姜诗蓝这次之所以放弃，是因为真的对你失望透顶了。所以，哥们儿，自求多福吧。"

这次不等贺嘉阳再出声阻拦，谢明就径自挂了电话。

你看看这帮哥们儿，都什么人呢，一个比一个帅，一个比一个招女孩子喜欢，结果天天拿他当爱情导师。

他当了这么多年爱情导师！现在倒好，就他还是个孤家寡人！

他惨。

贺嘉阳挂了电话之后，瘫在椅子上望着天花板，然后又戳开姜诗蓝的朋友圈，一条一条翻过去，时不时被逗笑，时不时又一阵深思。

他好像，从来没有去尝试了解过这个追在他身后这么多年的女孩子是一个什么样的人。

就是不知道他现在去了解晚不晚。

贺嘉阳闭了闭眼。

没关系，最多不就是像谢明说的那样，自己反过来去追姜诗蓝吗？

这没什么大不了的。

他……总得试试。

而且人家姜诗蓝追在他身后七年都没放弃过，最不济，他也追七年。

贺嘉阳想到了什么，然后翻了翻自己的抽屉，想找一找自己高一时常用的一个笔袋，却蓦地在里面翻到了一张小字条，上面写了一行字，好像是很久很久以前的了。

字条上面写着："贺嘉阳，你好，我是姜诗蓝，谢谢你今天带我找到了高一楼和我的教室，很高兴遇见你。××××.09.01."

后面还跟了一串电话号码。

贺嘉阳沉默了一下。

他不记得自己当时是怎么把小字条塞进笔袋里的，也记不清楚当时那个女孩子是怎么把小字条递给自己的。

他又想起来，自己以前问过姜诗蓝很多遍，是因为什么喜欢上了自己。

姜诗蓝总说："我从高一就开始喜欢你了。"

贺嘉阳更是不相信："高一时我明明不认识你，也没见过你。"

每次自己说这话的时候，姜诗蓝都会稍稍难过一下，甚至会开玩笑说："你不记得了吗？"

她却不曾提起究竟是什么事。

原来是这样啊。

贺嘉阳又拿起那张字条，仔细地看那行字。

少女用稚嫩的笔迹一笔一画地写着："很高兴遇见你。"

贺嘉阳笑了笑。

我也很高兴。

以前辛苦你没有放弃我，以后……追人这种事，就让我来吧。

而后他拿起手机，一字一顿地编辑信息。

"姜诗蓝，我喜欢你。"

江年向来被父母宠得厉害，恋爱后又被男朋友宠得厉害，结婚后更甚，所以一直都是不怎么会做饭的。

当然，最重要的原因是陆泽做饭真的太好吃了，她觉得完全用不着自己下厨。因此，结婚后她也只是给陆泽打下手。

宠妻如命的陆大少爷丝毫不觉得这有什么问题。

偏偏这天周六，两个人没去双方父母家里吃饭，决定在家里做饭吃。

上午的时候，陆泽抱着温温软软的老婆睡了个懒觉，甚至准备来做点儿晨间运动的时候，就接到了公司的电话。

挂了电话后，陆泽唉声叹气："乖年年，你再睡会儿觉，我公司临时有点儿事，中午之前就能赶回来给你做饭吃。"

江年困倦地应了一声，陆泽亲了她一口后就换衣服去了公司。

江年是被企鹅消息声吵醒的——

"老婆，你记得煮点儿米饭。"

"煮多少啊？"江年没什么概念。

"两大杯。"

江年应了一声，就"嗒嗒嗒"地跑到了厨房里，然后淘米煮上饭。

拿起手机准备跟陆泽说自己已经煮好了的时候，她就看到了陆泽的第二条消息。

"我们吃不完。"

江年："……"

您说话是一定要大喘气吗？

江年其实很享受化妆的过程，但是特别讨厌卸妆。

尤其是在外面待了一整天好不容易回到家之后，她就只想瘫在那里玩一会儿手机，一点儿都不想去卸妆洗澡。

然后她就会被陆大少爷不停地催促。

当然，陆泽反复催促她也是有原因的。

好不容易到了晚上，他哪里能放任自己的老婆在那里无所事事地玩手机不是？

江年就瘫得更厉害了一点儿，语调也拉长了一点点，带着撒娇的口吻："泽哥，人家真的很不想卸妆嘛。你说为什么就不能有那种自动卸妆、自动洗澡洗头发吹头发擦身体乳的机器呢？"

陆泽也一阵好笑："你怎么不问问神奇海螺呢？"

说归说，陆泽还是会拿着江年的卸妆水和卸妆棉过来，认认真真地给自家老婆卸妆。

唉，想当初，他还是个卸妆水跟护肤水都分不清的直男，到现在已经可以帮自家老婆卸妆、洁面、护肤一条龙服务了。

再这样下去，没准他什么时候就能踏足美容护肤行业了。

他容易吗？

结婚后饮食过于好导致的一个直接结果就是，江年胖了。

倒也不能说胖了，只能说她比起之前圆润了不少。江年以前是偏瘦型的，现在稍微圆润了一点儿之后，看起来倒是更有味道了。

只不过江年多少感觉到了自己好像隐隐约约在发胖，肚子摸上去都比以前软了不少。

江年苦恼无比地跟陆泽抱怨："泽哥，我真的觉得我最近胖了。"

陆泽淡淡地瞥了她一眼，而后摇头："没有，我老婆还是这么苗条。"

"泽哥！"江年拽了拽他的衣角，"我肯定胖了，都怪你，天天给我做各种各样的好吃的，结果让我胖了这么多！"

陆泽停下手头的事情，抬起头来，认认真真地打量了一番江年："乖年年，你肯定没有胖。我明天回来的时候给你买个体重秤，你称一下就知道了。"

虽然不太愿意直面自己的体重，但是江年看陆泽信誓旦旦的样子，也只能点点头表示同意。

525

结果第二天拿了陆泽新买回来的体重秤一称,江年忍不住愣了愣。

她真的没有胖。

之前的感觉是自己的幻觉吗?

然后,江年每天称体重,都发现自己好像怎么吃都没有胖。

直到……

周末江年跟祁书南一起出去逛街,祁书南捏了捏她的脸颊:"年年,你最近胖了一点点,更可爱了。"

江年皱了皱眉头:"我没有胖!我的体重没有变!"

"真的吗?"祁书南有些怀疑。

江年为了证明自己,果断地拉着祁书南在商场称了称体重,胖了五斤。

江年一脸难以置信的表情,她说:"泽哥给我新买了体重秤,我称了称,明明没胖啊!"

祁书南嗤笑了一声:"你的泽哥什么做不了,你还真信他?"

江年:"……"


江年有时候脑袋里会有很多奇奇怪怪的问题,然后就会拿着这些问题来折磨陆泽。

"你喜欢这个世界吗?"

陆泽正揽着自家老婆的腰,看着书。

听到这个问题他也不觉得奇怪,头也不抬地回答:"喜欢。"

江年继续折磨他:"为什么呀?"

陆泽弯了弯唇,然后看向江年:"因为你喜欢。"

没想到是这么个回答,江年"扑哧"一声笑了出来,再折磨陆泽:"老公,如果我比你去世得早,你该怎么办?"

陆泽这次倒是放下了书,然后盯着江年那双漂亮的眼睛,不说话。

江年又叫了他一声:"泽哥?"

良久,陆泽才抿了抿唇:"我不敢想。"

他一向自诩理智,但是偏偏只有面对江年的时候,才连这些最基本的生离死别的问题都不敢想。

他完全想不到，当他的人生中没有了江年后，会是什么样的光景。

陆泽抱着江年的手又紧了几分，而后他再次重复了一遍自己刚才那句话："我真的不敢想。"

所以现在，江年在他怀里的感觉，真的太美妙了。

胆小就胆小吧，在江年的事情上，陆泽觉得自己从来都是一个胆小鬼。

江年也顿了顿，而后抿了抿唇，笑了笑。

她正准备说什么的时候，就听到了儿子那软软的童音。

"妈妈，"陆遇"嗒嗒嗒"地跑进客厅里，手里拿着一个小魔方，兴奋得不得了，"我拼好了这个魔方！"

江年顺势把儿子抱起来，然后点了点他的小鼻子，丝毫不吝啬夸奖："我的遇遇可真聪明。"

陆遇开心地蹭在江年的怀里笑个不停。

陆泽看着自己身边的妻子和孩子，也忍不住勾了勾嘴角笑了起来。

他蓦地想起自己在本科毕业典礼时的发言，说他能想到的所有未来，是"忠于自己，披荆斩棘也要追逐梦想和你"。

好像现在，梦想就在自己手里，江年就在自己身边。

当初那个不知情爱为何物的少年，早已经成了人夫人父。

好像是从神坛跌落人间一样，自打遇见江年，他便沾染了很多凡尘的气息。

但是陆泽想：那个神坛一点儿都不快乐，像这样触手可及的未来才快乐。

"爸爸，"陆遇不开心地叫道，"遇遇跟你说话，爸爸都不理遇遇。"

江年也看向他："泽哥，你刚才在想什么呢？"

陆泽弯唇。

他在想什么呀？

我在想……你们。

（正文完）

番　外
# 最好的礼物

贺嘉阳快要过生日了。

江年先是瞥了一眼手机，紧接着就叹了一口气。

Mary 李都忍不住看了江年一眼，好笑得不行："怎么了，我们的宝贝年年？这已经是你今天叹的第十次气了，再叹下去你就得变老十岁了哟。"

倒也不是 Mary 李大惊小怪，实在是"江年"这两个字在部门里，甚至是合作部门里究竟意味着什么，大家颇有共识——能力。

江年自从作为校招生进了公司之后，能力简直是有目共睹的，从最开始便堪称飞快成长，几年里以惊人的速度完成了几次晋升。

她能力强、性格又温和，与人沟通时仿佛自带亲和力。有时 Mary 李这个老员工都会觉得有些棘手的事情，上级却能颇为放心地交到江年手里，江年也总是坦荡地接过，并且以最完美的方式解决这个难题。

江年的情绪实在太稳定了，Mary 李都觉得自己似乎没怎么见过她愁眉苦脸的样子。

所以蓦地听到江年连着叹了这么多气，Mary 李是真的蛮讶异的，甚至讶异中难免带了点儿……嗯，好像有点儿不太道德的好奇之意。

到底是什么痛苦的大事,值得让他们强大的江年宝贝愁苦成这个模样?

江年的手机又振动了一次,看起来像是有微信进来。她拨了一下头发,解锁手机只是粗粗一看,就飞快地把手机扣了过去。

Mary 李疑惑地看向她。

江年组织了一下语言,这才转过头来问 Mary 李:"李姐,你说……"

Mary 李连忙凑过去:"嗯嗯?"

"一个男人过生日,到底该送什么礼物?"

Mary 李:"……"

Mary 李缓了缓情绪,好半天才不答反问:"你别告诉我你刚才看起来那么愁,就是在担心这事?不对——"

到底是被喂"狗粮"喂多了的,Mary 李已经变得很谨慎了:"一个男人?你老公不是前两个月刚过了生日吗?"

江年张了张嘴。

还没等她说话呢,Mary 李先是大惊失色:"等等,你该不会是这么早就开始准备他下一年的生日礼物了吧?!"

万幸,江年瞪了她一眼,不好意思地笑了笑:"乱讲什么呢,才没有啦。"

Mary 李松了一口气。

实在不怪她会联想,江年进公司几年,就结结实实地给她喂了几年的"狗粮"……也真是奇了怪了,别人怎么秀恩爱,Mary 李的内心都会毫无波动。可江年很多时候只是不经意间提到了她那位先生而已,Mary 李便会有种被闪瞎了眼的感觉。

只是还没等她这口气松完,江年便无知无觉且足够真诚地补充道:"何况,如果是阿泽过生日,我也不会这么愁了。还有谁比我更了解他的喜好吗?"

Mary 李:"……"

您到底能不能听听您自己都在说些什么东西……

Mary李想了想，觉得自己每次都能被江年给秀到，是有那么一些原因的，其中很重要的一点是，大概江年讲那些话的时候实在是平常且诚恳，一点儿都没有别人"我就要秀恩爱给你们看"的意味。

细细想来，你只会觉得她所讲的，对你而言是在秀恩爱的话，对她来说只不过是最日常的事情罢了。

这不就更让人羡慕忌妒恨了吗？！

江年眨巴眨巴眼，还挺懵懂地问："李姐，你怎么了？身体不舒服吗？"

Mary李点了点头："堵得慌。"

江年一脸疑惑的表情。

Mary李无意在这个问题上多做纠结，把话题绕了过去："那你是怎么知道有男人过生日的？你要送他礼物？"

两个人讲了几句话的工夫里，江年的手机一直在振，她无奈地再次叹了一口气，直接把持续弹出新消息的微信聊天框给Mary李看。

Mary李粗略地扫了一眼。

诗蓝："我到底要怎么给他过生日？啊啊啊！"

诗蓝："我那天还打算录视频呢，不办得惊喜一点儿怎么行？！"

…………

到最后消息就变成了……

诗蓝："江年，你给我出来，我知道你在家呢！有本事你说话！"

Mary李："……"

她突然觉得刚才江年叹气也是有原因的……

江年解释了一句："这是我的闺密，她的男朋友快过生日了。她的男朋友也是我的朋友，她让我帮她出谋划策。"

Mary李目瞪口呆："不至于吧，不就是一个生日吗？至于过这么隆重吗？她是有多爱她的男朋友啊？"

"哦，那倒不是，"江年摆了摆手，"她现在兼职做生活类视频博主，还挺有热度的，有时候还会录一录美妆视频之类的。这男朋友过生日，多好一个题材啊，不是又能做一期视频了吗？"

Mary 李蓦地想了起来:"诗蓝……我对这个名字好像有点儿印象。我之前关注过一个博主,她好像就叫这个名字。大美女对吧?"

江年点了点头:"世界还挺小。"

Mary 李这么一说,就忍不住有些期待起来:"她之前在视频里说过不是单身,评论区里大家都还不信呢,原来她真有男朋友啊!她的男朋友怎么样?长得帅吗?"

"嗯……"江年思考两秒,真挚地回答,"不如阿泽帅。"

Mary 李:"……"

一天天的,这对话还怎么进行得下去?!

但她稍稍回忆了一下陆泽那张脸,又忍不住在心里对江年的话表示了赞同。

陆泽好帅,真的好帅。

哪怕现在早已经不止见过一次了,但 Mary 李仍旧觉得每次见到陆泽都能被惊艳到。Mary 李的表妹很喜欢刷短视频,尤其热衷于在短视频平台上看各式各样的帅哥。

之前网络上很火的"不心动挑战",表妹也让 Mary 李做了,用的就是她自己收藏的压箱底帅哥短视频。

Mary 李不要说心动了,皱着眉头,每看完一个视频,都会抬头看一眼表妹。

尽管她没说一个字,表妹却从她的表情里看懂了她的意思。

就这?

表妹再低头看看自己收藏的视频里跟着音乐卡点一秒变装的帅哥:"姐,这你都不心动?这个视频有 300 万个赞你知道吗?"

Mary 李忍不住回想了一下自己当时说了句什么。

"那是你没见过我那个美女同事的男朋友。"

表妹:"……"

Mary 李跟表妹关系很好,表妹自然是听她提过很多次美女同事的,但这会儿也带了七分好奇和三分不屑的语气说:"那你倒是给我看看她的男朋友有多帅呗?"

Mary 李："我去哪儿给你看？"

Mary 李没有图就没有发言权，何况审美这种东西向来主观，表妹回忆了一下，自己打小跟 Mary 李的审美好像就不是一个风格的。

这么一想，表妹摆手："谁要信你。"

Mary 李回过神的时候，江年正在飞快地聊微信。

星辰："好好好，我陪你好好计划还不行吗？怎么着也算是嘉阳第一次在你的视频里露面呢。"

诗蓝："可不是嘛，他天天说我的粉丝都不信我有男朋友，啧啧。"

江年看着那看似不耐烦实则满是甜蜜之意的"啧啧"两个字，忍不住轻笑了一声。

她之前一直以为姜诗蓝跟贺嘉阳不会走到一起了，谁知道最后兜兜转转，两个人身份对调，变成了贺嘉阳追着姜诗蓝跑。

也就是在三个月前，姜诗蓝终于同意了贺嘉阳的告白。

正聊得起劲，江年蓦地听到 Mary 李问了她一句。

"年年宝贝，那你会出镜吗？"

江年："什么？"

江年并没有把 Mary 李最后的那个问题放在心上。

她出不出镜，应该是无关紧要的事情吧？那天的主角毕竟是姜诗蓝和贺嘉阳，她跟陆泽顶多就是陪衬罢了。

隔天是周末。

江年答应了陪姜诗蓝一起策划给贺嘉阳过生日，姜诗蓝昨天就迫不及待地约了江年今天的时间。

江年对周末还得早起这件事，多少是有几分怨念在的。姜诗蓝深知江年的脾性，因此早早地就发来了微信。

江年揉着眼睛看了一眼，点开图片，一堆吃的。

各式各样的早餐堆满了一张长桌子，从西式快餐的三明治、帕尼尼，再到中式南北方的各色餐点，小笼包、生煎、油条、煎饺……应有尽有。

知道的人知道姜诗蓝是等着闺密来讨论怎么给贺嘉阳过生日,不知道的还以为她开早餐派对呢。

更不争气的是,一早醒来饥肠辘辘的江年,看到图片后……很可耻地心动了。

她悄悄瞥了一眼旁边仍旧熟睡着的陆泽,轻手轻脚地掀开自己这半边的被子,打算安安静静地去洗漱出门。

计划是如此美好,可事实上……

江年刚掀开被子,准备直起上半身,身后就蓦地探出一只手来。

那只手搭在了江年的腰上,她只来得及短促地叫了一声,整个人便已经再次躺下,又被翻转。

等反应过来时,她面前已然是男人炽热的胸膛。

热意扑面而来,她的头顶上响起他低低的声音,他仍带着刚睡醒的暗哑:"要去做什么,老婆?"

江年没来由地一慌,慌完又觉得不对,在陆泽的怀里蹭了两下,才说道:"放开我啦,我要起床,诗蓝叫我去她家。"

陆泽闻言倒的确动了动,但并没有如同江年所说的"放开她",而是把手伸到了床头柜处,摸到了自己的手机。

江年满脑袋问号。

陆泽懒懒地睁开了眼,没解答江年的疑惑,而是径直解锁了手机。

他对着手机发了一条语音,态度散漫:"贺嘉阳,能不能管管你的女朋友,不要让她天天缠着我的老婆?"

江年:"……"

陆泽心满意足地放下手机,一把揽过江年,摸了摸她的头发:"再陪我睡一会儿吧,宝宝。"

江年其实不想的。

她起初挣扎了的。

奈何……陆泽的怀抱实在温暖,昨晚她又被闹得实在厉害。体力早就消耗得一干二净,她很难不昏昏欲睡。

她再醒过来时,已经十点十分了。

微信里全都是姜诗蓝的消息。

诗蓝:"年年,你怎么一年比一年重色轻友了呢?"

诗蓝:"我好心疼我自己。我今天就要出一期视频,叫'我被闺密辜负的那些年'。"

诗蓝:"算了,我懂了,你这是昨晚睡得太晚,又太累了吧?你们结婚几年了还能热恋,佩服啊。"

………

江年同学实在是哑口无言。

毕竟真实情况全都被姜诗蓝猜中了……


但幸好,江年虽然在进行"贺嘉阳生日策划"的第一天就辜负了姜诗蓝的期待,但之后的日子里,大约是因为愧疚,还是很给力的。

江年出的策划案,一个比一个让姜诗蓝满意,惊艳又不落俗套。

最后方案的效果也好得出人意料,实在是一个让贺嘉阳难忘的生日。

姜诗蓝本身粉丝就挺多,每期视频播放量都蛮高,这期视频更是一放上去就播放评论量激增,飞快地登上了当日热门榜。

姜诗蓝自己都暗暗咋舌。

她能预料到这期视频会挺受欢迎,但没想到会这么受欢迎。

甚至周围很多之前并不知道她在做视频博主的朋友,都在首页刷到了她的视频。

虽然他们的发言大多是这样的。

"姜诗蓝,你那对特别好看的朋友,下期还来录你的视频吗?"

"你男朋友的哥们儿好帅,你的闺密好漂亮,啊啊啊!可太甜了!!!哦对,你的男朋友也挺帅的哟。"

姜诗蓝:是该谢谢您吗?

她的视频网站客户端更是收到了无数的私信,其中还有一个老粉,叫 Mary 的，发来的内容是："啊啊啊！谢谢诗蓝！谢谢你狠狠地帮我争了一口气！"

姜诗蓝：这个世界突然变得我看不懂了⋯⋯

Mary 李堪称是最关心姜诗蓝的这期视频的人了。

不过说实话，直到真的看到视频的前一秒，Mary 李都是没抱什么希望的，毕竟江年也说过，这期视频是为了给姜诗蓝的男朋友过生日，他们大概率是不会露脸的。

但飞快地看完这期视频的 Mary 李，先是忍不住尖叫了几声，紧接着便打电话给表妹。

表妹一脸茫然的表情，Mary 李甚至来不及解释，便开车径直赶往表妹家。

表妹以为 Mary 李有什么急事，正担心呢，就见到 Mary 李一言不发地拉着她进了书房里，而后，把她按到了电脑前面，自己则移动鼠标⋯⋯打开了一个视频网站？！

表妹眼睁睁地看着她输入关键词搜索了一个视频，视频的播放量还挺高的，19 万，更夸张的是显示有 2 万人同时在看。

Mary 李："我知道你觉得我疯了，问我想干吗，但，闭嘴，先把视频看了再说。"

表妹："⋯⋯"

视频倒也不算长，十几分钟，表妹就没再抗议，主要是抗议大概也没什么效果，就这么任凭 Mary 李点击了播放键。

视频开始后，出现的应该是博主本人，很漂亮的一个女孩子，简单地说了一番这个视频的主旨——给她的男朋友过生日。

表妹不懂："不是，这有什么⋯⋯？"

"好看的"三个字还没说出口，她就看到博主镜头一转，对向了另外一个女孩子。

表妹所有的话都顿住了。

这个女孩子跟博主的风格不太一样，她是很清纯、很干净的类型，微微笑起来的时候眼睛是弯的，亮晶晶的，像星星一样。

535

表妹怔了几秒,才把话说了下去:"好好看哪!"

Mary 李得意一笑,下巴稍抬:"这就是我那个美女同事。"

表妹惊了惊:"竟然这么好看!表姐,你到底何德何能,每天跟这么好看的女孩子一起工作?!"

不仅是表妹这么觉得,屏幕上也飞快地闪过无数条夸赞江年美貌的弹幕。

紧接着,博主和闺密两个人一起策划了生日方案,拍得很有趣,博主的闺密实在是一个有各种点子的人,想出来的好几种方案都让人眼前一亮。

博主最后敲定了一种方案,两个人紧锣密鼓地准备了起来。

直到博主的男朋友生日当天,那个叫年年的闺密打了通电话:"泽哥,你拖住嘉阳,等我们这边好了你再让他过来。"

两个人言语之间是一目了然的亲密感。

表妹扼腕:"这么美的美女怎么就有男朋友了?!"

Mary 李补了一刀:"是老公。"

表妹:"……"

Mary 李却神秘一笑:"你往下看就好。"

直到年年口中的"泽哥"出镜,表妹才知道 Mary 李的话到底是什么意思。

男人身着浅色衬衫、休闲裤,气质出众,剑眉星目,那张脸实在是……

表妹张了张嘴,又合上,半天也找不到合适的形容词。

到最后,她也只说出了句"太帅了"。

仿佛她前二十多年看过的帅哥都是假的一样。

弹幕这会儿已然疯了,其中还夹杂着一条:"这不是我司那个超级牛的清华毕业生吗?当年高考的理科第一名!他的老婆是北大毕业的!"

表妹:"嗯?"

Mary 李缓缓点了点头,证实了这条弹幕。

表妹回不过神来。

这条视频从始至终弹幕都很多，每个观众都很激动似的。

表妹本来还觉得一条十几分钟的视频看起来费时间，这会儿却只觉得太短了。

幸好，博主懂他们。

这条视频后面跟着一个第二部分，像是一个小花絮。

散场后，贺嘉阳和陆泽两个人在低声聊天。大概都以为摄像机已经关了，所以神色更放松了些。

贺嘉阳笑了笑："这是我收到过的最好的生日礼物。"

陆泽轻哂了一声，靠在阳台上，没说话。

贺嘉阳问："你收到过的最好的礼物是什么？"

陆泽抿了一口杯子里的水，看着远处。

两个人之间沉默了几秒，贺嘉阳蓦地听见陆泽低低地开了口。

陆泽的声音很轻，轻到让贺嘉阳以为是错觉。

"她。"

贺嘉阳有点儿茫然："什么？"

陆泽看向了他，一字一顿地重复："她。"

表妹："啊，我没了。"

Mary 李想：她也没了。

（番外完）